Marlene Streeruwitz

Partygirl.

Roman

S. Fischer

Satz: Pinkuin Satz und Datentechnik, Berlin
Druck und Bindung: Clausen & Bosse, Leck
Printed in Germany
ISBN 3-10-074426-8

Partygirl.

Oktober 2000.
Chicago.

Die Glocke schlug an. Kalte Luft strömte herein. Der Mann lehnte mit der Schulter gegen die Glasscheibe der Tür. Er schob die Tür weiter auf. Hielt ein Bündel schwarzer Kleidung mit beiden Händen. Madeline konnte die Schrift auf der Tür hinter ihm sehen. Die rosaroten Buchstaben in 2 Bögen übereinander. »Crystal« groß geschrieben. »Cleaner« darunter. Kleiner. Der Mann trat an den Ladentisch. Legte die Kleidungsstücke ab. Die Tür fiel zu. Die Glocke schlug wieder an. Madeline stand von ihrem Hocker auf. Ging nach vorne. Der Mann grüßte nicht. Er antwortete nicht auf ihr »What can I do for you«. Er sah auf die Kleidungsstücke hinunter. Schob sie zurecht. Schob sie ihr zu. Madeline begann zu sortieren. 2 Herrenhosen. Schwarz. Mit glänzenden Satinstreifen an der Seite. 2 Frackoberteile. Schwarz. 2 Kummerbünde. Schwarz glänzend. 2 schwarze Rollkragenpullover aus Seide. 2 Capes. Weite, lange, schwere, schwarze Capes. Glänzend rot gefüttert. Madeline nahm ein Cape und ging nach hinten. Mr. Kowalski lag nach hinten gelehnt in seinem Bürosessel. Er sah zum von der Decke hängenden Fernsehapparat hinauf. Madeline mußte zweimal »Mr. Kowalski« sagen. Mußte ihn anstoßen. Mußte ihn leicht mit dem Finger gegen den Arm stoßen. Mr. Kowalski hielt die Fernbedienung hoch. Schaltete den Fernsehapparat aus. Er schüttelte den Kopf. Schaltete wieder ein. Kippte den Sessel nach vorne. Saß aufrecht. Beugte sich über das Cape auf dem Tischchen vor ihm.

Er rieb den Stoff zwischen den Fingern. Im Fernsehen lief die Jerry-Springer-Show. Das Publikum buhte jemanden aus. Klatschte zu einem Sprechchor. »Cheat. Cheat. Cheat.« Jerry Springer fragte eine Frau. Fragte sie immer wieder. Was sie nun machen wolle. »What are you going to do?« Mr. Kowalski murmelte »Halloween«. Abfällig sagte er das. »15 Dollars.« Madeline ging nach vorne. Die Rechnung machte 82 Dollar aus. Der Mann fragte, was da so teuer sei. Madeline rechnete ihm die einzelnen Beträge vor. Er fände das zuviel. Er nahm die Rechnung in die Hand. Las. Rechnete nach. Sah auf. Er sah durch die Tür auf die Straße hinaus. Die Aufschrift jetzt von hinten zu lesen. »latsyrC renaelC.« Unter dem C von »Cleaner« war der Klebstoff hervorgequollen. Es sah aus wie ein französischer Accent cédille. Der Mann überlegte. Er nickte dann und gab ihr die Rechnung zurück. Von hinten war Musik zu hören. Und ein Aufruf. Wenn die Schwiegermutter zu fett wäre. Wenn man sich für die fette Schwiegermutter schämen müsse. Dann solle man sich melden. Anrufen. Dann solle man die Nummer 1-800-JERRY SPRINGER anrufen. Man könne auch an eine Adresse in New York schreiben. Oder an jerry@studiosusa.com mailen. Der Mann griff unter seinen grauen Stoffmantel nach hinten. Er holte seine Geldbörse aus der Gesäßtasche. Legte die Börse vor sich auf den Ladentisch. Faltete den rosaroten Abholschein. Schob ihn in das hinterste Fach der Börse. Steckte die Börse wieder ein. Der Mann stand da. Er schaute auf die Kleider. Er brauche alles am nächsten Tag, sagte er. Fordernd sagte er das. Bestimmt. Ab Mittag könnte er alles abholen, sagte Madeline. Sie hatte begonnen, die Zettelchen mit den Nummern an die Kleidung zu heften. Wie lange sie offen hätten, fragte der Mann. Bis 7 Uhr. Madeline lächelte den Mann an. Er starrte sie an. Madeline lächelte weiter. Montag bis Freitag bis 7 Uhr, sagte sie. Später ginge es nicht, fragte der Mann. Er sah auf die Kleider. Nein, sagte sie. Später ginge es leider nicht. Madeline lächelte. Dann müsse er versuchen, vor 7 da zu sein. Der Mann sagte das vor sich hin. Zu sich selber. Er würde das versuchen. Der Mann drehte sich weg und ging. Die Glocke schlug an. Kühle Luft wehte herein. Die Glocke schlug an. Dann war die Tür wieder zugeschlossen. Der Mann ging draußen nach rechts. Damen Avenue hinunter. Richtung Wicker Park. Er ging an der Auslage rechts von der Tür vorbei. Er hatte die Hände in die Manteltaschen vergraben. Ging vorgebeugt. Als kämpfe er gegen einen Sturm. Es ging aber kein Wind. Die Styroporschachteln und Plastiksäcke an den Mauerbögen unter der Brücke der Blue Line lagen unbewegt. Die Tür zu Second Chance auf der anderen Straßenseite stand offen. Sharon lüftete. Die Sonne schien. Ein schöner Herbsttag. Die Bäume in Wicker Park waren fahlgelb und goldgelb. Die goldgelben Blätter. Das waren Ahornbäume. Das wußte sie. Die fahlgelben Bäume. Die kannte sie nicht. Sie kannte nur die Bäume zu Hause. Föhren. Buchen. Blutbuchen. Birken. Trauerweiden. Sie war nicht sicher, Tanne und Fichte auseinanderhalten zu können. Aber die Bäume hier. Die fahlgelben Blätter waren lang und oval, und aus der Nähe waren sie gelb und grün gefleckt. Madeline trug die Kleidungsstücke zu den Containern hinter den gereinigten Kleidern. Sie streifte mit dem Arm die Plastikhüllen entlang. Hörte dem Knistern zu. Wenn sie diesem Knistern zuhörte, dann war das mit dem Geruch nicht so schlimm. Der Mann hatte sie nicht einmal angesehen. Warum sollte sie seine Kleider riechen. Es stieg ein trockener Geruch auf. Nicht stark. Trotzdem ging sie schnell. Warf die Kleider in die verschiedenen Container. Mäntel ganz hinten. Herrenkleidung davor. Die Rollkragenpullover. Wo sollten die hinkommen. Wohin gehörten die Kummerbünde. Sie warf alles den Hosen nach. Mr. Kowalski rief nach ihr. Rief sie zu sich. Er lag in seinem Bürosessel. Weit nach hinten gekippt. Er nahm sie am Arm und zeigte hinauf. Er lachte. Er preßte den Mund zusammen und lachte. Sein Bauch und seine Schultern zuckten. Ohne einen Laut. Er zeigte auf den Bildschirm hinauf. Riß sie am Arm. Er hielt sich an ihr fest. Zeigte auf den Bildschirm. Und lachte. Auf dem Bildschirm kniete eine Frau vor einem Mann nieder. Die Frau war dick. Sehr dick. Sie hatte Mühe, sich hinzuknien. Sie mußte sich am Boden abstützen. Die Frau lag einen Augenblick auf allen vieren vor dem Mann. Sie richtete sich mühselig auf. Kniete aufrecht vor dem Mann. Sie bat den Mann, sie nicht zu verlassen. Die Frau sank nach hinten zurück. Kniete zusammengesunken. Sie drehte den Kopf zur Seite. Den Mann über sich ansehen zu können. Sie hielt die gefalteten Hände hoch. Sie verspräche, nie wieder an ihm herumzunörgeln. »Never again«, sagte sie. Der Mann stand über ihr. Sah auf sie hinunter. Der Mann war noch dicker als die Frau. Sie sah zu ihm hinauf. Hielt ihm die gefalteten Hände entgegen. Der Mann trat einen Schritt zurück. Verschränkte die Arme. Die Frau wollte aufstehen. Er riß die Arme hoch. Machte einen Schritt auf die Frau zu. Schrie die Frau an. Eine Hure sei sie. Eine Schlampe. Ein Flittchen. Eine Hure. Das Publikum brüllte. Die Frau sank wieder zusammen. Kauerte auf dem Boden. Mr. Kowalski wischte sich die Lachtränen aus den Augen. Er schlug gegen Madelines Arm. Dann kam Werbung. Mr. Kowalski schloß die Augen. Er drückte ihren Arm noch einmal.

Ließ sie los. »My god«, keuchte er. Er wischte sich die Tränen aus den Augen. Fing wieder zu lachen an. Keuchte. Sank erschöpft zurück. Mußte weiter lachen. Lag lachend in seinem Bürosessel. Madeline ging nach vorne. Stand hinter dem Ladentisch. Sie schob die Heftmaschine, den Rechnungsblock und den Kugelschreiber auf dem Tisch zurecht. Sie sah hinaus. Die Sonne erreichte die Schrift an der Tür nicht mehr. Von hinten kam Musik. Das Rauschen einer Meeresbrandung. Wellen. Eine Frauenstimme. Sagte etwas. Madeline setzte sich auf den Hocker. Sharon gegenüber hatte die Tür zugemacht. Niemand ging auf der Straße. Ein Zug donnerte oben in Richtung down town. Madeline begann zu zählen. Würde die erste Person bei 19 oder bei 20 aus der Station kommen. Sie ging an den Ladentisch vor. Beugte sich über den Tisch. Wollte den Ausgang besser sehen. Eine junge Frau kam schon bei 17 aus der Station heraus. Die Frau war blond. Klein. Zart. Sie trug eine rote Lederhose und eine braune Bomberjacke aus Satin. Jacke und Hose glänzten in der Sonne. Die Hose siegellackrot. Die Frau lief. Sie lief die Stufen zur Station herunter. Nach rechts. Sie hastete am Crystal Cleaner vorbei. Sie lief nach vorne gelehnt. Lief auf den Zehenspitzen. Wegen der hohen Absätze. Madeline ging zum Hocker zurück. Bis 17 war noch nie jemand oben aus der Blue Line ausgestiegen und die Stiegen herunter und durch die Schalterhalle und herausgekommen. Hinter Madeline war wieder das Publikum der Jerry-Springer-Show zu hören. Kniete die Frau immer noch vor dem Mann. Hatte sie die Werbung hindurch nicht aufstehen können. Oder hatte sie nicht aufstehen dürfen. Madeline saß vorgebeugt. Sie sah ihre Hände an. Sprechchöre von hinten. Die Sonne draußen. Ein Zug in Richtung O'Hare zu hören. In diese Richtung waren die Züge immer nur kurz zu hören. Die Häuser hinter dem Crystal Cleaner dämpften das Dröhnen. Warum wollte sie solche Bilder nicht sehen. Warum störten sie solche Bilder. Immer noch. Madeline beugte sich vor. So weit vorgebeugt, konnte sie von Mr. Kowalski nicht gesehen werden. Sie hatte den Container für die Wäsche zum Waschen hinter ihren Hocker geschoben. Zwischen sich und Mr. Kowalski hinten. Wenn er zu seinem Fernsehapparat hinaufschaute. In seinem schwarzen Kunstlederbürosessel nach hinten gekippt. Er konnte sie dann nicht sehen. Madeline beugte sich weiter vor. Solche Bilder. Da. Bei solchen Bildern. Sie beugte sich noch weiter vor. Lag mit dem Oberkörper auf den Oberschenkeln. Spürte ihren Busen gegen ihre Oberschenkel. Bei solchen Bildern. Wenn doch alles nur gespielt war. Mit ziemlicher Sicherheit war das alles gespielt. Aber warum wußte sie, wie sich das anfühlte. Warum wußte sie immer, wie das war. Dazuknien. Die fetten Schenkel und der Bauch und keine Balance und keine Kraft aufzustehen und überhaupt keine Kraft rasch aufzustehen. Und weg. Weggehen. Einfach weggehen. Sie war dünn. Sie selbst war dünn. Sie war zu dünn, sagte Rick. Und sie war nie dick gewesen. Sie war in ihrem Leben nie dick gewesen. Und sie war nicht der Einbrecher auf dem Polizeivideo. Der Einbrecher, der angebrüllt wurde. Den die Polizisten gestellt hatten und anbrüllten. Der die Arme in die Höhe reißen mußte. Sich hinlegen. Hinwerfen. Kommandos. Immer und immer wieder wurden die Kommandos geschrien. Daß er sich hinlegen solle. Und die Kommandos wurden weitergeschrien. Nachdem der Mann längst auf dem Asphalt gelegen. Der Asphalt rauh gegen die Hüftknochen. Kalt. Staubig roch. Kiesel spitz in Bauch und Oberschenkel. Die Sonne schien auf die Straße draußen.

Die Sonne schien genau den anthrazitfarbenen Asphalt von Damen Avenue entlang. Die Sonne beschien die Fahrbahn. Schien genau zwischen die schmalen Gehsteige rechts und links. Es mußte 11 Uhr sein. Ungefähr um 11 Uhr stand die Sonne in Richtung Damen Avenue. Madeline saß vorgebeugt. Sie sah ihre Hände an. Von hinten Sprechchöre. Ein Zug in Richtung down town. Das Rattern und Donnern noch lange zu hören. In dieser Richtung. Madeline saß da. Sie sollte den Container mit der Waschwäsche zum Golden Cleaner bringen. Mrs. Kowalski machte die Waschwäsche. Mrs. Kowalski bügelte noch selber. Mr. Kowalski im Crystal Cleaner sah fern und schrie Sheila und Madeline an. Und Mrs. Kowalski bügelte im Golden Cleaner. Stand im Dampf. Mr. Kowalski war allergisch gegen Dämpfe. Deswegen wurde im Crystal Cleaner im Keller gearbeitet. Sheila tauchte mit dem Lastenaufzug ganz hinten auf dem Gang auf. Holte die Container und brachte die gereinigten Kleider auf langen Kleiderständern aufgehängt herauf. Madeline mußte die Drahtkleiderbügel mit einem Papierschoner überziehen. »We Appreciate your Patronage« stand unter einem großen »Thank you« und einer gezeichneten Orchidee geschrieben. Und kleiner »We Try to Deserve it by Giving Your Garments the Best of Care«. Die Schrift mußte so auf die Drahtkleiderbügel geklebt werden, daß die Bügel nach rechts zeigten. Damit die Kleider alle in einer Richtung aufgehängt werden konnten. Am Anfang hatte sie das falsch gemacht. Madeline zog die Plastikhüllen über die fertigen Kleider. Mr. Kowalski sah fern. Er lag in seinem Sessel. Sah fern und schrie sie und Sheila an. Sie sollten ihm dankbar sein. Er gäbe ihnen Brot. Schließlich. »A living«, schrie er dann. »You couldn't make a living without me.« Er wurde rot im Gesicht und lief aus dem Geschäft hinaus. Nach rechts. Damen Avenue hinunter. Weg vom Crystal Cleaner und vom Golden Cleaner. Wenn Mr. Kowalski zurückkam, roch er noch mehr nach Bier. Dann steckte er ihnen beiden 10 Dollar zu. Sheila sagte nichts und ging in den Keller zurück. Sheila sagte nie etwas. Madeline brachte Sheila butterfinger mit. Von Ed's convenience store. Gleich hinter der Brücke. Sheila nahm die butterfinger. Steckte sie in die Schürzentasche. Sheila ging dann. Sheila lächelte nicht einmal. Ed sagte immer, sie solle sich etwas aussuchen. Es gab nur marsbars und butterfinger. Aber sie überlegte jedesmal. Vielleicht mochte Sheila keine butterfinger. Vielleicht sollte sie Sheila einen marsbar mitbringen. Madeline nahm dann jedesmal butterfinger. Sie gab sie Sheila. Sheila nahm die Packung und steckte sie in die Schürzentasche. Dann ging sie. Sheila trug Kleiderschürzen. Blaue Kleider ohne Ärmel aus Kattun. Mit kleinen roten und weißen Mustern. Sternchen oder Herzchen oder winzige Blumensträußchen. Blaue Kleider ohne Ärmel. Vorne zu knöpfen, und der Halsausschnitt mit roten oder blauen Bändern gesäumt. Die Hansi hatte in ihren Kleiderschürzentaschen Wiener Zuckerln herumgetragen. Die Wiener Zuckerln hatten eine weiße, harte Oberfläche gehabt. Und eine dunkle, weiche Füllung. Die Wiener Zuckerln waren nicht aufzubeißen gewesen. Man hatte sie lutschen müssen. Der Gaumen war dann ganz rauh gewesen. Aber es waren die ersten Süßigkeiten. Nach dem Krieg. Die butterfinger hatten eine Karamelschicht und waren außen genauso hart. Wahrscheinlich waren für Kleiderschürzentaschen solche Süßigkeiten das beste. Sie konnten nicht schmelzen. Und Sheila hatte recht, nicht zu lächeln. Oder sich zu bedanken. Madeline gab ihr die butterfinger, weil sie selbst so etwas nicht aß. Nie essen würde. War Sheila aus Korea. Mr. Kowalski redete manchmal über die Koreaner. Was das für gute Soldaten gewesen wären. Wie furchtlos. Wie ausdauernd. Und wie pünktlich und sauber dieses Volk wäre. Oder kam Sheila aus einem anderen Land da. Sie arbeite seit 30 Jahren im Crystal Cleaner, sagte Mr. Kowalski. Aber er wußte nicht, wo sie wohnte. Sheila hatte ihre Tasche stehengelassen. Madeline hatte sie ihr bringen wollen. Oder sie anrufen. Madeline hätte ihr die Tasche gebracht, wenn sie nicht zu weit weg wohnte. Aber Mr. Kowalski wußte die Adresse nicht. Die Tasche war stehengeblieben, und die Milch hatte am nächsten Tag sauer gerochen. Mr. Kowalski suchte ein neues Programm. Über Mittag sah Mr. Kowalski Wildwestfilme. Oder eine von den Krimiserien. »Matlock« sah er manchmal. Mr. Kowalski zappte. Stimmen. Musik. Geräusche. Gespräche. Er blieb bei einem Cartoon. Verzerrte Stimmen und nervös rasende Musik. Die Sonne hatte die erste Stufe zu Second Chance erreicht. Auf der anderen Straßenseite. Mr. Kowalski zappte weiter. Ein Western. Sehnsuchtsvolle Musik und Pferdegetrappel. Madeline saß. Sie saß weit nach vorne gebeugt. Über die übereinandergeschlagenen Beine gelehnt. Der Bauch den rechten Oberschenkel entlang. Sie preßte den Bauch gegen den Oberschenkel. Schob den Arm zwischen Bauch und Oberschenkel. Sie preßte das Zwerchfell gegen den Arm. Drückte die Luft aus dem Brustkorb. Zwang sich, die Luft anzuhalten. In den Schwindel hinein die Luft anzuhalten. In das aufsteigende Schwimmen im Kopf hinein hielt sie die Luft an. Kälte stieg auf. Ein dünner Film Schweiß überzog die Handflächen kalt schmierig. Madeline atmete aus. Ließ sich ausatmen. Sie schloß die Augen und ließ den Atem entgleiten. Die Glocke schlug an. Madeline stand auf. Sie lächelte. Sie konnte den Mann nur undeutlich sehen. Er hielt ihr einen Schein hin. Madeline nahm den Zettel und ging zu den Kleiderständern rechts. Madeline versuchte, die Zahl auf dem Zettel oben zu lesen. Sie konnte nichts sehen. Alles war ungenau. Undeutlich. Alles schwamm vor ihren Augen. Schwamm vor und zurück. Madeline hielt sich an einem Kleiderständer fest. Sie ging den schmalen Gang zwischen den Kleiderständern nach hinten. Tastete sich die Stangen der Kleiderständer entlang. Plastikhüllen rund um sie. Sie griff links hinauf. Griff nach irgendeinem Kleiderbügel. Ein Kleid hing unter der Plastikhülle. Ein dunkles Kleid. Madeline sah auf die Nummer auf dem Abholschein auf dem Kleiderbügel. Sie hob das Kleid herunter und nahm den auf den Kleiderbügel aufgespießten Abholschein in die Hand. Sie sah auf die beiden Zettel. Sie konnte nichts entziffern. Aber sie hatten keine gelben Scheine. Sie hatten rosarote Abholscheine. Der weiße Abholschein blieb beim Kleidungsstück. Der rosarote wurde mitgenommen. Sie hatten keine gelben Scheine. Madeline ging zurück. Es müsse sich um ein Mißverständnis handeln, sagte sie. Er habe vielleicht etwas falsch verstanden. Der Abholschein hier. Der könne nicht von hier sein. Sie hätten rosarote Abholscheine. »You see«, sagte sie und hielt dem Mann den Block hin. Madeline legte seinen Zettel auf den Tisch. Sein Abholschein wäre gelb, sagte sie. Bei ihnen wäre »Crystal Cleaner« schwarz aufgedruckt. Auf seinem stünde »Crystal Cleaner« in Hellblau. Woher er diesen Schein habe. Auf ihrem fände sich Adresse und Telefonnummer. Auf seinem stünde nur der Name. »Crystal Cleaner«. Der Mann sah sie an. Er habe diesen Abholschein bekommen. Und diese Adresse. Er solle die gereinigte Kleidung abholen. Und

»Crystal Cleaner«. Das stimme doch. Da stehe es ja. Madeline lehnte sich gegen den Ladentisch. Das Stehen war schwierig. Ihre Knie nicht fest. Ein Einknicken jederzeit möglich. Sie mußte flach atmen. Sie hätte sich gegen den Mann lehnen mögen. Gegen diesen Mann. Gegen ihn und seine Arme um sie und sie in der Wärme davon. Wieder atmen. Oder atemlos. Aber im Umfangen und Küssen. Die Münder innen. Die Zungen ineinander verschlungen. Sich mit ihm hinfallen lassen. Sie hätte tief atmen können. Sie hätte sofort tief atmen können. Sofort ganz tief atmen. Ganz tief die Luft einziehen. Madeline ging nach hinten und hängte das Kleid an seinen Platz zurück. Sie suchte nach der Nummer davor. Raschelte die Plastikhüllen entlang. Der Mann stand da. Starrte den Abholschein auf dem Ladentisch an. Madeline ging nach vorne. Sie nahm den gelben Schein und ging zu Mr. Kowalski. Sie hielt Mr. Kowalski den Schein hin. Über ihm. Auf dem Bildschirm sprachen 2 Männer in Wildwestkleidung miteinander. Sie saßen auf Pferden. In einer Wüste. Nackte Berggipfel sandfarben im Hintergrund. Mr. Kowalski nahm den Schein. Er blieb nach hinten gekippt liegen. Hielt den Schein in die Höhe. Im Crystal Cleaner habe es nie gelbe Abholscheine gegeben, sagte er. Er sah weiter auf den Bildschirm hinauf. Madeline nahm den Schein und ging nach vorne. In diesem Crystal Cleaner hätte es nie gelbe Abholscheine gegeben, sagte sie zu dem Mann. Sie legte den Schein wieder hin. Setzte sich auf ihren Hocker. Sie sah zu dem Mann hinauf. Er stand da. Sah auf den gelben Schein vor sich. Drehte ihn um. Madeline sah ihm zu. Wie das sein könne, sagte er. Er verstünde das nicht. Von wem er den Abholschein denn habe, fragte sie. Sie sah wieder klarer. Konnte den Mann genauer wahrnehmen. Der Mann war klein. Er hatte sehr kurze graue Haare. Die Haare waren den Hinterkopf hinauf geschoren und oben zu einem Seitenscheitel frisiert. »Das ist schrecklich«, sagte er. Leise. Auf deutsch. »Sprechen Sie deutsch«, fragte Madeline. »Ich war Deutscher. Früher.« Der Mann sagte das langsam. Und es handle sich um die Kleider seiner Frau. Er sprach wieder englisch. Es handle sich um die Kleider seiner Frau und seiner Schwiegertochter. Diese Kleider solle er abholen. Er sah sie an. Er hatte feuchte Augen. Er weinte. Er stand da. Die Hand mit dem Schein zitterte. Die Muskeln an seinem Hals waren angespannt. Die Sehnen zeichneten sich scharf ab. Der Mann preßte die Lippen flach gegeneinander. Eine Träne rollte über seine braungebrannte, rotgeäderte Wange. Über seine rechte Wange. Das Ganze sei eine wahre Katastrophe. Und sie müsse etwas tun. Es müsse sich doch etwas machen lassen. Madeline stand auf. Der Mann war kleiner als sie. Er trug Anzug und Krawatte und ein weißes Hemd unter dem Trenchcoat. Madeline ging an das andere Ende des Ladentisches. Die Telefonbücher lagen in einem Fach unter dem Telefon. Sie griff nach dem Branchenverzeichnis. Beim Hinunterbeugen ein Schwindel. Stärker als beim Aufstehen. Der Schwindel zog sie nach vorne. Sie mußte sich mit der Hand abstützen. Ihr Herz. Das Herz schlug schwer und majestätisch. Zog nach unten. Stolpernd und laut. Madeline hielt sich am Tisch fest und horchte. Sie hörte ihrem Herzen zu. Bis sie es dann nicht mehr spürte. Madeline blieb vorgebeugt stehen. Über das Herz gebeugt. Sie hob das Telefonbuch aus dem Fach. Schob es auf dem Tisch dem Mann zu. Sie stand nach vorne gebeugt. Auf dem Tisch aufgestützt. Sie hätte ihre Brille nicht da. Er müßte selbst nachsehen. Er müßte selbst nachschauen, wo sein Crystal Cleaner wäre. Der Crystal

Cleaner mit den gelben Abholscheinen. Madeline richtete sich auf. Sie ging zum Hocker. Setzte sich. Die weiche Müdigkeit nach diesen Schwindelanfällen. Der Mann nahm das Telefonbuch. Er sah sie an. Ernst. »In unserem Alter kann man ohne Brillen nicht leben«, sagte er. Mißbilligend. Vorwurfsvoll. Sein Deutsch war amerikanisch gefärbt. Er sagte »in auunsierjem« und »Barilljen« und »Läjben«. Madeline haßte ihn. Sie war nicht in seinem Alter. Sie sah nur fürchterlich aus. Sie hatte immer jünger ausgesehen. Viel jünger hatte sie ausgesehen. Mr. Kowalski hielt sie für 40. Und auch wenn sie so alt wäre wie dieser Kerl. So verbraucht sah sie trotzdem nicht aus. So verkniffen. So verspießert. Er war sicher schon 70 und konnte sich nicht erinnern, wohin er seine Kleidung zum Reinigen gebracht hatte. Der Mann blätterte im Telefonbuch. Er könne sich das nicht erklären. Er fände nur diesen einen Crystal Cleaner. »Why don't you call your wife«, fragte Madeline. Sie wollte nicht mehr deutsch sprechen. Mit ihm. Der Mann schloß das Telefonbuch und schüttelte den Kopf. Der Fernsehton hinten ging aus. Sie hörte den Sessel quietschen. Mr. Kowalski kippte sich aus dem Liegen nach vorne. Stand auf. Der Mann sah nach hinten. Er wandte sich ihr zu. »Amerika ist nicht mehr das, was es einmal war. Amerika war früher nicht so.« Der Mann sprach zu ihnen beiden. Auf deutsch. Mr. Kowalski kam nach vorne. Er ging langsam und schwer. »Wie ich vor 50 Jahren nach Amerika gekommen bin. Da war Amerika ganz anders. Wissen Sie. Ich bin aus München weg. Mein Vater war Polizist gewesen. Da. In München. Die ganze Zeit. Hat getrunken. Ich bin da weg und nach Amerika. Aber Amerika war etwas ganz anderes. Damals.« Mr. Kowalski war nach vorne gekommen. Amerika wäre einmal etwas anderes gewesen, sagte der

Mann. Auf englisch. Completely different. Dann ging er. Er zog die Tür hinter sich zu. Die Glocke schlug nur einmal an. Der Mann blieb draußen vor der Tür stehen. Mr. Kowalski drehte sich um. Ging nach hinten zurück. »A nutcase«, murmelte er vor sich hin. Und auf was für Ideen die kämen, einen zu beschwindeln. Was die alles machten, sich Kleidung zu erschwindeln. Gefälschte Abholscheine. Madeline hörte den Bürosessel knarren und quietschen. Mr. Kowalski setzte sich. Kippte nach hinten. Der Fernsehton ging wieder an. Musik und Pferdegetrappel. Madeline starrte vor sich hin. Sie konnte wieder klar sehen. Alles Entfernte wieder deutlich. Deutlicher. Genau sehen. Das brauchte Zeit nach diesen Anfällen. Fast täglich kamen diese Anfälle. Rick hielt es für Angst. Sie habe Angst, sagte er. Panik. Aber warum. Der Mann stand in der Tür. Er hatte eine Mütze aufgesetzt. Eine Kappe aus Tweed. Dunkelbraun mit schmalem Schirm. Der Schwede hatte ihr so eine Kappe mitgebracht. Einmal. Das mußte in den 80ern gewesen sein. In der Zeit, in der Frauen Krawatten getragen hatten. Und Gilets. Mit Blumenmustern. Oder kariert. Sie hatte jeden Tag eine neue Krawatte getragen. Im Büro. In ihrer Werbeagentur. Mit Erich. Das war lustig gewesen. In Sitzungszimmern sitzen und etwas behaupten. Irgend etwas. Halbwegs plausibel war genug gewesen. Erich hatte dabei gesessen und genickt und gesagt, diese Strategie. Die sei die einzige Möglichkeit. Der einzig mögliche Weg zum Erfolg. Und Frau Ascher. Die sei eine Expertin. Die Expertin überhaupt. Und dann hatten sie Prosecco getrunken. Nach den Sitzungen und gelacht. Zweimal hatte sie ja wirklich einen Auftrag bekommen. Und Geld verdient. Bis Erich mit der Lesbe nach Venedig gefahren war. Die Lesbe war danach keine Lesbe mehr gewesen, aber Erich hatte den Präsentationstermin bei Radio Austria versäumt. Und dann hatte die Lesbe Erich überhaupt verboten, mit ihr zusammenzuarbeiten. Madeline nütze ihn aus, hatte sie gemeint. Dabei hatte sie die Ideen gehabt. Erich nur die Kontakte. Die Ideen waren von ihr gewesen. Elsbeth hatte die Lesbe geheißen. Lesbe schon im Namen. Nach Venedig hatte sie sich Lisa nennen lassen. Und für das Lesbensein hatte sie eine Anleitung benutzt. Dafür hatte sie eine Anleitung gebraucht. »Freuden für Mädchen.« Erich hatte das Büchlein in den Unterlagen für die Katzenfutterfirma vergessen. Elsbeth hatte es dann ja nicht mehr gebraucht. Es waren dann ja Freuden für Erich geworden. Der Widmung im Buch nach zu schließen. Wie toll es für sie gewesen, hatte sie in das Buch geschrieben. Wie unvergeßlich. Was für eine Erfüllung, es nackt auf Erichs Badezimmerboden gemacht zu haben. Der Mann war vor der Tür stehengeblieben. Er hatte begonnen, Handschuhe anzuziehen. Sorgfältig zog er jeden einzelnen Finger des Handschuhs über jeden einzelnen seiner Finger. Er schob die Hände mit gespreizten Fingern ineinander. Schob die Handschuhe noch fester über die Finger. Der Mann stand da. Er sah seine Hände an. Die liebe Elsbeth mußte blau gewesen sein. Am ganzen Körper blaufleckig. Auf dem Marmorboden im Badezimmer. In Missionarsstellung. Womöglich. Aber wie sonst sollte eine Lesbe in eine Frau verwandelt werden als in der Missionarsstellung. Auf dem kalten, harten Boden. Und hatte Erich das wirklich alles geglaubt. Das mit der Rettung vor einem Leben ohne Männer. Gewirkt hatte es ja. Erich hatte seine ganze Aufmerksamkeit auf diese Elsbeth-Lisa-Geschichte verwandt. Die Werbeagentur war bald zahlungsunfähig gewesen. Dann. Da hatte Rick einmal recht gehabt. Eine

Beteiligung wäre teuer geworden. Und die Missionarsstellung. Man konnte den Kerl sehen. Dabei. Sie hatten dann »Die Freuden für Mädchen« gemeinsam gelesen. Hatten überlegt, das Buch durchzuarbeiten. Wie ein Schulbuch. Aber Rick hatte so lachen müssen. »Das haben wir schon als Kinder gemacht«, hatte er gesagt. Zu diesen Spielen mit Scheiße. Und das stimmte ja auch. Sie hatten genug im Schlamm gespielt. Am Ufer der Schwechat. Auf dem Holzrechen. Wenn die Schwechat niedrig gewesen. Im Sommer. Gegenüber der Villa war die Schwechat seicht und breit. Sie hatten immer gespielt da. Die Mutter hatte dann gemeint, bei den Bombenangriffen. Da wäre das Schwechatufer sicherer als der Keller. Und sie hatten nicht in die Villa zurücklaufen sollen. Warum sollten die Russen ein Flußufer bombardieren wollen. Aber das hatte sie erst später erzählt. Madeline konnte sich nicht erinnern. Die Fliegerangriffe. Eine Erinnerung von Dunkel und sitzen und alle atmen hören. Die Mutter hatte leise geweint. Die Großmutter war dann aufgestanden und hinausgegangen. Hatten sie dann erzählt. Und die Mutter beim Patiencelegen. Sie hatte dann nur auf die Karten geschaut und »Ich bin halt ein kleiner Feigling« gesagt. Und gelächelt. Aber die Fliegerangriffe. Die waren auch eine von diesen Erinnerungen. Die, die mehr im Gedächtnis waren. Im Kopf. Keine Gefühle. Und nichts im Körper. Wie Fotos war das. Erinnerungen, die außerhalb von einem festgefroren erinnert werden mußten. Die nicht in Erinnerung geblieben. Wie lebten diese Kinder. Heute. Jeder ihrer wichtigen Augenblicke auf Video. Der erste Schritt. Auf ewige Zeiten festgehalten. Das erste Topferl-Sitzen. Der Mann vor der Tür hatte sich umgedreht. Er schaute durch die Tür herein. Sah sie an. Vorwurfsvoll. Aber sie hatte seine Kleider nicht. Sie schüttelte den Kopf. Starrte ihn zurück an. Der Mann wandte sich ab. Er blieb noch einen Augenblick stehen. Dann ging er nach links. Über die Straße. In Richtung Second Chance. Ein Lastwagen fuhr vorbei. Ein langer, himmelblauer Lastwagen. Sie konnte nicht sehen, wohin der Mann weiterging. Mr. Kowalski zappte hinten. Die Sonne hatte die Tür von Second Chance erreicht. Madeline saß da. Nach diesen Schwindelanfällen fühlte sie sich leicht. Leichter. Schwach und wolkig. Als könnte sie sehr weit gehen. Und immer lächeln dabei. Wahrscheinlich hatte Rick recht. Es ging ihr ja besser danach. Vielleicht wurde sie etwas los. Dabei. Erleichterte sich um etwas. Rick hatte solche Anfälle nicht. Rick saß vor seinem Computer und lebte von Pizza und diet coke und sah immer gleich aus. Nicht einmal seine Haare wurden grau. Seine Haare waren dunkel und dicht und eine Lokke in die Stirn. Und wenn er das Geld zurückgeholt hatte. Dann. Dann war alles wie früher. Und Wünsche wurden erfüllt. Wieder. Aber Rick hatte auch keine Wut. Er hatte nicht diesen Zorn. Diesen Haß. Diesen unbändigen Haß. Der aufstieg. Von der Mitte her aufstieg und sich ausbreitete. Und dann den ganzen Körper füllte. Ausfüllte. Auffüllte. Der anstieg und ihr den Leib zu zerreißen drohte. Bis der Haß sich selbst erstickte und sie wimmernd zurückblieb. Rick hatte keine Wut. Keinen Haß. Rick lachte über alles. Sie hätte sich schon eine Pistole gewünscht. Falls der Schwede hier hereinkäme. Obwohl. Wahrscheinlich lag ohnehin eine Pistole in der Lade von Mr. Kowalskis Beistelltischchen. Auf dem die Bierdosen aufgereiht standen. Warum sollte die Lade sonst versperrt sein. Madeline stand auf. Sie ging nach hinten. Im Fernsehen lief »Matlock«. Der Rechtsanwalt befragte gerade eine Zeugin vor Gericht. Mr. Kowalski schlief.

Madeline fragte laut, ob sie jetzt die Waschwäsche wegbringen sollte. Mr. Kowalski öffnete die Augen. Er sah sie glasig an. Richtete sich auf. Drückte auf den Knopf, der den Sessel nach vorne kippte. »Yes«, sagte er dann. Ja. Ja. Sie solle nur. Seine Frau warte sicher schon. Mr. Kowalski stemmte sich hoch und ging nach vorne. Madeline holte ihre Jacke und das Seidentuch. Sie hatten die Haken für ihre Garderobe neben der Tür. Einen für Mr. Kowalski. Einen für Sheila. Einen für sie. Und es war wichtig, keinen anderen Haken als den eigenen zu benutzen. Das war schon in der Schule wichtig gewesen. Den Mantel nur auf den eigenen Haken hängen. Madeline legte die Plane über den Container. Drückte die Velcrobänder gegeneinander. Schob den viereckigen Plastikwäschesack auf Rädern durch die Hintertür in die schmale Seitengasse. In der Tür fragte sie Mr. Kowalski, ob sie ihm etwas mitbringen sollte. Ob sie Mrs. Kowalski etwas ausrichten sollte. Mr. Kowalski schüttelte den Kopf. Er wollte nichts haben, und er wollte seiner Frau nichts ausrichten lassen. Wie immer. Er stand vorne. Am Ladentisch. Er sah auf die Straße hinaus. Madeline ließ die Tür hinter sich zufallen. Sie schob den Container schnell aus der Seitengasse auf die Damen Avenue. Die Seitengasse führte nach hinten zu einem Abstellplatz. Auf dem zerrissenen Asphaltboden standen Autos. Nur die Blechgehäuse. Alles andere war ausgeräumt. Türen und Motorhauben weggerissen. Eiskästen standen da. Fernsehapparate. Waschmaschinen. Gasherde. Regale. Alles in die Autos gestapelt oder zwischen den Autos abgestellt. Von allem die Metallhüllen übrig. Rostige Skelette. Hohes Gras schoß in hohen Büscheln auf. Die reifen Rispen fahlgelb in der Sonne. Sie mußte immer an Ratten denken. Madeline lief zur Damen Avenue. Sie blieb links. Im Schatten. Sharon kam zur Tür von Second Chance. Winkte. Sharon wollte ihre Pelzjacke. Sharon wollte ihr diese Pelzjacke unbedingt abkaufen. Für die Auslage. Sharon hatte eine Kleiderpuppe aus den 30ern aufgetrieben. Oder sie war aus den 40ern. Der Polarfuchs der Mutter paßte perfekt dazu. Wie die Krokodillederhandtaschen. Aber die hatte Sharon schon alle. Und dann ja eigentlich ein Glück, wenn gerade die Kiste mit den ältesten Sachen übriggeblieben war. Obwohl der Pelz. Wie sie ihn am ersten kalten Tag angezogen hatte. Mr. Kowalski war sehr viel freundlicher gewesen. Er hatte gleich wieder von ihrer »european dignity« geredet. Dabei zahlte er ihr nicht einmal den Mindestlohn. Ohne social security card war das so. Etwas Neues kaufen kam nicht in Frage. Sie hatte die Pelzjacke anziehen müssen. Und Sharon war über die Straße gelaufen gekommen. Wegen der Jacke. Und daß sie die haben wollte. Madeline winkte Sharon zu. Sie ging weiter. Schob den Container gebückt vor sich her. Die Pelzjacke war nicht warm genug. Was würde sie bei einem der Blizzards hier machen. Alle sprachen davon. Wie das sei. Hüfthoher Schnee und minus 10 Grad Celsius und der Wind Minusgrade Fahrenheit. Das waren mindestens minus 30 Grad Celsius. Eine Jacke war da nicht genug. Aber vielleicht war dann ja schon alles wieder in Ordnung. Sie hatten ihr Geld zurück. Der e-commerce brachte wieder Gewinne. Und sie mußte nicht mehr zum Crystal Cleaner. Rick machte das schon. Rick machte nichts anderes. Rick war Tag und Nacht im Internet und spürte den Schweden auf. Den Schweden und seine Machenschaften. Und der Nasdaq war jeden Tag noch niedriger. Und keine Spur vom Schweden. Oder von seinen Geschäften. Seine Eltern in Pasadena waren zwar schrecklich betreten gewesen. Hatten sich schrecklich geniert. Für ihren Sohn. Madeline war trotzdem 2 Nächte vor dem Haus im Auto geblieben. Ob der Schwede nicht doch nach Hause käme. Zu diesem netten ältlichen Ehepaar. Die dann die Polizei geholt hatten. Wegen Landstreicherei. Madeline hatte »loitering« im Wörterbuch nachgeschlagen. In Amerika konnte man nicht einfach parken. Irgendwo. Und sie hätten sich entschuldigt für ihren Sohn, hatten die alten Leute dann gesagt. Sie hätten sich entschuldigt, und damit müßte die Sache erledigt sein. Aber das hieß ja nichts. Der Schwede hätte die ganze Zeit im Haus sitzen können. Ins Haus hatten sie Rick und sie ja nicht gelassen. Und das Haus. Das war ja vielleicht von ihrem Geld schon gekauft. Es hatte alles sehr neu ausgesehen. In diesem Haus in Pasadena. Madeline mußte an der Kreuzung Damen und Chicago Avenue warten. Lastwagen fuhren die Chicago Avenue hinunter. Eine Blue Line donnerte in dieselbe Richtung. Down town. Es wäre der richtige Tag gewesen, dahin zu fahren. Die Chicago Avenue bis zum See zu gehen. Am American Girl's Place vorbei. Da, wo den kleinen Mädchen beigebracht wurde, daß alles rosarot sein sollte. Und über Michigan Avenue. Am Water Tower Place vorbei. Und irgendwo sitzen. Der See war immer beruhigend. Für sie der See immer eine Beruhigung. Ohne Gezeiten. Das Wasser konnte vollkommen still daliegen. Nur vom Wind Wellen. Und doch so weit wie ein Meer. Madeline schob den Container über die Kreuzung. Der Container rumpelte auf die Straße und wieder auf den Gehsteig hinauf. Madeline schob den Container den Block entlang. Ein altes Schuhgeschäft. Im Schaufenster die Schuhe in Regalen aufgestellt und eine Holzwand dahinter. Ein neues Schuhgeschäft. Alles offen. Man sah von draußen die Leute Schuhe probieren. Boutiquen. Ein Walgreen's. Ein Billigsupermarkt. Die Fensterscheiben dunkelblau gestrichen und das Licht von drinnen durch Ritzen in der Farbe zu sehen. Die Tür zum Golden Cleaner stand offen. Mrs. Kowalski tauschte die Container aus. Mrs. Kowalski stand zwischen den Containern und sah zu Madeline auf. Mrs. Kowalski war klein und dünn. Die Haare ein goldener Helm. Oder war das eine Perücke. Mrs. Kowalski sagte, Madeline solle direkt zum Crystal Cleaner fahren. Diesmal. Madeline solle mit der gewaschenen und gebügelten Wäsche direkt zurückfahren. Mrs. Kowalski wollte die Wäsche nicht in Ed's store herumstehen haben. Es rieche da nicht gut, sagte sie. Es rieche da schlecht. Dazu wasche und bügle sie die Wäsche nicht. Ihre Kunden verlangten wohlriechende Wäsche. Ihre Kunden hätten ein Recht auf wohlriechende Wäsche. Ob Mrs. Kowalski Ed nicht mochte, fragte Madeline. Mrs. Kowalski ging an ihre Bügelmaschine zurück. Madeline solle doch einfach machen, was man ihr sage. Das reiche. Das sei hier eben so. In diesem Land sei das ganz einfach so. Mrs. Kowalski drückte auf einen Knopf, und das Herrenhemd vor ihr blähte sich auf. Es zischte, und Mrs. Kowalski bügelte mit einem roten Bügeleisen über Brust und Kragen und Manschetten des aufgeblähten Hemds. Dann schob sie einen Drahtbügel in den Kragen und hob das in sich zusammenfallende Hemd hoch. Hängte es auf einen Kleiderständer. Holte das nächste Hemd aus einem Container. Mrs. Kowalski drehte sich mit jeder Bewegung von Madeline weg. Wandte ihr den Rücken zu, obwohl das Bügelgerät gegenüber vom Eingang gleich hinter dem Ladentisch stand. Madeline ging. Was war da wieder los. Glaubte Mrs. Kowalski, sie und Mr. Kowalski. Das konnte nicht wahr sein. Was dachte diese alte Frau. Mit diesen grauenhaft gefärbten Haaren. Mit diesen winzigen, stechenden Augen. Daß sie das nötig hätte. So etwas hatte sie nie gebraucht. Das hätte sie nie nötig gehabt. Sie hatte sich ihre Männer immer ausgesucht. Sie war nie gezwungen gewesen. Sie hatte sich nie zu etwas zwingen lassen. Zu nichts war sie zu zwingen gewesen. Und das würde auch hier so sein. So bleiben. Sie sollte dieser Mrs. Kowalski einmal erzählen, mit wem sie alles. Wer alles mit ihr. Dicke, fette, unappetitliche, nach Bier riechende Putzereibesitzer waren da nicht darunter gewesen. Männer, die den ganzen Tag Bier tranken. 5 Biere. Präzise 5 Bierdosen standen am Abend ausgetrunken auf dem Beistelltischchen mit der verschlossenen Lade. Genau aufgereiht. Männer, die den ganzen Tag im Fernsehsessel lagen und kaum herauskonnten, um aufs Klo zu gehen. Männer, die manchmal verschwanden und dann heulen mußten und einem 10 Dollar zusteckten. Zu mehr reichte es ja ohnehin nicht mehr. Mr. Kowalski war höchstens noch für eine Peep-Show gut. Wenn überhaupt. Sie sollte dieser Mrs. Kowalski. Sie sollte dieser grauen Maus mit ihren absurd blonden Haaren. Mit diesem weißen Arbeitskittel, aus dem die mageren Arme und Beine herausstachen. Sie sollte diese Frau einmal fragen, wer denn ihren Mann noch wollen sollte. Dieses Fettmonster. Er roch doch. Er stank. Säuerlich. Ihr Mann ruinierte doch den Geruch der Wäsche. Madeline schob den Container auf die Straße hinaus. Das war es wahrscheinlich. Wahrscheinlich war das der Grund für diese Mitteilung. Mr. Kowalski war gar nicht allergisch. Mr. Kowalski war geil. War geil gewesen. Wahrscheinlich war das der Grund, warum Sheila im Keller arbeiten mußte. Damit er nicht dauernd mit ihr zusammen war. Sie ansehen konnte. Sheila. Oder eine andere. Nur. Das bißchen Festhalten am Arm. Das konnte er haben. Madelines Kehle brannte. Die Augen. Madeline atmete tief, um nicht zu weinen zu beginnen. Vor Wut darüber, weinen zu müssen, begann sie zu weinen. Madelines Augen schwammen, und sie schaute zu Boden. Sie versuchte die Tränen wegzublinken. Sie hätte dieser Frau alles hinschmeißen sollen. Sie hätte dieser Frau sagen sollen, sie sollte sich ihren fettsüchtigen Clown behalten. Sie hätte sie anlächeln sollten. Dabei. Freundlich und offen. Freundschaftlich und überlegen. Lächeln und wegdrehen. Gehen und an der Tür zurückwinken und noch einmal lächeln. Sehr herzlich lächeln. Sehr überlegen lächeln. Das wäre die richtige Reaktion gewesen. Madelines Gesicht war heiß. Im Genick und in den Schultern eine Müdigkeit. Eine Lähmung. Madeline war froh, an der Kreuzung warten zu müssen. Sie stand da. Gerade. Lehnte sich zurück. Dehnte die Schultern nach hinten. Zwei junge Frauen warteten neben ihr. Sie standen stumm da. Vorgebeugt. Sie gingen noch, bevor die Fußgängerampel grün zeigte. Liefen los. Sie trugen Sportschuhe und kurze Röcke und wattierte Jacken. Die Jacken so lang wie die Röcke. Die Beine in undurchsichtigen fleischfarbenen Strümpfen. Die Beine zu dick. Von beiden die Beine zu dick. Die Strumpffarbe ließ die Beine noch dicker aussehen. Die Beine waren dick und fett. Die Oberschenkel dicke, gerade Säulen. Ein Mann kam entgegen. Er ging entschlossen auf die Kreuzung zu. Die Fußgängerampel hatte schon zu blinken begonnen. Der Mann lief noch schnell über die Straße. Im Vorbeilaufen musterte er die Beine der jungen Frauen. Er sah den Frauen nicht ins Gesicht. Dafür hätte er sich umdrehen müssen. Er hastete an den jungen Frauen vorbei. Ließ seinen Blick über ihre Beine streifen. Nahm nur die Beine wahr. Bei Madeline hielt sich sein

Blick nicht auf. Madeline schob den Container auf den Gehsteig und bog in Damen Avenue ein. Sie hatte Beine, denen man nachsah. Sie hatte wirklich schöne Beine. Lange, elegante Beine. Sie zeigte ihre Beine nicht her. Sie mußte das nicht. Und die Kleider dafür waren im Motel in Los Angeles geblieben. Jeans. Und Jeans brachten Mr. Kowalski auf keine Ideen. Nicht mit Ricks langem Pullover darüber. Ein Lastwagen fuhr vorbei. Langsam. Der Fahrer schaltete. Der Lastwagen blieb fast stehen und fuhr dann wieder an. Eine dunkle Wolke öliger Abgase quoll aus dem Auspuff. Madeline blieb stehen. Wartete, bis die Luft unter der Brücke wieder heller wurde. Der Lastwagen fuhr laut röhrend davon. Eine Blue Line fuhr über ihr in die Station ein. Der Lastwagen knatterte. Der Motor heulte auf. Der Zug dröhnte. Die Abgase wirbelten vor den Schatten unter der Brücke. Die Sonne schien. Die Türen des Zugs gingen zischend auf. Auf Chicago Avenue fuhren die Autos und Lastwagen in Kolonnen. Menschen eilten über die Kreuzung. Damen Avenue war leer. Dann kamen Menschen aus der Station. Kamen ihr entgegen. Gingen auf sie zu. Madeline schob den Container zwischen den Menschen durch. Sie schob den Container gebückt. Stieß ihn vor sich her. Sie lehnte sich gegen die Tür von Eds Geschäft. Schob die Tür auf. Die Glocke schlug an. Klingelte. Eds Glocke klingelte, solange die Tür offenstand. Sie zog den Container in das Geschäft. Schob den Container zwischen den Stapel mit den Drahtkörben und die 2 Kisten mit Äpfeln. Grüne und rote Äpfel. Und jeder Apfel trug ein kleines Schildchen mit seinem Namen. »Granny« und »Idaho«. Madeline stieß die Tür zu. Das Klingeln brach ab. Die Musik zu hören. Klavier. Einzelne Töne. Ein Baß baute Arabesken um diese Töne. Das Klavier ließ sich auf keine Melodie ein. Das Klavier spielte die einzelnen Töne vor sich hin. Die Töne silbrig. Der Baß samten. Und Eds Kanarienvogel im Käfig über der Kassa zwitscherte. Madeline sah Ed im Überwachungsspiegel über den Milchprodukten. Ed stand beim Kaffee hinten. Er lehnte sich an das hohe Tischchen. Sah sie im Spiegel an. Ed hob die Hand. Er grüßte. Lächelte. Im gewölbten Spiegel waren fast nur seine weißen Zähne zu sehen. Weiß leuchtend. Vor dem braunen Softdrinkautomaten war sein dunkles Gesicht kaum zu erkennen. Madeline ging nach hinten. Sie ging im Rhythmus der Musik den schmalen Gang nach hinten. Die Regale fast leer. Nur noch Cornflakes und Raviolidosen. Brötchen für Hamburger. Luftdicht verpackt. Die Brötchen konnten trotzdem verschimmeln. Madeline hatte für Rick kochen wollen. Die Brötchen waren an der Unterseite staubig grün gewesen. Staubig grün mit schwarzen Tupfen. Im Tiefkühlschrank lagen Pizzas gestapelt. Im untersten Fach 3 ganze Hühner. Seit 3 Monaten ging Madeline jeden Tag zu Ed Kaffee trinken. Seit sie bei Mr. Kowalski zu arbeiten begonnen hatte. Die Hühner hatten schon immer da gelegen. Madeline hatte sie Tick, Trick und Track getauft. Ed nannte sie Daley's Ass One, Daley's Ass Two und Daley's Ass Three. Nach dem Bürgermeister von Chicago. Ed meinte, Mayor Daley sei so korrupt und fett, daß es für 3 Ärsche reichte. Die Hühner hatten schrundige braune Flecken. Das mache die Ähnlichkeit mit dem korrupten, räudigen Arsch Daleys aus, hatte Ed gesagt. Ed schenkte Kaffee ein. Er stand an den Tisch gelehnt. Schob Madeline den braunglänzenden Plastikbecher über das Tischchen zu. Madeline nickte. Sie nahm den heißen Becher vorsichtig am Rand oben und nippte. Der Kaffee schmeckte dünn. Bitter. Ranzig. »That's what I needed«, sagten sie. Beide. Im

Chor. Sie lachten. Ed stützte sich mit einem Arm auf. Er stand gegen den Tisch gelehnt. Trank seinen Kaffee. Er sah über den Becherrand auf sie herunter. Lächelte. Grinste. Madeline seufzte. Mrs. Kowalski würde überprüfen, ob sie zu Ed gegangen war. Sie würde ihr eine der Koreanerinnen nachschicken. Nachgeschickt haben. Oder sie war selbst bis an die Straßenkreuzung vorgegangen. Und vielleicht würde sie sogar auftauchen. Hier. Und sie anschreien. Vor Ed. Vor Ed mit besonderem Vergnügen. Was konnte eine Mrs. Kowalski sich Schöneres vorstellen, als sie vor einem Schwarzen fertigzumachen. Und dann den Schwarzen auch. Das mit dem Geruch bei Ed. Damit war der Nigger gemeint gewesen. So wie Mrs. Kowalski das gesagt hatte. Das war nicht mißzuverstehen gewesen. Wahrscheinlich wußte Mrs. Kowalski selber nicht, was sie mehr haßte. Madeline und ihre »european dignity«. Oder Ed. Madeline nippte am Kaffee. Sie lächelte zu Ed hinauf. Ed wäre ihr einziger Trost, sagte sie. Consolation. Und ein Hafen. »Then. Let's start consoling«, sagte Ed und stellte den Kaffeebecher ab. Madeline nippte weiter. Sie nagte an dem dünnen Plastikwulst des Becherrands. Sah in den Kaffee. Ed trat zurück. Trat einen Schritt nach hinten. Er lehnte sich gegen den Softdrinkautomaten. Schob die Hüften nach vorne. Drückte den Unterleib heraus. Ihr entgegen. Er grinste sie an und schaute über Madeline in den Spiegel. Beobachtete den Eingang. Madeline sah wieder in ihren Kaffee. Sie hatte Eds Geschmack im Mund. Ed schmeckte spitz und säuerlich. Madeline wollte nicht. Nicht gleich. Sie wollte ihren Kaffee austrinken. Sie wollte reden. Ed glaubte wohl, das ging immer so. Sie käme ins Geschäft, und es ginge gleich los damit. Oder meinte er, sie mußte es tun. Meinte er, er hätte ein Recht erworben, weil sie es einmal gemacht hatte. Madeline lächelte Ed zu. Sie wollte ihn gerade fragen, ob sie ihren Kaffee austrinken dürfe. Wenigstens. Aber Ed sah sie nicht mehr an. Ed sah in den Spiegel. Er stand angespannt. Nach vorne gebeugt. Madeline drehte sich zum Spiegel um. Sie konnte nur die Kassa und den Vogelkäfig über der Kassa sehen. Jemand schaute durch das Fenster in das Geschäft. Die Glocke schlug an. Klingelte. Übertönte die Musik. Der Vogel tschilpte laut. Ed wandte sich dem Eingang zu. Er ging nach vorne. Lief in 3 langen Schritten zwischen dem Kaffee und den Frühstücksflocken nach vorne. Die Glocke klingelte weiter. Madeline stellte den Kaffee auf den Tisch und ging nach vorne. Sie nahm eine Packung butterfinger aus dem Regal mit den Süßigkeiten und Kaugummis vor der Kassa. Ed stand an der Kasse. Er scannte die butterfinger ein und tippte den Preis für einen Kaffee. Er deutete auf das Display. 3 Dollar 70. Die Glocke klingelte weiter. Der Vogel hüpfte schreiend in seinem Käfig. Ein Mann stand in der Tür. Er war sehr dunkel. Groß. Schwarz gekleidet. Ein schwarzer Hut. Der Mann stand gegen die Tür gelehnt und sah Ed zu. Madeline suchte nach Geld in ihrer Jackentasche. Gab Ed 4 Dollar. Er gab ihr das Wechselgeld. »Thank you, Madam«, sagte er. Beugte sich über die Kassa. Drückte ihr die 30 Cent in die Hand. Madeline mußte den Wäschecontainer hinter der Tür hervorholen. Sie bat den Mann in der Tür, sie vorbeizulassen. Sie hinter die Tür zu lassen. Der Mann verstand sie nicht. Er sah sie böse an. Madeline schob ihn zur Seite. »Excuse me, please«, sagte sie. Sie zog das »please« in die Länge und angelte nach dem Wäschecontainer hinter der Tür. Sie müsse den Container da herausholen, sagte sie. Der Mann trat zur Seite. In das Geschäft. Die Tür fiel zu. Das Klingeln vorbei. Das Klavier war wieder zu hören. »Yesterday«. Der Kanarienvogel trillerte. Der Mann stand Ed gegenüber. Die Männer sahen einander an. Madeline mußte mit dem Container um den Mann herumfahren. Schob den Container zwischen den 2 Männern durch. Madeline öffnete die Tür. Im Klingeln der Glocke zog sie den Container auf die Straße. In den Straßenlärm hinaus. Warum hatte sie jetzt zahlen müssen. Ed stand immer noch an der Kassa. Den anderen Mann konnte sie durch das Fenster nicht sehen. Was war das jetzt gewesen. Ed winkte sonst noch durch das Fenster. Brauchte Ed Hilfe. Aber Ed hatte diesen Mann gekannt. Und konnte sie weiter zu Ed gehen. Sie hatte noch nie bezahlen müssen. Ed hatte immer gegrinst und gesagt, er lade sie auf einen Ladendiebstahl ein. Madeline ging weiter. Sie schob und zog den Container unter der Brücke der Blue Line durch. Schnell. Sie mochte keinen Zug über sich fahren haben. In der Nacht war zu sehen, wie die Funken die Schienen entlangsprühten. Blau. Und in langen Blitzen. Vom Fenster ihres Zimmers konnte man den Funken nachsehen. Unter den Gleisen. Richtung down town. Unter der Brücke. Die fliegenden Funken. Die Vorstellung von brennenden Haaren trieb sie an. Es fuhr ein Zug ein. Aus Richtung down town. Madeline lief. Sie zerrte den Container über die Risse im Asphalt des Gehsteigs. Schlitterte über die ockerfarbenen Ziegel vor dem Ausgang der Station. Über die Pflastersteine bis zur Seitengasse beim Crystal Cleaner. Hinter ihr kamen Menschen aus der Station. Klapperten und trappelten in Richtung Chicago Avenue. Autos. Der Zug donnerte davon. Richtung O'Hare. In der Seitengasse war dann kaum noch etwas vom Zug zu hören. Als führe er viel weiter entfernt. Der Abstellplatz lag in der Sonne. Das hohe Gras still. Unbewegt. Alles unbewegt und starr. Die Metallteile ragten zwischen dem Gras in die Höhe. Kein Laut. Keine Bewegung. Ein Friedhof, dachte sie. Und die Leichen schon Skelette. Metall und Gras übriggeblieben. Alles Fleisch abgefault. Abgetrocknet. Und dann ja auch keine Ratten mehr. Vielleicht. Madeline stieß die Tür zum Crystal Cleaner auf. Zog den Container hinein. Frauenstimmen aus dem Fernsehapparat. Die Frauen sprachen über Männer. Die Luft im Crystal Cleaner schwer. Der beißende Geruch der Chemikalien nach der kühlen, frischen Herbstluft draußen. Legte sich gegen die Kehle innen. Madeline blieb beim Eingang stehen. Sie atmete vorsichtig über die Stelle hinten an der Kehle hinweg. Da, wo der Geruch den Hals so trocken machte. Mr. Kowalski roch auch stärker. Madeline konnte Mr. Kowalski ganz deutlich riechen. Mr. Kowalski roch nach Bier und Ungewaschensein. Aber trocken. Ohne Schweiß. Und nicht stark. Als würde immer nur ein kleiner Rest von diesem Geruch beim Waschen vergessen werden. Madeline schob den Container um die Ecke. Nach vorne. Mr. Kowalski lag im Bürosessel. Er schlief. Die Frauen im Fernsehapparat lachten. Madeline rammte den Container gegen ihren Hocker. Mr. Kowalski drückte sofort auf die Fernbedienung. Auf dem nächsten Sender sprach ein Mann über Badezimmer. Rauschende Musik untermalte seine Vision vom perfekten Badezimmer. Das Badezimmer müsse eine Oase der Ruhe und Entspannung sein, sagte der Mann. Madeline ging zu Mr. Kowalski. Sie nähme jetzt ihre Mittagspause, sagte sie schnell. Jetzt. Zwischen 12 und 1. Da wäre ja auch weniger los als später. Vollkommene Privatheit hätten wir uns alle verdient, sagte der Mann im Fernsehen. Aber die Leute aus den Büros, sagte Mr. Kowalski. Vorwurfsvoll. Madeline zuckte mit den Achseln. Wie er wünsche.

Wenn das Badezimmer nicht stimme, sagte der Mann im Fernsehen, dann stimme gar nichts im Leben eines Menschen. Ob das Publikum das nicht auch so sähe. Mr. Kowalski winkte Madeline wegzugehen. Deutete ihr nur mit dem Zeigefinger. Sah schon wieder zum Fernsehapparat hinauf. Madeline solle aber pünktlich zurückkommen. Ja! Madeline ging zur Tür hinten. Ob Madeline so nett sein könne und pünktlich sein, rief ihr Mr. Kowalski nach. Madeline rief »Sure« über ihre Schulter. Sie ging durch die hintere Tür. Wollte die Glocke nicht hören. Sie ging rasch am Haus entlang. Zur Damen Avenue nach vorne. Die Seitengasse lag im Schatten. Damen Avenue in der Sonne. Madeline ging über die Straße. Vor dem Bikercafé saßen Leute in Mänteln in der Sonne und aßen. Sie ging vorbei. Ging in Richtung Wicker Park. Die Sonne von rechts. Wärmte ein wenig. Sie hätte Äpfel mitnehmen sollen. Von Ed. Aber wahrscheinlich waren diese Äpfel gar nicht gesund. Wahrscheinlich waren diese Äpfel ausgelaugt. Wie alles hier. Süß und salzig. Zur gleichen Zeit. Kinderessen. Verboten und ohne Nährwert und eine Sucht danach. Alle Lebensmittel bunt. Farbenfroh außen. Innen holzig schmierig. Sogar der Salat. Und dieses große Land. Alle ernährten sich von diesem verbotenen, süchtigmachenden Essen. Sie ja auch. Madeline bog hinter Wicker Park nach links ab. Rick hatte es genau ausgerechnet. Ins Haus gelieferte Pizzas waren das Billigste. Sie hatten ja kein Auto mehr. Das hatten sie in Kalifornien zurücklassen müssen. Und sie hatten noch weniger Geld als da. Sie bestellten eine Pizza am Tag. Madeline aß ja höchstens ein Stück davon. Und meistens löste sie den Belag ab und gab ihn Rick. Rick aß auch dieses Plastik. Madeline ging langsam. Leere Parkplätze. Links, am Anfang von Wicker Park. Unkraut zwischen den Rissen in den Betonplatten. Ölflecken. Rostige Ketten waren quergespannt. Die Trasse der Blue Line hoch darüber. Auf schwarzgrauen Metallpfeilern. Beigegrauer Lack löste sich in Fetzen vom Metall. Rechts der Park. Büsche. Die Wiese. Bäume. Ein Kleinkinderspielplatz abgetrennt. Am Abend standen Huren hier. Sie standen. Sie liefen nicht auf und ab. Hier. Wie in Paris. Wackelten nicht mit den Hintern. Wie in Italien. Oder hoben die Brüste den Freiern entgegen. Streichelten sich die Hüften. Hier standen die Huren und rauchten und kauten Kaugummi. Die Pailletten eines Minirocks oder das schwarze Latex einer Hose glänzte nur selten in Bewegung. Die Frauen sprachen auch nicht miteinander. Die Huren waren sehr jung. Sie kauten Kaugummi und rauchten und stiegen in Autos ein und stiegen aus und standen wieder da. Im Sommer war das so gewesen. Bis jetzt. Vom Fenster in Ricks Zimmer konnte man auf den Park sehen. Nach vorne. Von ihrem Fenster. Die Schienen der Blue Line liefen quer vor ihrem Fenster. In der Straße unter den Schienen parkten Autos. Von oben. Von ihrem Fenster. Wenn sie hinunterschaute. Die Männer blieben sitzen. Manche ließen die Hände am Lenkrad. Manche rauchten schon währenddessen. Oder es ging alles noch schneller, als sie annahm. Die Amerikaner, die sie getroffen hatte. Die amerikanischen Männer. Die hatten alle Probleme gehabt. »Sorry«, und es war schon wieder vorbei. Aber sie hatte ja nicht alle Amerikaner getroffen. Und mit Ed. Mit Ed hatte sie es ja auch nur so. Und ein blow job. Das war mehr so eine Nettigkeit. Das machte man, um ihn zu beruhigen. Damit er nichts anderes wollte. Oder keine andere. Oder weil man ihm zeigen wollte, daß auch er zu haben war. Daß er auch nur so ein Bündel von Abhängigkeiten war. Und zumindest abhängig von seinem Schwanz. Und von einem. Das vor allem. Und die meisten konnten dabei weiter glauben, man wäre ihnen zu Diensten. Aber hier. Hier schien es das einzige zu sein. Die stummen jungen Frauen am Straßenrand. Mußten die deshalb Kaugummi kauen. Und rauchen. Es kostete hoffentlich extra, wenn man es schlucken sollte. Es war ja alles o.k. Nur dieses Anfüllen. Diese Selbstverständlichkeit, sich in einen zu entleeren. Sie hatte das nie. Madeline ging die Häuser entlang. Schmale Holzhäuser. Lang nach hinten gezogen. Büsche zwischen den Häusern. Feuertreppen an den Seiten. Bei ihrem Haus war die Feuertreppe hinten. Vor ihrem Fenster. Sie hätte durch das Fenster flüchten müssen. Aber der Metallrahmen im verwitterten Holz des Fensterstocks verzogen. Das Fenster immer offenstand. Einen Spalt. Das Fenster war nicht weiter zu öffnen oder zu schließen. Es gab immer einen Luftzug. Im August hatte Madeline gedacht, das Haus ginge in der trockenen Hitze in Flammen auf. Nur von der Hitze. Madeline hatte die Nächte in dem Geruch von heißem Holz und Lack liegen müssen. Im Winter würde sie frieren. Und immer Lärm. Die Züge bis nach Mitternacht. Und die Autos in der Straße unten. Die Motoren liefen immer. Im Sommer die Klimaanlagen. Jetzt in der Nacht Heizung notwendig. Madeline ging. Das Sehen war wieder schwierig geworden. Verschwommen. Das Gehen ein Waten durch eine Müdigkeit bis zu den Knien hinauf. Madeline zog das Seidentuch vom Hals weg. Atmete tief. Zog das Seidentuch herunter. Knüllte das Tuch in den Händen. Nur noch 3 Häuser. Bis zu ihrer Wohnung. Das Tuch. Blumen und Goldgirlanden auf schwarzem Grund. Das Tuch war aus Paris. Das Tuch war ein Geschenk vom Schweden. Eric hatte ihr das Tuch von einer seiner geheimnisvollen Reisen mitgebracht. Er hatte das Diadem verkauft. Da war sie sicher. Es war um diese Zeit verlorengegangen. Das letzte Erbstück. Und dann hatte sie dieses Tuch selbst bezahlt. Das Tuch von ihrem Geld erworben. Und der Schwede. Madeline bekam einen Augenblick keine Luft. Sie mußte stehenbleiben. Der Haß. Wenn sie daran denken mußte. Erinnert wurde. Sie konnte nichts sehen. Konnte die Beine nicht heben. Ihre Haut brannte. Als begänne ein schuppiger Hautausschlag sich auszubreiten. Sie stand vor ihrem Haus. Niemand auf der Straße. Oder im Park. Der Straßenlärm weit entfernt hier. Kein Auto fuhr. Vögel. Madeline machte einen Knoten in das Tuch. Dann noch einen. Und noch einen. Immer schneller. Bis das große Seidentuch ein dünner Zopf von Knoten war. Dieser Mann hatte sie um alles gebracht. Madeline ging weiter. Sie sagte sich vor, 1, 2, 3, einatmen. 1, 2, 3, ausatmen. Sie sperrte die Haustür auf. Stieg die Stufen zur Wohnung hinauf. Das Stiegengeländer graublau lackiertes Holz. Rotbraune Farbe unter dem Grau. Die Stufen ausgetreten. Schwarz von den Schuhen. Die Stiege hinauf. Ein langer Riß in der Mitte der Wand. Brombeerfarbenes Dämmaterial quoll durch den Riß zwischen den Holzbrettern hervor. Madeline sperrte die signalrote Wohnungstür auf. Eine britische Fahne war auf die Tür gemalt. Die ganze Tür eine britische Flagge. Unten war ein Paddingtonbär auf die Tür geklebt. Als öffnete der Paddingtonbär einem die Tür. Hinter der Tür gleich die Küche. Madeline stand da. Das Tuch war das einzige, was vom Schweden geblieben war. Madeline wünschte ihm alles Unglück der Welt. Verbrennen. Sie dachte, das Tuch zu verbrennen. Über der Gasflamme. Aber Verbrennen. Das ging zu schnell. Das war dann vorbei. Zu Ende. Ein langes, kaltes Elend wünschte sie ihm. Ein langes, kaltes

Elend und Atemnot. Das war viel richtiger. Madeline ging zum Eiskasten und legte das zusammengeknüpfte Tuch in das leere Tiefkühlfach. Sie stand vor dem Eiskasten. Stellte sich den Schweden vor. In einen Eisblock eingefroren und blaurot vor Kälte und immerwährend erstickend. Madeline holte das Tuch aus dem Tiefkühlfach und hielt es unter die Wasserleitung. Sie ließ das Wasser tropfenweise in den Stoff einsickern. Bis die ersten Tropfen unten aus dem Stoff in das Abwaschbecken fielen. Madeline holte eine ziplogbag aus der Lade. Es lag eine ganze Packung ziplogbags in der Lade. Von den Vormietern. Die Vormieter hatten die Küche nicht ausgeräumt. Sie hatten Cornflakes, Matzoballs und Thunfisch in Dosen zurückgelassen. Alle Laden waren vollgestopft mit alten Korken. Flaschenöffnern. Dosenöffnern. Draht. Gummiringen. Rollen von Backpapier. Säckchen mit Rosendünger. Backpulver. Vanilleessenz in Röhrchen. Rezeptkarten. Plastiksäcke in allen Größen und Farben. Aluminiumfolie. Ungebrauchte verstaubte Gummihandschuhe. Grillspieße. Fonduegabeln. Plastikhüllen mit Blumenmustern. Alles war fleckig und verklebt. Als wäre Sirup über alles geschüttet worden. Madeline fischte eine ziplogbag aus der Packung. Sie legte das tropfnasse Seidentuch in das Plastiksäckchen. Verschloß es. Sorgfältig. No freezer burn for Eric. Dann legte sie die ziplogbag in das Tiefkühlfach. Sie machte das Tiefkühlfach zu. Schloß den Eiskasten. Madeline verschloß die Türen aufmerksam. Hörte dem Einrasten der Plastikklappe des Tiefkühlfachs zu. Dem satten Ton des Schließgeräuschs der Eiskastentür. Das war befriedigend. Das war sehr befriedigend. Madeline fühlte sich fröhlich. Sie lief ins Zimmer zu Rick. Madeline riß die Tür auf und stürzte zu ihm. Rick saß am Computer. Er schaute auf den Bildschirm und nickte im Takt der Musik aus seinem Walkman. Madeline umarmte ihn von hinten. Sie schlang ihre Arme um seinen Hals und legte ihren Kopf gegen seinen. Rick solle raten, was sie gerade gemacht hätte, rief sie. Rick drehte sich zu ihr. Er hustete und legte eine Ecke Pizza in die Schachtel neben dem Bildschirm zurück. Rick hustete. »Kannst du nicht.« Rick hustete wieder. Er spuckte ein Stück Pizza in seine Hand. Madeline schlug ihm auf den Rücken. »Ich habe den Schweden tiefgekühlt«, rief sie und schlug Rick zwischen die Schulterblätter. »Ob das hilft«, keuchte Rick. Sein blasses Gesicht plötzlich rosig. »Rache«, sagte Madeline. Sie sang »Rache«. Als Opernarie. Sie lachte. Rick grinste. »Rache. Das wäre schon gut«, flüsterte er und lachte mit ihr. Rick saß vorgebeugt. Er zog die Kopfhörer aus den Ohren. Ließ sie zu Boden fallen und stand auf. Er hustete. »Rache«, keuchte er. Er lachte. Zog Luft ein. Er versuchte, Luft einzuziehen. Er mußte wieder husten. Er stand vorgebeugt. Schaute auf den Bildschirm. Hielt sich am Tischrand fest. »Scheiße«, flüsterte er. Madeline fragte »Roderick.« Rick machte eine Armbewegung. Wegwerfend. Er wollte diesen Namen nicht hören. Er wollte nicht so genannt werden. Rick stieß einen Laut aus. Sein Mund stand weit offen. Er stieß einen Tierlaut aus. Ein knacksendes Ü. Ein Gicksen. Die Halsmuskel waren angespannt. Die Haut zwischen Hals und Schlüsselbein schlug. Pulsierte. Madeline stand neben ihm. Sie wollte ihn halten. Ihn umarmen. Rick schob sie weg. Er stand da. Der Laut. Wieder der Laut. Immer wieder dieser Laut. Madeline wollte ihm in den Mund sehen. In den Mund greifen. Das Stück Pizza herausholen. Rick stieß sie weg. Ob sie ihm Wasser holen sollte. Rick schob sie weg. Er stand über den Tisch gebeugt. Krümmte sich.

Und immer wieder der Ton. Sein Mund stand offen. Speichel. Schleim tropfte auf den Tisch. Madeline schlug auf seinen Rücken ein. »Roderick.« Sie schrie. Lief in die Küche. Drehte das Wasser auf. Fand kein Glas. Sie lief zurück. Sein Gesicht. Der Kopf rot. Der Hals dunkelrot und die Haut steif über die Sehnen gespannt. Madeline schlug ihm auf den Rücken. Mit aller Kraft. Sein Körper spannte sich noch mehr. Das Gesicht blaurot. Einen Augenblick sah er sie an. Madeline stand neben dem Tisch. Sie konnte nichts sagen. Der Schweißfilm auf seinem Gesicht. Tropfte. Begann zu rinnen. Auf der rotblauen Haut. Madeline riß an seinem Arm. Er solle sich hinlegen. Sie lief zum Telefon in die Küche. Sie wählte 911. Ein Band lief. Es würde sich sofort jemand melden. Madeline ließ den Hörer fallen. Ließ den Hörer baumeln. Sie lief zu Rick. »Mein Bruder«, schrie sie. »Mein Bruder stirbt.« Madeline schrie laut, damit die Leute am Telefon sie hören konnten. »My brother is dying.« Einen Augenblick fragte sie sich, was ersticken auf englisch hieß. Rick stand am Tisch. Krallte sich am Tisch fest. Sein Kopf hing nach vorne. Unter den Haaren waren die Adern an den Schläfen hervorgetreten. Blaue Würmer unter der blauroten Haut. Die Adern schlugen. Pulsierten. Der Ton. Der Ton. Er gab immer weiter diesen Ton von sich. Er sah erstaunt aus. Als erstaunte ihn der Ton selbst. Er starrte auf den Bildschirm hinunter. Die Arme wurden ihm schwach. Knickten ein. Sein Gesicht blau. Rick hob den Kopf, als wolle er etwas sagen. Kurz. Er sank in den Bürosessel. Er fiel nach hinten. Die Augen. Die Zunge. Alles gequollen. Pulsierte. Schlug. Ricks Kopf eine verquollene blaue Masse. Madeline hörte sich schreien. »My brother is dying.« Sie bekam keine Luft. Sie hörte Rick nicht mehr. Keinen Laut. Der Ton nicht mehr. Keine Bewegung. Madeline sank neben Rick nieder. Sie umklammerte seine Knie. Hörte sich schluchzen. Schluchzend um Atem ringen. Aus dem Walkman war Musik zu hören. Bob Dylan sang: »May your wishes all come true. May you always do for others and let others do for you. May you build a ladder to the stars and climb on every rung. May you stay forever young.«

April 1997.
Havanna.

Die Gläser klirrten. Der Kellner stellte sein Tablett auf ihrem Tisch ab. Er hob ihr Glas vom Tablett und stellte es vor sie hin. »Your Mojito«, sagte er. »Señora.« Madeline sagte »Gracias«. Sie zog das Glas zu sich. Sah auf. Der Kellner war sehr schlank. Schmal. Dunkelhaarig. Die Haare fielen in 2 Wellen von einem Mittelscheitel über seine Stirn. Er nahm sein Tablett wieder auf. Die leeren Gläser darauf klirrten. Er sah sich um. Niemand war nach ihr auf den Balkon heraufgekommen. Das laute Paar 2 Tischchen weiter war schon vor ihr da gewesen. Der Kellner wandte sich der Tür zu. Im Abwenden lächelte er sie an. Madeline nickte zurück. Sie trank von dem eiskalten Getränk. Fühlte die Kälte in den Magen rinnen. Die Kälte hinter dem Brustbein in den Bauch hinunter. Die Kälte brannte. Madeline trank weiter. Der Kellner hatte ein Vampirgebiß gehabt. Winzige weiße Perlenzähnchen und lange Eckzähne. Als wären im Kindergebiß nur die Eckzähne gewachsen. Madeline sah sich um. Die Frau am anderen Tisch redete auf den Mann ein. Sie beugte sich über den Tisch zu ihm. Streichelte über sein Kinn. Ihre Fingernägel waren orangerot lackiert. Der Mann sagte etwas. Leise. Die Frau schlug ihm auf die Wange. Spielerisch. Anzüglich. Unten auf der Straße. Menschen gingen. Redeten. Autos. Mopeds. Fahrräder. Aber kein Gedränge. Es war gegen Abend. Alle mußten nach Hause wollen. Eigentlich. Ein alter Mann stand da. An die Hausmauer gegenüber gelehnt. Unten. Auf der

Straße. Er hielt etwas vor sich hin. Ein anderer Mann blieb vor ihm stehen. Nahm etwas mit. Bezahlte dafür. Madeline konnte nicht sehen, was der Mann anbot. Der Mann lehnte mit der Schulter gegen die Hauswand. Sein Oberkörper verdeckte, was er in seinen Händen hielt. Der Mann war so grau wie die Hausmauer. Grau und schwarzfleckig. Unter den Fenstern der Putz abgebrökkelt. Gelbgraue Ziegel waren darunter zu sehen. Die Fenster staubig. Im 1. Stock vor den Fenstern dunkle, braune Holzläden. Daneben ein Betonbau. Die Wände aus Platten. Scharf abgegrenzt. Balkone. Wäsche war zum Trocknen aufgehängt. Dunkelblaue Arbeitshosen. Dunkelblaue Hemden. Die unverputzten Wände dunkelflekkig. Das Gebäude 6 Stockwerke hoch. Madeline trank. Sie schmeckte die Minze. Den Zucker. Den Rum. Sie würde gleich noch einen bestellen. Hier würde bald geschlossen werden. Und es würde bald finster sein. Madeline wandte sich der Tür zu. Der Mann am anderen Tisch streichelte der Frau den Oberschenkel. Unter dem Tisch. Er knetete ihren nackten Schenkel. Bis hinauf. Zwischen die Beine. Die Frau kicherte. Madeline sah auf die Straße hinunter. Sie trank. Kleine Schlückchen. Die Kälte übertönte den Geschmack dann nicht. Ihr wurde warm. Rosig. Sie fühlte sich innen rosig. Der alte Mann lehnte unten gegenüber an der Hausmauer. Der Kellner trat auf den Balkon. Er sah sie an. Madeline zeigte auf ihr Glas. Lächelte. Der Kellner nickte. Er ging an den anderen Tisch. Der Mann zahlte. Er hielt ein Bündel Dollarscheine. Blätterte in dem Bündel. Der Kellner suchte nach Wechselgeld. Der Mann sagte etwas zur Frau. Die kicherte. Die beiden standen auf. Der Kellner ließ sie durch die Tür vorausgehen. Die Frau trug Prada. Röckchen. Blüschen. Pantöffelchen. Handtäschchen. Beige und orange.

Der Rock beige. Die Bluse beige und orange kariert. Die Pantoffel beige mit lila Säumchen. Die Handtasche lila mit beigen Säumchen. Die Frau kostete 2000 Dollar. Mindestens. Und hier. In der ärmlichen Umgebung. Es war seltsam. Dieses understatement. Es sah noch teurer aus. Der Mann hatte einen dunkelblauen Anzug getragen. Mit weißem Hemd. Sie kannte sich bei Männermode nicht so aus. Rick wußte das alles immer ganz genau. Aber billig hatte der Anzug nicht ausgesehen. Die beiden hatten spanisch gesprochen. Sie waren keine Touristen. Sie waren dagesessen wie diese Russenpaare überall. Im Restaurant vom MAK in Wien. Oder beim Meinl am Graben. Oder im Haas Haus. Oder im Ritz in Paris. Und im Chanterelle's in New York. Laut. Meistens laut. Und teuer. Sehr teuer und überlegen. Ungeniert. Jedenfalls. Madeline trank das Glas leer. Der alte Mann auf der Straße lehnte mit dem Rücken an der Hausmauer. Er bot Zigarren an. Madeline sah, daß er Zigarren anbot. Er hatte eine Blechschachtel in der Hand. Wenn ein Mann an ihm vorbeiging. In seine Nähe kam. Dann hob er den Deckel der Blechschachtel. Er ließ den Deckel fallen, wenn der Mann vorbeigegangen war. Es war lauter geworden. Unten. Auf der Straße. Madeline hörte den Kellner die Wendeltreppe heraufsteigen. Er schliff bei jedem Schritt auf dem Metall der Stufen. Er hob die Füße nicht. Er kam durch die Tür. Nahm ihr leeres Glas. Stellte es auf das Tablett. Das leere Glas klirrte gegen das frische. Er stellte das volle Glas vor sie hin. Sorgfältig. Er sah sie ernst an. Das Glas stand genau vor ihr. Madeline lächelte ihn an. Sie wollte seine Zähne sehen. Ihr ekelte vor diesen Zähnen. In Europa konnte man solche Zähne höchstens noch in Portugal sehen. In Amerika waren solche Zähne wegreguliert. Der Mann lächelte zurück. Er hielt das Tablett vor sich fest und lächelte auf sie herunter. Er trat an das Balkongeländer. Sah die Straße hinauf und hinunter. Wandte sich der Balkontür zu. Nickte ihr lächelnd zu. Er ging wieder hinein. Die Zähne waren ekelhaft. Sie waren so weiß. Schimmernde weiße Perlchen in seinem Mund. Die Sonne schien von der Seite. Die Sonne tief im Westen. Sie hatte die Eckzähne des Kellners aufblitzen lassen. Verschlagen. Das hatte verschlagen gewirkt. Verkommen und raubtierhaft. Madeline nippte an ihrem Drink. Sie fischte mit den Fingern im eiskalten Getränk. Rührte mit den Fingern das Getränk so lange auf, bis sie ein Stück Minze zwischen den Fingerspitzen hatte. Sie kaute die Minze. Sie wischte die Finger mit dem Taschentuch ab. Rieb die Finger an ihrem weißen Kleid. Sie sah an sich hinunter. Das Leinen zerknittert. Der breite weiße Lackledergürtel. Sie hätte die Schnalle doch mit Leder überziehen lassen sollen. Das Gold der Schnalle sah protzig aus. Billig. Madeline lehnte sich zurück. Sie trank. Kleine Schlucke. Sie fischte mit der Zunge ein Minzeblatt aus dem Drink. Legte das Minzeblatt auf die Zunge und goß die kalte Flüssigkeit darüber. Sie zerbiß einen Eiswürfel. Die Zähne von der Kälte einen Augenblick betäubt. Schmerzten dann. Sie würde sich heute beflecken. Sie würde beim Abendessen alles auf ihr Kleid patzen. Saucen. Fleischsaft. Sie würde eine ganz dunkle Sauce bestellen und über das Kleid leeren. Sich in den Schoß leeren. Und dann ins Hotel zurück. Die Zimmertür versperren. Und ein 10er Valium. Und nichts mit Eric zu tun haben. Oder mit dem Kellner. Aber dann sofort. Und alles so machen, daß sie sein Gesicht und diese Zähne nicht sehen mußte, und trotzdem waren sie die ganze Zeit da. Und grinsten. Waren gebleckt. Hinter ihr. Über ihr. Und sie durfte die Augen nicht aufmachen. Sie hätte sich sonst sofort übergeben müssen. Madeline hielt das Glas mit beiden Händen. Nahm einen großen Schluck. Der alte Mann stand unten. Sie sah ihm zu. Er stand da. Klappte die Kiste auf und ließ den Deckel wieder zufallen. Er starrte vor sich hin. Die Straße schattenlos. Die Menschen trugen Einkäufe. Gemüse aus Körben quoll. Schwere Plastiksäcke. Das Gehen und Laufen. Ein Getrappel und Schleifen. Autohupen. Fahrradglocken. Lachen. Rufe. Die Straße wurde immer lauter. Ein Hund lief zwischen den Menschen. In Richtung Hafen. Madeline trank. Waren diese beiden Polizisten auf der Suche nach Prostituierten gewesen. Vorhin. Bei diesem kleinen Markt. Auf der anderen Seite vom Paseo de Martí. Die 3 Frauen waren nebeneinander gegangen. Die Polizisten waren ihnen entgegengekommen. Madeline hatte gerade Strohhüte probiert. Eric hatte einen rosarot hellgrün geringelten Strohhut mit besonders breiter Krempe ausgesucht. Für sie. Eric hatte gelacht und gesagt, Rosa passe perfekt zu ihren blonden Haaren. Es gehörten noch rosarote Blumen und weiße Blüten auf den Hut. Dann wäre das ein »picture hat«, hatte er gesagt. Er hatte gelacht. Und sich eine Zigarette angezündet. Er hatte sich sehr umständlich eine Zigarette angezündet. Eric zündete sich immer Zigaretten an, wenn es ums Zahlen ging. Madeline zahlte dann. Meistens. Madeline wollte nicht warten. Sie war zu ungeduldig zu warten, bis er seine Zigarette angezündet und sein Geld gefunden hatte. Es war ein Trick. Es war ein netter Trick. Aber das Abendessen würde er bezahlen müssen. Wenn sie davonfuhr. Hotel Riviera würde sie dem Taxifahrer sagen und davonfahren. Und er würde dastehen. Im Restaurant. Allein. Mit der Rechnung. Sie hatte den Strohhut dann zurückgelegt. Sie hätte ihn gerne gehabt. Er hätte zu dem weißen Leinen-kleid gepaßt. Aber er hätte ein Geschenk sein müssen. Die 3 Frauen und die beiden Polizisten waren aufeinander zugegangen. Madeline hatte gedacht, alle wären miteinander bekannt, so waren sie aufeinander zugestrebt. Die Frauen und die Polizisten. Die Polizisten waren zuerst stehengeblieben. Hatten etwas gesagt. Die dicke junge Frau in dem schwarzen Kleid mit Spaghettiträgern hatte als erste innegehalten. Die Frau mit den Sonnenbrillen und die Schwarze waren noch 2 Schritte weitergegangen. Der größere Polizist hatte den Arm ausgestreckt. Die 2 Frauen waren auch stehengeblieben. Unwilliger als die dicke Frau in dem schwarzen Kleid. Die Polizisten hatten etwas gesagt. Ausweise verlangt. Die Frauen hatten die Handtaschen geöffnet. Hatten in den Taschen gekramt. Die Frau in dem schwarzen Kleid war als erste weggeschickt worden. Sie war schnell weitergegangen. Ohne einen Blick zurück war sie davon. Die Frau mit den Sonnenbrillen hatte ihren Ausweis nicht finden können. Sie hatte gesucht. In einem riesigen Beutel aus bunter Wolle hatte sie gesucht. Die Schwarze hatte ihren Ausweis schon längst in der Hand gehabt. Sie hatte den Ausweis dem größeren Polizisten hingehalten. Der hatte sie angesehen. Hatte die Arme vor der Brust verschränkt. Hatte nichts getan. Oder gesagt. Die Frau mit der Sonnenbrille hatte dann ihren Ausweis gefunden. Der kleinere Polizist hatte den Ausweis kontrolliert. Hatte die Frau noch etwas gefragt. Dann hatte er den Ausweis zurückgegeben, und die Frau war gegangen. Dann war der Ausweis der Schwarzen angesehen worden. Sie war dann auch weitergegangen. Weggegangen. Der größere Polizist hatte sich umgedreht. Hatte der Frau nachgesehen. Hatte etwas zum kleineren Polizisten gesagt. Die beiden Männer hatten gelacht. Eric war dann zurückgekommen. Er war schon um die Ecke gewesen. Wo sie denn bliebe. Ob sie jetzt weitergehen könnten. Jetzt begänne doch der Hemingway-Rundgang. Hotel Ambos Mundos. El Floridita. Bodegita de Medio. Mojitos und Daiquiris. Madeline hatte nicht mitgewollt. Sie war herumgegangen. Und dann hierher. Chris hatte sich an die Stirn getippt und gefragt, warum sie nun nach Kuba gefahren war. Sie trank ihr Glas leer. Eric und Chris würden vollkommen betrunken sein. Wenn sie dann hier anlangten. Madeline stand auf. Sie ging in das Haus. Ging zur Wendeltreppe. Wollte hinuntersteigen. Der Kellner stand unten. Er stieg eine Stufe hinauf. Ihr entgegen. Madeline hob das leere Glas. Der Kellner nickte. »Si Señora«, rief er. Sie ging wieder auf den Balkon zurück. Das Haus warf einen schmalen Schatten auf den Boden des Balkons. Die Luft feucht. Schwer. Madeline setzte sich. Streckte ihre Beine aus. Seine Zähne waren nicht so schlimm. Der alte Mann stand unten an der Wand. In der Sonne. Eric und Chris gingen an ihm vorbei. Der Mann klappte hinter ihnen seine Blechdose wieder zu. Eric und Chris kamen über die Straße auf den Eingang des Cafés zu. Eric kühl. Elegant. Von der Hitze unberührt. Chris hatte Schweißränder unter den Achseln. Feuchte dunkle Flecken. Die Schweißnässe kam weit unter seinen Armbeugen hervor. Die Haare klebten ihm am Kopf. Chris redete auf Eric ein. Chris lachte. Der Kellner kam auf den Balkon heraus. Er nahm ihr leeres Glas. Stellte es auf sein Tablett. Das leere Glas klirrte gegen das neue. Er stellte das neue vor sie hin. Eric und Chris waren auf der Wendeltreppe zu hören. Sie stolperten herauf. Kamen auf den Balkon gestürzt. Chris bestellte gleich einen Daiquiri beim Kellner. Eric nahm einen Mojito. Sie warfen sich in die Sessel. Madeline trank. Jetzt habe sie das Wichtigste versäumt. Warum sie nicht mitgekommen wäre. Und Chris konnte nun Papa Hemingway verstehen. Er wolle sich auch in so einer Welt niederlassen. Und schreiben. Was könne er Besseres tun. Was könne man Besseres tun. Zu Hause. In München. Da wäre man nicht so nah am Leben. Wie hier. Und überhaupt. Das Lebensgefühl hier. Ob Silke das auch so sähe, fragte Madeline. Und wie es Silke nun ginge. Ob sie immer noch im Hotel läge. Mit ihren Kopfschmerzen. Und könne sie nicht wenigstens zum Abendessen nachkommen. Eric zündete sich eine Zigarette an. Er lächelte vor sich hin. Er solle nicht so grinsen, maulte Chris. Er hätte sich das auch netter vorgestellt. Einfacher. Auf jeden Fall nicht so kompliziert. Mittlerweile würde ja alles zum Problem. Eric lachte. Ja, rief Chris. Eric habe leicht lachen. Der Kellner kam mit den Getränken. Madeline wippte auf ihrem Sessel. Sie balancierte auf den hinteren Sesselbeinen. Nippte an ihrem Mojito. Sah dem Kellner zu. Der stellte die Getränke auf den Tisch. Nahm das Tablett unter den Arm. Sah prüfend auf den Tisch. Er ging. An der Tür drehte er sich um und sah sie an. Madeline hob das Glas. Prostete ihm stumm zu. Der Kellner senkte den Kopf. Er wandte sich ab. Ging. Eric blies den Rauch durch die Nase aus. Ließ den Rauch aus seiner Nase sickern. Chris nahm einen großen Schluck. Silke habe Gewissensbisse, sagte er. Silke bereue nichts. Nein. Aber sie habe Gewissensbisse. Sie wüßte das selber gar nicht. Das läge an ihrer Jugend. Er müsse da jetzt behutsam sein. Vorsichtig. »Wie viele Jahre sind es«, fragte Eric. Seine Mundwinkel zuckten. »30«, antwortete Chris zwischen 2 Schlucken. Und das sei mittlerweile hinlänglich bekannt. Und dieses Schicksal könne jeden treffen. Auch Eric. Und Silke sei. Also Eric könne sich das ja gar nicht vorstellen. Eric sah in sein Glas. Sah auf. Kurz. Grinste. Schaute wieder in sein Glas. Chris rutschte auf seinem Sessel nach vorne. »Nein«, rief er. Das stimme nicht. Das könne nicht sein. Er lachte hysterisch. Eric sah in sein Glas. Nahm den ersten Schluck. Chris legte die Hand auf Erics Arm. Eric solle ihm alles sagen. Chris sah kurz Madeline an. Er müsse alles wissen. Wenn das nämlich stimme. Dann. Er müßte dann ja kein schlechtes Gewissen haben. »Entschuldige, Mad«, sagte Chris. Er leide darunter. Schließlich. Das sei schon eine Bürde. Die eigene Frau wegen der Verlobten des Stiefsohns zu verlassen. Und der Stiefsohn. Der spräche ja nun nie wieder mit ihm. Madeline kippte mit ihrem Sessel nach hinten. Lehnte sich gegen die Hauswand. Der Schatten ein schmaler Streifen über ihren Augen. Die Wand warm. Sie sah auf den alten Mann hinunter. Man sollte ihm alle Zigarren abkaufen, dachte sie. Sie lag nach hinten gelehnt. Chris trank. Er hatte rote Flecken am Hals. Das Gesicht grau. Ein Schweißfilm. Eric rauchte. Eric saß da. Sein Khakianzug nicht zerknittert. Das rosarote Poloshirt wie frisch aus dem Fach. »Na. Dann weißt du ja, worüber ich rede«, sagte Chris. Er sprach auf einmal bayrisch. Der Wurstfabrikantensohn kommt durch, dachte Madeline. Wie es denn dem Vater ginge, fragte Madeline. Chris nickte fröhlich. Gut. Gut. Meinte er. Der 90. Geburtstag stünde ja bald ins Haus. Und viel länger könne es nicht mehr dauern. Darauf sollte man trinken. Eric hob sein Glas und trank. Ihr Glas war leer. Madeline blieb nach hinten gelehnt. Sie sah ihre Wangen entlang. Die kleinen blonden Härchen in der Sonne ein golden schimmernder Flaum. Sie sah den Mann auf der Straße durch das Balkongitter. Chris seufzte. Das sei doch eines der Rätsel im Leben. »Die Erbschaft«, fragte Eric. Nein, meinte Chris. Er sagte das abfällig. Das sei doch sicher. Die Sache mit Silke. Daß er niemandem klarmachen könne, wie das sei. Wie sie sei. Als Frau. Wie sie sich anfühle. Und es sei doch ein Wunder. Schließlich wäre das alles doch ein Wunder, und man sollte reden können. Darüber. Das sei doch dieses Eingesperrtsein. Dieses Mit-Sich-Allein-Sein. Und selbst wenn Eric mit Silke. Es wären dann ja immer noch nicht seine Empfindungen. Für Eric könnte ja alles ganz anders sein. Und deshalb werde er zu schreiben beginnen. Er werde zu schreiben beginnen, um dieses Schweigen zu durchbrechen. Er rede jetzt, als wären sie auf dem Viktualienmarkt, murmelte Madeline vor sich hin. Sie hörte zu. Sah zu dem Mann auf der Straße. Wünschte ihm einen Käufer. Hoffte für ihn, wenn er die Schachtel aufklappte. Daß man über diese Dinge nicht richtig kommunizieren könne. Papa Hemingway habe das noch gekonnt. Vielleicht. Aber er. Wie sollte er sein Glück beschreiben. Seines. Und Madeline solle schon entschuldigen. Aber wahrscheinlich könne man es nicht schildern. Wahrscheinlich war es gar nicht zu schildern. Man müsse. Chris trank sein Glas leer. Er stand auf und ging zu der Wendeltreppe. Er schrie hinunter. »Uno Daiquiri«, schrie er. Ob die anderen noch etwas wollten. Er steckte den Kopf durch die Tür auf den Balkon heraus. Eric winkte ab. Madeline nickte. Kippte ein wenig nach vorne. Durch das Nicken. Chris brüllte hinunter. »Uno Mojito.« Er kam auf den Balkon zurück. Er ging an die Brüstung. Sah hinunter. Ging zum Sessel. Ließ sich auf den Sessel fallen. Er lachte. Kicherte. Er schob sein leeres Glas hin und her und lachte vor sich hin. Der Kellner kam. Er nahm Chris' altes Glas. Stellte es auf das Tablett. Madeline wartete auf das Klirren der Gläser. Der Kellner stellte das neue Glas vor Chris hin. Madeline hielt dem

Kellner ihr Glas hin. Sie blieb im Sessel nach hinten gelehnt. Der Kellner nahm ihr das Glas ab. Stellte es auf das Tablett. Die leeren Gläser klirrten. Klingelten leise. Er reichte ihr das neue Glas. Hielt ihr das Glas hin. Madeline griff nach dem Glas. Die Hände kamen aneinander an. Sie sah ihre Wangen entlang durch das Balkongitter auf den Zigarrenverkäufer hinunter und spürte den Daumen des Kellners unter ihren Fingern. Der Kellner zog seine Hand weg. Langsam. Er zog den Daumen unter ihrem Zeigefinger hervor. Der Kellner ging. Chris lachte vor sich hin. Eigentlich, sagte er. Er trank. Prostete und trank wieder. Eigentlich wüßte nur sein Schwanz Bescheid. Ganz genau wüßte ja nur sein Schwanz alles. Er könne das gar nicht so sagen. So ausdrücken. Er lachte bitter. Es wäre ja dann am besten. Vielleicht wäre es dann am besten, die Schwänze auszutauschen. Zu transplantieren. Dann wüßte Eric, was Chris' Schwanz wisse. Das wäre Kommunikation. Dann. Es sei schon toll, sagte Eric. Es sei schon toll, was das Ergebnis so eines Nachmittags mit Hemingway sei. Aber das einfachste wäre doch, Chris ließe seinen Schwanz schreiben. Darum ginge es doch. Meistens. Madeline lag gegen die Hausmauer gelehnt. Ihre Wangen waren nicht mehr in der Sonne. Die Wärme der Hauswand gegen ihren Rücken. Wenn Silke heute nicht dabeisein könne. Chris klang hoffnungsfroh. Dann könne man doch wirklich das Nachtleben aufs Korn nehmen. Aber zuerst müsse gegessen werden. Diese Getränke. Die ruinierten einen ja. Vollkommen ruinös wären die. Eric drückte seine Zigarette im Aschenbecher des Nachbartisches aus. Essen. Das bräuchten sie alle. Mad doch sicher auch. Madeline nickte. Die Bewegung riß sie nach vorne. Sie saß einen Augenblick aufrecht. Ja, sagte sie dann. Essen. Ja. Vielleicht. Dann stieß sie sich wieder ab. Balancierte auf den Sesselbeinen nach hinten. Lehnte sich gegen die Hausmauer. Sie werde umfallen, sagte Chris. Und sie sähe nicht mehr genug wie ein kleines Mädchen aus, um solche Sachen zu machen. Sesselschaukeln. Sehr erwachsen wirke das nicht. Chris sprach breites Bayrisch. Madeline trank. Wo sie denn essen sollten, fragte sie. Eric hatte einen Tisch bestellt. Im La Mina. Um die Ecke. In der Nähe. Das war zu Fuß erreichbar. Aber sie konnten sich Zeit lassen. Hier äße niemand so früh. Madeline setzte sich auf. Sie stieß am Tisch an. Erics voller Daiquiri fiel um. Die Flüssigkeit rann über den Tischrand. In einem Schwall über Chris' Hose. Chris sprang auf. Er schrie auf. Brüllte. Ob sie nicht aufpassen könne. Sie Arschgeigen. Depperte. Madeline saß aufrecht. Der Mann war weg. Der Zigarrenverkäufer war weg. Die Straße unten halb im Schatten. Der Himmel blaßblau. Die Sonne hinter der Häuserreihe des Cafés. Madeline stand auf und ging an das Balkongitter. Der Mann war nicht zu sehen. Der Kellner kam auf den Balkon herausgeeilt. Chris wischte an seiner Hose herum. Der Kellner lief davon. Kam mit einem Geschirrtuch zurück. Hielt es Chris hin. Chris stieß den Mann weg. Das sei doch alles sinnlos. Er müsse ins Hotel. Sich umziehen. So könne man ja nicht herumlaufen. Als hätte er sich angebrunzt. Er sei doch kein Hosenbrunzer. Seit seinem 1. Geburtstag nicht mehr. Eric nahm Chris am Arm und führte ihn in das Haus. Er redet auf Chris ein. Wasser. Toilette. Und das sei doch alles nicht so schlimm. Die 2 Männer drängelten sich die Wendeltreppe hinunter. Madeline zahlte. Sie zahlte für alle. Rick würde das nicht richtig finden. Ihre Kosten. Aber warum war er auch nicht mit. Einen Astrologiekurs in Südtirol. Rick war langweilig geworden. Langweilig und heilig.

Rick hatte ein schlechtes Gewissen und wußte nicht davon. Immer noch nicht. Madeline gab dem Kellner 15 Dollar Trinkgeld. Der Mann bedankte sich. Lächelte. Wischte den Tisch trocken. Madeline ging. Sie stieg die Wendeltreppe hinunter. Vorsichtig. Die Knie waren nicht fest. Drohten einzuknicken. Madeline hielt sich am Geländer fest. Sie summte vor sich hin. Blieb in der Mitte der Wendeltreppe stehen. Sah zurück hinauf. Die Tür auf den Balkon war von unten zu sehen. Und man sah in den Himmel hinauf. Der Himmel milchig blau. Blaugrau. Madeline stand auf der Wendeltreppe. Summte. Der Kellner hatte gewartet. Hinter ihr. Oben. Er lief die Stufen herunter. Drückte sich an ihr vorbei. Er sah sie nicht an. Lief weiter und verschwand unten. Madeline blieb stehen. Sie lehnte sich an das Geländer. Sah nach unten. Sah die Kellner von oben mit den Tabletts nach draußen gehen. Wieder hereinkommen. Rufen. Lachen. Männer standen im Lokal. Sie hielten Gläser in der Hand und rauchten. Sprachen miteinander. Riefen den Kellnern etwas zu. Madeline stand da. Gegen das Geländer gelehnt. Sie sah hinunter. Summte. Sie dachte nach, was sie da summte. Sie überlegte, was das für eine Melodie sein konnte. Sie hielt sich am Geländer fest. Mit beiden Händen. In Augenhöhe der Boden des oberen Stockwerks. Die Wendeltreppe führte durch ein Loch in der Decke in den oberen Stock hinauf. Die Rundung des Lochs weiß. Weiß gewesen. Graugelb vergilbt. Ein dunkelroter Bodenbelag lag oben. An den Rändern aufgewölbt. Eingerissen. Die Metallstufen der Wendeltreppe schwarzbraun glatt geschliffen glänzend. Das Geländer rauhes Metall in ihren Händen. Kalt. Es war still geworden. Unten. Madeline stieg eine Stufe hinunter. Die Männer im Lokal sahen sie an. Sahen zu ihr hinauf. Standen da und sahen ihr zu. Wie sie herunterkam. Sie summte. Sie hätte aufhören müssen. Sie summte so leise wie möglich. Wenn sie nur gewußt hätte, was sie vor sich hin summte. Chris kam von hinten nach vorne. Seine hellen Bermudashorts waren naß. Vorne. Ein feuchter Fleck zog sich von vorne über das rechte Hosenbein hinunter. Chris verlangte nach einem Taxi. Er bräuchte jetzt ein Taxi. Eric stand an der Bar. Chris redete auf den Mann hinter der Bar ein. Er stieß englische Brocken aus. »You. Call. A taxi.« Chris fuchtelte mit den Händen. Der Mann hinter der Bar deutete auf das Telefon. Chris beklagte sich bei Eric, wie blöd das sei. Warum man hier kein Handy verwenden könne. Auf der ganzen Welt sei das möglich. Schließlich. Das Telefon hatte eine Drehscheibe zum Wählen. Chris begann zu wählen. Wie viele Male man die 5 wählen müsse. Für dieses Taxi. Im Reiseführer. Da gäbe es diese Nummer. Das sei das billigste Taxi in Havanna. Madeline setzte sich auf eine Stufe der Wendeltreppe. Sie sah zu. Chris knallte den Hörer auf die Gabel. Wo dieser Reiseführer sei. Wie diese Nummer ginge. Und warum machten das nicht die Leute da. In diesem Lokal. Dazu wären sie doch da. Er sah sich um. Die Männer in der Bar. Die Kellner. Keiner sah Chris an. Alle sahen an ihm vorbei. Sie sahen an ihm vorbei. Sahen in ihre Gläser. Sie lachten nicht. Sie grinsten nicht einmal. Aber alle hatten es gesehen. Madeline mußte kichern. Sie bemühte sich, nicht laut zu kichern. Sie bemühte sich, nicht lauter zu kichern als sie gesummt hatte. Sie hielt sich an den Gitterstäben fest. Sah zwischen den Gitterstäben des Geländers durch. Eric holte eine Zigarette aus seinem Zigarettenetui. Er sprach mit dem Mann hinter der Bar. Der zückte ein Feuerzeug. Hielt Eric die Flamme hin. Eric nickte. Beugte sich über die Bar dem Flämmchen zu. Ließ sich die Zigarette anzünden. Dann sagte er etwas zu dem Mann. Der ging zum Telefon. Wählte eine Nummer. Wartete. Sagte etwas. Legte auf. Er sagte etwas zu Eric. Eric wandte sich zu Chris. Chris stand an der Bar. Er wandte seine nasse Vorderseite der Bar zu. Niemand sah ihn mehr an. Alle redeten wieder. Lachten. Die Kellner kamen herein. Stellten leere Gläser ab. Trugen volle hinaus. Es war laut. Madeline konnte das Klingeln der leeren Gläser gegeneinander nicht mehr hören. Dieses helle Klirren. Madeline kicherte. Sie mußte kichern. Chris sagte laut, er wolle im Hotel anrufen. Er müsse Silke sprechen. Das sei ja alles beschissen. Er solle warten, sagte Eric. Er werde Silke ja gleich sehen. Wenn sie im Hotel wären. Dann. Gleich. Eric redete begütigend auf Chris ein. Väterlich. Irgendwie. Er solle das lassen, fauchte Chris ihn an. Er habe diese Überheblichkeiten satt. Erics Besserwisserei sei der Gipfel. Er wolle mit den Erics dieser Welt nichts mehr zu tun haben. Nie wieder. Er habe es satt. Er habe Eric nur dabei, weil die Geschwister Ascher mit von der Partie seien. Und Rick wäre ja nun nicht mitgekommen. Und wenn er das früher gewußt hätte. Nur weil er der Beschäler von der »Määdliin« sei. Ihn würde das nicht hindern, Eric zu durchschauen. Wo Rick denn sei. Eigentlich. Eric rauchte. Er sah Chris zu und rauchte. Er sog den Rauch tief ein und ließ ihn in langen Wolken durch die Nase entweichen. Chris sprach laut vor sich hin. Er sprach in Richtung der Flaschen an der Wand hinter der Bar. Er suchte in seinen Taschen. In den Brusttaschen des Hemds. In den Hosentaschen. Den Gesäßtaschen. Beim zweiten Mal nestelte er eine Karte aus einer Brusttasche. Madeline hatte Schluckauf. Sie mußte im Kichern gicksen. Ganz leise. Es war ein helles Hmmm. So leise wie das Summen und das Kichern. Aber es tat weh. Stieß in der Kehle an. Im Bauch. Madeline saß auf der Wendeltreppe. Lehnte sich gegen die Gitterstäbe. Da, wo ihre Hände das Metall gewärmt hatten. Eric hielt dem Mann hinter der Bar die Karte des Hotels hin. Der Mann ging wieder zum Telefon. Wählte. Wartete. Er sagte etwas und hielt den Hörer Eric hin. Eric deutete auf Chris. Chris nahm den Hörer. Zog das Telefon zu sich. Er wolle Mrs. Klingenfels sprechen, sagte er. Room number 401. »Ja. – Yes. – No. – Yes. – No. – Thank you.« Chris legte auf. Er schob das Telefon weg. Der Mann hinter der Bar wollte 2 Dollar. Chris zog seine Brieftasche aus der rechten Gesäßtasche. Holte Geldscheine heraus. Warf das Geld auf die Bar. Er drehte sich Eric zu. Ging auf Madeline zu. Silke. Sie sei nicht im Hotel. Seit dem Morgen nicht. Chris war bleich geworden. Die roten Flecken an seinem Hals hoben sich scharf auf der Haut ab. Er schwitzte. Ein Hemdknopf stand offen. Madeline konnte seinen Bauch sehen. Sie konnte von oben in das Hemd hineinsehen. Weiß und weich und ohne Haare war sein Bauch vorgewölbt. Es müsse etwas sein, stammelte Chris. Es müsse etwas mit Silke sein. Wo sollte sie denn gewesen sein. Den ganzen Tag. Es müsse etwas geschehen sein. Silke hatte im Zimmer bleiben wollen. Es müsse ihr etwas passiert sein. Wo solle sie denn hin. Chris stand mitten im Lokal. Unter Madeline. Er sprach zu ihr hinauf. Sah sich verstört um. Eric lehnte an der Bar. Rauchte. Sie müßten so schnell wie möglich in das Hotel zurück. Chris hob Madeline beschwörend die Hände entgegen. Silke könne sich etwas. Silke verkrafte das alles eben nicht. Sie verkrafte eben nicht so viel. Silke sei nicht so robust. Das sei alles außen. Außen. Da wirke sie so tough. Aber er kenne sie. Er kenne sie wirklich. Ein Kellner kam zu Eric. Das Taxi sei da. Eric richtete sich auf. Sie sollten kommen. Das Taxi. Chris lief hinaus. Er stürzte davon. Eric schlenderte zur Tür. Sah zu ihr hinauf. Madeline stand auf. Sie hickste. Mußte lachen. Sie stieg vorsichtig die letzten 5 Stufen hinunter. Ging durch das Lokal. Zum Ausgang. Der Kellner rief ihr »Adios Señora« nach. Madeline drehte sich um. Er lächelte sie an. Warum war sie nicht weggegangen. Mit ihm. Sie ging zur Tür. Mußte lachen. Sie durfte nicht auf den Boden schauen. Wenn sie auf den Boden sah, konnte sie keinen Schritt machen. Sie schaute weit nach vorne. Durch die Tür. Auf das Taxi hinaus. Das Taxi stand auf der anderen Straßenseite. Die Tür des Wagens stand offen. Chris saß drinnen und winkte ihr zu kommen. Und sie solle schneller gehen. Madeline ging. Auf der Straße war es dunkel. Fast Nacht. Madeline summte. »Super trooper, love is gonna find you, nothing can go wrong.« Sie steuerte auf das Taxi zu. Chris war eifersüchtig auf Eric. Chris hatte ihr Geld für seinen Betrieb haben wollen. Und Rick redete nur noch mit Eric über Geldanlagen. Chris beugte sich über den Sitz und zog sie in den Wagen. Das Taxi fuhr an. Startete mit quietschenden Reifen. Die Tür fiel zu. Klemmte ihr Kleid ein. Madeline mußte an der Tür sitzen bleiben. Ihr Kleid wäre sonst zerrissen worden. Sie machte die Tür wieder auf. Der Fahrer bremste. Sah sich um. Durch das Bremsen wurde ihr die Tür fast aus der Hand gerissen. Die Tür knallte gleich wieder zu. Was sie denn mache, fauchte Chris. Madeline drückte die Autotür wieder auf. Sie zog den Rock ihres Kleides in den Wagen. Warf die Tür zu. Sie ließ sich gegen die Lehne zurückfallen. Chris rief »go« nach vorne. »Go.« Eric vorne. Neben dem Fahrer. Eric sah nach vorne hinaus. Er sah besorgt drein. Außen sah er besorgt drein. In Wirklichkeit grinste er. Madeline wußte das. Sie lag gegen die Rückenlehne. Rutschte hinunter. Legte den Kopf gegen die Rückenlehne. Es gab keine Kopfstützen. Chris saß vorgebeugt. Er hielt sich am Vordersitz fest. Sprach von hinten auf Eric ein. Eric sagte etwas zum Fahrer. Madeline konnte den Fahrer vor sich nicht sehen. Nur seine Augen. Im Rückspiegel. Seine Augen trafen ihren Blick. Dann gab der Mann Gas. Madeline wurde gegen den Rücksitz gepreßt. Chris' Gesicht war rot. Der Widerschein der Armaturenbeleuchtung ließ die Gesichter der Männer rot erscheinen. Silke mache solche Sachen. Solche seltsamen Sachen. Chris redete zwischen den Vordersitzen auf Eric ein. Eric sah nach vorne. »Wir sind alle nicht normal«, sagte er. Eric sagte jedes Wort ganz genau. Eric sprach das schönste Deutsch von ihnen allen. Der Schwede sprach besser deutsch als sie alle. Eric sprach auch spanisch schöner als die Leute hier. »Nein. Nein.« Chris lehnte den Kopf gegen die Kopfstütze von Erics Sitz. Eric verstünde das nicht. Silke habe da eine Geschichte. Silke habe da schon eine Vorgeschichte. Silke sei da gefährdet. Silke. Chris warf sich gegen die Lehne zurück. Ob es nicht schneller ginge. Es sei nämlich so. Auf den Malediven. Er wäre mit ihr auf die Malediven geflogen. Die Malediven. Da wäre alles so perfekt. Für den Anfang. Nichts anderes zu tun als am Strand. Und ein bißchen tauchen. Aber nach einer Woche. Da wäre er ins Hotelzimmer gekommen und Silke auf dem Bett. Und der rechte Oberschenkel. Lauter kleine Schnitte. Quer. Schnitte quer durch die Rundung der Schenkel. Und alle im gleichen Abstand voneinander. 5 oder 6 Schnitte. Das Stanleymesser auf dem Bett daneben. Er hätte sie erwürgen können. Es war alles perfekt gewesen. Und diese schönen Schenkel. Die Schnitte hätten nicht stark geblutet. Aber Narben mache das dann doch. Ganz feine. Aber das sei ja wohl so. Mit den schönen Frauen. Da sei das ja so. Das wüßte er ja. Das sei besonders schwierig. Und das beste sei, man sei ein Schwein. Das ginge mit einer Schönen noch am besten. Madeline wäre ja wenigstens immer ein guter Kumpel gewesen. Und da habe Rick wohl ein Verdienst. Aber Frauen wie Madeline. Die gäbe es nicht mehr. Und so wie Silke. Auf den Malediven. Das hätte ihm noch keine. Da. Und ob sie das verstehen könne. Ob Mad ihm erklären könne, warum diese Frau das mache. Es wäre doch alles in Ordnung. Es sei doch alles in Ordnung. Chris beugte sich zu Madeline. Er sprach ganz nah vor ihrem Gesicht. Madeline starrte zwischen den Vordersitzen nach vorne. Auf die Straße. Chris ließ sich fallen. Er ließ seinen Kopf gegen Madelines Schulter fallen. Legte seinen Kopf auf ihre Schulter. Schlechte Straßen. Dann wieder glatter Asphalt. Das Auto glitt dahin. Madeline rutschte in den Kurven auf dem Plastiksitzbelag hin und her. Chris' Kopf lag schwer auf ihrer rechten Schulter. Alles war unklar. Ein wenig. Ein wenig war alles ungenau. Irgendwie verschwommen und gleichgültig. Sie lag in dem schnellen Fahren. Zwischen den Häusern. Rechts und links. Erst waren die Häuser näher gewesen. Straßenlicht. Jetzt weiter weg. Aber sie konnte nicht sicher sein. In der Dunkelheit. Für sie war das alles richtig. Sie hätte so weiterfahren wollen. Immer. Aber ohne Chris' Kopf auf ihrer Schulter. Ewig so im Fahren liegen und nicht aussteigen. Nicht aussteigen müssen. Und das war also der Grund gewesen. Sie hatte gedacht, Silke war nicht an den Strand mitgekommen, weil sie noch nicht alles ausgespien hatte. Das hatte er dann noch gar nicht herausgefunden. Sie merkte das gleich. Sie wußte es immer gleich. Bei jeder. Das begriff sie immer gleich. Sie hatte das auch gleich bei Eric gewußt. Daß Eric ein Betrüger war. Sie wußte das. Und Rick glaubte ihr nicht. Nie. Es hatte sich immer bewiesen. Aber Rick glaubte es ihr auch dann nicht. Sie hätte Geld verdienen können. Mit ihrer Menschenkenntnis. Das Auto wurde langsamer. Blieb stehen. Eine Ampel. Chris setzte sich auf. Saß wieder vorgebeugt. Starrte zu seinem Fenster hinaus. Eric sah nach vorne. Der Fahrer sah zur Ampel hinauf. Wartete auf grün. Er ließ den Motor aufheulen. Ließ das Auto vibrieren. Dann konnte er losfahren. Er fuhr schneller. Auf breiten Straßen. Dunkel draußen. Es schien flach zu sein. Weithin flach rundherum. Madeline ließ sich noch tiefer rutschen. Sie sah kaum noch beim Fenster hinaus. Nur das Auto war zu hören. Er hätte das nicht machen sollen, sagte Chris dann. Er sagte das vor sich hin. Betroffen. Morgen würde er sich genieren, dachte Madeline. Er würde sich genieren, weil er Angst gehabt hatte. Und er würde Silke loswerden. Irgendwie. Weil er Angst um sie gehabt hatte. Oder er heiratete sie. Als Beweis, kein oberflächlicher Mensch zu sein, und hätte es damit bewiesen. Es war Chris' größte Angst, ein oberflächlicher Mensch genannt zu werden. Oberflächlich und ungebildet. Daß es wahr war. Daß er das wirklich war. Alle Frauen hatten ihm das noch vorgeworfen. Wie oberflächlich er sei. Wie lieblos. Und was für ein Kulturbanause. Ohne Liebe und Kultur sei er, hatte sie ihm gesagt. Und er heulte das über seinem 4. Daiquiri aus. Und deswegen ging Chris in alle Ausstellungen. Und in die Oper. Auf der ganzen Welt ging Chris in alle Ausstellungen und in alle Opern. Damit ihm das keine mehr vorwerfen konnte. Chris mußte Silke heiraten. Sie mußten einander heiraten. Und Silke war ehrgeizig. Wenn diese Heirat nicht zustande käme. Dann wäre alles umsonst gewesen. Dann hätte Silke gleich Lottes

Sohn heiraten können. Dann hätte sie nicht mit dem Stiefschwiegervater abhauen müssen. Aber Madelines Methode war besser. Sie mußte nur ein Kleid opfern, um mit Eric nicht. Diese Bestrafung kostete nur ein Kleid. Und das Kleid zu ruinieren. Das hatte nun schon das Taxi erledigt. Den Rock entlang liefen schmutzige Streifen. Wo der Stoff zwischen Autotür und Chassis eingeklemmt gewesen war, liefen lange ölig schmierige Streifen. So gesehen war Silke viel konsequenter. Sie ließ es sich die eigene Haut wert sein. Madeline mußte sich gleich umziehen gehen. Im Hotel. Und warum gingen diese jungen Frauen nicht weg. Warum gingen sie nicht einfach davon. Warum ließen sie sich mit diesen alten Besserwissern ein und mußten sich dann dafür bestrafen. Als wären solche Schnitte eine Leistung, für die man sich bezahlen lassen konnte. Silke hätte ja auch bei Markus bleiben können, und dann wäre die Lotte mit. Und Chris wäre nicht so betrunken. Und es wäre alles entspannter. Rick hatte recht gehabt. Rick hatte vollkommen recht gehabt. Dann war Golfen in Kitzbühel vergnüglicher. Und Astrologie in Südtirol. War das doch der Grund gewesen, warum Rick nicht mitgekommen war. Hatte sie Rick unrecht getan. Sie würde abreisen. Morgen würde sie abfliegen. Weg. Ohne Eric. Sie würde sein Ticket nicht umschreiben lassen. Sollte er sich mit Silke beschäftigen. Darum ging es ja. Wahrscheinlich. Wahrscheinlich endete alles mit Silke und Eric, und Chris bezahlte alles. Wenn er ihre Bulimie nicht bemerken konnte. Dann würde er auch nicht bemerken, wenn sie mit Eric. Chris war noch stolz gewesen auf Silke. Weil sie nichts äße. Silke war bei den Essen daneben gesessen, und Chris hatte sich gefragt, warum alle Mars und Snickers aus der Minibar verschwunden waren. Schnitt sie sich die Oberschenkel immer auf. Danach. Oder immer wenn sie mit einem anderen. Ließ sie sich vom Tauchlehrer auf den Malediven vögeln und machte es dann. Und dann mußte sie es gleich gar nicht mehr machen. Bis alles verheilt war. Wer wollte schon mit einer aufgeschnittenen Frau. Obwohl. Und man mußte sich nicht entscheiden. Aufgeschnitten. Und es war alles gesagt. Und wenn einer es dann trotzdem. Dann hatte keine Handlung eine Auswirkung. Dann konnte man es lassen. Dann war alles sinnlos. Wie es schon immer gewesen war. Und sie konnte ja auch nach Kitzbühel fahren. Im Golfclub sitzen. Oder hierbleiben. Warum sollte sie nicht jeden Tag auf dem Balkon sitzen und Mojitos trinken. Und sie würde kein Wort Spanisch lernen. Damit sie niemanden verstehen mußte. Sie konnte auf dem Balkon sitzen. Dem Mann mit den Zigarren zuschauen. Dem Mann zuschauen, wie er keine Zigarren verkaufte. Und an jedem 13. im Monat würde sie den Kellner mit den schrecklichen Zähnen hinunterschicken und dem Mann alle Zigarren abkaufen lassen. Und ihr Leben hatte einen Sinn. Und irgendwann. Rick käme ja doch, und er würde alle Zigarren rauchen. Und alles auch noch in Ordnung. Dann. Madeline mußte geschlafen haben. Gedöst. Das Taxi stand vor dem Hoteleingang. Die Tür des Wagens wurde vom Hotelportier aufgehalten. Chris suchte Geld. Eric sagte ihm, wieviel er zu zahlen habe. Er übersetzte, was der Fahrer sagte. Daß es sehr weit heraus sei. Zu diesem Hotel. Chris sagte immer wieder, er habe doch diese Nummer anrufen lassen. Wozu habe er dann diese Nummer mit den billigsten Taxitarifen anrufen lassen. Madeline stieg aus. Sie mußte lachen. Madeline ging lachend über die Einfahrt in die Hotelhalle. Sie ging schnell. Schnell Gehen war einfacher. Madeline mußte über den Fleck auf ihrem Kleid lachen.

Es sah aus, als wäre ein Bär mit seiner schmutzigen Tatze über ihren Rock gefahren. Als hätte der Bär gebettelt. Wäre ihre Hüfte entlang gefahren. Bettelnd. Vorsichtig mußte er sie angebettelt haben. Es mußte ein netter Bär gewesen sein. Er hätte den Rock zerreißen können. Mit seiner schweren Tatze.

Juni 1994.
Berlin.

Die Türen gingen zu. Die Türflügel rumpelten aufeinander zu. »Zurücktreten«, war vom Bahnsteig draußen zu hören. Dann schlossen sich die Türen. Stießen in der Mitte zusammen. Ein dunkelhölzernes Geräusch und dann ein dumpfes Zischen. Die Verriegelung war eingerastet. Madeline saß. Sie saß am Ende des U-Bahnwaggons. Im kurzen Teil. Am Ende des Waggons. Sie sah zur Tür hinaus. Gegenüber von ihr saßen 2 kleine Mädchen. Die größere. Sie trug einen rosaroten Overall. Weiße Sandalen mit bunten Blümchen auf den Riemen vorne über den Zehen. Sie hielt ein rosarotes Büchlein. Sie nestelte eine Kette aus dem Halsausschnitt des Overalls. Sie warf mit einer Kopfbewegung ihre langen hellroten Haare aus dem Gesicht. Sie fand dann das Schlüsselchen an der Kette und sperrte das Schloß des Büchleins auf. Blätterte in dem Buch. Suchte eine Stelle. Gab das Büchlein dem anderen Mädchen. Sie hielt der anderen eine Seite hin. Das dunkelhaarige Mädchen war kleiner. Trug ein weißes T-Shirt und türkisblaue Hosen. Tennisschuhe. Sie hatte den langen Riemen eines hellblauen Täschchens über eine Schulter und quer vor die Brust gelegt. Das Täschchen hellblaues Plastik und durchsichtig. Der Inhalt genau zu sehen. Ein Notizblock. Ein Kugelschreiber. Ein Papiertaschentuch. Ein Schlüsselbund. Ein Lippenstift. Die Hülle rot mit goldenen Sternchen. Das dunkelhaarige Mädchen hatte der anderen zugesehen. Ernst. Aufmerksam. Sie nahm das Tagebuch und begann zu lesen. Das rothaarige

Mädchen wandte sich dem Fenster zu. Sie starrte in die Dunkelheit draußen. Die U-Bahn schepperte dahin. Das rothaarige Mädchen kaute an den Nägeln. Sie hatte die Ellbogen auf den Oberschenkeln abgestützt und kaute an den Nägeln beider Hände. Sie hatte die Finger beider Hände in den Mund gesteckt und kaute einmal am Mittelfinger links. Dann am Zeigefinger rechts. Das dunkelhaarige Mädchen las in dem Tagebuch. Madeline starrte an den Kindern vorbei zum Fenster hinaus. Sie schaute zwischen den Mädchen auf die vorbeisausende Schachtwand. Eine Station wurde angesagt. »Klosterstraße.« Und daß man rechts aussteigen mußte. Madeline fand das aufmerksam. In Wien stand sie immer auf der falschen Seite. Und jeder konnte es sehen. Daß sie sich nicht auskannte. In der U-Bahn. Hier kannte sich keiner aus. Hier konnte sich keiner auskennen. Die Taxifahrer mußten für die ihnen unbekannte Hälfte von Berlin immer nachschauen. Berlin war zu groß, sich auszukennen. Jeder war hier fremd. Der Zug hielt an. Die Tür blieb zu. Niemand stieg aus. Oder ein. Die langen Sitzbänke an den Seiten der Waggons blieben leer. Das rotblonde Mädchen hatte sich wieder gerade hingesetzt. Sie hatte die Hände auf die Knie gelegt. Sah ihre Hände an. Der Zug fuhr wieder an. Das rothaarige Mädchen wandte sich der anderen zu. Die las. Sah kurz auf. Las weiter. Warum war dieser Mann nun nicht gekommen. Hätte sie länger warten sollen. Madeline setzte sich gerader auf. Hätte sie unter der Weltzeituhr stehen sollen. Direkt unter der Weltzeituhr. Aber Rick hatte den Mann ja beschrieben. Gegen 60 sollte er sein. Korpulent. Glatze. Im dunkelblauen Anzug. So jemand war nicht aufgetaucht. Vielleicht hatte der Mann ja auch weiter weg gewartet. Hatte sich weiter weg gestellt. Wie sie. Sie hatte bei einem Bauzaun gewartet. Gegenüber von der Weltzeituhr. Sie war auf einem Mäuerchen gesessen. Hatte erst unter die Weltzeituhr treten wollen, wenn der Mann da wartete. Sie wollte nicht warten. Sie wartete nie. Und ihr war das alles ja recht seltsam vorgekommen. Rick fand so etwas toll. Und für einen Freund. Für einen Freund war Rick zu allem bereit. Für einen Freund. Da tat er alles. Und für den Konrad mit der Schauspielermutter. Das war das erste, was man erfuhr. Über den Konrad. Daß er eine Mutter hatte, die Schauspielerin gewesen war. Im Film. Und im Burgtheater. Früher halt. Jetzt trank sie nur noch. Die längste Zeit soff sie jetzt in Berlin. Nachdem auch der 3. Mann verschieden war. Das 3. Mal Witwe. Und Konrad regelte jetzt die Angelegenheiten der Frau Mama. Ordnete die Angelegenheiten. Konrad hatte das Geschäftliche übernommen. Und Rick war nach Berlin gekommen, Konrad dabei zu helfen. Ihm beizustehen. Und wegen der Museen. Rick machte sich Sorgen um die Museen. Weil da alle Sammlungen zerrissen werden sollten. Und sie war in Berlin, weil Rick da war. Rick wollte, daß alles so bliebe, wie es immer gewesen war. Und sie mußte aufpassen. Auf Rick. Wegen Konrad. Geschäfte mit Konrad. Ihr war das nicht geheuer. Und die erste Verhinderung gerade gelungen. Fürs erste. Der Scheck über die 2 Millionen weiter in ihrer Handtasche. Der Herr Opavsky war ja nun nicht aufgetaucht. Vielleicht war Konrad deshalb so angriffslustig gewesen. So herablassend. Er wollte sie weg haben. Wollte sie nicht in Berlin haben. Wollte mit Rick alleine ausgehen. Von der Paris Bar zum Borchardts und wieder zurück. Und dann in die Männerparadiese des wiedervereinigten Berlin. So schöne Frauen, wie diese Russinnen in den Clubs. So schöne Frauen hätte Rick noch nie gesehen. Und nicht nur die Frauen.

Und sie. Madeline. Sie wäre doch sicher müde. Sie sähe doch ein bißchen angegriffen aus. Ob sie nicht schlafen gehen wolle. Sie war 2 Jahre jünger als Rick. Warum sollte sie müder sein. Aber immerhin. Sie hatte das Geld nicht mitgebracht. Sie war nicht über Zürich geflogen. Sie glaubte an Schecks. Sie glaubte an Verrechnungsschecks. Und wenn dieser Grundstückskauf nur mit Bargeld möglich war, dann mußte jemand anderer das Geschäft machen. Nicht mit ihrem Geld. Madeline schaute ihre Tasche an. Sie hatte noch schnell im Ka-De-We eine neue Tasche gekauft. Rick hatte den Scheck noch am Abend unterschrieben. Damit er sich am Morgen nicht damit befassen hätte müssen. In der Bar im Hotel hatte er einen Scheck ausgestellt. Konrad hatte darauf bestanden. Konrad mußte sie für vollkommen blöd halten. Konrad mußte angenommen haben, sie würde auch einfach unterschreiben. Sie hatte mit dem Mann zuerst reden wollen. Konrad hatte zu schreien begonnen. Daß das nicht ginge. Und daß sie ja keine Ahnung hätte. Das wären Leute, die redeten nicht. Da müsse man froh sein, wenn man an einem Geschäft beteiligt würde. Sie habe ja von nichts eine Ahnung. Und welche Tasche sie nehmen würde. Weil die schon sicher sein sollte. Für so einen Transport. Konrad rauchte immer noch seine ägyptischen Minizigaretten. Die, die gerade so über einen Männerdaumen hinausragten. Konrad süffelte an diesen Zigaretten. Und das machte er genauso wie seine Mutter. Diese Zigarettchen. Die hatten sie gemeinsam. Und was sonst noch alles. Ob ihre normale Vuitton-Tasche ausreichte, hatte sie Konrad gefragt und die Tasche hochgehalten. Der Kellner war gleich an den Tisch gekommen, weil er glaubte, sie wolle zahlen. Weil sie die Tasche so in die Höhe gehalten hatte. Sie hätte auch noch eine senfgelbe Ferragamo-Tasche mit, hatte sie gesagt. Aber die habe nur so ein dünnes Riemchen zum Umhängen. Rick hatte gegrinst. Was denn das alles solle, hatte er gefragt. Er werde ins Pergamon-Museum gehen. Den ganzen Tag. Seit der Wende könne man da ja immerhin Cola bekommen. Vor dem Museum. An einem Stand. Und sie hätte dahin gehen sollen. Jetzt. Vom Alex zum Museum. Das wäre nicht so weit gewesen. Sie war in die U-Bahn hinuntergegangen, ohne zu überlegen. Wenigstens war sie in die richtige Richtung eingestiegen. Vom Hotel konnte sie dann Konrad anrufen. In Dahlem. In der Villa vom Schnapsgroßhändler von der Frau Mama. Rick nahm ja sein Handy nie mit. Sie ihres auch nicht. Rick machte sonst alles mit. Sie hatten den ersten Anrufbeantworter überhaupt gehabt. Die hatten 20 000 Schillinge gekostet. Damals. Oder noch mehr. Und man hatte eine Genehmigung haben müssen. Aber ein Handy. Das mochte er nicht. Es erinnere ihn an die Stimmen in der Villa. Hineinkommen. Zum Essen kommen. Was würde es zum Essen geben. Wann würde man wieder zu Hause sein. Wann mit den Aufgaben fertig. Ob man jetzt spiele. Oder was man sonst so mache. Die nächste Station wurde angesagt. »Potsdamer Platz.« Die Türen gingen auf. Zischten und rumpelten zur Seite. 2 Sicherheitsbeamte stiegen ein. Sie blieben gleich bei der Tür stehen. Hielten sich an den Halteschlaufen fest. Sie unterbrachen ihr Gespräch nicht. Redeten weiter. Sie trugen beide beige Hemden. Dunkle Hosen. Waren das Polizisten. Oder kamen die von einem privaten Sicherheitsdienst. Wie die schwarzen Sheriffs in München. Madeline haßte Polizisten. Sie bekam immer Streit mit Polizisten. Bei Verkehrskontrollen. Oder nur so auf der Straße. Beim Vorbeigehen. Rick besänftigte sie dann. Und dann begann er selber zu streiten.

Es war schon oft sehr teuer gewesen. Die Gerichtskosten und der Rechtsanwalt. Aber darin. Darin hätte sie niemand trennen können. Niemand auf der Welt hätte sich zwischen sie beide stellen können, wenn sie mit der Polizei Streit hatten. Rick würde von überall auf der Welt zu ihr kommen. Zu ihr eilen und ihr beistehen. Das war sicher. Sie mußte nur Probleme mit diesen Uniformen bekommen. Dann war sie seiner sicher. Aber diese Sicherheitsleute. Die waren ihr unheimlich. Anders. Waren ihr anders ungeheuer. Wie Ärzte ohne ein Studium. Das dunkelhaarige Mädchen gab der rothaarigen Freundin das Tagebuch zurück. Die nestelte wieder den Schlüssel an der Halskette hervor. Versperrte das Büchlein und steckte es in den Rucksack zurück. Was sie nun machen werde, fragte die Dunkelhaarige. Sie sprach englisch. Die andere wandte sich wieder dem Fenster zu. Sie zog die Beine an. Ein Sicherheitsbeamter unterbrach das Gespräch. Er sah auf das Mädchen. Auf die Beine. Aber das Mädchen kam nicht mit den Schuhen am Sitz an. Die Männer begannen wieder miteinander zu reden. Der andere hatte sich ihnen zugewandt. Er hielt den Griff des Schlagstocks mit der rechten Hand. Wie ein Galan am Hof von Ludwig XIV. seine Hand am Degen liegen hatte. Immer wieder musterten die Männer die beiden Mädchen. Madeline wartete auf ein Wort der beiden Männer. Auf eine Bemerkung den kleinen Mädchen gegenüber. Madeline überlegte, was sie sagen sollte. Sie wollte etwas besonders Überlegenes zu sagen haben. Das rothaarige Mädchen erzählte der anderen, sie wüßte immer noch nicht, wo sie im Sommer sein werden. Sie müsse ihre Großmutter in Wien besuchen, sagte die andere. »My grandmother in Vienna«, sagte sie. Der Zug fuhr bergauf. Es wurde hell. Draußen. Der Zug fuhr langsam die

Baustellen vom Potsdamer Platz entlang. Tiefe Gruben. Stahlgitter ragten heraus. Sandberge. Hoch aufgetürmt. Sandstraßen. Lastwagen. Betontransporter. Container in allen Farben. Plakatwände. Menschen mit gelben Sicherheitshelmen. Andere mit weißen Helmen. Die Sicherheitsbeamten waren an die Tür getreten und sahen hinaus. Die 2 Mädchen standen auf. Sie standen nebeneinander. Lächelten einander an. Warteten auf die Station. Stiegen aus. Die Sicherheitsbeamten drückten den Türöffner und ließen die Mädchen vor. Stiegen nach ihnen aus. Madeline blieb sitzen. Sie sah die 2 Mädchen zum Ausgang gehen. Nebeneinander. Sie gingen vorgebeugt. Schnell. Sprachen miteinander. Ernst. »Gleisdreieck.« Die Türen schlossen sich. Der Zug fuhr an. Hoch über den Baustellen. Ein schöner Tag. Ein schöner Tag im Juni. Sonne. Nicht zu heiß. Rick war da. Sie war da, wo Rick war. Obwohl. Es würde besprochen werden müssen. Wegen Konrad. Rick hatte es ihr nicht geglaubt. Rick hatte ihr nie geglaubt. Ihm konnten die Konrads nichts falsch machen. Rick hätte daneben sitzen können, wie der Konrad der kleinen Lernet ihr erstes Heroin zugesteckt hatte. Im take five. Zum Schnupfen. Fürs erste. Rick hätte es nicht geglaubt. Konrad hatte nicht richtig gedealt. Konrad war so eine Art Vordealer gewesen. Ein Aufreißer. Für die richtigen Dealer. Dann. Aber Konrad hatte nichts so richtig gemacht. Immer bei der Großmutter gewohnt. Er hatte dann die Wohnung der Großmutter geerbt. Mit dem Kriegszins. Und er wohnte immer noch da. Die Großmutter hatte so ausgesehen wie er. Groß. Eine strenge Person. Sie hatte nie gelächelt. Die 2 Male, die sie Konrad besucht hatte. Irgendwann. Das war jetzt Jahrzehnte her. Mindestens. Konrad hatte seiner Mutter eine Ohrfeige gegeben. Madeline war in die

Küche gekommen. Gerade als Konrad auf seine Mutter eingeschlagen. Die Ohrfeige war nicht sehr stark gewesen. Aber kalt wütend. Die Mutter hatte zu weinen begonnen, und dann hatte die Großmutter ihr auch noch eine geknallt. Die Mutter ihrer Tochter. Die Schauspielerin war die kleinste gewesen. Konrad und die Großmutter hatten auf die Schauspielerin hinuntergesehen. Zornerfüllt. Kalt. Die Schauspielerin hatte Madeline angesehen. »Sehen Sie. So geht es mir hier«, hatte sie gesagt. Ruhig. Die Tränen waren ihr über die Wangen gerollt. Konrad und die Großmutter waren aus der Küche hinausgegangen. Türenschlagend. Aber wütend. Niemand hatte es seltsam gefunden, daß sie dabei zugesehen hatte. Wie der Sohn die Mutter und die Mutter ihre Tochter geschlagen hatte. Sie war dann auch schnell gegangen. Die Schauspielerin betrunken. Es war nicht gleich zu bemerken gewesen. Madeline war geflüchtet. Und dann auch nicht mehr dahin. Konrad war einer von den Männern gewesen, die im Bett nichts konnten. Gar nichts. Solche Männer. Solche Männer gab es nur in Wien. Männer, die sich nicht einmal bemühten. Oder entschuldigten. Und doch immer wollten. Obwohl es sie doch nicht interessieren konnte. Dabei schauten die alle dauernd Pornos. Aber die bezogen das nicht auf sich. Was die da taten. Und das war ja meistens irgendwie umständlicher. Schon wegen der Länge des Pornos. Die bezogen das nicht auf sich. Oder auf ihren Schwanz. Und wenn man die Mutter watschen konnte. Vielleicht mußte ein Mann dann nicht mehr um Bestätigung ringen. Und vielleicht. Vielleicht hatte sie das alles falsch gesehen. Jetzt. Sie hatte gedacht, sie sollte ausgeraubt werden. Konrad hatte so genau wissen wollen, was sie anhaben würde. Mit welcher Handtasche sie dahin gehen wollte.

Und deshalb hatte sie diese hellblaue Grace-Kelly-Tasche noch schnell gekauft. Und deshalb hatte sie das Geld nicht geholt. Diese Geschichte hatte schon am Telefon seltsam geklungen. Deshalb hatte sie auf einem Scheck bestanden. Deshalb hatte sie ihn nicht unterschrieben. Selbst wenn man ihr die Tasche entrissen hätte. Niemand hätte etwas mit dem Scheck anfangen können. Madeline hatte gedacht, Konrad hatte sich eine seiner Halbdealereien ausgedacht. Konrad hatte Schulden. Sicherlich hatte Konrad Schulden. Das mit seiner Agentur. Das hatte nicht funktioniert. Die Agentur für verrückte Typen. In Wien. Wo es kein Filmgeschäft gab. Und niemand brauchte verrückte Typen für die 2 Filme, die in Wien gedreht wurden. Dafür reichten die Wiener Schauspieler aus. Irgendein Koksdealer war ihm sicher auf den Fersen. Und dem sollte die Handtasche gehören. Die Hälfte. Und die andere Konrad. Und wenn sie ihr dann entrissen worden war. Die Handtasche. Dann würde Konrad das wunderbarste Mitgefühl haben. Konrad hätte sich gut zum Zuhälter geeignet. Wenn er nicht zu faul für alles gewesen wäre. Und Rick fand das alles ohnehin nur aufregend. Aber vielleicht hatte sie das alles ganz falsch gesehen. Vielleicht hatte sie nur aus dem Weg sein sollen. Beschäftigt. Mit Räubergeschichten beschäftigt. Räubergeschichten aus einer Spiegel-Story. Oder einem Tatort aus Berlin. Wahrscheinlich hatte Konrad daher seine Ideen. Und Rick war gar nicht im Museum. Und Rick war Konrad dankbar. Hatte Konrad sogar darum gebeten. Und Konrad konnte sich wieder Geld ausborgen. Bei Rick. Konrad konnte sehr elegant nach Geld fragen. Ganz nebenbei machte er das. Und am Ende war es eine Gnade, wenn man es ihm borgen durfte. Madeline war allein im Wagen. Die langen Bänke. Das Muster des Plastiküberzugs. Hellila, dunkellila und beige Dreiecke gegeneinander verschoben. Übereinandergelegt. Ineinander verkeilt. Die dunkelsenffarbenen Wände. Die rotorangefarbenen Stangen und Halteschlaufen. Der Zug fuhr in die nächste Station ein. »Bülowstraße«, sagte die Frauenstimme. Und der Ausstieg sei rechts. Madeline beschloß ein Orakel. Wenn niemand in den Waggon einstiege, dann war ihre Raubtheorie richtig. Wenn jemand einstieg, dann war die Betrugstheorie die richtige. Madeline saß gerade. Sie preßte den Rücken gegen die Lehne. Schlug die Beine übereinander. Die Handtasche stand neben ihr. Auf der Sitzbank. Ein Mann kam auf die Tür zu. Ein junger Mann. Glatt geschorener Kopf. Die Nase. Beide Nasenflügel gepierct. Silberne Kügelchen glitzerten. An den Augenbrauen silberne Ringe. Der Mann drückte auf den Türöffner. Der Zug fuhr an. Der Mann schlug mit der flachen Hand gegen das Fenster. Nicht stark. Nur unzufrieden. Enttäuscht. Der Mann blieb stehen. Der Zug fuhr. Häuser entlang. In der Höhe des 3. oder 4. Stockwerks. Spiegelnde Scheiben. Balkone. Loggien. Blumen. Leere Brüstungen. Gartenmöbel. Fahrräder. Gerümpel. Was hatte das nun geheißen. Der Mann hatte einsteigen wollen. War aber nicht eingestiegen. War keine von ihren Vermutungen richtig. Hatte Konrad wirklich einen ganz normalen schäbigen Immobiliendeal eingefädelt. Und die Stasiromantik war eine Geschäftsrealität. Es gab das alles. Wahrscheinlich. Wahrscheinlich gingen viele Leute in Berlin herum. Gerade jetzt. Und trugen Unmengen Bargeld von einer Ecke in die andere. Und sagten dabei immer wieder den Satz, »Wer hätte das gedacht, daß ich hier einmal 2 Millionen Schweizer Franken nach Berlin Ost tragen werde.« Oder. »Wer hätte das gedacht, daß wir noch einmal unter dem Brandenburger

Tor durchfahren werden.« Oder. »Daß wir in Berlin Mitte Coca Cola trinken können.« Und keiner hatte eine Erinnerung daran. Keiner war unter dem Brandenburger Tor durchgefahren. Davor. Oder hatte Unter den Linden seinen Sonntagsspaziergang gemacht. Alle kannten das nur aus Erzählungen. Und hatten sich nicht sehr danach gesehnt. Früher. In Berlin. Es hatten alle gejammert. Und man war zum Checkpoint Charlie gefahren. Und als Österreicherin war man ja ganz einfach hinübergekommen. Aber eine Änderung. Hatte irgend jemand wirklich eine Änderung gewollt. Im Westen. »Nollendorfplatz«, wurde angesagt. Madeline stieg aus. Sie stand auf. Nahm die Tasche. Diese Taschen trug man wieder wie in den 50er Jahren. Madeline schob den Henkel über den Arm. Angewinkelt. Das hellgraue Leinenkostüm. Der Rock hätte weit sein müssen. Damals. Sie schob den Türgriff nach rechts. Die Türen rutschten auseinander. Sie hätte gerne Handschuhe angehabt. Hellblaue, sehr dünne Lederhandschuhe. Mit Handschuhen mußte man nichts angreifen. Die Handschuhe hätte sie an der Tür liegenlassen können. In der Wohnung. Wie die Schuhe. Und dann weniger Schmutz ins Zimmer. Madeline ging zum Ausgang der U-Bahn-Station. Ihre Pumps klickten bei jedem Schritt. Die Schuhmode gerade angenehm. Schmal. Gerade. Nicht zu hohe Absätze. Und Herrenschuhschnitt für Hosenschuhe. Sie würde nie hohe Absätze zu Hosen tragen. Aber das wurde ja nur gemacht, wenn die Beine länger aussehen mußten. Sie ging die Stiegen zur Straße hinunter. Auf dem Stiegenabsatz zur U4 wanderten Tauben herum. Die Vögel liefen am Boden pickend im Kreis. Madeline ging auf die Tauben zu. Die Tauben liefen ein wenig zur Seite. Madeline zögerte. Klapperte dann laut mit den Absätzen. Trat fest auf. Stampfte auf den Boden.

Die Tauben liefen weiter im Kreis. Madeline lief durch die Tauben durch. Eilte zum Ausgang hinunter. Eine Schulklasse stand um den Kiosk. Cola und Sprite wurde gekauft. Die Jugendlichen schrien. Fuchtelten mit Dosen in der Luft. Madeline mußte durch die Klasse durch. Nach rechts. Sie überlegte einen Augenblick, nach links hinauszugehen. Außen um die U-Bahn-Station. Sie preßte die Tasche an sich und drängte sich an den Schülern und Schülerinnen vorbei. Sie wurde angestoßen. Sie wich nicht aus. Ging gerade durch. Ließ die Rucksäcke an sich abprallen. Sie stellte einer jungen Frau ein Bein. Die junge Frau. Das Mädchen war gegen sie gelaufen. Hatte durch sie hindurch laufen wollen. Hatte nur ihre Schulklasse wahrgenommen. Die junge Frau stolperte über Madelines Bein, und Madeline sagte, es tue ihr leid. Schrecklich leid. Sie schaute besorgt, und die junge Frau entschuldigte sich. Das tat Madeline leid, und sie sagte noch einmal, wie leid es ihr tue. Die junge Frau antwortete, das mache alles nichts. Madeline ging weiter. Schnell. Unter dem Eingangsbogen kamen ihr 3 junge Männer entgegen. 17 Jahre alt. 15 Jahre. 20 Jahre. Türken. Kurden. Madeline dachte, es könnte türkisch sein, was sie sprachen. Die jungen Männer gingen nebeneinander. Sie hatten die Hände in den Hosentaschen. Sahen sich um. Sie hatten die Schulklasse in der Station gesehen. Sie machten Bemerkungen. Stießen einander an. Sie gingen zielstrebig auf die Gruppe zu. Sie gingen um Madeline herum. Ließen Madeline zwischen sich durch. Sie sahen Madeline nicht. Bemerkten sie nicht. Wichen ihr automatisch aus. Madeline hielt die Handtasche an sich gepreßt. Seitlich vor sich. An ihren Bauch. Wie ihre Mutter schon Taschen gehalten hatte. Wenn sie zum Bridgespielen gegangen war. Die Mutter hatte immer

Angst gehabt. Vor Taschendieben. Daß ihr jemand die 50 Schillinge aus ihrer Tasche stehlen würde. Auf dem Weg ins Hotel Esplanade. Madeline trug 2 Millionen Schweizer Franken in ihrer nagelneuen hellblauen Kelly Bag. Räuber mußten extra bestellt werden. Für Frauen ihres Alters mußten Räuber bestellt werden. Extra nach der Farbe der Handtasche bestellt werden. Frauen ihres Alters wurden nicht einmal mehr beraubt. Waren es nicht einmal mehr wert, noch als Opfer eine Rolle zu spielen. Das mußte bestellt werden. Spontan ließ sich da nichts machen. Madeline ging bei Rot über die Straße. Sie ging geradeaus weiter. Rechts ein langgezogener weißer Bau. Balkone. Unten ein Fahrradgeschäft. Fahrräder standen in langen Reihen auf dem Gehsteig. Die anderen Auslagen waren leer. »Zu vermieten« stand auf rosaroten Plakaten. Alle gingen nach Berlin Mitte, hatte der Taxifahrer in der Nacht gesagt und war die Huren in dieser Straße entlanggefahren. »Babystrich«, hatte Konrad gemurmelt. Hier sei der Drogenbeschaffungsstrich. Und hatte die Frauen angestarrt. Madeline ging. Sie war wieder müde. Ging automatisch. Es roch nach Scheiße. Ganz leicht. Ganz weit weg. Sie hatte gedacht, es wären die Toiletten in der U-Bahn-Station gewesen. Aber es roch hier noch immer. Am Grund der warmen Luft lag dieser Geruch. Der üble Geruch war etwas zu schwach, um eine richtige Übelkeit auszulösen. Und wenn es schlimmer zu werden begann, dann kam eine Wolke Jasmingeruch. Oder Liguster. Oder Lindenblüte. Die Wohlgerüche deckten den üblen Geruch zu. Lagen über dem schlechten Geruch. Madeline hatte das Gefühl, es würde helfen, sich auf die Zehenspitzen zu stellen. Und hoch oben zu atmen. Und zu riechen. Sie ging schnell. Weiter vorne. Vor dem Hotel. Da konnte sie den Landwehrkanal entlanggehen. Am Wasser gehen. Madeline wollte ins Hotel. In ihr Zimmer. Sitzen. Nachdenken. Sie konnte jetzt tagelang sitzen und vor sich hin schauen. Rick meinte, sie solle mehr essen. Er selber mochte auch nur dünne Personen. Kinderdünne Figuren. Und das war es ja auch gar nicht. Sie mußte überlegen. Sie mußte so viel überlegen. In aller Ruhe. Sie wurde müde, weil so viel zu überlegen war. Und das war die Veränderung. Das war anders geworden. Es war nicht die trockene Scheide. Die war angenehm. Sie konnte endlich Pyjamas anziehen, ohne daß die Hose am Morgen naß war. Dieses nasse Gefühl zwischen den Beinen. Und für alles andere reichte es schon noch. Wenn es notwendig gewesen wäre. Und es war nun doch eingetreten. Dieser Satz von Tante Lily. Manche Frauen hörten mit 50 auf. War sie eine davon. War sie die Hormone gewesen. Das, was die Hormone mit ihr gemacht hatten. Getrieben von Hormonen. Und ohne Hormone. Abgewandt. Unaufmerksam. Still. Nervös. Aber nach innen. Sie lief ihren Gedanken nach. Mußte ihren Gedanken nachlaufen. Und deshalb saß sie still da. Die Gedanken im ganzen Körper. Und in fliegender Hast. Und das Dasitzen. Vollkommen still dasitzen. Fast ein Vergnügen. Und manchmal in der Wohnung in der Biberstraße. Manchmal setzte sie sich nackt vor den Spiegel. In ihrem Zimmer. Und sah nach, ob die Gedanken sich abhoben. Anstießen. Unter der Haut. Sich ausbuchteten und im Dahineilen zu sehen waren. Tiere. Maulwürfe. Wühlmäuse. Winzige Mäuse in winzigen Schlangenleibern. Gedankendurchlaufen und die Haut darüber gespannt. Manchmal ein Gefühl von Zerreißen. Ein schlechter Lampenschirm geworden wäre. Links lag eine Einfahrt. Ein schäbiges Haus. Schwarzgrauer Putz war in großen Flecken abgefallen. Balkone. Oder waren das Loggien. In Berlin die alten Balkone meist Loggien. In die Wohnung hineingebaute Balkone. Auf jeder Loggia links wuchsen Pflanzen. Auf der einen rote Begonien. Ein breiter Polster roter Begonien über die Brüstung. Auf der Loggia daneben Fuchsien. Und Glockenblumen. Ein dünner blauer Rand über den Fuchsien. Blattpflanzen auf dem nächsten. Gelbe und rote und orange Blüten auf der Loggia darüber. Einzelne Blumentöpfe nebeneinander. Ungesichert. Sie standen oben auf den Brüstungen. Fielen die nicht herunter. Gab es in Berlin keine Stürme. Ein Bäumchen hing über die Betonbrüstung. Farne. Bunte Windräder waren in die Farne gesteckt. Madeline ging vorbei. Die Windräder standen still. In diese Wohnungen. Im Erdgeschoß. In diese Wohnungen konnte man leicht einsteigen. Und von einer Loggia auf die darüber. Klimmzüge. Wie auf Bäume klettern. Und dann durch die Wohnungen gehen. Durch die leeren Wohnungen gehen und diese anderen Leben ansehen. Vielleicht hätte sie nicht dieses Gefühl von Leblosigkeit. Sie hätte Einbrecherin werden sollen. Ohne zu stehlen. Oder etwas hinlegen. Eine Hinlegdiebin. Die Wohnung anschauen und das nächste Mal etwas hinlegen. Etwas Passendes. Und es wäre genauso schrecklich, wie etwas mitnehmen. Rick hatte recht. Sie war ein Bondgirl. Ein ältliches Bondgirl. Nicht rechtzeitig aus dem Film herausgestiegen. Eine Frau kam ihr entgegen. Ein kleiner Bub neben ihr. Der Bub auf Rollerblades. Die Frau schob ihn. Die Frau war dick. Unendlich dick. Sie trug einen violetten Kasack über tigergemusterten Leggins. Oder waren das Pantherflecken. Rote Riemchensandalen mit sehr hohen Absätzen. Die Frau schob bei jedem Schritt das Bein um das andere herum. Sie mußte ihre eigenen Schenkel umkreisen. Schob sich gegen sich selbst nach vorne. Der große

Busen wippte. Die Frau hatte ihre dunklen Haare aufgesteckt. À la Ivana Trump. Aber schief. Der toupierte Helm war nach rechts unten verrutscht. Die Frau schwitzte. Dunkle Flecken kamen unter den Achseln hervor. Die Frau lachte. Der Bub lachte. Die beiden kicherten über das Gestolpere des Buben. Sie brachen bei jedem Wackeln von ihm erneut in Gelächter aus. Madeline ging an den beiden vorbei. Sie fühlte sich streng. Gesammelt. In das Grau ihres Kostüms und der Schuhe eingefangen. Sicher. Sie hielt die Tasche am Bügel. Wie eine Einkaufstasche. Diese Frau hatte noch einen extra Fettwulst an den Hüften gehabt. Ganz außen. Ein Fettkegel. In der Höhe des Hüftgelenks hatte sich noch einmal ein Fettkegel nach außen gewölbt. Bei jeder Bewegung hatten diese Wülste nachgezittert. Und jeder Fettring hatte anders gewabert. Die Frau war ein wackelnder, wippender Fettberg gewesen. Und das Lachen von ihr eine weitere Kaskade. Ein Berg aus Kaskaden von Lachen und Fett. Madeline ging über die Straße. Ein Fahrradfahrer klingelte. Sie befände sich auf dem Fahrradweg, rief er ihr zu. »Ich gehe«, schrie Madeline ihm nach. »Ich befinde mich nicht.« Aber der Fahrradfahrer hörte sie nicht. Rechts über der Straße ein Gasthaus. An der Ecke. Sauerbraten. Schweinskotelett. Jägerschnitzel. Eisbein. Madeline ging schnell weiter. Ein Wind. Ein Hauch. Ein Windhauch auf der Haut ließ den Geruch vollkommen verschwinden. Sie ging. Rechts über der Straße konnte man Büroeinrichtung kaufen. Schreibtische. Regale. Links die Arkaden des Hotel Berlin. Ein Friseur. Leer. Hohe Bartischchen auf einem Gang. Der Gang leer. Niemand stand an den Tischchen. Madeline ging auf den großen Platten des Gehsteigs. Sie stieg nur auf jede dritte Platte. Sie geriet in ein hüpfendes Laufen. Hüpfte am

Eingang des Hotels vorbei. Ein Sightseeing-Bus hatte gerade angehalten. Die Tür ging zischend auf. Madeline hüpfte vorbei. Die Türen zum Hotel glitten auf. Sie war zu nahe daran. Die Leute im Bus sahen ihr zu. Schauten heraus. Sie winkte. Hüpfte weiter. Bis an die Kreuzung. Die Platten waren dort zu Ende. Die Fußgängerampel stand auf Rot. 3 Fahrspuren gingen in beide Richtungen. Autos strömten vorbei. Madeline wartete. Sie war ein bißchen außer Atem. Es kamen weniger Autos. Dann lag die Straße leer da. Nach rechts ging es bergauf. Leicht. Über den Landwehrkanal. Madeline wartete auf Grün. Die Straße war leer. Rechts und links kein Fahrzeug. Kein Auto. Kein Fahrrad. Die Sonne schien ihr ins Gesicht. Dann schaltete die Fußgängerampel auf Grün. Madeline ging. Autos hielten an. Sie ging an den Kühlerhauben vorbei. Die Motoren brummten. Ratternd. Knatternd. Klingelnd. Madeline wanderte über beide Fahrbahnen. Am Ende mußte sie laufen. Die Ampel für die Autos hatte auf Grün geschaltet. Sie hätte in der Mitte warten müssen. Auf der anderen Seite stürmten 3 Kinder aus dem Haus. Sie hatten Fußbälle. Sie liefen nach rechts hinauf. Stürmten davon. Schrien laut. Sie ließen die Bälle aufspringen. Hohl klatschend. Sie tobten davon. Auf dem Weg zu einem Abenteuer. Sie sprangen nach den Bällen hoch. Ließen sich gegeneinanderfallen. Lachten laut. Brüllten. Die Kinder tollten über die Straße auf die Brükke. Madeline ging hinter ihnen her. Sie bog nach links. Ging den Kanal entlang. Es war still hier. Hier ging niemand. Es fuhren kaum Autos. Die Häuser links waren hoch. Platanen standen davor. Jeder sagte hier, daß sie sie hier umgebracht hatten. Oder daß das der Landwehrkanal sei. Sie wollte nicht an so etwas denken. Sie wollte sich nicht eine gefesselte Frau ertrinken vorstellen. Sie war ja gefesselt gewesen. Wahrscheinlich. Die Beine nicht. Wahrscheinlich. Und die Beine im Wasser. Herumschlagen und das Wasser aufspritzen. Und ein Gegurgel. Oder hatten sie sie gehalten. Den Körper ins Wasser gestoßen und gehalten. Wie tief war so ein Kanal. Ging man da unter. Oder war der seicht und der Körper knapp unter der Oberfläche. Und man hatte sie am Aufsetzen hindern müssen. Die Hände auf den Rücken gefesselt. Daliegen. Die Gesichter der beiden Soldaten. Oder des einen. Das Gesicht durch das Wasser hinauf sehen. Madeline ging. Was sollte sie nun machen. Und wieder diese Müdigkeit. In den Schultern. Obwohl. Es war keine Müdigkeit. Keine richtige Müdigkeit. Es war eher gar nichts. Wenn sie an Rick dachte. Sie dachte schon seinen Namen langsam. Und sie nannte ihn jetzt manchmal Roderick. Er war nicht mehr Rick. Rick. Das war ein Ausruf gewesen. Ein Seufzer. Und alle Antwort. Und jetzt. Sie hatte lieber Roderick sagen gelernt. Und sie war nicht mehr eifersüchtig. Und so keine Qual für ihn. Und keine für sich. Es war alles einfach geworden. Sie mußte nur noch nach außen sprechen. Das Innen nahm sie nicht mehr in Anspruch. Nur noch in der Oper. Sie mußte sich jetzt doch wie alle Spießer an die Oper wenden. Wenn sie sich an Gefühle erinnern wollte. Wenn die Callas das »Vissi d'arte« sang. Dann blitzte die Erinnerung auf. An Baden. In der Sommerarena. Sie hatten immer gemurrt. Immer protestiert, wenn die Mutter darauf bestanden hatte. Rick mußte dann nicht. Rick war dann gar nicht mehr gefragt worden. Rick hatte schon damals selber auf dem Klavier gespielt und Theater blöd gefunden. In der Sommerarena. Wenn gesungen wurde. Von der Sehnsucht. Von der Liebe. Ein Geruch von sonnenheißem Lack und ausgetrocknetem Holz und ein Abendwind vom Kurpark. Das Parfüm der Mutter. Und der Geruch von Lavendel von den Freundinnen der Mutter. Uralte Damen gewesen waren. Die Mutter viel jünger als sie. Und alle den Vater überlebt hatten und gemeinsam dasaßen. In einer Loge. Die alten Jüdinnen und die Mutter. Alle dem Vater entkommen. Dagesessen. Diesen Duetten zugehört. Mit steinernen Gesichtern. Und sie. Ihr das Herz zusammengepreßt wurde. Und sie hatte etwas gewußt. Mit diesem zusammengequetschten Herzen hatte sie etwas gewußt. Mit dieser zusammengepreßten Kehle. Sie hatte etwas überwinden wollen. Sich an etwas vorbeidrängen. Unter etwas durch. Und sie war ganz sicher gewesen zu siegen. Zu triumphieren. Madeline schwenkte die Tasche. Sie ging auf dem schmalen Weg. Feuchte Stellen. Kleine Wasserlachen. Die hellen Schuhe. Das Wasser im Kanal dunkel. Kleine Wellen vom Wind getrieben. Über die Oberfläche. Sie würde wegfahren. Sie würde wegfahren und den Scheck mitnehmen. Sie würde Konrad anrufen und ihm sagen, daß alles in Ordnung sei. Sein Herr Opavsky. Der wäre ja ganz reizend gewesen. Sie würde Roderick ein Briefchen schreiben. Berlin wäre ihr zu heiß, und es röche nach Scheiße. Sie wolle nach Wien zurück. Sie mußte nur nach Zürich fliegen. Den Scheck einlösen. Und das Geld auf ein eigenes Konto. Schnell genug mußte sie sein. Bevor Rick den Scheck sperren konnte. Aber er hoffte ja ein ungeheuer tolles Geschäft zu machen. Rick hatte den Überblick verloren. Wenn Konrad die Beratung übernahm, dann sollte sie flüchten. Es war ja auch ihr Geld. Und was war mit Rick geschehen. Er war vorsichtig gewesen. Vertrauenswürdig. Sicher. Umsichtig. Er hatte immer schon gehandelt wie ein 60jähriger. Vorausschauend. Fürsorglich. In den letzten Jahren. Früher hätte Rick mit Konrad über Geld nicht einmal geredet. Sie wären ins Motto gegangen und hätten gelacht. Aber es wäre doch nie über Geschäfte geredet worden. Sie mußte nach Zürich. So schnell wie möglich. Mit dem Betrag ein eigenes Konto eröffnen. Mit diesem Betrag mußte das ja möglich sein. In der Schweiz konnte man erst ab einem bestimmten Betrag ein Konto eröffnen. Darunter war es ihnen nicht der Mühe wert. Aber sie blieben freundlich. Bis der Betrag genannt war, blieben sie freundlich. Für ihre 10 000 Franken. Für den Armreif von Denis. Sie hatten sie beim Schweizer Bankverein eine Stunde warten lassen, bis sie ihr gesagt hatten, für eine Kontoeröffnung wäre dieser Betrag nicht ausreichend. Dabei hätte es noch eine Halskette und Ohrringe zum Verkaufen gegeben. Sie hatte dann Kleider gekauft, statt ein eigenes Konto in der Schweiz zu haben. 2 Kostüme. Das bunte von Kenzo. Und ein Ferré. Das Ferré war dann zu elegant gewesen. Das hatte sie alt gemacht. Sie hatte das nur einmal angehabt. Ein Abendflug. Sie mußte nur einen Abendflug nehmen. Und morgen zurück. Und Rick einen Brief schreiben. Sie hätte Migräne. Menstruation. Und sie war allein. Rick kam dann sicher nicht nachschauen. Sie konnte die Verbindungstür im Hotel zusperren. Rick würde nicht einmal bemerken, wenn sie nicht da war. Den Scheck einlösen. Ihr Geld retten. Und Konrad konnte sich mit diesem Herrn Opavsky um das Geld streiten. Was würden die dann Rick erzählen. Ricks Idee, hier reich werden zu wollen. Daß das jetzt hier eine Zeit war wie die vom Großvater. Eine zweite Gründerzeit. Und nur richtig investiert werden mußte. Es wäre nur notwendig, richtig zu investieren. Billig kaufen. Billigst kaufen. Und die Zeit dann selbst schon eine Investition. Mit jedem Tag alles mehr wert würde. Einfach so. Und deshalb so schnell wie möglich zu investieren war. Konrad sah sich schon nach einer Wohnung um. Für Rick. Und alle sagten, daß sie doch sicher lieber in Wien bliebe. Sie passe nur nach Wien. Sie passe nicht nach Berlin. Berlin zu hart für sie. Aber was war der Unterschied. Wenn man in Wien zurechtkam. Was sollte in Berlin schwieriger sein. Oder anderswo. Das Leben schließlich nur das Leben. Und viel hinterhältiger als in Wien. Madeline ging. Sie schwenkte die Tasche. Nach links hinüber über die Straße ging es zu dem Krankenhaus. Gegenüber vom Hotel. Gegenüber vom Intercontinental ein Spital. Es war dem Gebäude nicht anzusehen. Am Morgen hatte sie eine Krankenschwester beobachtet. Beim Bettenmachen. Die Krankenschwester hatte dann die Jalousie heruntergezogen. Sie hatte dann nichts mehr sehen können. Auf dem Weg zum Ka-De-We war sie um das Gebäude herumgegangen. Sie hatte sehen wollen, wo die Leichen abtransportiert werden konnten. Und es gab eine Zufahrt von der Seite. Für Anlieferungen. Und eine Tiefgarage. Sie hätte einen dunklen Lieferwagen nicht sehen können. Vom Hotelzimmer aus. In Wien holten anthrazitfarbene Kastenwagen die Leichen ab. Es war Platz für mehrere Tote. Die Leichen wurden in anthrazitfarbenen Blechwannen mit Deckel geholt. Andrea war sicher herumgerollt. In diesem Abholsarg. One size for all. Andrea war immer schlank gewesen. Aber dann war sie richtig dünn geworden. Und sie hatte noch gescherzt. Ihre Nachfolgerin werde immer dicker und sie weniger. Daß sie es dann doch nicht aushalten hatte können. Sie hatte doch ihre beiden Kinder gehabt. Und warum sollten die nicht zur Hochzeit ihres Vaters gehen. Es war ihr Vater. Und sein Geld. Und es war ja ohnehin grauenhaft gewesen. Die Iris im achten Monat. Es war die lächerlichste Hochzeit überhaupt gewesen. Die Braut fleckig braun im Gesicht. Aufgeschwemmt. Das Gesicht grob und breit geworden. Und das cremefarbene Kleid lächerlich. Zu eng gewesen. Und den Bauch noch betont hatte. Etwas Weites. Wallendes. Das wäre besser gewesen. Bei einem solchen Bauch. Bei einem solchen Bauch waren die Umstandskleider aus den 50er Jahren am besten. Prinzeßschnitt. Mit der Masche am Busen. Doris Day. Andrea hätte zu dieser Hochzeit gehen sollen. Dann hätte sie lachen müssen. Sie hätte so viel besser ausgesehen als die Braut. Keiner hätte den Peter verstanden. Aber sie war schon zu kaputt gewesen. Von der ganzen Sache. Dabei hatte sie das Haus behalten. In Grinzing. An der Höhenstraße. Madeline ging. Sie kam an das Ende des Wegs. An die Brücke über den Kanal. An die Budapester Straße. Sie mußte nur über die Straße und den Parkplatz entlang nach links. Sie mußte warten. Autos von links. Von rechts. Sie ging ein Stück auf die Brücke vor. Sah in das Wasser. Sie konnte nicht sehen, wie tief das Wasser war. Sie wandte sich ab. Stand am Gehsteigrand. Vorne. Nach dem Hotel. In diesen Arkaden bis zum Zoo-Eingang. Da gab es Reisebüros. An der Rezeption durfte sie nicht fragen. Aber zuerst. Zuerst würde sie auf ihr Zimmer gehen. Hinter der Stirn. Ganz unten. Tief unter den Augenbrauen. Ein scharfes Band Schmerzen. Ein schmaler Streifen erst. Wenn sie sich beeilte, konnte sie den Anfall abfangen. Im Liegen. Damit der Orgasmus den Kopf erreichte. Mit dem Stöpsel vom Kristallflacon im Arsch ging es noch schneller. Und besser. Das war altmodisch. Dildos in Handtaschen normal. Mittlerweile. Aber Hilfsmittel. Geräte. Rick hätte sie gesehen. Womöglich. Hätte sie gefunden. Und dann. Sie redeten ja nicht. Sie schwiegen darüber. Über Sex wurde seit 30 Jahren nur noch geschwiegen. Und das, was geschwiegen wurde. Das war ein riesiger Berg. Und der Unterschied nur, daß sie nebeneinander gestanden hatten. Früher. Und darauf gesehen. Auf diesen Berg. Gemeinsam. Und jetzt jeder auf der anderen Seite. Madeline wünschte sich ins Gartenzimmer zurück. In die Villa. Auf das Sofa. Zwischen den französischen Türen auf die Terrasse hinaus. Die Mutter links vom Kamin. Die Großmutter rechts. Im großen Sessel mit der geschnitzten Lehne. Die Mutter gelesen. Die Mutter immer gelesen. Die Großmutter auf den Teppich gestarrt. Auf den feuerroten Teppich mit den blauen Girlanden und den grünen und hellblauen Blumen. Oder auf das Feuer. Sie hatten Föhrenzapfen verbrennen müssen. Föhrenbockerln aus dem Wald den Hang hinauf. Rick und sie hatten Bockerln sammeln müssen. Rick hatte den Korb getragen. Sie hatte die Bockerln aufgehoben und in den Korb geworfen. Und Äste. Kleine Äste. Es hatte ja nichts anderes gegeben. Zum Heizen. Kohle war nicht zu haben gewesen. Das Gartenzimmer war voll mit Kisten und Laden voller Bockerln und Äste. Und im Winter war das Sofa an den Kamin geschoben worden. Alle anderen Öfen kaputt. Und sie waren vor dem knatternden Feuer gesessen. Die Bockerln waren in kleinen Explosionen verbrannt. Sie waren aneinander gelehnt gesessen. Weil es wärmer gewesen war. Sie waren eng nebeneinander gesessen. Eine Decke über die Schultern. Gegen die Kälte von hinten. Und sie hatten gekichert. Immer ein bißchen gekichert. Und wer war sie jetzt. Die Mutter und lesen. Oder die Großmutter. Und ins Feuer starren. Madeline drehte sich um. Sie schaute wieder in das Wasser des Kanals. Man durfte da nicht hingeraten. Man mußte das vermeiden. Unter allen Umständen durfte man nicht unterliegen. Sie machte es deswegen auf alle anderen Arten.

Alles. Nur nicht in Missionarsstellung. Einmal daruntergelegen. Unterlegen. Und es war ja nicht einmal bequem. Madeline trat an den Gehsteigrand. Sie machte einen Schritt auf die Straße. Die Autos nahe an ihr vorbei. Sie lief vor einem Lastwagen über die Fahrbahn. Der Lastwagen knapp hinter ihr vorbei. Der Fahrer hatte nicht gebremst. Ihretwegen. Madeline mußte warten. Autos von rechts. Hinter ihr Autos von links. Ein Bus blieb hinter ihr stehen. Blinkte. Wollte einbiegen. Sie drehte sich um. Der Fahrer wies sie an weiterzugehen. Madeline stand. Sie wartete, bis die Fahrspur frei war. Dann ging sie. Sie ging auf den Gehsteig. Bog in den Parkplatz ein. Sie ging um den Schranken. Ging über den Parkplatz. Autos rechts und links. Die Kennzeichen aus ganz Deutschland. Hamburg. Frankfurt. Düsseldorf. München. Stuttgart. Köln. Ein paar Kennzeichen kannte sie nicht. Rechts hinter dem Auge begann das Flimmern. Weit rechts außen. Da, wo Rick beim Indianerspiel den Feind hatte sehen können. Es begann dieses in alle Richtungen rieselnde Weiß. Sie mußte ein Avamigran nehmen. Gleich. Und nach Zürich konnte sie heute nicht mehr. Sie ging auf dem Gehsteig zum Hoteleingang. Der Mann in der braunen Uniform mit den Goldtressen und dem schwarzen Zylinder stand vor der Drehtür. Er sah ihr entgegen. Er war ein älterer Mann. Klein. Er lächelte immer beruhigend. Er war Chefportier von einem großen Hotel gewesen. Konrad kannte ihn von da. Das Hotel war renoviert worden. Und dann abgerissen. Das neue Hotel sollte 95 eröffnen. Konrad war begeistert gewesen. Für solche Leute wie diesen Mann war das alles schwierig. Aber wie sich das auszahlte. Wie sich das rentierte. Selbst solche Kalkulationen versprachen noch Gewinn. Hier könne man kein Geld verlieren, sagte er. Hier könnte der Dümmste nur Gewinne machen. Der Portier drehte an der Drehtür. Er hielt die Drehtür bereit für sie. Madeline ging lieber durch die normalen Türen. Rechts oder links von der Drehtür. Der Mann lächelte. Der Schmerz hinter den Augen hatte rechts zu klopfen begonnen. Pulsierte. In kleinen scharfen Stößen pulsierte er die Stirn innen hinauf. Die Knie. Sie mußte an die Knie denken. Sie durfte nicht einsacken. Madeline lächelte den Mann an. Sie stakste an ihm vorbei. Er wartete, bis sie in das Kreissegment der Drehtür getreten war, und schob die Tür an. »Guten Tag«, hatte er gesagt. Sie hatte nur lächeln können. Das Reden. Sie hätte gelallt. Der Mann hätte denken können, sie wäre schon jetzt betrunken. Am hellichten Tag. Sie war in Wien einmal auf der Polizei gelandet, weil sie nicht mehr reden konnte. Wegen der Migräne. Dann. Beim Amtsarzt waren dann alle sehr nett gewesen. Und alle Polizisten hatten von ihren Kopfschmerzen erzählt. Madeline trippelte mit der Tür im Kreis. Schob die Tür weiter. Auf der anderen Seite ging ein Mann hinaus. Er ging hinter der Glasscheibe in die andere Richtung. Stieß die Tür weiter. Die Tür schlug gegen ihre Ferse. Sie stolperte. Hielt sich vorne am Griff fest. Stoppte die Tür. Sie stand einen Augenblick. Mußte die Augen schließen. Rechts die weißen Punkte. Sie liefen von oben nach unten. Schnell. Rasend schnell. Der Mann gab der Tür einen scharfen Stoß. Sie wurde von der Tür nach vorne gezogen. In die Halle gestoßen. Die Handtasche fiel zu Boden. Wurde von der Tür weitergeschoben. Verklemmte sich in der Tür. Die Tasche lag auf halbem Weg hinaus. Madeline stand in der Halle. Die Übelkeit würde gleich beginnen. Sie hatte nichts gegessen. Sie hatte den ganzen Tag noch nichts gegessen. Sie konnte nichts erbrechen. Aber sie konnte kaum noch gehen. Und würgen mußte sie ja trotzdem. Sie mußte in ihr Zimmer. Der Portier in der braunen Uniform drehte die Tür weiter und fischte ihre Handtasche heraus. Er kam durch die Seitentür auf sie zu. Er sagte etwas. Sie konnte ihn nicht hören. Sie hätte ihn fragen wollen, ob Angestellte nicht durch die Drehtür gehen durften. Oder ob er auch nicht durch Drehtüren gehen mochte. Sie lächelte ihn an. Er hielt ihr die Handtasche entgegen. Sie nahm die Tasche. Lächelte ihn an. Drehte sich um und ging. Sie ging über den Teppichboden. Sie konnte die Füße kaum heben. Schleifte über den Teppich. Sie ging über den Steinboden die Bar entlang zum Lift. Sie hörte sich zu. Wie sie auf dem Steinboden ging. Jedes Klappern war ein Zeichen für einen gelungenen Schritt. Sie bog um die Ecke. Ein Lift stand da. Offen. Ein Paar kam hinter ihr. Madeline stieg in den Lift. Drückte auf 7. Schnell. Sie suchte nach dem Knopf, die Tür rasch zu schließen. Fand keinen. Sie konnte die Zeichen nicht entziffern. Alles ungenau. Sie wußte nicht mehr, wohin die Pfeile zeigen mußten, um die Tür zu schließen. Sie lehnte an der Rückwand. Die goldfarbenen Spiegel rund um sich. Der Mann des Paares lief auf den Lift zu. Die Tür schloß sich langsam vor ihm. Madeline sah dem Mann zu, wie er auf den Knöpfen draußen herumdrückte. Wie er den Lift stoppen wollte. Sie fuhr allein. Sie hielt sich mit beiden Händen an den glänzenden Messingstangen vor den Spiegeln fest. Wo hatte sie die Karte zum Aufsperren. Der Lift klingelte leise. Die Türen glitten auf. Sie trat auf den Gang. Ging die lange Flucht zu ihrem Zimmer hinunter. Türen rechts und links. Sie ging auf dem rechten Rand des Teppichmusters. Suchte in der Tasche nach der Karte. Tastete nach der Karte. Sie mußte den Blick weit nach vorne richten. Auf den Boden schauen war nicht möglich. Sie hätte das Gleichgewicht verloren. Hätte sich nach links gedreht. Wäre auf den Boden gestürzt. Sie fand die Karte. Steckte sie ins Schloß. Das grüne Lämpchen auf dem Schloß leuchtete auf. Die Tür ließ sich aufschieben. Madeline stieß die Tür zu. Sie ließ die Tasche fallen. Stieg beim Gehen aus den Schuhen. Sie ließ sich auf das Bett gleiten. Legte sich auf die rechte Seite. Sie lag auf der Tagesdecke. Sie hätte die Tagesdecke nicht mehr abziehen können. Einen Moment grauste ihr vor der Tagesdecke. Wer hier alles gelegen hatte. Was hier gemacht worden war. Sie kramte einen Polster unter der Tagesdecke hervor. Schob den Polster unter ihren Kopf. Rechts. Seitlich. Sie lag da. Atmete tief. Ihr Kopf rechts eine Fläche Schmerz. Nach Zürich konnte sie nun nicht. Heute. Jedenfalls.

Juni 1989.
Santa Barbara.

Der Kaffee schmeckte nach Styropor. Madeline stellte den Becher auf das Autodach. Der Kaffee war zu heiß. Sie hatte den Styroporbecher von der Texaco-Tankstelle bis zur Mission nur am oberen Rand halten können. Wegen der Hitze. Sie lehnte sich an das Auto. Schaute über das Autodach den anderen nach. Denis war nicht mehr zu sehen. Er war schon in der Mission. Rick ging neben Regina auf das Tor zu. Ein Flügel des Tors stand halb offen. Die beiden redeten. Sie hielten die Köpfe, als redeten sie miteinander. Rick legte den Arm um Reginas Schultern. Er schob sie vor sich durch das Tor. Ging hinter ihr in den Hof der Mission. Seine Lederjacke glänzte schwarz in der Sonne, als er den Arm um Reginas Schultern legte. Er verschwand im Schatten unter dem Torbogen. Madeline starrte auf das Autodach. Der weiße Lack war grau verschmiert. Ein dünner Film aus öligem Staub. In den Kanten ockerfarbener Sand. Vom Strand in Carmel und vom Parkplatz vor dem Spyglass Inn. Sie atmete tief. Ging um das Auto herum. Sie lehnte sich mit dem Rükken gegen den Wagen. Der Platz vor der Mission leer. Links vom Kloster Bäume und Büsche über die Mauer. Auf dem Platz links hinunter wurde eine Bühne aufgebaut. Es wurde gehämmert. Anweisungen gerufen. Geräte wurden verschoben. Aufgestellt. Kabel. Lautsprecher. Mikrofone. Lieferwagen standen vor der Bühne. Eine weiße Stretchlimousine fuhr weg. Jemand klopfte auf das Mikrofon. Eine Männerstimme sagte »This is a test. This is a test.« Es wurde wieder auf das Mikrofon geklopft. Der Himmel war leuchtend blau. Azur. Von weit draußen. Vorne. Über dem Meer. Eine Wolke segelte auf Madeline zu. Ein Polsterwölkchen. Ein schneeweißes Polsterwölkchen. Gitarrenklänge von unten. Jemand spielte Läufe auf einer Gitarre. Schlug Akkorde. Lachen und Gerede über das Mikrofon. Eine Frau stellte sich an das Mikrofon. Sie trug eine Gitarre. Mit der anderen Hand hielt sie das Mikrofon zu. Sie wandte sich einem Mann hinter ihr zu. Sie lachte. Sie ließ das Mikrofon los. Nahm die Gitarre. Spielte einige Akkorde. Stand still. Dann eine Gitarrenmelodie. Sie sang »Twistin my sobriety«. Sie hatte eine hellere Stimme als Tanita Tikaram. Sie sang höher. Schneller. Sie sang das Lied als country song. Als einen von diesen Berichten davon, was in der letzten Stadt geschehen war. Was am letzten Ort passiert war. Da, wo man nicht mehr war und wohin man nicht mehr zurückkehren würde. Madeline stand da. Sie sah der kleinen Wolke zu. Das Wölkchen segelte auf dem Blau. Landeinwärts. Auf sie zu. Die Frau unterbrach. Sie lachte. Begann wieder. Sie sang langsamer. Madeline blieb stehen. Stand an das Auto gelehnt. Die Sonne schien. Die Luft war frisch. Ein leichter Wind. Es war noch nicht heiß. Schmeichelnd warm. Oleander blühte an der Mauer zur Mission. Rosarote Blüten. An den Büschen über der Mauer orangefarbene Blüten wie Trompeten. Der leere Platz. Schattenlos. Die Wolke draußen. Oben auf dem Blau. Ein perfekter Morgen. Ein perfekter Tag. Ein kalifornischer Tag. Himmelblau und strahlend. Verheißungsvoll. Und immer das Gefühl, unter etwas zu sein. Hier. Sie hatte hier immer das Gefühl, unterhalb von etwas zu sein. Unter diesem schönen Wetter. Unter diesem immer blauen Himmel. Sie fühlte sich angesehen. Von oben beobachtet. Sie fühlte sich hier von oben beobachtet. Oder war es eine Last. Von oben. Und gegen dieses über ihr. Gegen dieses über allem Liegende. Sie hätte es dauernd machen wollen. Mit jedem. Mit jeder Person. Mit allem. Alles dazu benützen. Sich jedem an den Hals werfen. Jeder. Die Vorderseite. Den Bauch. Die Brust gegen den anderen gepreßt. In Umarmung versinken und sonst nichts wissen. Immer nur versunken in die Körper der anderen. In verdunkelten Räumen. Weggekrochen. Der Sonne davongekrochen. Das Begehren brennend im ganzen Körper. Das Begehren den ganzen Körper auf die anderen zutrieb. Von der Kehle bis zur Scham. Sich aufschneiden hätte wollen. Sanft. Sanft aufgerissen den anderen Körper umspielen. Nach innen ziehen. Verschlingen. Sanft. Warm. Dämmrig. Und alles gut. Dann. Währenddessen. Die Frau sang den Refrain. »Twistin. Twistin. Twistin my sobriety.« Madeline hatte diese Zeile nie richtig verstanden. Sie hatte nachgesehen. »Sobriety« hieß Nüchternheit. Mäßigung. Die Frau hielt wieder das Mikrofon zu. Ein Mann trat zu ihr. Sie redeten. Ein Gemurmel über die Lautsprecher. »O.k.«, sagte die Frau dann. »O.k.« Sie begann wieder. Sie sang das Lied tiefer. Langsamer. Fast wie die Originalversion. An der Stelle mit dem Kamin. Da, wo über die »fireside« gesungen wurde. Madeline drehte sich der Sonne zu. Nach links. Sie stand. Seitlich an das Auto gelehnt. Die Wolke über der Mission hinter ihr. Madeline hob den Kopf und schaute in die Sonne. Sie zwang sich, die Augen offenzuhalten. Die Sonne ein Kreis. Die Helle bis in den Kopf nach hinten. Die Helle wurde rot. Madeline starrte weiter in die Sonne. Zwang die Augen auf. Riß die Augen auf. Die Helle wurde weiß und ein roter Kranz darum. Die Helle pulsierte. Kam näher. Rutschte weg. Als schwanke ihr Kopf, aber sie stand an das Auto gelehnt. Die Frau sang den Refrain. Es klang jetzt wie Tanita Tikaram. London fiel ihr bei diesem Lied ein. Bei Keith in London. In seinem Haus. Vor dem Kamin. Die Mitte der Helle wurde schwarz. Begann schwarzrot näher zu kommen. Madeline verschränkte die Arme. Sie mußte sich aber am Auto festhalten. Sie hielt den Kopf zur Sonne. Die Augen waren nicht offenzuhalten. Oder konnte sie schon nichts mehr sehen. Sie wußte nicht, ob sie die Augen offen hatte. Oder nicht. Die Helle mit dem schwarzen Kern im Kopf. Und in der Brust. Hinter dem Brustbein. Madeline tastete nach den Augen. Hielt die Hände über die Augen. Die Frau sang das Lied zu Ende. Eine Person klatschte. Die Frau sagte »Thank you« in das Mikrofon. Sie lachte. Das Lachen brach ab. Das Mikrofon wurde abgeschaltet. Murmeln. Zurufe. Autotüren. Autos. Aber alles weit weg. Madeline suchte nach der Autotür. Tränen rannen über ihre Wangen. Sie mußte über die Tränen weinen. Begann zu schluchzen. Sie fand die Autotür. Machte sie auf. Tastete nach dem Sitz. Wollte sich setzen. Sie mußte noch einmal nach dem Sitz greifen. Sie mußte die Hand an dem Sitz lassen. Beim Hinsetzen. Sie wußte nicht, wo oben und unten war. Ein Schwindel drehte die Helle im Kopf. Hinter den Augen. Als flöge sie in ihrem Kopf ins All hinaus. Sie hatte ein Gefühl von Hinausgeschleudertsein. Mit ausgebreiteten Armen und Beinen hinausgewirbelt. Sie mußte erbrechen. Würgte. Sie schluchzte. »Mein Gott«, hörte sie Regina sagen. Und dann Rick. Und was denn los sei. Ob sie überfallen worden wäre. Wer das gemacht habe. Was passiert sei. Und daß sie zu einem Arzt müsse. Was wäre mit ihren Augen geschehen. Denis beugte sich über sie. Sie roch sein Rasierwasser. Sandelholz und Moschus.

Eine Sonderabfüllung aus Südfrankreich. Die mattgrünen Fläschchen standen in einer langen Reihe in seinem Badezimmer in der Bäckerstraße. Denis hob Madelines Beine in das Auto. Was sie gemacht habe. Was geschehen sei. Rick setzte sich ans Steuer. Die anderen stiegen ein. Regina sagte etwas von einem kalten Umschlag. Apotheke. Arzt. Zuerst solle man zu einer Apotheke. Irgend etwas für die Augen. Etwas Kühlendes. Und ob das eine Säure sei. Ob jemand Säure in Madelines Augen. Rick fuhr los. Er fuhr nach hinten an. Die 3 anderen schrien auf. Regina erschrocken. Die Männer verärgert. Wütend. Was das sei, rief Rick. Er hielt an und stieg aus. Stieg wieder ein. Fuhr weiter. Madeline hörte die Scheibenwischer. Sie wollte schauen. Sie wußte wieder nicht, ob ihre Augen offen waren. Oder geschlossen. Sie griff nach den Augen. Um die Augen alles verschwollen. Rick sagte, »Es ist dein Kaffee. Du hast deinen gottverdammten Kaffee auf dem Dach stehenlassen.« Madeline begann wieder zu schluchzen. Sie hatte den Kaffee so dringend gebraucht. Sie hatte Rick zwingen müssen, an der Tankstelle zu halten. Für den Kaffee. Rick unterbrach Autofahrten nicht. Rick machte nie Pausen. Und sie war nicht in die Mission gegangen, um den Kaffee trinken zu können. In Ruhe. Rick fuhr. Immer wieder hörte sie die Scheibenwaschanlage und dann die Scheibenwischer. Niemand sprach. Madeline hörte sich leise schluchzen. Regina seufzte. Madeline saß vorne. In den Kurven rutschte sie zur Seite. Mußte sich abstützen. Mußte die Hände vom Gesicht nehmen. Rick solle vorsichtiger fahren, sagte Denis. Madeline spürte seinen Atem. Denis beugte sich über die Rückenlehne und schnallte sie an. Er hielt sie von hinten umfangen. Er zog den Sitzgurt rechts von ihr heraus und legte ihn vor ihren Körper. Er hielt den Gurt vor ihrem

Busen fest und suchte nach dem Schloß des Gurts. Links. Er hielt ihren Busen. »Machen wir wieder Drama«, flüsterte er ihr ins Ohr. »Wie geht denn das«, sagte er laut und beugte sich links über sie. »Du genießt das. Was?« flüsterte er. Er atmete kurz. Stieß ihr den Atem ins Ohr. Währenddessen suchte er weiter nach dem Schloß für den Gurt. Stocherte mit dem Gurt herum und hielt ihren Busen mit der rechten Hand. Der Gurt rastete ein. Es klickte. »Danke«, sagte Denis. »Keine Ursache«, hörte sie Rick sagen. Denis hatte sie losgelassen. Wo denn endlich eine Apotheke sei, fragte Regina. Madeline saß da. Die Tränen rannen. Zum spitzen Schmerz hinter den Augen kam ein trocken reibendes Gefühl. Ein trockenes Platzen. Wurde sie nun blind. Und sie hätte es Denis machen lassen können. Es wäre jetzt gegangen. Kurz. Während er sie so an den Sitz gepreßt hatte. Während er sich an ihrem Busen festgehalten und ihr ins Ohr geflüstert hatte. Ins Ohr geraunt und geatmet. Währenddessen hätte sie ihn gewähren lassen können. Aber nur unten. Er hätte sie sonst nirgendwo berühren dürfen. Nur unten. Das wäre gegangen. Denis hatte schon in San Francisco ein Einzelzimmer nehmen müssen. Sie konnte nicht mit ihm. Zusammen. Schon im Flugzeug hatte sie sich neben Regina setzen müssen. Sie hatte Regina gezwungen, neben ihr zu sitzen. Sie müßten eine Frauenreihe machen, hatte sie gesagt. Sie müßten üben. Sie müßten es wie in den Filmen machen. Die Männer vorne. Im Auto. Die Frauen hinten. Und wenn nicht alle so geizig gewesen wären, dann wäre man business geflogen, und alle hätten mehr Platz gehabt. Rick hielt an. Madeline hörte seine Tür aufgehen. Und die Tür hinten links. Sie spürte Rick aussteigen. Die Sitzbank vorne gab nach. Bei Ricks Bewegungen. »Wir kommen gleich wieder«, sagte Rick.

Die Autotüren fielen zu. Madeline saß da. War sie jetzt allein im Auto. Sie beugte sich vor. Legte das Gesicht in ihre Hände. Vorsichtig. Sie mußte irgendwie zu weinen aufhören. Das Brennen unerträglich. »Das macht dir richtig Spaß«, sagte Denis hinter ihr. Sie hörte ihn die Tür aufmachen. Fühlte ihn aussteigen. Sie hörte ihn draußen. Er stand am Wagen. Zündete sich eine Zigarette an. Er machte ihre Tür auf. Sie fühlte ihn neben sich. Der Zigarettengeruch. Er schob sie in den Sitz zurück. Setzte sie auf. Er zog eine ihrer Hände vom Gesicht. Hielt die Hand vom Gesicht weg. Er schnaubte. Er zog an seiner Zigarette. Ein kleines saugendes Geräusch. Aber trocken. Es würde nicht so schlimm werden, sagte er. Und er könne das nicht verstehen. Er würde das ja nie verstehen können. Madeline wäre auch nur eine von diesen schönen Frauen. Die nur glücklich sein konnten, wenn sie schlecht behandelt wurden. Da wäre Madeline also eine der schönsten. Aber auch sie. Offenkundig brauchte sie diese schlechte Behandlung. Und das sei einer der Vorteile ihrer Generation. Denis setzte sich auf den Rand der Sitzbank. Legte den Arm um sie. Madeline hielt die Hände vors Gesicht. Saß in den Sitz gepreßt. Madelines Generation. Denis hielt seinen Kopf neben ihrem. Er berührte sie nicht. Aber er war sehr nah. Sein Oberkörper über ihren gelehnt. Er sprach in den Rücksitz. Murmelte in den Polster. Ihre Geschichte fange jetzt erst an, flüsterte er. »Unsere Geschichte«, sagte er. Er habe das gerade erst begriffen. Madelines Generation. Die. Das sei der Unterschied. Die jüngeren. Die machten sich alles selbst. Alles. Auch die Bestrafung. Mit denen sei das wie Turnen. Gemischtes Turnen und dann in die Garderoben. In die getrennten Garderoben. Aber Frauen wie Madeline. Und deshalb könnten die Jungen nur mehr hübsch sein.

Frauen wie sie. Die wären schön, weil das alles mehr für sie war. Weil für sie das alles war. Weil sie das noch ernst nahmen. Ernst nehmen mußten. Davon wußten die Jungen ja gar nichts mehr. Die gingen ja auch zur Domina wie in den Turnverein. »Aber wir.« Denis sprach wieder in ihr Ohr. Madeline saß starr. In den Sitz zurückgepreßt. Im Kopf hämmernder Schmerz. Übelkeit. Die Kehle verkrampft. Der Magen. Ein singendes Zerren hinter dem Nabel. Und das Gesicht. Sie hatte alles Gefühl für das Gesicht verloren. Eine brennende quellende Masse. »Aber wir«, sagte Denis. Er fuhr mit seiner Zunge ihr Ohr entlang. Außen. Am äußersten Rand der Ohrmuschel. »Wir wissen das besser. Dazu muß man den Krieg gekannt haben.« Die Hitze schoß ihr in den Bauch. Draußen waren Schritte zu hören. Denis setzte sich auf. Die Autotür links wurde aufgemacht. »Es ist besser, du kommst hinein«, sagte Rick in das Auto gebeugt. Denis stieg aus. Madeline wollte nach links rutschen. Der Gurt hielt sie fest. Sie suchte nach dem Schloß. Fand es nicht. Sie versuchte zu sehen. Richtete den Kopf dahin, wo dieses Schloß sein mußte. Konnte nur Helle wahrnehmen. Verschwimmende Helle. Sie schluchzte auf. Riß an dem Gurt. Ein Klicken. Der Gurt rutschte weg. Rick hielt ihre Hand. »Mad«, sagte er. »Ganz ruhig. Mad.« Rick war gereizt. Sie konnte das an seinem Ton hören. Rick war zornig auf sie. Madeline mußte wieder weinen. Sie wollte das alles nicht. Und sie wollte Rick nicht auf die Nerven gehen. Rick zog sie an der Hand. Sie rutschte nach links. Rick zog sie aus dem Auto. Sie taumelte. Hielt sich an der Autotür fest. Schluchzte. Rick nahm sie um die Schultern und führte sie. Eine Tür ging auf. Sie gingen in einen Raum. Kühle wehte von oben herunter. Rick schob sie. Er sagte ihr, sie solle nach rechts gehen. Und da geradeaus. Und sie solle sich führen lassen. Das sei das Opfer, sagte er zu jemandem. »This is the victim.« »But whatever happened«, rief ein Mann. Er hatte eine tiefe Stimme. Älter. Er wiederholte den Satz und kam näher. Madeline schluchzte. Was passiert sei. Der Mann wiederholte die Frage. Er nahm sie am Arm und führte sie ein paar Schritte weiter. Da sei ein Sessel, und sie solle sich setzen. Madeline tastete nach der Sessellehne und setzte sich. Die anderen standen rund um sie. Regina sagte zu Rick, daß sie am besten hier ein Hotel suchten. Hier. In Santa Barbara. Madeline müsse sich hinlegen. Denis stimmte zu. Der Mann sagte, er wolle mit dieser Frau allein sprechen. »In private.« Madeline fühlte die anderen zurücktreten. Rick solle bleiben, flüsterte sie. Jemand beugte sich ihr zu. »What did you say.« Der Mann sprach mit ihr. Was geschehen sei. Man könne ihr nicht helfen, wenn sie nicht sagte, was ihr widerfahren sei. Und wer schuld habe. Der Mann sprach ruhig. Geduldig. Teilnahmslos. Wut stieg in ihr auf. Zorn. Haß. Haß auf diesen Mann. Zorn und Haß fielen über sie her. Einen Augenblick lang hatte sie den Wunsch, ein Maschinengewehr zu haben und alle niederzumähen. Auch Rick. Rick konnte sich wieder besser vorkommen. Sie war wieder die Unbeherrschte. Das Bündel. Aber sie hätte nichts gesehen. Sie hätte gar nicht sehen können, wie sie alle erschießen hätte sollen. Sie hätte die Maschinengewehrgarben in irgendwelche Richtungen schießen müssen. Sie mußte lachen. Sie sah sich selbst. Sah sich mit den roten verquollenen Tränenaugen dastehen und blinzelnd auf Regina zielen. Madeline lächelte. Sie hätte zu lange in die Sonne gesehen. Der Mann fragte, wie das ginge. Wie man das mache. »To fixate the sun with open eyes.« Madeline lächelte. »Accidents happen«, sagte sie. »Don't they?« »There you are right.« Der Mann klang skeptisch. »O.k.«, sagte er dann. Sie hörte ihn weggehen. Spürte einen Lufthauch, wie er an ihr vorbeiging. Hörte Gerede. Wortfetzen. Deutsch. Englisch. Jemand legte eine Hand auf ihre Schulter. Rick drückte ihr die Schulter. Schritte. Sie solle nicht erschrecken, sagte der Mann. Er hob ihr Kinn. Legte ihren Kopf zurück. Madeline spürte etwas Kaltes auf den Augen. Sie bekam Angst. Suchte Halt. Rick nahm ihre Hand. Hielt sie. Der Mann legte einen kalten Polster auf die Augen. »This is a cold pack.« Und sie solle das festhalten. Die Kälte tat weh. Aber das Klopfen um die Augen und im Kopf hörte in der Kälte auf. Sie hielt das Plastikpölsterchen gegen die Augen. Sie saß da. Die anderen redeten. Rick sprach mit dem Mann. Wollte zahlen. Das müsse er an der Kassa machen. Denis und Regina redeten weit weg. »Deeply disturbing«, hörte sie den Mann sagen. Oder hatte er »deeply disturbed« gesagt. Sie saß da. Die Schmerzen unter der Kälte kleiner. Weiter weg. Sie saß. Alles war weit weg. Sie hörte Leute vorbeigehen. Sprechen. Der Mann nahm ihr den kalten Polster ab. Er hielt sie wieder unter dem Kinn. Hielt ihr Gesicht hoch und träufelte Kühles auf ihre Augen. Er legte einen neuen cold pack in ihre Hand. Sie solle das auflegen. Der Mann ging mit Rick weg. »A doctor«, hörte sie. Und sie solle zu einem Arzt gehen. Solle von einem Arzt gesehen werden. Beurteilt. Zur Sicherheit. Madeline saß da. Sie wäre gerne gelegen. Sie hörte Regina lachen. Rick kam dann. Er führte sie hinaus. Denis zahle, sagte er und führte sie zum Auto. Sie müßten hier weg. Sie stünden an einer yellow line. Rick machte die Autotür auf. Ob das hinten wäre, fragte Madeline. Sie könne nicht hinten sitzen. Das ginge nicht. Das ginge unter keinen Umständen. Das wäre unmöglich. Rick nahm sie am Arm und führte sie um das Auto. Er setzte sie auf den Beifahrersitz. Denis und Regina kamen nach. Die beiden setzten sich auf die Rücksitze. Sie lachten. Denis habe wieder die Quarterdollar nicht erkannt. Dennis habe mit Dimes bezahlen wollen, und die Kassiererin sei schon ganz böse gewesen. Das seien aber auch rabiate Weiber, sagte Denis. Diese Negerinnen an den Kassen. Was sie jetzt machen sollten, fragte Rick. »Ein Hotel«, sagte Denis. Und er müsse jetzt eine rauchen. Der Geruch in dieser Drogerie. Kaiser Borax und Äther. Ihm ginge das auf die Nerven. Regina verbot ihm zu rauchen. Nicht neben ihr. Es hätte ihr nichts ausgemacht, wenn er vorne geraucht hätte. Oder hinter ihr. Da hätte man jeweils das Fenster aufmachen können. Aber wenn er nun neben ihr sitzen müsse. Er solle das nicht persönlich nehmen. Bitte. Madeline hielt den cold pack vor die Augen. Sie mußte die Hand wechseln. Die Finger begannen weh zu tun. Wegen der Kälte. Sie hatte nichts gerochen. In dem drug store. Eigentlich, sagte Regina. Eigentlich habe sie das Museum hier sehen wollen. Und dann auf die Marina. Und Shrimps essen. Die Mission, das Museum und die Marina. Das wäre so ziemlich alles, was man hier ansehen könne. Aber jetzt sei ja ein Hotel notwendig. Was solle man sonst mit der armen Madeline machen. Regina redete laut. Sie redete von hinten auf Rick ein. Regina war verständnisvoll. Regina war immer verständnisvoll. Rick antwortete nicht. Denis schwieg. Dann zählte Regina die Hotels aus dem Führer auf. Rick fragte Madeline, wie sie sich fühle. Sie sollten doch machen, was sie vorgehabt hatten, murmelte Madeline. Sie bemühte sich, normal zu klingen. Sie könne doch im Wagen warten, und sie alle sollten ins Museum gehen. Das müsse jetzt das Zentrum sein, rief Regina. Und da. Da.

Rick sei jetzt am Museum vorbeigefahren. Da sei das Museum gewesen. Die Straße hinunter. Ob Rick das denn nicht interessiere. Rick sei doch sonst an solchen Sammlungen interessiert. Rick interessiere sich doch besonders für kleinere Sammlungen. Und in diesem Museum. Da gäbe es einen Cézanne. Rembrandt. Manet. Picasso. Degas. Renoir. Monet. Chagall. Griechische und römische Skulpturen. Und den berühmten Lansdowne Hermes. Regina las aus dem Führer vor. Rick fuhr. Er bog nach links ein. Bog dann wieder nach links. Denis sagte, jetzt bräuchte er einen Kaffee. Regina meinte, den gäbe es sicher im Museum. Wenn in den amerikanischen Museen etwas funktioniere, dann die Cafeterias. Er könne dann Madeline auch gleich einen mitbringen. Die habe ihren ja nun nicht trinken können. Rick bog wieder nach links. Er fahre ja im Kreis, wunderte sich Regina. Niemand sagte etwas. Rick hatte recht gehabt. Der große Cadillac bewegte sich wie ein Schiff. Was er nun vorhabe. Denis fragte gereizt. Da wäre wieder ein Hotel gewesen. Madeline solle sich so rasch wie möglich hinlegen können. Und Denis könnte dann ja bei ihr bleiben. Und sie beide könnten ins Museum gehen. Reginas Stimme war hoch. Gepreßt. Madeline konnte sie sich vorstellen. Wie sie aufrecht dasaß. Die Hände ineinandergelegt im Schoß liegend. Die Schneewittchenaugen niedergeschlagen. Regina war es nicht gewohnt, nicht alles sofort zu bekommen. Warten zu müssen. Es geschah immer gleich, was Regina wollte. Normalerweise. Sie könne wirklich im Wagen warten. Madeline bemühte sich, nicht leidend zu klingen. Sie müßte nur ein Valium nehmen. Dann gäbe es keine Probleme. Überhaupt keine mehr. Und Denis sollte seine Zigarette rauchen können. Sie sollten sich einfach nicht um sie kümmern. »Das ist leicht gesagt«, sagte Regina. Sie sagte das bitter. Alle schwiegen. »Entschuldigt«, sagte Regina dann. Rick hielt an. »Hier ist das Museum.« Er drehte sich nach hinten. Sprach zu Regina und Denis über die Rückenlehne. Sie beide sollten in das Museum gehen. In aller Ruhe. Er hole sie dann in eineinhalb Stunden wieder ab. Regina wollte nicht. Sie wolle mitkommen. Ein Hotel suchen. So wichtig sei das Museum auch wieder nicht. Regina sprach wieder sanft. Freundlich. Leise. Denis meinte, er könne auch später noch rauchen. »Ich bin kein Sklave meiner Zigaretten«, sagte er. Aber Regina habe doch hierher gewollt. Rick fragte das ungeduldig. Madeline sei doch wichtiger. Regina sprach nun ganz leise. Denis fände das doch sicher auch. »Ich hole euch doch dann wieder ab.« Das wäre ja auch noch schöner. Denis schnaubte. Sollten sie ausgesetzt werden. Ja? Sollten er und Regina hier zurückgelassen werden? Regina lachte hell. Wie Denis so etwas annehmen könne. Und was würden sie dann machen. Verlassen in Santa Barbara. Ob Denis sein ganzes Geld bei sich habe. Sie bewahre einen Teil ihres Geldes auch noch immer im Koffer auf. Falls ihr die Handtasche geraubt würde. Ob sie denn so sehr Angst habe, fragte Denis. Und sie solle kommen. Rick wüßte schon, was für seine Schwester am besten sei. Regina seufzte. Die beiden stiegen aus. Rick ließ den Motor an. Madelines Tür wurde aufgerissen. Denis lehnte sich über sie herein. »Ciao«, sagte er. Er küßte sie auf die linke Wange. »So nicht. Meine Liebe«, flüsterte er ihr ins Ohr. »So entkommst du mir nicht.« Regina sprach mit Rick. Wann er sie nun genau abholen werde. Madeline sagte »Ciao« zu Denis. Sie lehnte sich so weit zurück wie möglich. Er war ihr wieder vollkommen widerlich geworden. Sie mußte lächeln. Sie lächelte in Richtung Denis. Denis schlug die

Tür zu. Sie hörte seine beschlagenen Schuhe rund um das Auto. Regina redete auf Rick ein. Durch das Fenster. Ein Hotel am Meer wäre schön. So wie das Spyglass Inn. Nur eine bessere Kategorie. Das wäre schon gut. So etwas sollte Rick suchen. Denis sagte etwas. Madeline hörte seine tiefe Stimme. Regina lachte. Madeline hörte »losreißen«. Rick fuhr los. Er fuhr langsam. Glitt dahin. Das Auto schaukelte behäbig. Madeline saß zurückgelehnt. Den Kopf auf der Rückenlehne. Den cold pack gegen die Augen. Gegen die Stirn. Die Schmerzen weniger. Dann schwollen sie wieder an. Trocken brennend. Von außen. Die Dunkelheit hinter dem cold pack rotgerändert. Glühende Funken schwammen herum. Madeline hatte keinen Augenblick Ruhe davor. Sie nahm den cold pack von den Augen. Versuchte die Augen aufzumachen. Die Augen waren verschwollen. Das Aufmachen nicht zu spüren. Die Augen aufgeschwollene Schlitze. Das Hingreifen ein neuer Schmerz. »Da«, sagte Rick. Er schob ihr etwas über den Sitz zu. Sie suchte danach. Fischte mit der linken Hand. Rick schob ihr ein Fläschchen in die Hand. »Tropf dir das ein.« Madeline öffnete das Fläschchen. Drehte den Verschluß auf. Hielt das Fläschchen hoch. Versuchte es anzusehen. Sie mußte wieder tasten, wie das Fläschchen beschaffen war. Sie führte es zum Gesicht. Hielt es vor die Augen. Hielt den linken Zeigefinger auf dem Röhrchen oben. Führte das Röhrchen vor die Augen. Sie lehnte den Kopf noch weiter zurück. Drückte auf das Plastik. »Es kommt nichts«, sagte sie. Drückte wieder. »Kein Wunder«, sagte Rick. »Du tropfst es dir in die Haare.« »Rick«, flüsterte sie. Er hatte das gelangweilt gesagt. Ohne jedes Gefühl. Ohne jedes Mitgefühl. Nur gelangweilt. Madeline hätte sich Vorwürfe gewünscht. Hätte Vorwürfe erwartet. Scharfe, böse Vorwürfe. »Rick«, sagte sie. Sie wollte ihm alles erklären. Wollte ihm erzählen, wie diese Wolke hereingesegelt war. Auf dem Blau. Und wie dieses Lied. »Gib das her.« Rick hielt den Wagen an. Er nahm ihr das Fläschchen aus der Hand. Er rutschte zu ihr herüber. Neben sie. Beugte sich über sie. Madeline lehnte sich gegen ihn. Rick hielt ihren Kopf. Er legte seine Hand unter ihren Hinterkopf. Sein Gesicht über ihrem. Sie konnte seinen Atem riechen. Muskat. Rick roch nach Muskat. Ganz leicht roch er nach Muskat. »Mach auf.« Madeline bemühte sich, die Augen aufzureißen. Ohne den cold pack begann wieder alles zu klopfen. Sie spürte etwas Kaltes. »Ganz schöne Scheiße. Was du da wieder«, sagte Rick. Er hielt sie. Lehnte gegen sie. Madeline stemmte ihre Füße gegen den Boden. Aber sie sanken trotzdem nach rechts. Rick kicherte. Er kicherte glucksend und begann dann zu lachen. Sie lagen gegen die Autotür. Sie gegen die Autotür gesunken. Ihr Kopf gegen die Tür. Abgeknickt. Das Genick an die Türpolsterung gepreßt. Rick hielt ihren Hals umklammert. Sein Kopf lag auf ihrer Brust. Sein Oberkörper über ihren Händen auf dem Bauch. Er lachte. Madeline mußte dann mitlachen. Sie schluchzte dabei. Rick konnte nicht aufhören. Er lag auf ihr und lachte. Ihr Kopf wurde nach vorne gepreßt. Das Genick nach vorne gedreht. Die Sehnen überdehnt. Madeline lachte. Sie hielt still. So lange sie es aushalten konnte, hielt sie still. Das Ziehen im Genick wurde dann unerträglich. »Das sind also.« Rick mußte nach jedem Wort wieder lachen. Er keuchte vor Lachen. Rang nach Luft. »Das sind also.« Das Lachen schüttelte ihn. Er hob den Kopf, um zu sprechen, und mußte ihn wieder senken. Er mußte den Kopf vor Lachen auf ihren Busen legen. »Unsere Traumstraßen der Welt«, stieß er dann hervor. Keuchend und lachend. »Unsere Traumstraßen der Welt.« Madeline lachte. Sie hatten diese Filme gesehen. Sie waren in den dunkelrot samtbezogenen Sesseln im Stadttheater Baden gesessen. 1. Reihe Balkon. Und hatten diese Filme gesehen. Mit der Mutter. Ende der 50er Jahre war das gewesen. »Die Traumstraßen der Welt.« Es war gezeigt worden, wie es aussah, diese Straßen zu fahren. Wie das vom Auto aus aussah. Sie hatten das beide so komisch gefunden. In der Erinnerung. Daß einmal die Aussicht aus einem fahrenden Auto Grund genug gewesen war, solche Filme herzustellen. Und sie hatten beschlossen, diesen Filmen nachzufahren. Und mit der 101 in Kalifornien zu beginnen. Und dann in Südamerika weiterzumachen. Sie hatten alle Beethoven-Symphonien und Mahler und Wagner-Ouvertüren mitgenommen. Als Begleitmusik. Diese Filme waren immer symphonisch rauschend untermalt gewesen. Aussichten auf blaues Meer und breite, wiegende, bedeutsame Musik. Regina hatte das falsch gefunden. Schlechter Geschmack sei das, hatte sie gesagt. Sie waren dann ohne Musik gefahren. Madeline lachte. Sie bekam kaum Luft. Ihr Hals war nach vorne eingeknickt. Sie mußte sich bewegen. Aufsetzen. Luft holen. Rick setzte sich sofort auf. Er half ihr, sich wieder aufrecht hinzusetzen. Das sei der Nachteil von diesen Sitzbänken vorne. Liegesitze hätten dann doch ihre Vorteile. Manchmal. Sagte er. Er hielt wieder ihren Kopf. Tropfte wieder die kühle Flüssigkeit auf ihre Augen. Legte den cold pack auf. Ob sie hinten liegen wolle, fragte er. Madeline schüttelte den Kopf. Nein, sagte sie. Im Liegen wären die roten Tupfen beim Sehen vielleicht noch schlimmer. Rick fuhr wieder. Sie hielt den cold pack gegen die Augen. Sie war müde. Wohin er fahre, fragte sie. Die Vorstellung eines Zimmers. Dunkel. Liegen. »Wir zwei gehen jetzt etwas trinken«, sagte Rick. Zuerst einmal sollten sie beide etwas trinken. »Und wo«, fragte Madeline. Sie wäre lieber so sitzen geblieben. »Kennst du dich hier aus.« Sie überlegte. War Rick hier gewesen. War er schon einmal hier gewesen. War er hier schon einmal herumgereist. Sie wußte nichts davon. Wann hätte das sein können. Und mit wem. Mit wem hätte Rick hier gewesen sein können. Rick reiste nicht allein. Rick machte nichts allein. Internatsgewohnheiten nannte er das. Immer waren Leute da. Es mußten immer Leute da sein. Madeline glaubte, sie war allein mit ihm. Konnte reden mit ihm. Richtig reden. In Ruhe reden. Wie früher reden. Dann ging die Tür auf, und jemand kam aus dem Nebenzimmer. Oder kroch aus einer Zimmerecke hervor. Ob die beiden wirklich ins Museum gegangen wären, fragte Madeline. Sie drehte sich nach hinten um und versuchte zu sehen. Sie sah die weißen Flächen der Rückbank. Verschwommen. Sie drehte sich wieder nach vorne. Hielt den cold pack gegen die Augen. Rick fuhr. Sie wußte, wie er dasaß. Rick lungerte hinter dem Lenkrad. Er saß zusammengesunken. Hatte den linken Arm auf der Türpolsterung aufgestützt. Hielt mit der Rechten das Lenkrad. Aber er sah immer nach vorne. Ließ den Blick immer auf die Straße gerichtet. Er schaute einen nicht dauernd an. Beim Reden. Oder spielte mit der Handbremse während des Fahrens. Bei Rick mußte sie nicht mitdenken. Beim Fahren. Sie lehnte sich zurück. Ihr war übel. Die Kehle herauf ein Druck. Sie mußte schlucken dagegen. Immer wieder. Der Kopf hohl. Die Augen brennend schwimmend. Sie saß da. Stützte sich mit der linken Hand in den Kurven ab. Mit der rechten hielt sie den cold pack. Drückte ihn mit den Fingerspitzen gegen die Augen. Das Auto wurde langsamer. Rick parkte ein.

»Jetzt hätten wir einen Tschaikowsky spielen können«, sagte Rick. Daß er das alles schon wieder komisch fände, seufzte Madeline. Sie war müde und weinerlich. Komisch nicht, antwortete Rick. Aber ganz ohne Unterhaltungswert sei die Sache nicht. Und ob sie eine Sonnenbrille habe. So könne sie sich nicht sehen lassen. Da müsse er ihr die Handtasche geben, sagte Madeline. Rick stieg aus und holte die Handtasche vom Rücksitz. Sie hörte ihn den Zippverschluß aufmachen. »Weißt du eigentlich, was du da alles drinnen hast«, fragte er. Madeline schwieg. Rick hatte auf dieser Reise oft genug Regina gepriesen. Regina trug eine kleine Handtasche umgehängt. Regina genügte das. Wie sie so alt gewesen war wie Regina jetzt, da hatte ihr auch eine kleine Tasche genügt. »Weißt du, daß du 4 Lippenstifte mithast.« Rick kramte in ihrer Tasche. »Gib mir meine Tasche«, sagte Madeline. Sie fände in ihrer Tasche immer alles sofort. Sie fände in ihrer Tasche alles blind. Schließlich wäre ja auch alles in kleinen Beuteln untergebracht. Das Brillenetui wäre übrigens rot. Mit der schwarzen Aufschrift »Paloma Picasso«. Ein rotes Brillenetui sei nicht da. Da gäbe es ein geblümtes Kosmetiktäschchen. Einen blauen Beutel. Was sei denn da drinnen. Rick zählte auf. Salztabletten. Vitamintabletten. Alka-Seltzer. Aspirin. Effortil. Valium. Temesta. Vita-Merfen-Salbe. Kamillentropfen. Hämorrhoidensalbe. Seit wann sie die bräuchte. Kohletabletten. Buscopan. Mogadon. Eucarbon. Paspertin. Warum sie das nicht im Koffer herumschleppe. Madeline schwieg. Rick wollte immer alles gleich haben. Wenn er etwas gegen Migräne brauchte. Oder für seinen Kreislauf. Und wozu hätten sie Regina mit, rief Rick. Die wüßte doch alles. Als Ärztin müßte sie doch alles wissen. Madeline drehte sich um und suchte mit der Hand nach der Tasche. Regina sagte immer gleich, sie als Kinderärztin. Sie sei für solche Erwachsenenbeschwerden nicht zuständig. Madeline dachte, Regina wäre eine von diesen überforderten Medizinern. Die sich dann nicht getrauten, einen anzufassen. Die sich vor den Patienten fürchteten. Deshalb war sie dann Kinderärztin geworden. Da war Madeline sicher. Regina beklagte sich ständig über die Mütter der Kinder. Die Mütter machten alles falsch. Bei Regina. Und die Kinder hätten dann zu leiden. Die Kinder. Die wären ja vernünftig. Regina schwärmte von den todgeweihten Krebskindern. Wieviel vernünftiger die seien. Diese Kinder waren wehrlos. Sie konnten Regina nicht widersprechen. Und Regina stand gut da. Rick nannte sie »seine Florence«. Madeline hatte noch in Wien. Auf dem Flughafen. Beim Warten auf die Handgepäckkontrolle vor dem KLM-Schalter darauf bestanden. Es dürfte keine Krankengeschichten geben, hatte sie verlangt. Lachend. Wegen der Ferienstimmung müsse Regina versprechen, keine einzige von diesen traurigen Krankengeschichten zu erzählen. Denis hatte sofort zugestimmt. Wenn Rick das antörne, hatte er gesagt, dann könne Regina Rick das ja im Schlafzimmer zuflüstern. Madeline hatte keine Lust gehabt, wieder hören zu müssen, wie tapfer diese kleinen Todeskandidaten wieder gewesen waren. Und Regina war dann der gute Engel. Tapfere, schöne Dr. Regina Versini. Engel der Kinder. Madeline griff nach der Tasche. Rick legte ihr das Brillenetui in die Hand. Madeline ließ den cold pack sinken. Sie saß nach hinten gewandt. Rick stand in der Tür. Über ihre Tasche auf dem Rücksitz gebeugt. Madeline blinzelte. »Wie schaut das aus«, fragte sie. Rick war eine dunkle Silhouette. Madeline riß den Klettverschluß des Brillenetuis auf. Sie setzte die Brille auf. Sie war froh. Sie trug große

Brillen, obwohl kleine runde und ovale Sonnenbrillen gerade der letzte Schrei waren. Ihre Augen waren hinter dieser Brille vollkommen versteckt. »Es schaut aus, als hättest du einen schweren Anfall von Heuschnupfen«, sagte Rick. »Das geht schon.« Er schlug die Autotür hinten zu. Kam an ihre Tür. Machte sie auf. Half ihr aus dem Wagen. Sperrte ab. »Meine Tasche«, fragte Madeline. »Ich habe alles«, sagte Rick. Er legte den Arm um ihre Schultern und führte sie über einen Grasstreifen auf einen Gehweg. Ein leichter Wind wehte. Palmen. Madeline mußte die Augen wieder zumachen. Sie blieb immer wieder stehen. Sie bat Rick um ein Taschentuch. Sie tupfte unter den Augen die Tränen weg. Setzte die Sonnenbrille wieder auf. Rick hielt sie. Sie lehnte sich gegen ihn. Sie gingen einen betonierten Weg im Gras. Rechts die Straße. Parkplätze. Möwen waren zu hören. Links das Meer. Sie gingen. Die Sonne im Rücken. Madeline blinzelte. Die Tränen rannen. Die Augen taten weh. Die Lider. »Und«, fragte Rick. Wie sie sich fühle. »Als hätte ich mein Leben lang geheult.« Madeline wollte das ironisch sagen. Sie mußte aber gleich wieder weinen. »Ich muß schrecklich aussehen«, schluchzte sie. Rick schob sie weiter. Er verstünde nicht, warum sie immer noch alles so ernst nähme. Rick drückte sie gegen sich. Madeline mußte noch mehr schluchzen. Es spräche ja für ihre Jugendlichkeit. Mit 50 sich noch so für sich zu interessieren. Das sei schon eine Leistung. »Madeline«, sagte Rick. Begütigend. Wie zu einem sehr kleinen Mädchen. Madeline blieb stehen. Rick hielt sie. Umarmte sie. Hielt sie fest. Madeline weinte. Aber das Schluchzen hörte auf. Sie trocknete ihre Wangen. Rick hielt sie um die Taille. »Können wir wieder spielen«, fragte er. Er rieb seine Nasenspitze gegen ihre. Madeline mußte lachen. Weinte. Sie gingen weiter. Ein Kaffee. Sie bräuchte den Kaffee. Ein Kaffee wäre jetzt gut. Und sie hatte ja auch noch nichts gegessen. Wenn sie ein normales Frühstück äße, sagte Rick. Dann sähen ihre Tage ganz anders aus. Strukturierter. Das wäre doch Madelines Problem. Sie könne ihre Zeit nicht strukturieren. Sie müsse ihre Zeit strukturieren. So wie auf den Reisen. Aufstehen. Anziehen. Frühstücken. Weiterfahren. Viel anders sei das Leben doch ohnehin nicht. Ob in Wien. Oder hier. Es ginge doch immer um diese Reihenfolge. »Wir füllen die Leere mit Leere aus«, sagte Rick. »Aber immerhin. Wir könnten ja auch das Gegenteil tun.« Er ging weiter. Er schob sie mit sich. Zog sie. Das sei das Schicksal der ganzen Welt. Dem entkäme man nicht. Niemand entkäme dem. Könne dem entkommen. Das wisse sie doch. Rick drückte ihre Schulter. Sie bogen nach links. Gingen auf einer Straße. Ein Auto fuhr an ihnen vorbei. Sie kamen auf den Holzboden des Piers. Das Auto holperte langsam vor ihnen über den Bretterboden. Rechts und links waren dicke Baumstämme montiert. Trennten die Fahrbahn vom Gehweg. Madeline mußte vor Rick gehen. Sie hielt sich am Holzgeländer fest. Unter dem Pier erreichte gerade das Meer den Sandstrand. Nach rechts weithin der Strand in langgezogenen Buchten. Menschen. Palmen und Sträucher zur Straße hin. Sie folgten den Bögen der Buchten. Gras bis zur Straße. Madeline blieb stehen und nahm die Sonnenbrille ab. Das Sehen tat weh. Das Licht auf den Wellen. Sie mußte die Augen doch wieder schließen. Die Sonnenbrille aufsetzen. Madeline stand. Lehnte sich gegen das Geländer. Sie spürte ihre Hüftknochen spitz gegen das Holz. Rick stand hinter ihr. Hielt sie um die Schultern. Madeline stand still. Sie hatte die Augen geschlossen. Die Autos von der Straße. Das Auto auf dem Pier. Es holperte auf dem Bretterboden langsam vor ihnen. Die Möwen. Das Meer. Die Wellen rauschten herein. Liefen den Sand herauf. Hell raschelnd. Rollten zurück. Ein tiefer Ton und ein Gurgeln am Ende. Manchmal. Madeline fühlte Ricks Arm um ihre Schultern. Seine linke Hand auf ihrer Schulter. Locker. Er hielt sie nicht fest. Hatte seine Hand nur abgelegt. Ihr rechter Arm gegen seinen Oberkörper. Gegen seinen Brustkorb. Die Rippen fest durch sein Hemd. Sie stand da. Sie stellte sich vor, wie die Wellen des Meeres aussahen. Wie das Wasser in kleinen Schaumbögen über den Sand herauflief. Wie einen Augenblick die Schaumkrönchen verharrten. Versickerten und der Sand dunkel vom Wasser wurde. Wie das Wasser im Sand eilig zurücklief und der Sand glatt und ein wenig heller zurückblieb. Das Meer rauschte. Warf die Wellen den Sand hoch. Madeline spürte Ricks Atem gegen ihren Arm und die Schulter. Sie spürte seinen Oberkörper. Stellte sich seinen Oberkörper vor. Sah seinen Oberkörper vor sich. Von innen. Wie eines der Wachsmodelle im Museum in der Währingerstraße. Aber lebend. Sein Herz pumpte. Die Lungen dehnten sich. Fielen zusammen. Blut schoß hellrot durch die Adern vom Herz weg. Und es konnte aufhören. Ricks Herz konnte ganz einfach aufhören. Und ihres. Und das jedes dieser Menschen am Strand. Madeline sah alle Brustkörbe offen vor sich. Sah ihren eigenen. Sie sah die Herzen schlagen. Eifrige Maschinchen. Eifrige kleine Dinger. Widerliche eifrige Maden. Fremd. Willenlos. Nichts wissend vor sich hin zuckend. Das Gefühl, in sich versperrt zu sein. Ausgesperrt. Aber nach innen. Kein Zugang zu sich und in sich gelangen nicht möglich. Madeline lehnte sich nach vorne. Sie nahm die Brille ab. Starrte nach unten. Preßte den eckigen Holzbalken in ihren Bauch. Sie legte sich auf den Balken, um diesem Gefühl den Raum zu nehmen. Den Bauch mit dem Balken einzudrücken und keinen Platz zu lassen. Rick sagte, sie sollten vielleicht doch noch ein paar Tage hierbleiben. Am Strand. Noch nicht gleich nach Los Angeles fahren. Da wäre es dann ja doch immer hektisch. Rick war weitergegangen. Madeline richtete sich auf. Sie ging hinter ihm her. Sie stolperte über eine Schwelle am Boden. Sie mußte sich am Geländer festhalten. Sie hatte gedacht, sie hätte sehen können. Rick fragte, ob alles in Ordnung sei. Madeline nickte. Sie stolperte das Geländer entlang. Rick nahm sie am Arm. Führte sie in ein Restaurant. Sie gingen durch Räume. Wieder ins Freie. Rick schob sie auf einen Sessel. Setzte sich gegenüber. Madeline behielt die Sonnenbrille auf. Sie saßen an einem Tisch am Geländer. Sie saßen über dem Meer. Rick schaute sich nach der Bedienung um. Was sie wolle. »Kaffee«, sagte Madeline. Rick bestellte 2 Shrimpscocktails. 2 Gläser Chardonnay und einen Kaffee. Der Kellner ging. Rick beugte sich über den Tisch. Er nahm ihre Hände. Sie müsse nicht eifersüchtig sein. Sie müsse nie eifersüchtig sein. Sie würde immer die wichtigste Person sein. Für ihn. Solche Geschichten seien nicht notwendig. Madeline erstarrte. Eine eiskalte Starre stieg vom Bauch in den Kopf. Eine kalte Lähmung. Sie war nicht eifersüchtig. Warum sollte sie eifersüchtig sein. Rick hatte immer die falschen Partner. Aber das waren eben die falschen Frauen. Und sie mußte nicht eine bigotte verlogene Ärztin akzeptieren. Eine dieser Frauen, die ihren Sadismus unter Opferbereitschaft versteckten. Die mußte sie nicht toll finden, damit sie ihre Großzügigkeit nachweisen konnte. Und vor allem. Sie war es nicht. Sie war nicht die wichtigste Person für Rick. Nur weil Rick das sagte, war sie es noch lange nicht. Er hätte das nicht sagen müssen, wäre sie die wichtigste Person in seinem Leben. Dann hätte man nicht einmal darüber reden müssen. Dann hätten sie sich ins Auto gesetzt und wären weggefahren. Hätten alles zurückgelassen. Und früher hätte er sie verteidigt. Der wichtigste Mensch, sagte Madeline. Der wichtigste Mensch in Ricks Leben. Das wäre doch er. Zuerst einmal käme er doch selber. Madeline sprach so beherrscht wie möglich. Sie schaute auf ihre Hände in Ricks Händen. Sie zog ihre Hände zurück. Was denn nun anders wäre. Sie hätte sich sicher nicht verändert. Aber Rick. Rick wäre anders. Wäre ein anderer. Und sein Umgang hätte damit nicht viel zu tun. Schon auch. Ihrer sei ja nun auch nicht das Tollste, erwiderte Rick. »Ach«, sagte Madeline. »Ja«, sagte Rick. Das dächte er. Das sei ja nun nicht zu übersehen, daß er das dächte. Und er wolle sicher nicht darauf herumreiten. Aber er habe es ihr gesagt. Denis Draganovitsch. Der sei nicht der Richtige für sie. Aber bitte. Er sei ja froh, wenn sich das noch rechtzeitig herausgestellt habe. Der Kellner stellte die Gläser mit dem Wein vor sie hin. Den Kaffee. Madeline trank vom Kaffee. Der war zu heiß. Sie griff nach dem Weinglas. »Also. Auf die Zukunft.« Rick hielt ihr sein Glas hin. Welche er denn meinte, fragte Madeline und stieß mit ihm an. Sie trank. Nahm einen großen Schluck. Sie mußte sich zwingen, den Wein über die Zunge rinnen zu lassen. Der Geschmack stark. Holzig. Süßlich. Sie spürte den Alkohol noch während des Schluckens in den Kopf steigen. Sie trank weiter. Rick hatte sein Glas abgesetzt. Die Shrimpscocktails wurden gebracht. Brot in einem Körbchen. Rick begann zu essen. Madeline trank vom Wein. Er habe ein neues Projekt, sagte er und spießte einen Shrimp mit seiner Gabel auf. Er wolle wieder schreiben. Er habe das jedesmal viel zu früh aufgegeben. Er habe sich dem nie richtig gestellt. Und ob sie hören wolle, wie er sich das vorstelle. Madeline nickte. Sie nahm ein Stück Brot. Riß von der Rinde ab und kaute daran. »Also«, sagte Rick. Oper. Das sei doch aus dem Leben vollkommen verschwunden. Es sei doch alles nur noch cool. Aber das stimme nicht. Das sähe nur so aus. Deshalb habe er die theatralischste Oper als Stoff ausgesucht. Lucia di Lammermoor. Und zwar super leidenschaftlich. Nicht leblos. So, wie die Gruberova das sang. Nein. Die Callas-Version. Und der Plot. Der ginge so. Ein Schwuler aus Wien. Der ginge nach London, um sich zum Kontertenor ausbilden zu lassen. Damit er die Wahnsinnsarie singen könne. »Du meinst den Rudolf«, fragte Madeline. Sie kaute an der Brotrinde. Es begann süß zu schmecken. Sie trank einen Schluck Wein. Sie bräuchte noch ein Glas Wein. Rick drehte sich um. Stand dann auf. Ging weg. Kam zurück. Sie bekäme ihr Wasser gleich. Aber sie solle weiter zuhören. Dieser Kontertenor wolle die Wahnsinnsarie singen, damit seine Leiche an seinem Verflossenen vorbeigetragen würde, und darauf müßte der Verflossene sich umbringen. Weil er dem Kontertenor Unrecht getan hatte. Das finde aber alles so nicht statt. Das stelle der Kontertenor sich nur so vor. Der Roman spiele dann in London. Der Sänger müsse am Abend bei einem Hauskonzert der Gesangslehrerin Mrs. Lopez-Green ein Schubert-Lied singen. Und der Sänger wiederum könne nur singen, wenn er geschminkt sei. Die Probe für den Liederabend ging desaströs aus. Kein Ton richtig. Und Andy, der Korepetitor von Mrs. Lopez-Green zerstöre den Sänger. Trotzdem bräche der Sänger zu diesem Hauskonzert auf. Bei Mrs. Lopez-Green sei dann alles angespannt. Wie vor einer Explosion. Launen. Emotionen. Der Sänger sänge sein Lied. Niemand reagiere darauf. Als habe er nicht gesungen. Obwohl ihn Andy begleitet hatte. Er verließe das Haus. Stürze davon. Liefe durch die nächtlichen Straßen von London. Er ginge einem Mann nach. Zufällig zuerst. Einem ungeschlachten, häßlichen Mann. Pockennarbig und grob. Mit olivfarbener Haut. Olivfarbener Glatze. »Wie der Udo«, sagte Madeline. Der Kellner hatte das Wasser noch nicht gebracht. Sie hatte ihren Wein ausgetrunken. Trank den Kaffee. Ja, sagte Rick. Vielleicht der Udo. Jedenfalls ginge der Sänger zuerst zufällig hinter diesem Mann her. Bis er bemerke, daß er nicht anders könne. Daß er hinter diesem Mann hergehen müsse. Und der drehe sich nie um. Der Sänger könne ihn immer nur von der Seite sehen. Wenn der Mann gerade in eine Straße einböge. Der Mann haste also durch London. Der Sänger hinter ihm. Und in einer U-Bahn-Station stieße der Mann den Sänger dann auf die Schienen. Der Mann glaube nämlich, der Sänger ginge ihm nach. Verfolge ihn. Und der Sänger verschmore dann auf dieser elektrischen Schiene. Rick hatte seinen Shrimpscocktail aufgegessen. Wenn sie ihren nicht wolle, dann äße er den jetzt auch noch. Sie könnte ihn damit erpressen, sagte Madeline. Sie könnte Regina erzählen, daß er nur wenn sie dabei wäre, veganisch äße. Das könne sie machen, sagte Rick. Ob er schon einen Titel hätte. Für den Roman. Madeline trank Wein aus Ricks Glas. Ja. Das habe er. »Mirrored Exiles« würde der Roman heißen. Wegen der vielen Spiegel beim Schminken und Proben. Und dann beim Singen in der Wohnung von Mrs. Lopez-Green. Und die Auslagen, die sie dann entlanggingen. Und weil die beiden Männer die verkehrten Spiegelbilder voneinander darstellten. Und er müsse natürlich nach London gehen. Um das zu schreiben. Wie solle er einen solchen Text in Wien schreiben. Da müsse er in dem Haus leben, in dem der Sänger lebte. In den Straßen gehen. Die Menschen sehen. Alles. Das könne er nur da tun. Er müsse nach London. Ein Jahr mindestens. Madeline hielt die Kaffeetasse vor das Gesicht. Rick ging weg. Sie hatte sich das immer gewünscht. Daß sie von Wien weggingen. Wegkamen. Von Wien. Weg von dieser hundsgemeinen total verlogenen hinterhältigen Stadt. Diesen Leuten. Weit weit weg. Und nun ging Rick. Was hieß das für sie. Was sollte sie tun. Hausverwaltung in Wien. Erwartete Rick, sie würde sich um die Wohnungen kümmern. Und Rick lebte davon in London. Beim Börsencrash waren sie ja ganz gut weggekommen. Es war nicht an die Substanz gegangen. Aber auch nur, weil sie konservativ war. Mit dem Geld. »Wir sollten die Sachen in Wien aufgeben«, sagte Rick. Madeline hörte ein Rauschen. Dicht neben sich. Etwas Großes, Dunkles neben sich. Ein Schatten. Madeline drehte sich nach rechts. Sie war erschrocken. Sie riß sich die Brille von der Nase. Besser sehen zu können. Ein Pelikan saß auf dem Geländer. Gleich neben ihr. Ein riesengroßer Pelikan. Das Gefieder grau schmierig. Schäbig. Der Schnabel rotbraunorange und der Beutel unter dem Schnabel faltig fleckig. Der große Vogel saß auf dem Geländer. Er sah schmutzig aus. Und alt. »Was willst du tun«, fragte Rick. Madeline starrte den Vogel an. Ihre Augen brannten. Der Vogel hatte winzige dunkle Augen. Der Vogel wandte ihr kurz den Kopf zu. Die Falten unter dem Schnabel wurden zur Seite geschoben. Bauschten sich. Madeline mußte an einen versoffenen, verkommenen alten Mann denken. Die Haut des Beutels unter dem Schnabel wie gerupft. Wie schlecht gerupfte Hühnerhaut. Die Schwimmhäute hellgelbölig. Madeline sah dem Vogel in die Augen. Sah ihm in seine rotgeränderten winzigen Augen. »Was meinst du, was ich soll«, fragte Madeline. Der Pelikan breitete seine Flügel aus. Der eine Flügel reichte fast bis zu ihr. Der Vogel schlug zweimal mit den Flügeln. Machte ein scharf knatterndes Geräusch dabei. Dann hob er ab. Stieg auf. Rauschte laut mit seinen Flügeln. Er flog nach rechts hinaus. Segelte davon. Über das Meer hin. Im Fliegen sah der Vogel wieder schön aus. Groß. Majestätisch. Er segelte zum Wasser hinunter und stieg dann wieder hoch. Madeline sah ihm nach. Sie müsse weg, sagte sie. Heute noch. Sie müsse heute noch hier weg. Sofort. Und man müßte sofort nach Los Angeles fahren. Zum Flughafen. Sie setzte ihre Sonnenbrille auf.

März 1984.
Kreta.

Der Kopf schlug auf. Dumpf. Polternd. Immer wieder. Sie hörte das Aufschlagen, bevor sie es spürte. Rasch hintereinander. Dann langsamer. Ihr Kopf schlug auf. Wurde nach hinten geschoben. Schleifte auf dem harten Holzboden nach hinten. Der Kopf wurde nach vorne gerissen. Nach hinten geschleudert. Dann schlug der Kopf auf. Schleifte auf dem Holzboden. Wurde nach vorne gerissen. Nach hinten geschleudert. Schlug auf. Madeline griff um sich. Sie suchte mit beiden Händen nach Halt. Ruderte mit den Armen. Das Stoßen wurde schneller. Einen Augenblick bekam sie keine Luft. Sie lag mit den Schultern auf dem Boden auf. Ihr Körper war hochgezogen. Schräg hinauf. Ihre Beine weit auseinandergespreizt. Sie öffnete die Augen. Joe keuchte über ihr. Er preßte die Lippen zusammen. Eine steile Falte von der Nase gerade hinauf teilte seine Stirn. Er hielt sie an den Hüften und stieß in sie hinein. Er sah sich zu. Dabei. Er sah hinunter. Zwischen ihre Beine. Sein Keuchen wurde noch schneller. Madeline warf sich zur Seite. »Du blöde Sau«, schrie Joe. Madeline rollte nach rechts. Alles drehte sich. Ihr war übel. Joe drängte sich zwischen ihre Beine. »Mach schon«, schrie er. Madeline hatte ihr Ledernecessaire in die Hand bekommen. Sie drehte es um. Die Fläschchen und Döschen fielen heraus. Rollten davon. Joe war wieder in sie eingedrungen. Madeline lehnte sich nach rechts. Joe hielt sie jetzt fest. Sie konnte nur den Kopf und die Schulter bewegen. Sie übergab sich. Sie beugte sich so gut es ging über ihr Necessaire und spie Ströme roter Flüssigkeit. »Scheiße«, brüllte Joe. Was sie da mache, schrie Joe. Wütend. Weinerlich. »Schaßtrommel. Alte.« Joe ließ sie los. Er trat nach ihr. Gab ihr einen Tritt in die Seite. Sie sei doch eine alte Hure, jammerte er. Joe kroch zur Tür. Diese Weiber. Wüßten gar nichts. Nichts. Madeline zog sich hoch. Sie erbrach weiter in das Golddrucklederreisenecessaire. Joe redete vor sich hin. Sie hörte nichts. Sie atmete tief in den Pausen. Zwischen den Schwällen. Das Erbrochene wurde von ihrem Magen in Schwällen hochgeschleudert. Es füllte ihren Mund ganz aus. Schoß aus ihrem Mund. Sie hatte Angst, sich zu verschlucken. Sich an dem scharfsauren Rotweinerbrochenen zu verschlucken. Madeline zog sich zur Wand. Kroch hoch. Stellte das Necessaire neben sich. Im Sitzen fühlte sie sich sicherer. Im Liegen hatte der Mund sich nicht völlig entleeren lassen. Sie hatte zu husten begonnen. Madeline lehnte sich gegen die Wand. Der Boden. Die Wand. Alles war kühl gegen ihre verschwitzte Haut. Sie war nackt. Joe war nicht mehr im Zimmer. Sie hörte ihn unten mit den Türen schlagen. Ihr war elend. Grauenhaft elend. Und sie wußte nichts mehr. Sie wußte nur noch, wie sie die Stiegen in ihr Zimmer heraufgegangen war. Wie sie Joe und Strati unten sitzen gelassen hatte. Bis dahin. Sie hatte vom Alkohol nichts gespürt. Sie hatte mitgehalten. In der Kneipe. Bei Antigoni. Ein Glas Rotwein und dann ein Glas Raki. Den Raki ex. Und dazu war etwas gerufen worden. Man hatte das Rakiglas auf dem Tisch aufschlagen müssen. Etwas wie »parecha« rufen und den Raki ex austrinken. Ihr wurde noch mehr übel. Sie hörte sich jammern. Sie hörte sich kleine Jammerlaute ausstoßen. Madeline kroch zur Matratze in der Mitte des Zimmers. Durch die Jalousien vor der Glastür zum

Sonnendach kam Morgenlicht. Das helle weiße Licht fiel in Streifen bis zur Matratze. Madeline suchte nach Kleidern. Sie kroch auf allen vieren. Mußte sich aufsetzen und Luft holen. Sie fand die Jeans vom Vortag. Und den Pullover. Sie zog den Pullover über. Kauerte auf der Matratze. An den Schultern und am Rücken spürte sie die Haut gegen den Pullover. Die Jeans zog sie bis zum Knie. Sie mußte lange warten, bis sie aufstehen konnte. Aber sie wollte sich auch nicht auf das Bett zurückfallen lassen. Falls Joe zurückkäme. Madeline kroch hoch. Sie taumelte. Zog die Jeans hinauf. Sie mußte aufs Klo. Aufrecht stehen war fast unmöglich. Sie stolperte zur Tür. Tastete die Stufen bis zur Tür in den Garten hinunter. Zu Joes Zimmer ging es hinunter. Der Garten lag in der halben Höhe des Turms. Seitlich. Der Turm ging dann noch 2 Stockwerke bis zum Eingang hinunter. Madeline stolperte in den Garten. Die Morgensonne schien. Sie tappte zur Toilette. Kiesel schnitten ihr in die Fußsohlen. Sie mußte wieder erbrechen. Es kam aber nichts mehr hoch. Sie würgte. Lehnte sich an den Affenbrotbaum. Hielt sich an dem Baum fest. Umarmte den Baum. Sie mußte aufs Klo. Sie hastete zu dem kleinen Häuschen am Ende der Terrasse. Stolperte auf dem Weg zwischen den Sträuchern. Sie sperrte sich in der Toilette ein. Schob den rostigen Riegel vor. Saß lange auf dem Holzsitz mit dem Loch in der Mitte. Sie blieb sitzen. Sie nahm Joes Rasierspiegel vom Nagel. Sie wollte ihre Scheide sehen. Es war zu dunkel. Nichts zu erkennen. Es war dämmrig in dem Häuschen. Nur ein kleines Fenster in die Tür geschnitten und mit Fliegengitter vernagelt. Fliegen surrten. Es roch nach heißem Holz und trockener Scheiße. Die Scheide tat weh. Der Urin brannte. Sie wusch sich. Tupfte sich mit dem kalten Wasser ab. Trocknete sich mit dem groben

Toilettenpapier. Die Hüftgelenke schmerzten. Die Schultern waren zerschunden. Der Kopf. Aber das war alles nicht wichtig neben dem Elend vom Alkohol. Madeline putzte sich die Zähne. Wollte den Geschmack aus dem Mund bekommen. Irgendwo sauber sein. Sie blieb auf dem Klo sitzen. An dem kleinen Waschbecken rechts stand ihr Zahnputzbecher mit der Zahnbürste auf einem Holzbrett an der Wand. Gleich neben Joes Rasierzeug. Sie saß auf dem Klo und putzte sich die Zähne. Spülte mit dem kalten Wasser. Sie trank einen Schluck Wasser und mußte sofort wieder erbrechen. Sie mußte sich hochziehen und in das Klo spucken. Sie spülte den Mund aus. Sie zog die Jeans sehr vorsichtig hinauf und ging hinaus. Draußen wieder das Licht. Sie ging zum Haus. Wankte. Sie blieb bei den Affenbrotbäumen. Sie legte sich in die Hängematte zwischen den beiden Bäumen. Sie dachte, da zu liegen. Sie würde sich erholen können. Sie legte sich in die Hängematte, und die Welt drehte sich. Bei jeder Bewegung. Bei jedem Atemzug. Das Schwanken der Hängematte ließ die Welt um sie herumwirbeln. Sie mußte sofort wieder erbrechen. Kalter Schweiß bedeckte ihren Körper. Immer wieder wußte sie nicht, wo sie war. Was das alles bedeutete. Sie konnte nicht denken. Nicht richtig. Sie mußte tief Luft holen, um nicht ohnmächtig zu werden, und sie mußte schlucken. Gegen das Erbrechen. Sie lag in der Hängematte und wußte nicht, wo oben und unten war. Sie versuchte aus der Hängematte herauszukommen. Wenigstens dieses Schwingen nicht. Sie war aber nicht sicher, wo der Boden war. Sie rollte dann aus der Hängematte auf den Steinboden. Zwischen den Affenbrotbäumen waren Steinplatten verlegt. Ein Tisch stand da. 2 Gartensessel. Unter den Affenbrotbäumen war den ganzen Tag Schatten. Sie plumpste auf den Boden. Schlug sich die Hüfte an. Sie rollte sich auf die linke Seite. Legte sich, wie sie es im großen Erste-Hilfe-Kurs im Badner Spital beim Primar Erban gelernt hatte. Seitenlage links. Den rechten Arm vor der Brust. Das rechte Bein über das linke abgewinkelt angezogen. Sie wollte nicht an Erbrochenem ersticken. Sie lag da. Wenn sie sich nicht bewegte, war das mit dem Drehen nicht so schlimm. Rund um sie zirpte und zwitscherte es. Ein leichter Wind strich vom Hang herunter. Aus dem Dorf kamen Geräusche. Die Familie im Haus unter dem Turm. Es war Geschirr zu hören. Klappern und Scheppern. Reden. Weit weg ein Auto. Sie lag da. So schlimm war es schon lange nicht gewesen. So schlimm war es noch nie gewesen. Aber das dachte man jedesmal. Warum hatte sie mit diesen alten Kretern konkurrieren wollen. Rotwein und Raki. Beim Gedanken an Raki krümmte sie sich. Und wenn Rick mitgekommen wäre. Das alles wäre nicht passiert. Wahrscheinlich. Der Tag würde wieder heiß werden. Die Sonne schien schon jetzt stark. Es mußte ganz früh am Morgen sein. In Wien waren noch diese Märztage. Mit den Märzgehsteigen. Diese Gehsteige, auf denen Schnee und Regen aus der Hundescheiße eine dünne Sauce machten. Mit der dann alles überzogen wurde. Alle Gehsteige. Eine dünne dunkle Glasur. Im März konnte man nicht in Wien bleiben. Eine widerliche kotig glasierte Welt war das. Und Rick zog die Schuhe nicht aus. In der Wohnung. Rick weigerte sich, Hausschuhe anzuziehen. Oder andere dazu anzuhalten. Dabei war es nicht wegen des Bodens. Wer wollte einen Fußboden schonen. Sie wollte nur nichts von dieser Kotglasur in die Wohnung bekommen. Und Rudolf hätte sich nicht so lustig machen müssen. Über ihre Schmutzängste. Über ihre Sachertortentheorie. Rick und Rudolf lachten über ihren

Sauberkeitswahn. Im März. Aber hier. Hier hatte es 22 Grad. Und die Hänge standen in Blüte. Rudolf brauchte sich gar nicht lustig zu machen. Er bekam selber Wutanfälle, wenn jemand vom Swimmingpool draußen über den Marmorboden in der Halle lief. In seinem Haus in Italien. Weil die Sonnenschutzmittel Fettflecken auf dem Stein machten. Aber bei Rudolf. Bei Rudolf hieß es, er rette ein Kulturerbe. Bei ihr waren es Schmutzängste. Wie lange ihre Leber brauchen würde. Den Alkohol abzubauen. Madeline lag. Sie hörte Joe vorbeigehen. Sie hörte Wasser rinnen. Joe duschte. Wahrscheinlich. Mit dem Gartenschlauch. Joe war stolz auf diese Rückständigkeiten. Er brauche das. Wahrscheinlich brauchte er das für seine Gedichte. Im Dorf hatte kaum jemand ein Badezimmer. Der Athener mit der deutschen Frau. In dem neuen Haus. Gleich bei der Einfahrt in das Dorf. Und am Strand unten gab es Duschen. Und Antigoni hatte auch eine. Warum sprach Joe nicht mit ihr. Warum fragte er sie nicht, wie es ihr ging. Sie hatte eine Alkoholvergiftung. Sie brauchte einen Arzt. Eigentlich brauchte sie einen Arzt. Was war in dem Raki gewesen. Wer hatte den gebrannt. Methylalkohol. Da starb man. Da konnte man sterben. Madeline setzte sich auf. Vor ihr Malvensträucher. Dunkellila Blüten. Bienen schwirrten um die Sträucher. Krabbelten auf den Blütenblättern. Verschwanden in den Blütenkelchen. Hinter den Sträuchern war die Bucht zu sehen. Das Meer. Sie mußte sich sofort wieder hinlegen. Joe kam vorbei. Blieb stehen. Er sagte nichts. Ging ins Haus zurück. Sie lag. Döste. Es wurde wärmer. Das Summen der Bienen. Das Summen wurde lauter. Schwoll an. Wurde zu einem Brausen. Flog da ein Bienenschwarm herum. War das die Zeit für Bienenschwärme. Sie hatte alles über Bienen gewußt. In Naturgeschichte hatte sie alles genau wissen wollen. Über die Bienen. Die Kostritz hatte ihr sogar ein Buch gebracht. Über Bienen und Bienenhaltung. Im Park der Villa ließe sich gut Waldhonig machen, hatte die Kostritz gemeint. Madeline wollte Honig nicht. Mochte Honig nicht. Madeline mochte nichts essen, was aus Tieren herauskam. Was aus dem Inneren von Tieren stammte. Milch. Honig. Das wurde alles von Tieren gemacht. Innen. Über Bienen hatte es einen dieser Filme gegeben. In der Urania. Im großen Saal im Kurhaus. Da war sie mit der Mutter hingegangen. Donnerstag abend waren diese Filme gewesen. »Die Welt im Bienenstock« oder so hatte dieser Film geheißen. Den ganzen Film lang dieses Gekrabbel. Bienenleib über Bienenleib. Alles, was die Bienen zu machen schienen, war aufgeregt übereinanderzukriechen. Aber das wirklich Erschreckende war für sie gewesen, wie das Essen über das Schicksal entschied. Wie die Pflegerinnen entschieden, was sie einem für eine Nahrung gaben. Und die Nahrung entschied, was aus einem wurde. Das hatte ihr Angst gemacht. Was wäre aus ihr geworden, hatte sie überlegen müssen. Was wäre aus ihr geworden. Als Biene. In welche Kategorie wäre sie gefallen. Und mit der Kategorie war alles entschieden. Und woher kam der Plan der Pflegerinnen. Wer sagte denen, wer was werden sollte. Das war nicht zu klären gewesen. Damals. Nach Bedarf des Bienenstammes, hatte es geheißen. Es wurde nach Bedarf des Stammes entschieden, wer Arbeiterin und wer Königin wurde. Wer Männchen. Wer Weibchen. Nur wer bestimmte den Bedarf. Wie bestimmte der sich. Sie hatte auch den Bedarf der Eltern erfüllen sollen. Das erste von einer strammen Reihe entzükkender Mädchen hätte sie sein sollen. Die hätten dann noch kommen sollen. Wenn die Geschichte anders ausgegangen wäre. Aber wozu Mädchen. Rick reichte für den Namen. Rick hatte ja für den Namen gereicht. Sie hatte ein Mädchen werden sollen. Ein Prinz und eine Prinzessin, hatte es immer geheißen. Aber wozu die Prinzessin. Der Vater hatte dann doch nur Rick erschießen wollen. Er hatte nach Rick geschrien und sie übersehen. Hinter dem Fauteuil der Großmutter. Aber sie konnte nicht zu übersehen gewesen sein. Ein 7jähriges Mädchen. Sie war der Vernichtung nicht wert gewesen. Eine Biene. Eine von den vielen. Und die nächsten Buben dann ja auch Bienen. Irgendwie. Ein Mann war nur der erste. Die nachfolgenden. Auch die Söhne. Arbeiterinnen. Irgendwie. Auch wenn es die nicht gegeben hatte, weil die Feldurlaube vom Vater immer ungünstig gefallen waren. Oder war das Übersehen doch seine Liebe gewesen. Seine Form von Liebe. Und vielleicht starb sie jetzt. Vielleicht starb sie auf einer schmalen Terrasse im Hang über einem kleinen Dorf auf der Südseite von Kreta. Madeline lag. Es roch nach Kaffee. Sie hob den Kopf. Eine Tasse stand auf dem Boden neben ihrem Kopf. Schaumig dampfend. Madeline ließ den Kopf wieder sinken. Kaffee wäre gut gewesen. Aber ohne Zucker. Der Kaffee roch süßlich. Joe hatte einen Türkischen gemacht. Und sie nahm doch nie Zucker. Joe wußte das. Joe mußte das wissen. Joe war Dauergast in der Biberstraße. Joe war dauernd da. Joe war ein guter Freund. Ein Freund von Rick. Der mußte wissen, daß sie alle keinen Zucker nahmen. Es gab keinen Zucker in der Biberstraße. Sie tranken ihren Kaffee schwarz. Und warum war Joe hier. Überhaupt. Es war ausgemacht gewesen, sie sollte dieses Haus alleine haben. Joe hatte nach Mexico fahren wollen. Mit dem Geld von der Miete. Und sie hatte es überwiesen. Sie zahlte sofort. Immer. Und ohne Joe hätte im

Gasthaus niemand mit ihr geredet. Sie hätte ihre Bücher lesen können. Und nachdenken. In Ruhe. »Madeline.« Joe stand neben ihr. »Madeline. Du mußt dich fertigmachen. Die kommen dann gleich.« Madeline stöhnte. Joe solle sie in Ruhe lassen. Joe setzte sich auf den Boden. Strati und sein Cousin. Die kämen in einer halben Stunde. Sie habe doch mitgewollt. Er sei schon oft genug in den Bergen gewesen. Sie habe doch geradezu darauf bestanden, mitgenommen zu werden. Jetzt nicht mitzufahren. Das wäre eine Beleidigung. Sie befände sich hier nicht in Wien. Hier könne man nicht so einfach nach seinen Launen entscheiden. Hier gäbe es noch ein festes Gesellschaftsgefüge. Und dem könne man sich nicht entziehen. Jedenfalls nicht ohne Folgen. Strati werde im Sonntagsanzug kommen. Sie werde sehen. So ein Besuch. Der würde nicht irgendwie gemacht. Es ginge um Erbschaftsangelegenheiten. Da träfen sich alle zum Essen. Und sie müsse mit. Wenn sie nicht mitkäme, dann könne er auch nicht. Sie schade ihm. Mit so einer Unhöflichkeit. Da wäre Joes Ruf im Dorf. Der wäre dann erledigt. Seine Studien kretischer Volksmusik. Die könne er dann gleich aufgeben. Er sei nämlich auf den guten Willen dieser Leute angewiesen. Und er habe jahrelang daran gearbeitet, geachtet zu werden. Aufgenommen worden zu sein. Sie könne das ja nicht beurteilen. Es gäbe nämlich auch Leute, die arbeiteten. Leute, die sich ihren Lebensunterhalt verdienten. Sie wüßte ja nur, wie man Rechnungen bezahle. Aber das reichte hier nicht aus. Hier wäre noch eine andere Währung in Kraft. Und es sei eine von den ganz großen Ehren. Wenn man zu einem Familienereignis mitgenommen würde. Sie sei erst seit 3 Tagen da. So eine Einladung. Die bekäme sie seinetwegen. Weil sie sein Gast sei. Und deshalb stünde seine Ehre auf dem

Spiel. »Ich bin krank«, sagte Madeline. Sie war wütend. Was der Mann vor sich hinplapperte. Sie war eingeladen worden, weil man mit ihr angeben konnte. Aber sie war zu alt für solche Eskapaden. Und sie war zu alt für solche Vorträge. Joe sollte sich seinen Ethnoscheiß behalten. Sie gefiel Strati. Und vor 3 Uhr am Nachmittag war keine Besserung ihres Zustands zu erwarten. Warum hatte sie nicht achtgegeben. Wenn sie sich wenigstens betrinken hätte wollen. Sie fragte, wie spät es wäre. »Halb acht«, sagte Joe. Madeline verbarg den Kopf unter ihrem Arm. Joe blieb sitzen. Er schwieg. Lange. Ob er mit ihr rechnen könne, fragte er dann. Madeline bewegte sich nicht. Er stand auf. Er meine es ernst, sagte er. Von weit oben. Wenn sie schon mit den Männern mithalten wolle, dann müsse sie das schon ganz machen. So. So, wie sie da liege. So sei das nicht sehr überzeugend. Madeline hörte Joe weggehen. Sie zog die Knie an. Sie blieb liegen. Sie wollte Ruhe haben. Sie wollte liegenbleiben. Bis alles wieder in Ordnung gekommen war, wollte sie liegenbleiben. Warten. Und sie wollte nicht mit Joe reden. Sie wollte mit niemandem reden. Aber am allerwenigsten mit Joe. Sie wünschte sich Joe weg. Sollte er doch in die Berge fahren. Sie hatte dann ihre Ruhe. Und sie wollte mit den Männern nicht mithalten. Wozu. Die Männer hielten nicht mit ihr mit. Das war das Problem. Und Joe. Der war sowieso ein Versager. Kretische Volkslyrik. Warum schrieb er keine Gedichte mehr. Mehr als diesen einen Gedichtband aus den 60ern gab es nicht von ihm. Gedichte von anderen übersetzen. Das war nicht sehr schwierig. Das konnte niemand überprüfen. Bei Volkslyrik. Joe war auch nur einer von diesen Typen. Einmal etwas veröffentlichen und danach ein Dichterfürst. Und allen anderen alles neidig. Und Joe hätte das verhindern müssen. Er hätte sie abhalten müssen. Er kannte sich hier aus. Er mußte die Wirkung von Raki kennen. Und er hatte nichts gesagt. Er hatte ihr die Gläser zugeschoben. Und Rick würde es wieder nicht glauben. Der liebe Joe. Der nette Bernhardiner. Und warum hatte er keinen Kater. War er soviel Alkohol gewöhnt. War das sein Normalverbrauch. Oder hatte er soviel weniger getrunken. Sie hatte sich nur erholen wollen. Ein paar Monate aus Wien weg sein. Rick hatte wieder zu üben begonnen. Rick spielte den ganzen Tag Klavier. Sie sollte sich eine eigene Wohnung suchen. Allein leben. Neu anfangen. Neue Möbel. Rick alles in der Biberstraße lassen und nach Venedig ziehen. Alle zogen gerade nach Venedig. Und würde sie sich anders anziehen. Beim Kleiderkaufen. Sie sah sich immer in der Wohnung. Übertrieben modisch. Inmitten der altdeutschen Möbel. Zwischen diesen dunklen schweren verschnörkelten Möbeln. In einer modernen Wohnung. Da war das normal. Da war das nur normal, so auszusehen. Wie die Möbel. Sie ging fast nicht mehr aus. Die Leute kamen auf ihrem Weg durch das Bermuda Dreieck ohnehin bei ihnen vorbei. Und sie war in der passenden Umgebung. Konnte in der passenden Umgebung bleiben. Sie hätte die Möbel in der Villa zurückgelassen. Aber Rick hatte recht gehabt. Mittlerweile war altdeutsch wieder akzeptiert. War wieder ein Stil geworden. Und in Jeans mit Spitzenbluse. Es sah gut aus. Oder im mintrostfarbenen Missonikostüm. Rick würde nichts hergeben. Ein solches Ensemble, würde er sagen. Ein solches Ensemble. Das risse man nicht auseinander. Madeline drehte sich auf den Rücken. Sie lag still. Wenn sie ganz ruhig lag, hatte sie fast keine Beschwerden. Die Übelkeit in Wellen. Aber flacher. Die Übelkeit umfing sie nicht mehr so. Der Himmel hinter dem Affenbrotbaum postkartenblau. Die Blätter des Baums in steter Bewegung. Das Licht flimmernd auf den Blättern. Eine Ameise krabbelte über ihre Hand. Sie schnippte sie weg. Die Ameise lief unter den Ärmel ihres Pullovers. Madeline setzte sich auf. Riß den Ärmel hinauf und schüttelte die Ameise ab. Madeline saß. Sie schaute um sich. Sie rutschte an den hinteren Baum und lehnte sich an. Sie nahm den Kaffee. Roch. Nippte. Es ging noch nicht. Sie mußte sofort würgen. Der Magen bäumte sich sofort wieder auf. Madeline stellte die Tasse auf den Boden. Sie mußte von hier weg. Der Bus nach Chania ging um 11 Uhr. Das würde sich machen lassen. Irgendwie würde sie von da nach Wien kommen. Obwohl. Vielleicht war es besser, nach Heraklion zu fahren. Da gab es Linienflüge. Aber es war nicht Saison. Im März. Vor Ostern. Da sollte sich ein Platz finden lassen. Auch bei den Charterflügen. Und das Necessaire war jetzt kaputt. Sie hatte es im Ka-De-We gekauft. Vor 2 Jahren. In Berlin. Mit Klaus. Sie hatten in dieser Pension gleich am Kurfürstendamm gewohnt. Die Pension war von Fassbinder empfohlen. Und alle wohnten da, hatte Klaus gesagt. Hanna Schygulla. Das Zimmer war einmal das Wohnzimmer einer Wohnung gewesen. Bevor aus der Wohnung eine Pension geworden war. Ein Wohnzimmer aus den 30er Jahren. Statt des Sofas ein Doppelbett. Und eine Dusche. Mitten im Zimmer. Eine Duschkabine war mitten in das Zimmer montiert. Der Duschschlauch hatte ein Loch gehabt. Beim Duschen war ein Wasserstrahl aufgestiegen. Ein dünner Wasserstrahl. Aber majestätisch. Er ging nicht über die Duschkabine hinaus. Er stieg in dünnem Bogen aus der Duschkabine auf und wieder zurück. Ein Springbrunnen im Wohnzimmer. Vom Bett aus hatte es interessant ausgesehen. Ein bißchen spießige

Wasserspiele waren das gewesen. Und Klaus hatte ihr erklärt, gute Huren wüschen sich vorher. Vor dem Freier. Dann wüßte der, daß sie wirklich sauber sei. Klaus hatte »sauber« gesagt. Sie hatten einander dann nur noch einmal gesehen. In München. Klaus schrieb über Jugendprobleme. Im Spiegel. Er hatte einen Bestseller über Jugend und Drogen geschrieben. Das mache ihn aber nicht zum reichen Mann, hatte er ihr erklärt. Das ganze Geld gäbe seine Frau mit ihrem Liebhaber aus. Aber er könne sich nicht von ihr scheiden lassen. Dann bliebe ihm noch weniger. Was verheiratete Männer eben so sagten. Klaus war dann wegen einer Fernsehdiskussion nach München gekommen. Rick hatte ein entzündetes Auge gehabt. Er hatte sich von ihr nicht sehen lassen wollen, und sie war nach München gefahren. Aber sie war im Hotel geblieben. Sie hatte die Diskussion im Fernseher gesehen. Klaus war der Beste gewesen. Der einzig Sympathische. Und der Bestaussehende. Der bayrische Innenminister hatte Verschärfungen der Drogengesetze verlangt. Klaus hatte gemeint, daß das schon in Ordnung wäre, wenn der Alkohol auch unter Drogen fiele. Der Innenminister hatte die Fassung verloren. Alkohol. Das gehöre zur bayrischen Kultur, hatte er gezischt. Das habe man seit Jahrhunderten im Griff. Klaus hatte ihr dann Filzläuse angehängt. Das war dann weniger fortschrittlich gewesen. Er hatte ihr die Filzläuse angehängt und nichts gesagt. Er hatte sie draufkommen lassen. Er hatte sie selber wahrscheinlich von einem seiner Studienobjekte. Wahrscheinlich von einer dieser 14jährigen Drogensüchtigen, die er interviewte. Es war ein schreckliches Chaos geworden. Wen sie anrufen hatte müssen. Rick war weggefahren. Er war zu Rudolf gefahren und den ganzen Sommer dort geblieben. Und das Gefühl. Bis diese Tiere weg waren.

Beseitigt. Sie hatte ihre Schamhaare rasiert. Damals. Und sie war dabei geblieben. Der Wind war milder geworden. Wärmer. Das Meer glitzerte. Nur Wasser. Kein Schiff. Manchmal waren amerikanische Kriegsschiffe zu sehen. Kleine dunkle Silhouetten. Weit draußen. Die Männer hier fürchteten um ihre Zeugungsfähigkeit, hatte Joe gesagt. Wegen der Atomantriebe. Von den Schiffen. Und das ganze Meer leer. Hier. Mit Dynamitfischerei hätten die Fischer hier schon vor Jahren alles Leben im Meer ausgerottet. Man hatte kleine Bomben ins Wasser geworfen und dann die besten Fische an der Oberfläche eingesammelt. Mit geplatzten Fischblasen. Von der Explosion. Aber dabei waren auch alle anderen Tiere umgekommen. Und die kleinen Fische auch. Es war schön. Irgendwie war die Vorstellung auch schön. Von diesem leeren Meer. Kristallblaues Wasser bis zum Horizont. Eine Wüste aus Wasser. Kristallbaues Wasser und sonst nichts. Sie war deswegen noch nicht ans Meer gegangen. Sie hatte nicht sehen wollen, wie dann doch alles schmutzig war. Sie hatte auch nicht wissen wollen, was mit den Abwässern von Mirthios passierte. Sie hätte hier sitzen bleiben wollen und hinausschauen. Das Meer zum Baden ohnehin noch zu kalt. Und hinunterschauen. Über die weißgekalkten Dächer der grauen Häuser und in die Olivenhaine hinunterschauen. Am Abend bei Antigoni Moussaka essen. Und in der Nacht dem Mond zusehen. Vom Dach vor ihrem Zimmer aus. Das hätte das Programm sein sollen. Und dann Joe. Und sein Gerede. »Eine Frau wie dich.« Sie war doch ohnehin schon alt. Und es war mitleidig. Eigentlich war so ein Satz mitleidig. Als müßten alle Männer Mitleid haben. Mit den schönen Frauen. Entweder trauten sie sich nicht, mit einem zu reden. Oder sie waren mitleidig, weil sich die anderen Männer nicht trauten. Waren herablassend und sagten so Dinge wie, daß sie ja eine ganz normale Frau war. Eigentlich. Mit ganz normalen Bedürfnissen. Und das waren dann immer die von ihnen. Die von den Männern. Eine ganz normale Frau. Romy Schneider in »Sissi«. Wahrscheinlich. Kaiserinnen, die auch weinen mußten. Madeline setzte sich auf. Sie war nach unten gerutscht. Sie holte tief Luft. Das Altwerden. Das machte jetzt Schluß mit diesen Problemen. Es war zu bemerken. Es war zu sehen, wie sie nicht mehr bemerkt wurde. Viel weniger. Oder bemerkte sie die anderen, wie sie sie bemerkten, nicht mehr. Aber sie wollte ohnehin nur lesen. Und vielleicht lernte sie Chinesisch. Oder Japanisch. Obwohl. Portugiesisch klang am schönsten. Und nach Portugal ließ sich einfacher reisen. »Avril en Portugal.« Wegen dieses Lieds portugiesisch lernen. Das war das beste. Wahrscheinlich. Lissabon. In einem terracottafarbenen Zimmer. Weiße Vorhänge. Die Türen auf den Balkon offen. Im Bett mit einem Portugiesen, der aussah wie Rick. Und den Schmerz der Erinnerung schon währenddessen. Den Verlust schon mitfeiern. Den Verlust zu Gier im Bett wandeln. Und den Verlust so vergessen. Keine Erinnerung an den Verlust. Dann hatte man keinen Verlust. Und keine Erinnerung. Dann konnte man sich leicht fühlen. Und unbeschwert in die nächste Erinnerung, die man dann nicht haben mußte. Die sich selbst im ekstatischen Verlust auslöschte. Und die Vorhänge sollten sich im Wind blähen. Die Sonne in schmalen Streifen ins Zimmer. Aber nur wenig. Und warum konnte sie das nicht besser. Es blieb ja nichts anderes übrig. Sie würde nichts anderes haben als diese Liebschaften. Nichts anderes haben können. Sie sollte sich mehr fallen lassen. Hineinfallen lassen. Mehr zulassen, wie es kam. Sie mußte doch etwas vom Leben haben. Vom Leben bekommen. Irgend etwas. Und den Männern reichte es ja auch. So. Madeline nahm den Kaffee und roch. Der Geruch löste keine Magenbewegung mehr aus. Sie trank einen Schluck. Kostete vorsichtig. Sie ließ den Kaffee lange auf der Zunge, bevor sie ihn schluckte. Es geschah nichts. Sie nahm einen größeren Schluck. Warum hatte Joe den Kaffee so stark gezukkert. Aber vielleicht tat ihr das gut. Zucker. Sie saß an den Baum gelehnt. Trank den Kaffee in kleinen Schlukken. Friedlich. Es war friedlich rund um sie. Das Laub der Bäume wisperte leise. Die Bienen umschwärmten die Malvenbüsche. Aus dem Dorf Stimmen. Geräusche. Undeutliches Gerede. Eine Frauenstimme. Auf und ab. Sie erzählte wohl etwas. Hühner gackerten auf. Ein Hahn krähte. Hinter dem Hügel war Musik aus einem Lautsprecher zu hören. Der fahrende Händler näherte sich. Tanzmusik. Orientalisch klingende Tanzmusik. Das war sein Zeichen. Die Musik wurde leiser. War fast nicht zu hören. Stieg dann wieder an. Sie konnte den Lieferwagen sehen. Er kam von rechts die Straße in den Ort herauf. Die Musik wurde sehr laut. Eine traurige Männerstimme und Tambourinrhythmus. Die Musik füllte die Bucht bis zu ihr hinauf aus. Es war weiter friedlich. Das Lied war zu Ende. Eine Frau sang. Wieder der schnelle drehend jagende Rhythmus und die traurige Stimme. Jammernd. Die Vokale langgezogen. Gutturale schluchzende Laute. Die Musik zwang einen zu tanzen. Ließ einen die Hüften schwingen. Kreisend. Die Musik war ein plärrender Hintergrund für die anderen Geräusche. Sie hörte Türen schlagen. Im Haus unter dem Garten. Ein Mann rief etwas. Wenn sie nicht so krank wäre. Sie hätte sich das angeschaut. Der fahrende Händler kam 3 Mal in der Woche. Man konnte hier leben. Ohne Auto. Rick bei

Arezzo. Und sie hier ohne Telefon. Sie konnte nach Heraklion fahren. Mit dem Bus. Es gab da eine englische Buchhandlung. Und sie hätte ja Zeit. Ein solcher Ausflug wäre eine Tagesaufgabe. Strati kam aus dem Haus auf die Terrasse heraus. Und Joe hatte recht gehabt. Strati trug einen schwarzen Anzug mit einem weißen Hemd. Seine Haare waren nach hinten frisiert. Die Haare lagen naßglänzend an. Strati ging auf sie zu. Kniete vor ihr hin. »Not good«, fragte er. Seine Haare begannen an den Spitzen zu trocknen. Sie ringelten sich an den Enden schon wieder ein. Warum Männer immer gegen ihre Lokken kämpften. Rick hatte sich die Haare einmal chemisch glätten lassen. Er hatte grauenhaft ausgesehen, und er hatte sich eine Stoppelglatze scheren lassen müssen. »Not so good«, antwortete sie. Strati sah sie aufmerksam an. Strati konnte nur 5 oder 6 Worte auf englisch. Sie konnte kein Wort Griechisch. Sie lächelte ihn an. Natürlich käme sie mit, sagte sie zu ihm. Sie stand auf. Strati sprang hoch und half ihr. Sie bedeutete ihm, er solle sich hinsetzen und warten. Sie ging zum Klohäuschen. Sie sperrte sich ein. Putzte sich die Zähne. Gegen den seifigsüßen Geschmack vom Kaffee. Sie wusch sich das Gesicht kalt ab. Wusch sich unter den Achseln. Aber sie roch nicht schlecht. Oder sie roch nichts. Konnte nichts riechen. Es gab kein frisches Handtuch. Sie wußte nicht, ob Joe das nasse Handtuch benutzt hatte. Sie trocknete sich mit dem Pullover ab. Zog den Pullover wieder an. Ging zu Strati zurück. Sie machte ihm Zeichen, weiter zu warten. Im Haus stieg sie die Stufen hinauf. Sie war langsam. Ein leichter Schwindel. Sie mußte sich an der Wand festhalten. Im Zimmer war es heiß. Sie machte die Tür zum Dach auf. Sah hinaus. Sie holte ein T-Shirt aus der Tasche. Zog Tennisschuhe an. Sie nahm ihre Handtasche. Das Necessaire stand an der Wand. Sie nahm das Bettzeug und hängte es über die niedrige Balustrade draußen. Um das flache Dach herum. Sie zog den Zippverschluß am Necessaire zu und ging. Strati lag in der Hängematte. Er rauchte. Er schaukelte und rauchte. Er sprang aus der Hängematte. Madeline sah ihn dastehen. In seinem schwarzen Anzug. Sie bedeutete ihm, noch einen Augenblick zu warten. Ein Auto hupte. Ganz nah. Madeline ging in ihr Zimmer zurück. Joe war nicht zu hören. Sie fischte einen Rock aus der Reisetasche. Einen schwarzen weiten Seidenrock mit kleinen rosa und gelben Blumen und grünen Ranken bedruckt. Sie zog den Rock an und dann die Jeans aus. Zwischen den Beinen fühlte sich alles aufgerieben an. Die Jeansnaht hatte noch mehr daran gerieben. Sie fand einen weiten Baumwollslip und zog Khakishorts unter den Seidenrock an. Sie überlegte, eine Jacke mitzunehmen. Sie zog einen dünnen schwarzen Pullover über das weiße T-Shirt. Das war Sonntagsanzug genug. Sie zog silbern-schwarz gestreifte flache Schuhe an. Strati lag wieder in der Hängematte und rauchte. Er sprang aus der Hängematte. Er klatschte in die Hände. Anerkennend. »Good«, sagte er. »Very good.« Er stieß eine Rauchschwade aus und nickte zustimmend. Sie gingen hinunter. Man mußte durch Joes Zimmer und über eine Hühnerleiter in die Küche und von da hinaus. Vor den Turm. Ein blauer Ford stand vor der Tür. Die Straße war eng da. Ein Gehweg. Madeline konnte die Autotür nicht ganz aufmachen. Sie mußte sich durch einen schmalen Spalt durchzwängen. Das Auto brauchte allen Platz. Zwischen dem Turm und der nächsten Häuserreihe darunter. Joe saß vorne. Ein junger Mann hinter dem Lenkrad. Strati schob sie auf den Rücksitz und zwängte sich dann selbst in den Wagen.

Der Mann am Steuer startete, noch während sie in den Wagen kletterte. Strati hatte gerade das Bein im Wagen, da schoß er los. Nach hinten. Er fuhr im Rückwärtsgang den ganzen Weg. Rund um das Dorf bis zu der großen Straße. Er fuhr schnell. Er saß mit dem rechten Arm über die Rückenlehne und lachte mit Strati. Er machte Bemerkungen über Madeline. Deutete mit dem Kopf auf sie und redete auf Strati ein. Joe saß nach vorne gewandt. Madeline drehte sich nach hinten. Sie sah zu, wie das Auto rückwärts hinunterschoß. Bergab. Um die Kurven. Zwischen Mauern. Zwischen Buschwerk. Die Äste schlugen gegen die Fenster. Madeline schaute gebannt durch das Rückfenster. Sie erwartete jeden Augenblick eine Kollision. Der Mann hätte nach vorne nicht so schnell um die Kurven fahren können. Aber so konnte er überhaupt nicht sehen, ob die Straße in den Kurven frei war. Er jagte unbekümmert den Berg hinunter. Er schlitterte auf die Asphaltstraße hinaus. Bremste quietschend. Schlug nach rechts ein. Ließ die Reifen aufheulen und raste durch das Dorf. Madeline schaute auf den Tachometer. Er fuhr 90. Er ließ die Reifen in den Kurven jedesmal quietschen. Nach den Häusern beschleunigte er weiter. Er fuhr die Straße über dem Meer an Stratis Zwiebelfeldern vorbei. An einer Straßengabelung bremste er gerade so viel, daß er nicht vollkommen aus der Kurve geschleudert wurde. Er riß das Auto in die Fahrtrichtung zurück. Fuhr den Berg hinauf. In langgezogenen Kurven wand sich die Straße über einen kahlen Bergrücken. Sie kamen in ein Tal dahinter. Fuhren in Windungen durch die Senke. Der Mann fuhr in den Rechtskurven auf der linken Seite. Ideallinie. Sie war bei einem Rallyefahrer gelandet. Madeline wollte etwas sagen. Ihr war kaum noch schlecht. Aber wenn das so weiterging. Sie wollte aussteigen. Strati und sein junger Cousin sprachen währenddessen. Sie redeten aufgeregt. Fröhlich. Joe mischte sich in das Gespräch. Holprig. Mit starkem Akzent. Und manchmal lachten die beiden Griechen über ihn. Madeline kurbelte das Fenster herunter. Der Fahrtwind wirbelte die Haare um ihr Gesicht. Sie hielt die Haare nach hinten. Suchte nach einem Gummiband in der Handtasche. Sie mußte die Haare loslassen, um den Zippverschluß am Kosmetiktäschchen aufzumachen. Strati rutschte zu ihr herüber. Er strich ihr die Haare aus dem Gesicht und hielt sie zusammen. »Good«, fragte er. Madeline lehnte sich zurück. Sie hatte kein Gummiband gefunden. Sie legte den Kopf gegen Stratis Hand. Der Wind strich über ihr Gesicht. Sauste über sie hin. Strati sah von oben auf sie herunter. Er sah sie fragend an. Madeline lächelte. Sie setzte sich wieder auf. Die Straße führte durch einen Wald. Sie fuhren steil bergauf. Enge Kurven. Hohe Bäume. Dunkel schattig und grün. Es gab Wald auf Kreta. Sie hatte gedacht, es gäbe nur diese kahlen Hänge. Die jetzt blühten und im Sommer dann verbrannt unter der Sonne lagen. Aber sie war in der Nacht von Heraklion nach Mirthios gefahren. Sie hatte nicht viel gesehen. Und in Mirthios war sie nicht weiter als bis zu Antigoni gekommen. Sie war nur durch den Ort gewandert. Und durch die Olivenhaine neben dem Turm. Die 2 deutschen Lehrerinnen in dem Häuschen auf dem Hügel nach Osten hatten sich gewundert über sie. Hatten sich lustig gemacht. Weil sie nicht am Meer saß. Den ganzen Tag. Wie alle Fremden hier. Sie hatten sie abholen wollen. Joe hatte sich geärgert. Diese 2 Lehrerinnen aus Deutschland und die eine alte Engländerin. Das seien die einzigen Menschen, mit denen er sich unterhalten könne. Hier. Sie hätte sie doch freundlicher abwimmeln können. Strati sprach wieder mit seinem Cousin. Madeline zog ihre Haare aus seinem Griff. Strati beugte sich nach vorne. Er hielt sich an den Vordersitzen fest und lehnte sich zwischen den Sitzen nach vorne. Die Männer diskutierten etwas. Lachten laut. Sie fuhren weiter durch Wald. Die Sonne blitzte durch das Laub. Madeline hielt das Gesicht in den Wind. Strati hatte nach Fenchel gerochen. Fenchel kam ihr kaum noch unter. Sie war schläfrig. Die wilde Autofahrt hatte sie abgelenkt. Der Schreck hatte ihren Blutdruck steigen lassen. Offenkundig. Und es konnte nicht so schlimm gewesen sein, wie sie gedacht hatte. Vielleicht hatte sie das meiste schon erbrochen. Wann war sie aufgewacht. Überhaupt. Es war schon hell gewesen. Wie lange war sie unter dem Baum gelegen. Wann war sie ins Bett gegangen. Strati war mit ihnen in den Turm gekommen. Das wäre eine unglaubliche Ehre, hatte Joe gezischt. Da war es gegen 11 gewesen. Antigoni machte um 10 Uhr zu. Die Leute gingen früh schlafen. Antigoni hatte ihnen die Flaschen hingestellt. Sie hatte die eiserne Kassa mitgenommen und war nach hinten hinausgegangen. In ihr Haus im Garten. Das sei hier so üblich, hatte Joe gesagt. Hier stehle niemand etwas. Es gäbe ja kaum Touristen. Nur die paar Ausländer. Den Winter über. Und im Sommer ein paar Camper. Aber Strati wolle seine Zwiebelfelder verkaufen. Für einen Hotelbau. Er habe ein Angebot. Von Leuten aus Athen. Strati sei ein wohlhabender Landbesitzer. Ihm gehörten die Hügel am Meer nach Osten hin. Und Strati sei es leid, etwas anzubauen. Niemand kaufe ihm seine Zwiebeln ab. Oder seine Tomaten. »Paradeiser«, hatte Joe sich verbessert. Joe bestand auf den Wienerischen Ausdrücken, und Joe hatte in Wien immer Paradeiser sagen müssen. Also ja, hatte Joe gesagt. Seine Paradeiser. Die Leute kauften nur die Paradeiser aus Holland. Die seien immer billiger als seine. Und Strati habe keine Kinder. Wozu solle er also das Land behalten. Aber dann. Mit diesem Hotel. Dann gäbe es Tourismus. Deshalb wolle er Strati bereden, das Land nicht zu verkaufen. Strati brauche das Geld gar nicht. Was sollte Strati mit Geld anfangen. Er würde es nur zu den Huren in Chania tragen. Und Joe habe das schon auf Menorca erlebt. Und auf Ibiza vorher. Wie die Touristen herfielen über diese Gegenden. Und alles kaputtging. Und deshalb hatte Joe auf den Besuch von Strati gedrängt. Und daß Madeline freundlich sein solle. Und sie hatten noch Cognac getrunken. Madeline konnte sich auf einmal erinnern. Es hatte dann noch Weinbrand gegeben. Joe hatte nur Cognac im Turm. Joe hatte eine Brandyflasche auf den Tisch gestellt. Madeline wurde wieder elend. Der Gedanke an die Brandyflasche. Aber dann war sie gegangen. Sie sah sich noch den Brandy trinken. Einen Schluck. Und dann war sie gegangen. Sie war die Stiege zu ihrem Zimmer hinaufgegangen. Sie hatte sich hinlegen müssen. Hätte keinen Augenblick aufrecht stehen können. Oder sitzen. Sie hatte sich nicht verabschiedet. Sie war wortlos gegangen. Wie sie ins Bett gekommen war. Das wußte sie nicht mehr. Das Hinaufgehen. Auf der Stiege. Das war die letzte Erinnerung. Sie fuhren in einen Ort ein. Sie waren in einem Hochtal. Schmale Felder. Ein Bach. Obstbäume. Bauernhäuser. Ein Platz. Ein Kriegerdenkmal stand in der Mitte des Platzes. Ein bronzener Adler mit weit ausgebreiteten Schwingen auf einem niedrigen Steinsockel. Rote Begonien blühten rund um das Denkmal. Der Adler sah aus, als pickte er in den Begonien. Auf Steinwänden rechts und links waren Namen geschrieben. Hinten und vorne. Gartenbänke standen rund um den Platz. Dunkelgrüne

Gartenbänke. Wie in einem Wiener Park. Der Cousin hielt an. Joe sagte, sie wollten hier eine Pause machen. Madeline solle das Yoghurt hier kosten. Dieser Ort hier. Der sei berühmt für sein Yoghurt. Am Rand des Platzes standen riesige Laubbäume. Madeline fragte sich, ob das Platanen waren. Oder Eßkastanien. Aber sie wollte Joe nicht fragen. Joe hatte sie nicht angesehen. Er war beim Sprechen nach vorne gewendet sitzen geblieben. Strati war um den Wagen gegangen und hielt ihr die Tür auf. Er streckte ihr die Hand entgegen. Sie ließ sich von ihm aus dem Wagen ziehen. Strati führte sie am Kriegerdenkmal vorbei zu Häusern im Schatten der Bäume. Vor dem Eingang zu einem Lokal standen weiße Tische und Sessel. Gußeiserne Gartenmöbel mit geschwungenen Beinen. Madeline setzte sich. Der Lack des Sessels war rauh. Sie spürte ihn durch den Seidenrock. Da, wo die Bermudashorts endeten. Strati ging in das Lokal. Neben der Tür waren Blechschilder angebracht. Eine blonde Frau rauchte eine Zigarette. Der Zigarettenrauch bildete einen Schriftzug. Ein gefülltes Bierglas. Zitronenlimonade. Sie konnte kein Wort lesen. Joe kam mit dem Cousin nach. Sie setzten sich an das Nachbartischchen. Der Cousin grinste Madeline an. Strati kam aus dem Lokal. Hinter ihm ein älterer Mann. Breit. Dunkelhaarig. Er hatte einen dicken Schnauzbart. Er stellte Schnapsgläschen und eine Flasche auf den Tisch von Joe und dem Cousin. Er brachte ihr ein weißes Schüsselchen mit Yoghurt. Strati setzte sich zu den Männern. Der Wirt schenkte Schnaps ein. Er trank mit. Er stand neben den Männern. Die prosteten einander zu. Ernst. Gravitätisch. Madeline nahm das Schüsselchen und den Löffel. Sie ging über den Platz zum Kriegerdenkmal hinauf. Sie setzte sich auf eine Bank hinter dem Denkmal. Sie versuchte das Yoghurt. Sie konnte noch nichts essen und stellte das Schüsselchen neben sich auf die Bank. Sie war müde. Was hatte sie sich gedacht. Mit diesen Kerlen mitzufahren. Sie hätte liegen müssen. Langsam wieder normal werden. Und hier war also gekämpft worden. Die Deutschen gegen die Griechen. War der Vater da gewesen. Rick wußte das. Rick wußte solche Sachen. Er hatte sich genau informiert. Sie nicht. Sie wußte nichts. Sie saß im Schatten. Die Luft kühl. Frisch. Der Himmel noch blauer. Die Schwanzfedern des Adlers waren ein wenig aufgestellt. Der Adler erinnerte von hinten an einen balzenden Auerhahn. Ein bißchen erinnerte er daran. Constantin hätte das gefallen. Constantin hatte Auerhähne geschossen. Und dann hatte er sie ausgestopft ins Schlafzimmer gestellt. Im Jagdhaus. Aus Hochachtung, hatte er erklärt. Ein Jäger achte das von ihm erlegte Tier. Und Auerhähne. Da müsse man lange ansitzen. Die bekäme man ja auch nur auf der Balz. Und weil die Auerhähne selber nicht mehr zum Balzen kämen. Weil sie von ihm erschossen waren. Deshalb lasse er die Hähne zuschauen. Im Schlafzimmer. Das erlegte Tier würde so viel wichtiger als das lebende Tier, hatte Constantin behauptet. Was hatte es aber nun mit diesem Adler auf sich. Mit diesem balzenden Auerhahnadler. Wem durfte der zusehen. Bei Constantin hatte sie manchmal den Eindruck gehabt, er müsse schauen. Ob die Auerhähne ihm auch wirklich zusähen. Im Schlafzimmer. Die Männer gingen auf das Auto zu. Der Cousin würde nun noch lustiger fahren. Nach den Schnäpschen. Strati lief um das Denkmal auf sie zu. Er sah das Yoghurt. »Not good«, fragte er. Madeline zuckte mit den Achseln. Sie fühlte sich elend, sagte sie. Griff sich an den Magen. Deutete mit der Hand neben dem Kopf den Schwindel an. Drehte die Hand. Verdrehte die Augen.

Aber es war mehr ein Gefühl, keinen sicheren Boden unter den Füßen zu haben. Das war immer, wenn sie auf den Vater stieß. Strati lächelte. Er nahm das Yoghurt und den Löffel und ging zum Lokal hinunter. Der Wirt kam den Platz herauf. Strati übergab ihm das Yoghurt und den Löffel. Sie hätte es essen sollen. Sie hätte es irgendwie hinunterwürgen sollen. Die Männer sprachen miteinander. Verabschiedeten sich. Sie lachten. Strati lief zu ihr zurück. Joe und der Cousin saßen schon im Auto. Strati setzte sich neben sie auf die Bank. Sie saßen nebeneinander. Sahen auf das Denkmal vor sich. Der Platz lag leer. Sie konnte Strati nichts fragen. Was hier passiert war. Auf solchen Plätzen wurden die Leute zusammengetrieben. Und die Häuser in Mirthios waren grau angestrichen. Damit sie aussähen wie Felsen. Vom Meer her sollten sie aussehen wie Felsen. Im Polyglottführer hatte etwas von »blutiger Geschichte« gestanden. Von der blutigen Geschichte Kretas. Und nach der Nazizeit noch die Junta. Der Cousin startete das Auto. Ließ den Motor aufheulen. Strati stand auf. Er nahm sie an der Hand. Führte sie zum Wagen. Seine Hand war fest und warm. Madeline ging mit. Sie fuhren los. Nach dem Ort fuhren sie durch das Hochtal weiter. Dann ging es wieder bergauf. Madeline lehnte sich zurück. Sie hatte die Stellen im »The Magus« überblättert. Die Schilderungen, was auf Kreta geschehen war. Im Krieg. Die Folterungen. Und dann hatte sie das ganze Buch nicht mehr verstanden. Warum es dann in dieser Prüfung in Sadomasochismus endete. Und diese Vermutungen. Die waren ja auch erregend. Verwiesen sofort auf alles Animalische. Zwischen den Beinen. Ihr war wieder elend. Die Rast hatte ihr nicht gutgetan. Sie schloß die Augen. Strati zog sie an sich. Er hielt sie fest. Er rief etwas nach vorne. Der Cousin bremste. Fuhr langsamer. Sie lehnte gegen Strati. Er hielt sie um die Taille. Ihr Kopf lag auf seiner Schulter. Ihr Rücken gegen seine Seite. Sie rutschte nicht mehr hin und her. Es war angenehm. Warm. Sie schaute hinaus. Strati sagte etwas zu ihr. Sie verstand nichts. Er lachte leise, und sie hörte sein Lachen innen. Am Hals. Sie spürte die Muskeln seiner Schulter. Sie schloß wieder die Augen. Vielleicht war es das. Vielleicht war das das Richtige. Eine Liebesgeschichte ohne Sprache. Eine Liebesgeschichte ohne Geschichte. Ohne Voraussetzungen. Mit Strati am Strand. In der Nacht. Mond und dieses fischlose Meer. Oder oben auf dem Dach vom Turm. Die Zikaden und der Mondschein glitzerten über die Bucht hin. Sie schreckte hoch. Sie fuhren eine steile Linkskurve auf einer schmalen Sandstraße. Der Hang fiel nach links steil in einen Talkessel ab. Nach rechts stieg der Hang steil an. In der Kurve stand ein Esel. Sie schlitterten an dem Tier vorbei. Ein Mann saß auf dem Esel. Das Tier und der Mann. Sie standen still da. Unbeweglich. Sie sah ihn nur kurz. Sie konnte den Mann auf dem Esel nur sehen, weil sie nach links gelehnt lag. Der Mann hob sich gegen den Himmel ab. Er war mongoloid. Seine Augen von den hängenden Lidern beschwert. Sein Gesicht flach. Braungebrannt. Von den Augen liefen sternförmig Falten weg. Die Falten waren weiß. Ungebräunt. Ein Strahlenkranz weißer Furchen. Der Mann sah in das Tal hinaus. Still. Unbewegt. Als gäbe es sie nicht. Als führen sie nicht mit aufheulendem Motor in einer Staubwolke an ihm vorbei. Der Mann sah ernst hinaus. Der Cousin fluchte. Madeline setzte sich auf. Sie sah durch das Rückfenster hinaus. Der Esel setzte sich in Bewegung. Der Mann ritt die Straße hinunter. Langsam. Der Esel schritt langsam. Der Mann sah sich nicht nach ihnen um. Nahm sie nicht zur

Kenntnis. Der Mann war alt gewesen. Und er hatte nicht läppisch gewirkt. Würdevoll war er gewesen. Archaisch. Würdevoll. Geheimnisvoll. Madeline drehte sich nach vorne. Sie sah nicht gut. Als wäre der Kopf hohl und alles weit weg. Sie lehnte sich wieder gegen Strati. Das heute morgen. Das war eine Vergewaltigung gewesen. Joe hatte nicht abspritzen können. Da war sie sicher. Sie war rechtzeitig wach geworden. Sie hatte so etwas nicht vorgehabt. Mit ihm. Sicher nicht. Und sie würde das auch nicht in einem Rausch tun wollen. Mit ihm. Er war ihr ja bisher eher auf die Nerven gegangen. Und er hätte ihr das Haus übergeben sollen und abreisen. Er hatte sich als Beschützer aufgespielt. Wahrscheinlich hatte er sie als seine Freundin angekündigt und hatte das erzwingen wollen. Manche Männer gingen ja immer noch von einer Schwanzmagie aus. Wenn er einmal drinnen gewesen war, dann mußte die Frau vor Begeisterung den Mann auch noch wollen. Und Joe anzeigen. Wie. Er würde Rick sagen, sie hätte ihn verführt. Sie hätte sich eindeutig verhalten. Das wäre ja bekannt. Madeline. Die führte sich auf. Die nähme das nicht so genau. Und Rick glaubte allen anderen. Immer. Wollte das glauben. Das mit der gefallenen Schwester. Krank. Sie wandte sich Strati zu. Sie legte ihren Kopf an seinen Hals. Zog ihn nach rechts. Strati beugte sich über sie. Madeline ließ ihre Lippen seine finden. Langsam. Strati erstarrte. Sein ganzer Körper war einen Augenblick starr. Dann küßte er sie zurück. Er drückte sie an sich und küßte sie. Ruhig. Langsam. Seine Zunge tastete ihre Zunge ab. Fuhr unter ihre Zunge. Untersuchte alle Winkel ihres Mundes. Langsam. Absichtsvoll. Mit Nachdruck. Madeline blinzelte. Joe hatte sich umgedreht. Er sah ihnen zu. Madeline sah ihn an. Sah ihm in die Augen. Joe wandte sich nach vorne. Er saß kerzengerade. Starrte auf die Straße nach vorne. Weiß vor Zorn. Madeline schloß die Augen. Ihr war verloren zumute. Sie hätte weinen mögen. Sie küßte Strati mit aller Hingabe.

August 1981.
Arezzo.

Die Tür stand offen. Sie mußte nicht läuten. Niemanden aufwecken. Das Haus still. In der Mittagssonne. Madeline stieß die Tür mit dem Fuß weiter auf. Sie lehnte sich mit dem Rücken gegen die schwere Eichentür. Schob die Tür auf. Sie hatte keine Hand frei. Sie mußte den Plastiksack mit den Einkäufen mit beiden Händen halten. Der Plastiksack war durchgerissen. Die Naht unten war aufgegangen. Die Eierschachtel. Das Mehl. Die Butter. Die Schokolade. Die Marillenmarmelade. Der Zucker. Alles war auf den Autositz zurückgeplumpst. Sie hatte die Lebensmittel in das Plastik eingewickelt, um sie ins Haus tragen zu können. Sie hielt das Plastik unten zusammen. Mit der einen Hand. Mit dem anderen Arm umfing sie die Einkäufe. Hielt sie zusammen. Madeline trat in die Halle. Sie ließ die Haustür offenstehen. Es roch feucht in der Halle. Nach altem Zigarettenrauch. Sie ging durch die Halle. Zur Küchentür. Klapperte bei jedem Schritt auf dem Steinboden. Sie machte die Küchentür mit dem Ellbogen auf. Oben läutete das Telefon. Madeline tastete sich die 3 Stufen hinter der Küchentür in die Küche hinunter. Stellte die Einkäufe auf den Küchentisch. Sie ging zurück. Schloß die Küchentür. Sie öffnete beide Fenster zum Garten und machte sich einen Kaffee. Füllte Wasser in den unteren Teil der kleinsten Espressokanne. Löffelte Kaffee in das Trichterchen. Drückte den Kaffee mit dem Löffel fest. Schraubte den oberen Teil der Kanne darauf. Stellte die Kanne auf den Gasherd. Es fanden sich keine

Zündhölzer, die Gasflamme anzuzünden. Madeline machte sich auf die Suche. Sie fand nichts in den Laden in der Küche. Nichts auf den Regalen. Nichts in der großen, weißen Kredenz. Sie ging in den Salon. Überall standen gebrauchte Gläser. Volle Aschenbecher. Leere Weinflaschen. Halbleere Grappaflaschen. Überall lagen Zigarettenschachteln. Spielkarten. Auf dem Rauchtisch. Auf dem Spieltisch. Auf dem Boden. Auf dem Kaminsims. Auf den Fensterbänken. Auf den Hockern vor dem Kamin. Eine ungeöffnete Cognacflasche stand im Kamin. Ein Hemd war über eine Sessellehne am Spieltisch drapiert. Ein Paar geflochtener schwarzer Herrensommerschuhe stand neben der Tür. Ordentlich. Gerade nebeneinander gestellt. Madeline ging durch den Raum. Es war besser, in Antria zu wohnen. Sie fand ein Feuerzeug. Es lag neben der Cognacflasche im Kamin. Ein Zippo. Sie konnte sich vorstellen, wem das gehörte. Sie ging in die Küche und zündete die Gasflamme an. Stand beim Gasherd. Sah zum Fenster hinaus. Es war ein perfekter Tag. Der 28. August. Seit 7 Wochen waren sie alle hier. Und jeder Tag war genauso schön gewesen. Sonnenschein. Hitze. Am Abend kühlte es jetzt ein bißchen ab. Ende August war auch hier der Herbst zu spüren. Und beim Haus in Antria gab es einen großen Pool. Der hier war winzig. Man konnte ihn vom Küchenfenster aus gar nicht sehen. Die Wiese fiel zur Hecke leicht ab. Sie hätte sich auf einen Sessel stellen müssen, den Pool unten sehen zu können. Der Kaffee kochte. Der Kaffee stieg brodelnd in der Kanne hinauf. Dampfte. Röchelte. Madeline ging zur Kredenz, eine Tasse zu holen. Die Tür ging auf. Rudolf kam in die Küche. Er band den Gürtel von seinem Seidenmorgenmantel in Paisleymuster fester. Ordnete die Falten am Rücken. Er nahm einen Topflappen vom Haken. Hob die Espressokanne vom Gas und ging mit der Kanne zur Kredenz. Er nahm eine Tasse und goß sich den Kaffee ein. Er stellte die Kanne auf den weißlackierten Tisch. Der Lack knisterte leise. Es roch verbrannt. Nach verbranntem Lack. Rudolf angelte sich einen Sessel unter dem Küchentisch heraus. Ließ sich in den Sessel sinken. Er hielt die Tasse in der Hand. Blies auf den Kaffee ein. Trank. Er schlürfte laut. Madeline klappte den Deckel der Espressokanne auf. Rudolf hatte keinen Kaffee übriggelassen. Madeline holte die größere Espressokanne aus dem Regal über der Arbeitsplatte. Es gab noch 2 ganz große Kannen. Madeline füllte die Kanne mit Wasser und Kaffee. Schraubte sie zu und stellte sie auf die Flamme. Rudolf schlürfte. Er stellte die Tasse ab und putzte sich die Nase. Tupfte die Nase vorsichtig ab. Machte ein schmerzverzerrtes Gesicht. Madeline wußte, sie sollte jetzt fragen, ob es gestern wieder wild gewesen war. Sie hatte keine Lust. Sie wollte ihren Kaffee. »Alles Gute zum Geburtstag«, sagte sie zu Rudolf. Sie blieb neben dem Gasherd stehen. »Erst morgen. Erst morgen.« Rudolf verschränkte seine Arme auf dem Tisch und legte den Kopf darauf. Er sprach in den Tisch. Wenn das Telefon gleich läute, dann müsse sie in der Halle abheben. Das Roserl wolle sie sprechen. Seit 9 Uhr riefe sie ihn an. Wegen Madeline. »Deine Mutter hat mich um 8 Uhr aufgeweckt«, sagte Madeline. Und seine Mutter wäre eben sehr traurig, nicht hier sein zu können. Rudolf seufzte. Er setzte sich wieder auf. Ein Glück, daß in diesem Sommer keine von den alten Schabracken von Bridgepartnerinnen vom Roserl in Bad Gastein weggestorben wäre. Sonst hätte er sie da. Da wäre dann nichts zu machen. Und alle anderen wären abgereist. Wie im Vorjahr. Aber es sei ja kein runder Geburtstag, sagte Madeline. Sie habe das Roserl auf das nächste Jahr vertröstet. Und daß es dann ein ganz großes Fest geben müsse. Zum 55sten. Madeline klappte immer wieder den Deckel der Kanne auf. Aber der Kaffee kochte nicht. Das Telefon läutete. Rudolf bedeutete ihr mit dem Kopf zu gehen. Das sei der Anruf für sie. Dann schlürfte er wieder an seinem Kaffee. Madeline rief, er solle ihren Kaffee abdrehen, und lief die Stufen hinauf. Sie riß die Tür auf. Schlug sie Angelo gegen den Arm. Angelo wollte gerade in die Küche. Er sprang zurück. Madeline lief an ihm vorbei. »Buona giornata«, flötete Angelo. Laut. Fröhlich. Das Telefon läutete in der Halle. Schrillte. Madeline hob ab. Meldete sich. Ob sie das sei. Ob sie Madeline sei. Rudolfs Mutter schrie ins Telefon. Sie wolle ihr nur sagen, rief die alte Frau ins Telefon. Die Butter und erwärmte Schokolade. Die müsse man eine halbe Stunde rühren. Und dann mit dem Zucker und den Dottern noch einmal eine halbe Stunde. Und nur mit der Hand. Eine Sachertorte dürfe nur mit der Hand gerührt werden. Mit den Maschinen. Da ginge das nicht. Madeline dürfe es sich da nicht leicht machen. Auch der Schnee. Der werde handgeschlagen einfach anders. Kein Vergleich zu einem maschinegeschlagenen Schnee sei das. Und die Geburtstagssachertorte für ihren Dolfi. Die müsse mit der Hand gemacht werden. Da verlasse sie sich auf Madeline. Da verlasse sie sich auf Madeline als Frau. Die Männer. Die sähen so etwas nicht ein. Die kauften irgend etwas Fertiges. Die nähmen solche Dinge nicht wichtig. Und dann wären sie ja doch wichtig. Und dann fehlten sie ja doch. Madeline hatte sich auf die Stiege gesetzt. Sie hörte der alten Frau zu. Sie sagte »Ja. Sicher.« Immer wieder. Sie werde alles genau so machen, sagte sie. Die alte Frau war dem Weinen nahe. Ob sie sich wirklich verlassen könne. Ihr Dolfi solle alles so bekommen, wie er es von ihr gewohnt war. Es solle ihm nichts abgehen. Madeline beteuerte noch einmal, sie werde alles mit der Hand rühren und schlagen. Händisch. Handarbeit. Ganz sicher. Sie hätte sonst keine ruhige Minute, sagte die alte Frau. Sie solle das nicht so schwernehmen. Sie solle in aller Ruhe Bridge spielen, sagte Madeline. Und die gute Luft in Bad Gastein genießen. Madeline wollte zu ihrem Kaffee. Sie fange jetzt wohl besser mit dem Backen an, sagte sie. Damit die Torte dann auch fertig würde. Die alte Frau stimmte ihr zu. Verabschiedete sich. Madeline legte auf. Sie ging in die Küche zurück. Angelo saß auf dem Küchentisch und trank Kaffee. Madeline holte sich eine Tasse aus der Kredenz. Sie schenkte sich ein. Die Kanne war leer. Madeline sah nach. Es waren nur angetrocknete Kaffeereste in der Kanne oben. Angelo und Rudolf hatten den Kaffee ausgetrunken. Angelo strahlte Madeline an. Ob das ihr Kaffee sei, fragte er. Auf italienisch. »Certo«, antwortete Madeline. Aber das mache nichts. Sie müsse eben »cominciare da nuovo«. Angelo sprang vom Tisch. Er könne das doch machen. Rudolf zog ihn auf seinen Schoß. Ob das nicht ein Prachtexemplar von einem Buben sei, fragte Rudolf. Auf deutsch. Ob sie schon einmal eine so schöne Haut gesehen habe. Oder diese Locken. Diese Farbe. Kastanienbraunschwarz. Aus jeder Richtung. Bei jedem Licht hätten diese Haare einen anderen Farbton. Und die Gestalt. Aber. Die Zähne. Die Zähne seien das Beste. Angelo habe die regelmäßigsten weißen Zähne, die man sich nur vorstellen könne. Madeline machte Kaffee. Sie holte eine der beiden großen Espressokannen. Füllte sie mit Wasser und Kaffee. Schraubte sie zu. Zündete das Gas an. Stellte den Kaffee auf. Rudolf redete mit Angelo auf italienisch. Er forderte Angelo auf, seine Zähne zu zeigen. Angelo lachte. Er schüttelte den Kopf. Rudolf hielt ihn mit einem Arm fest. Mit der anderen Hand versuchte er, Angelos Mund zu öffnen. Die Lippen zu spreizen. Angelo wehrte sich. Er wand sich in Rudolfs Griff. Kicherte. Er ruderte mit den Armen und warf seine Tasse um. Der Kaffee floß über die Tischplatte. Madeline stürzte zum Tisch. Ihre Einkäufe waren kaffeegetränkt. Das Telefon läutete draußen. Rudolf balgte sich mit Angelo. Beide kicherten. Glucksten. Madeline hob den Zucker und das Mehl aus der Kaffeelache. Sie stellte Zucker und Mehl auf die Arbeitsplatte. Das Telefon läutete in der Halle. Madeline holte sich eine Tasse und stellte sich zum Herd. Sie bräuchte jetzt einen Kaffee. Und niemand würde ihr diesen wegtrinken. Madeline stand und wartete. Sie würde den Kaffee nehmen und sich unter die Platane vor dem Haus setzen. In den Schatten der Kapelle. Rudolf hatte das Haus wegen der Kapelle gekauft. Die Kapelle wurde nach allen Regeln der Kunst restauriert. Swimmingpool und Sauna. Das habe nun wirklich schon jeder, sagte Rudolf. Das könne jeder haben. Aber eine eigene Kapelle. Aus dem 16. Jahrhundert. Und dann eine Kapelle, die noch benutzt wurde. Es konnten immer noch Messen in dieser Kapelle gelesen werden. Madeline dachte immer, Rudolf habe damit etwas besonders Ferkeliges im Sinn. Aber Rudolf nahm das mit der Kapelle ernst. Rudolf tat wirklich fromm. Das war wahrscheinlich das Alter. Aber den Beichtstuhl hatte er ja nicht aus dem Schlafzimmer geräumt. Das Telefon hatte aufgehört. Rudolf ließ sich von Angelo erklären, wie Schneewittchen auf italienisch redete. Wie ein Zwerg auf italienisch reden mußte. »Wer hat meinen Kaffee aus meinem Becherchen getrunken?« Oder »Wer hat mein Koks vom Spiegelchen geschnupft«. Angelo sprach Rudolf vor. Dann sagten sie die Sätze im Chor. Sie spielten die Zwerge. Sprachen mit hohen Stimmchen. Die zwei bogen sich vor Lachen. Bei ihren kreischenden Sprechchören. Die Tür ging auf. Klaus stand da. Rudolfs Mutter sei am Telefon. Rudolf schaukelte Angelo auf seinen Knien. Er könne jetzt nicht, sagte Rudolf mit Zwergenstimme. Das müsse Klaus doch sehen. Klaus ging in die Halle hinaus. Er sprach kurz am Telefon. Rudolf hieß Angelo still zu sein. Die beiden Männer preßten ihre Lippen zusammen. Angelo konnte nicht mehr. Er prustete laut heraus. Rudolf hielt ihm den Mund zu. Angelo mußte noch mehr lachen und fiel auf den Boden. Klaus kam zurück. Er schloß die Tür zur Halle hinter sich. Der Kaffee begann zu brodeln. Ob Klaus Kaffee wolle, fragte Madeline. Klaus nickte und holte sich eine Tasse. Sie wolle eine Sachertorte machen, fragte er Madeline. Das freue ihn. Nach fast 3 Monaten italienischen Essens. Da sei etwas Wienerisches sehr willkommen zu heißen. Wenn es Klaus nicht passe. Er müsse nicht den ganzen Sommer hier im Haus sein, sagte Rudolf. Noch lachend. Angelo lag eingerollt auf dem Boden. Er stellte sich schlafend. Rudolf hatte seine Füße auf Angelos Brustkorb gestellt. Er schaute auf den Liegenden hinunter. »Ist das eine Entlassung. Wieder einmal«, seufzte Klaus. Mit verdrehten Augen. Madeline schenkte Klaus Kaffee ein. Dann sich. Alle schwiegen. Sie habe nur Rick sehen wollen. Eigentlich hätte sie nur Rick sehen wollen, sagte Madeline. Aber wenn er nicht da sei. Oder sei er noch nicht aufgestanden. Er solle sie dann anrufen. Madeline trank einen Schluck Kaffee. Der Kaffee war viel zu heiß. Sie stellte die Tasse auf dem Tisch ab. Rudolf sprang auf. Er stieg über Angelo und ging hinaus. Angelo kroch hoch. Ging zum Eiskasten. Er holte sich eine Flasche

Cola heraus. Was los sei, fragte Madeline. Auf italienisch. Angelo trank aus der Flasche. Klaus lehnte sich an das Fensterbrett. Ach. Das seien nur Morgenlaunen. Die seien schnell behoben. Gott sei Dank. Die Versorgungsprobleme seien seit gestern gelöst. Der Ritchie Hofrichter. Der sei gekommen. Endlich. Klaus sprach deutsch. Er lächelte Angelo an. Angelo setzte sich auf das linke Fensterbrett. Er stieg auf das Fensterbrett und setzte sich mit den Beinen hinaus hin. Ließ seine Beine zum Fenster hinausbaumeln. Kehrte der Küche den Rücken zu. Deshalb sei der gestrige Abend so. Na. Sie wisse schon. Klaus schaute auf Angelos Rücken. Aber das Größte. Das könne Madeline ja nicht wissen. Der Ritchie. Der habe eine Staatsanwältin mit. Eine ganz reizende Person. Ziemlich jung. Und wäre es nicht großartig. Rudolf bekäme seine Lieferung unter staatlichem Schutz. Da könne ja gar nichts mehr passieren. Ob die junge Staatsanwältin wüßte, warum Ritchie hierher gefahren wäre, fragte Madeline. Klaus lachte. Das glaube er nicht. Aber das sei ja nicht sein Problem. Madeline trank Kaffee. Sie zuckte mit den Achseln. Ihr könne das alles gleichgültig sein. »Ja«, sagte Rudolf in der Tür. Wenn Madeline könnte, wie sie wollte. Dann würde sie Roderick in einem Käfig halten. Und irgendwann würde sie ihn dann fressen. Rudolf kam in die Küche. »Wie deine Mutter dich«, sagte Klaus. Rudolf blieb neben Madeline stehen. Klaus sei nur neidisch, sagte er zu Madeline. Die Mutter von Klaus. Die hätte nämlich nicht einmal das gemacht. Die hätte Klaus einen Stiefvater beschert. Und was solle man als männliches Schneewittchen schon anfangen. Vor allem, wenn dieses männliche Schneewittchen älter wurde. Es sei schon hart, wenn die eigene Mutter den eigenen Vater nicht vögeln wolle. Oder könne. Rudolf schenkte sich Kaffee ein. Wenn er diese Tasse austränke, dann hätte er einen Puls von 550. Rudolf schaute verträumt in die Tasse. »Passend zu deinem Geburtstag«, sagte Klaus und hob prostend die Kaffeetasse. »Kinder«, seufzte Rudolf. »Was machen wir mit meinem Geburtstag.« Rudolf tippte seinen Zeigefinger in die Kaffeelache auf dem Tisch. Er zog Kaffeespuren über den brüchigen weißen Lack der Tischplatte. Rund um die Tassen und die Espressokannen. Madeline goß sich noch Kaffee in ihre Tasse. Sie ging hinaus. Sie schloß die Küchentür hinter sich. Ging durch die dunkle Halle. Die Eingangstür stand offen. Wie sie sie gelassen hatte. Sie trat vor das Haus. In die Helle hinaus. Sie stieg die Stufen zum Eingang hinunter. Der Kies auf der Einfahrt knirschte unter ihren Sandalen. Sie ging um die Kapelle. Zur Nordseite. Sie setzte sich an die Mauer. Stellte die Kaffeetasse ins Gras. Sie zog die Schuhe aus. Umarmte ihre Knie. Zog die aufgestellten Beine an den Oberkörper. Die dumpfe, jagende Unruhe im Bauch und unter der Brust. Sie wollte sie wegpressen. Vielleicht sollte sie den Kaffee nicht trinken. Sie legte den Kopf auf ihre Arme. Alles war schrecklich. Alles. Alles rundum war grauenhaft. Alles rundherum und in ihrem Leben. Und das war ihre Jugend gewesen. Ihre jungen Jahre. Die älteren Frauen. Sie hatten geschwärmt. Nach 40 würde das Leben erst wirklich interessant. Nach 40 hätten sie das Leben erst wirklich genossen. Wirklich. Und die Liebe. Dann erst. Wirklich. Madeline lehnte sich über ihre Knie. Bekam sie schon wieder nicht, was allen anderen selbstverständlich war. Oder hatte sie wieder etwas nicht begriffen. Aber hier. Sie mußte hier weg. Sie mußte hier schleunigst weg. Dann war sie allein. Ganz allein. Rick würde nicht wegfahren. Rick würde seine Arbeit nicht unterbrechen. Die Etrusker. Wie er in dem

Chaos in diesem Haus arbeiten konnte. Rudolf war doch unerträglich. Und die anderen. Alle von Rudolf abhängig. Irgendwie. Und warum. Warum hatte Constantin vor der Reise nach Buenos Aires Schluß gemacht. Warum hatte er nicht wenigstens gewartet, bis sie dagewesen wären. Dann wäre sie jetzt in Buenos Aires. Weit weg. Wenigstens. Irgendwo anders. Er hätte sich da von ihr trennen können. Und sie wäre dort gewesen. Allein irgendwo zu sein. Das war nicht das Problem. Hinkommen. Sie konnte sich nicht vorstellen, hinzukommen. Allein. Und auch nichts mehr zu finden gewesen. Im Juli. Alles ausgebucht. An Ort und Stelle fände sich immer etwas, hatte sie in jedem Reisebüro gehört. Und Rudolf hatte sie dann auch noch verbannt. Damit sie nicht bei Rick einzöge. Rudolf hatte sicher lange gesucht, bis er sie in Antria untergebracht hatte. Aber da war sie ungestört. Was hätte sie in diesem Haus hier gemacht. Auf Drogen ging es ihr immer nur noch schlechter. Rick tröstete sie nicht. Rick tröstete sie nicht mehr. Rick würde sie nie verlassen. Das wußte sie sicher. Aber trösten. Das tat er nicht mehr. Und was hatte die Neue. Was fand Constantin an der. Die Pauline wußte das auch nicht. Sie waren einen ganzen Nachmittag lang in der Roten Bar im Sacher gesessen. Ganz allein. In der Ecke gegenüber vom Eingang. Und sie hatten Taittinger getrunken. 3 Flaschen. Und hatten überlegt. Pauline war groß und dunkel und üppig. Madeline war nicht so groß. Aber schlank und blond. Naturweizenblond. Zusammen hätten sie einem Mann reichen müssen. Pauline liebte ihren Mann nicht mehr. Das wäre auch übertrieben. Nach 15 Jahren. Aber sie hätte so viel aufgegeben. Für ihn. Die Sache solle funktionieren, hatte sie gemeint. Diese Ehe. Sie hatten verglichen. Constantin im Bett. Er brauchte Spiegel. Und wie er die Stellungen wechselte. Immer in der gleichen Reihenfolge. Und sah sich zu. Dabei. Aber er war sehr genau dabei. Sehr ausdauernd. Und die Frau mußte einmal kommen. Es gab kein Schwindeln. Er prüfte ganz genau, wie geschwollen der Kitzler war. Es war anstrengend mit Constantin. Deswegen. Und Madeline war ja verliebt gewesen. Sie hatte sich seine Spinnereien tagelang anhören können. Sie war es nie müde geworden. Und ins Bett gehen war ein Teil davon gewesen. Und ganz selbstverständlich. Einmal ganz selbstverständlich. Sie hatte ihm ja auch alles erzählen können. Es war nicht einfach, jemandem diese Verwicklungen klarzumachen. Daß der Vater ein Nazi gewesen war. Und dann aber doch ein Jude. Ein Viertel nur. Aber doch. Und daß die einzelnen Personen immer ihr einzelnes Schicksal hatten. Und wie das mit der Geschichte zusammenstieß. Constantin hatte sie erzählen können, daß sie sich nicht erinnerte. Daß sie glaubte, sich zu erinnern. Daß sie von den Schüssen eine ganz klare Erinnerung hatte. Daß sie jede Einzelheit vor Augen hatte. Aber daß das nicht ihre Erinnerungen waren. Daß es war, als stünde sie weit hinter diesen Erinnerungen. Als sähe sie auf diese Erinnerungen. Aber von innen. In sich. Es war, als hätte ihr jemand alles erzählt und sie stelle sich nun diese Erzählung vor. Aber es hatte niemand etwas gesagt. Über diesen Nachmittag. Die Großmutter nie. Mit Rick hatte sie immer reden können. Darüber. Aber Rick war ja nicht dagewesen. Rick war im Wald gewesen. Mit der Mutter. Ganz oben. Auf dem Hügel oben. Constantin hatte das alles verstanden. Constantin war klug gewesen. Er hatte sie gefragt, wem sie das alles erzählt hatte. Erzählen hatte müssen. Nachher. Der Polizei vielleicht. Der Mutter. Und ob sich da nicht diese Vorstellung entwickelt hätte. Ein

Bild, das sie vor die Wirklichkeit geschoben hatte. Die Dr. Mann war da nicht draufgekommen. Und es war so kurz gewesen. Gerade waren sie noch unter den blühenden Apfelbäumen am Kaasgraben gesessen und hatten lachend diesen schlechten Wein da getrunken. Und dann zwischen Meran und Bozen. In Terlan. Sie waren dann jeden Nachmittag in dieses Gasthaus gefahren. Manchmal wäre ein Wein im Faß der Bouteille eben überlegen, hatte Constantin gesagt. Sie mußten dieses Faß ausgetrunken haben. Im Juni noch. Und Ende August saß Constantin mit einer Hure in Buenos Aires bei seiner Cousine. Er hatte eine Prostituierte aus der Eve Bar mitgenommen. Er hatte erst eines der Zimmer im oberen Stock in der Eve Bar gemietet. Dann war er mit dieser Person abgefahren. Von da. Mit einer Asiatin. Pauline hatte gemeint, Constantin wäre schwul. Wahrscheinlich sei er schwul. Die Männer gingen doch deswegen zu Prostituierten. Um miteinander. Und er habe es schon einmal ausprobiert. Er sei zum »Tiefen Graben« gegangen und habe nach einem Stricher gefragt. Gelandet sei er dann in einer plüschigen Wohnung in der Lange Gasse. Es habe seltsam gerochen, hätte er berichtet. Und es hätte ihm keinen Spaß gemacht, hatte Pauline erzählt. Und er wollte es ja von einem auch nicht. Manche wollten ja nur noch arschficken. Wenn sie einmal draufgekommen waren, daß man es machte. Manchmal. Aber der Constantin hatte nicht einmal gefragt. Und jetzt konnte sie ihn das nicht mehr fragen. Nichts mehr. Wenn sie Constantin träfe. Jetzt. Im Mathes. Im Prückl. Oder in der Eden. Oder wenn er hier um die Ecke käme. Constantin wäre ein ganz normaler Bekannter. Wieder. Die 3 Monate. Sie waren. Sie waren so besonders gewesen. Wenn sie zusammen gewesen waren, hatte es nur sie beide gegeben. Sie beide und sonst nichts. Und alle hatten es gesehen. Der Karl Ebner hatte sie wieder abschleppen wollen. Nachher. Im Santo Spirito. Die Freundinnen vom Constantin, hatte er gesagt. Die seien so besonders enttäuscht. Die seien dann so wunderbar verzweifelt. Im Bett. Er hoffe, der Constantin treibe es noch lange so. Madeline hatte ihm ihr Glas Zweigelt ins Gesicht geschüttet. Der Wirt hatte alle Mühe gehabt, den Ebner aufzuhalten, sie zu schlagen. Wien war da nicht so wie in den Filmen. Die Männer hielten da nicht still. Die Männer in Wien. Die schlugen zurück. Und schrien »Du alte Brunzbutten« dazu. Und währenddessen war die »Ode an die Freude« gespielt worden. Und der Wirt. Der behauptete immer, er hätte ein Verhältnis mit ihr gehabt. Und sie konnte sich nicht einmal an seinen Namen erinnern. Der hatte ihr dann gesagt, sie müsse sich beherrschen. Wenn sie bei ihm trinken wolle. Wenn sie in seinem Lokal verkehren wolle. Dann müsse sie sich beherrschen. Und dann war er wahrscheinlich mit dem Ebner ins Puff gegangen. In die Josefine. Oder in die Nina. Gleich um die Ecke. Und sie hatten Huren getauscht. Währenddessen. Und am nächsten Abend mußten es dann alle anhören. Wie das gewesen war. Das Hurentauschen. Männer. Heterosexuelle Männer wollten nur Prostituierte. Anscheinend. Und Schwule ihre kleinen Buben. Und das war ja das gleiche. Angelo mußte Geschenke bekommen. Sonst war für den Rudolf nichts drinnen. Romantisch war das alles nicht. Romantisch. Wie kleine Mädchen sich das so erträumten. Und wenn es einmal funktionierte. Sie und Constantin. Das hatte funktioniert. Das war für beide richtig gewesen. Sie waren wie von der Welt abgetrennt in ihrem Glück gesegelt. Gemeinsam. Sie hatten einander verstanden. Das war die

Grundlage gewesen. Dieses gemeinsame Verstehen. Warum hatte er das beendet. Pauline hatte sich auch gewundert. Constantins Geschichten dauerten schon ein halbes Jahr. Normalerweise. Es sei ihm halt zuviel geworden. Wahrscheinlich wäre Madeline eine sehr komplizierte Person, hatte Pauline gefunden. Aber das half alles nichts. Und Constantin sah nicht einmal gut aus. Klein. Eine beginnende Glatze. Er war nur so selbstverständlich gewesen. Alles war mit ihm selbstverständlich geworden. Und das war vorbei. Und nicht mehr zurückzuholen. Als wäre er gestorben. Und warum war er das nicht. Es wäre einfacher gewesen. Für sie wäre das einfacher gewesen. Sie sollte sie umbringen. Die Männer. Mit ihnen ins Bett gehen und dann umbringen. Sentimental konnte es dann jedenfalls nicht werden. Und die Erinnerung gehörte dann ihr. Und sie mußte sich nicht überlegen, was er jetzt gerade mit einer asiatischen Prostituierten in Buenos Aires machte. Mit der er nicht einmal richtig reden konnte. Madeline hätte wissen wollen, was die Dr. Mann zu dieser Situation gesagt hätte. Woher sie den Mangel an Selbstwertgefühl in dieser Situation auffüllen solle. Sie hatte sich nicht abhängig gemacht. Von Constantin. Sie hatte sich nichts erkauft. Constantin hatte sehr viel mehr Geld als sie. Sie hatte ihm vertraut. Hatte Vertrauen entwickelt. Wie die Dr. Mann das gesagt hatte. Und sie hatte ihr Leben nicht verändert. Seinetwegen. Nach Dr. Mann sollte sie sich jetzt um eine Erfahrung reicher fühlen. Wehmütig, aber reicher. Und nach vorne schauen. Nicht in die Vergangenheit starren, sondern aus einem Jetzt in die Zukunft schauen. Madeline saß da. Sie war arm. Sie war furchtbar arm. Betrogen. Sie war betrogen worden. Sie war mit dieser Geschichte nur dem Sterben näher gerutscht. Es war dann am Ende ja nur Zeit vergangen. Und was sollte sie nun tun. Sie mußte weg. Sie mußte weiter. Aber wohin. In das leere Wien. Oder nach Salzburg. Ins Salzkammergut. Zu irgendwelchen Altenwühls. Zur Heterovariante von dem Zirkus hier. Madeline nippte am Kaffee. »Mad«, hörte sie. Sie stellte die Tasse ab. Sie umfing wieder ihre Beine. Legte den Kopf auf die Knie. Sie wollte niemanden. Klaus rief nach ihr. »Mad. Madeline. Wo bist du. Du bist da. Ich sehe ja dein Auto noch.« Sie hörte Klaus auf dem Kies gehen. Sie wünschte sich weit weg. Warum war sie nicht gleich weggefahren. Gleich wieder. Klaus kam um die Ecke der Kapelle. Sie solle hineinkommen, sagte er. Sie wolle wieder hineinkommen. Bitte. Und die Sachertorte machen. Rudolf würde sich freuen, wenn sie die Sachertorte mache. Wirklich. Madeline sah zu Klaus hinauf. Klaus sah sehr gut aus. Groß. Schlank. Braungebrannt. Blaue Augen. Die Haare dunkelblond. Mit sonnengebleichten Strähnen. Es hieß immer, Klaus hätte sogar einmal etwas mit Helmut Berger gehabt. Rudolf beneidete Klaus um seine Haare. Rudolf und Klaus waren gleich alt. Klaus hatte einen dichten Haarschopf. Rudolf mußte sich den Haarkranz um den Kopf kurz rasieren lassen. Er wolle nicht aussehen wie eines dieser Dominikanermönchlein als Salzstreuer, sagte Rudolf. Madeline fand Glatzen interessant. Kahle Schädel. Das war sehr männlich. Aber Rudolf jammerte über seinen Haarausfall. Seit er 17 Jahre alt gewesen sei, hätte er mit diesem Problem zu kämpfen gehabt. Sein ganzes Leben habe er unter der Bedrohung gelitten. Eine Glatze. Jetzt fehlte nur noch das falsche Gebiß. Dann könne er gleich nur noch Karten spielen. Mit den Freundinnen seiner Mutter. Aber es war auch irgendwie logisch. Rudolfs Sekretäre sahen besonders gut aus. Mit dichtem Haarwuchs. Rudolf kaufte sich die

Haare auf anderen Köpfen. Was denn nun wieder los sei, fragte Madeline. Sie solle nachsichtig sein, sagte Klaus. Rudolf habe halt Probleme mit diesem Geburtstag. Rudolf habe überhaupt Probleme. Alle seine Unternehmungen der letzten Jahre wären doch nun schiefgegangen. Und Rudolf habe nicht einmal schuld gehabt. Es wären doch immer äußere Umstände gewesen. Rudolf hatte nicht einmal die Chance bekommen, etwas falsch zu machen. »Entschuldige«, sagte Madeline. Das Schloßhotel hätte sich nie gerechnet. Hätte sich nie rechnen können. Das wäre doch ein klassischer Fall von Fehlkalkulation gewesen. Blattgold. Das wäre nicht hereinzubringen. Das hätten doch alle gesagt. Und wie viele Jahre hätte dieses Hotel voll ausgebucht sein müssen, um die Renovierung hereinzubringen. 20 Jahre. Oder 30. Klaus setzte sich neben Madeline. Nein. Das glaube er nicht, sagte er. Er hätte das Hotel noch weiter finanziert. Die Zeiten für diese Art von Luxus. Die wären schon noch gekommen. Sie werde noch sehen. Man hätte nur warten müssen. Und das habe die Mama nicht gewollt, fragte Madeline. Nein, sagte Klaus. In Geldangelegenheiten. Da gäbe es keine Geduld. Und keine Nachsicht. Ob sie die Torte nicht machen könne. Es wäre nett. Familiär. Und ihr gehe es doch auch nicht so gut. Sie solle jedenfalls nicht an den Kerl denken. Von diesem Mann. Er habe noch nie etwas von diesem Constantin gehalten. Klaus stand auf. Er hielt ihr die Hand hin. Madeline ergriff seine Hand. Sie ließ sich in die Höhe ziehen. Klaus hielt sie fest. Er nahm sie um die Schultern und führte sie zum Haus. Sie blieben vor der Kapelle stehen. Die Sonne stand hinter dem Haus. Die große dunkle Eingangstür zwischen den Säulen im Schatten. Die Hecke die Straße nach rechts hinunter. Hinter der Hecke Wiesen. Wäldchen. Felder. Hügel zogen sich hin. Vereinzelte Häuser. Fattorias. Die Blätter der Platane raschelten. Sonst kein Geräusch. Keine Vögel. »Es könnte eine Idylle sein«, sagte Klaus. Sie gingen ins Haus. In der Halle saß Goggl. Er telefonierte. Er saß im Pyjama auf dem Boden. Redete auf italienisch in den Hörer. Winkte ihnen. Madeline ließ sich von Klaus in die Küche schieben. Sie mochte nicht kochen. Eigentlich. Sie hatte nie kochen wollen. Rudolf saß auf der linken Fensterbank. Angelo auf der rechten. Rudolf hielt ein Päckchen Prosciutto in der Hand. Er zog ein Blatt von dem Schinken ab. Er hielt das Schinkenblatt in die Höhe. Ließ es sich von oben in den Mund fallen. Dann hielt er den Prosciutto Angelo hin. Und Angelo bediente sich. Wo die Sachertorte sei, rief Rudolf. Madeline sah ihn an. Er hielt das nächste Blatt Schinken vor das Gesicht. Dann riß er den Mund auf und ließ den Schinken in den Mund gleiten. Madeline stellte die Zutaten auf die Arbeitsplatte. Sie fand die Butter nicht. Wo die Butter sei, fragte sie. Im Eiskasten, antwortete Rudolf. Angelo habe die Butter in den Eiskasten gelegt. Angelo lächelte bei seinem Namen. Aber die Butter müsse weich sein. Die Butter hätte nicht in den Eiskasten gelegt werden dürfen. Sie solle nicht so grantig sein, sagte Rudolf. Rick werde gleich zurückkommen. Um 12 Uhr beginne die Siesta. Siesta. Das würde hier ja noch ernst genommen. Sie seien hier in einem zivilisierten Land. Und bei den Grabungen. Die Sonne. Klaus legte Madeline die Butter hin. Ob er wisse, wo eine Waage sei. In der Kredenz, sagte Rudolf prosciuttokauend. Ganz unten. Rechts. Glaube er. Ob Miranda heute nicht käme, fragte er Klaus. Klaus schüttelte den Kopf. Nein. Miranda käme heute nicht. Sie müßten essen gehen. Rudolf verdrehte die Augen. Er wolle sich nicht anziehen müssen. Klaus müsse kochen. Oder Madeline.

Klaus meinte, dann müsse er erst einkaufen. Und jetzt. Zu mittag. Da sei nichts zu bekommen. Hier draußen. Ob der Schinken nicht genüge. Immerhin halte Rudolf ein halbes Kilo Prosciutto in der Hand. Madeline kniete vor der Kredenz. Sie suchte nach der Waage. Sie räumte das unterste Fach aus. Fand kupferne Pastetenformen. Eine ein gebogener Fisch. Die andere ein langgestreckter Fisch. Das Kupfer der Formen matt schwarzfleckig. Eine Rührschüssel aus Messing. Innen goldglänzend. Außen schwarz angelaufen. Tortenformen in 3 Größen. Ineinander geschachtelt. Bratenwannen aus schwarzemailliertem Blech. Ein Nudelwalker aus Holz. Auflaufformen aus Glas. Schwarzverkrustet. Die Waage stand in der Ecke. Madeline hob sie heraus. Eine alte Küchenwaage. 2 Messingschalen. Eine für die Gewichte. Die hohe für die Lebensmittel. In der Mitte ein Zeiger, das Gleichgewicht der Waagschalen anzuzeigen. Die Waage fühlte sich rauh an. Staubig. Madeline stellte die Waage in die Abwasch neben dem Herd. Klaus räumte das andere Geschirr wieder zurück. Die Tortenform solle er ihr gleich geben, sagte Madeline. Sie wusch die Waage. Bürstete das Gestänge ab. Seifte die Waagschalen ein. Ob Klaus Gewichte gesehen habe. »Nein«, sagte Klaus. Im Regal unten seien sie nicht. Er begann, in allen Laden nach den Gewichten zu suchen. Goggl kam in die Küche. Wo der Ritchie geblieben sei, fragte er. Er ging zu Rudolf und zog ein Blatt Prosciutto ab. Der sei im Hotel. Mit seiner Staatsanwältin. Er lasse doch keinen Dealer unter seinem Dach wohnen, sagte Rudolf. Wer außer ihm noch einen Kater habe, fragte Goggl. Und was gestern am Abend alles passiert sei. Er könne sich an nichts erinnern. Aber er sei zu allen Schandtaten bereit. Er glaube alles, was sie ihm erzählten. Es wäre schon besser, Goggl könne sich an nichts erinnern. Das wäre besser für seine Karriere. Im Bundeskanzleramt. Da wären sie doch sicher noch nicht so richtig tolerant. Oder. Klaus sprach, während er die Laden durchwühlte. Ganz im Gegenteil, sagte Goggl kauend. Das nächste Mal brächte er seinen Sektionschef mit. Da seien die Gewichte, rief Klaus. Es könne losgehen. »Was«, fragte Goggl. Madeline mache eine Sachertorte, sagte Rudolf. »Ach. Zum Geburtstag.« Goggl verschluckte sich fast am Prosciutto. Madeline sei aber auch ein Schatz. Hausgemachte Sachertorte. Das habe er schon jahrelang nicht gehabt. Madeline trocknete die Waage ab. Wenn Klaus einkaufen fahre, sagte Madeline. Dann müsse er Schlagobers mitbringen. Das hätte sie vergessen. Madeline begann abzuwiegen. 14 Dekagramm Butter. Das waren 140 Gramm. Auf den Gewichten standen Gramm und nicht Dekagramm. Das Roserl hatte das Rezept in Dekagramm diktiert. Und bei der Hansi. Zu Hause. In der Villa. Da hatte Dekagramm auf den Gewichten gestanden. In der Biberstraße gab es keine Küchenwaage. Madeline schnitt das Viertelkilo Butter rechts von der Mitte durch. Die Waagschale mit der Butter hob sich. Madeline wartete nicht, ob das Gewicht genau stimmte. Sie stach die Butter mit dem Messer an. Hob sie in eine Salatschüssel. Sie wollte keine dieser schwarzfleckigen Rührschüsseln nehmen. Sie hätte sie wieder erst waschen müssen. Wie das Backrohr anzuzünden wäre, fragte sie. Wolle sie vorheizen, fragte Goggl. Er stand zwischen Angelo und Rudolf. Seine Mutter habe die Schokolade immer im Wasserbad erweicht. Angelo und Rudolf reichten einander die Packung Prosciutto. Sie schälten sich jeweils ein Blatt vom Schinkenberg. Hielten es hoch. Verschlangen es. Sie stießen Laute des Wohlbehagens dazu aus. Kicherten. Angelo verschluckte sich. Hustete und lachte. Klaus zündete das Rohr an. Madeline suchte nach einem flachen Topf. Die Schokolade sollte nach Roserls Rezept im Rohr geschmolzen werden. Ob sie einen Teller nehmen könne, fragte sie Klaus. Sie standen vor dem Herd. Madeline nahm dann eine kleine Pfanne. Sie legte die Schokolade drauf. Stellte die Pfanne in das Backrohr. Sie rührte die Butter. Roch immer wieder an dem Kochlöffel. Sie hatte nur alte Holzkochlöffel gefunden. Übertrug sich dieser Geruch auf den Teig. Sie war nicht sicher. Die Tür ging auf. Bobo stand da. Bobo war angezogen. Er stellte eine Reisetasche ab. Er führe jetzt ab. Und Rudolf solle nicht glauben, das alles ginge so einfach. Bobo war blaß. Er beugte sich zu seiner Reisetasche. Zog den Zippverschluß zu. Madeline sah seine Hand zittern. Bobo richtete sich wieder auf. Bobo solle nicht überreagieren, sagte Klaus. Er ging auf Bobo zu. Bobo machte einen Schritt zurück. Es solle ihm keiner mehr nahekommen, zischte er. Hielt die Arme abwehrend hoch. Madeline rührte die Butter. Sie zerdrückte die Butter mit dem Rücken des Kochlöffels. »Hysterien«, sagte Rudolf mit vollem Mund. Was sei schon geschehen. Bobo sei ein erwachsener Mensch. Im übrigen habe man nicht den Eindruck gehabt, Bobo wehre sich. Am Koks habe er sich jedenfalls bedient. Ordentlich, wenn ihn seine Erinnerung nicht trüge. Darum ginge es nicht, sagte Bobo. Nein, fragte Rudolf. Bobo habe mindestens für fünftausend Schillinge geschnupft. Klaus sagte, Bobo solle einen Kaffee trinken. Bobo sagte nichts. Madeline mußte über die Reisetasche steigen, um zum Backrohr zu kommen. Die Schokolade war noch nicht weich genug. Ob es um die Spielschulden ginge, fragte Klaus. Klaus meinte, man müsse das nicht jetzt besprechen. »O doch«, sagte Rudolf. Er saß auf dem Fensterbrett. Baumelte mit den Beinen. Er habe es satt. Alle bedienten sich. Und dann noch Klagen. Und Spielschulden. Die müsse man immer gleich besprechen. »Du spinnst ja«, sagte Bobo. »Ja. Leutnant Gustl«, grinste Rudolf. Und was Bobo habe. Es sei ja nun alles beglichen. Um etwas anderes wäre es ja nicht gegangen. Madeline holte die Schokolade aus dem Backrohr. Bobo schob ihr die Reisetasche aus dem Weg. Das könne Rudolf nicht so einfach machen, sagte Bobo. Das alles. Das wäre ein Tatbestand. Immerhin. Rudolf aß ein Blatt Prosciutto. Angelo hatte sich umgedreht. Er saß wieder mit dem Rükken zur Küche. Die Beine draußen. Er sonnte sich. Goggl stand zwischen den Fenstern. Klaus lehnte an der Kredenz. Madeline rührte die Schokolade. Die Butter wurde zu einer dunkelbraunen Sauce. Madeline rührte weiter. Die Masse wurde immer heller. »Bobo«, sagte Klaus. »Trink einen Kaffee. Iß etwas.« Und es gäbe doch keinen Grund durchzudrehen. Und wie er zum Bahnhof kommen wolle, fragte Goggl. »Gehen«, sagte Bobo. Im Gegensatz zu allen anderen hier sei er dazu noch in der Lage. Madeline sah ihn an. Sein Gesicht war rot angelaufen. Er hatte die Hände geballt. Sie könne ihn dann zum Bahnhof bringen, sagte sie. Wenn sie mit dieser Sachertorte fertig wäre. Dann könnte sie ihn zum Bahnhof bringen. Das Telefon läutete. In der Halle. Klaus ging hinaus. Bobo sagte nein. Er brauche niemanden. Und auf keinen Fall irgendwelche perverse Freunde von Rudolf. Madeline zuckte mit den Achseln. Rudolf stand vom Fensterbrett auf und ging zum Eiskasten. Er holte sich eine Flasche Mineralwasser. Nahm ein Glas aus der Kredenz. Schenkte sich Wasser ein. Madeline setzte sich auf einen Sessel am Tisch. Sie hielt die Schüssel auf den Knien und rührte. Goggl redete mit Angelo. Er beugte sich neben Angelo aus dem Fenster. Redete auf Angelo ein. Auf italienisch. Angelo lachte. Rudolf stand hinter Madeline. Klaus kam in die Küche. Das sei das Roserl gewesen. Wie die Sachertorte gelungen sei, wolle sie wissen. Das sei wohl eine sehr fixe Idee vom Roserl, murmelte Madeline. »Euch ist wohl alles scheißegal«, schrie Bobo. Seine Stimme kippte bei »alles«. Als müßte er zu weinen beginnen. Er nahm eine Kaffeetasse vom Tisch. Schleuderte sie auf den Steinboden. Das dicke braune Porzellan zerbrach in 2 Teile. Angelo und Goggl drehten sich um. Rudolf trank Wasser. Klaus stellte sich vor Bobo hin. Klaus hatte die Hände in den Hosentaschen. Madeline sah die beiden an. Klaus und Bobo waren ähnlich angezogen. Khakihosen. Schwarze Lederschuhe. Die von Klaus handgemacht. Bobo trug italienische Schlüpfer. Beide trugen keine Socken. Blau und weiß gestreifte Hemden mit kurzen Ärmeln. Bobo hatte das Khakisakko an. Es gäbe keinen Grund, hier um Aufmerksamkeit zu betteln, sagte Klaus. Ruhig. Bobo solle jetzt abreisen. Man könne ja dann in Wien besprechen, wie das alles geregelt werden solle. Wenn er aber glaube, daß alles so weiterginge. Dann habe Bobo sich getäuscht. Rudolfs Aufträge. Nun. Es gäbe noch andere Rechtsanwälte. Bobo hob die Tasche auf. Er stand da. Schaute vor sich auf den Boden. Auf die Scherben. Er schwitzte. Schweiß glänzte auf seiner Stirn. Rudolf ging um den Tisch. Er nahm Bobo die Reisetasche aus der Hand. Stellte sie auf den Boden. Madeline wog den Zucker ab. Rudolf nahm Bobo am Arm. Bobo könne nicht wegfahren. Sie bräuchten ihn. Ohne ihn könnten sie doch nicht tarockieren. Und er solle nicht so ein Spielverderber sein. Er dürfe dann eben nicht solche Einsätze machen. Es wäre doch eine Mißachtung des Verlierers, wenn der Gewinner nicht kassierte. Was wäre ihm anderes übriggeblieben. Schließlich hätte Bobo sich selber eingesetzt. Wie stünden sie denn da, wenn er nicht kassiert hätte. Bobo müßte eigentlich abreisen, wenn er ihn nicht gefickt hätte. Dann könnte er das verstehen. Aber so. Es wäre doch alles bereinigt. Ausgeglichen. Pari. Rudolf stieß Bobo in die Seite. Verschwörerisch. Klaus habe das nicht bedacht. Das mit dem Kartenspielen. Klaus verstünde einfach nichts davon. Bobo solle vergessen, was Klaus gesagt habe. Bobo stand. Madeline verrührte den Zucker in die Butterschokoladenmasse. Sie begann, die Eier aufzuschlagen. Die Dotter kamen in den Teig. Die Eiklar leerte sie in eine Suppenschüssel. Bobo nickte. Er sah auf den Boden. Starrte auf die Scherben. Dann richtete er sich auf. Er begann in der Küche herumzugehen. Wortlos. Rasch. Er suchte nach etwas. Er fand Schaufel und Besen an der Wand aufgehängt. Gleich hinter der Tür. Er nahm den kleinen Besen und die Schaufel von den Haken. Er kniete nieder. Kehrte die Scherben auf. Goggl wies Bobo auf kleine Splitter hin. Unter dem Tisch. Er habe keine Schuhe an, sagte Goggl. Er lege Wert auf einen scherbenfreien Fußboden. Angelo sonnte sich. Rudolf setzte sich auf die linke Fensterbank. Er schenkte sich Wasser ein. Beobachtete Bobo. Klaus sah Madeline beim Rühren zu. Was für ein ästhetischer Vorgang das sei, sagte Klaus. Und wie die Konsistenz des Teigs sich ständig änderte. Madeline rührte die Dotter ein. Ob Klaus wüßte, wo ein Schneebesen zu finden sei, fragte sie. »In der Tischlade«, sagte Rudolf. Bobo leerte die Scherben in den Müllsack. Unter der Abwasch. Er hängte Besen und Schaufel auf die Haken. Klaus hatte einen Schneebesen in der Tischlade gefunden. Plastikkochlöffel lagen in der Lade. Madeline nahm einen. Sie rührte mit dem gelben Plastikkochlöffel weiter.

Angelo kam zum Küchentisch. Klaus schenkte eine Tasse Kaffee ein. Er gab sie Bobo. Goggl sagte, Angelo wolle den Schnee schlagen. Angelo sei nämlich ein Koch. Eigentlich. Angelo habe eine Kochlehre beginnen müssen. Seine Eltern hatten ihn gezwungen, eine Kochlehre zu beginnen. Das mache Angelo längst nicht mehr. Angelo wolle ja Modeschöpfer werden. Diese Shorts da. Die Angelo anhabe. Die habe er selbst genäht. Aus einer Maurerhose habe Angelo sich diese Shorts gemacht. Und seien die nicht großartig. Madeline hielt Angelo die Suppenschüssel mit dem Eiklar und dem Schneebesen hin. Angelo nahm Schüssel und Schneebesen. Er ging zum Fenster zurück. Setzte sich auf das Fensterbrett. Er begann den Schnee zu schlagen. Klaus stellte sich neben ihn. Angelo sollte gezwungen werden, immer Schnee zu schlagen, sagte Klaus. Offenkundig bräuchte man für Schneeschlagen alle Arm- und Brustmuskeln. Angelo schlug mit schnellen kleinen Schlägen auf das Eiklar ein. Er hielt die Schüssel vor seinen Brustkorb. Für das Schlagen bewegte er fast nur das rechte Handgelenk. Bei jedem Schlag spannten sich die Muskeln am Arm. Bizeps und Brustmuskeln schwollen im Rhythmus der Schläge an. Angelo stand im Gegenlicht. Seine Haut an den Schultern glänzte bronzen. Angelo sah auf das Eiklar in der Schüssel. Die dunklen Locken fielen in sein Gesicht. Madeline wog das Mehl ab. Nach dem Rezept vom Roserl mußte der Eischnee vor dem Mehl untergehoben werden. Bobo stellte die Kaffeetasse in das Abwaschbekken. Goggl aß Prosciutto. Er hielt die Packung mit dem Schinken in der Hand. Er stellte sich neben Madeline. Wieviel Mehl sie nähme. 14 Deka, sagte Madeline. Ja. Das könne stimmen, überlegte Goggl. 140 Gramm. Das sei nämlich ein Viertel altes Wiener Pfund. Deshalb kämen in alten Wiener Kochrezepten die Zahlen 7, 14, 28 und 56 Dekagramm vor. Damit könne man sich das gut merken. Goggl steckte seinen Zeigefinger in die Masse und kostete von dem Teig. Der Goggl wüßte doch einfach alles, sagte Klaus vom Fenster. Angelo schlug das Eiklar. Der Schneebesen machte auf dem Porzellan der Suppenschüssel ein singend metallisches Geräusch. Goggl steckte seinen Finger wieder in den Teig. Das Telefon läutete. Madeline schob Goggl weg. Rudolf ging hinaus. Bobo ging ans Fenster. Er sah in den Garten. Angelo schlug auf das Eiklar ein. Klaus schaute Angelo zu. Madeline rührte den Teig. Ob der Schnee nicht schon fertig sei, fragte sie Angelo. Auf italienisch. Goggl ging zu Angelo. Er sah in die Schüssel. »Due minuti«, sagte er zu Angelo. »Ancora due minuti«, Angelo hielt inne. Er drehte die Schüssel auf den Kopf. Dann drehte er die Schüssel rasch zurück und brachte sie zu Madeline. Der Eischnee war weiß und fest. Er rutschte aus der Schüssel auf den Teig. Madeline begann den Schnee zu verrühren. Angelo zog die Teigschüssel zu sich. Er hob den Schnee mit dem Schneebesen unter. Sanft. Vorsichtig. Schnell. Er schüttete das Mehl aus der Waagschale über den Teig. Hob das Mehl unter. Der Teig war blaßbraun. Blasig. Angelo strahlte Madeline an. Madeline butterte die mittlere Tortenform aus. Schüttete Mehl hinein. Verteilte es. Staubte das überflüssige Mehl in die Abwasch. Angelo sah ihr zu. Rudolf kam herein. Rick bliebe in Arezzo, sagte er zu Madeline. Warum er sie nicht geholt habe, fragte Madeline. Sie sei doch beschäftigt gewesen. Rudolf ging zum Eiskasten. Angelo leerte den Teig in die Tortenform. Madeline klappte die Tür zum Backrohr auf. Angelo schlug zweimal hart mit der Tortenform auf. Schlug die Luftblasen heraus. Er schob die Torte in das

Rohr. Madeline schloß das Backrohr. Weil alle so angestrengt arbeiteten, sagte Rudolf. Weil alle sich so fürchterlich überanstrengten. Deshalb gäbe es jetzt auch eine Belohnung. Rudolf nahm eine Flasche Prosecco aus dem Eiskasten. Er begann sie zu öffnen. Goggl holte Gläser aus der Kredenz. Sie wolle keinen Prosecco, sagte Madeline. Sie müßte dann wieder Auto fahren. Die Torte wäre in eineinhalb Stunden aus dem Rohr zu nehmen. Das könnten sie ja auch ohne sie. Sie dürfe jetzt nicht weg, sagte Klaus. Ein Glas müsse sie trinken, verlangte Rudolf. Er schenkte den Prosecco in Wassergläser. Warum Rick nicht käme, fragte Madeline. Er wolle weiterarbeiten, sagte Rudolf. Und es sei schön, Rick hierzuhaben. So gäbe es wenigstens eine seriöse Existenz im Haus. Er wolle Urlaub machen, rief Goggl und trank. Er wolle nichts von Seriosität hören. Das hätte er das ganze Jahr. »Ja. Ja. Herr Doktor.« Rudolf verbeugte sich vor Goggl. Rudolf war sehr viel größer als Goggl. Die beiden prosteten einander zu. Es klingelte. Jemand hatte an der Türklingel gezogen. Rudolf hatte die mechanische Klingel an der Haustür wiederherstellen lassen. Man zog an einem schmiedeeisernen Griff. Draußen. Rechts von der Tür. An der Wand. Und die kleine Glocke in der Halle läutete. Die Glocke war gleich über der Tür angebracht. Eine kleine Messingglocke. Sie klang wie ein Weihnachtsglöckchen. Ein silbernes Weihnachtsglöckchen. Ein silbernes Bimmeln. Als wäre das Christkind gekommen und die braven Kinder durften zur Bescherung. Stimmen in der Halle. Lachen. Eine tiefe laute Männerstimme. »Wo seid ihr. Ihr Falloten.« »Der Hofrichter«, sagte Klaus. Er ging zur Küchentür. Machte die Tür auf. Er rief. »Hierher. Hier ist das Gift.« Ritchie Hofrichter kam in die Küche. Madeline hatte ihn nie getroffen. Er war groß. Kräftig. Ein breites Gesicht. Brünette Haare. Blaue Augen. Er sah nett aus. Offen. Freundlich. Er kam zu ihr. Er stellte sich vor. Wartete, bis sie ihm die Hand reichte. Madeline murmelte ihren Namen. Eine junge Frau schaute hinter ihm in die Küche. »Das ist die Agi«, sagte Hofrichter. »Eigentlich heiße ich Aglaja«, sagte die Frau. Aber niemand nenne sie so. Sie heiße auch nicht Mad, sondern Madeline, seufzte Madeline. Die Männer standen um Rudolf. Es wurden Gläser geholt. Eine neue Flasche Prosecco wurde aus dem Eiskasten geholt. Bobo saß quer auf dem Fensterbrett. Er saß mit dem Rücken an den Fensterstock gelehnt. Die Beine angezogen. Er sah hinaus. Alle anderen hatten ein Glas Prosecco in der Hand. Hofrichter prostete allen zu. »Auf diesen tollen Sommer«, rief er. Alle hoben ihre Gläser. Alle tranken auf diesen tollen Sommer. Hofrichter zog einen Sessel unter dem Tisch heraus. Er setzte sich. Wie das gestern noch weitergegangen sei, fragte er. Er strahlte alle an. Der Reihe nach. Das sei schon ein fabelhafter Platz hier, sagte er. Rudolf setzte sich ihm gegenüber. Er solle schon einmal die nächste Flasche aufmachen, wies er Klaus an. Und Ritchie solle jetzt anfangen. Mit dem Tratsch. Gestern wäre ja überhaupt keine Gelegenheit gewesen. Für eine Tratscherei. Was gäbe es denn Neues in Wien. Nach 3 Monaten Abwesenheit. Da ginge einem dieser Sumpf schon ab. Goggl setzte sich zu den beiden. Aglaja fragte Madeline, warum denn alle in der Küche seien. Es sei doch ziemlich heiß hier. Sie machten gerade die Geburtstagstorte, erklärte Madeline. Für Rudolfs Geburtstag. Ob Aglaja lieber Kaffee wolle. Statt Alkohol. Es gäbe aber nur kalten Kaffee. »Um so besser«, sagte Aglaja. Madeline holte eine Tasse für sie. Schenkte Kaffee aus der großen Espressokanne ein. Viel sei es nicht mehr.

Aber warum gingen sie beide nicht in die Halle. Madeline ging voraus. In der Halle sei es immer kühl. Madeline nahm ihr Glas Prosecco mit. In der Halle war es dämmrig. Licht kam nur durch die 2 kleinen vergitterten Fensterchen. Rechts und links von der Eingangstür. Am Stiegenabsatz oben war noch ein Fenster. Ein großes. Aber das Licht fiel nur bis zur Mitte der Stufen herunter. Das Licht von da erreichte die Halle nicht. Sie setzten sich in die 50er-Jahre-Sitzgarnitur in der Halle. Unter der Stiege. Die Sitzbank und 3 Fauteuils waren aus hellbraunem gedrechseltem Holz. Die Rückenlehnen und Sitze aus Rohrgeflecht. Moosgrüne Polster waren mit Maschen an den Lehnen festgebunden. In welchem Hotel sie wohnten, fragte Madeline. Aus der Küche kam Gelächter. »Scheiße«, »Bruder und Schwester«, »Sünden der Väter«, war in dem Gelächter zu hören. Madeline erstarrte. Sprachen die über sie. Und Rick. Aglaja lachte. »Ach«, sagte sie. Die redeten jetzt ganz sicher vom Stoffl Wiesendorff. Ob Madeline die Geschichte kenne. Madeline schüttelte den Kopf. Nein, das sei eine zu peinliche Geschichte, lachte Aglaja. Also. Der Wiesendorff. Der habe 4 Töchter. Und die älteste. Die habe sich in den Sohn vom Niki Dragovitsch verschaut. In den kleinen Niki Dragovitsch-Losbrunn. Jetzt sei aber der kleine Niki Dragovitsch nicht der Sohn vom großen Niki Dragovitsch. Jedenfalls nicht der leibliche. Und der Stoffl Wiesendorff und die Tilli Dragovitsch. Die hätten sich gedacht. Angelo kam aus der Küche. Er lächelte ihnen zu. Ging an ihnen vorbei. Stieg die Stufen hinauf. Aglaja sah ihm nach. »Also. Jedenfalls.« Sie trank Kaffee. Hielt die Tasse in der Hand. Angelo verschwand nach oben. Aglaja beugte sich vor. Also. Die beiden hatten gedacht. Der Wiesendorff und die Tilli. Sie würden es den Kindern schon sagen, wenn die Sache zwischen den beiden ernst würde. Sie hatten gedacht, das wäre nur so ein Gschichterl. Der Stoffl und die Tilli hatten gedacht, die beiden wären zu jung. Das wären sie aber dann nicht gewesen. Die kleine Wiesendorff hätte ein Kind erwartet. Und nichts gesagt. Rechtzeitig zumindest nicht. Nicht rechtzeitig für eine Abtreibung. Die Eltern wären erst draufgekommen, wie die 2 heiraten hatten wollen. Da hätte der Stoffl es seiner Tochter dann gesagt. Daß der Niki ihr Halbbruder wäre. Und niemand könne verstehen, wozu er das gemacht hätte. Das Mädchen säße jetzt in Deutschland. Bei irgendwelchen Verwandten. Wo der Bub sei. Das wüßte niemand. Die 2 könnten sich in Wien nie wieder blicken lassen. Und was mit dem Kind sein würde. Das könne man sich vorstellen. »Was für eine grausame Geschichte«, sagte Madeline. »Ja. Nicht wahr«, Aglaja lächelte fröhlich. »Richtig dekadent. Oder?« fragte sie. Madeline sah die Stufen hinauf. Sonnenstrahlen fielen durch das Fenster herein. Das alte blasige Glas ließ das Licht in Bündeln in den Raum fallen. Staubkörnchen stiegen auf und ab. Madeline zwang sich, die Frau zu fragen, was sie weiter vorhatten. Ob sie weiterreisen wollten. Sie und ihr Freund. Oder hierbleiben. In dieser Gegend. Aglaja saß vorgebeugt. Sie hätte vor, nach Rom weiterzufahren. Sie sei lange nicht in Rom gewesen. Madeline lächelte. Ihre Lippen waren steif. Unbeweglich. Das Reden eine Anstrengung. Sie mußte jeden Laut gesondert bilden. Aglaja wäre zu jung, um irgendwo lange nicht gewesen zu sein, sagte sie. Aglaja erzählte von Rom. Wann sie da gewesen. Wie lange. Was sie da angesehen. Madeline sah die Frau an. Sie nickte. Fragte. Ihr Mund. Ihre Augen. Ihre Ohren. Ihr ganzes Gesicht schien ihr weit vorne zu sein. Weit vor ihr. Weit vor ihrem Körper sonst. Hinten.

Im Hinterkopf. Den Hinterkopf entlang in die Kehle und von da hinter das Brustbein drückte eine eisige Schwere. Ein Druck noch weiter nach hinten. Noch weiter weg vom Gesicht. Weg von den Augen. Dem Mund. Und dem Hören. Madeline lächelte. Sie zog die Lippen breit. Ob Aglaja auch noch Kaffee wolle. Madeline stand auf. Ging in die Küche. Sie hatte das Gefühl, eckig und ungelenk gehen zu müssen. Jemand hatte die Küchentür geschlossen. Sie öffnete die Tür. Die Männer saßen um den Küchentisch. Die Sachertorte lag auf einem großen Teller. Ein brauner schrumpeliger Fladen. Niedrig. Speckig. Die Männer hatten Löffel in der Hand und stachen Stükke von der Torte ab. Rudolf goß gerade Grappa in hohem Bogen auf die Torte. »Ach. Mad«, lachte er. Diese Torte sei ganz wunderbar. Aber die wäre doch noch lange nicht fertig gewesen. Mindestens eine Dreiviertelstunde hätte das noch gebraucht. Rudolf sah sie an. »Du weißt. Ich kann nicht warten.« Das wisse sie doch. Und. »Ich hasse Sachertorten«, sagte er. Und eigentlich solle man ohnehin nur den rohen Teig von Kuchen essen. Der schmecke immer am besten. Gebacken sei eine Sachertorte wie getrocknete Scheiße. Deshalb müßten sie die Torte ja auch so kräftig befeuchten. »Segnen. Sozusagen.« Und er goß wieder Grappa aus der Flasche über die Torte. Die anderen lachten. Bobo saß am Fenster und schaute hinaus. Aglaja kam in die Küche. Ob sie auch ein Stück vom Geburtstagskuchen haben wolle, fragte Hofrichter. Auf dem dürfe man keine Kerzen anzünden. Allerdings. Sonst ginge man in die Luft. Alle lachten. »Das ist die ultimative Sachertorte«, schrie Goggl und stach mit dem Löffel ein Stück ab. Aglaja setzte sich auf Hofrichters Schoß. Sachertorte. Das sei ihre Lieblingsmehlspeise. Madeline ging. Sie ging in die Halle. Die Stiegen hinauf. Sie ging in

Rudolfs Badezimmer. In das Badezimmer zwischen Rudolfs Zimmer und dem großen Gästezimmer. Rick wohnte da. Für die Zeit seiner Etruskerstudien. Madeline schloß die Tür zu Rudolfs Zimmer. Sie setzte sich auf den Badewannenrand. Starrte in den Spiegel. Die Wand gegenüber der Badewanne war ein großer Spiegel. Madeline sah sich vor den dunkel pflaumenfarbenen Kacheln. Auf der schwarzen Badewanne. Sie sah schmal aus. Hell. Sie stellte sich vor, vom Schwarz und dem Dunkelviolett aufgesogen zu werden. Der Schmerz. Der Schmerz ein pulsierender Kegel hinter dem Nabel. Brennend. Der Schmerz dieses jungen Mädchens. Getrennt von ihm. Für immer getrennt. Mit dem Satz des Vaters für immer von ihm getrennt. Gelächter aus der Küche. Weit entfernt hier oben. Madeline zog den hellroten Seidenrock hoch. Schob den Slip zur Seite. Sie hielt ihre Brüste. Mit der linken Hand. Rieb an den Brustwarzen. Fühlte die Brustwarzen unter der Seide hart werden. Sie sah sich im Spiegel. Ihre Hand unter dem Rock. Ihre Hand verschwand im Dunkel zwischen den gespreizten Beinen. Nur die Bewegung zu sehen. Sie machte es schnell. Ließ sich keine Zeit. Sie rieb. Drückte reibend gegen die geschwollene Falte im feuchten glatten Fleisch der Spalte. Der Slip schnitt ein. Sie hielt ihn mit der anderen Hand weg. »Ich bin die Schönste. Hier«, sagte sie sich vor. Immer wieder. Immer schneller. Bis die Lust sie sich zusammenkrümmen ließ. Sie blieb sitzen. Vorgebeugt. Hielt den Kopf in den Händen. Leer. Kalt. Aber ruhig. Sie stand auf. Ging aufs Klo. Richtete das Givenchy-Kleid. Sie wusch sich die Hände nicht. Die Tür zu Ricks Zimmer stand einen Spalt weit offen. War das so gewesen. Hatte sie die Tür nicht geschlossen. Madeline ging. Sie lief die Stiege hinunter. In der Küche hörte sie lautes Reden. Lachen. Sie ging aus dem Haus hinaus. Sie ließ die Haustür offenstehen. Ging über die Auffahrt zu ihrem Auto. Sie hörte das Telefon läuten. In der Halle. Sie stieg in ihr Auto. Sie fuhr weg.

Februar 1976.
Wien.

Die Gläser stießen aneinander an. Schepperten. Die Bardame schob die 2 Gläser auf der Theke vor sie hin. »Den Scotch für die Dame«, sagte Seleschitz. Und ob sie sicher kein Eis wolle. Madeline schüttelte den Kopf. Sie setzte sich. Lehnte sich nach hinten. Sie hielt sich an der rund abgeschliffenen Holzstange die Theke entlang fest. Seleschitz stand mit dem Rücken zur Bar. Er nahm sein Glas. Ob sie Winterurlaub machen werde. Schifahren, fragte er. Vom Schifahren hätte sie genug. Madeline zog das Glas zu sich. Sie schob das Glas zwischen ihren Händen hin und her. Der Klavierspieler spielte »La Mer«. Bei der Olympiade würde ja genug Schi gefahren, sagte sie. »So ein Desaster«, rief Seleschitz. So ein Desaster. Das hätte man nicht erwarten können. Alle Läuferinnen ausgeschieden. Und wenn der Hansi Hinterseer nicht schleunigst wenigstens eine Medaille ergattere. Dann wäre er dafür. Dann solle der Toni Sailer die Konsequenzen ziehen. Aber. Seleschitz schob sich an Madeline heran. Der eigentliche Grund für dieses Desaster. Der sei immer noch der Skandal von Sapporo. Davon hätte der österreichische Wintersport sich nie wirklich erholt. Damals. Da hätten alle Österreicher nach Hause fahren müssen. Aber so eine Aktion. So eine geschlossene Vorgangsweise. Das brächten die Österreicher ja nie. Die Rücksicht auf Innsbruck. Die habe sich ja nun nicht ausgezahlt. Keine einzige Medaille. Aber die Kundgebungen auf dem Heldenplatz, fragte Madeline. Vor 4 Jahren. Das wäre doch eindrucksvoll gewesen. »Aber was«, Seleschitz schnaubte. Das sei doch nur für die Österreicher gewesen. Österreichischer Chauvinismus wäre das gewesen. International. International interessierte es doch keinen Hund, wie viele Österreicher in Österreich für Österreich aufmarschierten. »Die können uns abwatschen, und wir stellen uns an. Für die nächste Watschen. Als ob wir was geschenkt bekämen.« »Ah. Wer ist denn da.« Ebner umarmte Madeline von hinten. Er legte den Kopf auf ihre Schulter. »Was machst du denn mit dem da«, fragte er sie. »Karli«, sagte Seleschitz. »Du kümmer dich um deine Kunstschwindlereien.« Ebner schlug Madeline auf die Schulter. »Mach ich«, sagte er. »Mach ich. Herr Oberredakteur.« Ebner ging weg. Er müsse sich um den Udo kümmern. Der sei gerade gekommen. »Laß ihn grüßen. Von mir«, rief Seleschitz Ebner nach. Seleschitz beugte sich zu Madeline. »Der macht das wirklich«, sagte er. Ebner gäbe falsche Expertisen ab, und die Banken gewährten Kredite auf diese Gutachten hin. Hohe Kredite. Für nichts. Für Leinwände mit Farbe drauf. Weil sie sich nicht auskennten. Die Banken. Weil sich die Banken in der Kunst nicht auskennten. Weil sie keine Ahnung vom Kunsthandel hätten. Und von der modernen Kunst schon gar nichts verstünden. Madeline hob ihr Glas. 3 Männer und 1 Frau drängten sich rechts von ihr an die Bar. Lachend. Schreiend. Sie riefen nach der Bardame. Die Männer waren im Smoking. Die Frau trug ein Abendkleid. Flaschengrüner Taft. Tief ausgeschnitten. Grüne Pailletten auf dem Oberteil. Die dunklen Haare zu einer großlockigen Ballfrisur hochgetürmt. Einer der Männer drehte sich um. Er winkte Seleschitz. »Ist der Schottenball heuer so früh aus«, fragte Seleschitz. Der Mann trat zu Madeline und Seleschitz. »Tapetenwechsel«, sagte er. Er war groß. Schwer. Fast dick. Die schwarzen Haare glatt zurückgekämmt. Er machte sich die Smokingmasche auf und ließ die schwarzen Bänder hinunterhängen. Sie hätten Tapetenwechsel gebraucht. Und es wäre so kalt gewesen. Im Palais Auersperg. Die Ölkrise. Die habe auch die Wiener Ballsaison erreicht. Aber. Er wolle sich vorstellen. »Bahringer. Gerhard Bahringer«, sagte er zu Madeline. Er verbeugte sich. Knapp. »Die Hoffnung der Wirtschaftskammer«, sagte Seleschitz. »Ja. Ja«, grinste Bahringer. »Heute die Kammer.« »Und morgen die Kärntner Straße«, ergänzte Seleschitz. »Auf den Ballhausplatz werdet ihr ja noch ein bißchen warten müssen. Wie es aussieht.« Bahringer solle sich aber sowieso keine Hoffnungen machen. Der Bauernbund. Der gäbe nicht so rasch auf. Obwohl. Wenn der ÖAAB sich weiter so zerstreite. Dann habe er vielleicht doch noch eine Chance. Die Kammer reiche ihm, sagte Bahringer. Ob er denn nichts trinken wolle, riefen ihm seine Begleiter zu. »Sei nicht fad«, sagte die Frau. Bahringer ging zu der Gruppe. Er holte sein Glas. Sagte etwas. Die anderen lachten. Madeline konnte nicht verstehen, was er gesagt hatte. Bahringer kam zurück. Er hielt ein hohes Glas mit dunklem Inhalt hoch. »Prost«, sagte er. Und nun wolle er wissen, mit wem er hier das Vergnügen habe. »Madeline Ascher«, stellte Seleschitz Madeline vor. Und sie und Rick. Sie beide. Sie seien die Rotkreuzstation für Nachtschwärmer in der Innenstadt. Wenn man alle Lokale schon zugesperrt fände. Bei den Aschers bekäme man immer noch etwas zu trinken. Sie seien also Menschenfreunde, fragte Bahringer. Er trank. Sie habe nicht angestoßen mit ihm, sagte er. Es sei überhaupt nicht angestoßen worden. Bahringer und Seleschitz beugten sich Madeline zu. Die beiden Männer lümmelten auf der Theke. Ihre Schultern stießen fast zusammen. Madeline mußte sich weit zurückbeugen. Sie hob ihr Glas. Worauf sie denn trinken sollten, fragte sie. Seleschitz hielt sein Glas in die Höhe. Wenn ihnen gar nichts einfiele. Dann auf das Leben. Das sei immer ein guter Grund, sagte Bahringer. Aber er trinke auf die Menschenfreundschaft. Madeline stieß mit den Männern an. Ihr dickes Whiskyglas gegen die hohen Cocktailgläser der Männer. Sehr einfallsreich wäre das nicht, sagte sie. Sie sah sich um. Die Musiker gingen wieder auf die Bühne hinter der Tanzfläche. Der Klavierspieler stand auf. Er nahm seine Zigarette und ging. Das Lokal war nicht voll. Es war noch früh. Ein bißchen vor Mitternacht. Die Band begann zu spielen. »Azzurro.« Seleschitz stellte sein Glas ab. Er setzte sich auf den Barhocker. Stützte die Arme auf der Bar auf . Hielt seinen Kopf. Bahringer schaute sich in der Bar um. Seleschitz seufzte. Theatralisch. Dieses Lied. Das halte er nicht aus, klagte er. Bahringer rückte näher an Madeline. Sein Oberschenkel drückte gegen ihr rechtes Knie. Alle Menschen, sagte er. Jeder habe Erinnerungen zu »Azzurro.« Diesen Schlager hätte man lange genug anhören müssen. 2 Sommer lang habe man nichts anderes zu hören bekommen. Im Autoradio. Er fahre nicht Auto, sagte Seleschitz. Er könne nicht Auto fahren. »Sie haben keinen Führerschein«, rief Bahringer. Wie Seleschitz da leben könne. Ohne Auto. Das sei doch vollkommen unmöglich. Unvorstellbar sei das. Seleschitz wandte sich Madeline zu. Er drehte sich auf dem Barhokker. Legte seine Hand auf Madelines linken Arm. Zu diesem Lied habe er einen Sommer lang in einer Disco getanzt. In Italien. In Portofino. Und es sei ja nun schon lange her. Aber wenn er diese Melodie höre. Es mache ihn immer noch krank. Daran zu denken. Sich zu erinnern. Er sah Madeline an. Seine blauen Augen aufgerissen. Die Mundwinkel nach unten gezogen. Er hielt den Kopf schief. Madeline sah von oben in seine Augen. Kleine rote Äderchen führten vom Augenwinkel zur Iris. Madeline fragte, wann dieser Schlager ein Hit gewesen sei. Eigentlich. Genau. Bahringer stützte sich mit den Ellbogen hinter seinem Rücken an der Bar auf. Er schob seine Hüften nach vorne. Madelines Knie gegen seinen Oberschenkel. War das 67 oder 68, überlegte Bahringer. Das wäre 69 gewesen, sagte Seleschitz. Das wisse er genau. Er tippe auf 70, meinte Bahringer. Vielleicht wäre die Disco in Portofino nicht so auf der Höhe der Zeit gewesen. Sie hätte »Azzurro« nie so gern gehört, meinte Madeline. Ihr Lieblingslied wäre dieser Schlager gewesen. Sie könne sich an den Titel nicht erinnern. Aber der Refrain hätte begonnen mit »La lontananza, sai, è come il vento«. Das wäre ein wunderbares Lied gewesen. Dramatisch. Nicht dieses Azzurro-Geschmuse. An ein solches Lied könne er sich nicht erinnern, sagte Bahringer. Aber er habe auch immer weniger Möglichkeiten. Er habe praktisch keine Zeit. Mittlerweile habe er keine Zeit für solche Sachen. Ein Abend wie dieser. Das sei schon eine Ausnahme. Und die sei der Abend auch erst seit jetzt. Bis jetzt hätte er sich im Dienst befunden. Bahringer drehte sich zur Theke. »Einen Cuba libre«, rief er der Bardame zu. Seleschitz beugte sich nach vorne. Über die Theke. »Und einen Gin Tonic. Bitte.« Er sagte das »Bitte« besonders laut. Er ließ sich auf den Barhocker nach hinten fallen. Lehnte sich gegen Madeline. »Wir wollen doch freundlich sein«, flüsterte er Madeline zu. »Und gut erzogen«, sagte Madeline laut. »Ach. Die weiß schon, wie ich es meine.« Bahringer zog mit dem Fuß einen Barhocker zu sich. Er stellte sich wieder neben

Madeline, drängte sein rechtes Bein an Madelines Knie vorbei. Schob sich Madelines Knie zwischen die Beine. Madeline spürte seinen halbsteifen Schwanz. Seine Hoden. Bahringer stand zwischen Theke und Madeline gedrängt. Er stützte sich mit dem rechten Arm auf die Bar. Er kehrte seiner Gesellschaft den Rücken zu. Die Bardame schob die 2 Gläser über die Theke. Für wen der Cuba libre sei, fragte sie. »Vielen Dank«, sagte Bahringer. Übertrieben höflich. Er nahm das Glas. Ob er sich jetzt ordentlich benommen habe, wandte er sich wieder Madeline zu. Er drückte sich gegen Madelines Knie. Lächelte Madeline an. Stand so. Er sah Seleschitz an. Seleschitz saß an Madeline gedrängt. Seleschitz' rechter Oberschenkel lag an Madelines Schenkel gepreßt. Er saß nach vorne gebeugt. Der Oberkörper über der Theke. Seleschitz konnte nichts sehen. Unter der Theke. Bahringer sprach mit Seleschitz. Ruhig. Gelassen. »Ja. Die Ölkrise«, sagte Bahringer. Und überhaupt. Was sage Seleschitz zur Innenpolitik. Die Kosten der sozialistischen Sozialpolitik. Die würden diesem Programm schon den Todesstoß versetzen. Kindergeld. Heiratsgeld. Aber bis das alles vorbei wäre. Bis dahin müßte noch viel Geld ausgegeben werden. Bahringers Schwanz lag hart gegen Madelines Knie. Bahringer drückte ihn immer wieder gegen sie. Sein Oberkörper blieb unbewegt. Was Seleschitz zur Altvater-Affäre sage, fragte er. Seleschitz schaute in sein Glas. Was solle man da schon sagen. Seleschitz lachte auf. Es sei doch alles ganz klar. Die Polizei habe Altvater zu Unrecht in Innsbruck verhaftet. Und er sei sicher von der Polizei geschlagen worden. Und es werde sicher nichts passieren. Und das wiederum wäre die Voraussetzung für Bahringers Phantasie, Wien könne die Drehscheibe zwischen Ost und West werden. Weil man in

Wien den Ostblock besser verstehen könne als anderswo. Die Altvater-Affäre wäre ein neuer Beweis, daß man schon da wäre. Im Ostblock. Sogar in Tirol fände sich dann der Balkan rasch. Bahringer lächelte Madeline an. Seleschitz sei noch ein Hitzkopf. Das werde sich schon ändern, sagte er. Wenn Seleschitz einmal in der Chefredaktion gelandet sei. Dann würde er das Erreichte verteidigen. Und nicht mehr so herumreden. Seleschitz schnaubte verächtlich. Er trank sein Glas aus. Bahringer rieb sich an Madelines Knie. International würde so ein Vorfall Österreich angelastet werden, sagte Bahringer. In Holland. Der Prinz Bernhard. Der bekäme Geld von Lockhead. Und was passierte. Nichts. Der Prinz leugnete. Und international nähme Holland keinen Schaden. Wenn in Österreich ein Polizist ein wenig eifriger wäre. Es würde sofort ein internationaler Zwischenfall daraus. Und alle fielen her. Über Österreich. Sogar die eigenen Leute. Bahringer sah Seleschitz herausfordernd an. Seleschitz schüttelte den Kopf. Er trank. Das müsse man alles differenzierter sehen. Bahringer sagte: »Und jetzt sagen Sie mir, daß das alles nicht so einfach ist. Aber ich sage Ihnen. Es ist alles einfach. Und es wird noch viel einfacher werden. Es wird nur noch die Frage sein, ob man das Geld hat. Für die Energie. Oder nicht. Und danach wird Politik gemacht werden.« »Wo ist denn das liebe Brüderlein«, fragte Ebner. Von hinten. Er stützte sich auf Madelines Schulter ab. Madeline drehte sich um. Sie glitt mit ihrem Knie zwischen Bahringers Oberschenkel hinunter. Stellte ihr Bein auf den Boden. Drehte Bahringer und Seleschitz den Rücken zu. Er habe Rick jetzt schon wochenlang nicht gesehen, sagte Ebner. »Gott sei Dank«, sagte Seleschitz. Er stand auf. Endlich könne man die Schwester einmal alleine antreffen. Der Rick. Der sei ja ein lieber Kerl. Aber ihn immer dabeihaben. Das sei wirklich nicht spannend. Rick wäre in Persien, sagte Madeline zu Ebner. Was er da mache. Ebner lächelte. Amüsiert. Überlegen. Was Rick da wolle. Beim Schah. Rick mache Studien da, sagte Madeline. Ob Ebner nichts davon wisse. Sie redeten doch immer so lange miteinander. Rick habe Archäologie studiert. Und jetzt. Jetzt befände er sich im Zweistromland. Wie es sich gehöre. Für einen Altertumsforscher. »Ach ja. Die Wiege der Menschheit«, seufzte Bahringer. Ja. Ja. Rick sei einer der wenigen, der wüßte, wie man leben sollte, lachte Ebner. Madeline solle sich nur ordentlich aufführen. Ebner ging weg. Er glaube, er habe den Finanzminister gesehen. Da müsse er sich umschauen. Ebner solle auf seine Leber achtgeben, rief Madeline Ebner nach. Seleschitz wollte Genaueres wissen. Wo Rick wäre. Wo genau. Madeline drehte sich zur Bar zurück. Sie trank einen Schluck vom Whisky. Sie mußte sich überwinden. Der Geschmack von Scotch so groß. Anstrengend. Madeline hatte nur eine Nudelsuppe beim Koranda gegessen. Eine Nudelsuppe und eine Semmel. Ihr Mund. Sie hatte keine Lust gehabt, ihren Mund mit noch einem Geschmack anzufüllen. Sie ließ den Scotch auf der Zunge nach vorne rinnen. Drückte die Flüssigkeit gegen den Gaumen nach hinten. Schnell. Der Whisky schmeckte breit und rauchig. Sie hätte ein Glas Wasser bestellen sollen. Aber Seleschitz hatte sie so gedrängt. Sie könne Whisky nicht unverdünnt trinken, hatte er gemeint. Sie sei doch eine Frau. Und zart. Und wenn man ihn fragte. Er wäre für Likör für Frauen. Nicht, weil er Frauen keinen hard liquor zutrauen würde. Es sähe nur ganz einfach besser aus. Likörgläser in Frauenhänden. Schmale, kleine Tulpen auf gläsernen Stengeln. Ihr Bruder, fragte Seleschitz. Habe der nicht auch geschrieben. Einmal. Madeline nickte. Ja. Gedichte. Rick habe einen Band Gedichte veröffentlicht. »Ja. Schreiben«, sagte Bahringer vor sich hin. Schreiben. Das täte er auch gerne. Aber das müsse er doch ohnehin, sagte Seleschitz. Schriebe er nicht die Reden für seinen Präsidenten. Oder gäbe es da einen eigenen Ghostwriter. Manchmal fiele einem so etwas zu. Bahringer lächelte. Ob alle noch zu trinken hätten, erkundigte er sich. Und sei das nicht ein wundervoller Abend. Das hätte er sich nicht gedacht, wie sie alle vom Schottenball weggegangen wären. Daß das noch so ein wundervoller Abend werden würde. Seleschitz saß wieder neben Madeline. Seine Hüfte und der Oberschenkel lagen an Madelines Hüfte und Oberschenkel. Sein Glück wäre gewesen, den ganzen Tag nichts zu essen zu bekommen, sagte er. Sonst hätte er nicht zum Koranda gehen müssen. Und dann hätte er wiederum Madeline da nicht getroffen. Zufällig. »Zufällig«, fragte Bahringer. »Ja. Zufällig«, äffte Seleschitz Bahringer nach. Bahringer setzte sich auf seinen Barhocker. Er lehnte sich von rechts gegen Madeline. Wenn schon alles so nett sei. Dann sollten sie alle »Du« zueinander sagen. Ob das Fräulein Ascher eine solche Freiheit gestatten würde. Madeline mußte lachen. Sie gestatte jede Freiheit, sagte sie. Sie hob ihr Glas. »Hannes«, sagte Seleschitz. »Ich bin der Gerhard«, sagte Bahringer. »Na. Wunderbar«, sagte Madeline. Alle hoben ihre Gläser. Sie stießen an. Bahringer und Seleschitz knallten mit den Böden ihrer Cocktailgläser gegen Madelines dickes Whiskyglas. Bahringer beugte sich zu Madeline. Dicht vor ihr Gesicht. »Bruderschaft«, murmelte er. Da müsse geküßt werden. »O nein«, sagte Madeline. Sie könne das ohne Küssen. Aber das seien die 70er, klagte Seleschitz. Sie seien doch jetzt alle befreit. Da wäre doch so ein kleiner Bruderschaftskuß. Also. Das wäre doch das Geringste. Madeline lachte. Sie nahm einen großen Schluck. Sie konnte den rechten Arm kaum heben, das Glas zum Mund zu führen. Bahringer lehnte gegen sie. Schwer. Von der anderen Seite drückte Seleschitz. Madeline saß eingeklemmt zwischen den beiden Männern. Er müsse sich entschuldigen, sagte Bahringer. Aber die Gedichte von ihrem Bruder. Das habe er wieder versäumt. Es tue ihm leid. Leider ergehe es ihm oft so. Früher wäre er immer auf dem letzten Stand gewesen. In der Kultur. Aber jetzt. In seiner Stellung. Wie man das gemacht habe, fragte Seleschitz. Als Studenten. Da hätte man alles mitbekommen. Kaum im Beruf. Und nichts wüßte man mehr. »Dabei treiben Sie. Treibst du dich doch wirklich jede Nacht herum«, sagte Seleschitz. »Das kostet dich einen Liter«, sagte Bahringer. »Wieso«, fragte Seleschitz. Weil er ihn gesiezt habe, sagte Bahringer. Er müsse sich erst gewöhnen. Daran. Bahringer schaute in sein Glas. Mit der Literatur. Da schaue es aber auch nicht mehr so gut aus, sagte er. In Wien. Die Dichter. Das wäre ja auch schon wieder alles vorbei. Und die guten. Die stürben ja weg. Bahringer sprach in sein Glas. Er bräuchte jedenfalls noch einen Cuba libre. Seleschitz sah vor sich hin. Er schaute auf die Flaschen auf den Regalen an der Rückwand der Bar. Ob schon wieder einer gestorben wäre, fragte er. »Nein. Nein«, sagte Bahringer. Er richtete sich auf. Sein Desinteresse. Das käme daher, daß ja nichts Ordentliches mehr geschrieben würde. Der Bayer und die Bachmann. Das seien schon große Verluste gewesen, seufzte Seleschitz. Er trank sein Glas leer. Er beugte sich nach hinten und ließ auch den letzten Tropfen aus dem Glas in seinen Mund rinnen. »Die Bachmann. Ja. Ja«, seufzte Bahringer. Er setzte sich auf. Richtete sich auf.

»Eine tolle Frau. Die Bachmann«, sagte Bahringer. Er beugte sich vor. Sprach zu Seleschitz. »Mit der ein Verhältnis gehabt zu haben«, Seleschitz nickte. Beide Männer sahen Madeline an. Sie beugten sich nach vorne. Über die Theke. Sahen sie an. Von der Seite. Die Gesichter knapp vor ihrem. Madeline trank. Die Männer schwiegen. Sahen in ihre leeren Gläser. Dann schlug Bahringer mit seinem Glas auf der Theke auf. Sie bräuchten Nachschub. Und Madeline trinke nicht genug. Sie müsse achtgeben. Sie würde glatt noch nüchtern bleiben. »Nein«, sagte Madeline. Sie betrinke sich nicht mehr. Das gehöre in die Rubrik Jugendsünden. Ihr genüge ein Glas. Das würde ihm nicht reichen, lachte Seleschitz. Er brauche da schon mehr. Er sei noch nicht so abgehärtet. Gegen das Leben. Jedenfalls sei er nicht so abgehärtet, wie er sich das wünschte. Wozu er Abhärtung bräuchte, fragte Bahringer. Das sei sein Job, sagte Seleschitz. Das sei sein Job. Der mache ihn zum Zyniker. Der zwinge ihn, zynisch zu werden. Und er habe sich nach seiner existentialistischen Phase geschworen, kein Zyniker zu werden. Und jetzt ginge es nicht anders. Er hätte gedacht, in der Wirtschaft würde man zum Zyniker, stellte Bahringer fest. In der Wirtschaft. Da würden Schicksale entschieden. Da ginge es ums Leben. In einer Zeitung. Da würde über das Leben schließlich nur berichtet. Das Leben würde da nicht gemacht. Das wäre doch um einiges einfacher. Über den Krieg zu berichten, als im Krieg zu kämpfen. Kämpfen zu müssen. Seleschitz schob sein Glas weg. Aber. Das sei doch Unsinn. Bahringer habe doch nichts mit dem Leben zu tun. Er träfe doch niemanden. Er wüßte doch gar nicht mehr, wie man mit der Straßenbahn fahre. Bahringer müßte keine Person treffen, auf die sich eine Entscheidung der Wirtschaftskammer ausgewirkt habe. Seleschitz fuchtelte mit den Händen. Bahringer. Jeder Politiker lebe doch in den Wolken. Wie sollte man auch das tägliche Leben in der Politik antreffen. Dienstautos und Chauffeure. Und wenn es schwierig würde. Dann hätten sie die Polizei. Die Politiker. Bahringer müsse nur richtig intrigieren. Dann würde er immer an der Macht bleiben können. Das sei sicher anstrengend. Und man müßte jeden Abend auf einen Ball gehen. Aber menschlich. Menschlich könne mit ihm doch nichts los sein. Das müsse er sich doch abgewöhnt haben. Seleschitz beugte sich wieder über sein Glas. Bahringer winkte der Bardame. Er sei sich seiner Verantwortung sehr wohl bewußt, sagte Bahringer. Er legte den linken Arm um Madelines Schultern. Er beugte sich vor Madeline Seleschitz zu. Er könne diese Klischees über Politiker nicht mehr hören. Er sei ein Fachmann auf seinem Gebiet. Und er setze sein Wissen auf diesem Gebiet ein. Eine gesunde Wirtschaft. Das wäre nun einmal die beste Grundlage für eine gesunde Gesellschaft. Er sollte sich anhören, rief Seleschitz. Bahringer müsse hier in der Splendid nicht Wahlkampf machen. Er mache nicht Wahlkampf, beteuerte Bahringer. Wenn Seleschitz ihm keine Chance gäbe, ehrlich sein zu können. Dann könnten sie eben nicht miteinander reden. Er habe sich gedacht, sie beide. Sie hätten eine gemeinsame liberale Ader. Irgendwie. Aber. Seleschitz hielt sein leeres Glas in die Höhe. Er winkte der Bardame, ihm noch einmal das gleiche zu bringen. Das sei sicher nicht so, sagte er. Aber bei manchen Geschichten. Das müßten Bahringer und Madeline einsehen. Bei manchen Geschichten. Da. Ja. Da wisse er nicht weiter. Ganz einfach nicht. Und da sei es ihm auch gleichgültig, ob er liberal oder linksradikal sei. Oder sonst etwas Unpassendes. Madeline nahm einen

Schluck Whisky. Sie wollte keine Geschichte hören, sagte sie. Sie rutschte auf dem Barhocker nach hinten. Die Hüften der Männer drückten gegen ihre Oberschenkel. Nein, sagte Seleschitz. Diese Geschichte. Die müsse sie hören. Leute, wie sie. Madeline. Die wüßten ja nichts. Die wüßten auch nichts. Die müßten auch nichts zur Kenntnis nehmen. Und deshalb wählten sie ja auch immer die Politiker, die ihnen das garantierten. Die Ruhe vor solchen Geschichten. Madeline lachte. »Nein. Danke. Ich bin schon traurig.« Da sähe man es. Seleschitz zeigte auf sie. Mit dem Zeigefinger. Sie würde nicht lachen, wenn sie in seiner Situation wäre. Was würde sie denn machen. Wie würde sie sich fühlen, wenn eine von diesen jungen Praktikantinnen zu ihr käme. Mit so einer Geschichte. Die sie von einer Freundin auf der Uni gehört habe. Die Freundin habe die Geschichte wieder aus der Pathologie. Da hätten sie eine Leiche gehabt. Die Freundin studierte Medizin. Die Leiche von einem jungen Mann. Einem Murl. Fast schon ein Neger wäre das gewesen. Und alles, was dieser Mann gehabt hätte. Alles, was dieser Mann besessen hätte, wäre ein Leiberl und die Unterhose gewesen. Und ein Zettel. Auf dem wäre gestanden: »Hansi anrufen.« Und sonst nichts. Und die Freundin von der Praktikantin. Die Medizinstudentin. Die hätte dann auch noch gemeint, daß der Mann in der Rettung nicht behandelt worden wäre. Nicht reanimiert. Nicht so. Jedenfalls. Wie Bahringer das erwarten könne. Zum Beispiel. Oder Madeline. Als Prominenter. Oder als schöne Frau. Und jetzt solle Madeline bitte hingehen und dieser Praktikantin in der Redaktion sagen, diese Geschichte interessiere niemanden. Die Praktikantin habe dann geheult. Und er habe sie aus seinem Zimmer hinausschmeißen müssen. Weil er noch arbeiten müsse. Aber eigentlich hatte er nicht gewollt, daß die Praktikantin ihn heulen sieht. Und wenn er jetzt nicht gleich etwas zu trinken bekäme, dann würde er jetzt hier zu heulen anfangen. Bahringer stand auf. Er schwenkte sein Glas hoch in der Luft. Die Bardame kam zu ihnen. »Noch einmal dasselbe«, sagte Bahringer. »Bitte!« Die Bardame lächelte ihn an. »Gerne, Herr Doktor.« Und ob sie noch einen Whisky für die Dame bringen solle. »Diese Dame«, sagte Bahringer. Er beugte sich zu der Bardame über die Theke. Er schaute sie an. Prüfend. Lächelnd. »Diese Dame. Die ist nicht sehr durstig. Scheint mir«, sagte er. Und deshalb tränke sie wahrscheinlich nichts. Die Bardame beugte sich unter die Theke. Sie holte das Fläschchen Cola aus einem Eiskasten. Das Tonic. Sie goß den Gin und den Rum ein. Leerte Tonic und Cola auf den Gin und den Rum. Schob die Gläser über die Bar zu Bahringer. Bahringer nahm die Gläser. Er reichte Seleschitz sein Gin Tonic. Wenn er Namen bekäme, könnte er sich darum kümmern. Er habe gute Verbindungen in Wien. Er könne da schon alles herausfinden. Wenn das so gewesen wäre. Wenn der Mann nicht ordentlich versorgt worden wäre. Wenn die Rettungsleute wirklich nicht alles getan hätten. Dann könnte man das schon herausfinden. »Aber. Der Mann ist doch schon tot«, sagte Madeline. Ja. Aber. Wer sagte denn, daß man erkannt werden würde. Es wäre schon besser, die Notfallversorgung wäre erste Klasse, meinte Bahringer. Es ginge ums Prinzip, sagte Seleschitz und trank. Aber diese Geschichte. Die würde trotzdem nie gedruckt werden. Er stellte sein Glas ab. Solche Geschichten interessierten niemanden, und deswegen würden sie auch nicht abgedruckt. Wen interessiere auch schon der Tod von einem Neger. »Ja. Das ist schon hart«, murmelte Bahringer. Er trank einen großen

Schluck. Ob sie ihn entschuldigten, fragte er und stand auf. Er ging hinaus. Die Band spielte »Michelle.« Madeline drehte sich um. Sie summte mit. »Michelle, ma belle, sont les mots qui vont très bien ensemble. Très bien ensemble. I love you. I love you. I love you.« Das Lokal war fast voll. Die Tische an der Tanzfläche besetzt. Ein Paar tanzte. Eng umschlungen. Seleschitz drehte sein Glas vor sich. »Typisch«, sagte er. Madeline sah um sich. Die Band spielte »Buona sera, Signorina, buona sera.« Die Frau im flaschengrünen Abendkleid lachte laut. »Und. Ist es wieder herausgekommen«, schrie sie. »Du meinst. Sie ist die ganze Zeit. Sie hat die ganze Zeit.« Wie das möglich sei, fragte die Frau. Sie keuchte vor Lachen. Er wüßte es auch nicht, sagte der Mann. Er habe ihr das Gurkerl nur so hineingesteckt. Er habe halt gespielt. So herumgespielt. Weil sie sich so gefreut hätte. Und es wäre ihm schon komisch gewesen. Wie das Gurkerl nicht herausgekommen sei. Und er habe ihr nichts gesagt. Was hätte er ihr sagen sollen. Daß er ihr Gurkerln hineinschiebe. So. Zum Spaß. Weil es noch auf dem Teller läge. Und so ein Gurkerl. Das wäre ja auch etwas Natürliches. Das würde schon nichts machen, hätte er sich gedacht. Und. Es begann ihn vor Lachen zu schütteln. Und es wäre ja. Er konnte nicht weitersprechen vor Lachen. Es wäre ja wieder herausgekommen. Die Frau prustete vor Lachen. Ihre Stimme kippte. Und sie habe nichts gemerkt. Wirklich nichts, wunderte sich der 2. Mann. Der andere konnte nur den Kopf schütteln. Er wollte zu sprechen beginnen. Verfiel aber wieder in einen Lachkrampf. Die Frau hielt sich bei ihm fest. Sie taumelten vor Gelächter. Sie kreischten immer wieder »wieder herausgekommen« und begannen von neuem zu lachen. Madeline sah Seleschitz an. Was typisch wäre, fragte sie.

Seleschitz sah vor sich hin. Er schaute die Flaschen in den Regalen auf der Rückseite der Bar an. Bahringer kam zurück. Was sie jetzt machen wollten, fragte er. Madeline stand auf. Sie ginge jetzt nach Hause, sagte sie. Aber sie habe doch nicht einmal diesen Drink ausgetrunken. Bahringer sah sie vorwurfsvoll an. Und außerdem. Er beugte sich zu ihr. Er bringe sie nach Hause. Selbstverständlich brächte er sie nach Hause. Madeline schüttelte den Kopf. Das wäre nicht notwendig. Sie wohne gleich hier. Gleich hier um die Ecke. Und sie ginge immer alleine nach Hause. Sie könnten doch noch alle zu ihr gehen, schlug Seleschitz vor. Sie sei müde, sagte Madeline. Aber. Sie und ihr Bruder. Sie seien doch berühmt für späte Besuche. Abendabschluß in der Innenstadt. Noch ein Glaserl bei Rick. Und seiner schönen Schwester. Madeline nahm ihre Handtasche vom Haken unter der Theke. Es wäre sicher schon spät. Und das beträfe ihren Bruder. Eigentlich. Der wäre die Nachtperson. Dem mache es Spaß, immer so viele Leute dazuhaben. Und sie wolle jetzt zahlen. Ob er Madeline auf diesen Whisky einladen dürfe, fragte Bahringer. Er stand an die Theke gelehnt. Die Brieftasche in der Hand. Er winkte der Bardame zu. Sie seien beide seine Gäste, sagte er. Seleschitz saß über sein Glas gebeugt. Eingesunken. Er drehte sein leeres Glas. Die Bardame kam zu Bahringer. Seleschitz richtete sich auf. Stand auf. Er ging in Richtung Toilette davon. Er ging aufrecht. Langsam. Als müßte er sich jeden Schritt genau überlegen. Madeline sah ihm nach. Bahringer stellte sich neben sie. »Unser lieber Hannes«, meinte er. Der sei doch schon recht im Öl. Die Band spielte »Smoke gets in your eyes«. »Müssen wir auf ihn warten. Eigentlich.« Bahringer beugte sich zu Madeline herunter. Er glaube nämlich nicht. Seleschitz sei ein erwachsener Mensch. Ein geeichter Nachtschwärmer. Und seine Rechnung. Die sei ja bezahlt. Madeline ging. Sie winkte Ebner am Ende der Bar zu. Ebner stand mit anderen Männern da. Alle beugten sich über etwas auf der Theke. Ihr Gelächter übertönte die Polkarhythmen von »When I'm 64«. »Was ist denn so lustig. Bei den Sozis«, fragte Bahringer. »Vielleicht zeigt ihnen der Ebner seine Mitbringsel aus Afrika«, lachte Madeline. Sie gingen zum Ausgang. Bahringer hinter Madeline. Sie drängten sich durch die Menschen, die auf einen Tisch warteten. »Na. Was kann da so lustig sein«, fragte Bahringer von hinten. »Fotos«, antwortete Madeline. Sie sprach über die Schulter nach hinten. Beim Gehen. »Erinnerungsfotos. Ebner auf einer Schwarzen. Oder ein eingelegter Negerpenis. Man kann ja viel jagen. Auf so einer Safari.« »Na. Na«, lachte Bahringer. Madeline blieb vor der Garderobe stehen. »Das ist doch ein bißchen übertrieben«, Bahringer lächelte. Amüsiert überlegen. Er stand da. Sah auf Madeline hinunter. Madeline zuckte mit den Achseln. Ihr wäre es ja gleichgültig. Sie habe gehört, man könne eingelegte Penisse aus dem Libanon kaufen. Die behandelten ihre Feinde da so. Und Interessenten könnten das dann haben. Oder Wasserbehälter aus Menschenhaut aus dem Sudan. Aber wer eigentlich die Garderobenscheine hätte, fragte Madeline. Ihren hätte nämlich der Seleschitz. »Ich nicht«, sagte Bahringer. »Und jetzt übertreiben Sie aber ganz schön.« Bahringer schüttelte den Kopf. »Ja. Ja. Und das damals. Das haben auch nur die geglaubt, die es gewußt haben«, sagte Madeline. Sie lächelte Bahringer an. Bahringer lächelte nicht. Wie das mit den Garderobenscheinen wäre. Er habe sie nicht. Madeline habe sie nicht. Aber. Das müsse doch auch so gehen. Er ging die paar Schritte zur Garderobe. Eine ältere Frau saß neben den Mänteln. Sie hatte ein schmales Tischchen vor sich. Auf dem Tisch ein kleines ovales Aluminiumtablett. Eine 5-Schilling-Münze lag auf dem Tablett. Die Frau stand auf. Hielt Bahringer die Hand entgegen. Bahringer erklärte der Frau, er habe die Garderobenscheine nicht. Aber er und diese Dame wollten rasch weg. Und ob sie die Mäntel heraussuchen könnten. Ohne die Scheine. Bahringer sprach auf die Frau hinunter. Er sprach barsch. Die Frau sah zu ihm hinauf. Ernst. Sie hielt ihm die ganze Zeit die Hand entgegen. Die Frau trug ein schwarzglänzendes Kleid aus Clothstoff mit glänzenden schwarzen Knöpfchen vorne. Weißer Kragen und weiße Manschetten. »Sie versteht mich nicht«, sagte Bahringer zu Madeline. Er war verwundert. Gereizt. Er wandte sich ab. Verärgert. Er drehte sich um. Ging in das Lokal zurück. Madeline stand an das Tischchen gelehnt. Die Frau setzte sich wieder in der Ecke. Madeline suchte in ihrer Handtasche nach der Geldbörse. Sie nahm 5 Schillinge aus der Börse. Legte das Geld auf das Tablett. Sie zeigte auf ihren Mantel. Er hing weit rechts. Sie zeigte auf den roten Mantel und dann auf sich. Die Garderobenfrau schaute sie an. Unsicher. Fragend. Madeline nahm den Mantel vom Haken und zog ihn an. Sie drehte sich vor der Frau. Ging 2 Schritte weg. Drehte sich wieder um. Sie knöpfte den Mantel zu. Drehte sich wieder. Wie auf dem Laufsteg. Im Gartenbaukino. Vor der Kinovorstellung. Die Garderobenfrau lächelte. Lachte. Sie nickte. Madeline lächelte zurück. Sie sagte »Danke«. Deutlich. Damit die Frau das »Danke« von ihren Lippen ablesen konnte. Jeder wußte das. Diese Frau war taub. Rick regte das auf. Daß man in der Splendid immer Probleme mit der Garderobe habe. Und daß man ja vielleicht nicht überall Krüppel antreffen müsse. Aber er sagte das immer erst draußen. Auf der Straße. Bei der

Frau bedankte er sich höflich. Jedesmal. Madeline fischte ihre Handschuhe aus der Manteltasche. Zog sie an. Sie griff nach ihrer Handtasche. Ging zum Ausgang. Bahringer rief nach ihr. Er kam mit Seleschitz zur Garderobe. Er legte die rosaroten Garderobenmarken auf das Tischchen. Seleschitz war blaß. »Krise«, sagte er. Immer wieder. »Krise.« Die Garderobenfrau händigte den Männern ihre Mäntel aus. Half den Männern in die Mäntel. Sie hielt die Mäntel den viel größeren Männern hinauf. Bahringer knallte 5 Schillinge auf das Tablett. Er schob Seleschitz zum Ausgang. »Frische Luft«, sagte er. Frische Luft. Das werde Seleschitz guttun. Seleschitz tappte hinaus. Madeline ging hinter den beiden Männern. Vor der Tür stand ein Taxi. Der Motor lief. 2 Frauen und 1 Mann stiegen aus. Ein Mann saß vorne. Neben dem Fahrer. Das Deckenlicht brannte. Der Mann zahlte. Ließ sich eine Rechnung schreiben. »Seleschitz«, rief Bahringer. »Da ist ja gleich ein Taxi.« Er schob Seleschitz in Richtung des Taxis. Seleschitz drehte sich um. Er sah sie beide an. Er stand unsicher da. Schaute auf den Boden. Schwankte. »Laßt's mich nicht allein«, sagte er. Tonlos. Madeline seufzte. Sie hatte nur etwas essen wollen. Im Koranda. Sie hatte keine Dramen erleben wollen. »Und. Was machen wir jetzt«, fragte sie Bahringer. Bahringer war wieder fröhlich. »Speibst mir eh nicht in den Wagen«, fragte er Seleschitz. Er rüttelte Seleschitz an der Schulter. Wiederholte die Frage. Seleschitz schüttelte den Kopf. Bahringer nahm Seleschitz unter dem Arm. Legte den anderen Arm um Madeline. Zog sie an den Schultern zu sich. Sein Wagen stünde in der Dorotheergasse. Sie brächten jetzt Seleschitz nach Hause. Wo er denn wohne. Überhaupt, fragte er Seleschitz. Sie müsse in die entgegengesetzte Richtung, sagte Madeline. Sie könne jetzt nicht weg, rief Bahringer. Er hielt sie um die Schultern. Zog sie mit. Sie könne ihn jetzt nicht mit Seleschitz alleine lassen. Was sollte er denn machen. Mit ihm. Er müsse Auto fahren. Und es wäre unfair. Ihn mit einem Betrunkenen allein lassen. Seleschitz trottete neben Bahringer. »Wittgensteinstraße«, murmelte er. »Wittgensteinstraße 26.« »Na toll«, sagte Bahringer. Er lachte. »Da müssen wir durch ganz Wien fahren. Das ist in Speising. Oder?« Bahringer stieß Seleschitz an. »Das ist doch in Speising.« Seleschitz nickte. »Krise«, sagte er. Sie gingen über den Stephansplatz auf den Graben. Ein kalter Wind kam von der Singerstraße herauf. Das Gehen war schwierig. Der Schneematsch gefroren. Alles glatt. Madeline stellte den Mantelkragen auf. Sie war wieder wach. Im Lokal. In der rauchigen Luft. Sie war da schläfrig gewesen. Daß Bahringer Seleschitz nach Hause brachte. Der ältere Mann den jüngeren. Bahringer hatte offenkundig die bessere Kondition. Bahringer mußte gute 10 Jahre älter sein als Seleschitz. Bahringer trieb sie an. Sie sollten schneller gehen. Im Auto würde es dann gleich wieder warm sein. Bahringer zog Seleschitz am Arm über den Graben. In die Dorotheergasse. Ein Mann kam ihnen entgegen. »Ah«, rief er Madeline zu. »Heute gleich 2.« »Einer allein ist zu gefährlich«, rief Madeline zurück. Wer denn das sei, fragte Bahringer. »Mike«, sagte Seleschitz. Mike sei ein Ami. Der sei hängengeblieben. In Wien. Das sei schon toll, wie Wien sich verändere, meinte Bahringer. Vielleicht bekäme Wien doch noch ein Nachtleben. Jetzt einmal wären um halb 10 am Abend 85 % der Wiener im Bett. Schlafend. Bahringer sperrte seinen BMW auf. Er setzte Seleschitz auf den Rücksitz. Hinter sich. Er führte Madeline um das Auto herum. Hielt ihr die Tür zum Beifahrersitz auf. Madeline setzte sich. Bahringer zog seinen

Mantel aus. Er legte den Mantel auf den Rücksitz. Neben Seleschitz. Er fragte Seleschitz wieder, ob er sich auch sicher nicht übergeben müsse. Dann stieg er vorne ein. Es würde gleich warm sein. Das sei der Vorteil der deutschen Autos. Sie wären für das Klima hier gemacht. Für einen richtigen Winter. Er habe einen Alfa Romeo gefahren. Sein letztes Auto wäre ein Alfa gewesen. Das wäre schon ein tolles Auto gewesen. Aber warm. Das wäre es nie geworden. Bahringer fuhr los. Er fuhr auf den Graben. Den Kohlmarkt hinunter. Über den Michaelerplatz. Durch die Burg auf den Ring. Er bog nach rechts auf die Mariahilfer Straße ab. Madeline lehnte sich zurück. Bahringer fuhr schnell. Zu schnell. Er schoß durch die engen Gassen. Er mußte an den Kreuzungen herunterbremsen. Beim Schalten heulte der Motor auf. Bahringer lachte. Sie fuhren die Mariahilfer Straße hinauf. Seleschitz hatte sich aufgesetzt. Er hielt sich an Bahringers Sitz von hinten fest. Bahringer solle über die Winckelmannstraße zur Grünbergstraße fahren. Und dann an der Maria-Theresien-Kaserne vorbei zur Hetzendorfer Straße. Warum er denn so weit draußen wohne, fragte Bahringer. Und dann nicht Auto fahren könne. Seleschitz sagte, er habe kein Interesse am Autofahren. Und es brächte ihn immer irgend jemand heim. Und er müsse da draußen wohnen. Er komme vom Land. Er könne nicht in der Innenstadt wohnen. Er müsse es Grün haben. Um sich. Am Morgen. »Angst hast du«, sagte Bahringer. Aber die sei ja berechtigt. Wenn man sich so ansähe, wer alles und wie Auto fahre. Bahringer fuhr mit 90 über die Kreuzung beim Westbahnhof. Madeline sah sich um. Hier war immer Polizei. Rund um die Bahnhöfe war immer Polizei. Wegen der Strotter. Wegen der betrunkenen Strotter aus den Bahnhofsbeiseln. Es war aber still. Keine Autos. Keine

Fußgänger. Keine Polizei. Madeline sah auf die Uhr am Armaturenbrett. Es war nach 1 Uhr. Bahringer sah sie an. Sein Gesicht vom Armaturenbrett von unten beleuchtet. Die Falten von den Nasenflügeln rechts und links am Mund vorbei tiefe Schatten. Es ginge nichts über eine Autofahrt spät in der Nacht, grinste Bahringer. Sie sollten auf die Höhenstraße fahren. Eine Höhenstraßenrallye, meinte Seleschitz. Sie wäre nicht mehr 17, sagte Madeline. So etwas habe sie mit 17 gemacht. Und sie habe es damals schon dumm gefunden. Sie lehnte sich wieder in ihren Sitz zurück. Von vorne kam heiße Luft. Der Beschlag auf den Fensterscheiben verschwand. Madeline knöpfte ihren Bou-Bou-Lang-Mantel auf. Bahringer sah zu ihr herüber. Er schaltete die Heizung herunter. Ob er zu viel versprochen habe, fragte er. Die Heizung in diesem Wagen. Die funktioniere. Bahringer sah nach vorne. Er lächelte. Grinste. Was sie so mache, fragte er Madeline. Was sie beruflich mache. »Nichts«, sagte Madeline. »Was heißt nichts«, rief Bahringer. Er bog in die Winckelmannstraße ein. Ohne zu blinken. Die Ampel schaltete gerade auf Rot. »Sie wissen den Weg«, fragte Madeline. »Du muß das heißen. Du kennst den Weg.« Bahringer schaltete in den 4. Gang. »Na«, fragte er. »Also«, sagte Madeline »Woher weißt du, wie man in die Wittgensteinstraße kommt.« Sie betonte das Du. »Ich kenne meine Heimat«, lachte Bahringer. Er beschleunigte. Mußte bremsen. Die Reifen quietschten. Die Ampel an der Linken Wienzeile war auf Rot gesprungen. Von links kamen Autos. Schnell. »Mit denen wollen wir es uns nicht anlegen«, sagte Bahringer. Er sah geradeaus. Starrte auf die Ampel. Er tippte immer wieder das Gaspedal an. Ließ den Motor aufbrummen. Was das nun heiße. Sie mache nichts, wollte er wissen. Das hieße nichts, sagte Madeline. Bahringer fuhr bei Orange los. Wieder quietschten die Reifen. Madeline sah sich um. Ob nicht von irgendwoher ein Streifenwagen auftauchte und sie mit Blaulicht verfolgte. Woher er die Sicherheit nähme, nicht erwischt zu werden, fragte sie. »Ach«, sagte Bahringer. Er fuhr die Grünbergstraße hinauf. Schon beim Seitenflügel vor Schloß Schönbrunn. Gleich nach der Rechten Wienzeile war er auf 90. In Wien kenne jeder den Polizeipräsidenten, rief Seleschitz von hinten. Schlimmstenfalls müßte der ein Strafmandat verschwinden lassen. Madeline lachte. Den kennten doch alle. Die Frage wäre doch, ob der einen kenne. Sie solle sich da keine Sorgen machen, sagte Bahringer. »Dein Präsident. Der sorgt für uns alle«, grölte Seleschitz hinten. »Da kannst du Leute totfahren. Dein Präsident. Der richtet das schon.« Was das bedeute, fragte Madeline. Bahringer wandte sich Madeline zu. Nichts machen. Das gäbe es doch nicht. Dann sei sie Hausfrau. Das sei doch keine Schande. Madeline lachte. Nein. Hausfrau. Das wäre sie sicher nicht. Sie lehnte sich zurück. Zog den Mantel um sich zusammen. Dann wolle sie etwas sein, fragte Bahringer. Schauspielerin. Vielleicht. Oder Malerin. Zeichne sie. »Töpfern fehlt noch. In Ihrer Liste.« Madeline gähnte. Aber vielleicht wäre sie eine Terroristin, sagte sie. »Um Himmels willen. Warum denn das«, rief Bahringer. Er fuhr an der Maria-Theresien-Kaserne vorbei. Langsamer. Das würde schon passen, sagte Seleschitz. Er schaute über Bahringers Rückenlehne. »Strenge Erziehung. Aus gutem Haus. Und unzufrieden.« »Bist du das«, fragte Bahringer. »Was«, fragte Madeline. »Na. Unbefriedigt«, sagte Bahringer. Er bog in die Stranzenberggasse. Er beschleunigte wieder. Madeline gähnte. Sie lehnte sich nach rechts. Sah zum Fenster hinaus. Die nackten Bäume. Zäune. Die Häuser dunkle Silhouetten. Nirgends ein Licht. Die Straßenlampen weit auseinander. Wollte sie mit Bahringer. Madeline lehnte sich in den Sitz. Er war sicher einer von den Langrednerkurzfickern. Wahrscheinlich redete er auch noch währenddessen. Oder vielleicht auch nicht. Und er war ein Erlediger. Vollkommen darauf konzentriert. Mit diesem leeren Blick. Ohne einen Gedanken an die andere Person. Seleschitz redete auf Bahringer ein. Seleschitz meinte, Bahringer wäre besser anders gefahren. Madeline hörte nicht zu. Sie sah nach vorne. Hinauf. Sie fixierte die Straßenlampen. Ließ das Licht auf sich zukommen. Ein kurzer Blick in das Licht. Dann wieder dunkel. Und die nächste Straßenlampe weit vorne. Bahringer hätte ein Kandidat sein können. Einmal. Ein Wirtschaftsmann. Der Tante Lily wäre er schon recht gewesen. Bahringer saß den ganzen Tag in diesen Sitzungen. Dunkelkrawattige, weißhemdige Männer im Doppelreiher um Tische. Und teilten es sich. Jeder bekam ein Zipfelchen. Wenn sie sich hätte anstrengen können. Ein bißchen. Sie hätte sich diese Wut vorstellen mögen. Diese Wut, keine Rolle zu spielen. Keinen Platz an diesem Tisch. Nicht einmal eine Krawatte. Sie würde nie mitbestimmen. Und wann war es Mord. Und wann ein Todesurteil so jemanden. 10 Jahre früher hätte sie es sich vorstellen können. Mit Rick zusammen. Sie hätten da mitmachen können. Wenn sie damals schon das Geld gehabt hätten. Dann säße sie jetzt vielleicht in Stammheim. Sie wäre mit der MP in eine Sitzung gegangen. Sie hätte den kürzesten Minirock angezogen und hätte einen Servierwagen geschoben. Kaffee und Kuchen und Brötchen. Und unter der Serviette die MP. Und eine Salve. Und es war ja eigentlich auch nur wie fotografieren. Man machte ein Bild. Es war dann ein Bild da. Ein geschossenes

Bild zum Bilderschießen. Madeline mußte lachen. Seleschitz sagte zu Bahringer, er müsse bei der nächsten Kreuzung scharf nach rechts einbiegen. Da kämen von links 2 Straßen zusammen. Die Speisingerstraße ging gerade weiter. Und die Wittgensteinstraße scharf nach rechts. Nr. 26. Da wohne er. Vorläufig. Er habe da die Mansarde gemietet. Bahringer fuhr dahin. »Rechts. Rechts«, schrie Seleschitz. Bahringer riß das Lenkrad nach rechts. Das Auto schlitterte auf dem Schneematsch. Bahringer bremste. Fing den Schwung auf. Lachend. Er beschleunigte gleich wieder. Ob Seleschitz rechts oder links wohne, rief er zu Seleschitz zurück. »Nummer 26«, brüllte Seleschitz. Und sie seien da. »Halt, halt« und »Gerhard. Jetzt bist z'weit.« Bahringer fuhr zurück. Er drehte sich um. Legte den rechten Arm auf die Rückenlehne seines Sitzes. Er duckte sich, zum hinteren Seitenfenster hinauszusehen. Er fuhr bis zum nächsten Haus. »34«, murmelte er. Da müßten sie weit zurück. Er stieg aufs Gas und schnellte im Rückwärtsgang bergab. Er bremste. Sah auf die Hausnummer. Fuhr wieder an. Bremste wieder. Madeline und Seleschitz wurden nach hinten und nach vorne geworfen. Bahringer lachte laut. »26«, rief er und hielt an. Er schaltete den Motor ab. Seleschitz blieb sitzen. Er ließ den Kopf hängen. Er werde ihnen beiden das nie vergessen, sagte er. Von jetzt an schaffe er es alleine. Er blieb sitzen. Wo er seinen Haustürschlüssel habe, fragte Bahringer. Nein. Nein, sagte Seleschitz. Das ginge schon. Aber. Er müsse zugeben. Er hätte sich das anders vorgestellt. Er würde doch hier abgegeben. Wie ein Paket werde er hier abgeliefert. Und sie beide säßen vorne, als wären sie seine Eltern. Und er der dumme kleine Bub, der vor der Urszene aus dem Zimmer müßte. Madeline drehte sich um. Sie schaute Seleschitz an. Seleschitz saß in seinem dunkelblauen Mantel da. Ein dunkler Berg auf dem Rücksitz. Sie wollte ihn fragen, wie er sich das alles so vorstellte. Einen Augenblick stieg unbändiger Zorn in ihr auf. Sie wandte sich wieder nach vorne. »Es ist für uns alle zu spät«, sagte sie. Tonlos. Seleschitz murmelte etwas. Er stieg dann aus. Er mußte sich mit beiden Händen am Türrahmen festhalten. Er zog sich am Türrahmen hoch. Ächzend. Er warf die Tür zu und ging um den Wagen. Bahringer startete. Seleschitz klopfte an Madelines Fensterscheibe. Madeline machte das Fenster auf. Seleschitz hielt sich an der Autotür fest. Es sei ein Fehler gewesen, so viel zu trinken. Aber er habe ja erklärt, warum er das tun müsse. Aber er bitte sie, jetzt selber keinen Fehler zu machen. Mit dem Gerhard. Das könnte er sich nämlich nie verzeihen. Seleschitz steckte den Kopf in das Auto. Madeline mußte von der Tür wegrücken. Und er bitte Bahringer, die Situation nicht auszunützen. »Gerhard«, sagte er. »Gerhard. Ich glaube an dich. Als Gentleman.« Bahringer hob die Hand. »Großes Pfadfinderehrenwort.« Seleschitz nickte und stieß sich vom Auto ab. Er stand kurz da. Schaute vor sich hin. Dann drehte er sich weg und stolperte auf den Gehsteig. Er stapfte durch den Schnee am Straßenrand. Er kramte in seiner Manteltasche. Dann in seiner Hosentasche. Der Wind blähte seinen Mantel auf. Er sah noch dicker aus. Er hielt den Schlüssel hoch und sperrte das Gartentor auf. Stieg die 2 Stufen zur Haustür hinauf. Sperrte die Haustür auf. Er hob wieder den Arm. Grüßend. Bahringer beugte sich zu Madeline und sah Seleschitz nach. Ob sie ein Licht sähe, fragte er. Madeline schüttelte den Kopf. »Die Sau«, flüsterte Bahringer. Er fuhr an. Lenkte nach links. Wendete. Rollte in den Schnee am Straßenrand. Fuhr nach hinten. Ob Madeline jetzt ein Licht sehen könne. Madeline sagte nein. Warum das wichtig sei. »Diese Sau«, sagte Bahringer. »Der beobachtet uns.« Aber das könne er haben. Bahringer fuhr die Straße hinunter. Dann nach links. Er fuhr ein Stück. Blieb stehen. Ob sie rauche, fragte er. Madeline sah ihn an. Sie hätte doch sicherlich schon geraucht, wenn sie es täte. Ja. Ja, sagte Bahringer. Aber es sei doch erstaunlich, daß sich 3 Nichtraucher gefunden hätten. An diesem Abend. »Ein Wunder«, sagte Madeline. Sie gähnte. Warum sie hier stünden. Bahringer lachte. Er saß mit verschränkten Armen hinter dem Lenkrad. Sie werde schon sehen. Den Seleschitz. Den können sie auch noch bluffen. Der glaube doch glatt, er hätte ihn. Mit ihr. Und könne es verwenden. Er sei schließlich verheiratet. Und in einer wichtigen Position. Das wäre schon interessant für so einen Innenpolitikredakteur. Für eine Tratscherei in der Milchbar vom Parlament würde das schon reichen. Aber. Madeline habe ihm noch immer nicht das Nichts erklärt. Das Nichts, das sie täte. Wie man das Nichts erklären sollte, fragte Madeline. Und er solle fahren. Es würde wieder kalt. Bahringer lachte. Ja. Ja. Er fahre ja schon. Bahringer wendete. Er fuhr im Bogen über die Schienen in die Gegenrichtung. Madeline solle schauen, ob jetzt Licht in der Mansarde im Haus Nummer 26 sei. Bahringer fuhr schnell. Madeline verrenkte sich das Genick, um rechts hinaufsehen zu können. Das Mansardenfenster war beleuchtet. Seleschitz hätte hinaufgefunden, berichtete sie. Und wahrscheinlich wäre das ganze Haus jetzt wach. Bahringer fuhr noch schneller. Er habe keine so große Geduld mit Leuten, die ihren Alkohol nicht so gut vertrügen, wie sie das selber glaubten, sagte er. Sie fuhren Gartenzäune entlang. Der Wind hatte den Schnee überall weggeblasen. Schnee lag nur auf dem Boden. Auf der Straße. Auf dem Gehsteig. Bäume und Sträucher hoben sich schwarz zackig gegen den Schnee ab. Die Straße war schlecht. Der Wagen rumpelte über Schlaglöcher. Sie kamen auf eine Sandstraße. Rechts ein langer Zaun. Bäume. Ein Wald. Bahringer riß den Wagen plötzlich nach links. Er bremste. Sie schlitterten in eine Schneewächte. Eine Holzbarriere dahinter. Im Scheinwerferlicht. Die Bäume. Sturmbedrängt. Die Föhren einen Hang hinunter. Bahringer stellte den Motor ab. Schaltete die Scheinwerfer aus. Bahringer saß still. Madeline wickelte sich fester in ihren Mantel. Der Wind pfiff um das Auto. Sie wüßten doch beide, worum es ginge, sagte Bahringer. Er sah nach vorne hinaus. Die Bäume eine sturmdurchtobte Masse. Dunkel gegen den blassen Nachthimmel über der Stadt. Der Schnee unter den Bäumen silbrig grau. Von hier aus sähe man erst, wie hügelig Wien wäre, sagte Madeline. Sie seien doch beide Erwachsene. Erwachsene Menschen. Bahringer sprach laut. Mußte sich räuspern. Wenn er ihr damit sagen wolle, daß er verheiratet wäre. Dann müßte sie sagen, sie nicht. Dann wäre sie nicht erwachsen. Dann wäre sie kein erwachsener Mensch. Madeline lachte. Leise. Bahringer wandte sich ihr zu. Er legte den Arm auf ihre Rückenlehne. In seinem Alter sei jeder verheiratet. Und es sei bei jedem auch schon schiefgegangen. Bahringer beugte sich zu Madeline herüber. Er legte seine Hand um ihr Genick. Seine Hand schloß sich um ihren Nacken. Warm. Fest. Er arbeite in einer katholischen Partei, sagte Bahringer. Ob da Ehebruch nicht als Sünde gelte, fragte Madeline. »Die kleinere«, flüsterte Bahringer. Er fuhr mit der linken Hand unter ihren Mantel. Madeline saß still. Bahringer tastete ihre Oberschenkel hinauf. Sie sei eine wirklich schöne Frau. Ein klassisch schönes Mädchen, hauchte er Madeline in die

Haare. Madeline holte tief Luft. Ihr Kopf. Ihre Schultern. Ihre Arme. Eine Leere breitete sich aus. Floß bis in die Oberschenkel. Eine Bewegungslosigkeit. Bahringer war unter ihrem Rock angekommen. Diese Strumpfhosen, sagte er. Diese Strumpfhosen. Das sei eine grauenhafte Erfindung. Bahringer setzte sich auf und begann mit beiden Händen an ihrer Strumpfhose zu nesteln. Madeline schob ihn weg. »Ach«, murrte er. Sie solle ihn lassen. Sie solle sich nicht zieren. Bahringer zog das i von »zieren« in die Länge. Er suchte wieder nach dem Bund der Strumpfhose. Madeline nahm seine Hand und legte sie auf seinen Oberschenkel zurück. Wenn es nicht zu einer großen Sünde reiche. Dann wolle sie das lieber nicht. Sie beschäftige sich nur mit Todsünden. Läßliche Sünden. Das sei nicht ihre Welt. Bahringer setzte sich auf. Er strich seine Haare mit beiden Händen aus dem Gesicht. Griff zum Autoschlüssel. Startete den Motor. Er schaltete die Heizung auf die höchste Stufe. Er verstehe nichts mehr, seufzte er. Er schaute nach links. Sah zum linken Fenster hinaus. Er verstehe die Frauen nicht. Aber er habe das noch nie getan. Sie müsse doch gemerkt haben. Oder habe Madeline nichts gespürt. Wie es um ihn stand. Das müßte sie doch bemerkt haben. An der Bar. Und er habe gedacht. Sie hatte nichts getan. Da hatte er eben angenommen. Madeline knöpfte ihren Mantel wieder zu. Es hätte nichts mit ihm zu tun, sagte sie. Wahrscheinlich hätte das nichts mit ihm zu tun. Wahrscheinlich hätte sie wieder einmal etwas nicht begriffen. Warum sie dann mitgekommen sei, fragte Bahringer. Er wischte die vordere Scheibe ab. Sie hätte gedacht, sie gingen noch irgendwohin. Ins Motto. Oder so. Und eigentlich hätte sie nichts gedacht, sagte Madeline. Aber es täte ihr leid. Madeline lachte auf. In letzter Zeit. Sie höre sich immer öfter sagen, es täte ihr etwas leid. Und sei das nicht interessant. »Nein. Nein«, sagte Bahringer. Das wolle er nicht. Leid tun solle ihr nichts. Madeline setzte sich auf. Er hätte ja recht. Sie hätte es so gemeint. Zuerst hätte sie es schon so gemeint. Nur plötzlich. Es wäre eben plötzlich nicht mehr gegangen. Er hätte halt das mit der Sünde nicht sagen sollen. Aber sie wüßte auch nicht. Das sei schon alles sehr kompliziert, sagte Bahringer. Er beugte sich über Madeline. Umfing sie mit beiden Armen. Küßte sie. Er schob Madelines Lippen mit seinen Lippen auseinander. Preßte seine Zunge zwischen ihre Zähne. Strich mit seiner Zunge ihre ab. Fuhr ihren Gaumen entlang. Er machte seine Zunge breit und schleckte ihren Mund aus. Er lag über ihr. Schob seinen ganzen Körper über sie hin. Bei jedem Schlecken. Madeline lag in ihren Sitz gepreßt. Sie fühlte sich schwach. Trostlos. Madeline tat sich leid. Weil sie es nicht weitergebracht hatte, als daß es ihr leid tat. Das Küssen. Der schwere Körper auf ihr. Sie konnte die Leere und die dumpfe Schwäche im Kopf und im Leib nicht spüren. Unter seiner Last. Sie ließ sich küssen. Hätte weitergemacht, wenn nicht das Nachher gedroht hätte. Sie konnte nichts spüren. Von sich. Von ihrem Selbstmitleid. Sie konnte nichts sehen. Überwölbt von seiner Umarmung. Seine Schultern nahmen ihre jede Sicht. »Na. Siehst du«, flüsterte er. Er küßte sie weiter. Suchte wieder nach der Strumpfhose. Riß den Rock mit der linken Hand hoch. Wenn sie das Bou-Bou-Lang-Kleid angehabt hätte, dachte Madeline. Das enge Shiftkleid. Das zum Mantel. Das wäre jetzt kaputt. Zerrissen. Bahringer griff mit seiner linken Hand in die Strumpfhose. Er fuhr unter das Bündchen vom Slip. Tastete sich zu ihren Schamhaaren. Schob seine Finger in die Scheide. Hielt still. Einen Augenblick. Dann setzte er sich auf. Rutschte in seinen Sitz zurück. Er begann seine Hose aufzuknöpfen. »Scheißsmoking«, stöhnte er. Er riß an den Hosenknöpfen. Dann machte er die Tür auf. Drehte sich nach links hinaus. Stellte die Füße auf den Boden. Stand auf. Er hielt seine Hose vorne zusammen. Die Autotür fiel zu. Bahringer ging vor. Er wollte rund um das Auto auf ihre Seite gehen. Er blieb stehen. Beugte sich hinunter. Kurz war nur sein gebogener Rücken hinter dem vorderen Kotflügel zu sehen. Er richtete sich wieder auf. Stand neben seinem Auto. Er knöpfte seine Hose wieder zu. Ging zurück. Dabei. Er riß die Autotür wieder auf. Der Wind fegte herein. Bahringer beugte sich ins Auto. Sie seien in Schwierigkeiten, sagte er. Sie seien in einem Graben gelandet. Sie müßten zuerst das Auto da herausholen. Was sie da tun sollte, fragte Madeline. Es war kalt. Der Wind trieb nasse Schneeflocken in das Auto. Sie müsse fahren. Er würde schieben. Bahringer ging zum Vorderrad. Wie so etwas passieren könne, fragte Madeline. Sie hievte sich auf den Fahrersitz. Über den Schaltknüppel. Beugte sich aus dem Wagen. Wo der Rückwärtsgang wäre, schrie sie. Sie wäre noch nie einen BMW gefahren. »Links. Dann hinauf«, schrie Bahringer zurück. Madeline schaltete. Stieg aufs Gas. Die Räder drehten durch. Machten ein singendes Geräusch. Bahringer gab ihr Zeichen, sie solle nicht so stark aufs Gas steigen. Er watete in die Schneewächte. Madeline lenkte nach links. Die Räder rieben an etwas unter dem Schnee. Rutschten ab. Madeline lenkte nach rechts. Sie fuhr nach vorne. Bahringer brüllte draußen, was sie da mache. Was sie sich da denke. Sie solle warten, bis er anschieben könne. Madeline schaltete in den Rückwärtsgang. Sie war wütend. Da war es gemütlicher, zu Hause zu bleiben. Sie stieg aufs Gas. Schnee und Erdbrocken prasselten gegen die Kotflügel innen. Der Wagen begann sich zu heben. Stieg ein wenig auf. Rutschte zurück. Madeline trat aufs Gaspedal. Der Motor heulte auf. Bahringer stürzte auf die Fahrertür zu. Er schlug auf das Seitenfenster. Der Wagen hob sich wieder. Stand einen Augenblick still. Die Reifen singend. Knirschend. Der Motor laut heulend. Und plötzlich rutschte der Wagen nach hinten. Bahringer mußte wegspringen. Madeline bremste. Der Wagen drehte sich nach links. Madeline fuhr von der Wiese auf die Straße hinauf. Im Rückwärtsgang. Sie wartete auf Bahringer. Bis er zum Auto gelaufen kam. Bahringer kam zur Fahrertür. Madeline blieb sitzen. Sie deutete nach rechts. Suchte nach den Scheinwerfern. Mit dem Licht vorne sah alles wieder vertraut aus. Bahringer setzte sich auf den Beifahrersitz. Er schlug die Tür hinter sich zu. Madeline fuhr die Spur vom Schneepflug hinunter. Im Rückwärtsgang. Bei der ersten Seitengasse wendete sie. Sie fuhr zur Speisingerstraße. Die Speisingerstraße nach Hitzing. An der Hitzinger Kirche vorbei zum Taxistandplatz bei der Maxingstraße. Ein Taxi stand da. Sie blieb neben dem Taxi stehen. Sie ließ den Motor laufen. Zog die Handbremse an. Sie suchte nach ihrer Handtasche. Auf dem Boden. Vor dem Beifahrersitz. Bahringer sah ihr zu, wie sie zwischen seinen Füßen nach ihrer Tasche suchte. Bahringer lächelte. Ironisch. Madeline stieg aus. Sie ging zum Taxi. Biberstraße 4, sagte sie zum Taxifahrer.

Dezember 1973.
Wien.

Im Burgkino spielte man »Ein glückliches Jahr« von Lelouche. Madeline setzte sich an den Küchentisch. Sie studierte das Kinoprogramm. Im Autokino gab es »Kampfgeschwader 633«. Wer bei diesem Wetter ins Autokino fuhr. Im Imperial »Die Vögel«. Den Film hatte sie am Wochenende gesehen. »Der Reigen.« Regie O. Schenk. Im Künstlerhauskino und im Apollo. Madeline mochte Schnitzler nicht. »Laß jucken, Zenzi« lief im O.P. und im Tabor. »Mein Kampf« im Urania Kino. »Tatsachen-Originalaufzeichnung.« Der Film war ab 10 Jahren zugelassen und »besonders wertvoll«. »Keine Stellung war ihr fremd« im Nestroykino. »Liebesgrüße aus der Lederhose« im Franzenskino. »Liebesmarkt« im Mariahilfkino. »Gefährlicher Sex frühreifer Mädchen« im Schäffer Kino. »Sexualrausch in China« war eine »Ur- und Alleinaufführung. Der erste chinesische Sexfilm«. Den spielte es im Rondell. Um 10, 12, 2, 4, 6, 8 Uhr. Man konnte den ganzen Tag hindurch echten chinesischen Sex ansehen. Für 22 Schillinge bekam man auch noch »Krampusrummel und Sexteufel« dazu. Weil der 5. Dezember war. Krampustag. Im Weltbio im 9. Bezirk »Easy Rider«. Und »Karneval der Liebe« im Bellaria. Zum »Johannes-Heesters-Geburtstagsfestival«. Mit Helmuth wäre sie ins Rondell gegangen. Sie hätte Helmuth im Café Central getroffen. In Baden. Sie wären nach Wien gefahren. Helmuth hätte im Rondell zu trinken begonnen. Sie hätte mit dem Auto fahren müssen. Zurück.

Deshalb hätte sie ihn gefragt, den Mini zu nehmen. Sie mochte den Alfa nicht. Sie wurden immer überprüft. Mit diesem Wagen. Sie wären auf der Rückfahrt in Gumpoldskirchen ins Weinstadl gegangen. Helmuth hätte sein Beef tartare gegessen. Mit 2 Dottern. Und dann wären sie noch in die Pony Bar gefahren. Oder in die Kuhstallbar nach Tribuswinkel. Und dann in seine kleine Extrawohnung neben der Ordination. Oder Helmuth bekam einen seiner Wutanfälle. Dann hätte sie ein Taxi nach Hause genommen. Das waren lustigere Abende gewesen. In Baden. Jetzt. In Wien. Sie hätte ins Bellaria gehen können. Eine Packung Rum Kokos und »Karneval der Liebe«. Mit Hans Moser. Und dann zu Fuß nach Hause. Durch die Stadt. Im Schneeregen. Und schlafen. Dann. Im Schönbrunn-Kino spielten sie »2001: Odyssee im Weltraum«. Den Film hatte sie noch nicht gesehen. Sie sollte ihn sich anschauen, hatte Rick gesagt. Alle seien begeistert. Von diesem Film. In Baden hätte »Geh, zieh dein Dirndl aus« im Beethovenkino gespielt. Im Olympia »Das Bullenkloster«. Und »Die Rückkehr zum Planet der Affen« im Zentralkino. War »Das Bullenkloster« ein Sexfilm. Im Olympia spielten sie nur Sexfilme. Mit den Oswald-Kolle-Filmen hatte das begonnen. Da. Und der Apotheker gegenüber. Der hatte ohnehin schon immer Pornos vorgeführt. Im Hinterzimmer. Wenn er Nachtdienst hatte. Aber es waren nur die Burschen eingeladen gewesen. Als Mädchen bekam man nur das Flickern im Hinterzimmer mit. Wenn man draußen vor der Tür stand. Und auf die Truxaltropfen wartete. Während der Apotheker einen zum fünften Mal fragte, ob das Heptadon auch wirklich für die Frau Mama bestimmt wäre. Rudi hatte der geheißen. Der Apotheker. Madeline blätterte in der Zeitung. Unter einem Babyfoto stand, »Ein neues

Menschenleben nimmt seinen Anfang. Das Neugeborene auf unserem Foto erfreut sich sichtlich seines Lebens«. Das Baby kniff die Augen zusammen. Riß den Mund auf. Es schrie. Ganz offensichtlich schrie das Kind. Und warum sollte es sich überhaupt freuen. Sie hatte nie etwas Genaues über die Apothekerpornos gehört. Rick war nicht hingegangen. Und die anderen. Die hatten nur gegrinst. Es waren Schwulenpornos. Wahrscheinlich. Madeline suchte nach dem Fernsehprogramm in der Zeitung. Die elektrische Küchenuhr summte vor sich hin. André Heller wollte die Filmmusik zum nächsten Visconti-Film schreiben, war in der Rubrik »Popcorns« zu lesen. Charly Kappel regte sich über seine Frau auf. Wie jeden Tag. Und im Fernsehen hatte man die Wahl zwischen einem Theodor-Herzl-Dokumentarspiel und »Sensationen unter der Zirkuskuppel« mit Maxi Böhm als Moderator. Madeline legte die Zeitung auf den Küchentisch zurück. Für die Frau Haucke. Die las sie dann am nächsten Tag. Madeline stand auf. Sie nahm eine Semmel aus der Brotdose. Rick würde die Frau Haucke fragen. Madeline ging in den Salon. Der Raum war ungeheizt. Fahles Licht von der Straße herauf. Sie machte die französische Tür zum Balkon auf. Das war das Beste an den Abenden allein. Niemand fragte, ob sie etwas gegessen hatte. Sie blieb im Zimmer stehen. Der Boden auf dem Balkon naß. Der Wind. Madeline zerbröselte die Semmel. Streute die Semmelstückchen auf den Balkon. Die Tauben würden die Brösel schon holen. Sie stand da. Sah hinaus. Hinunter. Auf den Luegerplatz nach links. Tief unten. Zur Postsparkassa rechts. Warum niemand begreifen wollte, was das Problem war. Niemand wollte verstehen, wie schwierig es war, etwas in den Mund zu stecken. Das Schmecken. Der Mund. Die Lippen. Sie waren wie zugewachsen. Es ging nicht, etwas anderes zu schmecken. Etwas anderes als den eigenen Mund. Es ging nicht, etwas zu ändern. Am eigenen Geschmack. Beim Gedanken, ein Stück Semmel auf die Zunge zu legen. Die Mundhöhle zu füllen. Damit. Es war nicht möglich. Bei der Vorstellung. Sie hätte sofort zu weinen beginnen können. Oder lachen. So lang lachen, bis die Unruhe hinter dem Nabel verschwunden war. Fremde Dinge in den Mund stecken. Dinge, die ihr andere vorschrieben. Rick meinte es ja gut. Wahrscheinlich meinte Rick es gut. Aber sie würde schon essen. Wenn sie Lust hatte. Wann sie es wollte. Sie war alt genug dazu. Und es war nur natürlich. Nach den letzten Jahren. Nach den Verlusten. Den Veränderungen. Dem Umzug. Sie mußte sich davon erholen. Und hier. Jetzt. In der neuen Wohnung. Es mußte alles anders werden. Es würde alles anders werden. Zu Hause wäre immer jemand dagewesen. Ein Anruf. Und sie wäre nicht mehr allein. Aber jeder wußte auch alles. Von ihr. Von ihnen. Von allen. Jeder wußte viel mehr, als zu wissen war. Sie mußte das erst lernen. Daß sie unbekannt war. Und sie hatte sich das gewünscht. Weg von Baden. Weg aus diesem vertratschten Kaff. Und allein sein. Niemand mehr, der in der Nacht nach einem rief. Bei geschlossener Tür schlafen können. Und nichts tun müssen. Sich um nichts kümmern müssen. Sich nie wieder um etwas kümmern müssen. Madeline begann zu zittern. Sie stand im Freien. Bei 5 Grad. Sie schloß die Balkontür. Sah durch das Fenster in der Tür hinaus. Das Fenster von der Frau von diesem Bildhauer. Oder war er Maler. Das war noch höher gelegen. Madeline ging durch den Salon auf den Gang. Lief in ihr Zimmer. In die Wärme. Sie schaltete die Stehlampe ein. Ging zurück. Drehte das Licht auf dem Gang aus. Schloß die Tür. Sie ging zum Bett. Sollte sie sich auf das Bett legen und fernsehen. Sie drehte die Nachttischlampe auf. Stand. Sie ging dann zur Couch. Setzte sich. Sollte sie Nachrichten sehen. Wenigstens. Sie lehnte sich zurück. Es war still. Kein Verkehr. Niemand fuhr. Alle warteten auf die Benzinrationierung. Und wie klug es von Rick gewesen war, eine Gasheizung einbauen zu lassen. Er hatte das wegen der Bequemlichkeit gemacht. Aber jetzt war es die einzige Möglichkeit. Obwohl auch der Gaspreis gestiegen war. Madeline stand auf. Sie ging auf den Gang hinaus und zur Eingangstür. Sie sah nach. Kontrollierte, ob beide Sicherheitsschlösser versperrt waren. Den Riegel konnte sie nicht vorschieben. Rick kam spät in der Nacht zurück. Vielleicht. Madeline stellte die Glocke ab. Es klingelten immer irgendwelche Freunde von Rick. Spät. Um 2 in der Nacht. Wenn die letzten Lokale zusperrten. Sie wollte schlafen. Ungestört schlafen. Und außerdem. Es wollten alle über diesen Selbstmord in der Biberstraße reden. Madeline ging in ihr Zimmer zurück. Wollten darüber reden, warum diese Frau das getan hatte. Und ob die Frau sich wirklich den Kopf bandagiert hätte. Ob die Frau wirklich den Kopf mit dicken Bandagen umwickelt hätte, um durch den Sturz nicht verunstaltet zu werden. Und ob die Frau ein Drogenproblem gehabt hätte. Oder wäre es doch wegen des Manns gewesen. Ob der sie betrogen hatte. Und sie hatte das nicht ertragen. Madeline hatte die Frau nicht gekannt. Sie hatte nichts gesehen. Sie mußte in ihrem Zimmer gewesen sein. Zu dem Zeitpunkt. Wahrscheinlich. Ihr Zimmer ging nach hinten hinaus. Zu einem Lichtschacht. Sie hörte von der Straße nichts. Nicht viel. Nichts Bestimmtes. Nur dieses Stadtgeräusch und das Taubengegurre. Das war alles leiser als zu Hause. Die Föhren hinter der Villa.

Den Hang hinauf. In stürmischen Nächten war das ein rauschendes Toben gewesen. Und die Autos von der Helenenstraße. Der Bus. Dagegen war es ruhig hier. Madeline zog sich die Schuhe aus. Sie ließ die Lacklederpumps fallen. Legte sich zurück. Den Kopf auf die breite Armlehne des Sofas. Es war traurig. Helmuth hätte sie hier besuchen können. Obwohl. Sie hatte nicht geweint. Wie die Tante Lily angerufen hatte und es ihr erzählt. Sie hatte es sich nicht vorstellen können. Hatte es nicht geglaubt. Glaubte es weiter nicht. Helmuth war noch nicht so alt gewesen. 49 Jahre. Und sie weinte nicht. Bei der Mutter nicht. Bei der Großmutter nicht. Bei keinem Begräbnis hatte sie weinen müssen. Sie hatte Angst gehabt, in Tränen zu zerfließen. Sie hatte deswegen keine Wimperntusche verwendet. Damit sie nicht so gräßlich verschmierte Augen bekäme. Aber dann hatte sie gar nicht geweint. Hatte nicht weinen müssen. Bis jetzt nicht. Sie war neben Rick gestanden. Und hatte zugesehen. Madeline stand auf. Sie ging zur Tür und drehte den Schlüssel im Schloß herum. Dieses Zimmer wurde versperrt. War versperrbar. In der Villa. Die Mutter hatte alle Schlüssel weggeworfen. Alle Zimmerschlüssel aus dem ganzen Haus. Sie hatte alle eingesammelt und weggetragen. Niemand hatte gewußt wohin. Madeline legte sich wieder hin. Die Mann wäre erstaunt gewesen, wie schnell sie sich an dieses Zimmer hier gewöhnt hatte. Obwohl. Gewöhnt war ja nicht das richtige Wort. Der rosige Schein der Lampen ließ ihr senfgelbes Wollkleid pfirsichfarben aussehen. Wenn etwas perfekt war. Dann mußte sie sich nicht daran gewöhnen. Das wollte die Mann nicht so sehen. Aber das war doch die Definition von Perfektion. Daß alles so perfekt war, daß man sich nicht daran gewöhnen mußte. Sie hatte sich daran gewöhnen müssen, wie Rick ihr nicht mehr vertraute. Nicht mehr nahe kam. Aber sie hatte sich nie an sein Vertrauen gewöhnen müssen. Sie hatte sich ja auch nicht daran gewöhnt, daß es verboten war. Und sie würde sich nie daran gewöhnen. Wo der Defekt verborgen war. Das hatte sogar die Mann nicht herausgefunden. Das wäre Madelines Kaspar Hauseriade, hatte sie gesagt. Das wäre die Sprache, die sie nie gelernt hätte. Das hatte sich ihr nie mitgeteilt. Im Gegenteil. Dieses grenzenlose Entsetzen von der Mutter und der Hansi. Dann. Es war. Es war beflügelnd gewesen. Eigentlich. Eher angenehm, hätte sie zur Mann sagen müssen. Eher beflügelnd. An die anderen Männer. An die hatte sie sich gewöhnen müssen. Langsam. Wie einer zur Tür hereinkam. Wie seine Stimme den Raum ausfüllte. Wie er auf einen zuging. Sich über sie beugte. Wie sie am Anfang waren. Und dann später. Wie sie dann ins Bett gingen und sagten, man könne sich auch selber einmal ausziehen. Wie sie sich herüberwälzten. Und alles, was angenehm gewesen war. Das alles verlorengegangen. In der Gewöhnung. Rick hatte es immer schon gegeben. Rick hatte nie neu sein müssen. Rick war ohne Anfang. Immer schon da. Die anderen Männer. Die waren an sich gewöhnt. Für die war das alles perfekt. Die waren sich perfekt. Und sie hätte sich gewöhnen müssen. Und die Mann hätte herausfinden sollen, warum sie das nicht konnte. Hatte Rick der Mann nicht genug erzählt gehabt. Oder wußte Rick gar nicht mehr alles. War sie die einzige, die alles in Erinnerung hatte. Blendete Rick Ereignisse aus. Und war die Therapie bei der Mann der Versuch, ihre Erinnerungen an seine anzugleichen. Sollte sie deshalb ihre Bindungsunfähigkeit bearbeiten. Ihre Beziehungsneurotik. Sollte sie einen Beitrag leisten. Zu einer schöneren Vergangenheit. Sollte sie ein soziales Wesen sein und Rick die Vergangenheit erlassen. Aber sie würde trotzdem nicht bekommen, was sie wollte. Sie wollte ja das schon nicht, was sie bekam. Und was sie wollte, das war verboten. Es war nichts mehr zu machen. Das Bisher. Das schien dann schon alles gewesen zu sein. Und keine Möglichkeiten mehr. Ganz weggehen. Das wäre das Richtige gewesen. Verschwinden. Aber dann hätte sie ganz ohne ihn auskommen müssen. Madeline stand auf. Sie ging in ihr Badezimmer. Durch die Tür im weißen Einbauschrank. Rick hatte mehr Platz. In seinem Zimmer. Aber er hatte kein eigenes Badezimmer. Jeder Gast benutzte seines. In ihr Badezimmer. Da durfte nicht einmal die Haucke. Madeline frisierte sich. Zog den Mittelscheitel neu. Sie nahm den Parfümflakon. Drückte auf das seidenfadenüberhäkelte Gummibällchen. Sie sprühte eine winzige Wolke Parfüm vor sich hin und machte dann einen Schritt in das Duftwölkchen. »So verwendet man Parfüm«, hatte die Großmutter gekrächzt. Und hatte es ihr immer wieder vorgeführt. Der Parfümflakon von ihr. Zyklamenfarbenes Kristallglas und die Sprühvorrichtung aus Gold. Das Gummibällchen brüchig. Madeline stand in dem Duft. Sie hatte das Parfüm in München gefunden. Nach alldem sollten sie sich etwas leisten, hatte Rick gemeint. Und sie waren nach München gefahren. Es gab da diesen Studienkollegen von Rick. Und der hatte sie in München herumgeführt. Madeline war nie dagewesen. Warum hätte man nach München fahren sollen. Es hatte sie immer nur Italien interessiert. Rick kannte Chris aus Griechenland. Von einer Ausgrabung. In München hatte sie dann die Mic-Mac-Boutique leergekauft. Und Schuhe. Sie hatte Schuhe in München gefunden, die würden die in Wien erst in 5 Jahren anziehen. Und das Parfüm. »Yatagan.« Rick hatte es zuerst entdeckt. Eigentlich. Hatte ihr 3 Fläschchen geschenkt. Und sie bekäme dieses Parfüm nur, weil Männer nur nach Rasierwasser riechen dürften, hatte er sich beklagt. Chrysanthemen und Friedhof. Das wären die Bestandteile. Herb. Mit einer Süße. Versteckt am Grund wäre eine verwirrende Süße. Madeline ging ins Zimmer zurück. Sie ließ die Badezimmertür offen. Lehnte sich in die Ecke des Sofas. Sie konnte den Geruch noch riechen. Sog den Duft ein. Atmete tief. Das war es. An einen solchen Geruch. Gewöhnung war da nicht notwendig. Sie saß da. Sie sollte etwas lesen. Aber zu mehr als zu einer Vogue. Sie konnte sich nicht entschließen. Das Öffnen eines Buchs. Es war schwierig. Sie hätte die Geschichten erst wissen wollen und dann entscheiden, ob sie die Geschichten im Kopf haben wollte. Oder nicht. Aber dann waren sie schon drinnen. Sie hatte »Fräulein Else« wiedergelesen. Und sie hatte diesen Schnitzler gehaßt dabei. Es war wie mit den Fotos. Warum machten die Fotografen Aufnahmen von Verstümmelten. Von Hungernden. Von gerade Erschossenen. Warum halfen sie denen nicht. Sie hätten die Geschichte nachher erzählen können. Und sie hätte keines dieser Fotos sehen müssen. Und sie müßte nicht dieses steinerne Gesicht üben. Weil alle anderen diese Gräßlichkeiten normal fanden. Und ansahen. Lang. Und unberührt. In den Gesichtern nichts zu sehen im Café Prückl. Wenn sie im »Stern« lasen. Oder im »Spiegel«. Und das »Fräulein Else«. Das war so ein Foto. Und die Mann hatte recht. Sie benutzte ihre Geschichte. Aber es war keine Ausrede. Da hatte sie nicht recht. Es war ja eine Wirklichkeit. Und nur weil niemand darüber geredet hatte, war sie trotzdem da. Und viel war ohnehin nicht herauszuholen. Wenn man es genau ansah, dann war sogar das Gegenteil der Fall. Wenn jemand die Geschichte kannte. Ihre Geschichte. Alle die ihre Geschichte kannten, die mochten sie nicht mehr. Die Mann war das beste Beispiel. Rick hatte ihr sicher alles erzählt. Von damals. Und sie war der Frau ekelhaft geworden. Irgendwann suchten die alle einen Grund, sie nicht mehr mögen zu müssen. Dann brauchten sie noch immer lange. Diese Leute. Die nahmen sich Zeit, sich an ihre Abneigung gegen sie zu gewöhnen. Aber das ging so unmerklich. So schleichend. Das war so ein Wegrutschen. So ein Nicht-mehr-Hinschauen. Bis die ersten Vorschläge kamen. Ob sie nicht auch Gründe bei sich selbst suchen sollte. Oder. Nicht alles könne auf Außeneinwirkungen zurückgeführt werden. Oder. Warum sie so verletzt wirke. Sie habe doch alles. Schönheit. Geld. Und irgendwann kam dann der Schnitt. Der Bruch. Die Mann hatte sogar einen Ausbruch gehabt. »Schönheit allein genügt auch nicht«, hatte die Mann gezischt. Madeline hatte lachen müssen. Die Mann hatte in Ricks Vertretung gezischt. Sie konnte es sich vorstellen. Wie sie zusammengesessen. Und geredet. Über Ricks problematisches Schwesterchen. Für Rick existierte sie nur noch als Problem. All die Jahre hatte er gesagt, sie solle etwas anfangen. Einen Beruf. Eine Familie. Aber die Großmutter. Und die Mutter. Er hatte sich nicht gesorgt um sie. Und die Mann. Die verschrieb Emanzipation wie Schnupfentropfen. Wollte einen in die Emanzipation loswerden. Abschieben in die Befreiung. Und vielleicht war es mit einem Chinesen besser. Wenn keiner den anderen verstand. Dann mußte auch keiner diese Geschichten erzählen. Dann könnte man grundlos nett sein. Zueinander. Madeline stand auf. Ging zu ihrem Bett. Setzte sich auf das Bett. Rutschte weit zurück. Sie sah ihre Füße an. Der Rock des Maxikleids verdeckte die Beine. Sie griff nach dem Buch auf dem Nachtkästchen. Schlug es beim Lesezeichen auf. Das Lesezeichen eine Ansichtskarte aus Taormina. Von Andrea. Madeline las 2 Seiten.

»Wir ließen ihn stehen und gingen in den obersten Stock. Ich klopfte an die Tür, und eine dünne, helle Kinderstimme rief drinnen: ›Es ist zugesperrt. Mrs. Blinder hat den Schlüssel.‹

Ich sperrte auf und öffnete die Tür.

In einem ärmlichen Zimmer mit abgeschrägten Wänden und nur sehr spärlichem Hausrat fanden wir einen kleinen Knaben, der ein schweres Kind von ungefähr achtzehn Monaten herumschleppte. Geheizt war nicht, trotz der großen Kälte. Beide Kinder waren in ein paar armselige Tücher und Kragen zum Schutz gegen die niedere Temperatur gewickelt. Aber die Umhüllungen wärmten sie so wenig, daß ihre Nasen rot und sie selbst ganz runzlig vor Kälte aussahen, wie der Knabe auf und ab ging und das Kleine, das den Kopf auf seiner Schulter ruhen ließ, auf dem Arm wiegte.

›Wer hat euch denn hier eingeschlossen?‹ fragten wir unwillkürlich.

›Charley‹, sagte der Knabe, blieb stehen und starrte uns an. ›Ist Charley dein Bruder?‹

›Nein. Meine Schwester Charlotte. Vater nannte sie Charley.‹

›Seid ihr euer noch mehr außer Charley?‹

›Ich‹, sagte der Junge, ›und Emma‹, und streichelte dabei das Mützchen der Kleinen. ›Und Charley.‹

›Wo ist Charley jetzt?‹

›Waschen gegangen‹, sagte der Junge, fing wieder an in der Stube auf und ab zu gehen und brachte bei seinem Bestreben, uns dabei immerwährend anzusehen, das Mützchen in gefährliche Nähe des Bettpfostens.

Wir sahen noch einander und die beiden Kinder ratlos an, als ein sehr kleines Mädchen, der Gestalt nach selbst noch ein Kind, aber klug und älter aussehend im Gesicht – und auch ganz hübsch –, mit einem viel zu großen hausfrauenhaften Hut auf dem Kopf und ihre bloßen Arme mit einer ebensolchen Schürze abtrocknend, hereintrat. Ihre Finger waren weiß und runzlig vom Waschen, und der Seifenschaum, den sie von ihren Armen abwischte, rauchte noch. Man hätte sie ganz gut für ein Kind halten können, das Waschen spielte und eine arme Arbeitsfrau gut nachahmte. Sie war irgendwoher aus der Nachbarschaft gekommen und mußte sich sehr geeilt haben, denn sie war ziemlich außer Atem und konnte anfangs, wie sie keuchend und sich die Arme abwischend dastand und uns ruhig ansah, kaum sprechen.

›Oh, da ist Charley‹, rief der Junge.

Das Kleine streckte der Schwester die Arme entgegen und wollte von ihr genommen sein. Das Mädchen nahm es mit einer frauenhaft gesetzten Zärtlichkeit, die gut zu der Schürze und dem Hut paßte, und blickte uns über das Köpfchen, das sich zärtlich an sie schmiegte, hinweg an.

›Sollte man so etwas für möglich halten‹, flüsterte mein Vormund, als wir dem Mädchen einen Stuhl hinschoben und sie aufforderten, sich mit ihrer Bürde niederzusetzen, wobei der Junge immer dicht bei ihr blieb und sich an ihrer Schürze festhielt. ›Ist es denn möglich, daß dieses Kind für die übrigen arbeitet? Seht das an! Um Gottes willen, seht euch das an.‹

Es war wirklich ein seltsamer Anblick, diese drei Kinder, dicht zusammengedrängt und zwei von ihnen auf das dritte angewiesen und dieses selbst noch so jung und doch von einem gereiften und gesetzten Benehmen, das seltsam von der kindlichen Gestalt abstach, zu sehen.

›Wie alt bist du, Charley?‹

›Dreizehn vorbei, Sir.‹

›Wirklich! Ein hohes Alter!‹ sagte mein Vormund. ›Wirklich ein hohes Alter, Charley!‹

– Ich kann die Zärtlichkeit, mit der er zu dem Kinde sprach, nicht beschreiben; halb scherzend und dadurch nur noch mitleidiger und betrübter. –

›Und du bist ganz allein mit diesen Kleinen, Charley?‹

›Ja, Sir‹, antwortete das Kind und sah ihm offenherzig und vertrauensvoll ins Gesicht, ›seit der Vater tot ist.‹

›Und wovon lebst du, Charley? ... Nun Charley‹, fragte mein Vormund und wendete einen Augenblick das Gesicht ab. ›Wovon lebst du?‹

›Seit der Vater starb, bin ich auf Arbeit gegangen. Heute bin ich auf Wäsche.‹«

Madeline legte das Buch neben sich auf den weißen Bettüberwurf. Dickens konnte sie lesen. Eigentlich konnte sie nur Dickens lesen. Wie es am ärgsten geworden war. Mit der Mutter. Da hatte sie mit Dickens begonnen. Sie hatte nach irgendeinem Buch in der Bibliothek gegriffen. Wollte nur eine von diesen Nächten überstehen. Das war »Bleakhaus« gewesen. Tägliche Pflichterfüllung. Das ließ sich an Dickens lernen. In die Zeit hineinfallen und nicht merken, wie sie verging. Sich das ersparen. Das war Dickens. Dieses jeden Tag die gleiche Mühsal. Und sich selbst vergessen. Bei der Pflichterfüllung. Aber jetzt. Die Mühsal war überstanden. Und Dickens war falsch geworden. Es war nur zum Lesen in der Mühsal schön. Zum Anschauen. Das Elend der kleinen Charlotte. Das machte den Vormund edel. Und Esther. Und wie mochte sie Esther nicht mehr. Das Elend war so lieblich. Wie diese Kinder sich so gesittet benahmen. Wie sie alles wußten. Wie sie die Vorstellungen des Vormunds erfüllten.

Und wie sie nur so eine Rolle spielen konnten. Hätten sie gefehlt. Sie hätten nicht erfunden werden dürfen. Und das war dann ihre Geschichte. Sie hätte es nicht geben dürfen. Oder der Vater hätte doch abdrücken sollen. Und nirgends auch nur ein Hauch von Sex. Der »Sexualrausch in China«. Den hatte man zu allen Zeiten sehen können. Und wollen. Darum war es zu allen Zeiten gegangen. Und was hätte Charlotte von ihrem richtigen Leben ohne das richtige Publikum. Es war widerlich, wie so eine Szene geschrieben wurde, um von den Hauptfiguren vorgefunden werden zu können. Und diese fadendünnen Hauptfiguren. Ohne andere Bedürfnisse, als für die Handlung notwendig. Die Mann hätte sie auch so haben wollen. Eine kleine Charlotte, die man retten konnte. Der man nur ein bißchen gepflegte Einordnung beibrachte. In die Mannschen Vorstellungen. Für das Leben nach Xenia Mann. Die selbst keine anderen Probleme hatte, als häßlich zu sein und zuviel zu rauchen. Und was halfen die vielen Namen für ihre Störungen. Sie spielte nicht mit. Würde nie mitspielen. Sie würde nicht warten, bis das richtige Publikum vorbeikam und sie lobte und sie zur Hauptfigur aufsteigen durfte. Sie würde nicht mitspielen. Sie würde sich nicht zu einer dürren Nebenfigur zusammenpressen lassen. Und warten. Bis einer vorbeikam und nickte. Madeline zog die Beine an. Umarmte ihre Knie. Baden fehlte ihr. Dieses Städtchen. Sogar die Überwachung fehlte ihr. Wie ein Gift, ohne das nicht zu leben war. Es war zum Heulen. Sie war geflüchtet davor. Und jetzt fehlte es ihr. Es fehlte ihr dieses stumme Einverständnis im Schlimmsten. Man hatte das Schlimmste angenommen. Von ihr. Von allen. Weil immer alle alles über alle wußten, mußte auch immer das Schlimmste angenommen werden. Unbarmherzigkeit machte ja nicht blind. Und sie war diesem Bild gefolgt. Sie hatte die Vorstellung erfüllt. Sie war darauf hereingefallen. Sie war eine von den Besprochenen gewesen, statt eine von den Besprecherinnen. Aber sie war existent gewesen. Besprochen. Da. Und sie hatte alle Erwartungen übertroffen. Hier. Wenn sie hier aus dem Haus ging. Es war die gleiche Feindlichkeit. Aber grundlos. Und warum fühlte sie sich auch hier gejagt. Dieses Gefühl. Jederzeit konnten sich Menschen zusammenrotten und ihr nachlaufen. Das hatte sie der Mann gar nicht erzählt. Dieses Gefühl. Sonst wäre über die Lithiumprophylaxe nicht nur so herumgeredet worden. Wahrscheinlich. Selbst Therapeutinnen konnte nicht alles zugemutet werden. Sie hatte sich nur eines vorgenommen. Nicht wie die Mutter. Nie so werden wie die Mutter. Nicht dieses verlorene Lächeln und die Handtasche und Bridge spielen. So oft wie möglich Bridge spielen. Nicht so einen Mittelpunkt. Da konnte sie gleich in die Kirche gehen. Und bereuen. Schrecklich bereuen. Ihren Sünden untreu werden. Widerrufen. Zuschauer sammeln und vor deren Augen ins Kloster. Oder zur Orgie. Sie wollten alle nur Selbstaufgabe. Von blonden jungen Frauen wollten alle nur Selbstaufgabe. Es wurde immer Selbstaufgabe vorausgesetzt. Jeder blöde Mann, auf den sie vielleicht Lust gehabt hätte. Bei jeder Entscheidung. Und die Mann war nur das letzte Beispiel. Sie hätte zum Kind werden sollen. In der Therapie. Und sich neu erziehen lassen. Umerziehen. Und was war nun der Grund, daß sie immer Knetmasse war. Als Knetmasse angesehen wurde. Und nie zu den Knetern gehörte. Aber vielleicht sollte sie einen Töpferkurs besuchen. Dafür. Aber sie wollte auch keinen Kurs mehr. Oder ein Studium. Das war eine von Ricks Ideen. Ein Studium fertig machen und ein glückliches Leben war garantiert. Ihr reichte der Kurs für Hausverwaltung in der Kammer. Sie kümmerte sich um die Anlagen. Die Investitionen. Und mehr nicht. Sie würde der Zeit zusehen. Das mußte reichen. Dasitzen und zusehen, wie die Falten tiefer wurden. Und sonst keinen Sinn. Zusehen, wie plötzlich eine neue Falte da war. Und traurig sein. Dasitzen und die Traurigkeit den ganzen Körper ausfüllen lassen. Das mußte reichen. Rick ging das auf die Nerven. Aber da konnte sie nichts tun. Er ging ja auch nicht weg. Er hatte auch nicht geheiratet. Das könne er keiner Frau antun und grinsen. Aber Rick war ein Kneter. Rick machte, daß die Zeit verging. Er sah nicht zu. Madeline rutschte auf den Bettrand vor. Sie legte das Buch auf das Nachtkästchen. Madeline stand auf. Sie ging im Zimmer umher. Der Teppich flauschig unter den Füßen. Vom Bett zum Sofa. Und zum Fenster. Daß es so langweilig werden würde. Das hatte sie sich nicht gedacht. Wäre sie müde. Müder. Wenn sie in einem Büro gesessen wäre. Mit 33 war man nicht müde. Sie war erschöpft gewesen. Wegen der Mutter. Die ganzen Jahre. Aber das war Erschöpfung. Müdigkeit. Das gab es nicht. Sie war fertig. Sie hatte die ganze Zeit das Gefühl, fertig zu sein. Schwere Schultern. Schwere Oberschenkel. Der Kopf so unklar. Aber müde. Sich hinlegen und wissen, alles würde weggeschlafen sein. Sie würde am Morgen im Bett liegen. Und der Körper so wohlgeordnet. Geklärt. Sie hatte es nicht geglaubt. Sie hatte es nicht glauben wollen. Die Jugend verlor sich. Etwas Glattes. Etwas Zielgerichtetes verschwand. Es verlor sich, und plötzlich war alles kompliziert. Um jung zu bleiben. Da hätte sie bewußtloser leben müssen. Es gab diese Leute. Die schwammen in ihrem Leben. Die mußten nicht darüber hinaussehen. Denen passierte alles zur richtigen Zeit. Zum richtigen

Zeitpunkt. Und wenn es anders kam. Diese Leute hörten nicht zu lächeln auf. Grinsten. Und nahmen es anders. Und immer zu ihrem Vorteil. Die heirateten. Bekamen Kinder. Zuerst der Bub. Dann das Mädchen. Zogen in ein Häuschen. Der Garten immer gepflegt. Das Haus immer tipptopp. Als könnte jederzeit ein Fotograf von »Schöner Wohnen« auftauchen. Sie gingen Tennisspielen. Am Vormittag. Die Kinder in die Schule. Und der Tennislehrer keine Versuchung. Selbst wenn sie der Versuchung verfallen waren. Es gab Leute. Die konnten ein mathematisches Leben führen. Die wußten, wer schuld war an was. Die konnten es sich richten. Immer. Und was fehlte ihr. Zu so einem Glück. Vielleicht mußte man sich den Satz »Das tut man nicht« vorsagen. Jeden Augenblick. Ein steter Grundton. Und selbst wenn man es nicht tat, war es nicht getan. Wegen dieses Satzes. Und nichts bemerken. Es war einfacher. Es war ganz sicherlich einfacher. Aber es durfte keine Geschichte zusammenkommen. Es durfte sich kein Roman ansammeln. Wenn man schon eine Geschichte hatte. Wie sie. Dem war nicht zu entkommen. Wenn man seine Unbeschriebenheit verloren hatte. Es war doch wie bei der Jungfernschaft. Alle merkten es. Und dem ersten Liebhaber drängten alle anderen nach. Der ersten Tragödie folgten die nächsten. Dammbrüche. Dem war nicht zu entkommen. Nicht einmal auswandern. So gesehen. Es wäre besser gewesen. Der Vater hätte sie. Er hatte ja nicht einmal den Selbstmord übriggelassen. Wenn sie das täte. Sie würde das machen, was er gewollt hatte. Sie würde vollenden, was er angefangen. Und er sollte sie nicht kriegen. Sie hatte es der Großmutter versprochen. Oder hatte er es vorausgesehen. Daß es nie vorbei sein würde. Und daß es besser war, man stieg aus. Aus den Sünden der Väter. Und beging keine neuen mehr. Sie hätten ganz woanders hingehen sollen. Jetzt. Mit dem Geld. Sie hätten nach Amerika gehen sollen. Irgendwohin. Wo niemand etwas wußte und man die ganze Geschichte neu erfinden hätte können. Aber Rick konnte das nicht. Rick wollte bei seinen Altertümern bleiben. Und irgendwie. Rick sah auf Amerika hinunter. Deshalb hatte sie nach München fahren müssen. Statt nach New York. Madeline drehte den Fernsehapparat auf. Schnelle Musik war zu hören. Blechern. Jagend. Auf dem Bild ein Mann mit nacktem Oberkörper und glänzenden Türkenhosen. Er ging rund um die Manege. Er hielt ein brennendes Schwert in die Höhe. Zeigte das Schwert den Zuschauern. Madeline drehte ab. Sie saß auf dem Sofa. Schob mit den Zehen die Schuhe auf dem Teppich hin und her. Es war wie in Perugia. In den 3 Wochen bis Rick nachgekommen war. Sie war in diesem Zimmer gesessen. Jeden Abend. Sie war nicht hinausgegangen. Sie war nur aus dem Haus gegangen, wenn sie zum Sprachkurs mußte. Oder Frühstücken. Frühstück. Das war die einzige Mahlzeit, zu der sie sich berechtigt gefühlt hatte. Für das Frühstück war sie in diese Bar am Weg zur Universität gegangen. Immer in diese Bar. Eine Bäckerei. Eigentlich. Am Weg zur Universität. »Un brioche e un capuccino.« Sie hatte zweimal am Tag gefrühstückt. Vor dem Kurs um 9 und um 3. Vor dem Nachmittagskurs. Der Besitzer hatte ihr ab dem 2. Tag alles schon hingestellt. Sie hatte nie mehr bestellen müssen. Nur lächeln. Das war damals auch vorbeigegangen. Das mit der Zeit. Parallelstrukturen. Das hatte ihr die Mann doch geraten. Parallelsituationen ausfindig zu machen. Es würde auch hier so ausgehen. Das Leben würde ganz normal werden. Und vielleicht sollte sie sich einen Job suchen. Um die Tage auszufüllen. Etwas Interessantes. Und interessante Leute kennenlernen. Und ihr Italienisch. Sie sollte sich um ihr Italienisch kümmern. Sie hatte italienisch doch fast fließend gesprochen. Sie konnte im Sommer wieder nach Perugia fahren. Oder nach Siena. Und wieder einen Sprachkurs. Madeline stand auf. Sie ging zur Tür. Sperrte auf. Sie lief über den kalten Gang in die Küche. Der Steinboden in der Küche eiskalt. Sie nahm ein Wasserglas aus dem Küchenkasten. Ging zurück. Sie drückte die Klinke an der Eingangstür nieder. Rüttelte an der Tür. Die Tür war fest versperrt. Madeline ging in ihr Zimmer zurück. Sie sperrte hinter sich zu. Es gab Gläser in ihrem Zimmer. Farbige Gläser. In rauchigen Pastellfarben. Hohe Gläser für Mixgetränke. Niedrige für Whisky. Oder Jamaica Rum. Und Cognacschwenker. Sie mußte die Bar auffüllen. Das Fach für die Flaschen in der kleinen Hausbar war leer. Und vielleicht sollte sie eine neue kaufen. Eine neue Hausbar. Ihre sah altmodisch aus. Plump. Und sie hatte sie sich so gewünscht. Sie hatte sie beim Möbelhaus Schwarzott in der Wiener Straße gesehen. Und haben müssen. Sie hatte sich diese Hausbar selbst verdient. Sie hatte jeden Freitag und Samstag bei Hansi Moden in der Theresiengasse als Verkäuferin gearbeitet. Einen ganzen Sommer lang. Und dann die Bar gekauft. Ein Stahlrahmen und Rauchglasregale und die Gläser. Und alle Gläser waren noch da. Madeline ging ins Badezimmer. Sie ließ das Wasser laufen. Bis es eiskalt war. Dann füllte sie das Wasserglas. Ging in das Zimmer. Stellte das Glas auf das Nachtkästchen. Sie ging vom Bett zum Sofa. Stand. Ging zum Bett. Trank einen Schluck Wasser. Stand. Ging ans Fenster. Sie schob die Vorhänge zur Seite. Sie hatte schwere weiße Brokatvorhänge ausgesucht. Mit rosa und goldenem Muster und rosaroter Rückseite. Niemand hätte in ihr

Fenster sehen können. Das war einer der Gründe für dieses Zimmer. Aber sie hatte dann trotzdem noch dicke Vorhänge haben wollen. Rick nannte ihr Zimmer eine Bonbonnière. Aber das stimmte nicht. Es war alles weiß. Die Möbel. Der Einbaukasten. Der Bettüberwurf. Nur auf den Vorhängen waren blaßrosa Blumengebinde mit goldenen Maschen. Ihr Zimmer war das genaue Gegenteil der übrigen Wohnung. Und nach 33 Jahren in einem altdeutsch eingerichteten Haus konnte man sich etwas Helles wünschen. Etwas Glattes. Etwas Gerades. Etwas Weiches. Rick hatte seine Möbel behalten. Er saß am Schreibtisch, an dem der Vater gesessen war. Und der Großvater. Wenn er dagewesen war. Bei der Großmutter. Der Großvater. Die ungenaueste Figur in diesem Drama, hatte die Mann ihn genannt. Madeline schob die Vorhänge wieder zusammen. Sorgfältig. Sie ließ keinen Spalt offen. Die Mann hatte ihr trotz allem gutgetan. Rick würde ungehalten sein. Er würde aufstehen und in sein Zimmer gehen. Oder in das Arbeitszimmer. Und beim Hinausgehen. In der Tür. Da würde er kurz stehenbleiben. Sich umdrehen. Halb. Nur den Oberkörper zurück. Und über die Schulter reden. »Du hättest diese Therapie nicht schon wieder abbrechen sollen. Madeline.« Madeline sagte den Satz laut. Wiederholte den Satz. Sie betonte das »Du hättest« und »nicht schon wieder«. Er sagte jetzt immer Madeline. Nicht mehr Mädi. Und war ihr das recht. Und diesen Vorwurf. Den hörte sie schon immer. Immer hatte er das so gesagt, und immer schon war er gekränkt gewesen. Verletzt. Sie war nicht so, wie er es sich dachte. Wie er sie sich vorstellte. Und das war eine Kränkung. Nicht wie sie war, war falsch. Daß sie nicht so war, wie er es vorgesehen. Und das war dann wieder ihre Kränkung. Sie war schon immer so gewesen. Seit je-her. Und jetzt war es so nicht mehr richtig. Und rundherum. Alle waren seine Agenten. Alle redeten ihm ein, er wäre besser dran. Ohne sie. Und dann ließen sie sich bezahlen. Für ihre Beseitigung in ein bürgerliches Leben. Die Mann lebte davon, ihr zu erklären, sie solle ein unabhängiges Leben führen. Wenigstens aus Rücksicht auf den Bruder. Aber das hatte ihr gutgetan. Irgendwie hatte ihr das gutgetan. Das mit der Mann. Sie war dieser Frau gegenübergesessen. Und hatte gelernt, wie in diesen Romanen zu denken. Wenn der Gesprächspartner immer schon im voraus wußte, warum der andere etwas gesagt hatte und was der andere sagen würde. In den Romanen war das, weil der Autor das wußte. In den Sitzungen hatte sie einschätzen lernen müssen. Die Mann hatte sich von Rick alles erzählen lassen. Sie hatte auf der anderen Leitung zugehört. Bei den Telefonaten von Rick mit ihr. Und wenn der liebe Studienkollege Herbert Wachs über die liebe Studienkollegin Xenia Mann erzählte. Psychospionage war das. Sie hatte ihre Ausbildung in Psychospionage abgeschlossen. Und wenn ihr jemand nur sagen hätte können. Wenn irgend jemand erklären hätte können, warum sie sich befreien sollte. Nach diesen Regeln. Nach diesen Tageslichtregeln. In der Nacht galten die nämlich nicht. Sie hatte die Regeln jedenfalls die meiste Zeit außer Kraft gefunden. Und in der Nacht immer. Und die sich Befreienden. So treuherzig. So ehrlich. So tapfer. Ihre Situation war auf jeden Fall schlimmer als die einer Hure. Wahrscheinlich. In Ägypten wäre es Vorschrift gewesen. Aber wie viele tausend Jahre war das her. Und nur die Idee. Nur die Idee, daß sie und ihr Bruder. Das regte alle auf. Alle Männer regte das auf, und die Frauen haßten sie. Und alle Männer glaubten, irgendein Recht haben zu können. Über sie. Auf sie. Und sie war froh. Sie hätte nicht mehr 20 sein wollen. Zu ihrer Zeit. Da war es wenigstens verboten gewesen. Und deshalb etwas wert. Die heutigen. Die mußten mit. Widerspruchslos. Es tat ja allen gut. Sex. Hygiene. Geheimnislos. Keiner hatte mehr Schuld an einem Unglück. Ja das Unglück war unmöglich geworden. Madeline ging zum Fernsehapparat. Schaltete ein. Männer in gestreiften Trikots sprangen einander auf die Schultern. Sie nahmen Anlauf. Sprangen auf ein Trampolin. Schlugen einen Salto und landeten auf den Schultern der schon aufeinander Stehenden. Die Männer standen in 3 Reihen übereinander. Ein Bub stand noch da. Ein Trommelwirbel kündigte seinen Sprung an. Der Bub nahm Anlauf. Madeline schaltete ab. Das machte sie nervös. Sie war das geborene Zirkuspublikum. Sie befürchtete bei jeder Nummer das Schlimmste. Sie sah alle fallen. Stürzen. Hinschlagen. Von Tieren angefallen. Gebissen. Aufgefressen. Es war anstrengend. Unerträglich. Der gute Ausgang war keine Erleichterung. In der nächsten Vorstellung konnte bei der gleichen Nummer das Schlimmste passieren. Und diese staubigen, kränklichen Tiere in den Tierschauen. Die Elefanten unbewegliche knittrige graue Berge. Ruhelose mottenpelzige Tiger in engen Gitterwagen. Und Antilopen. Oder Zebras. Die Käfige vollgeschissen. Wie sehr alte Leute, die sich nicht mehr helfen konnten. Denen dabei zugesehen wurde. Und die Gesichter. Verquält. Ertappt und hilflos. Sie hatte nie verstanden, was der Reiz sein sollte. Rick ging nach Schönbrunn. Wegen der fabelhaften Barockarchitektur. Sie konnte diese Tiere nicht sehen. Kein Lebenszweck als vorgeführt zu werden. Und immer diese Gerüche. Scharfstinkender Durchfall. Und ein Wärter, der sagte, »Ja mei. Die können nicht anders«. Bei der Trabrennbahn waren die immer gewesen. Wenn ein Zirkus da war. Auf einem Feld neben der Trabrennbahn. Später. Wie die Russen dann schon weggewesen. Was war mit der Trabrennbahn gewesen. In der Russenzeit. Sie wußte nichts darüber. Madeline ging zum Bett. Sie setzte sich auf den Bettrand. Sie hatte dieses Zimmer hier. Wenn sie mit dem Geld geschickt umging, dann konnte sie sich eine zweite Wohnung im Haus nehmen. Da konnte sie dann wohnen. Die Mann hatte bestanden darauf. Sie müsse eine eigene Wohnung haben. Es könne sich kein eigenständiges Leben entwickeln. Sonst. Sie hatte nicht Sexualleben gesagt. Eigentlich hätte Rick zu ihr gehen sollen. Die Vorstellungen dieser Frau. Wenn man das machen hatte wollen. Man war einfach vom Lagerfeuer aufgestanden. Oder vom Sofa im Salon. Und war im Wald verschwunden. Oder im Schlafzimmer. Oder im Herrenzimmer. Und wenn einer im Wald eine Decke mitgehabt hatte, dann war das schon toll gewesen. Und danach. Danach war man wieder an das Lagerfeuer zurück. Im Steinbruch. Oder man war aus dem Herrenzimmer in den Salon zurückgegangen. Das war doch nicht das Problem. Die Mann verstand nichts davon. Mit jemandem schlafen. Das war doch selbstverständlich. Madeline legte sich auf das Bett. Sie ließ die Füße auf dem Boden. Lag halb hingedreht. Die Wange auf dem weißen Spitzenpolster. Man hatte es gemacht und nicht geredet darüber. Jetzt wurde nur noch geredet. Darüber. Und zugesehen. Helmuth hatte gemeint, sie wäre lesbisch. Weil sie die Frauen immer schöner gefunden hatte. Aber er war selber eingeschlafen. In »Stille Tage in Clichy«. Sie hätte ihm alles genau erzählen sollen. Weil er es verschlafen hatte. Und sie hatte nur die Frauen beschreiben können. Und diese eine Aufnahme. Wo man genau gesehen hatte, wie der Schwanz in die

Frau. Von unten. Hinten. Und alle gelacht hatten. Im Künstlerhauskino. Sie hatte nicht hingesehen. Gleich nachdem sie gesehen hatte, was zu sehen war, hatte sie nicht mehr hingesehen. Hatte vor sich geschaut. Dann hatte sie trotzdem noch lange daran denken müssen. Jedesmal. Wenn sie selber. Dann war ihr eingefallen, wie das aussah. Aussehen mußte. Von unten. Hinten. An die Frau konnte sie sich wirklich noch erinnern. Ihre Haut hatte so weich ausgesehen. Aber diese Haut war es ja nicht gewesen, was die Männer interessiert hatte. Sie hatten nur bezahlt für das Hineinstecken. Für die sanfte weiche Haut. Dafür hätte niemand etwas bezahlt. Don hatte Henry Miller verehrt. Wie einen Gott. Henry-Miller-Zitate und Geschichten vom Leichenwaschen. Damit hatte er sie unterhalten. Am Lagerfeuer im Steinbruch. Oder im Salon. Im Winter. Sie konnte Don einladen. Er war auch nach Wien gegangen. Hatte geheiratet. Eine Postbeamtin. Don hatte es fast schon zu etwas gebracht. Assistent auf der Prosectur. Er schnitt die Leichen jetzt auf. Madeline setzte sich auf. Sie nahm das Buch wieder in die Hand. Blätterte vorne. Das Buch war 1910 in München erschienen. 1853 hatte Dickens die Vorrede geschrieben. Dickens hätte Selbstverbrennungen recherchiert, las Madeline. Er hatte mehr als 30 Fälle von Selbstverbrennung studiert. Und der berühmteste dieser Fälle wäre der der Gräfin Cornelia de Baudi. Aber Dickens schrieb nichts Genaueres über diesen Fall. Oder wer diese Gräfin gewesen sein konnte. Warum sie sich selbst verbrannt haben sollte. Und wie man wußte, daß es eine Selbstverbrennung gewesen war. Wie das nachgewiesen worden war. In der Villa hätte man sich schön selbst verbrennen können. In der Halle. Auf dem Mosaikboden. Ein Kanister Benzin über das Dirndl. Ein

Streichholz. Oder doch ein Feuerzeug. Und der Vater hätte der Schiedsrichter sein müssen. Sie hatte den Vater einmal sagen hören, verbranntes Menschenfleisch rieche nach Schweinsbraten. Sie hätte dann wissen mögen, ob das verbrannte Fleisch einer Tochter auch wie Schweinsbraten gerochen hätte. Oder doch nur verbrannt. Madeline stand auf. Ging zum Fenster. Ging zur Tür. Sie stand mit dem Rücken zur Tür. Die Arme verschränkt. Rick hatte sich den Wissenschaften ergeben. Die Altertümer für ihn. Für seinen Geist die Vergangenheit. Die Psychologie für seine Seele. Sie war abgeschoben. Als Fall. Krank. Krankheit. Das beschrieb sie. Sie konnte so abgeschrieben werden. Ein Syndrom. Das konnte eingerenkt werden. Geheilt. Rick hatte sich von der Leidenschaft heilen lassen. Er hatte ihre Geschichte. Die gemeinsame Geschichte. Das war zu einer Abweichung degradiert. Und es war schon so viel herumgeredet worden. Manchmal war sie selbst nicht sicher. War das alles geschehen. Aber das war das Problem. Ihre Erinnerung. Die wurde nicht besprochen. Nichts so, wie sie es in Erinnerung hatte. Das gab es nicht. Das war nur für sie so. Was sie sagte. Das wurde nicht gehört. Alles wurde dahin geredet, wie es sein hätte sollen. Und wie Rick es haben wollte. Mittlerweile. Aber die Schuld entstand ja erst damit. Hätte Rick es sich nicht anders überlegt. Das Leben hätte ein Rausch bleiben können. Und sie hätten es nie verteidigen müssen. Madeline ging von der Tür zum rechten Fauteuil. Stand da. Sie hätte als Eva Gott angeschaut und gesagt, er solle machen, was er wolle. Sie ginge da jetzt nicht hinaus. Und entweder sie könnte von dem Baum essen. Oder sie äße gar nichts mehr. Sie habe sich ja nicht in die Welt gewünscht. Es hätte ja auch so eingerichtet werden können. Daß die Nachkommen gefragt würden.

Madeline ging zum Bett. Sie würde nicht so einfach hinaustappeln. Sich verweisen lassen. Aus dem Paradies schleichen. Oder sich so verändern, daß sie angenehm werden würde. Sie blieb da. Und so, wie sie war. Und so viel hatten die Sünden des Großvaters vorgesorgt. Sie konnte ungestört der Zerstörung zusehen. Sie mußte sich nicht für ein tägliches Überleben zurichten. Sie mußte nicht lernen, so zu tun, als gäbe es den Baum nicht. Es ging ja nur ums Überleben. Beim Geld. Und sie konnte ja mit dem Geld Geld verdienen. Ricks sehnlichster Wunsch. Geld verdienen. Und wie konnte einer seinem Vater nachgeraten, wenn er seinen Vater kaum gekannt hatte. Ein Wochenendvater für 5 Wochenenden im Jahr. Heimaturlaub. Fronturlaub. Wie hieß das, wenn man Ferien vom Krieg macht. Aus Glasenbach dann eineinhalb Jahre überhaupt nicht. Und dann das halbe Jahr. Viel Vater war das nicht. Väterliche Gewalt doch. Und halfen Erklärungen. Konnten die helfen. Bisher hatten sie das auch nicht getan. Und warum mußte sie welche suchen. Überhaupt. Madeline ging zum Sofa. Sie setzte sich. Irgendwie war es genug. So. Sie hatte keine Selbstmordgedanken. Wenigstens. Nicht wie die Martha. Die hatte den ganzen Tag daran gedacht. Neben jedem normalen Gedanken wäre diese Vorstellung im Kopf gewesen. Vom Vorgang der Selbsttötung, hatte sie gesagt. Sie hätte sich die ganze Zeit vorstellen müssen, sich umzubringen. Sich umbringen zu müssen. Hängen wäre es gewesen. Sie hätte sich erhängt. Sie hätte die ganze Zeit nachgedacht, wo sie sich erhängen hätte können. Und jetzt. Nach den vielen Elektroschocks. Sie hatte über nichts anderes reden können. Immer vom Umbringen. Und immer die Angst, es nicht ordentlich zu machen. Wieder. Sich nicht richtig umzubringen und wieder in Gugging aufzuwachen. Und in Baden. Da gab es keine Chance. Für die Marthas. Da gab es keine Chance. Jeder wußte es. Wenn man einmal in Gugging gewesen. Niemand wollte mit denen in geschlossenen Räumen sein. Als würden die Kräfte des Wahnsinns nur in geschlossenen Räumen ausbrechen. Und unter freiem Himmel nicht. In so einer Kleinstadt. Da konnte man nur das bleiben, was man geworden war. Sie hatte versucht, der Martha zu erklären. Daß die Schrecken schuld waren. Was sollte man als Kind anfangen. Mit diesen Schrecken. Wenn es schon den Erwachsenen nicht aufgefallen war, daß es sie dann betreffen konnte. Das, was sie entschieden hatten. Und daß sie nicht in der Lage gewesen waren, die Schrecken von sich selbst abzuhalten. Aber das machte ihr ja am meisten Angst. Diese gesichtslosen Entscheidungen. Diese stummen Ketten von Geschehen. Es kommen Telegramme. Auf silbernen Tellern gereicht. Und der Vater muß wieder weg. Bomben fallen. Die Seefelder Poldi und ihre Tochter schlagen einander mit der Hacke in den Kopf. Damit die Russen sie nicht kriegen. Aber nur die Mutter ist tot. Und plötzlich stehen Männer in der Villa und holen den Vater ab. Fremde Menschen ziehen ein. Es gibt nur das Gartenzimmer für alle. Und dann ziehen alle wieder aus. Und alles ist kaputt. Aber leer. Und dieser Mann kommt zurück und erschießt sich. Aber er kann nicht allein sein und muß es dann doch. Madeline stand auf. Sie ging um den Couchtisch. Schritt das Viereck ab. Rauchen wäre jetzt angenehm gewesen. Aber sie wollte auch diesen Geschmack nicht. Und jeder hätte ihren Atem sehen können. Jeder hätte sie atmen sehen können. Wie ihr der Atem entwich. Madeline blieb stehen. Internat oder ewige Sommerferien. Das schienen die Möglichkeiten. Sie mochte die Langeweile der Sommerferien lieber. Und es würde so bleiben, wie es immer gewesen. Rick im Internat. Sie zu Hause. Unbeaufsichtigt. Madeline setzte sich auf den linken Fauteuil.

September 1968.
Baden.

Das Licht wurde schwächer. Flackerte. Die Glühbirne in der schmiedeeisernen Laterne glimmte. Glühte auf. Warf einen dünnen Schein über die Backsteinwand. Und verlosch. Das Haus lag dunkel. Die spitzen Giebel schwarzkantig gegen den frühen Nachthimmel. Hoch über ihr. Die Bäume im Park mächtige Schatten hinter dem Haus. Autoscheinwerfer. Weit hinter dem Haus. Auf der Helenenstraße. Flüchtiger Lichtschein zwischen den dicken Baumstämmen. Der Wald schwarzsamten den Hang hinauf. Der Hügel ein finsterer Buckel in den Himmel. Wolkenschleier fahl im Widerschein des Mondlichts. Der Mond tief hinter dem Berg auf der anderen Seite des Flusses. Der Mond noch nicht zu sehen. Der Mond würde bis Mitternacht über der Ruine Rauheneck aufgestiegen sein. Madeline stand auf. Auf der Terrasse. Der Tisch und die Sessel in der Dunkelheit grau gegen den Boden. Sie ging ins Haus. Die offenen Türen ins Gartenzimmer schwarz gähnende Vierecke. Madeline konnte nichts sehen. Sie ging zum Kamin. Schob die Füße über den Boden. Tastete sich über den Teppich. Sie stieß an den Fuß des Sofas. Wich aus. Sie hielt die Hände weit vor sich. Spürte die Holztäfelung. Tappte die Wand entlang nach rechts zur Steineinfassung des Kamins. Fuhr die Muster der Steinsäulchen hinauf. Auf der linken Seite des gotischen Spitzbogens über dem Kamin mußten Kerze und Zündhölzer zu finden sein. Sie suchte. Griff den staubigen steinernen Zierrat ab. Fand die dicke Kerze und die

Zündholzschachtel. Von oben hörte sie Rufe. »Mad. Mad. Was ist«, rief Dr. Wonder. »Mädi. Es ist schon wieder. Mädi. Mädi.« Das Jammern der Mutter. Weinerlich. Kraftlos. Verzweifelt greinend. Madeline nahm die Zündholzschachtel. Fingerte ein Zündholz heraus. Riß es an. Im Schein der kleinen Flamme fand sie den Kerzendocht. Entzündete ihn. Mit der linken Hand die Kerze schützend ging sie in die Halle. Wonder stand oben. An der Holzbrüstung. Er hielt ein brennendes Feuerzeug hoch. Was los sei, fragte er. Durch die offene Tür hinter ihm konnte sie die Mutter hören. Immer wieder. »Es ist schon wieder. Mädi. Es ist schon wieder.« Die Stimme war noch höher geworden. Verzweifelter. Es dauere nur einen Augenblick, rief Madeline. Nur einen Augenblick. Und niemand solle sich Sorgen machen. Und bitte. Könnten alle leise sein. Die Hansi schlafe schon. Und man solle die Hansi bitte schlafen lassen. Sie wäre die ganze letzte Nacht nicht zum Schlafen gekommen. Ob sie Hilfe brauche, fragte Wonder. Er beugte sich weit über die Brüstung und flüsterte. Nein. Er solle bei der Maman bleiben, rief Madeline zu ihm hinauf. Leise. Wonder hielt sich das Feuerzeug unter das Gesicht. Er bleckte die Zähne und verdrehte die Augen. Madeline mußte lachen. Er solle Ruhe geben. Es werde gleich alles in Ordnung sein. Madeline ging durch die Halle zur Kellertür. Tastete auf der Holzvertäfelung nach der Türklinke. Die Türklinke war in die Schnitzereien der Täfelung eingelassen. Die ganze Tür nicht zu erkennen. Der 3. Spitzbogen von links an der Hinterwand zur Halle. Unter der Stiege. Dort war die Kellertür. Madeline ertastete die Tür. Zog sie weit auf. Ließ sie offen stehen. Sie stieg die Stufen hinunter. Auf dem Stiegenabsatz wandte sie sich nach links. Ging die Stufen zur Küche hinauf. In der Küche roch es nach

Milchreis und Kamillentee. Nach heißer Waschlauge. Madeline stellte die Waschmaschine ab. Sie drückte auf »Aus«. Ging zur Kellerstiege zurück und stieg weiter hinunter. Die Stiege staubig. Von den Wänden herunterbröselnder Putz lag in Brocken am Rand der Stufen. Eine Leiter lehnte der Länge nach an der Wand die Stiege entlang. Die Sprossen in der Mitte durchgebrochen. Vor vielen Jahren hatte sie ein Baumhaus haben wollen. Sie hatte die Leiter von der Kellerstiege durch die Küche hinausgezerrt. Beim Hinaufklettern auf die Esche war sie durchgebrochen. Von der obersten Sprosse bis nach unten. Alle Sprossen morsch. Sie hatte blaue Flecken am ganzen Leib gehabt. Sie hatte die kaputte Leiter zurückgelegt. Auf die Kellerstiege. Madeline schob den Riegel von der Tür zum kleinen Kohlenkeller weg. Zog die knarrende Tür auf. Die Kerze flackerte. Madeline hielt die Hand davor. Wartete, bis die Kerzenflamme wieder ruhig brannte. Dann stellte sie die Kerze auf den schwarzen Sicherungskasten. Sie nahm die Packung mit den Sicherungen von oben herunter. Es war nur eine Sicherung da. Sie nahm sie. Hielt sie in der linken Hand. Nahm die Kerze wieder. Stellte sich auf die Zehenspitzen und schaute, bei welcher der Sicherungen im Sicherungskasten das Farbplättchen nicht mehr zu sehen war. Im Keller war es still. Sie konnte von oben nichts hören. Rund um sie. Außerhalb des Kerzenscheins war es vollkommen dunkel. Pechschwarz. Die rechte Sicherung war es gewesen. Sie sah auf die Sicherung in ihrer Hand. Bei dieser war das rote Plättchen hinten klar zu sehen. Sie war in Ordnung. Manchmal legte die Hansi die kaputten Sicherungen wieder in die Packung. Madeline stellte die Kerze wieder auf den Sicherungskasten. Sie schraubte die rechte Sicherung heraus. Sie sah ihrer Hand zu. Weißfingrig.

Bleich. Sie steckte die alte Sicherung in die Tasche in ihrem Rock. Schraubte die neue Sicherung ein. Sie wartete auf das Knacken. Diesen kleinen Schlag, wenn der Strom wieder durchlief. Der Stromzähler begann wieder zu summen. Madeline nahm die Kerze und die Sicherung und die Schachtel. Sie schloß die Tür zum Kohlenkeller. Schob den Riegel vor. Sie suchte mit dem Kerzenlicht den Lichtschalter. Drehte das Licht auf. Die Lampe an der Wand gegenüber der Stiege. Unten. Das Licht warf ihren Schatten weit die Stiege hinauf. Sie ging. Mit jeder Stufe wurde ihr Schatten kürzer. Oben drehte sie das Licht ab. Sie trat in die Halle. Die Kandelaber an der Wand brannten wieder. Aus dem Zimmer der Mutter floß rosiges Licht auf die Balustrade heraus. Madeline legte die Sicherung und die Packung auf das Marmortischchen. Bei der Eingangstür. Sie mußte neue Sicherungen besorgen. Die Hansi hatte alle verbraucht. Ohne etwas zu sagen. Madeline stellte die Kerze auf den Kaminsims. Legte die Zündholzschachtel daneben. Sie ging auf die Terrasse hinaus. Setzte sich. Das Licht aus der Laterne fiel auf die weißen Gartenmöbel. Hinter den Stufen zum Garten konnte sie nichts mehr sehen. Alles dunkel. Es war windstill. Von ferne Autos. Manchmal. Aus der Dunkelheit Geräusche. Knacken. Wispern. Ächzen. Die Nachtgeräusche des Walds. Madeline sah in die Dunkelheit hinaus. Sie lehnte sich auf die schmiedeeiserne Armstütze der Gartenbank. Das Metall kalt unter ihrem Ellbogen. »Gibt es hier nichts zu trinken.« Wonder kam auf die Terrasse heraus. Madeline hatte ihn nicht kommen gehört. »Onkel Helmuth. Du weißt, wo du hier alles findest.« Madeline blieb sitzen. Wonder ging ins Haus zurück. Madeline baumelte mit den Beinen. Sie stützte sich auf der Bank auf und sah ihren Beinen zu, wie sie vor und zurück schwenkten und auf dem Boden schleiften. Mit einem leise zischenden Geräusch. Wonder war in der Tür zum Gartenzimmer stehengeblieben. »Das mit dem Onkel. Das müssen wir ändern.« Wonder ging weg. Madeline legte die Beine auf den Sessel vor sich. Der Polster auf dem Sitz warm unter ihren Unterschenkeln. Kühle vom Wald her. Madeline hörte Gläser klirren. Wonder kam zurück. Er stellte eine Flasche und Gläser auf den weißlackierten Blechtisch. Bei seiner nächsten Visite würde er etwas zu trinken mitbringen. Etwas Ordentliches, sagte er. Während er die Flasche aufschraubte. Er habe nur Wermut gefunden. Gott sei Dank trockenen Wermut. Er hätte ja verzweifeln müssen, wenn er sich jetzt womöglich mit süßem Wermut betrinken hätte müssen. Madeline lachte. Hier müßte er sich selbst versorgen. Das wäre doch schon immer so gewesen. Das wüßte er doch. Wonder schenkte ein. Er reichte Madeline ein Glas. Er hätte gedacht, erwachsene Kinder im Haus. Das wäre eine Garantie für eine sichere Alkoholversorgung. Madeline nahm das Weinglas. Hielt es am Stiel. Sie wandte sich der Laterne zu. Hob das Glas gegen das Licht der Laterne. Größere Gläser hätte er wohl nicht gefunden, fragte sie. Er hätte Rotweingläser genommen. Ja, das wisse er, sagte Wonder. Er setzte sich auf die Gartenbank. Nahe zu Madeline. Er habe nicht dauernd einschenken wollen. Wenn er schon einmal so gemütlich dasitzen könne, dann wolle er nicht dauernd aufspringen müssen und sich einschenken. Aber er könnte doch die Flasche neben sich stellen, sagte Madeline. Jetzt könnten sie gemütlich trinken. Richtig gemütlich, sagte Wonder. Madeline hob das Glas und sagte »Prost«. Sie nippte am Wermut. »Ordentlich«, sagte Wonder. Und »Ordentlich trinken.« Und das sei ein ärztlicher Befehl. Er hob sein

Glas. Stieß gegen ihres und wartete, bis sie einen großen Schluck genommen hatte. »Der zweite ist dann schon leichter«, sagte er. Er saß seitlich auf der Bank. Sah ihr ins Gesicht. Er stieß wieder mit ihr an. Madeline rückte weg. Ob er sie betrunken machen wollte. Wonder wandte sich wieder nach vorne. Sah auf den Boden. Vor sich. Er hielt das Glas mit beiden Händen. Das wäre wieder ein Tag gewesen. Er seufzte. Trank. Madeline seufzte zustimmend. Wonder setzte sich auf. Sie habe es ja auch nicht gerade leicht, sagte er. Es sei egoistisch von ihm, seinen Tag wichtiger zu nehmen. Aber er habe sich immer noch nicht daran gewöhnt. Wie rapide. Wie rapide es mit Agnes. Diese Krankheit. Diese tückische Krankheit. Und man könne nie genau wissen. Aber Agnes. Und es tue ihm leid. »Nein. Nein«, fiel Madeline ihm ins Wort. Sie wußte es ja. Und sie müßte ja wissen, was er glaube. Wie es weitergehen würde. Mit der Mutter. Mit dieser Krankheit, sagte Wonder. Mit dieser Krankheit. Da könne man gar nichts voraussagen. Gar nichts. Und alle seine Prophezeiungen seien ja nicht eingetroffen. Die wären ja alle falsch gewesen. Manchmal. Er trank sein Glas aus. Stand auf. Schenkte sich nach. Setzte sich. Manchmal habe er das Gefühl, Agnes umarme dieses Leiden. Wenn er zu ihrer Mutter käme. Da habe er manchmal das Gefühl. Aber er sollte nicht so mit Madeline reden. Wonder stand wieder auf. Ging nach vorne. Zu den Stufen von der Terrasse in den Garten hinunter. Er setzte sich auf das Backsteinmäuerchen rund um die Terrasse. Er hielt sein Glas vor sich. Vorgebeugt. Sah Madeline an. Madeline stand auf und holte sich einen Sitzpolster aus einem Sessel. Sie setzte sich wieder und hielt den Polster an den Bauch. Sie verschränkte die Arme über dem Polster. »Was meinst du damit«, fragte sie. Wonder zuckte mit den Achseln. Ihm käme es eben vor, als habe Agnes dieses Leiden zum Liebhaber genommen. Als Strafe. Und er müsse zusehen. Bei dieser Liebschaft. Gegen jeden anderen Nebenbuhler. Da hätte er etwas tun können. »Umbringen. Meinetwegen.« Wonder trank. Abstechen hätte er jeden anderen Konkurrenten können. Niederschießen. Niederschlagen. Nur gegen multiple Sklerose. Da könne er nichts tun. Gar nichts. Und weil Agnes. »Verzeih. Wenn ich so über deine Mutter rede.« Und weil Agnes eine leidenschaftliche Person sei. Deshalb ginge es so rasant bergab. Madeline saß da. Sie drückte den Polster gegen sich. Was er damit sagen wolle, fragte sie. Sie wäre ja diejenige, die das alles den ganzen Tag mit ansehen müßte. Madeline sah in die Dunkelheit hinter Wonder. Er wolle gar nichts sagen. Damit. Es sei nur, sagte Wonder. Weil er mit Agnes. Und weil er sie alle so gut kenne. Es verfolge ihn. Die Machtlosigkeit der Medizin. Und er müsse sich fragen, ob er nicht Mitschuld habe. Ob ihn nicht eine gewisse Mitschuld träfe. Und außerdem. Auch als Arzt. Wonder stand auf. Auch als Arzt habe man Gefühle. Auch als Arzt könne man nicht so einfach abschalten. Madeline trank einen großen Schluck. Der Wermut schmeckte süß. Süßlich. Onkel Helmuth mußte sich geirrt haben. Das war süßer Wermut. Madeline richtete sich auf. Sie versuchte das Etikett auf der Flasche zu entziffern. Es war zu dunkel. Sie konnte die kleine Schrift nicht lesen. Und die Farben auf dem Etikett waren nicht zu erkennen. Das Licht von der Laterne an der Hausmauer zu schwach. Sie sähe ihrer Mutter jeden Tag ähnlicher, sagte Wonder. Er trank sein Glas aus. Ging zum Tisch. Schenkte sich wieder ein. Ob ihre Mutter jetzt schlafe, fragte Madeline. Er glaube nicht. Wonder trank. Ob es nicht doch etwas anderes zu trinken gäbe. In diesem riesigen Haus. Wonder ging das Mäuerchen entlang. Warum sie diese Hütte nicht endlich verkauften, fragte er. Vorwurfsvoll. Sie säßen da auf einem Millionenobjekt, und es gäbe keinen Cognac im Haus. »Doch«, sagte Madeline. Und er solle zu predigen aufhören. Er kenne doch die Situation. Und das letzte, was sie brauchen könnte. Das wäre eine Predigt. Madeline stand auf. Sie schob ihren Minirock zurecht. Ging ins Haus. Sie lief durch das Gartenzimmer in die Halle. Ins Speisezimmer. Durch die Tapetentür im Speisezimmer in die Pantry. Sie drehte das Licht in der Pantry auf. Die Hansi hatte Kochcognac. Irgendwo. Madeline öffnete die Türen der Anrichte. Schaute in die Regale. Sie ging in die Küche. Die Tür von der Pantry zur Küche stand immer offen. Diese Tür war verzogen. Man hätte sie abschleifen lassen müssen. Madeline schaute in die Küchenkredenz. Hinter dem griffigen Mehl stand eine Flasche. Madeline holte sie aus dem Kasten. Es war Weinbrand. Stock Weinbrand. Altes Stammfaß. Während sich die Hansi Weinbrand in den Kaffee goß, empörte sie sich immer. Warum dieser gute Weinbrand nicht Cognac genannt werden dürfe. Wo dieser Weinbrand doch mindestens so gut wie Cognac war. Madeline hatte die Flasche in der Hand. Wonder stand in der Tür zur Pantry. Das habe er nicht gewollt, sagte er. Begütigend. Das habe er wirklich nicht gewollt. Daß sie nach Cognac zu suchen begänne. Madeline stand mit der Flasche Weinbrand in der Hand da. Sie hatte kein Licht aufgedreht. In der Küche. Wonder war eine dunkle Silhouette in der Tür. Seine große breitschultrige Gestalt füllte die Tür aus. Er stützte sich mit beiden Händen am Türrahmen ab. Er sah sie an. Sie konnte seine Augen nicht sehen. Das Licht fiel von hinten auf seine Wangen. Wonder trat einen Schritt in die Küche. Er habe sie nicht beleidigen wollen, sagte er. Es sei doch gleichgültig, was zu trinken im Haus sei. Er kam noch einen Schritt näher. »Nein. Nein«, sagte Madeline. Er habe schon recht. Mit allem. Aber was sie machen solle. Ob er eine Vorstellung davon habe, was sie machen könne. Madeline spürte ihre Stimme dünn werden. Was alle glaubten, wie sie das alles machen sollte. Ihre Stimme wurde immer höher. Sie hörte sich selbst. Dünn. Ein bißchen schrill. Hysterisch. Madeline wollte aus der Küche weg. Sie hielt Wonder die Flasche hin. Da. Da habe er den Cognac. Und er solle ihn austrinken. Er solle ihn gleich ganz austrinken. Dann wäre er weg. Dann gäbe es auch keinen Weinbrand. Und für neue Flaschen. Da gäbe es das Geld ohnehin nicht. Und dann wolle sie in Ruhe gelassen werden. Von ihm. Von allen. Sie müsse sich mittlerweile die Kleider selber nähen. So weit sei es gekommen. Alle hielten sie für die schönste Frau weit und breit. Und sie müßte sich die Kleider selber nähen. Weil ihre Mutter lieber krank wäre. Und ihr lieber Bruder nach altem Zeug in der Erde herumgrub. Als ob es hier nicht genug alten Plunder gäbe. Madeline zog den Arm zurück. Die Hand mit der Flasche Weinbrand hatte zu zittern begonnen. Sie hielt den rechten Arm mit dem linken. Stützte den rechten Arm. Wonder sollte das Schütteln nicht sehen. Wonder stand vor ihr. Er sah auf sie herunter. »Madeline«, sagte er. »Madeline. Kinderl.« Er zog sie an sich. Umarmte sie. Hielt sie an sich gepreßt. Madeline mußte den Kopf aus seiner Umarmung drehen. Er hatte ihre Nase und den Mund in seine Wollweste gepreßt. Ihr den Atem abgesperrt. Wonder flüsterte auf sie ein. Madeline ließ sich halten. Gegen ihn gedrückt, spürte sie, wie sie zitterte. Sie stand von ihm umfangen. Der Kopf hohl. Leicht. Als könnte er hinten überkippen. Die Schultern eine Last.

Eine Schwere hinter der Kehle. In die Brust. Wonder schob sie von sich weg. Er sah ihr ins Gesicht. Sein Gesicht im Schatten. »Madeline. Meine arme kleine Madeline«, flüsterte er. Er zog sie wieder an sich. Ihr war schwach. »Ja. Das ist alles ungerecht«, murmelte Wonder in ihre Haare. Er führte sie aus der Küche. Sie solle da einmal weg. Sie müsse wegkommen, sagte er. Er schob sie vor sich durch die Tür. Madeline verbarg die Augen. Das Licht in der Pantry gleißend. Eine riesige weiße Glaskugel hing tief in den Raum herunter. Alle Winkel waren ausgeleuchtet. Scharfschattig war alles genau zu sehen. Der grauverbackene Staub in den Ritzen zwischen den Bodenbrettern. Die abblätternde Wandfarbe. Die angeschlagenen Kanten der Möbel. Die in 2 Teile zersprungene Glasplatte auf der Anrichte. Das zerkratzte Email des Ausgusses. Das rostige Blech für die Blumen. Das angelaufene Silber der Vasen im Regal darüber. Blumen sollten nur in silbernen Vasen prangen, hatte der Großvater verlangt. Silberkrüge standen da. Silberkugeln. Silberbecher. Silberpokale. Silberne Wannen. Schon lange hatte niemand mehr diese Vasen geputzt. In der schwefelgetränkten Luft in Baden verrottete Silber besonders schnell. Silber lief an und war in Kürze mit einem schwarzbraunen Belag überzogen. Die Silbervasen waren schwarz. Grünschimmelige Adern durchzogen den Belag. Die anderen Metalle der Legierungen bluteten grün durch. Die Vasen hätten aus massivem Silber sein sollen. Der Großvater hätte massivsilberne Vasen bestellt gehabt, hatte die Großmutter immer gesagt. Er war betrogen worden. Die Vasen waren nicht mehr zu retten. Madeline hatte sie einmal mit Silberwatte polieren wollen. Die Gesichter der Grazien in Silberblech getrieben. Auf einer Blumenwanne. Die waren mit feinen giftgrünen Rissen überzogen. Das Silber war nicht mehr zum Glänzen zu bringen gewesen. Und die Vasen nichts wert. Die Großmutter hatte sie verkaufen wollen. Im Notfall. Madeline hielt die Hand vor die Augen. Gegen das Licht. Hier gehöre kräftig aufgeräumt, sagte er. Vorwurfsvoll. Madeline stand. Unter der weißgleißenden Glaskugel. Sie konnte kaum gehen. Die Beine steif und unbeweglich. Wonder schob sie weiter. Madeline tastete nach dem Türrahmen. Hielt sich fest. Wonder nahm ihre Hand und zog sie in das Speisezimmer. Er führte sie durch das Zimmer zum Sofa. An der gegenüberliegenden Wand. Madeline setzte sich. Es ginge schon, sagte sie. Sie keuchte. Schnappte nach Luft. Als wäre sie weit gelaufen. Aber sie wollte es Wonder nicht merken lassen. »Tief atmen«, befahl Wonder. Er hob ihre Beine auf das Sofa. Madeline lehnte in der Ecke. Der Kopf gegen die Holzrosen auf dem geschnitzten Rahmen der Lehne. Die Holzrosetten kantig gegen den Kopf. Madeline hielt sich an der Armlehne fest. Sie wußte einen Augenblick nicht, wo oben und wo unten war. Das Licht aus der Pantry fiel durch die Tür. Die Dunkelheit dahinter. Gegen das Fenster zu. Alles verschwommen. Nebelig. Madeline schloß die Augen. Riß die Augen wieder auf. Onkel Helmuth sollte das Licht aufdrehen. Die Dunkelheit. Sie werde schwindlig davon. Wonder saß am Rand des Sofas. Sie sollte tief atmen. Und sie solle aufhören, ihn Onkel zu nennen. Das sei ja nun wirklich nicht mehr richtig. Madeline lehnte in der Sofaecke. Wonder über sie gebeugt. Das sei wohl alles zu viel für sie. Für so eine zarte Person, murmelte er. Ob es wieder ginge. Madeline nickte. Sie bekam keine Luft. Sie wollte atmen können. Sie wollte sehen. Sie wollte niemanden so nahe. Über sich. Niemanden. Madeline richtete sich auf. Sie konnte nichts sagen. Wonder stand auf. Er hole nur seinen Koffer. Er könne sie doch alleine lassen, fragte er. Madeline nickte. Wonder ging. Madeline ließ sich zurückfallen. Gegen die Lehne. Sie atmete schnell. Aber sie bekam kaum Luft in sich hinein. Das Atmen kam nur bis zur Kehle. Der Hals versperrt. Die Brust versteinert. Undurchdringlich. Unerreichbar. Madeline schlug sich gegen das Brustbein. Sie schlug mit der flachen Hand gegen das Brustbein. Ihr wurde heiß. Erstickte sie. Erstickte sie auf dem altrosaverblichenen Sofa im Speisezimmer. Auf dem Sofa hatte man sitzen müssen, wenn es keine Nachspeise gegeben hatte. Oder kein Abendessen. Zur Strafe. Und jetzt gab es auch keine Luft. Das war logisch. Madeline wunderte sich einen Augenblick, warum sie sich nicht wunderte. Wie selbstverständlich das war. Ersticken. Wie ruhig. Sie hätte gedacht, man hätte schreien wollen. Eine heiße Welle stieg über die Schultern und das Genick und den Hals in den Kopf. Es war dann gleich wieder kalt. Sie schwitzte. Der Schweiß sofort klamm und kalt. Auf dem Hals. Im Gesicht. Dunkelheit stieg auf. In ihr. Ein schepperndes Hallen im Kopf. Hinten. Und vorne. Hinter der Stirn noch der Gedanke. Kurz. Daß sie ohnmächtig wurde. Im Wegsacken die Angst dicht um das Herz. Ein Ziehen. Innen. Irgendwo tief im Kopf. Tief hinter der Kehle. Im Aufwachen. Einen Augenblick alles in Ordnung. Die Glieder locker. Der Kopf frei. Im Körper Ruhe. Süße Ruhe. Sie blieb liegen. Wonder kam dann wieder ins Zimmer. Er drehte das Licht auf. Der Luster über dem Eßtisch. Nackte Glühbirnen auf Hirschgeweihen. Die Geweihe zu einem großen Kranz ineinandergesteckt. Die Glühbirnen auf dem Luster blendeten. Das Licht fiel auf den langen Tisch unter dem Luster. Reichte nicht weiter. Wonder zog sich einen Sessel zum Sofa. Stellte die Arzttasche auf den

Sessel. Setzte sich auf den Sofarand. Sah auf sie herunter. Ihre Mutter habe ihn gehört. Er habe zu ihr hinaufschauen müssen. Aber jetzt. Jetzt sei er nur für sie da. Wie sie sich fühle. Madeline lächelte. »Ganz gut«, sagte sie. Madeline wollte sich nicht bewegen. Nicht dieses Wohlgefühl unterbrechen. Wonder schnappte seine Tasche auf. Er zog sein Stethoskop heraus. Steckte die Enden in die Ohren. Schob mit der linken Hand Madelines Pullover hinauf. Er hörte sie ab. Madeline spürte das Stethoskop kalt auf ihrer Haut. Wonders warme Hand legte das Stethoskop neben ihr Brustbein rechts oben. Rutschte herunter. Nach links. Nach rechts über dem Busen. Links unter dem Busen. Sie solle tief atmen, sagte er. Immer wieder. Tief über sie gebeugt. Den Kopf weggedreht horchte er in sie hinein. Das sei alles in Ordnung. Eigentlich, schüttelte er den Kopf. Er messe jetzt noch ihren Blutdruck, sagte er. Er legte sich das Stethoskop um den Hals und holte ein Blutdruckmeßgerät aus der Tasche. Er schob den Ärmel ihres Pullovers hinauf. Der Ärmel war zu eng. Ließ sich nicht zurückschieben. Sie müsse den Pullover ausziehen, sagte er. Das wäre zu kalt, seufzte Madeline. Sie lag still da. Sie solle das machen. Für ihn. Das sei ja nur zu seiner Beruhigung. Madeline richtete sich auf. Langsam. Sie zog den Pullover über den Kopf hinauf. Sie trug nur ein dünnes Hemd unter dem Pullover. Ein Seidenhemdchen mit einem breiten Band Spitze oben und Spaghettiträgern aus Seidenfäden geflochten. Die Spitze war eingerissen. Vom Waschen. Das Hemd rutschte mit dem Pullover hinauf. Madeline fror. Wonder legte die Manschette um ihren linken Arm. Madeline schauderte. Sie spürte ihre Brustwarzen hart werden. Die Manschette war eiskalt. Ob das wirklich sein müsse, fragte sie. »Wir wollen doch alles ganz genau wissen«, lächelte Wonder sie an und pumpte die Manschette auf. Der Arm wurde in der Kälte eingezwängt. Bis Madeline die Kälte nicht mehr spürte. Nur noch den Druck. Wonder ließ die Luft aus der Manschette ausströmen. Sah auf die Druckanzeige und auf seine Uhr. Sie saßen still. Nur die Luft zu hören. Wie sie entwich. Wonder saß mit dem Rücken zu ihr. Um Licht auf das Manometer zu bekommen. 110 zu 90, sagte er. Das sei nicht überwältigend. Aber sicher nicht beunruhigend. Da schiene auch alles in Ordnung zu sein, sagte er. Was denn los sei, fragte er und nahm die Manschette ab. Madeline setzte sich auf. Sie rutschte in die Ecke nach hinten. Zog die Beine an. »Ach«, sagte sie. Sie wüßte auch nicht. Wonder beugte sich zu ihr. »Weißt du was«, sagte er. Sie müsse aus dem Haus. Wahrscheinlich sei sie seit Wochen nicht aus dem Haus gewesen. Und wo Roderick sei. Eigentlich. Es ginge doch nicht an, sie alles machen zu lassen. Rick wäre in Kleinasien, murmelte Madeline. Bei einer Grabung. »Muß er Troja noch einmal ausgraben«, sagte Wonder. Vorwurfsvoll. Madeline suchte nach ihrem Pullover. Wonder seufzte. Das wäre doch alles gut und schön. Aber Madeline sei dadurch überlastet. Roderick verfolge seine Interessen. Und Madeline habe den Rest zu besorgen. Aber jetzt. Wonder sprang auf. Er steckte den Blutdruckmesser in seine Tasche. Jetzt gingen sie aus. Jetzt entführe er sie. Ganz einfach. Sie müsse unter Leute. Sie wäre schon richtig blutarm geworden. Das ließe sich nur durch Leben beheben. Leben. Lachen. Tanzen. Musik. Und essen. Sie habe ja auch sicher nichts gegessen. Den ganzen Tag lang. Madeline schüttelte den Kopf. Sie wolle nichts essen. Essen. Sie hätte gegessen. Und es wäre ja nicht notwendig. Immer zu essen. Und außerdem. Sie könnte ja doch nicht weg. Wegen der Mutter. Und die

Hansi müsse schlafen. Ausschlafen. Madeline zog den Pullover an. Wonder stand vor dem Sofa. Er hielt seine Arzttasche in der Hand. »Nein. Nein«, sagte er. »Keine Widerrede.« Und sie solle sich nicht wehren. Das habe gar keinen Sinn. Ihre Mutter schlafe. Madeline zog ihre langen Haare aus dem Pullover. Sie saß am Sofarand. Strich den Pullover glatt. »Nein. Nein.« Das hätte keinen Sinn. Die Mutter wache auf. Immer wieder. Und dann müßte jemand dasein. »Das werden wir gleich haben«, sagte Wonder. Er stellte die Arzttasche wieder auf den Sessel. Klappte sie auf. Er griff in eine Seitentasche. Holte ein Fläschchen heraus. Warum ihm das niemand gesagt habe, fragte er. Agnes hätte immer behauptet, schlafen zu können. Gut zu schlafen. Madeline solle ihrer Mutter 20 Tropfen geben. Davon. Er drückte Madeline das Fläschchen in die Hand. Wonder ging in die Halle. Seine Schuhe laut auf dem Steinboden. Er setze sich auf die Terrasse, sagte er. Er tränke da noch einen Wermut. Er warte da. Madeline stand auf. Ging. Das Gehen eckig. Steif. Sie stieg die Stufen hinauf. Beugte sich vor. Die Schultern schwer. Der Rücken wieder müde. Madeline sah in die Halle hinunter. Wonder hatte seine Arzttasche auf das Marmortischchen gestellt. Die Tür zum Zimmer der Mutter stand offen. Madeline fragte, »Mama. Bist du wach. Mama?« Sie schaute in das Zimmer. Die Mutter lag im Bett. Links an der Wand. Sie hatte die Augen geschlossen. Das Licht der Stehlampe an ihrem Bett mit einem rosaroten Seidenschal abgedeckt. Gleich neben dem Bett der Heizstrahler. Die Heizspirale rotglühend. »Mami?« fragte Madeline. Sie ging in das Zimmer. Auf Zehenspitzen. Stand am Bett. Sah auf die Mutter. Die Frau nickte mit dem Kopf. Sie machte die Augen nicht auf. Onkel Helmuth schicke sie, sagte

Madeline. Sie sollte ihr noch eine Medizin geben. Madeline beugte sich über die Mutter. Die Mutter lag seitlich. Ihre aschblonden Haare mit weißen Fäden durchzogen. Die Haare zu einem Zopf geflochten. Auf dem Polster. Die Mutter sah klein aus. Noch zarter. Scharfe Linien auf der Stirn und in den Wangen. Unter den Augen braune Schatten. Onkel Helmuth meine, mit diesem Mittel könne sie besser schlafen. Ob sie es nehmen wolle. Die Mutter nickte. Madeline ging in das Badezimmer rechts. Das Krankenzimmer war früher das Ankleidezimmer gewesen. Die Mutter lag da, weil das Badezimmer anschloß. Madeline machte kein Licht im Badezimmer. Sie nahm ein Glas von der Glasetagere unter dem Spiegel. Sie drehte das Wasser auf. Ließ das Wasser laufen. Die Mutter mochte das Wasser kalt. Sie ließ das Wasser in das Glas rinnen. Madeline ging in das Zimmer zurück. Sie zählte 20 Tropfen in das Glas. Die Tropfen stiegen im Wasser auf. Bildeten eine grünliche Schicht an der Oberfläche. Madeline schwenkte das Glas. Ließ das Wasser kreisen. Die Tropfen verteilten sich. Das Wasser wurde trüb. Madeline setzte sich auf das Bett. Sie müsse das trinken, sagte sie. Die Mutter nickte. Sie begann sich aufzurichten. Sie stützte sich mit einem Arm auf. Madeline griff der Mutter unter das Genick. Hob den Kopf an. Sie hielt der Frau das Glas an den Mund. Ließ das Wasser langsam in den Mund rinnen. Die Mutter schluckte. Sie trank die Hälfte. Dann ließ sie sich zurückfallen. Sie wolle nicht so viel trinken, murmelte sie. Madeline wüßte das doch. Sie müßte trinken, sagte Madeline. Laut. Madeline wußte nicht, ob die Mutter alles hörte. Weil sie auf so vieles nicht reagierte, sprach sie immer laut und deutlich mit ihr. Sie müsse trinken. Die Mutter schüttelte den Kopf. Madeline hob den Kopf wieder an. Einen Augenblick stemmte sich die Frau gegen diesen Griff. Dann hob sie den Kopf mit in die Höhe und trank das Glas aus. Madeline ließ den Kopf auf den Polster zurückgleiten. Die Mutter lag da. Der Kragen des rosaroten Flanellnachthemds war hinaufgerutscht. Madeline zog den Kragen zurecht. Das schmecke scheußlich, flüsterte die Mutter. Verzog das Gesicht. Ob der Helmuth nichts Besseres habe. Madeline zog die Decke hinauf. Sie legte die Decke über die Brust der Mutter. Beugte sich zu der Frau hinunter. »Gute Nacht«, sagte sie. Küßte sie auf die Wange. Madeline stand auf. Sie überlegte. Sollte sie die Windeln wechseln. Sie ging ins Badezimmer. Wusch das Glas aus. Stellte es zurück. Sie ging wieder an das Bett. Sie hob die Bettdecke. Griff darunter. Tastete neben den Hüften der Mutter das Leintuch ab. Es war alles trocken. Die Frau lag unbeweglich. Schlaff. Die Augen geschlossen. Madeline ging hinaus. Sie nahm das Fläschchen mit. Auf dem Etikett war das Zeichen der Heiligen-Geist-Apotheke. Es war mit Handschrift etwas auf das Etikett dazugeschrieben. Es war zu dunkel, die Handschrift entziffern zu können. Madeline lief die Stiegen hinunter. Sie stellte das Fläschchen neben die Arzttasche auf das Marmortischchen. Ging auf die Terrasse. Wonder ging auf und ab. Er ging das Mäuerchen zum Garten nach hinten entlang auf und ab. Er hatte die Hände am Rücken zusammengelegt. Er gähnte. Hielt sich die Hand nicht vor den Mund. Madeline blieb in der Tür stehen. Wenn er zu müde wäre, sagte sie. Wonder drehte sich ihr zu. »Nein. Nein«, rief er. Nein. Nein. Und sie habe ihn erschreckt. Mit ihrer Lautlosigkeit. Er kam auf sie zu. Sie hätte die Medizin in der Halle gelassen, sagte Madeline. »Ach ja.« Wonder zuckte mit den Achseln. Das seien nur Truxaltropfen. Die könne sie ihrer Mutter jeden Abend geben.

Von nun an. Ob Agnes jetzt schlafe, fragte er. Noch nicht, sagte Madeline. Sie ging auf die Terrasse hinaus. Der Himmel bleich. Der Mond immer noch nicht zu sehen. Das Licht der Laterne an der Wand fahl. Die Wiese zum Hang. Der Hang. Der Wald den Hang hinauf tiefschwarz. Undurchdringlich. Madeline holte tief Luft. Wonder legte den Arm um ihre Schulter. »Nicht wieder«, sagte er. Er zog sie mit sich. Sie gingen die Terrasse entlang. Madeline ging an Wonder gelehnt. Sein Sakko war zur Seite gerutscht. Madeline spürte die Wärme seines Körpers durch sein Hemd und die Wollweste. Sie schmiegte sich unter seinen Arm in die Wärme. Sie gingen. Redeten nichts. Die Beschläge auf seinen Schuhen. Seine Schritte auf dem Klinkerboden metallen dumpf. Madeline ging lautlos. Ihre Ballerinas machten kein Geräusch. Madeline dachte an die Mutter. Ob sie die Windeln nicht doch wechseln hätte sollen. Und sie hatte nicht nachgesehen, ob die Gummimatte richtig gelegen hatte. Nichts verschoben gewesen. Sie gingen. Madeline sah auf den Boden. Die Klinkerkacheln locker. An manchen Stellen kippten die Kacheln beim Draufsteigen. Es war ein Spiel gewesen. Wer die Länge der Terrasse nur auf solchen kippenden Kacheln gehen konnte. An einer Stelle. Fast am Ostende der Terrasse. Da waren die Kacheln alle in Ordnung gewesen. Fest. Nur mit einem sehr weiten Sprung hatte man die letzte lockere Kachel erreichen können. Für Rick war das kein Problem gewesen. Er war 15. Damals. Und sie 13. Und immer kleiner als Rick. Sie hatte die Kacheln lockern wollen. Sie hatte eine der Kacheln da zum Kippen bringen wollen. Sie hatte die Kacheln mit einem dicken Schraubenzieher locker machen wollen. Die Kacheln waren gebrochen. Zersprungen. Sie hatte nie gewonnen. Sie ging an Wonder gelehnt. Wonder seufzte. »Perfekt könnte es sein. Hier. Perfekt«, sagte er. Er blieb stehen. Sah in den Wald hinauf. In die finstere Dunkelheit. Er drehte sich zum Haus. Zog sie mit. Der Mond stand knapp über dem Hügel gegenüber. Weit hinter dem Haus. Über der Schwechat. Der Bergfried der Ruine Rauheneck stand schwarz vor den gelbsilbrigen Wolken um den Mond. »Perfekt«, sagte Wonder. Er stand lange. »Schau jetzt einmal nach deiner Mutter.« Er schob Madeline in Richtung der französischen Türen. »Ich mache hier alles zu. Du kannst ihr noch Heptadon geben. Gib ihr das in ein Glas Milch. Brich die Ampulle einfach auf. Sonst kann sie wegen der Schmerzen nicht schlafen.« Madeline ging. Sie fühlte die holprig wackeligen Klinkerplatten auf der Terrasse. Den kalten glatten Parkettboden im Gartenzimmer. Die abgetretene Ecke des Teppichs. Den Mosaiksteinboden in der Halle. Die Steinchen unter den dünnen Sohlen. Beim Aufwischen mußte man achtgeben. Die Mosaiksteinchen waren lokker. Besonders die dunkelroten. Madeline ging in die Küche hinunter. Goß Milch aus dem Eiskasten in ein Glas. Stellte das Glas auf den Küchentisch. Brach die Spitze der Ampulle ab. Ließ die helle Flüssigkeit in die Milch rinnen. Nahm das Glas. Ging in die Halle. Über das glattgeschliffene Holz der Stiegen hinauf. Sie ging über den dünngetretenen Perserteppich die Balustrade entlang zur offenen Tür ins Krankenzimmer. Das rosige Licht. Sie blieb in der Tür stehen. Die Mutter lag auf dem Rücken. Sie sah jung aus. Das Gesicht fiel von der Nase glatt nach hinten. Der Mund leicht geöffnet. Die Augen tief in den Höhlen. Die Mutter sah angestrengt aus. In sich zurückgezogen. Weit weg. Madeline setzte sich an den Bettrand. Stellte das Glas auf das Nachtkästchen. Nahm die Hand ihrer Mutter. Die Hand kühl. Dünn. Beim Halten verschob sich die Haut über den Knochen. Madeline hätte die Mutter umarmen mögen. Umarmen und an sich drücken. Und in der Umarmung diesen Druck um die Kehle und die Tränen. Diesen heißen Druck in der Kehle. Die verzweifelten Tränen. All die Schrecklichkeiten in die Umarmung gepreßt. Und alles hätte gut sein sollen. Die Mutter sollte nicht so liegen. Madeline wollte diese Person nicht dieses Leid haben sehen. Und wie sie gegen diese Krankheit kämpfen mußte. Nicht aufgeben konnte. Nicht wehrlos bleiben konnte, wie sie es sonst immer gewesen war. Madeline fühlte die Hand ihrer Mutter in ihrer Hand zucken. »Kannst du nicht schlafen«, fragte sie. Die Mutter lächelte. Sie hielt die Augen geschlossen. Angestrengt. Sie bemühte sich, die Augen nicht zu öffnen. So mußte sie die Sehstörungen nicht zur Kenntnis nehmen. Sie wollte dem Verlust ihres Körpers nicht den der Wahrnehmung hinzufügen. Sie habe sich immer belogen, hatte sie zu Madeline gesagt. Und sie würde das jetzt nicht so einfach aufgeben. Nur, weil sie krank geworden war. Sie war mit dem Taxi ins Hotel Esplanade gefahren. Sie hatte die Spielkarten längst nicht mehr halten können. Sie hatte die Spielkarten in einen Serviettenständer geklemmt. Und gespielt. Madeline legte die Hand der Mutter auf die Bettdecke zurück. Madeline stützte die Frau. Hob die Mutter hoch. Hielt sie um die Schulter. Hielt die Mutter gegen sich gelehnt hoch. Nahm das Glas und hielt es ihr an den Mund. Die Frau trank nur kleine Schlucke. Nippte an dem Glas. Würgte. Madeline hielt sie. Die Mutter schien zu müde zu sein, größere Schlucke zu machen. Madeline stellte das Glas dann weg. Die Mutter hatte kaum etwas getrunken. Madeline ließ die Mutter auf die Polster zurückgleiten. Der Oberkörper. Abgemagert. Knochig. Steif. Schwer. Madelines Rücken schmerzte. Sie wollte die Mutter nicht auf den Polster zurückplumpsen lassen. Sie hielt sie. Ließ sie langsam zurückrutschen. Die Mutter lag dann wieder. Madeline legte ihr den Zopf neben den Kopf. Über den Nacken auf die Brust. Sie zog die Bettdecke hinauf. Küßte die Mutter auf die Wange. Sie rollte die Daunendecke vom Bettende aus. Legte die Daunendecke über die Wolldecke. Madeline hörte Wonders Schritte in der Halle. Sie ging. Sie machte die Tür hinter sich zu. Nur die Wandkandelaber neben der Stiege gaben ein schwaches Licht. Madeline lief in ihr Zimmer. Der Gang dunkel. Sie holte eine Jakke. Sie trat vor den Spiegel. Drehte das Licht am Spiegel auf. Die Leuchtröhre flackerte. Leuchtete erst nach dem dritten Flackern. Madeline sah sich an. Ihre Augen rot. Rot umrandet. Die Haut weiß. Farblos. An den Nasenflügeln blaue Schatten. Die Nase lilablau. Auf der Stirn eine lange Falte von der rechten Augenbraue hinauf. Eine Furche von den Augenwinkeln über die Wangen. In diesem Spiegel war sie häßlich. Die Furche von den Augenwinkeln über die Wangenknochen war nur in diesem Spiegel überhaupt zu sehen. Aber sie konnte sich ganz sehen. Sie nahm die Haarbürste vom Frisiertisch neben dem Spiegel. Bürstete die Haare. Vor diesem Spiegel machte sie es. Wenn sie nackt vor diesem Spiegel stand. Die eine Hand an den Brüsten. Die rechte zwischen den Beinen. Die Oberschenkel ganz schmal. Vom Spreizen. In diesem Spiegel sah die Haut schlaff aus. Faltig. Bläulich bleich. Ricks dunkle Haut hatte in diesem Licht nie so blau wächsern ausgesehen. Madeline drehte das Licht ab. Sie kippte den Schalter an der Leuchtröhre rechts herunter. Ging aus dem Zimmer. Wonder kam die Stiegen herauf. Sie lief ihm entgegen. Was denn los sei. Wo sie bleibe, fragte Wonder leise. »Alles in Ordnung«, flüsterte sie und nahm Wonder unter dem Arm. »Brauchst du sonst nichts«, fragte Wonder. Madeline lachte. Nein. Sie ginge immer ohne Handtasche. Sie hasse Handtaschen. Das wüßte er doch. Madeline hielt ihm die Tür auf. Wonder griff nach seiner Arzttasche. Er sagte, er lasse die Truxaltropfen da. Die könne sie Agnes jeden Abend geben. »Ab. In die Kuhstallbar«, rief er vor dem Haus. Madeline sperrte die Haustür ab. Ob er die Türen gut zugemacht habe, fragte sie. Wonder sperrte die Tür zu seinem Alfa Romeo auf. »Aber sicher«, nickte er. Madeline stieg ein. Das Gartentor stand offen. Madeline stieg aus und schloß die beiden schwarzen schmiedeeisernen Torflügel hinter ihnen. Sie lief zum Wagen und stieg ein. Wonder gab Gas. Er fuhr die Helenenstraße. Der Aquädukt der Hochquellwasserleitung hoch über dem Licht der Straßenlampen. Schwarz in den Himmel. Madeline erwartete immer einen Ziegel auf den Kopf. Unter diesen Aquädukten. Wenn sie nach Baden hineinwollte, mußte sie unter der Wiener Hochquellwasserleitung durch. Sie sah immer in die hohen Bögen hinauf. Immer beunruhigt. Wonder fuhr schnell. Der Ziegel hätte nicht schnell genug sein können, dachte sie. Wonder fuhr beim Hotel Esplanade über die Schwechat nach rechts. In die Weilburgstraße. An der verfallenen Otto-Wagner-Villa vorbei. Im Scheinwerferlicht die Säulen hell zwischen den wuchernden Bäumen und Sträuchern. Rick hätte die Villen tauschen wollen. Wegen der Säulen. Wenn schon verfallen, sagte Rick. Dann klassizistisch. Wonder fuhr schnell. Die Weilburgstraße hinunter. Beim Zahnarzt vorbei. Über die Vöslauerstraße in die Braitnerstraße. Warum er nicht über den Josefsplatz gefahren wäre, fragte Madeline. Sie hielt ihre Jacke auf dem Schoß. Lag in dem tiefen Autositz. Ließ die Lichter vorbeisausen. Wonder schaltete in den vierten Gang. Er raste die Braitnerstraße hinunter. Ob seine Frau sein Auto erkenne, fragte Madeline. Ob er deshalb hier fahre. Wonder schnaubte verächtlich. Er wolle nur keine Probleme, sagte er. Er bremste unter den Eisenbahnbögen. Ein Mopedfahrer querte die Kreuzung. Wonder ließ den Motor aufheulen. Madeline lachte. Sie verstünde das nicht. Daß er verheiratet sei. Wonder fuhr wieder an. Er schaltete rasch. In den Häusern die Straße entlang kein Licht mehr. Die Straßenlampen weit auseinander. Sie würde das schon noch kennenlernen, sagte er. Er sah auf die Straße nach vorne. Das werde sie schon noch sehen. Irgendwann würde ja auch sie sich verheiraten wollen. Und dann. Wonder sah sie kurz an. Madeline lächelte. »Onkel Helmuth«, sagte sie. Den Onkel verbiete er sich. Ein für allemal. Er blinkte nach links. Schaltete herunter. Madeline rutschte nach vorne. Sie wurde in der Kurve nach rechts geschleudert. Wonder raste in die Kurve. Der Wagen holperte über die Gleise zur Remise der Badner Bahn. Wonder bremste nicht. Er warf das Lenkrad nach rechts. Gab wieder Gas. Madeline fiel gegen ihn. Wonder lachte. Sie fuhren die Leesdorfer Hauptstraße. In die Ebene hinaus. Zwischen Feldern. Bäume. Das Licht der Autoscheinwerfer fiel auf Baumstämme. Erhellte die Baumstämme. Kurz. Dann weiter. Wonder beschleunigte. Madeline sah nach vorne. Sie sah auf einen Punkt weit vorne. Sah die Bäume an sich heranrasen. Sie starrte geradeaus. Die Bäume am Straßenrand. Jagten vorbei. In den weiten Kurven wurde sie in die Gegenrichtung gepreßt. Sie sah geradeaus. Sah alles verschwommen. Fühlte die Geschwindigkeit. Wonder zog das Auto durch die Kurven. Ruhig. In jeder Kurve beschleunigte er weiter. Im Scheinwerferlicht blitzten die Bäume nur noch auf. Verschwanden in der Dunkelheit. Die Straße hellgrau nach vorne. Die Kurven nur zu ahnen. Wonder blinkte nach links. Er schaltete herunter. Fuhr nach links. Die Reifen quietschten. Er bremste scharf. Hielt am Gehsteig. An der Hauswand links stand in gelber Neonschrift »Kuhstallbar«. In eckiger Schreibschrift. Wonder stellte den Motor ab. Er seufzte zufrieden. Saß einen Augenblick still. »Los geht's«, rief er dann und stieg aus. Madeline suchte nach dem Türgriff. Die Autotür wurde aufgerissen. Wonder beugte sich herein. Half ihr aus dem niedrigen Wagen herauszuklettern. »Ich finde es toll«, sagte er. Madeline stand neben ihm. »Ich finde es toll. Du hast dich überhaupt nicht aufgeregt. Wegen der Geschwindigkeit.« Wie man sich über Geschwindigkeit aufregen könne, fragte Madeline. Sie gingen in das Haus. Eine Holztür und ein schmiedeeiserner Türgriff. Im Lokal Heugabeln und Holzrechen an den Holzwänden. Dunkelrote Stofflampenschirme mit rosaroten Röschen darauf. Die Ränder gerafft und mit rosa Maschen zusammengehalten. Rechts große Nischen. Vorne Tische. Rot und weiß karierte Tischtücher. Es war dunkel. Es war gerade so viel Licht, nicht über die Tische zu stolpern. Madeline konnte die Farben auf ihrem Pullover nicht mehr erkennen. Musik kam aus dem Lautsprecher. Die Monkeys sangen »Then I saw her face«. Wonder sah sich um. Eine Kellnerin im dunkelroten Dirndl kam auf sie zu. »Guten Abend. Herr Doktor«, sagte sie. Wonder ging zu einer der Nischen. »Helmuth«, rief eine Frau. Sie saß an einem der Tische vorne. An der Tanzfläche. »Helmuth«, kreischte sie. Sie sprang auf und winkte. Wonder blieb stehen. Sah die Frau an. »Marianne«, fragte er. »Helmuth«, überschrie die Frau die Musik. »Was machst du denn da.« Wonder ging zu ihr an den Tisch. Die Frau umarmte ihn. Sie sah ihn an. Küßte ihn auf die Wangen. Innig. Ihr Begleiter war aufgestanden. Die Kellnerin stand vor dem Tisch in der Nische. Sie hielt die Speisekarten bereit. Die Frau umarmte Wonder ein zweites Mal. »Das bringt uns Glück«, schrie die Frau über Wonders Schulter dem Mann zu. Der klopfte sich dreimal mit dem Mittelfingergelenk gegen die Stirn. Wonder trat einen Schritt zurück. Die Frau sagte etwas zu ihm. Wonder schüttelte dem Mann die Hand. Die Kellnerin kam an den Tisch. Fragte Wonder etwas. Madeline ging auf die Tanzfläche. Sie machte kleine Schritte zur Musik. Sie setzte die Fußballen auf. Ließ sich auf die Fersen fallen. Die Monkeys waren zu Ende. Sie spielten »Venus«. Madeline hielt die Jacke um die Schultern. Sie hielt sie mit beiden Händen. Sah ihren Füßen zu. Wie sie zur Musik kleine zuckende Schrittchen machten. Die Tanzfläche war nicht beleuchtet. Madeline tanzte. Drehte sich. Sie hielt die Jacke mit der linken Hand. Schnippte mit der rechten im Rhythmus. »Venus was her name« klang aus den Lautsprechern. Madeline hielt die Jacke wieder mit beiden Händen. Die Arme vor der Brust gekreuzt. Sie machte noch kleinere Schrittchen. Ließ die Musik abprallen. Je wilder der Rhythmus, desto weniger bewegte sie sich. Wonder nahm sie um die Taille. Sie hatte ihn nicht kommen sehen. Sie sähe verboten verführerisch aus, rief er ihr über die Musik zu. Er hielt sie an sich gepreßt. Madeline hatte die Arme gekreuzt. Hielt ihn so weg. Ihre Blasiertheit. Das sei das Aufregendste überhaupt, schrie er und schwenkte sie im Rhythmus herum. Madeline sah zu ihm auf. Die Musik war zu Ende. »Strangers in the night« begann. Madeline ging von der Tanzfläche. Wer diese Personen wären, fragte sie. Die Marianne Seifert. Das sei die Tochter von seinem Vorgänger. Dem Stadtarzt Seifert. Das wäre die, die immer im Casino gewesen sei. Jeden Abend. Mit ihrem Vater. Sie habe auf ihn aufgepaßt. Der Vater wäre ein krankhafter Spieler gewesen. Aber nach seinem Tod. Mit ihr sei es noch viel schlimmer. Nach dem, was er so gehört habe. Sie waren am Rand der Tanzfläche stehengeblieben. Wonder hielt Madeline um die Schultern. Er zog sie an sich und schob sie weg. Tändelnd. Der Musik folgend. Ob man wirklich bei diesen Leuten sitzen müßte, fragte Madeline. »Aber ja«, sagte Wonder. Er nahm sie an der Hand und führte sie an den Tisch. Er stellte sie der Frau vor. Die Frau hatte schwarzgefärbte Haare. Dünn. Schütter. Hochauftoupiert und mit Haarspray fixiert. Die dunklen Augen waren schwarz nachgezogen. Die Augen sahen noch kleiner aus. Die Frau war mittelgroß. Älter. Sicher 40. Sie war nicht dünn. Ihr großer Busen zeichnete sich unter einem Pullover spitz ab. Sie gab Madeline die Hand. Sie trug viele Ringe. Sie lächelte die ganze Zeit Wonder an. Er habe immer die schönsten Mädchen, sagte sie zu ihm. Madeline gab dem Mann die Hand. Er war klein. Schmal. Jung. Die dunklen Haare sehr lang. Fast bis zum Kragen. Madeline setzte sich. Sie wollte einen Gin Tonic, sagte sie zu Wonder. Der winkte der Kellnerin. Ob sie nichts essen wolle, fragte er. Er bekäme ein Schnitzel. Madeline verneinte. Die Kellnerin kam. Wonder bestellte. Aus dem Lautsprecher tönten Chansons. Orchesterversionen. Die Frau beugte sich zu Wonder. Sie fragte etwas. Wonder sah sich nach Madeline um. Dann antwortete er. Beugte sich der Frau zu. Madeline konnte nicht hören, was geredet wurde. Der Mann fragte sie etwas. Sie sah ihn an. Der Mann war blaß. Seine Augen rot geädert. Die Pupillen kaum zu sehen. Madeline schob ihren Sessel zurück. Sie streckte die Beine aus. Sah vor sich hin. Sie überlegte, ob sie einfach gehen sollte. Ein Taxi. Und Onkel Helmuth zahlen lassen. Sie schaute auf. Die Frau weinte. Sie tupfte mit einer Serviette ihre Augen ab. Sagte etwas zu Wonder. Sah verweint zu Wonder auf. Flehentlich. Wonder hatte die Hand auf ihren Arm gelegt. Tätschelte die Frau. Madeline spürte ein Kratzen am Bein. Der Mann hatte sich vorgebeugt und fuhr mit dem überlangen Nagel seines kleinen Fingers ihren Unterschenkel entlang. Er sah ihr von unten ins Gesicht. Seine Augen im Schatten. Sein Mund schief. Grinsend. Lauernd. Madeline sah ihr Bein an. Dann den Mann. Was dachte sich dieser Kerl. Madeline ekelte. Sie hob gerade den Arm, den Mann wegzuschieben. Da wurde der Mann hochgerissen. Die Frau hielt ihn am Kragen. Sie schrie Madeline an. Daß sie sich das gleich gedacht hätte. Daß sie gewußt hätte, daß Madeline eine Hure sei. Daß sie das mit ihrem Hubert nicht machen könnte. Daß man sich das gleich denken hätte können. Von ihr. Und daß sie jetzt gingen. Daß man das ja gehört hätte. Von Madeline. Die wäre ja bekannt dafür. Die Frau zog den Mann aus dem Sessel. Sie hielt ihn am Ärmel. Zerrte ihn hinter sich her. Stapfte zum Ausgang. Wonder lachte. Was sie denn gemacht habe, fragte er. Madeline setzte sich auf. Sie solle sich beruhigen, sagte Wonder. Marianne. Die sei ein Fall. Das dürfe man nicht ernst nehmen. Die Kellnerin brachte Wonders Schnitzel und ein Bier. Sie stellte einen Gin Tonic vor Madeline hin. Der Herr Doktor solle es sich schmecken lassen, sagte sie. Guten Appetit. Ob sie ganz sicher nichts essen wolle, fragte Wonder. Sie wolle nach Hause, sagte Madeline. Sie sah sich um. Sie waren die einzigen Gäste. »Non. Rien de rien« spielte ein Klavier. Eine Trompete wiederholte das Motiv. Geigen rauschten auf. Madeline griff nach dem Glas. Wonder setzte sich zurecht. Er nahm das Besteck. Grinste sie an. Er habe Hunger, seufzte er. Er habe immer Hunger. Er schnitt sich ein Stück vom Schnitzel ab. Er betrachtete das Stück Fleisch auf seiner Gabel genau. Sie solle ihm etwas erzählen, sagte er und steckte das Fleisch in den Mund. Madeline sah in ihr Glas. Trank. Sie war plötzlich durstig. Sie trank das halbe Glas aus. Wonder kaute. Madeline lehnte sich zurück. Schaute auf die Decke. Die Decke schwarze Holzbretter. Wie eine Decke in einer Sauna. Nur dunkel gebeizt. Das ganze Lokal war so verkleidet. Wonder aß. Sie sei doch nicht böse. Wegen der Marianne, fragte er. Das sei doch eine arme Person. Der Vater habe sie auf dem Gewissen. Und es habe immer Gerüchte gegeben. Über die zwei. Sie seien aber auch immer eng umschlungen an den Roulettetischen herumgelungert. Aber die Badner. Das kenne er. Keine Geschichte wäre in so einer Kleinstadt zu blöd, um nicht doch erfunden zu werden. Er habe sich daran gewöhnt. In seinem Beruf könnte er gar nicht anders. Aber sie. Sie müsse sich dem ja nicht aussetzen. Madeline trank das Glas leer. Ob sie noch einen Gin Tonic haben könnte. Wonder winkte der Kellnerin. Die Frau kam sofort. Was der Herr Doktor wünsche. Wonder bestellte den Gin Tonic. Die Frau lächelte Wonder an. Ob er denn oft hier wäre, fragte Madeline. Stammgast müsse er ja mindestens sein. So, wie die Kellnerin mit ihm rede. Warum sie das interessiere, wollte Wonder wissen. Er schnitt an seinem Schnitzel. Trank einen großen Schluck Bier. Interessiere es sie, wie er sein Leben zubringe, fragte er. Madeline starrte auf das Tischtuch. Die Kellnerin brachte ihr Glas. Die Kellnerin lächelte Wonder an. Sie blieb stehen. Wonder sah auf. »Ja«, fragte er. Was es denn gäbe. Es gäbe da ein Problem, sagte die Kellnerin. Sie hielt das Tablett an ihren Busen gedrückt. Wonder sagte, das könne er sich nicht vorstellen, und trank Bier. Es sei wegen der anderen Gäste. Die, die weggegangen wären. Gerade. Die Kellnerin trat von einem Fuß auf den anderen. Es tue ihr leid, den Herrn Doktor beim Essen zu stören. »Dann tun Sie es doch nicht«, sagte Madeline. Sie sah die Frau an. Die Frau wand sich. Wonder lachte. Nein. Nein. Sie solle nur sagen, was das Problem sei. Die anderen Gäste. Die hätten schon die zweite Flasche Champagner getrunken. Und jetzt. Jetzt seien sie auf und davon. Ob der Herr Doktor. Wonder lachte laut. Er lehnte sich zurück und lachte. Dann nahm er einen großen Schluck Bier. Die Kellnerin solle ihm noch ein Bier bringen. Und er werde sich um alles kümmern. Sie solle sich keine Sorgen machen. Die Frau bedankte sich. Immer wieder sagte sie, »Zu freundlich von Ihnen. Herr Doktor. Zu freundlich.« Wonder sah sie an. Sie ging. Damit hätte diese Frau wirklich recht, sagte Madeline. Das wäre viel zu freundlich von ihm. Wonder kaute. Er habe gefürchtet, die Frau wolle etwas Medizinisches von ihm. Einen medizinischen Rat. Daß er mit ihr hinausgehen solle und ihre Krampfadern anschauen. Oder so. Wonder aß Pommes frites. Aus dem Lautsprecher kam ungarische Musik. Pußtaklänge. Wer der junge Mann gewesen wäre, fragte Madeline. Und ob er die Augen bemerkt habe. Der junge Mann. Der schiene ihm schon ein übles Subjekt gewesen zu sein, sagte Wonder. Und er wisse gar nicht, wovon die Marianne lebe. Überhaupt. Erbe dürfte keines mehr dagewesen sein. Und dann hätte es ja auch noch eine Frau gegeben. Die Mutter von der Marianne. Die wäre in einer Anstalt gewesen. Und die sei längst tot. Aber bis dahin. Madeline setzte sich auf. Sie müsse zurück, sagte sie. Sie müßte nach Hause. Sie hätte vergessen, den Heizstrahler abzustellen. Oder wegzuziehen.

Wenigstens. Es hätte nämlich schon unlängst fast einen Brand gegeben. Die Daunendecke wäre vom Bett gerutscht. Die Decke wäre heruntergefallen. Auf den Heizstrahler. Die Mutter wäre ohne Decke dagelegen. Sie hätte sich eine Lungenentzündung holen können. In der Decke wären große Brandlöcher gewesen. Es habe schon gequalmt im Zimmer. Wie sie ins Zimmer gekommen wäre. Die verbrannten Federn. Das habe schlimm gerochen. Wie Haare. Wie verbrannte Haare. Und die Hansi vergäße auch immer alles. Die Hansi hätte ja auch heute wieder alles vergessen. Es dürfte nämlich immer nur entweder der Heizstrahler eingeschaltet sein. Oder die Waschmaschine. Wegen der Leitungen. Deshalb habe es den Kurzschluß gegeben. Vorhin. Wonder aß die letzten Pommes frites. Das sei alles nicht so eilig, sagte er. Madeline solle sich nicht so aufregen. Da werde nichts geschehen. Soweit er sich erinnern könne, wäre der Heizstrahler doch ohnehin weit weg gestanden. Jedenfalls nicht nahe genug am Bett. Madeline solle sich entspannen. Die Geige der Zigeunermusik spielte schmeichelnd. Hoch. Herzzerreißend süß. Ganz ruhig solle sie sein. Sich nicht um alles kümmern. Sich nicht verantwortlich fühlen. Sie habe doch ein Leben. Sie müsse doch ein Leben leben. Und sie habe die besten Voraussetzungen. Sie sei schön. Madeline sei schließlich eine der schönsten Frauen, die er je getroffen habe, sagte Wonder. Er hielt das Messer hoch. Er unterstrich seine Argumente mit dem Messer in der Luft. Er stieß am Ende jedes Satzes mit dem Messer in Madelines Richtung. Er träfe viele Frauen. Und Madeline gehöre zu den Schönsten. Er kenne sich da aus. Irgendwann würde sie Geld haben. Er könnte ihr helfen. Damit. Er könnte ihr mit Geld aushelfen. Bis ihr Leben in Ordnung gekommen sei. Und bis dahin. Bis dahin sollte sie wenigstens ihr Leben genießen. Er wüßte ja, daß sie keine Kinder bekommen könnte. Aber das müßte sie auch nicht nur traurig sehen. Dafür müßte sie keine Rücksichten nehmen. Und ehrlich. Die langweiligste Angelegenheit am Sex. Das sei doch die Geschichte mit der Verhütung. Madeline hörte Wonder zu. Sie hörte, was er sagte. Aber es hatte nichts mit ihr zu tun. Wonder war ein Einrichtungsgegenstand. Den Onkel Helmuth hatte es schon fast immer gegeben. Er hatte immer Ideen, wie man leben sollte. Wahrscheinlich war er selber unglücklich. Madeline kannte seine Frau nur flüchtig. Sah sie manchmal beim Friseur am Franz-Josephs-Ring. Er solle sich keine Sorgen machen. Ihretwegen, fiel sie ihm ins Wort. Wonder legte das Messer auf den Teller. Trank sein Glas leer. Sie habe gerade wieder ein bißchen Geld verdient. Bei den Kongressen, die von Prag nach Baden verlegt worden waren. Wegen der Russeninvasion in der Tschechoslowakei. Da hätte sie ganz viel gemacht. Sie sollte nicht arbeiten müssen, sagte Wonder. Solche Jobs. Das sei ja lächerlich. Sie habe doch studiert. Schließlich. Wonder sah an Madeline vorbei. Er lachte. Stand auf. »Habt ihr es euch anders überlegt«, rief er. Marianne kam auf Wonder zugelaufen. Sie fiel in seine Arme. Der junge Mann kam langsam an den Tisch. Er lächelte Madeline an. Marianne lächelte Madeline an. Es sei doch noch viel zu früh gewesen, lachte sie. Man dürfe nicht so früh aufgeben. Madeline stand auf. Sie ginge, sagte sie zu Wonder. Er solle ruhig bleiben. Er müsse ihr nur das Geld für ein Taxi borgen. Sie wolle nach Hause. Marianne beugte sich über den Tisch zu Madeline. Das ginge nicht. Sie müsse dableiben. Die Frau lächelte Madeline bedeutsam an. Das könnte noch ein sehr schöner Abend werden, sagte sie und legte ihre Hand auf Madelines

Arm. Drückte Madelines Arm. Wonder stand auch auf. Marianne hatte sich hingesetzt. Sie schaute zu Madeline auf. Das wäre ja furchtbar, seufzte sie. Sie hatte Tränen in den Augen. Der Mann nahm Mariannes Hand. Sie dürfe sich nicht aufregen, sagte er. Wonder sagte, er werde Madeline nach Hause bringen und dann wiederkommen. Und dann könnte es ja immer noch ein netter Abend werden. Marianne nickte mit feuchten Augen. Der junge Mann strahlte Wonder an. Madeline sagte »Guten Abend« und ging. Wonder ging zur Kellnerin. Sprach mit ihr. Die Kellnerin lächelte ihn an. Nickte. Wonder kam zum Ausgang. Ob sie nicht doch mit dem Taxi fahren sollte, fragte Madeline. Nein, das mache er schon, sagte Wonder. Sie gingen hinaus. Stiegen in das Auto. Wonder startete. Fuhr los. Wendete. Er fuhr die Straße durch die Felder zurück. Er legte seine Hand auf Madelines Knie. Er könne sich das vorstellen, sagte er. Er wünschte sich das, sagte er. Madeline saß da. Sie wollte zurück. Sie sah das Haus in Flammen. Sie sah die beiden ältlichen Frauen als lebende Fackeln auf dem Balkon stehen. »Was meinst du. Onkel Helmuth«, fragte sie. Wonder tatschte auf ihr Knie. Das wisse sie doch. Das müsse sie wissen. »Ach«, sagte Madeline. Wonder fuhr geradeaus. Er fuhr an seiner Wohnung vorbei. Er beugte sich vor, um sehen zu können, ob noch Licht brannte. »Schläft schon«, sagte er. Das wäre doch alles so ein Chaos, sagte Madeline »Bei dir auch«, sagte Wonder dann. Madeline spürte den Alkohol. Der Kopf war nicht klar. Sie konnte nur langsam denken. Sie konnte nur daran denken, was geschehen sein konnte. Daß alles vorbei sein konnte. Mit dem Haus. Und mit der Mutter. Und der Hansi. Ihr Magen drückte. Sie konnte nicht ruhig sitzen. Sie mußte die Beine immer wieder anders übereinanderschlagen. Das war in dem niedrigen Wagen schwierig. Der Mond stand mittlerweile hoch über der Ruine Rauheneck. Ob er nicht schneller fahren könne, fragte sie. Wonder trat auf das Gaspedal. Sie rasten auf das Aquädukt zu. Rasten unten durch. Madeline suchte nach dem Türgriff. Sie bogen in die Zufahrt zur Villa ein. Das Haus war erleuchtet. In jedem Fenster brannte Licht. Madeline stürzte aus dem Auto. Sie riß das Gartentor auf. Lief auf das Haus zu. Wonder fuhr voraus. Die Haustür war verschlossen. Wonder stand an der Tür. Rüttelte an der Tür. Madeline sperrte auf. Sie brachte den Schlüssel nicht ins Schloß. Wonder nahm ihr den Schlüssel aus der Hand. Sperrte auf. Für sie. Er hielt ihr die Tür auf. In der Halle brannte der Kronleuchter. Im Gartenzimmer. Im Salon. Im Speisezimmer. Überall war das Licht aufgedreht. Die Türen standen offen. Madeline lief die Stiege hinauf. In das Zimmer der Mutter. Die Mutter lag im Bett. Sie war mit beiden Decken zugedeckt. Die Luft im Raum heiß. Stickig. Madeline zog den Stecker des Heizstrahlers aus der Steckdose. Die rotglühenden Heizspiralen begannen sofort zu knistern. Wurden weiß. Madeline ging zur Mutter. Sie sah sie nicht atmen. Sie konnte keine Bewegung der Brust sehen. Madeline stürzte hinaus. Wonder stand in der Halle. Er hielt einen Bogen Papier in der Hand. Er lachte. Madeline stieg die Stufen hinunter. Sie konnte die Beine nicht bewegen. Die Beine waren steif. Sie spürte ihre Beine nicht. Sie spürte nichts von sich. Sie konnte nichts sagen. Sie starrte Wonder an. Wonder lachte. Roderick sei schon ein Schlawiner, sagte er. »Hör einmal.« Wonder hielt das Papier hoch. Er las. »War da. Bin zu Wolfgang gefahren. Weiß nicht, wann ich komme. Unterschrift Rick. Post scriptum. Habe alle Lichter aufgedreht. Die

Sargatmosphäre unerträglich. Rick. Siehst du. Du hättest dir keine Sorgen machen müssen.« Madeline ging zu Wonder. Sie nahm ihm den Brief aus der Hand. Legte das Blatt auf das Marmortischchen. Ob er nach der Mutter sehen könne, fragte sie. Die Maman. Sie atme so komisch. Wonder lief die Stiege zum Krankenzimmer hinauf.

Juli 1965.
Perugia.

Das Wasser war eiskalt auf der Haut. Madeline mußte tief Luft holen. Jedesmal. Wenn sie den kalten nassen Waschlappen auf der Haut spürte. Sie seifte ihre Beine ein. Wusch den Waschlappen unter dem fließenden Wasser aus. Ließ Wasser in das kleine Waschbecken ein. Schloß den Abfluß. Sie durfte das Wasser nicht die ganze Zeit rinnen lassen. Hätte sie das Wasser rinnen lassen, während sie sich kalt abwusch. Signora Gioberti hätte sofort an die Tür geklopft. Signora Gioberti rief dann etwas. Vor der Tür. Madeline konnte nichts verstehen. 3 Wochen Italienischkurs an der Università per i Stranieri waren dafür nicht genug. Sie konnte »aqua« verstehen. Und am Ende schrie Signora Gioberti »Stop. Stop.« Signora Gioberti hörte erst auf herumzuschreien, wenn das Wasser nicht mehr lief. Warmes Wasser. Das mußte bestellt werden. 3 Bäder in der Woche waren im Zimmerpreis enthalten. Man mußte das Bad am Morgen für den Abend bestellen. Madeline hatte das nur einmal getan. Signora Gioberti hatte das Badewasser selbst eingelassen. Im großen Badezimmer. Der Boiler wurde immer extra angeheizt. Signora Gioberti war dann wahrscheinlich vor der Badezimmertür gestanden. Hatte aufgepaßt, wie oft das warme Wasser aufgedreht wurde. Sie hätte gegen die Badezimmertür gehämmert und »Stop« geschrien. Lynn störte das nicht. Lynn lachte über Signora Gioberti. Lynn nahm die alte Frau um die Schultern. Küßte sie auf die Wange. Sie erklärte der alten Frau, sie sei Amerikanerin. Amerikanerinnen müßten jeden Tag duschen. Lynn mischte englisch und italienisch. Signora Gioberti lachte dann. Und Lynn duschte. Madeline konnte nicht so reden. Mit Signora Gioberti. Sie konnte gar nicht italienisch. Nicht richtig. Jedenfalls. Und Signora Gioberti sprach nicht mit ihr. Direkt. Höchstens durch die Badezimmertür. Madeline wusch sich die Beine. Sie stellte ein Bein auf das Fensterbrett. Seifte sich mit den Händen ein. Wusch die Seife mit dem Waschlappen ab. Sie schwemmte die Seife im Waschbecken aus. Das Fenster im kleinen Badezimmer weit unten. Die Räume der ganzen Wohnung lagen verschieden hoch. Stufen und Treppchen führten hinauf und hinunter. Die Fenster verliefen alle in einer Linie. Waren einmal höher im Raum. Und dann wieder tiefer. Madeline hatte das Fenster immer offen. Im kleinen Badezimmer. Das Fenster ging auf die Ebene hinaus. Auf die wellige Ebene in Richtung Assisi. Niemand konnte hereinsehen. Die Wohnung war in der Stadtmauer. Hoch über den Häusern am Fuß des steilen Hügels zur Altstadt. Madeline fragte sich, warum Milchglas im Fenster war. Das Milchglas konnte nur den Blick von innen nach draußen behindern. Madeline schwemmte den Waschlappen. Sie ließ das Wasser ablaufen. Drehte den Wasserhahn auf. Wusch sich zwischen den Beinen. Das kalte Wasser brennend. Madeline sah sich im Spiegel zu. Der Spiegel fleckig. Dunkle Flecken am Rand. Spinnennetze dunkler Risse liefen von den Flecken weg. Madeline sah in diesem Spiegel noch heller aus. Weißer. Blonder. Sie trocknete sich ab. Zwischen den Beinen verwendete sie Toilettenpapier. Es gab in der Woche nur 2 frische Handtücher. Samstag. Samstagmorgen lagen die Handtücher auf der Kommode im Vorzimmer. Madeline schlüpfte in die Hausschuhe. Die Samstage würden nicht mehr so schwierig werden. Rick wollte Ausflüge machen. Vielleicht übernachten. Irgendwo. Bei Ricks Etruskergräbern. Madeline zog das Seidenhöschen an. Sie hatte nur diese eine Garnitur Seidenwäsche. Cremefarben. Das Höschen weit. Wie ein ganz kurzes Röckchen. Am Saum ein schmales Band Spitze. Sie hatte es in der Sailergasse gekauft. In Wien. Madeline drehte sich vor dem Spiegel. Sie mußte sich vorbeugen. Ganz nah an den Spiegel. Dann konnte sie schräg seitlich ihren Rücken sehen. Den Schwung von der Taille zum Gesäß hin. Wenn sie den Rücken dem Fenster zuwandte. Dann waren die blonden Härchen zu sehen. Den Rücken hinunter. Weißgoldglänzende winzige Härchen. Nur gegen das Licht waren diese Härchen zu sehen. Der Flaum lief am Rückgrat zusammen. Wurde dichter. Nach unten zu. Madeline schaute sich an. Wie die Rundung des Gesäßes sich durch die Seide abhob. Wie der Flaum schimmerte. Wie die Härchen nach unten verliefen. Wie ein Pfeil. Nach unten. Und wie das gefältelte Bündchen querlief. Die Seide hellgoldglänzend. Auf der weißen Haut. Madeline trat vom Spiegel zurück. Sah sich an. Sah sich ins Gesicht. Der Busen gerade nicht zu sehen. Sie strich sich über den Bauch. Der Bauch war flach. Nach der kalten Wäsche war die Haut rosig. Warm. Madeline drehte sich zum Fenster. Stellte sich an das Fenster. Hier oben war es immer still. Von unten nichts zu hören. Nichts von draußen. Weit hinten blauschattige Hügel. Der Himmel milchig blau. Die Sonne tief. So hatte es hier schon immer ausgesehen. Seit dem Mittelalter. Madeline spielte mit den Brustwarzen. Sie grub die Nägel der Mittelfinger in die Brustwarzen. Kurz. Das singende Gefühl in der Kehle. Dann zog sie den BH an. Es war sinnlos. Sie war sinnlos. Verschwendet. Niemand wollte sie. Niemand nahm sie wahr. Überhaupt. Genoß sie. Wenigstens. Niemand würde sie je wieder so betrachten. Stundenlang. Und ihr erzählen. Tagelang. Wie jedes Härchen am Rücken aussah. Wo die Härchen sich zu einem Wirbel zusammendrehten. Niemand würde ihr das alles wieder und wieder erzählen. Mit den Fingern. Mit dem Mund. Und beschreiben. Wo die Härchen hinführten. Sie war verdorben. Verdorben von ihm. Rick schien es nichts zu machen. Hatte er jemanden gefunden. Beschäftigte sich jemand Nachmittage lang mit seiner Armbeuge. Hatte jemand die Fältchen in seiner Armbeuge studiert. Wußte jemand anderer, wie die Haut in seiner Armbeuge blau schimmerte. Bläulich auf glänzendem Weiß. Schillernd blau. Und wie die Risse in der Armbeuge ein genau gleichschenkeliges Rhomboid formten. Madeline sah sich im Spiegel an. Sie würde nicht einmal die Wimpern tuschen. Sie cremte ihr Gesicht ein. Mit Niveacreme. Sparsam war das. Wenigstens. Was für eine Verschwendung. Frauen. Für diese an einem herumtappenden Männerhände. Dafür mußte sie keinen Aufwand betreiben. Madeline zog den Bademantel an. Ricks alten Theresianumbademantel. Blau und weiß gestreiftes Frottee. Ausgewaschen und dünn. Sie schloß das Fenster. Signora Gioberti hatte dieses Fenster vernagelt gehabt. Madeline drehte die gebogenen Nägel über den Fensterrahmen zurück. Sie sperrte die Badezimmertür auf. Ging nach hinten. Durch den Gang. Der Gang schattig. Weit unten Türen nach rechts. Zur Familie Gioberti. Madelines Tür gleich nach dem kleinen Badezimmer. Links. Madeline ging schnell. Schloß die Zimmertür hinter sich. In ihrem Zimmer wieder Stille. Auf dem Gang. Geräusche aus der Wohnung. Signora Gioberti. Keifen. Schreien. Der Sohn. Murmeln. Reden. Das kleine Mädchen. Die junge Frau. Weinte. Manchmal. Madeline hatte gedacht, die junge Frau jammerte. Bettelte um Nachsicht. Das Jammern ansteigend. Die Stimme immer höher geworden. Bis der Schlag. Klatschend. Und das Schluchzen begonnen hatte. Und die Stimme des Mannes. Der Sohn. Vorwurfsvoll. Weinerlich. Anklagend. Etwas vorrechnend. Das Schluchzen war erstorben, und das Betteln der Frau hatte wieder begonnen. Eine Erklärung. Flehentlich. Die Stimme der Frau wieder hinauf. Höher geworden. Ein greinendes Bittgebet gewesen. Am ersten Samstag war sie gelähmt gewesen. Sie war in ihrem Zimmer gesessen. Ein Gemurmel von ferne her. Die ansteigenden Stimmen. Die Stimmen waren nicht lauter geworden. Die Stimmen waren nur immer höher geworden. Ein immer höherer Ton. Dann das Klatschen. Stille. Kurz. Und von vorne. Das Schluchzen und der Mann. Madeline hatte die Zimmertür versperrt. Sie hatte sich auf den Balkon hinausgesetzt. Hatte sich in ihr Gärtchen gesetzt. In ihr Gärtchen zwischen der Stadtmauer und der Hausmauer. Ein schmaler Streifen festgetretener Erde. Ein Sessel und ein Tisch hatten Platz. Da. Ein Blumenstock auf der Mauer. Eine schüttere Geranie. Die roten Blüten auf der gelbbraunen Mauer. Da war nichts zu hören. Auf dem Balkon. Aus der Wohnung war da kein Laut zu hören gewesen. Sie hatte sich lange Zeit nicht in ihr Zimmer zurückgetraut. Spät am Abend hatte sie sich zurückgeschlichen. Tief in der Dämmerung. Alles war ruhig gewesen. Dann. Am zweiten Samstag. Der Sohn war schon früh zurückgekommen. Um 4 Uhr am Nachmittag. Madeline hatte ihn mit den Türen schlagen gehört. Sie war in das fremde Zimmer gegangen. Sie war den Gang hinuntergelaufen. War den Geräuschen nachgegangen. Hatte die Tür aufgerissen. Die alte Frau Gioberti. Kniend. Am Boden kniend. Vor ihrem Sohn. Madeline hatte gedacht, es wäre die junge Frau. Der Sohn hatte gerade den Gürtel aufgemacht. Die alte Frau hatte am Boden gekniet. Vor einer großen Madonnenstatue an der Wand. Rechts von der Tür. Eine betende Madonna im hellblauen Mantel. Die alte Frau hatte geredet. Oder gebetet. Der Sohn hatte an seinem Gürtel gerissen. Hatte ihn nicht schnell genug aus den Schlaufen ziehen können. Madeline hatte »silenzio« sagen wollen. Sie hatte um Ruhe bitten wollen. »Silenzio. Per favore«, hatte sie sagen wollen. Sie hatte nichts sagen können. Sie hatte keinen Ton herausgebracht. Sie hatte die beiden angeschaut. Die hatten sich ihr zugewandt. Hatten sie angestarrt. Einen Augenblick. Dann hatte Signora Gioberti sich auf sie gestürzt. Sie hatte auf Madeline eingeschrien. Schrill. Madeline war davongelaufen. Davongestürzt. Schamerfüllt. Entsetzt. Nichts begreifend. Sie hatte nichts verstanden. Der Sohn hatte weiter an seinem Gürtel gerissen. Hatte an seinem verhedderten Gürtel herumgezerrt. Schwankend war er dagestanden. Betrunken. Die alte Frau war ihr auf den Gang nachgelaufen. Hatte auf sie eingeschimpft. Madeline hatte sich in ihrem Zimmer eingesperrt. Und danach. Es war alles wie am Samstag zuvor gewesen. Das Greinen. Das Klatschen. Das Winseln. Madeline machte die Tür zum Balkon auf. Sperrte die Tür auf. Madeline verschloß alle Türen sehr sorgfältig. Sie hatte oben auf der Gasse eine Ratte gesehen. Am dritten Morgen. Auf dem Weg zur Universität. Sie hatte gedacht, Ratten schliefen bei Tag. Wären nur in der Nacht unterwegs. Die Ratte war die Hausmauer bergab gelaufen gekommen. Madeline entgegen. Madeline hatte umgedreht. War über den Platz vorne von der anderen Seite zur Universität gegangen. Gelaufen. An dem Tag hatte sie in einer anderen Bar frühstücken müssen. Und sie schaute immer erst. Sie schaute lange die Gasse hinauf. Bevor sie die Stufen vom Haus zur Gasse hinaufging. Madeline stand in der Balkontür. Sah hinaus. Das Zimmer wäre für Gretchen richtig gewesen. Der Balkon hätte ein blühendes Gärtchen sein können. 2 Rosensträucher. Die Rosen die Wand hinauf. Rund um das Fenster nickende Blüten. Und dann da sitzen. Lesen. Und hinaussehen. Vielleicht hätte Faust bei dieser Aussicht bleiben müssen. Vielleicht hätte Faust nicht so einfach weggehen können, wenn er immer auf Italien hinaussehen hätte können. Wenn er vor dem Hintergrund von Tafelbildern mit Gretchen reden hätte müssen. Nur. Was hätte Gretchen angefangen. Mit ihm. Tag und Nacht. In diesem Stübchen. Es klopfte an der Tür. Madeline ging ins Zimmer zurück. Wer da wäre, fragte sie. »It's me«, rief Lynn vor der Tür. Madeline sperrte auf. Lynn kam gleich ins Zimmer. Sie müsse reden, sagte sie. Mit Madeline. Mit irgend jemandem. Lynn war zum Ausgehen angezogen. Sie trug ein zyklamenfarbenes Kostüm. Eine dunkelblaue Bluse. Lynn setzte sich auf das Bett. Ob Madeline ausginge. Heute. Sie könnte mitkommen. Mit ihr. Mit ihnen. Sie ginge mit ein paar Studenten etwas trinken. Mit Amerikanern. Eine Deutsche sei auch dabei. Sie ginge jetzt nur noch mit anderen Studenten weg. Nicht mehr mit diesen italienischen Männern. Von denen. Von diesen italienischen Männern. Von denen habe sie genug. Madeline setzte sich auf die andere Seite des Betts. Lehnte sich gegen das Fußende. Warum Lynn von den Italienern genug hätte, fragte Madeline. Wäre sie denn nicht mehr verliebt. Lynn hätte doch mit Nando. Das wäre doch Nando gewesen. Oder? Nando. Der mit dem kleinen roten Sportwagen. »Yes«, sagte Lynn. Verächtlich. »Nando. Dear Nando with the tiny red sports car.« Madeline schwieg. Sie schaute Lynn fragend an. Lynn hatte ihr gesagt. Gleich zu Beginn. Gleich. Als sie einander kennengelernt hatten. Als Mieter bei Signora Gioberti. Da hatte Lynn ihr erzählt, sie wolle mit einem Mann ins Bett. Mit einem europäischen Mann. Mit einem Italiener. Lynn wäre nicht in Perugia, um italienisch zu lernen. Lynn wolle diese Sache erledigen. Loswerden. Sie wäre 25 Jahre alt. Und sie wollte nicht länger warten. »I thought you wanted an Italian. For your first experience?« fragte Madeline. »But of course. We did it. And that's the trouble«, nickte Lynn. Es wäre alles nach Plan gelaufen. So, wie sie es sich vorgestellt hatte. Irgendwie. Aber jetzt. Jetzt habe sie einen häßlichen Ausfluß. Braun schleimig. Ihre »fluids«. Die seien verändert. Sie müsse sich einen Arzt suchen. Und sie wüßte gar nicht, ob sie das bezahlen könnte. Madeline stand auf. Das wäre ja entsetzlich. Was man da machen könnte. Fürchterlich wäre das. Unglaublich. Totally unbelievable. A shame. A complete shame. Wie so etwas geschehen habe können. So ein Unglück. Sie solle sich nicht so aufregen, grinste Lynn. Man sterbe davon nicht. Wahrscheinlich. Es sei sicher nicht so schlimm. Sie habe keine richtige Entzündung. Oder eine offene Stelle. Madeline sah Lynn an. Ja, sagte Lynn. Sie habe nachgesehen. Mit dem Spiegel. Und mit der Nachttischlampe. Und die Vagina sähe dunkler aus. Seither. Ob das jetzt alles besser durchblutet wäre. Jetzt. Danach. Was Madeline dächte. Madeline zuckte mit den Achseln. So etwas wüßte sie nicht. Lynn beugte sich über das Bett vor. Madeline habe ihr immer noch nichts erzählt. Habe sie nun schon. Oder habe sie noch nicht. Und wann sie habe. Und mit wem. Wer ihr Erster gewesen sei. Und ob sie etwas gespürt habe. Dabei. Sie selbst. Sie habe nichts gespürt dabei. Nicht so wirklich. Auch nichts Unangenehmes. Ob es sich für Madeline auch so seltsam anfühle. Wenn man das Ding in der Hand hielte. Da sei das ja nicht so klein. Jedenfalls Nandos sicher nicht. Und dann drinnen. In einem. Gar nichts. »But a filled nothing«, sagte Lynn. Sie lachte. Das sei alles so aufregend. Viel aufregender, als sie gedachte hätte. Und sie hätte viel früher hierherfahren sollen. Trotzdem höre sie aber nicht auf. Wenn sie es selber mache. Das sei etwas anderes. Und Madeline sei eine Heilige. Wie sie so dastehe. Und sie solle achtgeben. Diese Italiener. Sie sei viel zu schön. Für einen von diesen Italienern. Hygiene. Die sei da nämlich nicht so wichtig. Es röchen ja auch fast alle Menschen nach Schweiß. Hier. Madeline sah auf die Uhr. Auf dem Tisch an der Wand. Rechts von der Tür stand ihr Wecker. Damit sie den Wecker nicht aus dem Bett abstellen konnte. Das Klingeln mit einem Griff abwürgte und dann verschlief. Sie sähe, Madeline habe es eilig. Lynn sprang auf. Was Madeline denn vorhabe, fragte sie. Sie träfe ihren Bruder, sagte Madeline. »Your brother«, rief Lynn und verdrehte die Augen. Warum Madeline denn rot anliefe, wenn sie doch nur ihren Bruder träfe. Sie würde nicht rot anlaufen, wenn sie einen ihrer Brüder treffen sollte. Madeline schüttelte den Kopf. Ihr Bruder wäre schon ein paar Tage in Perugia. Er wohne bei einem Freund. Außerhalb. Und sie hätte ihn erst einmal gesehen. Gestern abend. Sie müsse sich anziehen. Lynn stand in der Tür. Madeline sei süß. So zurückhaltend. Eine richtige Europäerin. Sie ginge jetzt. Madeline hielt Lynn die Tür auf. Sie würde sich erkundigen. Wegen der Sache. Vielleicht wußte Aldo einen Arzt für Lynn. Aldo. Das wäre der Freund ihres Bruders. Lynn sah auf den Gang hinaus. Madeline solle nicht so laut reden. Dieser Schweizer. Der sei schon neugierig genug. Lynn müßte sich keine Sorgen machen, sagte Madeline. Bernhard wäre schon weg. Sie hätte ihn weggehen gesehen. Er wäre mit Signora Gioberti weggegangen. Lynn verdrehte die Augen. Sie faltete die Hände. Sie glaube, die beiden gingen in die Abendmesse. Zusammen. Ob das nicht wirklich pervers sei. Madeline lachte. Sie wäre auch katholisch, sagte sie. Manchmal. Jedenfalls. »Yes. But you wouldn't attend mass together with Signora Gioberti«, rief Lynn. Sie ging nach rechts. Verschwand um die Ecke. Madeline schloß die Tür. Drehte den Schlüssel um. Was sollte sie anziehen. Das türkise Kleid mit der Jacke. Oder das weiße Kostüm. Das mit der blauen Einfassung an der Jacke. Madeline machte die Kastentür auf. Sie würde das türkise Kleid anziehen. Sie war frisch rasiert. Unter den Achseln. Das ärmellose Kleid kein Problem. Und sie konnte die weißen Schuhe anziehen. Die mit der schwarzen Masche. Die schwarze Masche hätte nicht zu den blauen Einfassungen gepaßt. Die blauen Schuhe hatten hohe Absätze. Madeline konnte mit diesen Absätzen nicht weit gehen. Vor allem nicht auf dem Katzenkopfpflaster der Straßen hier. Und die blauen Schuhe drückten auf die kleinen Zehen. Sie waren so spitz. Madeline holte die weißen Schuhe aus dem Kasten unten heraus. Die Schuhe hatten schwarze Schmutzstreifen. Vom Tanzen. Im Conca del Sole. Von den Männerschuhen. Madeline putzte die Schuhe. Sie setzte sich in den Kasten. Auf den Boden des Kastens. Neben die Schuhe und das Schuhputzzeug. Sie schnappte das Döschen mit der farblosen Reinigungscreme auf. Sie trug die schmierige Paste auf das Leder auf. Mit einer alten Tennissocke von Rick. Sie rieb mit der Creme an den Flecken. Polierte das Leder. Am Absatz war das Leder eingerissen. Ein kleines Dreieck war aus dem Leder herausgerissen. Nach oben zusammengeschoben. Man konnte das dunkle Material des Absatzes unter dem Leder sehen. Sie war wohl wieder in irgendein Gitter gestiegen. Oder hatte eine Stufe gestreift. Beim Hinuntergehen. Madeline zog das Leder gerade. Sie hob den kleinen Flecken Leder ab. Zog das Leder glatt. Klebte das Leder mit Uhu wieder an. Sie hielt den Flecken fest. Preßte ihn gegen das Material darunter. 3 Minuten mußte man dagegenhalten, stand in der Gebrauchsanweisung des Klebstoffs. Madeline saß im Kasten. Sie hielt den Schuh vors Gesicht. Der Geruch von Leder und die süßliche Schärfe des Uhu. Sie wollte nicht weg. Auf einmal wollte sie nicht weggehen. Nicht mehr. Wollte keine Leute sehen. Aldo. Aldo mochte sie nicht. Aber es war ihr Bruder. Da konnte auch Aldo nichts daran ändern. Und Aldo war lächerlich. Aldo fuhr immer mit dem Motorrad. Alle bewunderten dieses Motorrad. Als wäre es ein neues Baby, und alle beugten sich über den Kinderwagen. So standen alle immer um dieses Motorrad. Ein schwarzes Motorrad. Aldo sah ohnehin zu schwach aus. Für dieses Riesending. Und Aldo. Niemand wunderte sich über seine Kleidung. Jedenfalls war Madeline nichts aufgefallen. Aldo war fahlbraun angezogen. Fahlbraune Knickerbocker. Braune Lederstiefel. Glänzende hohe Lederstiefel. Braune Hemden. Cremefarbene Seidenkrawatte. Und einen braunen Helm. Ein Stahlhelm. Madeline hatte diesen Mann jeden Tag gesehen. Nach dem Nachmittagsunterricht. Am Corso. Wenn sie ihren Gingerino trinken ging. Da war dieser Mann angekommen. Laut knatternd. Mit diesem Motorrad. Und alle hatten ihn mit großem Hurra begrüßt. Jedenfalls alle auf der rechten Seite des Corso. Hinten. Am Anfang. Da wo die lose Clique residierte. Die anderen Leute. Die gut angezogenen Ordentlichen. Denen alles gehörte. Die sahen diese Menschen gar nicht. Die Männer warfen abschätzige Blicke in Richtung von Aldos Freunden. Und die Frauen. Die in den elegant taillierten Kostümen. Mit den sorgfältigen Frisuren und den Krokodilledertaschen. Die sahen diese Leute gar nicht. Die gingen an denen vorbei, als wäre nichts da. Als säße gar niemand auf den Sesseln und machte Lärm. Es war genauso wie in Baden. Und sie gehörte schon wieder zu den Ausgestoßenen. Und sie war dagesessen und hatte gedacht, daß sie einmal nur so dasaß. Nirgends dazugehörte. Auch nicht zu den Ordentlichen. Aber es war schön gewesen. Am Corso sitzen und zusehen und nichts damit zu tun zu haben. Mit Aldo gehörte Rick zu den Ausgestoßenen. Zu den Seltsamen. Aldo. Rick hatte ihr einreden wollen, Aldo trage Reitkleidung. Aldo wäre ein Dandy, und sein Spleen wäre diese Reitkleidung. Weil sein Motorrad sein Pferd sei. Aber Aldo war alt. Mindestens 50. Und Reitkleidung hatte man ja auch beim Militär gebraucht. Es gab auch vom Vater Fotos in Reithosen. Als junger Offizier. Im ersten Krieg. Madeline stand auf. Wenigstens hatte sie saubere Schuhe. Militaristen bestanden ja immer auf sauberen Schuhen. Deshalb hatte sie immer dieses Täschchen mit Schuhpflegeutensilien auf Reisen mit. Madeline ging auf den Balkon hinaus. Die gestampfte Erde trocken unter den Pantoffeln. Der Himmel milchiger. Das Blau fast verloren. Madeline ging ins Zimmer. Sie mußte sich beeilen. Rick würde sonst warten müssen. Madeline suchte nach dem Strumpfgürtel unter den Kleidern auf dem Sessel. Sie hatte sich im Zimmer ausgezogen. Im kleinen Badezimmer gab es nur das schmale Fensterbrett als Ablage. Sie zog den Strumpfgürtel hinauf. Zog die Strapse unter dem Höschen durch. Sie hielt die Strümpfe gegen das Licht. Einzeln. Sie fuhr mit der rechten Hand in den Strumpf. Ließ den Strumpf über die gespreizten Finger gleiten. Sie mußte eine neue Packung aufmachen. In allen Strümpfen Löcher. Laufmaschen. Sie mußte herausfinden, wo sie die Strümpfe repassieren lassen konnte. Schon nach 3 Wochen lag ein Haufen kaputter Strümpfe im Fach. Lynn konnte Strümpfe selbst richten. Das hätte viel Geld erspart. Madeline zog die neuen Strümpfe an. Wenn sie einmal Geld haben sollte. Sie würde jeden Tag neue Strümpfe anziehen. Und jeden Abend frische Bettwäsche haben. Und frische Servietten. Nicht die fleckigen Servietten. Eingerollt in den Serviettenringen. Matt und schlaff. Madeline zog die neuen Strümpfe hinauf, machte die Strapse zu und stieg sofort in die Schuhe. Ein Schritt auf diesem Holzboden. Und die Laufmasche war da. Kam hinter der Ferse herauf und war von allen zu sehen. Nur von ihr nicht. Das Unterkleid paßte nicht zum BH und dem Höschen. Das Unterkleid war weiß. Madeline zog das Kleid über den Kopf. Sie zog den Zippverschluß hinauf. Beugte sich nach hinten. Zog den Zipp bis unter die Schulterblätter. Griff dann über die Schulter nach hinten, den Zippverschluß zuzumachen. Sie brauchte lange, das Hafterl oben am Ausschnitt zuzuspengeln. Das Aufmachen des Hafterls brauchte am längsten. Beim Ausziehen. Aber ohne Hafterl. Ein Zippverschluß war ihr beim Tanzen aufgegangen. Von alleine. Und sie hatte immer wieder mit der Christl aufs Klo gehen müssen. Den Zippverschluß zumachen. Madeline stand vor dem Spiegel. Das konnte nicht mehr passieren. Die Hansi hatte bei jedem Kleid Hafterln angenäht. Oben. Und es war jetzt bei jedem Kleid schwierig, wieder herauszukommen. Ohne Hilfe. Madeline zog das Kleid zurecht. Sie schloß den dünnen Stoffgürtel mit der kleinen stoffüberzogenen Schnalle. Die Perlenkette hätte hübsch ausgesehen. Der Herr Breuer beim Juwelier Kovanda in der Wassergasse hatte ihr eine Kette mit falschen Perlen angeboten. Dann würde es niemand merken. Und das sei durchaus üblich, hatte er gesagt. Augenzwinkernd. Madeline trug lieber keinen Schmuck. Als falsche Perlen. Madeline stellte sich vor den Spiegel in der Kastentür. In diesem Spiegel war nur ihre Silhouette zu sehen. Das Licht durch die Balkontür. Von hinten. Und die Deckenlampe erhellte nur die Decke. Warf das ganze Zimmer in dämmrigen Schatten. Madeline konnte nicht einmal lesen. Bei diesem Licht konnte man nicht lesen. Dazu mußte sie an die Nachttischlampe kriechen. Die Nachttischlampe hatte ein sehr kurzes Kabel. Madeline mußte im Bett kauern. Rechts außen. Auf der Seite der Nachttischlampe. Italienischlehrbuch. Vokabelheft. Bleistift. Sie mußte alles auf den Knien balancieren. Das Buch unter das Licht halten. Sie konnte sich Vokabeln nur merken, wenn sie sie aufgeschrieben hatte. Sie legte dann das Lehrbuch auf die Knie. Hielt das Vokabelheft gegen die Oberschenkel gepreßt. Schrieb in das Heft. Aber dann kippte das Lehrbuch nach hinten. Oder rutschte nach vorne. Oder sie schlief ein. Und wenn sie auf dem Balkon lernen wollte. Wenn sie auf dem Balkon saß. Sie sah nur hinaus. Konnte nur in die Weite sehen. Nicht in das Buch. Sie konnte gar nichts lesen. Wollte nichts lesen. Sie saß ja auch im Kurs nur dabei. Weil sie nicht gewußt hätte, was sie sonst machen hätte sollen. Wohin sie sonst gehen hätte sollen. Es war ja auch ausgemacht gewesen. Mit Rick. Eine Wohnung gemeinsam. 5 Monate Perugia. Und mit der Wohnung zu zweit konnten sie noch Geld sparen. Rick hatte die Wohnung dann nicht mehr erwähnt. Ob sie mit ihrem Quartier zufrieden sei, hatte er sie gefragt. Er wolle bei Aldo bleiben.

Und sie solle auf Besuch kommen. Irgendwann. Aldo würde sich freuen. Und Madeline wäre Aldo schon lange aufgefallen. Alle hätten angenommen, sie sei eine Schwedin. Eigentlich. Madeline toupierte sich die Haare. Die langen Haare standen in Büscheln in alle Richtungen weg. Sie konnte ihr Gesicht nicht sehen. Im Spiegel. Die toupierten Haarsträhnen machten eine silbergoldene Gloriole um den Kopf. Madeline suchte das Täschchen mit den Haarnadeln in der Nachttischlade. Sie sprayte Haarlack in die toupierten Haare. Glättete die Haare an der Oberfläche. Frisierte die Haare nach hinten. Ließ die Haare sich hoch aufwölben. Vorne. Drehte die Haare zu einer Rolle. Seitlich. Steckte die Rolle mit den Haarnadeln fest. Sie sprayte Haarlack über die fertige Frisur. Schüttelte den Kopf. Die Haare blieben fest. Der Aufbau wackelte nicht. Diese Frisuren regten in Baden alle auf. Im Bus nach Wien. Die Frau vom Rechtsanwalt Wewerka. Sie hatte verlangt, Madeline solle sich nach hinten setzen. Wegen dieser Farah-Diba-Frisur. Madeline war sitzen geblieben. Sie könnte doch zum Fenster hinausschauen, hatte sie zu der Frau gesagt. Und die Frau angelächelt. Zuckersüß. Madeline war dann die ganze Fahrt nicht sicher gewesen, ob die Frau nicht irgend etwas mit den Haaren gemacht hatte. Die Haare zerzaust. Etwas hineingesteckt. Sie war gleich vom Bus ins Café Pöchhakker gelaufen. Auf die Toilette. Mit dem Taschenspiegel vor dem großen Spiegel. Sie hatte nachgeschaut. Ob die Frisur noch in Ordnung war. Madeline holte die Jacke aus dem Kasten. Sie legte den Kleiderbügel auf das Bett. Das Zimmer war nicht aufgeräumt. Das Bett. Die Decke zerwühlt. Kleiderbügel und Strümpfe auf dem Kopfpolster. Der Bademantel über der Fußlehne. Kleider auf dem Sessel. Schmutzwäsche in der Ecke im Kasten. Hinter den

Schuhen. Die Wäsche mußte mit der Hand gewaschen werden. Kalt. Madeline bekam rote Hände davon. Das Schuhputztäschchen. Die Schuhe nicht nebeneinander. Bücher auf dem Tisch. Hefte. Schreibzeug. Zeitungen. Alte Strümpfe. Schminksachen. Enthaarungscreme. Eine Packung »Senta«-Binden. Der Mantel an der Tür an einem Nagel aufgehängt. Nicht auf einem Haken. Schirm und Koffer an die Wand neben der Tür gelehnt. Sie hatte den Koffer auf den Kasten legen wollen. Man konnte nirgends sitzen. Im Zimmer. Und nicht liegen. Man hätte das Bett erst abräumen müssen. Aber Rick würde nicht hierherkommen. Sie hatte ihm vom Balkon erzählt. Daß sie in der Stadtmauer sitzen konnte. Und hinausschauen. Er hatte ihr nicht zugehört. Er hatte sie angelächelt. Madeline stellte sich vor den Spiegel. Sie suchte nach dem Lippenstift. Orange blossom. Sie beugte sich dem Spiegel zu. Malte die Lippen an. Wenn Rick nicht zuhörte, dann konnte sie Lippenstift verwenden. Dann sah er sie auch nicht an. Es interessierte ihn gar nicht mehr, ob sie sich schminkte. Oder nicht. Sie trat zurück. Betrachtete sich. Die blauen Schuhe wären besser gewesen. Die weißen waren zu niedrig. Ihre Beine waren zu kurz. Sie hatte zu kurze Beine. Die hochgetürmte Frisur ließ das erst auffallen. Und ihr Busen war zu klein. Sie drehte sich zur Seite. Holte tief Luft. Sie war um den Busen zu dünn. Und sonst zu dick. Wie machten das die Frauen in den Filmen. Die waren überall dünn und der Busen war dick. Madeline machte die Kastentür zu. Stemmte sich gegen die Tür, um sie ganz schließen zu können. Sie verschloß die Balkontür. Drehte den Schlüssel zweimal um. Madeline sperrte die Zimmertür auf. Zog den kleinen Schlüsselbund ab. Zimmerschlüssel. Wohnungsschlüssel. Haustürschlüssel. Sie sperrte das Zimmer von außen ab. Auf dem Gang nichts zu hören. Sie ging nach rechts. Nach links. Kam an die Eingangstür. Sperrte die Wohnungstür auf und hinter sich ab. Die Tür fiel laut knallend ins Schloß. Sie stieg ein Stockwerk hinauf. Die Schritte. Das Schleifen auf den Stufen hallte im Stiegenhaus. Sie sperrte die Haustür auf. Sah auf die Stufen hinauf. Trat auf die Gasse. Sie sah sich um. Die Gasse rechts hinauf leer. Niemand auf der Straße. Links unten. Die Straße zum Corso hinauf. Autos fuhren. In einer langen Schlange schoben sich die Autos um die scharfe Kurve dem Corso zu. Motorroller knatterten die Kolonne entlang. Madeline ging nach rechts. Sie stieg die Stufen auf die Gasse hinauf. Das Gäßchen steil. Bis zum Bäcker steil bergauf. Beim Bäcker war die Höhe erreicht. Vom Bäcker führte die Gasse sanft bergab. Nach links. Mündete in die Straße auf die Universität zu. Dort fuhren wieder Autos. In der engen Gasse kaum Platz. Der Lieferwagen des Bäckers rumpelte manchmal über das Pflaster. Ein Gefährt auf 3 Rädern war das. Und der Tapezierer fuhr Möbelstücke auf einem Anhänger zu seiner Werkstatt. Mit dem Motorroller. Vor dem Bäcker die Rolladen herunter. Es mußte fast 9 Uhr sein. Der Tapezierer arbeitete noch. Licht war durch die Glasfenster seiner Tür zu sehen. Vor dem Gemüsegeschäft saßen 2 alte Frauen. Sie saßen auf Klappsesseln. Sie redeten nichts. Sahen Madeline zu. Madeline ging schneller. Wollte aus dem Blickfeld der alten Frauen. Aber sie wollte auch nicht außer Atem ankommen. Sie ging wieder langsamer. Aus den offenen Fenstern in der Gasse Küchengeräusche. Töpfe schepperten. Teller klapperten. Besteck rasselte. Reden. Lachen. Ein Mann lachte. Unbekümmert. Ein Radiosprecher. Autoverkehr von weit vorne. Autos, die den Berg hinauf beschleunigten. Madeline drehte sich um. Die alten

Frauen waren hinter der Biegung zurückgeblieben. Madeline schwenkte die Handtasche. Um diese Zeit. In der Sommerdämmerung. Sie ging gern durch diese Gassen. Leben. Rundherum. Um diese Tageszeit war es genug zuzuhören. Am Ende des Tages war es nicht schwierig. Nicht so schwierig. In der Nacht war es kein Problem, nicht dazuzugehören. Am Tag. Zu Mittag. Am Morgen. Da hätte sie jemanden haben wollen. Zum Reden. Wenigstens. Madeline bog in die Via Baglioni ein. Sie ging die Straße entlang. Autos fuhren an ihr vorbei. Hupten. Sie hatte gedacht, diese Pfiffe oder das Hupen. Das wäre ein Eröffnungszug. Damit begänne ein Gespräch. Aber das war auch wieder nur in diesen Filmen so. Die Männer hupten. Oder pfiffen. Und fuhren weiter. Gingen weiter. Miteinander. Stießen einander an. Und wenn man sie ansah. Oder sich ihnen zuwandte. Dann fuhren sie schneller weiter. Oder wandten sich ab. Es bedeutete gar nichts. Dieses Hupen. Es war nur lästig. Und es war am besten zurückzuwinken. Wenn einer hupte. Lynn hatte ihr erzählt. Lynn hatte schon vorher italienisch studiert. Lynn wollte hier ihre Aussprache verbessern. Lynn hatte ihr erzählt, alle jungen Männer äßen zu Hause. Um diese Zeit. Keiner wolle abendessen gehen. Wegen der Kosten. Aber auch, weil sie bei ihrer Mama essen mußten. Auch wenn sie eine eigene Wohnung hatten. Nando wäre ganz nervös geworden. Um diese Zeit. Wegen seiner Mama. Und wenn es sehr heiß wäre. Dann schliefe Nando bei seiner Mama. Weil es da am kühlsten war. Madeline ging auf die Universität zu. Rick war noch nicht da. Sie konnte seinen Käfer nicht sehen. Der Parkplatz vor der Universität fast leer. Ein weißer Alfa stand an den Stufen. Madeline ging um das Auto herum. »Signorina Ascher«, fragte ein Mann aus dem Auto. Madeline sah ihn kurz an. Sie kannte den Mann nicht. Sie ging weiter. Stieg die Stufen hinauf. Der Mann sprang aus dem Auto. Er war nicht groß. Breit. Dunkle Haare. Dunkle Haut. Er trug einen dunkelblauen Blazer zu weißen Hosen. Schwarze Lederschuhe. Er kam auf sie zu. Ob sie Miss Ascher sei, fragte er. Auf englisch. Mit starkem Akzent. Madeline mußte erst überlegen, was er gesagt haben könnte. Ascher wäre ihr Name, sagte sie. Der Mann verbeugte sich. Sein Name sei Michele Pallone. Dottore Michele Pallone. Ihr Bruder schicke sie. Der Mann sprach englisch. Dann wiederholte er jeden Satz auf italienisch. Ihr Bruder habe ihn gebeten, sie abzuholen. Er sei mit Aldo unterwegs. Mit dem Motorrad. Und deshalb. »You need not bother«, sagte Madeline. Sie lächelte. Zwang sich, strahlend zu lächeln. Das mache nichts, sagte sie. Sie hätte ohnehin noch zu lernen. Und vielen Dank für seine Mühe. Madeline lächelte den Mann noch einmal an. Sie stand auf den Stufen. Über dem Mann. Sie stieg die Stufen hinunter. Der Mann trat ihr in den Weg. Hielt sie auf. Legte seine Hand auf ihren Arm. Er solle sie zu Aldo und Rick bringen. Die seien schon vorausgefahren. Madeline stand da. Sah auf den Mann hinunter. Sie wollte weitergehen. Mußte weitergehen. Die Versteinerung innen aufzulösen. Das dünne Gefühl im Kopf zu verlieren. Der Mann hielt sie fest. Es wäre ihm eine Ehre. An honour. Un onore. Wenn er sie fahren dürfe. Madeline konnte nicht reden. Die Kehle eng. Der Bauch. So sirrend alles. Und sie wollte nicht weinen vor diesem Fremden. Mußte die Enttäuschung verbergen. Sie lächelte. Die Lippen steif. Sie kenne ihn nicht. Es tue ihr leid. Mi dispiace. Aber sie kenne ihn nicht. Sie habe ihn noch nie gesehen. Der Mann lächelte zu ihr hinauf. Er war älter. 35. Mindestens. Sie sei sicher bei ihm, sagte er. Er sei Arzt. Hier. Im Krankenhaus. Er arbeite da. Als Röntgenologe. Und das sei auch der Grund, warum sie ihn noch nie gesehen habe. Er arbeite meistens. Er habe nicht soviel Zeit wie Aldo. Der Mann war neben sie getreten und zog sie mit sich. Er führte sie um das Auto. Riß die Autotür auf. Hielt ihr die Tür offen. Madeline setzte sich in den Wagen. Wäre sie jetzt weggegangen. Sie hätte einen Weinkrampf bekommen. Auf der Straße. Und wie hätte sie an den alten Frauen vorbei zurückgehen sollen. Der Mann stieg ein. Er sah sie nicht an. Er startete. Fuhr los. Er wendete und fuhr die Straße den Berg hinauf. Sie konnte den kleinen Balkon und das Zimmerfenster nicht finden. Der Mann fuhr zu schnell. Madeline sah vor sich hin. Der Mann fuhr in die Ebene hinunter. In die Richtung, in die sie hinaussah. Wohin sie führen, fragte Madeline. Ihre Stimme dünn. Kläglich. Der Mann wandte sich ihr zu. Er hieße Michele. Bitte. Er wolle nicht Dottore genannt werden. »Allora. Michele«, sagte Madeline. Der Mann lächelte und nickte zustimmend. Sie führen aufs Land. In campagna. Ob sie schon einmal porchetta gegessen habe. Madeline schüttelte den Kopf. Sie war müde. Die Arme schwer. Gelähmt. »Porchetta«, fragte der Mann. »Little pigs.« Madeline ließ den Kopf nach hinten sinken. Sie hatte den Kopf angespannt nach vorne gebeugt gehalten. Das Genick hatte zu schmerzen begonnen. Sie äße keine kleinen Schweinchen, sagte sie. Der Mann nickte. »Good«, sagte er. Madeline sah hinaus. Gartenzäune. Büsche über die Zäune. Häuser. Geschäfte an den Kreuzungen. Trattorias. Licht in die Dämmerung heraus. Dann Felder. Wie weit weg das sei, fragte sie. Nicht weit, antwortete der Mann. Seine Hände am Steuer. Die Manschette seines weißen Hemds war zurückgerutscht. Dunkle Haare wuchsen auf seinem Handgelenk. Madeline sah wieder hinaus. Durch das Seitenfenster. Sie ließ den Kopf gegen die Rückenlehne sinken. Bäume. Wiesen. Felder. Das frühe Abendlicht ließ alles ungenau erscheinen. Sie konnte Rick nichts mehr erzählen. Rick wollte nicht mehr alleine mit ihr sein. Damit sie ihm nichts erzählen konnte. Damit es keine Gelegenheit gab. Rick wußte. Irgendwie wußte er. Sie hätte ihm von den Samstagen erzählt. Von den Samstagen im Haus Gioberti. Und wahrscheinlich hätte sie ihm erzählt, daß sie es gemacht hatte. Währenddessen. Am dritten Samstag hatte sie zugehört. Vor dem Spiegel. An der Kastentür. Innen. Madeline wurde heiß. Sie fühlte die Röte den Hals hochsteigen. Über die Wangen. Die Stirn heiß. Sie hätte sich zusammenkrümmen mögen. Die Scham. Daß sie es ihm erzählt hätte. Daß sie es ihm erzählen hätte müssen. Wahrscheinlich. Und daß er ihr das erspart hatte. Ersparte. Madeline sah den Mann an. Sie setzte sich auf und sah ihm aus den Augenwinkeln zu. Der Mann schien nichts gemerkt zu haben. Er wandte sich ihr zu. Lächelte. Gleich, sagte er. Gleich seien sie da. Sie fuhren auf eine Sandstraße. Der Mann fuhr langsam. Lenkte um die tiefen Furchen in der Straße herum. Felder. Rechts und links. Obstbäume. Weit hinten. Sie fuhren auf die Obstbäume zu. Olivenbäume nach links. Der Mann lenkte auf ein Gatter zu. Autos standen am Straßenrand. Der Mann sprang aus dem Auto. Lief um das Auto, ihr die Tür aufzuhalten. Madeline kletterte aus dem Wagen. Das Auto stand knapp an einem Wassergraben. Der Boden feucht. Schlammig. Der Mann stand auf der anderen Seite des Grabens. Madeline ergriff seine Hand und hüpfte über den Graben. Fiel in die Arme des Mannes. »Ciao bella«, sagte der. Er nahm sie am Arm und führte sie den Graben entlang. Zu einer

Stelle, an der man über den Graben steigen konnte. Der Mann machte das Gatter auf. Auf einer schütteren Wiese stand ein langer Tisch. Grobe Bänke. Es waren Holzstangen in den Boden geschlagen und Holzplanken daraufgenagelt. Eine Holzhütte stand weiter hinten. Ein Schuppen. Rechts war die Feuerstelle. Über einem offenen Feuer wurden die Ferkel gedreht. Auf Spießen. Es roch würzig. Madeline hatte diesen Geruch noch nie gerochen. Sie sah die Spieße an. Das waren Spanferkel. Wahrscheinlich. Sie hatte noch nie Spanferkel gesehen. Nur auf Bildern. Im Märchenbuch. Im Schlaraffenland. Die Ferkel an den Spießen. Es hatte zuerst wie Babys ausgesehen. Säuglinge. Am Tisch saßen Frauen. Die Männer standen um das Feuer. Ein alter Mann schenkte Wein am Tisch ein. Alle begrüßten Michele. Riefen ihm Bemerkungen zu. Scherze. Alle lachten. Madeline verstand nichts. Sie konnte Rick nicht sehen. Michele küßte alle Frauen. Die Frauen rissen ihre Arme auf. Schrien etwas wie »dottore mio«. Michele beugte sich zu jeder hinunter. Ließ sich umarmen. Küßte die Frauen auf beide Wangen. Alle lachten. Redeten. Die Dämmerung ließ die Kleider der Frauen aufleuchten. Madeline stand am Gatter. Die Frauen waren alle viel besser angezogen. Eleganter. Sie waren alle älter als sie. Wirkten sicher. Selbstverständlich. Madeline kam sich provinziell vor. Linkisch. Tölpelhaft. Sie sah sich um. Wie kam sie von hier weg. Die Straße führte durch Felder weg. Man würde ihr lange nachsehen können. Wenn sie wegging. Diese Italiener. Sie würden lange lachen können. Über sie. Michele kam zu ihr. Was sie trinken wolle, fragte er. Wo ihr Bruder wäre, fragte Madeline. »Dove è il mio fratello«, fragte sie. Aldo wäre schon wieder weg. Sie sollten in die Conca del Sole nachkommen. Aber wolle sie nicht zuerst etwas essen. Sie müsse das probieren. Das sei die Spezialität hier. Alle wären beleidigt, wenn sie nichts äße. Madeline sah zu Boden. Ein Glas Rotwein. Das wäre nett, sagte sie. Sie solle sich setzen, sagte Michele. Er ging weg. Die Männer begrüßten ihn noch einmal. Madeline sah die Männer auf sie sehen. Deuten. Michele erklärte etwas. Madeline seufzte. Warum war sie nicht in ihrem Zimmer geblieben. Warum war sie nicht in Baden geblieben. Ihr machte es ja nichts aus, allein zu sein. In der Villa. Das machte ihr nichts aus. Im Gegenteil. Die Mutter auf Kur. Sie und die Hansi. Es wäre jedenfalls einfacher gewesen. Madeline ging an den Tisch. Sie setzte sich. Die Bank war rauh. Sie saß aufrecht. Eine Zeitung hätte geholfen. Oder ein Buch. Irgend etwas, die Zeit zu vertreiben. Den Blick zu binden. Bis dieser Doktor wieder nach Perugia zurückzufahren bereit war. Und es würde finster sein. Bald. Lesen gar nicht möglich. Nur sitzen. Madeline sah vor sich hin. Die Frauen lachten. Immer wieder stand eine auf. Ging zu den Männern. Stand bei den Männern um die Feuerstelle. Redete. Schrie. Gestikulierte. Alle hielten Gläser Rotwein in der Hand. Tranken. Madeline saß am Tisch. Warum war Rick nicht da. Wo war Rick. Warum hatte er sie hier heraustransportieren lassen. Rund um das Feuer wurde noch lauter geschrien. Es wurde geklatscht. Die Frauen kamen an den Tisch zurück. Sie lachten. Redeten aufeinander ein. Der alte Mann schenkte Wein nach. Er stellte ein Glas vor Madeline hin. Sagte etwas. Madeline lächelte ihn an. Der alte Mann blieb stehen. Sah auf sie herunter. Dann nickte er und ging weiter. Die Männer brachten Teller an den Tisch. Jeder Mann stellte einer Frau einen Teller hin. Schnitten vom Fleisch lagen auf den Tellern. Weißbrotscheiben. Die Männer gingen an das Feuer zurück. Sie scharten sich um einen kleinen Tisch. Die Spanferkel wurden da aufgeschnitten. Die Männer spießten sich Stückchen Fleisch auf Gabeln. Aßen so. Michele kam auf Madeline zu. Er setzte sich auf die Bank gegenüber. Stellte einen Teller auf den Tisch. Reichte Madeline Messer und Gabel. Da also wäre sie. Die porchetta. Und sie solle probieren. Eine Frau fragte etwas. Rief ihm eine Frage zu. Michele sah Madeline an. Antwortete dann. Madeline sah ihn fragend an. Er schüttelte den Kopf. Lächelte. Sie solle da nicht hinhören. Der Akzent von Michele war stärker geworden. Michele sprach zuerst italienisch. Wiederholte die wichtigsten Worte auf englisch. Madeline schob ihm den Teller zu. Sie hätte keinen Hunger. »Non ho fame.« Sie hob das Glas. »Gin. Gin«, sagte sie. Michele sprang auf. Holte ein Glas vom Tischchen am Feuer. Ließ sich Rotwein einschenken. »Gin. Gin«, sagte er. »Signorina Ascher.« »Mi chiama Madeline«, sagte Madeline. »Maddalina«, versuchte Michele. »Madeline«, verbesserte sie. Sie hob das Glas. Trank. Michele schob den Teller über den Tisch. »Buon gusto«, rief eine Frau Madeline zu. Die Frau nickte. Lächelte. Sie solle das versuchen, sagte Michele. Und dann würden sie losfahren. Ihren Bruder suchen. Die Frauen fragten Michele etwas. Es mußte über sie sein. Die Frauen sahen sie an. Michele gab Auskunft. Madeline hörte den Namen ihres Bruders. Und Aldo. Die Frauen redeten weiter. Michele wandte sich ihr zu. Er schob den Teller vor sie hin. Erst müsse sie essen, sagte er. Wie zu einem Kind. Madeline hätte aufstehen mögen. Und ihm den Teller ins Gesicht. Sie nahm das Besteck in die Hand. Die Frau. Die, die gelächelt hatte, rief »Brava«. Alle sahen ihr zu. Lächelten. Nickten. Madeline fühlte die Röte aufsteigen. Sie schnitt schnell ein Stück Fleisch ab. Die knusprige Schwarte war nicht leicht zu durchtrennen. Sie steckte das Fleisch in den Mund. Das Fleisch schmeckte süßlich. Würzig. Neu. Madeline lächelte. Nickte anerkennend. Die Frauen lachten. Applaudierten. Die Männer kamen. Fragten, was es gäbe. Die Frauen deuteten auf Madeline. Erzählten etwas. Die Männer nickten. Lachten sie an. »Maddalena«, sagten alle. Madeline beugte sich über den Teller. Aß. Michele trank seinen Wein. Sah ihr zu. Er rief den Frauen etwas zu. Deutete auf sie. Es klang stolz. Madeline sah auf. Die Frauen sahen auf ihre Hände. Die Frau, die ihr zugelächelt hatte, sah auf ihre Hände. Dann auf ihre eigenen. Sie versuchte, das Besteck so zu halten wie Madeline. Sie hatte die Gabel in der Faust gehalten. Sie nahm die Gabel von oben. Probierte aus, so in das Fleisch zu stechen. Madeline sah Michele an. »You are a real lady«, sagte er. Erstaunt. Bewundernd. Er wandte sich an die Frauen. Sagte etwas. Die Frauen nickten. Ernst. Madeline legte das Besteck auf den Teller. Messer und Gabel parallel. Michele zeigte wieder auf das Besteck. Sagte etwas. Die Frauen nickten wieder. Die eine anerkennend. Wohlwollend. Madeline trank. Sie saß da. Die Frauen redeten miteinander. Michele lächelte sie an. Die Männer gingen um das Feuer herum. Kauten. Redeten. Fuchtelten mit den Gabeln. Tranken. Lachten. Madeline stand auf. Sie ging auf dem Grundstück nach hinten. Birnbäume wuchsen da. Standen in Viererreihen. Die Birnen hingen an den Ästen. Die Birnen so grün wie die Blätter. Klein. Madeline ging zwischen den Bäumen. Weg von der Gesellschaft. Sie hörte das Gerede. Das Gelächter. Rechts. Weit weg. Ein dunkler Hügel. Häuser oben. Gegen den hellen Abendhimmel zu sehen. Die Dämmerung ließ alles verschwimmen. Zikaden lärmten rund um sie. Ein Abendwind knisterte in den Obstbäumen. Zwischen den Bäumen. Die Baumkronen begannen weit unten und reichten nicht sehr hoch hinauf. Eine einfache Leiter würde zum Ernten reichen. Nicht wie bei den Weichselbäumen im Park. Die so hoch gewachsen waren. Obwohl Weichselbäume nicht hoch werden sollten. Nicht so hoch. Jedenfalls. Es war unmöglich geworden, die Weichseln zu ernten. Niemand wollte so hoch hinaufsteigen. Zwischen den Birnbäumen. Madeline ging. Wie sollte sie es noch mehr als 2 Monate aushalten. Hier. Das war nicht zu ertragen. Das Zimmer. Der Kurs. Die Leute. Sie mußte zurückfahren. Sie konnte allein in der Villa sein. Es war lächerlich. Sie war eine erwachsene Person. Warum sollte das nicht möglich sein. Und wenn Rick sich solche Sorgen machte. Warum war er dann nicht da. Warum ließ er sie von einem wildfremden Mann herumfahren. Dieser Michele. Der konnte herfallen über sie. Im Auto. Wann immer er wollte. Sie wußte ja nicht einmal, wo sie war. Und was hätte sie sagen können, wenn er. Sie sollte sich wenigstens seine Autonummer merken. Nur weil er ein Arzt war. Die Mama hatte auch keine so guten Erfahrungen. Mit ihrem Arzt. Madeline ging zurück. Michele kam ihr entgegen. Ob sie jetzt fahren könnten. Es war fast dunkel. Der Himmel hell. Die Gesichter der Leute bleiche Flecken. Die Farben kaum noch wahrzunehmen. Michele nahm sie unter dem Arm. Er ging mit ihr zum Auto. Er winkte allen zu. Rief Grüße. Die Männer riefen ihm Anzüglichkeiten nach. Madeline war sicher. Michele führte sie schnell weg und sagte, sie solle nicht hinhören. Die wären alle stupido. Er drückte ihren Arm. Madeline wartete, bis Michele den Wagen gewendet hatte. Stieg dann erst ein. Sie fuhren zurück. An Perugia vorbei. Zur Conca del Sole. Madeline war am Vorabend dagewesen. In Ricks Wagen. Im

VW hinten. Sie wußte nicht, wo dieses Nachtlokal lag. Die Straßen führten bergauf und bergab. Das Lokal lag irgendwo oben. An einem Abhang. Man ging Stiegen hinauf. Kam zu einem Swimmingpool. Zur Bar ging es noch weiter hinauf. Zur Tanzfläche wieder Stiegen hinunter. Michele sagte nichts. Die ganze Fahrt hindurch. Madeline hätte ihm sagen wollen, es täte ihr leid. Wie viele Umstände er hätte. Mit ihr. Daß er sicher lieber bei seinen Freunden geblieben wäre. Aber sie fand die Vokabeln nicht dafür. Sie schwieg. Überlegte. Vor diesem Nachtlokal. Da gab es sicher Taxis. Wenn Rick mit Aldo auf der Maschine unterwegs war. Wie sollte sie zurückkommen. Früher. Da waren sie zu dritt gefahren. Mit Wolfgang waren sie auch zu viert auf der Maschine gefahren. Von der Cholerakapelle in die Villa. Aber so weit konnte die Stadt hier nicht entfernt sein. Michele fuhr einen Berg hinauf. Bog links ein. Fuhr auf Kies. Parkte. Sie seien da, sagte er. Sie bedanke sich, sagte Madeline. Sie stieg aus. Rick müßte ja nun hier sein. Michele sah sich um. Er sähe das Motorrad nicht. Aldos Maschine. Er nahm Madeline unter dem Arm. Sie stiegen nebeneinander die Stufen hinauf. Michele hielt sie fest. Der Pool war von unten beleuchtet. Lag türkisblau strahlend da. Sie gingen eine Runde. Gingen die Tische am Pool entlang. Paare saßen da. Sprachen miteinander. Musik von oben. Leise. Ein Kellner in weißer Jacke kam auf sie zu. Michele sprach ihn an. Nannte ihn Gino. Fragte ihn, ob er Aldo gesehen habe. Ja, sagte der Mann. Er habe Aldo an der Bar gesehen. Er musterte Madeline. Michele zog sie zur Treppe. Sie gingen zur Bar hinauf. Niemand stand da oder saß an einem der kleinen Tischchen. Madeline ging die Stufen zur Tanzfläche hinunter. Die Musik war hier lauter. Die Zikaden übertönten die Musik kaum noch.

Die Luft mild. Der Himmel dunkel. Sternenübersät. Der Mond. Tief unten. Abnehmend. Madeline ging auf die Tanzfläche. 2 Männer standen am Rand. Niemand tanzte. Die Musik aus den Lautsprechern. »Love me tender.« Madeline stand auf der Tanzfläche. Michele kam nach. Madeline sah ihn an. Was hier los sei, fragte sie. Michele zuckte mit den Achseln. Er verstünde sie nicht. Sie solle einen Augenblick warten. Er ging zu den beiden Männern. Sprach mit ihnen. Lang. Madeline wollte eben weggehen und sich ein Taxi rufen lassen, da kam Michele zurück. Er winkte ihr zu. Winkte ihr, zu ihm zu kommen. Madeline ging über die Tanzfläche. Langsam. Die Männer schauten ihr entgegen. Die Tanzfläche hell erleuchtet. Die Männer im Schatten. Michele kam ihr entgegen. Das sei Adriano. Der beste Freund von Aldo. Adriano wisse, wo Aldo sei. Er müsse nach Hause. Schlafen. Er müsse morgen arbeiten. Adriano nähme sie mit. Adriano war sehr groß. Schlank. Schlacksig. Er hatte ein langes, schmales Gesicht. Wellige lange Haare. Aus dem Gesicht gekämmt. Er lächelte Madeline an. Hielt ihr die Hand entgegen. »Ciao bella«, sagte er. Er redete weiter. Sie würden diesen Bruder schon finden. Madeline vermutete, daß er das gesagt hatte. Michele zog sie weg. Auf die Tanzfläche. Er stand ihr gegenüber. Michele war nicht viel größer als sie. Michele spielte mit ihrem mittleren Jackenknopf. Er würde sie gerne wiedersehen, sagte er. Madeline verstand nicht alles. Sah ihn fragend an. Morgen, fragte Michele. Zum Mittagessen. Er hole sie ab. Um 12 Uhr. Vor der Universität. Nach ihrem Kurs. Diese Kurse. Die endeten doch um 12 Uhr. Er hole sie ab, da wo er heute gestanden hätte. Michele sprach wieder englisch. Madeline nickte. Michele griff ihr unter das Kinn. Hob ihr Gesicht an und küßte sie auf die Wangen.

Vorsichtig. Er hauchte die Küsse auf ihre Wangen. Streifte ihre Wangen mit den Lippen. Er flüsterte etwas. Madeline verstand wieder nichts. »A domani«, sagte er laut. Er ging. Madeline stand da. Adriano grinste. Er sagte etwas. Madeline lächelte zurück. Die Musik war zu laut. Sie konnte gar nichts hören. Sie wußte nicht, was da gespielt wurde. Sie kannte das Lied nicht. Es war ein Twist. Ob sie etwas trinken wolle, schrie Adriano ihr zu. »Un tonic«, rief Madeline. Adriano zwinkerte ihr zu. Ein Kellner lehnte an einem der Tische. Starrte vor sich hin. Adriano schnippte mit den Fingern. Hielt die Hand hoch. Der Kellner reagierte nicht. Adriano legte Madeline die Hand auf die Schulter. Sie solle hier bleiben. Adriano ging über die Tanzfläche. Der Kellner sah auf. Ging ihm entgegen. Adriano boxte den Kellner gegen die Brust. Freundlich. Der Kellner hob beide Hände. Adriano machte mit dem Zeigefinger einen Pistolenlauf nach. Hielt ihn dem Kellner an die Brust. Er ließ die Hand in die Höhe schnellen. Der Kellner schloß die Augen. Taumelte. Griff sich an die Brust. Drehte sich. Zuckte. Er richtete sich wieder auf. Adriano schlug ihm auf die Schulter. Der Kellner grinste. Adriano zeigte auf Madeline. Der Kellner nickte. Ging davon. Adriano deutete Madeline, sie solle zu ihm kommen. Die Musik wechselte zu einem langsamen Walzer. Das Licht wurde rosig. Madeline ging über die Tanzfläche. Über dem schummrigen Licht der Himmel. Föhren zeichneten sich im Schein des matten Lichts rundum ab. Adriano hatte sich an einen der Tische gesetzt. Schob ihr einen Stuhl zu. Die Gartenmöbel. Dünne Metallstangen. Weiß lackiert. Zu einem Spitzenmuster gebogen. Die Sesselbeine und die Tischbeine nach außen aufgebogen. Kleine Rundbögen an den runden Sitzflächen und Tischplatten. Nach unten.

Gelb und weiß gestreifte Sitzpolster mit weißen Säumchen. Die Sessel und Tische standen da. Mit den nach außen aufgebogenen Beinchen. Leicht. Als wollten sie zu tanzen beginnen. Es sah aus wie in einem Film. Wie die Terrasse von einem Bungalow in »Schöner Wohnen«. Madeline mußte lachen. Sie setzte sich an das Tischchen zu Adriano. Der Kellner schleppte einen silbernen Flaschenkübel und 2 Champagnerflöten an. Er stellte den Kübel auf den Tisch. Hob die Flasche heraus. Nestelte am Korken. Madeline sah ihm zu. Sie sagte nichts. Hatte Adriano sie nicht verstanden. Die Außenseite des silbernen Kübels war angelaufen. Kleine Tropfen hingen am Metall. Rannen zu kleinen Bächen zusammen. Madeline mußte mit dem Finger über das nasse kalte Metall fahren. Linien ziehen im Geperle der Wassertropfen. Der Kellner zog den Korken mit einem lauten Knall aus der Flasche. Adriano lachte zufrieden. Der Kellner schenkte ein. Adriano beugte sich zu Madeline. Ob sie gegessen habe, fragte er. Den Satz kannte Madeline. Signora Gioberti hatte das gefragt. Am Anfang. Madeline hatte mit ihr zusammen »mangare« nachgesehen. Signora Gioberti hatte das Wörterbuch aufgeschlagen. Sie hatte lange geblättert. Die Brille war ihr nach vorne auf die Nase gerutscht. Ihr Mittelscheitel von oben zu sehen. Auf dem gebeugten Kopf. Der Scheitel war vollkommen gerade gezogen gewesen. Signora Gioberti hatte mit dem Zeigefinger auf das Wort gezeigt. Ihre Hand braunfleckig. Der Fingernagel des Zeigefingers rot lackiert. Der Lack in die Nagelhaut gesickert. »Mangare« hatte Signora Gioberti gesagt. Langsam. Und dann auf Madeline gezeigt und mit der Hand so getan, als stopfe sie etwas in den Mund. Madeline nickte. »Porchetta«, sagte sie. Fragend. Sie war nicht sicher, ob sie das Wort richtig in Erinnerung hatte. Sie hatte es nie geschrieben gesehen. Adriano machte eine abfällige Handbewegung. »Porchetta«, rief er und warf die Arme gen Himmel. Er schnippte wieder nach dem Kellner. Der kam gelaufen. Die beiden Männer konferierten. Sie redeten. Sahen einander an. Sahen Madeline an. Redeten wieder. Nickten. Der Kellner eilte weg. Adriano hob sein Glas. Madeline griff nach ihrem. Was sie da tranken. Das war Asti Spumante. Bei »Feinkost und internationale Spezialitäten Wunderl«. In der Wassergasse. Da war eine Flasche in der Auslage. Madeline antwortete auf Adrianos »Gin. Gin.« Sie kostete. Vorsichtig. Es schmeckte bitter. Erst. Scharf. Ein bißchen. Die Bläschen stiegen gegen den Gaumen. Bis in den Magen hinunter waren die Bläschen zu spüren. Madeline nahm einen größeren Schluck. Nahm den Mund voll. So schmeckte es viel besser. Madeline lachte. Jetzt wußte sie auch, wie das schmeckte. Adriano klopfte den Takt der Musik mit den Fingern auf der Tischplatte. Big-Band-Melodien wurden gespielt. Rauschten. Der Kellner stellte eine Glasschale auf einem hohen Stiel vor sie und Adriano. Auf einem grünen Salatblatt lagen Shrimps in einer rosaroten Sauce. Madeline kannte Shrimps auch vom Wunderl. Die Dosen standen zu einer Pyramide gestapelt auf der Verkaufstheke. Oben. Und das Rezept für Shrimpscocktail war in der »Praline« gestanden. Madeline spießte einen Shrimp auf das Gäbelchen. Steckte den Bissen schnell in den Mund. Sie mußte Adriano wie eine Provinzlerin vorkommen. Wie sie staunend dasaß. Der Shrimp schmeckte köstlich. Süß und salzig. Pikant. Madeline aß weiter. Trank Spumante. Adriano schenkte ihr nach. Sie spürte den Alkohol. Ihr wurde im Kopf wolkig. Hinter den Augen. Adriano zeigte auf ihren Shrimpscocktail. Ob sie das noch esse. Madeline verneinte. Der Mann zog das Glas zu sich. Über den Tisch. Aß den Shrimpscocktail auf. Sie tranken. Redeten nichts. Die Zikaden übertönten die Musik. Die Luft nun kühler. Madeline zog die Jacke enger. Sie trank. Adriano sah sie an. Die Musik hörte auf. Das Licht erlosch. Sie saßen im Dunkeln. Licht vorne an den Stufen zur Bar hinauf. Hinter ihr. Adrianos Gesicht erhellt. Er lächelte sie an. Grinste. Er griff nach ihrer Hand. Stand auf. Zog sie mit hoch. Er wüßte, wo Aldo sein könnte. Und sie müßten gehen. Hier würde geschlossen. Der Mann trank im Stehen sein Glas aus. Hielt Madelines Hand. Zog sie zu sich. Legte den Arm um ihre Schultern. Sie gingen. Der Arm lag schwer über Madelines Genick. Adriano redete. Madeline verstand nichts. Sie nickte von Zeit zu Zeit. Adriano zahlte an der Bar. Niemand war mehr da. Am Pool unten saßen noch 2 Paare. Ein Paar schmuste in einer Hollywoodschaukel. Sie stiegen zum Parkplatz hinunter. Adriano ging zu einem flachen roten Sportwagen. Er sperrte die Tür auf. Madeline stieg ein. Sie schlug sich die Beine an. Den Kopf. Bis sie im Sitz lag. Man mußte das lernen. In Sportwagen einsteigen. Das muß man lernen, dachte sie. Adriano schob sich in den Wagen. Stieg in den Wagen wie in eine Hose. Er fuhr los. Der Kies spritzte unter den Rädern nach hinten. In die Hecke. Die Reifen gruben sich in den Boden. Dann jagte das Auto aus dem Parkplatz auf die Straße hinaus. Adriano sah nicht nach rechts oder links. Raste auf Kreuzungen zu. Hupte. Beschleunigte. Madeline lag in dem Sitz. Man konnte nicht herausfallen. Der Sitz wie eine Schale. Schloß sich hoch um sie. Madeline fürchtete sich nicht. Sie konnte nur ganz langsam denken. Nur ganz vorne. Hinter der Stirn. Madeline wunderte sich, daß nichts passierte. Sie saß da. Sah die Kreuzungen auf sich zukommen. Sah nach vorne. Wartete auf ein anderes Auto. Auf einer der Querstraßen. Adriano hielt das kleine Lenkrad fest umklammert. Die Arme durchgestreckt. Sie fuhren die Straße an der Universität vorbei. An der Altstadt vorbei. Den Berg hinauf und auf der anderen Seite hinunter. Über breitere Straßen da. Adriano bremste. Hielt an. Sie standen vor einem Rohbau. Ein hohes Haus. 12 Stockwerke. Oder mehr. Es war zu dunkel in der Straße. Das Haus allein. Baugruben rundum. Hinter dem Haus stieg der Hügel an. Niedrige, alte Häuser standen da. Dunkel. Madeline blieb neben dem Auto stehen. Sie mußte warten. Bis sie gehen konnte. Gerade. Aufrecht. Sie sah sich um. Tat so, als studierte sie die Umgebung. Es gab kein Haus, in das man gehen hätte können. Vom Rohbau vor ihnen nur die Mauern hochgezogen. Die Innenmauern. Man konnte in die Zimmer hineinsehen. Die Außenmauer fehlte. Adriano ging auf das Haus zu. Ging mit ihr zwischen den Betonpfeilern durch. Stieg hinten Stufen in das Haus hinauf. Es gab kein Geländer. Madeline sah auf den Boden vor ihr. Sie mußte achtgeben, nicht ins Schwanken zu geraten. Adriano stieg weiter hinauf. Sie kamen in ein Stiegenhaus. Nackte Betonwände. Betonstufen. Madeline stützte sich an den Betonwänden ab. Stapfte hinter Adriano her. Sie wußte bald nicht mehr, wie viele Stockwerke sie hinaufgestiegen waren. Am Ende der Stufen kamen sie an eine alte Tür. Eine abgeschlagene weiße Tür aus einem alten Haus. Hinter dieser Tür eine dunkle glatte Holztür. Sie gingen in ein Vorzimmer. Die Türen waren alle unversperrt. Grausilberglänzender Spannteppich. Ein langer Gang. Türen nach rechts und links. Adriano öffnete eine Tür rechts. Sie kamen in ein großes Zimmer. Langgestreckt. Eine Glasfront nach rechts. Lichter draußen. Die

Altstadt. Im Raum die Luft rauchig. Menschen standen am Fenster. Saßen auf den 2 langen Ledersofas an der Rückwand. Nach rechts eine giftgrüne Ledersitzgarnitur. Männer und Frauen. Jeder hatte ein Glas in der Hand. Eine Zigarette in der anderen. Die Frauen saßen auf dem Sofa. Die Männer standen am Fenster. Adriano ging zu den Männern. Er wurde begrüßt. Madeline suchte nach Rick. Sie beugte sich vor. Wollte nach rechts um die Ecke sehen. Eine Frau winkte ihr zu. Wedelte mit der Zigarette in der Luft. Es war die Frau vom Porchetta-Essen. Die, die ihr zugelächelt hatte. »La svedese«, rief sie laut. Die anderen sahen sie kurz an. Dann redeten alle wieder weiter. Lachten. Adriano stand am Fenster und sah ihr zu. Madeline war schwindlig. Sie keuchte. Vom Stiegensteigen. Sie setzte sich an den Rand des Sofas. Ließ sich zurückfallen. Flaschen standen auf dem Couchtisch aus dunkel glänzendem Mahagoni. Der Teppichboden glänzte golden. Das Licht kam von irgendwo an der Decke. Die Decke war hell. Im Raum war es dämmrig. Es wurde gelacht. Gekichert. Die Frauen standen auf. Gingen zu den Männern. Lehnten sich gegen die Männer. Sahen zu ihnen auf. Setzten sich wieder auf die Sofas. Redeten miteinander. Eindringlich. Und lachten dann. Madeline stand auf. Niemand redete mit ihr. Ein Mann kam hereingelaufen. Er rief etwas. Erzählte etwas. Lachte. Er nahm sich etwas zu trinken. Madeline verstand nur »Viennese«. Und das Lachen. Alle steckten die Köpfe zusammen. Kicherten. Madeline ging zur Tür. Die Frau kam auf sie zu. Die Frau, die sie angelächelt hatte. Die Frau war größer als Madeline. Dunkelhaarig. Sie lächelte Madeline an. Madeline konnte sie riechen. Warm und süß. Schwer. Madeline war müde. Sie wollte ins Bett. Sie würde in die Altstadt hinaufgehen müssen. Und sie wußte nicht einmal die Richtung. Zurück. Die Frau schaute auf sie herunter. Strich Madeline eine Haarsträhne aus dem Gesicht. Sagte etwas. Madeline sah sie an. Die Augen der Frau waren dunkel umrandet. Die dunkle Linie um die Augen in die Augenwinkel hinausgezogen. Die Wimpern dick getuscht. Die Augen der Frau schwarz. Im Schatten des gebeugten Kopfs verschwammen Pupille und Iris ineinander. Die Frau nahm Madeline an der Hand. Sie führte sie aus dem Zimmer. Madeline konnte gerade noch sehen, wie ihnen nachgesehen wurde. Die Frau schloß die Zimmertür. Sie führte Madeline den Gang hinunter. Madelines Hand fest in der Hand der Frau. Warm. Feucht. Die Frau ging langsam. Schlenderte. Schwenkte die Hand. Sie drehte Madeline zu sich. Sah Madeline an. Ernst. Ruhig. Lächelte dann. Sie zog Madeline weiter. Vor der letzten Tür links blieben sie stehen. Die Frau legte den Finger auf die Lippen. Madeline sah sie an. In ihrem langsamen Denken. Sie fühlte sich allein. Mißachtet. Rick. Und was das bedeutete. Wo war sie. Und diese Frau. Die Frau öffnete die Tür. Sie schob Madeline in das Zimmer. Schlüpfte nach. Schloß die Tür. Die Frau starrte auf das Bett. In diesem Zimmer gab es nur ein großes Bett. Die Glasfront ging nach rechts. In die schwarze Nacht hinaus. Auf den Sternenhimmel. Goldfarbener Teppichboden. Ein Mann über einer Frau. Nackt. Der Mann älter. Die Sehnen an seinem Hals hoben sich unter faltiger Haut scharf ab. Er war braungebrannt. Silbergraue Haare. Wellig. Nach hinten gekämmt. Eine Locke fiel nach vorne. Über seine Stirn. Er stand am Bettrand. Über eine Frau gebeugt. Ein Mädchen. Sie lag auf dem Bauch. Kicherte. Sie murmelte etwas. Madeline verstand »Keinen Spaß mehr«. Die junge Frau sprach in den Polster. Strampelte mit den Beinen. Lachte dann wieder. Die junge Frau war üppig. Der Körper von einer weichen Schicht umgeben. Alles rund. Sie war gebräunt. Der Bikini zeichnete sich weiß ab. Der Mann sah geradeaus. Sah sich in einem Spiegel an der Wand gegenüber zu. Er hob die junge Frau an den Hüften an. Zog ihre Beine hoch. Schob die Beine unter das Gesäß. Bis die Frau auf dem Bett auf ihren Knien hockte. Die Frau neben Madeline seufzte auf. Der Mann sah vom Spiegel herüber. Wurde wütend. Einen Augenblick. Dann lächelte er. Er lächelte Madeline an. Im Halbdämmer des Zimmers fixierte er Madeline. Sog Madelines Blick fest. Madeline mußte ihn anschauen. Der Mann riß die junge Frau an den Hüften herum. Drehte sie sich nach vorne. Sah Madeline an. Die junge Frau hing vornüber vom Bett. Sie mußte sich mit einer Hand am Boden abstützen. Sie maulte. Ihr wäre das fad, murmelte sie. In breitem Wienerisch. Der Mann schob ihre Gesäßbacken auseinander. Hielt sie auseinander. Suchte mit dem Finger das Arschloch. Spreizte das Gesäß mit der linken. Stieß mit der Rechten seinen Schwanz in den Arsch. Er rutschte ab. Er zog die Frau auf das Bett hinauf. Starrte Madeline an. Unentwegt. Lächelte. Der Mund starr verzerrt. Er suchte wieder nach dem Arschloch. Die junge Frau jammerte. Griff suchend um sich. Der Mann hielt sie mit dem Arm unter den Hüften. Griff unter ihren Bauch. Packte ihr weiches Fleisch. Spuckte sich in die rechte Hand. Rieb den Schwanz mit der Spucke ein. Er spreizte ihr Arschloch mit den Fingern der rechten Hand. Schob seinen Schwanz nach. Drängte seinen Schwanz in die junge Frau hinein. Madeline sah dem Mann in die Augen. Was er tat, sah sie unterhalb dieses Blicks. Die junge Frau ächzte auf. Stieß die Luft stöhnend aus. Wimmerte verloren. Die Augen des Mannes wurden schmal. Verloren den Blick.

Der Mann zog seinen Schwanz langsam vor und zurück. Hielt sich die junge Frau an den Hüften hoch. Madeline stand starr. Die Frau neben ihr hatte ihre Hand zwischen Madelines Beinen. Die Frau hielt sie von hinten. Streichelte mit der einen Hand ihren Busen. Mit der anderen spielte sie mit Madelines Schamlippen. Züngelte mit dem Zeigefinger nach der Klitoris. Fand die Klitoris. Madeline kam sofort. Ein kleiner Blitz löste sich zwischen ihren Beinen auf. Madeline seufzte. Dann schob sie die Frau weg. Sanft. Sie schob die Frau beiseite. Ging. Sie ging aus dem Zimmer. Schnell. Sie ging den Gang hinunter. Durch die Türen. In das Stiegenhaus. Sie lief die nackten Betonstufen hinunter. Sie zählte wieder nicht mit, wie hoch oben sie gewesen war.

Mai 1960.
Wien.

Das Aspirin schmeckte bitter. Der Geschmack der Tablette breit auf der Zunge. Bitter. Mehlig. Das Gefühl im Hals. Als wäre die Tablette steckengeblieben. Madeline sammelte Speichel. Sog an den Wangen innen. Schluckte. Das Gefühl im Hals blieb. Der Magen. Unsicher. Kleine Stiche. Spitz. Unter dem Brustbein. Hoch oben. Der Kopf hohl. Weit. Die Kopfschmerzen gerade noch nicht. Madeline saß im Bus. Sie hatte sich in die vorletzte Reihe gesetzt. Die anderen Passagiere saßen vorne. Gleich hinter dem Fahrer. Unterhielten sich. Ein altes Ehepaar. Sie hatten eine Wohnung in der Valériestraße. Die alte Mutter vom Itzi Altenweyer dahinter. Der Vater vom Michi Seifert. Ein Croupier aus dem Casino. Der Stadtpfarrer. 2 Leute kannte sie nicht. Madeline hatte jede Person gegrüßt. Beim Einsteigen. Und war nach hinten gegangen. Sie wußte, alle sahen es ihr an. Man konnte es ihr immer ansehen. Wenn sie die Tage hatte. Beim Warten auf den Bus. Auf dem Josefsplatz. Beim Widhalm. Sie hatte den kleinen Braunen stehenlassen müssen. Sie hatte nur das Wasser trinken können. Sie hätte zu Hause bleiben sollen. Nicht fahren. Nicht mit diesen Krämpfen. Und warum wirkte dieses Aspirin nicht. Das beim Widhalm. Das war schon die dritte Tablette gewesen. Madeline saß. Sah auf die Reihe der Rückenlehnen vor ihr. Die Köpfe der anderen über den Sitzlehnen. Der Vater vom Seifert ragte hoch über seinen Sitz hinaus. Die Schultern noch ganz zu sehen. In den Kurven beugte er sich gegen die Richtung der Kurve. Als lenke er selber den Bus. Ein Wichtigtuer. Madeline schloß die Augen. Die Binde war feucht. Sie hatte den Mantel aufgehängt. Und sie hatte ein neues Gummihöschen an. Es war noch nicht steif und kratzig. Vom Waschen. Rieb noch nicht die Haut auf. Zwischen den Beinen. Aber wenn sie so stark blutete. Die Krämpfe waren dann ja fast vorbei. Und wenn etwas durchging. Sie hatte den Mantel. Dann. Obwohl. Auf dem dunkelblauen Rock. Sie hatte das Sommerkostüm anziehen wollen. Die Mutter hatte es verboten. Rosarot. Das könne sie nicht. Nicht so kurz nach dem Tod der Großmutter. Und vor allem keinen so kurzen Rock. Man durfte die Knie nicht sehen. Bei Trauerkleidung. Und nach Wien. Sie solle sich ordentlich anziehen, wenn sie nach Wien fahren wolle. Und frisieren. Ordentlich. Der Großmutter hatten ihre Haare gefallen. Sie hätte die Haare auch gebleicht, hatte sie gesagt. Und einen Bikini angezogen. Madeline beugte sich vor. Sie waren schon beim Auto-Metzker vorbei. Der Bus fuhr die Triester Bundesstraße durch Vösendorf. Rechts die Gleise der Badner Bahn. Madeline lehnte sich zurück. Sie rutschte nach vorne. Legte den Kopf nach hinten. Auf die Rückenlehne zurück. Die Metallstange kalt im Genick. Madeline ließ den Kopf nach hinten hängen. Das Ziehen im Bauch unerträglich. Als risse alles im Bauch nach unten durch. Ein singender Schmerz. Bis in die Kehle. Dann rann wieder das Blut. Ein warmer Schwall. Die Binde naß. Die Hansi sagte, ihr wäre es auch so schlechtgegangen. Als sie noch jünger gewesen war. Die Mutter seufzte immer nur. Der Mutter war es recht. Wenn es ihr schlechtging. Dann konnte die Mutter nett sein. Madeline hätte liegen wollen. Sie überlegte, ob sie sich auf den Sitz legen sollte. Nach rechts fallen lassen. Eingerollt auf dem Sitz. Die

Arme verschränkt und gegen den Bauch. Die Augen geschlossen. Dem Schmerz zuhören. Sie saß gerade. Es würde dann heißen, sie hätte einen Rausch ausschlafen müssen. Oder Schlimmeres. Madeline sah hinaus. Über die niedrigen Häuser hinweg. Bäume dahinter. Leere Grundstücke. Hollerbüsche. Hohes Gras. Efeu. Waldrebe. Schwarzfleckige Mauerreste. Den Hügel zur Spinnerin am Kreuz hinauf dann wieder Wald. Gestrüpp. Dichtes Grün. Baustellen. Die Erde ockergelb sandig. Die Gemeindebauten. Schwarzrußig. Das Franz-Josephs-Spital. Die Pavillons hinter einer hohen schwarzen Mauer. Grau durch die Bäume. Die Mutter war kurz hier gewesen. Ganz am Anfang. Innen war in diesen Häusern alles weiß. Die Wände hellgrün. Bis in Augenhöhe war alles hellgrün glänzend gestrichen. Madeline war nur bei der Einweisung mitgewesen. Sie hatte warten müssen. Nur ein Angehöriger hatte mitgehen dürfen. Die Klosterschwester hatte keine Ausnahme machen können. Madeline hatte auf einem Gang warten müssen. Auf einer Holzbank. Bis Rick wieder herausgekommen. Männer in Schlafröcken waren dagesessen. Hatten geraucht. Unter den gestreiften Schlafröcken hatten sie gestreifte Schlafanzüge angehabt. Sie hatten geraucht und vor sich hin gestarrt. Hatten sie nicht angesehen. Nicht einmal aus den Augenwinkeln. Sie hatte geweint. Beim Vorbeifahren an diesem Spital. Bei der Erinnerung an dieses Weinen jetzt. Sie hätte gleich wieder weinen können. Aber das waren die Tage. Da hätte sie überhaupt nur weinen mögen. Es war ein Glück gewesen. Das Begräbnis der Großmutter war nicht auf solche Tage gefallen. Sie hatte nie über den Tod der Großmutter geweint. Noch nie. Wenn ihr die Großmutter fehlte. Das war ein anderer Schmerz. Starres Alleinsein war das. Tränenlose Erstarrung. Dieses Weinen. Das war, weil innen alles so weich und klumpig war. So ungeordnet. Immer ein Durcheinander. Der Bus hielt an. Der Stadtpfarrer stieg aus. Er grüßte laut. Beim Aussteigen. Das Wiener Ehepaar grüßte. Im Chor. »Grüß Gott.« Wie in der Kirche. Oder in der Schule. Die Lehrer. Am Anfang der Stunde. »Grüß Gott.« Der Fahrer stand auf. Zog die Tür zu. Der Stadtpfarrer hatte die Tür nicht fest genug zugeworfen. Der Fahrer fuhr wieder los. Lenkte den Bus über den Matzleinsdorfer Platz. Schob den Bus in die Wiedner Hauptstraße. Madeline schloß die Augen. Der Bus holperte. Die Straße löchrig. Jeder Stoß im Bauch ein neues Ziehen. Spitz zerrend. Bei geschlossenen Augen begann das Flimmern rechts außen. Sie mußte die Augen wieder aufmachen. Sie waren schon bei der Goldenen Kugel. Die Großmutter hatte hier eingekauft. Da oder in dieser Gasse hinter der Kärntner Straße. Beim Matauschek. Pastetenformen. Oder die Puddingform für Mohr im Hemd. Das könne man nur in diesen beiden Geschäften bekommen, hatte die Großmutter gesagt. Und die von der Goldenen Kugel. Das wäre noch eine von den guten Wiener Kaufmannsfamilien. Die anderen Passagiere begannen, sich auf das Aussteigen vorzubereiten. Sie holten Taschen aus dem Gepäcknetz. Zogen Jacken an. Madeline blieb ruhig sitzen. Wandte sich dem Fenster zu. Sie wartete an der Haltestelle, bis alle ausgestiegen waren. Sie zog den Mantel an. Vorsichtshalber. Ging schnell nach vorne. Hielt sich an den Rückenlehnen fest. Tastete sich nach vorne. Das Gleichgewicht. Sie war zu schnell aufgestanden. Sie mußte dann doch noch warten. Die Frau des Wiener Ehepaars aus der Valeriestraße hob eine schwere Tasche aus dem Bus. Der Mann wollte ihr helfen. Er dürfe das nicht. Schwer heben sei ihm verboten. Das sei ihm vom Arzt untersagt, ächzte die Frau. Sie kniff den Mund zusammen. Griff nach der Tasche. Madeline stand hinter der Tasche auf der obersten Stufe im Bus. Die Frau sah zu ihr hinauf. Ärgerlich. Vorwurfsvoll. Madeline sah der Frau ins Gesicht. Die Frau wandte sich scharf ab. Ließ die Tasche gleich auf den Gehsteig plumpsen. Der Mann stand auf dem Gehsteig. Den Kopf gebeugt. Er trat von einem Fuß auf den anderen. Ob sie jetzt endlich gehen könnten, fragte die Frau. Bitter. Sie ging los. Schleppte die Tasche. Der Mann ging hinter ihr. Madeline stieg aus. Sie ging in Richtung Musikverein. Sie bog erst bei der Schule der Wiener Kaufmannschaft nach links. Dem Ring zu. Sie hatte nicht hinter dem Ehepaar hergehen wollen. Sie ging zum Ring vor. Bog nach rechts. Ging langsam. Schleppte sich. Sie hätte den Kaffee trinken sollen. Beim Widhalm. Gegen die Müdigkeit. Diese Müdigkeit, als wäre sie weit gegangen. Unendlich weit. Und die Füße voreinanderschieben eine Mühe. Die Füße heben. Ausschreiten. Laufen. Sie konnte sich nicht vorstellen, je gelaufen zu sein. Irgendwann in ihrem Leben gelaufen zu sein. Wenn sie jetzt laufen hätte müssen. Vor irgend etwas weglaufen. Es hätte sie erreicht. Sie hätte keinen schnelleren Schritt machen können. Sie konnte nicht einmal den Kanten der großen Steinplatten auf dem Gehsteig ausweichen. Die Kanten scharf durch die dünnen Sohlen der Ballerinas. Madeline sah ihren Füßen zu. Die schwarzen Schühchen machten keine schönen Beine. Sie hatte auf der Toilette beim Widhalm den Rock an der Taille umgewickelt. Damit der Rock kürzer wurde. Über die Knie hinauf. Ihre Beine sahen sonst aus wie Zahnstocher. Aber die Ballerinas machten hübsche Füße. Klein. Prinzessinnenfüßchen. Sie hatte diese Schuhe in der Auslage gesehen. Beim Topitsch in der Rathausgasse. Und hatte sie haben müssen.

Wegen der kleinen Masche an der Ferse. Diese Schuhe anziehen. Nach den schweren Schnürschuhen. Sie hatte sogar in die Tanzschule solche Schnürschuhe anziehen müssen. Die Großmutter hatte ihr Schlangenlederpumps borgen wollen. Ihre Füße genauso wie die von der Großmutter. Sie hatte die Schlangenlederpumps von vor dem Krieg im Schuhbeutel mitgenommen und in der Garderobe hängenlassen. Die anderen wären in Gelächter ausgebrochen. Über diese altmodischen Tanzschuhe. Mit einem Riemchen über dem Rist. Kein Mensch hatte Schuhe mit Riemchen. Madeline ging am Hotel Imperial vorbei. In der Halle des Hotels Licht. Ein Kristalluster vor holzgetäfelten Wänden. Ein Paar kam auf die Tür zu. Beide dunkel gekleidet. Die Frau trug weiße Handschuhe. Madeline ging weiter. Fühlte sich unförmig. Aufgebläht. In ihrem Mantel. Der Rockbund eine dicke Wurst um die Taille. Das Twinset dünn vom Waschen. Das Kostüm der Frau. Es mußte wunderbar sein, sich in einem solchen Kostüm zu bewegen. Die Jacke war eng in der Taille angelegen. In einem solchen Kostüm waren nur elegante Bewegungen möglich. Madeline sah ihren Füßen zu. Hielt die Fußspitzen gerade nach vorne. Lenkte bei jedem Schritt ihre Fußspitzen gerade nach vorne. Auch ein solches Kostüm würde nichts gegen ihren Entengang helfen. Sie mußte immer aufpassen, die Fußspitzen nicht nach außen zu drehen. Madeline ging über den Ring. Sie stemmte die Haustür zu Tante Lilys Haus auf. Ging den marmorausgelegten Gang zum Lift. Läutete bei Lerner. Sie schob die Lifttür auf. Drückte im Lift auf den obersten Stock. Tante Lily wohnte jetzt im obersten Stock. Vor dem Krieg hatte sie die große Wohnung im Mezzanin gehabt. Die Großmutter hatte von der Wohnung geschwärmt. Aber von den Antiquitäten war nichts mehr da. Der Lift rumpelte hinauf. Bei jedem Stockwerk zögerte der Lift. Klickte. Und rumpelte weiter. Madeline hatte sich den roten Ledersitz heruntergeklappt. Schmale Spiegel an den Wänden. An den Rändern der Decke und rund um die Spiegel Schnitzwerk. Ranken. Rosenblüten. Jemand hatte geraucht im Lift. Der Geruch des Rauchs rauh in der Nase. Madeline mußte niesen. Beim Niesen eine Welle Blut warm durch die Scheide und gleich kalt und naß. Die Binde hart zwischen den Beinen. Und sie hatte nichts mit. Der Lift stieg. Wurde langsamer. Blieb stehen. Rastete ein. Madeline stand auf. Der Klappsitz schnellte zurück. Klatschte gegen die Wand. Madeline zog die Lifttür auf. Tante Lily stand vor ihrer Wohnungstür. Sie hielt die Tür mit einer Hand offen. In der anderen Hand hielt sie eine Zigarette. »Juhuu«, rief sie und winkte. Madeline lief auf sie zu. Umarmte sie. Tante Lily roch nach Parfüm und Zigaretten. Sie küßte Madeline fest auf die Wangen. Und Madeline solle jetzt den Lift wieder zumachen. Und den Knopf drücken. Damit der Lift wieder hinunterführe. Es sei so ärgerlich, wenn das vergessen würde. Man müsse dann zu Fuß. Alle 5 Stockwerke. Unlängst sei ihr das wieder passiert. Mit 2 schweren Einkaufstaschen. Sie hätte die Einkaufstaschen ja unten stehenlassen können und den Lift holen. Aber dann habe sie doch Sorgen gehabt. Ob sie die Einkaufstaschen stehenlassen könnte. Die Menschen in Wien. So ehrlich wären die ja auch nicht. Und deshalb hätte sie die 2 schweren Einkaufstaschen heraufgeschleppt. Aber wenn Madeline dann bei ihr wohnen werde. Dann könnte Madeline ja helfen. In solchen Fällen. Tante Lily drängte Madeline in die Wohnung. Machte die Wohnungstür hinter ihnen zu. Es gäbe nur Tee und Schinkenbrot. Aber sie habe einen sehr guten Beinschinken. Vom Wild. Sie sei extra zum Wild gegangen. Wegen des Beinschinkens. Madeline legte ihre Handtasche auf die Kommode im Vorzimmer. Sie ging in das Wohnzimmer. Setzte sich auf das Sofa. Weinroter Noppentweed. Auf einem Glastischchen unter dem Fenster die Elefantensammlung. Einen kleinen weißen Meißenelefanten hatte Tante Lily noch aus ihrer Sammlung vor dem Krieg. Der weiße Meißenelefant. Der hatte Mexico City überstanden und war mit Tante Lily wieder zurückgekommen. Früher hatte sie alle Arten von Elefanten gehabt. Sogar ein rosaroter Art-déco-Elefant war darunter gewesen. In der großen Wohnung. Im Mezzanin. Da war mehr Platz gewesen. Da hatte sie alle Farben sammeln können. Im 5. Stock ginge das nicht mehr, sagte sie immer. Tante Lily rief aus der Küche, ob Madeline ihren Mantel aufgehängt habe. Und warum sie einen Mantel anhabe. Überhaupt. Es sei doch wirklich schon warm. Fast schon Sommer. Viel zu warm für die Jahreszeit. Und es gäbe gar keinen richtigen Frühling mehr. Früher. Da hätte man Kostüme getragen. Um diese Zeit. Aber jetzt mußte man vom Wintermantel gleich in die Sommerkleider. Und man könne sich gar nicht mehr an den Sommer gewöhnen. Langsam. Madeline stand auf. Sie müsse ins Badezimmer. »Ja. Geh nur. Kinderl.« Madeline ging ins Vorzimmer zurück. Es roch nach Zigaretten und Tante Lilys Parfüm. Und nach Babypuder. Bei der Großmutter hatte es genauso gerochen. Nach Babypuder. Die Zigaretten der Großmutter hatten schärfer gerochen. Mehr nach Asphalt. Die Großmutter hatte 3er geraucht. Madeline zog den Mantel aus. Ging ins Badezimmer. Das Badezimmer war hell. Ein großes Fenster am Ende des schmalen Raums. Die Badewanne die Wand entlang. Das Waschbecken. Daneben die Toilette. Ein rosaroter flauschiger Badezimmerteppich über dem Badewannenrand. Auf der Etagère über dem Waschbecken und auf 2 Regalen an der Wand links Fläschchen. Döschen. Schächtelchen. Gläser. Seifen. Parfüms. Cremes. Badeschwämme am Badewannenrand. Eine Rückenbürste mit langem Horngriff an einem Haken an der Wand. Ein Stapel sonnengelber Handtücher auf einem Badezimmerhocker. Ein dunkelrotes Gästehandtuch über dem Rand der Waschmuschel. Madeline zog das Höschen hinunter. Die Binde schwarzrotblutig. Der schwere Geruch. Madeline setzte sich auf die Toilette. Sie zog das Bindenende aus der kleinen Metallschlaufe im himmelblauen Gummihöschen. Sie zerriß die Mullhülle um die Binde. Stand auf. Zerbröselte die Zellstofflagen der Binde. Ließ alles in die Toilette fallen. Wischte sich mit Toilettenpapier ab. Zog an der Spülung. Sie sah sich um. Sie sah keine Watte. Unter dem Waschbecken ein Kästchen. Ein Leinenvorhang davor. Naturweiß mit dunkelroten Streifen. Enziane auf dem Weiß. Madeline schob den Vorhang zur Seite. Putzmittel. Putzlappen. Ein weißer Emailkübel. Bodentücher. Keine Watte. Madeline faltete das Gästehandtuch. Legte das gefaltete Tuch in das Gummihöschen. Zog den Baumwollslip mit dem Gummihöschen hinauf. Das trockene Handtuch weich. Warm. Madeline wusch sich die Hände. Sie schüttelte das Wasser ab. Ging ins Vorzimmer hinaus. Ob sie endlich fertig wäre, rief Tante Lily. Was sie denn so lange auf dem Häusl gemacht habe. Und sie solle in die Küche kommen. Tante Lily kam ins Vorzimmer. Sie zündete sich eine Zigarette an. Löschte die Flamme des Zündholzes mit wedelnden Handbewegungen. Ob Madeline wirklich Tee haben wolle. Oder solle sie nicht doch lieber Kakao kochen. Wie früher. Madeline lachte. Also doch Kakao, rief Tante Lily und schob Madeline in die Küche. Drückte sie auf einen Küchensessel. Madeline solle sich ein Brot machen. Auf dem Küchentisch standen Teller mit Schinken. Butter. Essiggurken. Brotscheiben. Marmelade. Honig in einem Schüsselchen. Dann müsse sie auch die alte Tasse haben, rief Tante Lily. Sie nahm Madelines Teetasse und stellte ihr ein Häferl hin. Das Häferl war kornblumenblau. In einem goldumrahmten Oval war die Kaiserin Sissi zu sehen. Nach dem Winterhalter Porträt. Mit dem Sternenschmuck in den Haaren. Über der Oberlippe der Kaiserin ein Schatten im Farbdruck. Wie der Hauch eines Schnurrbarts. Rick und sie hatten um dieses Häferl gestritten. Sie hatten beide aus diesem Häferl Kakao bei Tante Lily trinken wollen. Madeline solle doch anfangen, sagte Tante Lily. Sie rührte mit einem kleinen Schneebesen Kakaopulver in die Milch. In einem kleinen Topf. Über der Flamme auf dem Gasherd. Madeline solle doch gleich beginnen, alles selber zu machen. Wenn sie hier wohne, dann könne sie ja auch nicht dauernd bedient werden. Madeline griff nach einem Stück Brot. Legte das Brot auf ihren Teller. Ob die Mama nicht angerufen habe, fragte Madeline. Hätten sie nicht miteinander telefoniert. »Nein«, sagte Tante Lily. Rick wäre dagewesen. Kurz. Vor ein paar Tagen. Oder wie lange das halt schon her sei. Sie wisse es nicht. Tante Lily beugte sich über den Kakao. Und Rick habe auch nichts gesagt, fragte Madeline weiter. Tante Lily schlug mit dem Schneebesen in dem kleinen Topf. »Nein.« Sie richtete sich auf. Eines müsse schon klar sein. Tante Lily drehte das Gas ab. Es müsse klar sein, daß Rick und sie. Hierher dürfe er dann nicht kommen. Wenn Madeline hier wohne. Dann müsse das. Dann dürfe das nicht. Sie habe das noch mit Betty besprochen. Mit ihrer Großmutter. Die habe das auch so gesehen. Sie habe ihr auch versprochen, sich um sie zu kümmern. Um Madeline. Und daß Madeline einen ordentlichen Mann finden würde. Hübsch, wie Madeline aussehe. Da würde das kein so großes Problem sein. Aber das mit Rick. Es wäre schon besser, sie sähe Rick länger nicht. Rick sei ja deshalb nach England geschickt worden. Zum Studium. Aber das sei ja alles gleichgültig. Das waren Kindergeschichten. Jetzt. Jetzt dürfte Madeline sich ihre Chancen nicht verderben. Wegen so etwas. Sie könne hier ein neues Leben anfangen. In Wien. Aus Baden weg. Das sei das wichtigste. Sie habe die Betty ja nie verstanden. Sie hätte diese Hütte gleich verkauft. Gleich nach dem Tod vom Albert. Wenn das gegangen wäre. Damals. Im ersten Krieg. Und es war natürlich schwierig. Mit den Schwierigkeiten wegen des Erbschaftsprozesses von Alberts Verwandten. Und warum diese Frau nicht vor Albert sterben hätte können. Dann hätte Albert die Betty noch heiraten können. Dann hätte es überhaupt keine Schwierigkeiten gegeben. Und man hätte sich das Geld für die ganzen Prozesse sparen können. Aber so. Diese Frau starb doch genau eine Woche nach Albert. Umgekehrt. Das hätte gerade noch gereicht. Aber der Albert. Glück hätte er der Betty dann ja doch nicht gebracht. Eine große Liebe wäre es halt gewesen. Und irgendwie. Sie hätte die Betty immer beneidet. Ein bißchen. Trotz allem. Jedenfalls vor der Geschichte. Dann. Tante Lily goß Madeline Kakao in das himmelblaue Häferl. So gesehen habe der Tod von Madelines Großmutter auch sein Gutes. Jetzt konnten endlich alle von diesem Haus weg. Für die Betty war es alles, was ihr vom Albert geblieben wäre. Aber sie. Sie habe es immer schrecklich gefunden. Da. Tante Lily stellte den Kakaotopf in das Abwaschbecken. Sie ließ kaltes Wasser in den Topf rinnen. Drehte das Wasser wieder ab. Sie hielt den Wasserhahn fest. Nahm einen Zug von der Zigarette. Die alte Frau sah in den Topf im Abwaschbecken. Madeline solle nicht traurig sein. Solche Gefühle. Solche Gefühle gingen auch vorbei. Man könne sich das nicht vorstellen, wenn man so jung wäre. Aber immer gingen solche Gefühle vorbei. Es sei sogar ein bißchen traurig. Man stürbe nicht an der Liebe. Und in Madelines Alter. Da müsse man glauben, so etwas ginge nie vorbei. Daß so etwas nie vorbeigehen würde. Man könnte ja sonst gar nicht beginnen. Mit dem Leben. Wenn man von Anfang wüßte, daß doch wirklich alles vorbeiginge. Ende. Für einen jungen Menschen. Da wäre das ein Grund, allem gleich ein Ende zu setzen. Wenn ohnehin alles gleichgültig wäre. Und zu überstehen. Vielleicht wäre das auch das Problem von Madelines Vater gewesen. Daß es gleichgültig gewesen war, was man gemacht hatte. Sogar das Schlimmste. Aber sie wisse auch nicht. Für Madeline jedenfalls. Da ginge alles erst richtig los. Und sie sollte es genießen. Madeline sah zum Fenster hinaus. Sah über die Baumwipfel hinweg. Auf den Schwarzenbergplatz hinaus. Bis in die Biegung zum Belvedere hin. Die Bäume zartgrün. Tante Lily schwieg. Die alte Frau starrte weiter in den Topf. Madeline hätte nichts sagen können. Ihr Hals. Die Kehle. Nicht zu bewegen. Trocken. Gelähmt. Tante Lily wandte sich wieder dem Tisch zu. Es sei immer das beste, alles offen zu sagen, sagte sie. Sie kam zum Tisch. Drückte ihre Zigarette auf dem Aschenbecher neben ihrem Teller aus. Wenn man das nicht tue. Alles offen sagen. Man könne das Leben versäumen. So. Wenn man es nicht begreifen müßte. Madeline saß da. Sah zum Fenster hinaus. Alles weit weg. Verschwommen. Eine steinerne Leere. In der Brust. Hinter dem Brustbein. Und ein Druck von außen. Im Kopf. Das Handtuch zwischen den Beinen. Warm. Sie konnte sich nicht bewegen. Saß erstarrt. Sie solle nicht so dreinschauen, sagte die alte Frau. Die Betty. Madelines Großmutter. Die habe sich eben nur Sorgen gemacht. Es sei ja sicher alles nicht so. So konkret. Wie die Betty das gedacht hatte. Aber in solchen Dingen. Ein Hauch von einem Gerücht. Tante Lily fischte eine Zigarette aus der Packung auf dem Tisch. Sie ging zum Gasherd. Zündete eine Zigarette mit einem Zündholz an. »Gscheit von dir, nicht zu rauchen«, sagte sie. Sog an der Zigarette. Wartete. Atmete dann den Rauch in einem langen Strom aus ihrer Nase wieder aus. Sie setzte sich in den Sessel gegenüber. Sie sollten mit dem Jausen anfangen. Madeline habe doch sicherlich Hunger. Und jetzt sei Mittag. Man müsse etwas essen. Eine Kleinigkeit. Wenigstens. Die alte Frau rauchte. Madeline sah hinaus. Madelines Großmutter habe darüber reden müssen, sagte Tante Lily. Das müsse Madeline verstehen. »Wir alten Frauen«, sagte Tante Lily. »Wir alten Frauen. Wir brauchen auch jemanden zum Reden.« Madelines Blick. Alles schien weit weg. Schien wegzugleiten und wieder näher zu kommen. Madeline hatte Angst, vornüber zu kippen. Sie hatte plötzlich Angst, über das Fensterbrett zu kippen. In die Tiefe. Vor die internationale Apotheke. Die alte Frau rauchte. Sie hätte nicht anfangen sollen. Davon zu reden. Sie hob den Kopf. Es tue ihr leid. Aber Madeline mußte doch gewußt haben, daß ihre Großmutter sich Gedanken mache. Hätte sie denn nie etwas zu ihr gesagt. Madeline spürte ihre Hände schwer auf ihren Oberschenkeln. Sie sah die Großmutter vor sich. Auf ihrer Chaiselongue. Ein Buch aufgeschlagen auf dem Schoß. Und sie auf dem Sesselchen am Kopfende. Um das Flüstern verstehen zu können. Mit dem Flüstern jeden Tag die Erinnerung an den Nachmittag im Gartenzimmer. Die Kugel war ja aus dem Rachen herausoperiert worden. Laut sprechen hatte die Großmutter nicht mehr können. Dann. Die Großmutter hatte ihre Hand genommen. Hatte ihre Hand gedrückt. Sie würde nichts sagen. Niemandem. Auch der Mutter nicht. Sie sei die erste, die Verständnis hätte. Haben müßte. Für die Irrwege der Liebe. Aber sie müsse versprechen. Das alles zu Ende. Dafür würde sie niemandem etwas sagen. Niemandem. Und Madeline hatte es versprochen. Sie hatte es wirklich versprochen. Rick war schon weg gewesen. Damals. Es war leicht zu versprechen gewesen. Es war nichts mehr einzuhalten. Aber das hatte sie damals nicht gewußt. Nicht so richtig. Und die Großmutter hatte versprochen, mit niemandem darüber zu reden. Tante Lily drückte ihre Zigarette aus. Sie nahm Madelines Kakao. Ging zum Abwasch und fischte mit einem Löffelchen die Haut oben auf dem Kakao ab. Hielt das Löffelchen unter die Wasserleitung. Spülte das Löffelchen ab. Die alte Frau sah dem Wasser zu. Man dürfe sich nicht wundern, sagte sie. Sie starrte in das fließende Wasser. Man dürfe sich überhaupt nicht wundern, was einem passierte. In der Liebe. Sie jedenfalls. Sie täte das nicht. Nicht mehr. Sich wundern. Wenn sie ihr Leben so ansähe. Sie drehte das Wasser ab. Brachte Madeline den Kakao zurück. Stellte das Häferl vor Madeline hin. Sie holte sich wieder eine Zigarette aus der Packung. Zündete die Zigarette an. Rauchte. Ging ans Fenster. Verschränkte die Arme. Ihr Leben habe sich auch um eine solche Liebe gedreht. Eine verbotene Liebe. Der Mann. Er war Aristokrat. Ein Fürst. Aus einer der ganz alten Familien. Sie hatten eine Affäre gehabt. Nach dem ersten Krieg. Jahrelang. Tag und Nacht. Es waren schreckliche Zeiten. Aber man müsse leben. Auch in solchen Zeiten. 4 Jahre lang hätte die Affäre gedauert.

4 Jahre lang Tag und Nacht. Sie hatte damals schon die Wohnung der Eltern. In diesem Haus. Die Eltern nur noch in Reichenau. Sie waren spazieren gewesen. Irgendwann. Dann. Der Alexander und sie. Und bei der Oper. Sie waren gerade über den Ring gegangen. Zum Opernringhof hin. Der, der jetzt ausgebombt wäre. Und da hatte der Alexander den Arm auf ihre Schultern gelegt. »Karolintschel«, hatte er gesagt. »Karolintscherl.« Er müsse jetzt gehen. Er müsse heiraten. Und sie würden einander nie wieder sehen. Er hatte den Hut gezogen. Sie war auf dem Ring in Richtung Schwarzenbergplatz gegangen. Er die Operngasse weiter. Und von einem Augenblick auf den anderen. Da war das, was 4 Jahre lang gewesen war. Da war das nicht mehr. 51. Nach dem Zweiten Krieg. Da wäre er wieder vor der Tür gestanden. Er hatte seine Familie verloren. Bei einem Autounfall. Alle waren tot gewesen. Seine 3 Kinder und die Frau. Er war gefahren. Er hatte nicht einmal eine Schramme. Und ihre Familie. Niemand hatte überlebt. Auch ihr geschiedener Mann nicht. Ihr Sohn war in Mexico geblieben. Hatte da bleiben wollen. Wollte nicht nach Wien. Zurück. Sie waren dann zusammen gewesen. Wieder. Der Alexander und sie. Er hatte alles verloren. Die Güter in Böhmen. Alles. Er war krank. Und sie hatte ihn gepflegt. Bis zu seinem Tod. Dann. Und sie erzähle das nur. Sie wolle Madeline erklären, wie seltsam das Leben sei. Madeline setzte sich auf. Ob sie diesen Mann immer geliebt habe, fragte sie. Ob Tante Lily diesen Alexander all die Jahre nicht vergessen habe und immer an ihn gedacht. »Nein«, rief die alte Frau. »Nein. Um Gottes willen.« Sie hätte ihn vergessen gehabt. In der Zwischenzeit. In Mexico. Sie habe nur gearbeitet. Da. Cremeschnitten gemacht. Um 6 Uhr in der Früh aufstehen und Cremeschnitten machen. Sie

habe ihr Geld doch mit Wiener Mehlspeisen verdient. Da. Ihren Sohn erhalten damit. Und sich. Und sie hätte ihren geschiedenen Mann mitgenommen. Gehaßt, wie sie ihn hatte. Aber der hatte es nicht mehr. Rechtzeitig. Es gäbe immer noch schlimmere Geschichten. Schlimmer als einen Mann, der einem die Operngasse hinunter davonspazierte. Auch wenn er noch so höflich gegrüßt hätte. Die alte Frau lachte. Madeline wandte sich ab. Sie beugte sich über die Rückenlehne. Stützte den Kopf auf der Rückenlehne auf. Sie sah in das Wohnzimmer. Auf die rote Couch. Eine Stehlampe daneben. Ein roter Metallschirm auf einer Bambusstange. Tante Lily setzte sich wieder an den Tisch. Sie wüßte auch nicht, sagte sie. Es sei ja nur Sorge um Madelines Zukunft. Sie habe kein Problem. Mit der ganzen Geschichte. Kindereien. So, wie sie das sähe. Da gäbe es Schlimmeres. Die alte Frau beugte sich Madeline zu. Wenn Madeline jetzt zu ihr ziehe, dann müßten sie sich um einen ordentlichen Mann kümmern. Älter sollte er sein. Erfahren. So irgendein Junger. Das wäre nichts für Madeline. Madeline bräuchte etwas Reiferes. Und der Mann sollte schon etwas sein. Etwas Gehobeneres. Nichts sei für die Ehe belastender als Geldprobleme. Sie spräche da aus Erfahrung. Und Madeline sei eine schöne Person. Da habe man schon ein Recht auf ein bißchen Luxus. Der Mann bekäme schließlich etwas. Mit Madeline. Ein Arzt. Einer aus einer guten Wiener Familie. Das wäre das beste. Ärzte hätten doch meistens ein gutes Verhältnis zu den körperlichen Dingen. Madeline solle immer darauf achten, daß es in dieser Richtung stimme. Das wäre fast so schlimm wie Geldprobleme. Oder ein Jurist. In einer Bank. Obwohl. Da würden die Männer erst sehr spät etwas. Das wäre nicht so gut. Und zu einem Beamten würde sie überhaupt nicht raten. Da wäre sie ganz anderer Meinung als die meisten. Und das wäre schon alles so, wie man es sich vorstelle. Madeline drehte sich der alten Frau wieder zu. Sie sah die Frau an. Ihr Gesicht faltig. Durchfurcht. Die Augen groß. Hellblau. Wasserblau. Das Weiße der Augen gelblich. Rotgeädert. Die grauweißen Haare waren nach hinten gekämmt. Zu einem Knoten im Nacken gedreht. Madeline mußte lachen. Kichern. »Tante Lily«, sagte sie. »Bitte. Keinen Mann.« »Kinderl«, sagte die alte Frau. Sie nahm die Zigarettenpackung und schüttelte sich eine Zigarette heraus. »Was willst du denn sonst machen.« Madeline griff nach dem Kakao. Trank einen Schluck. Der Kakao war kalt. Hatte eine neue Haut. Die Haut spinnwebfein glänzend an der Oberfläche. Madeline schob die Milchhaut mit der Zunge zurück. Die Milchhaut legte sich um die Zungenspitze. Madeline stellte das Häferl auf den Tisch. Tante Lily hatte sich die Zündholzschachtel vom Gasherd geholt. Setzte sich wieder. Zündete sich die Zigarette an. Sie wäre doch noch jung, sagte Madeline. »Ja. Gut«, meinte Tante Lily. Madeline solle sich eine gute Zeit machen. Studieren und sich eine gute Zeit machen. Aber keine Geschichten. Keine richtigen Geschichten. Es würde geredet. In Wien würde nur getratscht. Und die Männer redeten untereinander. Mehr als man sich vorstellen könnte. Und man könne sich die Chancen schon verderben. Mit so einer richtigen Geschichte. Und Madeline solle achtgeben. Tante Lily beugte sich über den Tisch. Sie habe das zu oft erlebt, sagte sie. Eindringlich. Junge Frauen, die sich Zeit gelassen hatten. Und alle abgelehnt. Und dann war es zu spät gewesen. Es gäbe da so einen Zeitpunkt. Und danach. Da ginge nichts mehr. Es wäre, als verwelkten diese Frauen. Von da an. Das wäre auch, weil man dann nichts mehr aushalten könnte.

Wenn man sich an so ein ungebundenes Leben gewöhnt hätte. Und Madeline sei eine von diesen hellen Schönheiten. Da könne es um die Dreißig schon vorbei sein. Mit der Schönheit. Und wenn sie bis dahin nicht geheiratet hätten. Diese Frauen. Dann fänden sie keinen mehr. Das mit dem Heiraten. Das sei wie mit dem Schwimmen. Wenn man es rechtzeitig gelernt hätte, könne man es nie mehr verlernen. Aber wenn man zu spät mit dem Schwimmen anfinge, könne man es gar nicht mehr erlernen. Man käme eben auf eine ganz andere Straße. Im Leben. Mit dem Heiraten. Und jetzt solle Madeline endlich von dem Beinschinken essen. Der würde ja noch ganz welk werden. Wenn er so lange in der Wärme liegen müsse. In der Sonne. Madeline stand auf. Sie ging zur Kredenz. Holte sich ein Glas. Ging zur Wasserleitung. Füllte das Glas mit Wasser. Wie es jetzt weiterginge, fragte Tante Lily. Mit dem Haus. Madeline setzte sich wieder. Da gäbe es nichts, sagte sie. Niemand wolle so ein Haus kaufen. Und jetzt. Jetzt ginge es schon gar nicht. Was das wieder heißen solle, fragte die alte Frau. Sie müßten das Haus doch verkaufen. Jetzt. Nachdem die Betty. Wovon wollten sie denn leben. Madeline schüttelte den Kopf. Das ginge schon irgendwie. Sie bekämen doch noch ihre Waisenrenten. Rick habe sein Stipendium. Und die Verwandten in Amerika. Die unterstützten ihn auch. Das ginge schon. »Seltsam«, sagte Tante Lily und schaute dem Rauch ihrer Zigarette zu. Diese Verwandten vom Albert. Die wären an allem schuld. Sie würde das Geld nicht nehmen. Schließlich wären sie am Unglück von Madelines Vater schuld. Ohne sie hätte Madelines Vater nie herausfinden müssen, daß er ein Vierteljude war. Gutes hätte diese Verwandtschaft nicht gebracht. Zuerst gegen die Betty prozessieren. Und dann Care-Pakete schikken, damit es offenkundig wurde. Aber. Das wären alles alte Geschichten. Wann Madeline nun endlich einzöge. Bei ihr. »Tante Lily«, sagte Madeline. »Wäre es nicht Zeit, daß du Carola zu mir sagst. Du bist jetzt wirklich eine erwachsene Person«, sagte Tante Lily. »Tante Lily. Du warst immer die Tante Lily«, rief Madeline. »Aber Kinderl. Du bist jetzt eine erwachsene Person. Du kannst nicht ewig so kindisch daherreden.« Die alte Frau suchte auf dem Tisch nach ihren Zigaretten. Madeline stand auf. Sie beugte sich zu ihr und küßte sie auf die Wange. »Bleib die Tante Lily. Bitte«, flüsterte sie. Die alte Frau zündete eine Zigarette an. Blies den Rauch durch die Nase. Wenn Madeline meine. Sie wandte sich ab. Die Augen feucht glänzend. Sie stand auf. Madeline wüßte gar nicht, wie sie sich freue, wenn sie hier einzöge. Und sie sollte das Zimmer anschauen. Inspizieren. Was Madeline noch brauchen könne. Die alte Frau stand. Madeline saß. »Ich werde nicht kommen können«, sagte sie. Die alte Frau beugte sich über den Tisch. Was ihre Mutter sich schon wieder dächte, zischte sie. Aber die Agnes habe sie nie gemocht. Sie sei die älteste Freundin von der Betty. Und Madeline wäre bei Gott am Schwarzenbergplatz besser aufgehoben als in diesem verfallenen Haus. In dem es immer nur Unglück gegeben habe. Von Anfang an. Und das mit Rick. Sie habe der Betty immer gesagt, daß die Agnes dahinterstecke. Die habe doch immer nur an ihren Sohn gedacht. Madeline sei ihr doch vollkommen gleichgültig gewesen. Weil sie der Liebling von ihrem Vater gewesen wäre. Madeline sei immer von ihrem Vater bevorzugt worden, und die Agnes habe ihr das nie verziehen. Die alte Frau stützte sich mit beiden Händen auf. Lehnte sich über den Tisch. »Deine Mutter«, sagte sie. Die habe ja nicht einmal aufgepaßt. Die Betty habe ihr tausendmal erzählt, wie sie der Agnes aufgetragen hatte, mit beiden Kindern aus dem Haus zu gehen. An dem Tag. Und dann hatte sie nur Rick weggeführt. »Man könnte meinen, deiner Mutter hätte es gar nichts ausgemacht, wenn dir etwas passiert wäre.« Die Betty hätte Madeline beschützen müssen. Madeline könne sich ja sicher an nichts erinnern. Und das sei ein Glück so. Aber ihr Vater. Madelines armer kranker Vater. Der hätte es ja ernst gemeint. Diese Männer. Die wären in 2 Kriegen gewesen. Umbringen. Da hätten die sich ausgekannt. Und die Betty mit dem kleinen Kind hinter dem Sessel. Das jeden Augenblick dem Vater vor den Pistolenlauf. Aber Madeline habe ja dann das Leben ihrer Großmutter gerettet. Ob Madeline das wisse. Überhaupt. Ob ihr das klar sei. Wenn die Betty sich nicht zur Seite gebeugt hätte, Madeline zu schützen. Die Kugel wäre tödlich gewesen. In die Brust. Und die Frau, die ihr Kind in dieser Situation zurückgelassen hatte. Die wolle verbieten, daß Madeline zu ihr zöge. Das sei ja die ungeheuerlichste Anmaßung, die man sich vorstellen könne. Aber Madeline würde bald großjährig. Dann könne sie ja machen, was sie wolle. Und die Betty hätte schon gewußt, warum sie das Haus den Kindern zurückgelassen hätte. »Tante Lily. Tante Carola«, sagte Madeline. Das wäre es alles nicht. Die Mutter wäre krank. Die Mutter wäre jetzt wirklich krank. Die Diagnose habe sich bestätigt. Es wäre wirklich Multiple Sklerose. Und es habe sich verschlimmert. Mit einem neuen Schub. Madeline müßte sich um die Mutter kümmern. Die alte Hansi könnte das nicht mehr allein. Das alles. Madeline holte Luft. Sie war atemlos. Hatte alles so schnell wie möglich gesagt. Hatte nicht Luft geholt. Zwischendurch. Tante Lily nahm die Zigarettenpackung vom Tisch. Sie griff mit 2 Fingern in die Packung. Sie fand nichts. Sie drückte die Zigarette im Aschenbecher aus. Zerknüllte die Packung. Ging zum Abwaschbecken. Sie hob den Vorhang darunter auf und warf die zerknüllte Packung in den Mistkübel. »Aber das geht doch nicht«, sagte sie. Erstaunt. Empört. Madeline solle studieren. Madeline hatte doch nach Wien ziehen sollen, um ordentlich studieren zu können. Was damit nun sein solle. Sie könne ja immer noch hin- und herfahren, sagte Madeline. Die alte Frau ging in der Küche auf und ab. Sie sah böse vor sich hin. Madeline fragte, ob sie Zigaretten besorgen gehen sollte. Die alte Frau winkte ab. Sie schüttelte den Kopf. Wollte etwas sagen. Sagte dann nichts. Sie sah Madeline an. Ob Madeline das wolle. Ob sie das wirklich wolle. Man müsse für seine Eltern nicht sein Leben aufopfern, sagte sie. Was sie denn machen würde. An ihrer Stelle, fragte Madeline. Die alte Frau setzte sich wieder. Sie stützte ihre Arme auf dem Tisch auf. Legte ihr Gesicht in die Hände. Schüttelte den Kopf. »Kinder«, sagte sie. Und was Rick dazu sage. Madeline zuckte mit den Achseln. Die alte Frau sah wieder auf. Sie stand auf. Ging in das Wohnzimmer. Madeline hörte eine Tür. Sie saß. Warum hatte sie nicht einfach angerufen. Warum war sie hierhergekommen. Warum hatte sie auf die Mutter gehört. Man könne nicht einfach telefonisch absagen, hatte die gesagt. Sie müsse der alten Frau das alles genau erklären. Damit die Lily nicht zu enttäuscht sei. Die Tante Lily bilde sich nämlich ein, die Großmutter ersetzen zu müssen. Und Madeline solle freundlich sein. Zu der alten Frau. Madeline stand auf. Sah auf die Straße hinunter. Sah den Autos zu. Unter den Bäumen. Auf der Kreuzung stand ein Polizist. Regelte den Verkehr. Die Autos hielten an. Fuhren weiter. Radfahrer. Menschen gingen vor den stehenden Autos über die Kreuzung. Madeline setzte sich wieder. Das Handtuch zwischen den Beinen war im Stehen locker. Schob sich bei jeder Bewegung nach hinten hinauf. Die alte Frau kam in die Küche zurück. Sie trug eine große Schatulle. Aus schwarzem Lack. Glatter glänzender schwarzer Lack. Sie stellte die Schatulle auf den Küchentisch. Es blieben matte Flecken da, wo sie die Schatulle in der Hand gehalten hatte. Matte Abdrücke ihrer Fingerspitzen. Sie klappte den Deckel zurück. Die Schatulle war innen mit roter Seide ausgelegt. Tante Lily suchte etwas. Nahm verschiedene Schächtelchen aus der Schatulle. Klappte die Schächtelchen auf. Zog die Deckel ab. Sie legte eine längliche, goldfarbene Schachtel auf den Tisch. Machte sie auf. Holte eine Perlenkette aus der Schachtel. Sie stand auf. Ging um Madeline herum. Legte ihr die Kette um. Verschloß die Kette. Ging 2 Schritte weg. Sah Madeline an. Sie richtete die Kette noch einmal. Verschob sie auf Madelines Pullover. Das sei eine echte Perlenkette, sagte sie. Nach diesen Perlen sei wirklich getaucht worden. Deshalb seien die Perlen klein. Aber ihr Glanz. Der sei unübertroffen. Und es wäre wieder Zeit, daß diese Kette getragen würde. Sie hätte sie ihr längst schenken wollen. Madeline tastete nach den Perlen um ihren Hals. Sie stand auf. Ging zum Spiegel im Vorzimmer. Sah sich im Spiegel an. Sie ging in die Küche zurück. Sie wollte die alte Frau umarmen. Tante Lily drehte sich weg. Jetzt habe Madeline nichts gegessen, sagte sie. Der Schinken sei ganz umsonst in der Wärme gelegen. Die alte Frau legte den Schinken Blatt für Blatt auf das Fettpapier zurück. Faltete das Papier über dem Schinken zusammen. Legte den Schinken in den Eiskasten. Madeline stand im Weg. »Ja«, sagte Madeline. Dann ginge sie besser wieder. Sie müsse auch zurück. Tante Lily stand vor dem offenen Eiskasten. »Ja. Wahrscheinlich«, sagte sie. Sprach in den Eiskasten hinein. Madeline ging ins Vorzimmer zurück. Zog ihren Mantel an. Sie hätte ins Badezimmer gehen müssen. »Ja. Dann danke für die schöne Kette«, sagte Madeline. Tante Lily kam ins Vorzimmer. Sie ging langsam. »Ja. Kinderl.« Sie nahm Madelines Gesicht in ihre Hände. Zog das Gesicht zu sich hinunter. Küßte Madeline auf beide Wangen. Madeline roch wieder das Babypuder und das Maiglöckchenparfüm und die Zigaretten. »Ba, Ba«, sagte Tante Lily. Madeline nickte. Sie nahm ihre Handtasche. Hängte sich die Handtasche über den Arm. Die alte Frau entriegelte die beiden Schlösser an ihrer Wohnungstür. Öffnete. Madeline ging hinaus. Sie drehte sich um. Die Tür war schon fast geschlossen. Die alte Frau an der Tür stand abgewandt. Sah in ihr Vorzimmer zurück. Suchend. Madeline ging. Sie ging die Stiegen hinunter. Tante Lily hatte sich nach Zigaretten umgesehen. Sie brauchte die nächste Zigarette. Sie rauchte ja nur noch. Das Handtuch zwischen Madelines Beinen rutschte bei jeder Stufe weiter nach hinten. Sie ging ganz vorsichtig. Langsam. Sie trat aus dem Haus. Das schwere Gefühl in der Kehle. Sie griff nach der Perlenkette. Die Kette locker um den Hals. Die Perlen lagen auf dem Pullover. Sie spürte sie nicht. Sie ging nach rechts. Sie konnte nicht in die Innenstadt gehen. Sie konnte nur zum Bus zurück. Das Handtuch schob sich noch weiter nach hinten. Und sie hatte nichts gesagt. Tante Lily würde denken, sie hatte das Handtuch gestohlen. Mitgenommen. Tante Lily mußte das seltsam finden. Und Rick hatte nichts gesagt. Daß er bei Tante Lily gewesen war. Vor seiner Abreise. Nach dem Begräbnis. Aber es war ja gleichgültig. Es war ja alles gleichgültig. Sie wollte in ihr Zimmer. Sie wollte nur in ihrem

Zimmer liegen. In die Bäume hinausschauen. Die verschiedenen Grün der Bäume. Und die Tür versperren. Zusperren. Obwohl. Es kam ohnehin niemand. Und jetzt. Jetzt einmal, hatte Onkel Helmuth gesagt. Jetzt einmal brächen die Krankheitsphasen nur schubweise aus. Bei der Mutter. Fürs erste bräuchte sie nicht dauernd Betreuung. Aber man wußte nicht, wann. Wann diese Schübe. Deshalb sollte sie sich nicht zu viel vornehmen, hatte er gesagt. Es könne auch noch sehr lange gutgehen. Aber man könne das nicht vorhersagen. Und was dann geschähe, hatte sie gefragt. Madeline ging zu einer Parkbank. Unter den Bäumen. Auf dem Reitweg. Beim Hinsetzen versuchte sie das Handtuch wieder nach vorne zu schieben. Sie saß. Es schien nicht mehr so stark zu bluten. Und sie spürte im Bauch nichts mehr. Keine Krämpfe. Das Handtuch naß und steif. Sie hatte nur noch ein schmales Zipfelchen vom Handtuch zwischen den Beinen. Wenigstens konnte es nicht herausfallen. Das Gästehandtuch. Dazu waren diese Gummihöschen dann doch gut. Auch wenn man auf den Oberschenkeln aufgerieben war. Vom Gummirand. Die Mutter hatte ihr das erste ins Zimmer gebracht. Sie müßte das anziehen. Sie könnten nicht so viel Bettwäsche waschen. Die Hansi und sie. Und daß sie nicht bei jedem kleinen Tropfen Blut auf dem Leintuch das Bettzeug wechseln könne. Madeline war auf dem Bett gelegen. Die Mutter war in der Tür stehengeblieben. Sie hatte die Packung mit den 2 Monatsschutzhöschen auf das Tischchen bei der Tür gelegt. Da, wo Madeline ihre Schlüssel hinlegte. Dann war sie gleich wieder gegangen. Sie hatte nicht einmal etwas über die Unordnung gesagt. Sie hatte sich nicht einmal umgesehen. Wenn sie sich einsperrte. In ihrem Zimmer. Wenn Rick nicht da war. Es würde wochenlang niemand nach ihr sehen. Außer sie würde gebraucht werden. Madeline stand auf. Ging weiter. Sie blieb auf dem Reitweg. Ging zwischen den Bäumen. Sah vor sich hin. Ging um die Baustelle bei der Oper herum. An der Ecke zur Operngasse hörte sie auf, vorsichtig zu gehen. Sie ging schnell. Lief fast. Zum Café Pöchhacker. Im Café setzte sie sich an einen Tisch weit hinten. In der Ecke. Sie ließ den Mantel an. Bestellte eine Melange. Wartete, bis der Kaffee vor ihr stand. Dann ging sie hinaus. Auf die Toilette. Sie hängte die Handtasche über die Türklinke. Ging aufs Klo. Wischte sich mit Toilettenpapier ab. Sie drückte das Handtuch vorne mit Toilettenpapier aus. Das Toilettenpapier glattes weißes Papier. Wie Seidenpapier. Glatt und dünn. Es saugte nichts auf. Madeline legte das kleine Handtuch neu zusammen. Schlug die feuchte Stelle nach innen. Auf dem glatten Kunststoff des Gummihöschens mußte ja alles davonrutschen. Deshalb gab es diese Metallschlaufe. Zum Befestigen der Binde. Madeline zog ihre Höschen aus. Zog das Baumwollhöschen an und das himmelblaue Plastikding darüber. Sie legte das Handtuch so weit wie möglich nach vorne. Madeline hörte in der Nebenkabine die Tür zuschlagen. Das Rascheln von Kleidern. Das Wetzen von Kleidern beim Ausziehen. Madeline zog die Kette der Spülung. Sie konnte es nicht leiden, jemand anderem zuhören zu müssen. Als Kinder. Da waren sie gemeinsam gegangen. Madeline schüttelte den Kopf. Es war wohl die beste Zeit gewesen. Der Vater war nicht da. Nie da. Und die Erwachsenen. Die Mutter. Das tägliche Leben. Sie waren so beschäftigt gewesen. Die Hansi. Neu. Damals erst gekommen. Und immer geweint. Um ihren Hans. Der sich umgebracht hatte. Den hatten sie kastriert. Das hatten sie mit Männern gemacht. Wenn sie Zigeuner waren. Die Hansi hatte es ihnen erklärt. Als ganz kleine Kinder hatte die Hansi ihnen ganz genau erklärt, wie das gemacht wurde. Aber dann hatte sie auch nicht mehr zurückgewollt. Nach Polen. Deswegen. Madeline zog ihre Strümpfe zurecht. Sie hörte die andere Frau mit dem Toilettenpapier rascheln. Madeline machte schnell die Tür auf. Hängte sich die Handtasche über den Arm. Sie ließ Wasser über ihre Hände rinnen. Sah in den Spiegel. Sie suchte nach dem Verschluß der Perlenkette. Mit nassen Fingern. Sie hörte die andere Frau sich anziehen. Madeline nestelte am Verschluß der Kette. Sie wollte diese Person nicht treffen. Durfte diese Person nicht sehen. Es war plötzlich wichtig, von dieser Person nicht gesehen zu werden. Aber sie wollte diese Kette nicht um den Hals haben. Angst überfiel sie. Als würde etwas Ungeheuerliches geschehen, würde sie von dieser Frau angetroffen. Als würde das Ungeheuerlichste geschehen, würde sie von dieser Frau mit der Perlenkette um den Hals angetroffen. Trüge sie diese Kette einen Augenblick länger. Madeline mußte sich am Waschbecken festhalten. Ein heißes Brennen vom Bauch in die Brust und gegen die Kehle. Und gleichzeitig war alles außen. Außerhalb. Und schlaff. Die Gliedmaßen schlaff. Unbeweglich. Gelähmt. Erstarrt. Die andere Frau zog die Spülung. Das Wasser fiel donnernd gurgelnd in die Toilette. Madeline riß sich die Kette vom Hals. Sie hielt die Kette mit beiden Händen. Fing die Perlen mit beiden Händen auf. Stopfte die Perlen in die Handtasche. Eine Perle war hinuntergefallen. War aufgesprungen. Auf dem Steinboden. Hell klickend. Und dann in die Ecke gerollt. Madeline stürzte aus der Toilette hinaus. Sie hörte noch in der Tür, wie die andere Frau den Riegel an der Klotür aufschob. Madeline ging an ihren Platz. Nahm einen Kurier vom Zeitungstischchen mit. Setzte sich. Legte die Tasche auf die Sitzbank. Hielt die Zeitung vor sich. Die Enkelin vom Bürgermeister saß mit einem Mann an einem Fenster. Vorne. Der Mann war nicht ihr Verlobter. Und der Bruder vom Baudirektor hielt wieder die Hand einer Frau auf dem Tisch fest. Er hatte die Hand losgelassen, als sie von der Toilette gekommen war. Hatte wieder nach der Hand der Frau gegriffen, als er gesehen hatte, daß sie es war. Er hielt die Hand der Frau auf dem Marmortischchen umklammert. Madeline schaute in die Zeitung. Sie griff nach ihrem Kaffee. Die Frau von der Toilette ging vorbei. Madeline trank einen Schluck. Sie schaute zum Fenster hinaus. Wollte sehen, ob der Bus schon gekommen war. Wollte die Frau nicht sehen. Der Bruder vom Baudirektor saß mit seiner Frau und der anderen Frau da. Sie redeten. Unterhielten sich. Lachten über etwas. Auf dem Klo. Das war also die Ehefrau gewesen. Sie hatte es gewußt. Warum sie diese Person da nicht hatte treffen dürfen. Diese Frau hatte der alten Frau Kopriva erzählt, daß ihre Mutter und der Onkel Helmuth am Semmering gewesen waren. Im Südbahnhotel. Zusammen. Es geschah ihr recht. Die Frau, mit der ihr Mann Händchen gehalten hatte. Das war ihre beste Freundin. Mit der sie jeden Samstag vormittag im Café Central tratschte. Madeline hielt sich wieder die Zeitung vor. Sie wollte von dem allem nichts wissen. Sie wollte mit diesen Leuten nichts zu tun haben. Was sie denn hier mache, fragte eine Männerstimme. Madeline sah auf. Es war der Rudi Seifert. »Nichts«, sagte sie und schaute wieder in die Zeitung. »Na geh«, sagte der junge Mann. Er grinste sie an. Der Rudi Seifert behauptete überall, ihr Erster gewesen zu sein. Das hatte ihr die Lisl Schütz gesagt. Nach der 11-Uhr-Messe. Beim Kaffee im Central. Der Rudi Seifert erzähle das in der

Lore laut herum. Madeline hatte lachen müssen. Sie hatte mit diesem Mann nicht einmal geredet. Der junge Mann setzte sich an den Nebentisch. Was es denn in der Zeitung so Interessantes gäbe, fragte er. Er zündete sich eine Zigarette an. Der Kellner kam. Seifert bestellte einen großen Braunen. Madeline wollte zahlen. Ob sie vor ihm davonliefe, fragte Seifert. Madeline antwortete nicht. Der Kellner kam zu ihr. Kassierte. Madeline schaute wieder die Zeitung an. Hielt die Zeitung zwischen sich und den jungen Mann. Sie konnte den Bruder vom Baudirektor sehen. Seine Frau war aufgestanden. War zum Ausgang vorausgegangen. Der Mann sah die andere Frau an. Wollte ihr etwas sagen. Die andere Frau suchte nach etwas in ihrer Tasche. Stand in der Tasche wühlend auf. Vermied, den Mann anzusehen. Ging ihrer Freundin zum Ausgang nach. Der Mann blieb einen Augenblick sitzen. Stand dann auch auf. Ging hinter den beiden Frauen her. Sie gingen alle zusammen über die Straße. Zur Bushaltestelle. Warum sie ihm nicht sage, was es Neues gäbe, fragte Seifert. Madeline reichte ihm die Zeitung. Hielt ihm die Zeitung hin. Wortlos. Der Mann nahm die Zeitung. Automatisch. Hielt sie. Sah Madeline an. Dann begann er in der Zeitung zu lesen. Starrte auf die Titelseite. Ärgerlich. Madeline trank das Glas Wasser aus. Sie sah hinaus. Der Bus war gekommen. Der blaue Bus stand da. Die Passagiere aus Baden stiegen aus. Madeline sah zu. Die Mutter einer Schulfreundin kletterte aus dem Bus. Sonst kannte sie niemanden. Ein paar Leute warteten. Madeline nahm ihre Handtasche. Stand auf. Rudi Seifert sprang auf. Ob sie auch mit diesem Bus nach Hause führe. Madeline ging zum Ausgang. Seifert lief zum Kellner. Zahlte. Lief Madeline auf die Straße nach. Ob er immer mit dem Bus zur Universität führe, fragte sie den Mann.

Das täte er nur, wenn er Prüfungen habe. Und gerade jetzt habe er wieder eine gemacht. »Und«, fragte Madeline. »Alles gutgegangen.« Der Mann nickte. Sie kamen zum Bus. Eine kleine Schlange hatte sich gebildet. Madeline blieb stehen. Seifert neben ihr. Sie rückten auf. Er müsse den Vortritt haben, sagte Madeline und schob den Mann zur Tür. Nach einer solchen Anstrengung müsse er den Vortritt haben. Seifert stieg zum Busfahrer hinauf. Suchte nach seiner Karte. Zeigte die Karte her. Madeline hatte ihre Rückfahrkarte im Seitenfach der Handtasche. Sie holte sie heraus. Zeigte sie dem Fahrer. Der lochte die Karte. Sah sie nicht an. Rudi Seifert hatte sich ganz hinten hingesetzt. Er winkte ihr zu. Madeline setzte sich in die zweite Reihe. Sie setzte sich ans Fenster. Sah zum Fenster hinaus. Das würde er nun doch verstanden haben. Hoffentlich. Und er sollte doch erzählen, was er wollte. Sie wollte nicht einmal reden. Mit diesem speckigen Kerl. Er war ja nicht dick. In der Badehose hatte er gar keine schlechte Figur. Aber sein Gesicht. Das war dick. Feist irgendwie. Und er würde hineinwachsen. In sein feistes Gesicht. Und sie hatte einmal gehört, wie er seiner damaligen Freundin gesagt hatte. Vor allen anderen. Sie solle ihn nicht so gierig küssen. Er habe es lieber langsam. Das konnte er haben. Madeline wünschte sich, schon in Baden zu sein. Und auf dem Fahrrad zu sitzen. Und keine Gefahr mehr, daß etwas mit dem Handtuch passieren konnte. Wenn so etwas vor dem Rudi Seifert. Madeline lehnte die Stirn gegen die Fensterscheibe. Das Glas sonnenwarm. Sie saß auf der richtigen Seite. Diese Seite würde beim Hinausfahren im Schatten liegen. Rudi Seifert würde in der Sonne schmoren müssen.

September 1957.
Baden.

Das Schwefelwasser rann milchig dampfend in das Bekken. Der Dampf ein dünner Nebel über dem Wasser. In der kühlen Morgenluft. Früher Vormittag. Madeline saß im Wasser. Das Wasser bis zum Kinn. Madeline bewegte sich nicht. Die Luft kalt. Auf der Haut. Sie ließ sich vom warmen Wasser umhüllen. Bewegte die Arme. Ruderte mit den Armen. Im Wasser. Tief unter der Oberfläche. Die Bewegungen die wohlige Wärme des Schwefelwassers verstärkte. Madeline atmete tief. Der faulige Schwefelgeruch. Er hing den ganzen Sommer hindurch auf der Haut. Vom Baden im Schwefelbecken. Madeline saß im linken der beiden runden Becken mit reinem Schwefelwasser. Im linken Wandl. Von ihrem Platz an der Mauer zur Schwechat links. Von ihrem Platz auf dem Betonweg zwischen den Sportbecken und der Mauer. Von dort war dieses Wandl links. Die Großmutter ging ins rechte. Aber die Großmutter war schon wieder zu Hause. Madeline hatte gewartet. Bis sie die Großmutter reden hatte gehört. Mit der Hansi. Unten. In der Halle. Die Großmutter ging nach dem Strandbad einkaufen. Sie fuhr mit dem Fahrrad auf den grünen Markt und kaufte ein. Die Großmutter war schon um halb 9 zurück. Meistens. Sie zahlte dem Bademeister 15 Schillinge im Monat. Dafür ließ er sie schon um 7 Uhr ins Bad. Madeline schaute zum Eingang hinauf. Falls Rick früher zurückkäme. Aus Wien. Er hatte gesagt, er würde ihr helfen. Beim Übersetzen. Und er fand auch, sie sollte ins Bad gehen. Die Schule. Er würde ihr schon Latein beibringen. Was sie da brauchte. Für die Matura. Was man in der Frauengasse so Unterricht nannte. Sie könne sich das sparen, sagte Rick. Der Unterricht da. Der sei ohnehin nichts wert. Im Gegenteil. Sie lernten alles falsch. Und wo diese Lehrerinnen studiert hätten. Das wäre einmal zu fragen gewesen. Die anderen saßen in der Klasse. Jetzt. In der Klasse im obersten Stock. Im Florastöckl. Madeline mußte sich da oben. Da oben unter dem Dach. Da mußte sie sich immer den kleinen Herzog von Reichstatt vorstellen. Wie er klein und blaß und mit einem weißen Spitzenkragen um den Hals am Fenster saß. Mit einem kleinen Teddybären im Arm. Oder hatte es damals noch keine Teddybären gegeben. Er sah beim Fenster hinaus und mußte auf sein Sterben warten. Weil es allen lieber gewesen war, daß es ihn nicht mehr gab. Und nicht noch ein Krieg. Irgendwann. Wenn er groß geworden. Wegen dem Vater. Und der Knabe. Sanft und freundlich. Sie sah ihn an dem französischen Fenster. Unter dem Dach. Und nicht mehr hinuntergehen. Gar kein Leben. Gar kein Leben anfangen. Der Vater auf St. Helena. Oder wo er gerade war. Hatte er je an den blonden Buben gedacht. Der in Baden bei Wien. Gehalten wurde. Hatte der kleine Herzog sich versteckt. In diesem Haus. In dem Kämmerchen hinter dem Katheder. In das man zur Strafe geschickt wurde. Und das war eine Verbesserung gegen früher. Nicht mehr auf den Gang hinaus geschickt zu werden. Allen sichtbar. Vor der Klassentür. Und nichts zu tun. An die Gangfenster gehen. Und hinaussehen. In den Innenhof von dem Kloster, das die Schule einmal gewesen war. Und in der Lade des Pults im Kämmerchen 2 Heftchen. 2 Folgen von Prinz Eisenherz. Man konnte sich die Zeit vertreiben. Da. Wenigstens. Und Rick fand das auch. Eine Zeit-verschwendung. Die Schule. Diese langen Zeiten und immer nur warten. Auf Lehrer. Auf den Schularzt. Auf Prüfungen. Auf Schularbeiten. Auf die Klingel. Es wurde nur gewartet. Daß etwas vorbei war. Und zu Ende. Jede Stunde. Aber es war dann aus. Damit. Nach der Matura war es damit vorbei. Dann. Madeline drehte sich um. Hielt sich mit den Händen am blaßgrünen Beckenrand fest. Streckte sich nach hinten aus. Drückte die Schultern unter das warme Wasser. Sie war fast allein im Bad. Ein Bademeister beim Eingang. Niemand auf den Sandflächen. 2 Frauen saßen bei der Meierei. Niemand schwamm. Keine Kinder im Planschbecken. Zu kühl für die Kleinen. Und die anderen im Kindergarten. Oder schon in der Schule. Ein alter Mann saß im anderen Wandl. Er saß still. Sah vor sich auf das Wasser. Madeline streckte sich. Drehte sich zurück. Setzte sich wieder. Lehnte sich gegen das Mäuerchen. Ließ die Arme durch das Wasser gleiten. Zog die Beine an. Umfing die Beine mit beiden Armen. Sie legte ihr Kinn auf die Knie. Ließ das Wasser bis fast an ihren Mund steigen. Auf der Uhr über dem Eingang war es 10 vor 10. Die Geographiestunde vorbei. Madeline tauchte noch tiefer in das Wasser. Die Nadler. Die spöttischen Augen dieser Person. Und jede Stunde rief sie die Kovacic an die Tafel. Oder an die Landkarte. Und die Marianne schon in jeder Hand ein Taschentuch. Und der Schweiß trotzdem tropfte. Die Taschentücher waren dann zum Auswinden naß. Und wie das immer schneller gegangen war. Am Ende des Schuljahrs. Vor dem Sommer. Die Marianne hatte nur noch hinausgehen müssen, und die kleinen Pfützen am Boden unter ihren Händen waren schon dagewesen. Und die Nadler hatte sich wieder höhnisch abwenden können. Hatte die Kovacic gar nicht mehr zurückgeschickt. Die Marianne war draußen stehengeblieben. Als ob es sie nicht gegeben hätte. Und die anderen hatten gekichert. Aber die Eltern Kovacic waren reich. Die Marianne war dann doch nicht durchgefallen. Nicht in Geographie. In Geographie konnte man gar nicht durchfallen. Aber auch in den anderen Fächern. Die Marianne mußte sich nur durchleiden. Das reichte der Nadler. Und den anderen. Und die Marianne hatte ihren Nachhilfelehrer. Mit dem für Mathematik. Mit dem hatte sie etwas. Und die anderen lachten dann nicht so viel. Über sie. Weil sie erzählen konnte, wie das. Was sie. Und die anderen mochten sie dann. Und dann kam sie an die Reihe. Nach der Kovacic. »Na. Ascher«, sagte die Nadler. »Jetzt hilf deiner Freundin.« Dabei mochte sie die Marianne gar nicht. Und ihre Eltern. Die die Marianne mit dem Opel Admiral von der Schule abholen kamen. Und dann alle mitfahren wollten. Alle Freundinnen von der Marianne. Plötzlich. Die, die vorher gelacht hatten. Die Nadler wollte nur, daß Madeline in die Schweißpfütze von der Kovacic hineinsteigen mußte. Die Nadler ließ sie so lange auf der Karte etwas zeigen. Oder suchen. Bis sie in einen von den beiden nassen Flecken hineingestiegen war. Die Nadler schaute ganz genau. Und Madeline vergaß es. Jedesmal. Sie vergaß es dann immer irgendwann während der Wiederholung. Sie sah erst am Blick von der Nadler. Sie war wieder hineingetreten. Und sie lernte für Geographie. Sie lernte extra für Geographie und bekam nie ein »sehr gut«. Die Nadler hatte ihr in den 7 Jahren im Gymnasium nie ein »sehr gut« gegeben. Die Nadler wollte, daß sie gleich in die Schweißpfützen hineinstieg. Daß sie draufstieg. Dann würde sie ihr ein »sehr gut« geben. Rick dachte das auch. Rick war sich auch sicher. Im Theresianum hatte es noch ganz andere Geschichten gegeben. Und Rick hatte nicht weggehen können. Da. Sie mußte ja nur am Vormittag in den Käfig. Sie mußte nicht einmal zum Nachmittagsturnen. Seit der Lungenentzündung. Und morgen mußte sie wieder in die Schule. Sonst konnte sie am Nachmittag nicht in die Literaturkunde gehen. Sie las die »Minna von Barnhelm«. Und als nächstes lasen sie die »Marquise von O.« Wie der Janecek dreinschauen würde. Bei den gewissen Stellen. Obwohl. Er schaute immer gleich streng drein, und die Mutter sagte, er wäre ein besonders charmanter Gesellschafter. Aber sie sollte das nicht weitererzählen. Der Dr. Janecek hätte es nicht gern, wenn man in der Schule wüßte, daß er Bridge spiele. Ein Mann kam durch die offene Eingangstür in das Bad. Er blieb kurz stehen. Stützte sich auf seine Krücken. Sprach mit dem Bademeister. Der junge Bademeister saß in der Sonne. Von dem wußte keiner den Namen. Die Großmutter wollte immer den Herrn Henschel fragen, wie sein junger Kollege denn hieße. Aber sie vergaß es immer. Der Mann auf den Krücken stelzte nach rechts. Zu den Männerkästchen. Der Mann war auch jeden Tag im Strandbad. Aber er sprach mit niemandem. Er setzte sich ins Wandl und ging dann wieder. Sein linkes Bein war über dem Knie abgeschnitten. Wenn er auf der Bank saß. Nach dem Bad. Man konnte die Naht sehen. Am Beinstumpf. Die Haut umgeschlagen und vernäht. Weißglänzend. Die Naht vorne quer über den rosigen Stumpf. Madeline hatte Hunger. Aber aus dem Wasser steigen. Die Luft war noch sehr kühl. Um halb 11 würde sie hinausgehen. Um halb 11 mußte es wärmer sein. Madeline schaukelte im Wasser. Kroch im Wasser auf die Innenseite des kreisrunden Beckens. Näher an das von der Säule heruntersprudelnde heiße Wasser. Es war noch wärmer da. Das Plätschern. Madeline kauerte im Wasser. Sah auf die Sportbecken. Auf den Zaun zur Schwechat. Dahinter. Durch den Zaun auf die Baumwipfel und den Himmel hinaus. Die Bäume noch grün. Das Grün nur blasser. Gelber als im Sommer. Im Park. Bei der Villa. Sie hatte schon die ersten gelben Blätter gefunden. Und der wilde Wein. Die äußersten Blättchen auf der Wetterseite hatten schon rote Ränder. Wenn Rick da war. Dann. Sie konnten noch nach Soos fahren. Mit den Fahrrädern. Rick und sie. Zum Heurigen. Zum Schlumberger. Gleich an der Weinstraße. Und im Hof sitzen. Ein Glas Rotwein trinken. Und ein Schmalzbrot essen. Oder nach Heiligenkreuz fahren. In den Stiftskeller. Nach Soos war bequemer. Da war es nur am Anfang steil. Und die Großmutter mußte ihr Rad herborgen. Sie sollte ein eigenes bekommen. Bekommen haben. Längst. Aber jetzt. Wo Rick nicht mehr so viel kostete. Kein Schulgeld mehr. Jedenfalls. Und wenn die Großmutter mit dem Vermieten einverstanden wäre. Dann könnte Rick den Führerschein machen. Und dann ein Auto. Und dann würden sie alle Venedig anschauen fahren. Madeline breitete die Arme aus. Ließ die Arme im Wasser treiben. Tauchte die Schultern wieder in das Wasser. Ließ sich wieder in die Wärme gleiten. Sie blinzelte in die Sonne. Der Himmel wolkenlos. Blau. Ein Wind strich über das Wasser. Madeline hielt die Hände aus dem Wasser. Ließ den kühlen Hauch über die Haut gleiten. Sie drehte die Hände nach außen. Die Haut an den Fingerspitzen weiß aufgeweicht. Madeline stützte sich mit den Händen auf der Steinbank unter Wasser auf. Streckte die Beine aus. Ließ die Füße hochtreiben. Die Zehen waren genauso weiß schrumpelig aufgequollen. Madeline duckte sich in das Wasser. Auf der anderen Seite. Der Mann mit dem Beinstumpf stieg ins Wasser. Er lehnte seine Krücken gegen die Rückenlehne der Parkbank gegenüber den Stufen ins rechte Wandl. Der Mann hüpfte auf dem gesunden Bein zum Beckenrand. Der Mann war mager. Seine Rippenbögen standen scharf ab. Beim Springen riß er die Arme hoch. Er sprang. Stand einen Augenblick. Holte Luft. Sprang wieder. Er sprang über den asphaltierten Weg in das Fußbekken. Er sprang in dem niedrigen Wasser zum Einstieg in das Schwefelbecken. Das Wasser spritzte um seinen Knöchel. Er stützte sich am Mäuerchen zum Schwimmbekken auf. Setzte sich auf das Mäuerchen. Drehte sich in das Schwefelwasser. Ließ sich mit Bein und Beinstumpf voran in das Wasser gleiten. Dann zog er sich mit den Armen am Geländer den Gang zum Wandl vorne vor. Im Wandl stellte er sich unter das herunterströmende Schwefelwasser. Er stand unter dem Wasserstrahl. Den Kopf gesenkt. Das Wasser auf sein Genick prasselnd. Auf seine Schultern. Madeline kroch im Wasser um die Mittelsäule von ihrem Schwefelbecken. Sie verkroch sich hinter die Steinsäule und das sprudelnde dampfende Wasser. Der Mann kannte sie. Er grüßte immer. Madeline wußte nicht einmal seinen Namen. Und sie wollte eine Stunde im Schwefelwasser bleiben. Mindestens. Sie hatte gehört. Im Hotel Sacher. Am Sonntagnachmittag. Vor Jahren. Irgendwann. Die Frauen waren an einem Tisch hinter ihnen gesessen. Und daß das Schwefelwasser für Frauensachen gut sei, hatten diese Frauen gesagt. Und sie war erst eine halbe Stunde im Schwefelwasser. Der Mann von der Meierei stellte die Sessel auf. Er hob die zusammengelegten Klappsessel hoch. Zog die Sitzflächen herunter und stellte die Sessel wieder an die Tische. Sie würde sich dann ein Schnittlauchbrot kaufen. Sie hatte das Wechselgeld vom Schuleinkauf behalten. Die Großmutter hatte es nicht zurückverlangt. Sie konnte sich sogar eine

Wurstsemmel leisten. Madeline sah auf die Uhr. Es waren noch 20 Minuten. Sie ließ ihre Füße wieder auftauchen. Die Zehen bleich und an den Kuppen faltig verquollen. Madeline ließ die Füße wieder sinken. Sie wedelte mit den Beinen. Unter Wasser. Ließ den warmen Wasserstrom den Körper entlang hinaufsteigen. Sie hielt die Hände vor den Körper. Strampelte mit den Beinen. Sie ließ die Beine wieder locker. Arme und Beine. Stiegen auf und nieder. Von der Strömung getrieben. Schwebten hin und her. Madeline dachte sich eine Wasserpflanze. Wasserlianen. Blasse Blätter und Stengel. Aus ihren Armen und Beinen. Silberblasses Geäst. Und ihr Körper in der Mitte. Still und schwebend schaukelnd im milchigweißen warmen Wasser. Und entschlüpfen. Um neben ihm zu liegen. Das Geäst hinter sich lassen. Und dahin zurückkehren und wieder das Geäst werden. Nur den Himmel über sich. Und jede Bewegung dieses Gleiten. Sanft. Fließend. Madeline lag im Wasser. Sie setzte sich auf. Das Wasser rann von ihren Schultern. Die Haare waren naß geworden. Die Haare unter der Gummibadehaube. Sie wurden immer naß unter dieser Badehaube. Die Haare waren aus der Badehaube herausgerutscht. Die Haube undicht. Schloß nicht fest genug. Die Haare lagen schwer und kalt im Nacken. Madeline stützte sich auf dem runden Mäuerchen zum Schwimmbecken hinüber auf. Zog sich hinauf. Ließ sich ins kältere Wasser fallen. Sie schwamm zum Rand des Sportbeckens. Zog sich an der Haltestange an der Mauer hoch. Kletterte auf die Mauer. Saß einen Augenblick auf dem Mauerrand. Zitterte. Der Wind kühl. Die Sonne nicht zu spüren. Sie stieg auf die Mauer zwischen den beiden Sportbecken. Ging zur anderen Seite. Sprang auf den Betonweg hinunter. Lief zu ihrem Handtuch. Vorne. Beim Sprungturm.

Sie zog die Badehaube vom Kopf. Die Haare triefend naß. Sie trocknete sich ab. Die Mutter hatte ihr ein Strandensemble genäht. Zum Wechseln. Nach dem Schwimmen. Damit sie den nassen Badeanzug nicht anlassen mußte. Sie hatte das Strandensemble in den Turnsack gestopft. Ließ den Sack in der Union-Kabane hängen. Niemand hatte so etwas an. Madeline breitete das nasse Handtuch aus. Setzte sich darauf. Beugte sich vor. Hielt den Rücken in die Sonne. Das Zittern wurde schlimmer und hörte dann auf. Madeline überlegte. Sie sollte ein Stück Ovid vorbereiten. Rick wollte es dann durchgehen. Mit ihr. Oder sie konnte sich die Wurstsemmel kaufen. Madeline wollte nicht aufstehen. Die Sonne warm auf dem Rücken. Sie saß vornübergebeugt. Roch das Schwefelwasser. Der Badeanzug. Dünn gestrickt. Er klebte an der Haut. Madeline legte sich zurück. Damit der Badeanzug trocknen konnte. Sie lag auf dem Beton. Das Badetuch feucht im Rücken. Die Sonne auf Armen und Beinen und im Gesicht. Die Haut. Kitzelte beim Trocknen. Madeline hielt die Hände vors Gesicht. Die Fingerkuppen nicht mehr so bleich aufgequollen. Madeline legte die Arme neben sich. Schloß die Augen wieder. Sie konnte immer zu Tante Lily gehen. Wenn etwas passierte. Die Tante Lily würde zu helfen wissen. Und sonst würde sie eben bezahlen. Die Folgen tragen. Man konnte sich immer umbringen, wenn es notwendig war. Die Nadler. Die würde dann sagen können, daß sie das kommen gesehen hatte. Aber zum Begräbnis hätte sie gehen müssen. Wie sie die Weinrich gefunden hatten. Im Kurpark. Zerstochen. Da hatten alle zum Begräbnis gehen müssen. Der Lehrkörper und der Schulchor. Und ihre Klasse. Weil sie die Parallelklasse waren. Die anderen hatten Ersatzunterricht gehabt. Der Janecek hatte gleich ausgeschaut. Wie immer. Nicht einmal strenger. Die Lehrerinnen hatten geweint. Und der Direktor und der Janecek. Die hatten streng dreingeschaut. Madeline drehte sich auf den Bauch. Verschränkte die Arme. Schob die Haare zur Seite. Aus dem Genick. Ließ die Sonne den Rücken trocknen. Madeline zwang sich, ruhig zu liegen. Sie hatte ein prickelndes Gefühl im Rücken. Wenn er sie so fände. Wenn Rick käme und sie so fände. So sähe. Madeline mußte sich aufsetzen. Mußte lachen. Sie lehnte sich gegen die Mauer der Schwechat zu. Der Beton rauh gegen den Rücken. Das Handtuch feucht. Madeline sah sich um. Auf der Sandfläche legte eine ältere Frau sich gerade ein Badetuch auf. Ein Mann und eine Frau wateten in das linke Schwefelbecken. Im rechten saß der Mann mit dem Beinstumpf. Nur sein Kopf war über der Einfassung zu sehen. Eine Frau mit einem kleinen Kind ging zur Meierei. Das Strandbad lag vor ihr. Das Wasser plätschernd. Hinter ihr die Schwechat. Rauschte. War noch hoch vom Regen der letzten Tage. Die Luft klar. Vögel in den Bäumen. Bei den Kabanen rechts. Niemand beim Eingang. Der Hocker links von den hohen kannelierten Säulen leer. Madeline schloß die Augen. Er konnte jeden Augenblick kommen. Jeden Augenblick aus dem Dunkel der Eingangshalle in das Sonnenlicht heraustreten. Madeline riß die Augen wieder auf. Damit sie das nicht versäumte. Sie konnte das versäumen. Wenn sie nicht hinsah. Sie konnte diesen Augenblick verpassen. Madeline sah zum Eingang. Starrte auf das dunkle Viereck der offenen Tür. Der Bademeister kam. Es war der Herr Henschel. Dem ein Ohr abgeschossen worden war und der deshalb diese Stelle bekommen hatte. Und der jedes Jahr zum Amtsarzt mußte. Ob er noch genug höre. Ob er imstande war, die Hilferufe von Ertrinkenden zu vernehmen. Die Großmutter gab ihm vor dem Amtsarzt ein größeres Trinkgeld. Weil es eine Beleidigung wäre, so überprüft zu werden. Überwacht. Kontrolliert. Madeline war müde. Das kam vom Schwefelwasser. Das Schwefelwasser machte müde. Im Sportbecken war klares Wasser. Weil man im Schwefelwasser nicht so schnell schwimmen konnte. Wegen des spezifischen Gewichts des Schwefelwassers. Der Badeanzug war kalt gegen das Gesäß. Madeline stand auf. Sie setzte sich auf die Mauer zum Sportbecken. Der Beton aufgewärmt. Von der Sonne. Madeline zog den Badeanzug vom Leib weg und drückte die Wolle aus. Sie sollte in die Kabane gehen. Den Badeanzug ausziehen und im Handtuch einrollen und ausdrücken. Damit er wenigstens nicht so tropfnaß war. Rick würde gerade dann kommen. Rick würde gerade währenddessen kommen und gleich wieder gehen. Wenn er sie nicht fand. Er würde glauben, sie wäre doch in die Schule gegangen. Madeline blieb sitzen. Auf den Oberschenkeln löste sich die Haut ab. Die gebräunte Haut verschwand. In großen Flecken war die gebräunte Haut abgelöst. Blassere Haut kam hervor. Das lange Sitzen im Schwefelwasser. Madeline rieb an der Haut. Die Haut löste sich ab. Wie Radiergummifitzelchen war die Haut abzureiben. Madeline stand auf. Sie ging zu ihrem Handtuch zurück. Setzte sich wieder. Machte die Schultasche auf. Öffnete ihr Federpennal. Sie hatte ein Gummiband unter die Bleistifte geklemmt. Ein grünes Gummiband. Sie flocht ihre nassen Haare zu einem Zopf. Sie zog das Zopfende durch das Gummiband. Drehte das Band und zog die Haare wieder durch. Dann legte sie sich den Zopf über die Schulter. Die Haare lagen klamm und kalt im Genick. Madeline holte den Ovid aus der Schultasche. Sie schlug die Stelle auf. Sie hatte ein Lesezeichen eingelegt. Ein gepreßtes Edelweiß war auf grünen Pappendeckel geklebt. Unter dickem Cellophanpapier. Das gelblich durchsichtige Papier war mit grünem Wollfaden an den Pappendeckel festgenäht. Mit Schlingstich. Und unten hing eine Quaste aus dem grünen Faden aus dem Buch. Die Blume war graugelb pelzig. Aber vielleicht war das nur das Cellophanpapier. Madeline las. »Multi illam petiere.« Was war »petiere« für eine Form. »Multi« war das Subjekt. »Illam« das Objekt. Sie las weiter.

»Illa aversata petentes/ Inpatiens expersque viri nemora avia lustrat/ Nec, quid Hymen, quid Amor, quid sint conubia, curat.«

»Lustrat.« Madeline hatte den Stowasser nicht mit. Sie suchte in der Schultasche. Kramte am Grund der Schultasche nach dem Schmierer. Sie wollte nur die Vokabel im Schmierer nachsehen. Madeline zählte die Verszeilen. Vers 475 war angegeben. Sie fuhr mit dem Finger die Zeilen entlang. Es begann mit Vers 478. Sie suchte in dem winzigen Büchlein. Bog das Bändchen auseinander. Brach den Buchrücken. Das Buch lag nun flach. Sie konnte die Zeilen ganz lesen. Auch die Worte in der Mitte. Nichts von der Übersetzung verschwand noch im Bug.

»Viele umwarben das Mädchen, doch sie litt keine Bewerber, / Ohne die Liebe des Mannes durchstreifte sie weglose Wälder; / Was kann Hymen, was Amor, was kann ihr Vermählung bedeuten?«

Madeline las. Sie las weiter. Sah auf. Schaute zum Eingang. Roderick durfte sie nicht mit dem Schmierer finden. Roderick wollte, daß sie Latein könne. Aber sie hatte nie etwas gelernt. In Latein. Wenn sie Latein las, dann verstand sie Teile. Und andere Teile wieder waren fremd. Vollkommen fremd. Undurchdringlich. Als wäre es noch einmal eine andere Sprache. Als ließe sich kein Zusammenhang herstellen, zwischen diesen beiden Teilen. Es war wie Waten. Durch etwas Unbekanntes waten. Dieses Übersetzen. Von Insel zu Insel. Sie hatte am Anfang zu viel versäumt. Und manchmal dachte Madeline, sie wäre zu dumm. Sie wäre ganz einfach zu dumm. Nicht intelligent genug. Sie wäre dümmer als die Horvath. Die hatte die 6. und die 7. Klasse wiederholt. Und saß jetzt in der letzten Reihe. Die Horvath wurde mit dem Motorrad abgeholt. Und eigentlich wollte sie keine Matura machen. Sie saß da, weil sich ihre Eltern das einbildeten. Und weil sie auch nicht gewußt hätte, wie sie sich die Zeit sonst vertreiben hätte sollen. Bis sie abgeholt wurde. Die Horvath wollte sofort nach der Schule arbeiten. Als Sekretärin. Und eine eigene Wohnung haben. Die Horvath ging fest. Mit dem mit dem Motorrad. Und den wollte sie heiraten. Die Horvath wollte das nicht lernen. Das alles. Madeline rutschte das alles davon. Manchmal. Sie konnte diese Ausnahmen nicht begreifen. Daß plötzlich alles anders war. Und kein Grund dafür. Und alle nahmen es selbstverständlich. Madeline sah auf. Der Herr Henschel ging vor dem Eingang auf und ab. Eine Frau ging nach links. Sie trug eine große bunte Tasche. Madeline las weiter. Ließ das Buch sinken. Lehnte sich zurück. Schaute nach Rick aus. Sie hörte an der Stelle zu lesen auf, an der Daphne den Vater um Hilfe ruft. Solche Geschichten. Solche Geschichten merkte sie sich gleich. Die konnte sie sofort. Deswegen war sie in Geographie gut. Und in Geschichte. Und in Mathematik. Solange etwas erklärt wurde. Während der Mathematikstunde war alles klar. Da verstand sie alles. Dann. Beim Wiederholen. Da verschloß sich das wieder. Versank. Irgendwohin. Und es war nicht Faulheit, wie die Hieß sagte. Sie lernte. Wenn es sein mußte, dann beschäftigte sie sich damit. Aber was half das, wenn man nur Nebel mitbekommen hatte. Nach Hause. Mathematischen Nebel. Und Verachtung. Die meisten Lehrerinnen kamen aus Wien. Fuhren nach der Schule nach Wien zurück. Mußten in der Provinz unterrichten. Und die Hieß sagte dann zu ihr, daß man von einer Provinzschönheit nichts erwarten konnte. Sah sie an. Sah ihr am Gang nach. Und die Nadler und die Hieß steckten die Köpfe zusammen. Madeline sah vor sich hin. Es wäre schöner gewesen, wenn es Daphnes Entschluß gewesen wäre. Vor Apollo zu flüchten. Oder Cupido hätte die Pfeile vertauscht. Und Apollo hätte der Baum werden müssen. Was hätten sie gemacht. Ohne Apollo. Apollo sein eigener Lorbeerbaum. Und am traurigsten fand sie die eine Zeile. Wie Daphne noch als Baum zurückscheuen muß. Und noch die Rinde des Baums vor Apollos Küssen zurückweicht. Und hielt die Wirkung des Pfeils für Daphne dann an. Als Baum. Für immer. Vergessen. Bei Apollo hörte die Wirkung auf. Endete. Und Daphne. Spielball eines Männerstreits. Im Strandbad machten die Burschen das beim Schwimmen aus. Wer schneller 10 Längen schwamm. Der hatte recht. Und Rick wollte ans Schwarze Meer. Dahin, wo Ovid leben hatte müssen. Aber die Mutter sagte, daß daran nicht zu denken wäre. Dorthin zu kommen. Und man müßte schon froh sein, die Russen losgeworden zu sein. Endlich. Das wäre schon nicht mehr zu erwarten gewesen. Und in jedem Fall wäre das mehr, als zu erwarten gewesen wäre. Madeline klappte die Schultasche wieder auf. Sie suchte nach ihrer Geldbörse. Kramte unter den Büchern. Das Jausenbrot hatte sie zu Hause liegenlassen. In der Küche. Sie bekam trockenes Brot mit. Die Großmutter erlaubte keine Butter im Haus. Nur Butterschmalz.

Zum Kochen. Die Großmutter konnte keine dicken Leute im Haus haben. Und die Äpfel waren noch nicht reif. Sonst hätte es einen Apfel zum Brot gegeben. Und die Zwetschken fingen gerade erst an. In ein zwei Wochen waren die Zwetschken reif. Und dann mußte sie beim Einkochen helfen. Und sich die Finger an den Metallspangen von den Weckgläsern verbrennen. Die Äpfel. Das war nett. Die Äpfel auf Zeitungspapier auf der Kredenz und der Anrichte im Speisezimmer. Mit der roten Seite nach vorne. Jetzt. Wo niemand mehr unten wohnte. Sie konnten jetzt in allen Räumen Winteräpfel lagern. Geheizt wurde ja nirgends. Nur im Gartenzimmer. Der offene Kamin hatte es am besten überstanden. Die Kachelöfen unten. Die rauchten aus allen Fugen. Sie hatten den Salon heizen wollen. Zu Weihnachten. Rick und sie. Der Ofen hatte ausgesehen, als würde ihm Rauch aus den Ohren aufsteigen. Sogar die Mutter hatte gelacht. Sie hatten den Christbaum wieder im Gartenzimmer aufstellen müssen. Madeline fand den roten Lederbeutel in der Schultasche. Sie zog den Beutel auf. Sie hatte 4 Schillinge und 50 Groschen. Sie konnte sich etwas zu trinken kaufen. Saure Milch. Oder einen Milchkaffee. Sie hatte Lust auf saure Milch. Aber das war kindisch. Und sie würde eine Wurstsemmel kaufen. Wenn es eine Schüblinger Wurst gab. Eine andere aß sie nicht. Oder ein Butterbrot. Und dick Salz darauf. Madeline stand auf. Sie konnte den Eingang die ganze Zeit sehen. Und sie legte ihre Schultasche neben das Handtuch. Rick mußte das Handtuch erkennen. Diese gestreiften Handtücher. Solche hatte niemand sonst. Die neuen Handtücher hatten Muster. Und sie waren pastellfarben. Hellblau. Oder zartgelb. Hellgrün. Rosa. Madeline stand da. Zögerte. Dann ging sie in Richtung Meierei. Sie sah immer wieder nach rechts. Zum Eingang. Die Sonne glitzerte auf dem Wasser im Sportbecken. Das Wasser im vorderen Becken. Rund um die 2 Schwefelquellen. Das Wasser da milchig. Matt. Vom überrinnenden Schwefelwasser. Der Sand zum Eingang hinauf glatt. Die Rechenspuren unzerstört. Der Herr Henschel ging vor den Säulen auf und ab. Bis jetzt hatte es niemand geschafft, den Herrn Henschel vom Eingang wegzukriegen. Der Rudi Seifert spielte immer den Ertrinkenden. Er tauchte aus dem Wasser auf. Schrie um Hilfe und ließ sich zurücksinken. Gurgelnd. Um sich schlagend. Aber das war unglaubwürdig. Madeline hatte den Schwimmreifen verloren. Das war lange her. Im tiefen Teil vom vorderen Becken. Ein Kind konnte dort nicht stehen. Es mußte vor dem Kriegsende gewesen sein. Dann. Wie das Strandbad wieder aufgemacht hatte. Da hatte sie gleich schwimmen gelernt. Madeline wußte genau. Man versank gleich wieder. Man konnte nicht schreien. Man rang nach Luft und schluckte Wasser beim Versinken. Und tauchte auf und mußte das Wasser ausspucken und versank wieder und schluckte Wasser. Wieder. Eine Frau hatte ihr den Schwimmreifen zugeschoben und sie hatte sich festhalten können. Niemand sonst hatte es bemerkt. Alle waren weitergeschwommen. Hatten herumgeplanscht. Madeline wußte, es gab keine Schreie der Ertrinkenden. Das war ein Um-Atem-Ringen. Ein Um-sich-Schlagen. Und ein Dröhnen in den Ohren. Aber das konnte man nur selber hören. Und deshalb ging der Herr Henschel auch von seinem Sesselchen beim Eingang nicht weg. Madeline bog nach rechts. Ging die Kabanen entlang. Die Kartenspielerfrauen saßen auf einer grauen Decke. Im Schatten der Kastanienbäume da. Und spielten. Spielten Tarock. Die Mutter nannte sie die Kartenspielerfrauen. Wenn sie Canaster gespielt hätten. Wenigstens. Dann hätte man sie Kartenspielerdamen nennen können. Sie saßen jeden Tag da. Am Vormittag. Und spielten. Die Frauen waren gebräunt. Lachten. Eine Frau mischte die Karten. Sie sah auf. Lächelte Madeline an. Madeline grüßte. Lächelte zurück. Sie ging noch lächelnd die kleine Steigung zur Meierei hinauf. Sie schlängelte sich zwischen den dunkelgrünen Sesseln und Tischen durch. Trat in die Meierei. Der Kachelboden kalt. Unter den nackten Füßen. Glatt. Die Frau hinter der Theke fragte, was sie wünsche. Madeline überlegte. Sah die Preistafel an. »Ein Butterbrot«, sagte sie dann. »Und einen Milchkaffee. Bitte.« Ob sie den Kaffee mitnehmen wolle. Oder hier trinken. »Mitnehmen. Bitte«, sagte Madeline. Die Frau verschwand in die Küche. Madeline ging an die Tür. Schaute zum Eingang. Es war kühl hier. Schattig. Von den riesigen Kastanienbäumen. Madeline bekam eine Gänsehaut. Es kamen Leute in das Bad. Immer wieder kamen Figuren aus der Eingangshalle. Wiesen ihre Eintrittskarten vor. Gingen weiter. Die Frauen nach links. Die Männer nach rechts. Madeline trat in die Meierei zurück. Es half aber nichts. Frau Schönhauser kam auf die Meierei zu. Madeline ging an die Theke. Die Frau Schönhauser war den ganzen Tag im Sonnenbad. Oben. Auf dem Dach. Über den Damenkästchen und dem Damenumkleideraum. Von 3 Zimmern im Hotel Esplanade konnte man einen Blick auf die nackten Frauen im Sonnenbad erhaschen. Die Frau Schönhauser hatte einen Streit mit dem Hotel. Deswegen. Das Hotel Esplanade solle diese Zimmer nicht vergeben. Oder einen höheren Sichtschutzzaun bezahlen. Oder der Bürgermeister solle den höheren Zaun errichten lassen. Zum Schutz. Frau Schönhauser war dunkelbraun gebrannt. Sie trug einen geblümten

Badeanzug. Sie kam auf Madeline zu. Zupfte an Madelines Badeanzug. Madeline solle diesen nassen Badeanzug ausziehen. Sie würde sich einen Blasenkatarrh holen. Wenn sie diesen nassen Badeanzug nicht schleunigst auszöge. Und sie hätte das ihrer Mutter schon mehrfach gesagt. Madeline nickte. Sie würde das gleich machen, sagte sie. Ob sie keine Schule habe, fragte Frau Schönhauser. Die Frau hinter der Theke brachte Madelines Butterbrot auf einem Pappteller. Sie stellte den Kaffee in einem Pappbecher daneben. »2 Schillinge. 40 Groschen«, verlangte sie. Ob Madeline denn schon Kaffee trinken dürfe, fragte Frau Schönhauser. Wenn Madeline ihre Tochter wäre, dann dürfte sie das nicht. Das sei mehr Milch als Malzkaffee, sagte die Frau hinter der Theke. Madeline suchte die Münzen in ihrer Geldbörse. Reichte der Frau das Geld. »Eine Buttermilch«, fragte die Frau hinter der Theke Frau Schönhauser. »Ja. Was denn sonst.« Frau Schönhauser sah Madeline skeptisch zu. Madeline schloß ihre Geldbörse. Zog den Beutel mit dem Lederbändchen zu. Hängte den Geldbeutel mit dem Lederband über das Handgelenk. Sie gab 3 Stückchen Würfelzucker in den Kaffee. Rührte mit einem Löffelchen um. Legte den Löffel auf die Theke zurück. Sie nahm das Butterbrot und den Kaffee. Frau Schönhauser wandte sich an Madeline. Wollte noch etwas fragen. Die Frau hinter der Theke stellte einen weißen Steingutbecher mit Buttermilch vor Frau Schönhauser. Sie könnte nicht aus so einem Wachsbecher trinken, sagte Frau Schönhauser. Die Frau hinter der Theke zuckte mit den Achseln. Ihr sei es lieber so, sagte sie. Sonst müßte sie am Abend ihr Geschirr im ganzen Bad zusammensuchen. Madeline ging. Sie hielt den Kaffeebecher oben. Am Wulst. Der Becher zu heiß. Madeline schaute zum Eingang. Schaute, ob

Rick auf dem Weg zur Union-Kabane war. Oder nach ihr schaute. Sie auf dem Betonweg suchte. Niemand ging auf der anderen Seite des Bads. Im rechten Wandl saßen Männer und Frauen. Links war nur eine Frau. Ihre dunkelblaue Badehaube tanzte auf und ab. Die Frau machte Gymnastik. Wahrscheinlich. Im rechten Wandl war so etwas nicht erlaubt. Im rechten Wandl sollte Ruhe bewahrt werden. Madeline ging an den Kartenspielerfrauen vorbei. Sie rechneten gerade den Gewinn aus. Rechneten die Karten ab. Madeline ging wieder in der Sonne. Sie spazierte die Sportbecken entlang zu ihrem Platz. Sie setzte den Kaffee ab. Hielt das Butterbrot in der Hand. Und setzte sich. Der Badeanzug war fast trocken. Die Schönhauser mischte sich in alles ein. Die Mutter mochte sie nicht leiden. Sie hörte der Schönhauser nicht zu. Die Schönhauser war eine besonders unbegabte Bridgespielerin. Und die nächste Bridgepartie war erst wieder Freitag. Bis dahin konnte sie es der Großmutter beichten. Dann konnte die Mutter nichts mehr sagen. Sie hätte lesen wollen, würde sie sagen. Statt der Schule. Wenn sie statt der Schule nur lesen hätte können, sie hätte nur die besten Noten gehabt. Madeline kostete den Kaffee. Er war gerade richtig heiß. Madeline biß in einen Streifen Butterbrot. Das Butterbrot war in Streifen geschnitten. Butterfinger hatte das geheißen. Und die Butterfinger waren in den Dotter von einem weichen Ei getaucht worden. Wenn man krank gewesen war, dann hatte man das bekommen. Wenn es Eier gegeben hatte. Oder Butter. Madeline trank Kaffee. Sie ließ den heißen süßen Kaffee über das Butterbrot im Mund rinnen. Sie kaute. Schmeckte die Butter. Wie sie vom Kaffee geschmolzen wurde. Sie hatte das Butterbrot nicht gesalzen. Wegen der Schönhauser hatte sie das vergessen. Wegen der Schönhauser hatte sie jetzt kein Salz auf der Butter. Aber sie würde nicht zurückgehen. Wer weiß, wer ihr noch über den Weg lief. Hier. Hinter dem Sportbecken. Da war sie sicher. Hierher kamen keine Erwachsenen. Hierher verirrten sie sich nicht. Hierher kamen nur Junge. Und vor allem keine Streber. Die mußten ja lernen. Und dann konnten sie einen auch nicht verpfeifen. In der Schule. Madeline saß da. Sie aß. Biß von den Butterbrotstreifen ab. Sah sich die Spuren ihrer Zähne in der Butter an. Trank Kaffee über die Butterbrotbissen. Sie machte kleine Schlucke. Damit der Kaffee reichte. Bis zum Ende vom Butterbrot. Sie sah vor sich hin. Sie wackelte mit den Zehen. Sie streckte die Beine aus. Die Sonne war wärmer geworden. Madeline aß auf. Sie trank den letzten Schluck Kaffee. Sie wollte nur noch außer Haus essen. Das mußte der wahre Luxus sein. Für jede Mahlzeit ausgehen zu können. Und nicht nur einmal im Monat. Am Sonntagnachmittag. Ins Hotel Sacher ins Helenental nach hinten. Und eine Sachertorte. Und manchmal eine Kardinalschnitte vom Ullmann. Madeline legte sich hin. Das Handtuch feucht. Sie setzte sich wieder auf. Stand auf. Hängte das Handtuch zum Trocknen über die grüne Stange zwischen den Betonpfosten zum Sportbecken. Sie schaute ins Wasser. Die anderen hatten jetzt Englisch. Sie würde ein Jahr nach England gehen. Als Au-pair. Und dann konnte sie wirklich englisch sprechen. Madeline überlegte, ob sie noch einmal schwimmen sollte. »Das einzige, was eine gute Figur macht, ist schwimmen.« Aber das sagte der Gernot Heimthaler nur, damit er eine Schwimmstaffel zusammenbekam. Zu viele Muskeln. Das sah nicht schön aus. Wie die Schönhauser. Die jeden Tag 10 Längen schwamm. Mindestens. Und die Schultern hatte. Wie ein Bierkutscher. Madeline ging zu ihrer

Schultasche zurück. Holte ihr Schreibzeug aus der Tasche. Legte es zum Lateinbuch und dem Schmierer. Sie setzte sich auf die Tasche. Das Leder war warm. Sie drehte die Tasche um. Legte sie mit den Schnallen unten auf den Beton. Setzte sich wieder. Madeline schlug die Stelle im Ovid wieder auf. Sie konnte die Übersetzung mit Bleistift zwischen die Zeilen schreiben. Hineinkritzeln. Aber wenn Rick dann etwas nachsehen wollte. Er ließ es sich ja vorlesen. Besserte nur ihre Betonung aus. Es war besser, sie lernte die Übersetzung auswendig. Madeline suchte wieder nach Vers 478 in der Übersetzung.

»Viele umwarben das Mädchen, doch sie litt keine Bewerber, / Ohne die Liebe des Mannes durchstreifte sie weglose Wälder; / Was kann Hymen, was Amor, was kann ihr Vermählung bedeuten?« Madeline las die Verse. Wiederholte sie. Las. Madeline stand auf. Sie schaute in die Schwechat. Hinter die Mauer. Tief unten der Fluß. Auf der Mauer noch ein hohes Gitter. Nur noch Reste von Lack auf dem Metalldraht. Dunkelgrün. Schwarzrostig ragte das Gitter über ihr hinauf. Man sollte wohl nicht in das Bad klettern können. Ohne Eintritt zu zahlen. Oder nicht hinunterspringen. In den Fluß. Madeline sah durch das Gitter auf den Fluß hinunter. Das Wasser zwischen hohen Büschen. Es reichte in die Büsche hinauf. In der Ufermauer auf der anderen Seite fehlten Ziegel. Sie waren rot staubig herausgebrochen. Das eine Haus oben leer. Die Fenster vernagelt. Das Balkongitter abgebrochen. Das Balkongitter hing über die Holzveranda herunter. Die kleine Villa rechts. Die Fenster waren ganz. Das Haus war fast vollständig unter hohen Hollerstauden versunken. Junge Ahornbäume waren aufgeschossen. Haselsträucher. Madeline ging zum Geländer des Sportbeckens. Sie sah wieder zum Eingang. Sah auf die Uhr. Das Handtuch war noch immer feucht. Sie mußte sich setzen. Sie durfte nicht so herumstehen. So herumzappeln. Jeder konnte sehen, daß sie auf jemanden wartete. Jeder konnte aus ihrem Benehmen schließen, daß sie wartete. Madeline breitete das Handtuch wieder aus. Setzte sich. Lehnte sich gegen die Mauer. Es war warm. Sie schaute in das winzige Büchlein mit der Übersetzung. Sie durfte nicht aufstehen, nahm sie sich vor. Sie durfte nicht auf die Uhr sehen. Sie durfte 10 Minuten lang nicht auf die Uhr sehen. Mindestens 10 Minuten. Wenn jemand sie mit einem Fernglas beobachtete. Von einem der oberen Stockwerke im Hotel. Oder vom Sonnenbad aus. Dann mußte sie bei der Arbeit gesehen werden. Beschäftigt. Beim Studium. Madeline starrte in das Büchlein. Blätterte. Sah auf. Sah nicht bis zur Uhr hinauf. Sie verbot sich, den Kopf weiter zu heben. Im linken Wandl. Die Frau mit der blauen Badehaube war zu sehen. Sie saß still. Neben ihr der Kopf eines Mannes. Ohne Badehaube. Nahe an ihrem Kopf. Im rechten Wandl waren jetzt viele Köpfe zu sehen. Madeline schaute in das Büchlein. Sie wollte sich nicht vorstellen, was die taten. Da. Irgend jemand hatte gesagt, wenn man sich ins rechte Wandl setze. Das hieße, daß jeder es mit einem machen könne. Und daß es dauernd passiere. Im rechten Wandl. Im milchig undurchsichtigen heißen Wasser. Und daß die Kunst sei, den Kopf ruhig zu halten. Dabei. Und weiterzureden. Währenddessen. Es war natürlich der Rudi Seifert gewesen. Der erzählte solche Sachen. Und die Christl Hitzinger. Beim Umziehen. Fürs Turnen. Und immer fragten sie alles. Der Seifert setzte sich auch ins linke. Und griff überall hin. Der Seifert ging immer ins linke. Wie alle jüngeren. Ins rechte. Da ging er nicht. Und er beantwortete nicht, warum er nicht dahin ginge. Aber es war ekelhaft. Und wenn er beim Nachrennen Spielen mitmachte, dann war es immer gleich aus. Meistens. Er zog an den Badeanzügen der Mädchen. Madeline schloß die Augen. Sie mußte sich zwingen sitzen zu bleiben. Sie durfte nicht wieder aufspringen. Und herumzappeln. Madeline lehnte gegen die Mauer. Sie sollte sich etwas vorstellen. Etwas Beruhigendes. Etwas Schönes. Das drängende Gefühl im Bauch wurde stärker. Es fiel ihr nichts ein. Sie konnte die Schwärze hinter den Augen mit keinem Bild füllen. Es fiel ihr nur ein. Immer wieder. Von neuem. Sie wartete auf Rick. Und wenn niemand anderer auftauchte. Sie konnten in Ruhe reden. Und sie konnte mit ihm nach Hause kommen. Er würde neben ihr gehen. Das Gartentor zufallen lassen. Bei ihm schimpfte niemand. Bei ihm war es das Zeichen, daß er da war. Und niemand würde sie etwas fragen. Nach der Schule. Nach den Hausübungen. Nach den Prüfungen. Rick würde sie an den Schultern halten. Und sie war unverwundbar. Und alle wußten es. Madeline mußte aufstehen. Sie ging zum Betonpfosten. Tat so, als schaue sie in das Sportbekken. Als suche sie jemanden da. Als interessierte es sie, wie hoch das Wasser im Sportbecken stand. Madeline setzte sich wieder. Sie steckte das Büchlein in die Schultasche. Verschränkte die Hände hinter dem Kopf. Legte die Hände wieder auf die Oberschenkel. Die Härchen unter den Achseln wuchsen nach. Sie mußte so eine Creme besorgen. Aber sie wollte nicht so viel Geld ausgeben. Hatte das Geld nicht. Aber mit den Rasierklingen. Sie hatte schreckliche Angst, sich zu schneiden. In die runde Kuppe der Achsel hineinzuschneiden. In die runde Kuppe, die heraussprang, wenn sie den Arm hob. Sich diese Kuppe abzuschneiden. Sie hatte nur diesen blonden Flaum. Bei manchen Frauen. Wie bei dieser Schönhauser. Schwarze

Büschel Haare. Wollige schwarze Haare waren bei jeder Bewegung unter den Armen zu sehen. Deshalb würde sie auch nie ins Wandl gehen. Ins rechte. All diese Haare. Der Schönhauser war nichts anzusehen gewesen. Der Hauslehrer von ihrem Sohn. Der jahrelang im Haus gewohnt hatte. Der hatte am Wochenende die ältere Enkelin vom Bürgermeister geheiratet. Sie hatten heiraten müssen. Und alle Damen im Esplanade hatten sich gefreut. Das würde diese Frau in ihre Schranken verweisen, hatte die Mutter gesagt. Und sie hatte sehr zufrieden ausgesehen. Jetzt müßte ihr der alte Trottel reichen, mit dem sie verheiratet sei. Und diese Frau. Die habe ja ohnehin ein unverdientes Glück. Mit diesem Mann. Daß er sie nicht hinausgeworfen habe. Bisher. Aber wenn man sich mit einem jüngeren Mann einließe. Dann erwarte einen dieses Schicksal eben. Dann war so etwas zu erwarten. Die Schönhauser hatte ausgesehen wie immer. In der Meierei. Braungebrannt und herrisch. Und Madeline mußte die Mutter um eine Unterschrift für die Entschuldigung anbetteln. Für heute. Die Schönhauser würde etwas sagen. Und wenn dann keine Entschuldigung nötig. Das würde sogar die Mutter zu Vermutungen zwingen. Madeline sah auf. Es waren 7 Minuten vergangen. Rick konnte jeden Augenblick dasein. Madeline holte das Geographiebuch aus der Schultasche. Sie legte das Buch auf den Boden. Sie konnte den Pappbecher und den Pappteller wegwerfen. Sie konnte 2 Mal gehen. Einmal für den Becher. Und einmal für den Teller. Sie mußte nur so tun, als ob sie den Teller vergessen hätte. Madeline stand auf. Nahm den Teller und den Becher. Sie ging bis zu den Kabanen. Nach rechts. Ließ Becher und Teller in den Abfallkorb fallen. In einen der großen Blechkübel. Außen grün gestrichen. Dunkelgrün. Die Farbe über den schon abgeblätterten Lack geschmiert. Und schon wieder fleckig. Innen schwarzrostig. Rauh. Kleine Fetzchen von Papier. Cellophanhüllen. Apfelschalen. Der Pappbecher und der Pappteller lagen tief unten. Am Boden. Madeline starrte in den Kübel. Sie durfte nicht zum Eingang schauen. Sie mußte zu ihrem Platz gehen. Unbekümmert. Ruhig. Gemessen. Eine Dame. Elegant. Sie mußte sich dieses Herumrasen abgewöhnen. Dieses Hüpfen und Zappeln. Und daß ihr alles herausrutschte. Beim Reden. Daß sie immer redete, bevor sie etwas überlegt hatte. Madeline ging. Und sie mußte die Füße gerade ausrichten. Sie ginge wie eine Tänzerin, hatte die Mutter gesagt. Und Tänzerinnen gingen wie die Enten. Watschelten, hatte Rick gesagt. Rick lachte über ihren Gang. Madeline ging zu ihrem Platz zurück. Langsam. Sie zwang sich, langsam zu gehen. Zu schlendern. Als interessierte sie nichts auf der Welt. Madeline lief die Stufen zum Betonweg neben dem Sprungturm hinauf. Das durfte man. Leichtfüßigkeit. Das war richtig. Sie legte das Handtuch zusammen. Setzte sich auf das gefaltete Tuch. Das Geographiebuch lag neben der Schultasche. Madeline sah vor sich hin. Ihr durfte nicht langweilig sein. Sie wartete auf Rick. Und das Warten. Das sollte genug sein. Sollte sie ausfüllen. Das Warten sollte sie ausfüllen. Warten auf Rick. Das war ja warten auf eine neue Erinnerung. Auf die Wiederholung der Erinnerung. Madeline beugte sich über ihre angezogenen Beine. Schlang ihre Arme um die Beine. Sie roch das Schwefelwasser an sich. Der Geruch stieg in der Wärme ihres Körpers mit auf. Und das Gefühl, zerplatzen zu können. Jeden Augenblick in Auflösung geraten zu können. Madeline wünschte sich schon die Erinnerung daran, wie er dasein würde, und gleichzeitig war sie weinerlich, weil es dann wieder vorbei sein würde. Sie hätte weinen können. Darüber. Daß es immer so sein würde. Madeline sah auf. Ein leichter Wind. Auf ihren Schultern. Auf den Wangen. Rick stand beim Herrn Henschel. Beim Eingang. Madeline sprang auf. Sie sprang hoch. Winkte mit beiden Armen. Schrie. »Rick. Rick.« Die beiden Männer beim Eingang beugten sich über etwas. Madeline schrie »Juhuuuu«. Jetzt hätte sie diesen Pfiff können müssen. Dieses schrille Pfeifen. Auf 2 Fingern. Madeline lief zur Mauer. Hob ihr Handtuch auf. Sie schwenkte das Handtuch über ihrem Kopf. Der Herr Henschel sah auf. Sagte etwas zu Rick. Der sah in ihre Richtung. Sagte etwas zu Herrn Henschel. Dann ging er nach rechts. Die Herrenseite entlang. Er winkte ihr zu. Madeline ließ das Handtuch sinken. Rick begann schneller zu gehen. Er winkte ihr. Lachte. Madeline stand da. Sie hatte immer befürchtet, sie würde es nicht begreifen. Immer, wenn sie von der Liebe gelesen hatte, hatte sie befürchtet, nicht zu begreifen. Daß sie der Liebe begegnet war. Nicht zu wissen, daß das Liebe war. Aber es stimmte. Man wußte es. Dann. Plötzlich wußte man es. Rick kam die Stufen auf den Betonweg heraufgelaufen.

Juni 1950.
Baden.

Die Kniestrümpfe kratzten. Als wären sie neu. Aber sie waren nicht neu. Rick hatte sie schon getragen. Madeline saß auf einem Sessel. Sie hatte die Füße um die Sesselbeine geschlungen. Stützte sich mit den Händen auf der Sitzfläche auf. Sie zog die Schultern in die Höhe. Sie durfte nicht mit den Beinen wackeln. Die Beine schwingen. Sie solle ruhig sitzen, sagte die Mutter. Das mache immer den besten Eindruck. Ruhe. Madeline hielt sich an der Sitzfläche außen fest. Sie durfte nicht mit dem Sessel schaukeln. Hier. Sie machte das. Sie schaukelte mit dem Sessel. Beim Aufgabenmachen. Am Küchentisch. Sie neigte dazu. Und sie merkte nichts davon. Sie dachte, sie säße da. Und dann zischte die Großmutter. Oder die Hansi. Oder die Großmutter klopfte mit dem Bleistiftende auf dem Tisch. Bei ihr im Zimmer. Wenn sie bei der Großmutter Aufgaben machte. Am runden Tisch. Es machte die Großmutter noch nervöser. Ihr Sesselschaukeln. Die Tür zum Klassenzimmer ging auf. Die weißgestrichene Tür schwang auf. Madeline hörte reden. Madeline konnte nur die Tür sehen. Sie saß hinter der Tür. Hatte die Tür rechts von sich. Die offene Tür versperrte ihr jede Sicht auf den Eingang zur Klasse. Die Professorin rief nach den Eltern. Sie sagte einen Namen. Ein Paar stand von den Sesseln auf der anderen Seite des Gangs unten auf. Der Mann schnell. Die Frau blieb noch einen Augenblick sitzen. Der Mann ging vor. Stürmte in das Klassenzimmer. Die Frau lief ihm nach. Die Tür wurde geschlossen. Gemurmel. Stimmen. Der Mann lachte laut. Die Tür ging auf. Das Paar kam heraus. Verabschiedete sich. Sie sagten »Vielen Dank«. Und »Frau Professor«. Und »Frau Direktor«. Sie gingen. Madeline konnte sie am Ende des Gangs sehen. Rechts. Ein Mädchen zwischen ihnen. Die Eltern lächelten. Sie lächelten einander über dem Kind zu. Die Professorin an der Klassentür rief einen neuen Namen. Ein Mädchen löste sich aus der Gruppe am Anfang des Gangs. Das Mädchen hatte einen Rock und eine blaue Strickjacke an. Und blaue Kniestrümpfe. Madeline hatte gesagt, daß ein Dirndl das falsche war. Es war falsch, ein Dirndl anzuziehen. Es war zu bunt. Die Großmutter hatte darauf bestanden. Ein Dirndl wäre immer richtig, hatte sie geflüstert. Und dann war nichts mehr zu machen. Und sie hatte die weißen Strümpfe anziehen müssen. Das andere Mädchen ging in die Klasse. Die Professorin schaute hinter der Tür hervor. Schaute auf Madeline herunter. »Du heißt Ascher«, fragte sie. Madeline nickte. Sie hatte dieser Frau schon zweimal ihren Namen gesagt. Madeline konnte nur nicken. Ihr Hals war trocken. Und unbeweglich. Sie sprang auf. Sie solle noch sitzen bleiben, sagte die Frau. Sie käme als nächste dran. Madeline stand da. Die Tür wurde geschlossen. Die Eltern des Mädchens in der Klasse waren nachgekommen. Waren knapp vor der Tür stehengeblieben. Sie setzten sich auf die Sessel gegenüber von der Tür. Madeline ließ sich auf ihren Sessel fallen. Sie saß. Schob ihre Fußspitzen wieder um die Sesselbeine. Sie legte die Hände in den Schoß. Die rechte Hand auf die linke. Wie man in der Kirche sitzen sollte. Während der Predigt. Wenn man nicht richtig beten mußte. Madeline war erleichtert. Sie durfte die Aufnahmeprüfung machen. Sie hatte gedacht, sie würde sie nicht machen dürfen, wenn kein Erwachsener sie begleitete. Und die Frau beim Eingang in die Schule. Gleich hinter der Eingangstür war eine Frau an einem Tisch gesessen und hatte nach der Volksschule gefragt. Von der man käme. Und nach dem Namen. Wie am Vortag. Bei der schriftlichen Prüfung. Aber da waren sie mit der Professorin hingegangen. Alle zusammen. Madeline hatte der Frau den Brief von der Großmutter hingehalten. Die Frau hinter dem Tisch hatte nur ihren Namen wissen wollen. Und daß sie in die Volksschule in der Pfarrgasse ginge. Ihren Brief sollte sie dem Prüfungskomitee geben. Wenn sie an der Reihe wäre. Und sie müsse da nach links gehen. Diesen Gang da. Und da solle sie warten. Sie werde dann namentlich aufgerufen. Dann hatte die Frau zu den nächsten Leuten aufgesehen. Zu den Eltern hinter ihr. Die mit ihrer Tochter hinter ihr gewartet hatten. Und der Vater hatte sie nur kurz angesehen. Mit dem Blick gestreift. Madeline war in diesen Gang gegangen. Sie war zuerst gestanden. Aber es war wie in der Kirche. Sie konnte nicht lange stehen. Sie hatte sich setzen müssen. Und zuerst hatte sie den Kopf hängen lassen müssen. Sie hatte sich nur vorgebeugt. Es sollte niemand merken. Und jetzt war ihr wieder gut. Und sie war erleichtert. Die Hansi hatte sie bis zur Schule gebracht. Aber die Hansi konnte nicht mit hineingehen. Die Hansi sprach so schlecht deutsch. Noch immer. Niemand anderer konnte die Hansi verstehen. Die Großmutter fand das Deutsch von der Hansi skandalös. Aber die Großmutter hörte ja auch nicht mehr so gut. Weil sie selber nur flüstern konnte. Deshalb verstand sie die anderen auch nicht. Und ging nicht aus dem Haus. Deshalb. Und Madeline würde ihr Fahrrad bekommen. Wenn sie mit 12 alleine fahren durfte, dann konnte sie das Fahrrad der Großmutter nehmen. Weil die es nicht mehr brauchte. Und dann mußte sie nicht mehr zu Fuß gehen. So weit. In die Schule. Die Helenenstraße. Die Karlsgasse. Die Marchetstraße. Die Renngasse. Die Pfarrgasse. Und jetzt die Renngasse und dann nach rechts. Zum Hauptplatz. Und in die Frauengasse. Die Hansi hatte gleich umgedreht. Vor dem Zuckerlgeschäft. Links vom Schultor. Die Hansi wollte nichts mit Behörden zu tun haben. Madeline hatte die Tür zur Schule selber finden müssen. Aber sie hatte sich erinnert. Vom Vortag. Die Hansi wäre nicht mehr weitergegangen. Madeline hätte sie zerren müssen. Weiterzerren. Der ganze Körper von der Hansi hatte nicht mehr weitergewollt. Und es wäre sicher nichts passiert. Die Hansi hätte keine Angst haben müssen. Ihre Papiere waren ja in Ordnung. Das hatte die Mutter noch gemacht. Noch vor den Russen. Sonst wäre die Hansi gar nicht mehr da. Und was sie dann täten. Madeline kreuzte die Beine an den Knöcheln. Es sah niemand zu ihr. Es war dunkel. Da. Am Ende des Gangs. Es war niemand von ihrer Schule da. Sie konnte niemanden sehen. Kannte niemanden. Die Christi Zimmermann war erst um 10 Uhr dran. Aber die Traudi. Die sollte auch um 8 Uhr dasein. Madeline konnte sie nicht sehen. Und die Mutter auch nicht. War die Traudi krank geworden. Hatte das Bein wieder begonnen. Die Traudi konnte an manchen Tagen nicht gehen. Wegen des Beins. Wegen des zu kurzen Beins. Und die Mutter ging in die Schule mit ihr. Immer. Und holte sie ab. Mit dem Hund. Die Traudi durfte einen Hund haben. Weil sie sonst nichts habe, hatte die Frau Buresch zur Mami gesagt. Weil das Kind sonst nichts haben werde. Vom Leben. Und sie mußte allein in die Schule gehen, hatte Madeline geklagt. Und sie bekäme keinen Hund. Dürfe keinen Hund haben. Die Mutter war dann böse geworden. Sie waren weitergegangen. Schnell. Sie hatten sich rasch von der Frau Buresch verabschiedet. Und die Mutter hatte ihr noch unter dem Aquädukt eine Ohrfeige gegeben. Sie solle nicht so reden. Sie habe sich nicht zu beklagen. Mit ihren geraden Gliedmaßen. Ihr fehle nichts. Und ob sie glaube, daß irgendwann ein Mann die Traudi Buresch nehmen würde. Mit einem so viel kürzeren Bein. Und die Großmutter hatte dann gesagt, daß man Kinder ja nicht schlagen müsse. Wegen so etwas. Ein Kind wüßte es eben nicht besser. Aber sie würde Madeline auch noch eine geben, wenn sie nicht sofort zu plärren aufhörte. Sofort. Aber es wäre besser gewesen, eine Krankheit zu haben. Die Hansi hätte dann nicht zurückgehen können. Die Hansi hätte sich das nicht einmal überlegen können. Am Sonntag. Am Abend. Wenn sie ihren Heimwehanfall hatte. Am Sonntagabend hatte die Hansi immer Heimweh. Und daß sie alle schon sehen würden, wie es ginge. Ohne sie. Nämlich nicht. Und daß sie nicht mehr wolle. Daß sie alles liegen- und stehenlassen wolle. Und daß die Russen um nichts besser wären als die Deutschen. Aber die Hansi konnte nicht mehr nach Hause zurück. Und sie wollte gar nicht. Die Hansi hätte nicht gewußt, wohin sie gehen hätte sollen. Die Hansi wollte gar nicht wissen, was passiert war. Bei ihr zu Hause. Dort saßen auch die Russen. Und die Hansi wollte sich nur wichtig machen. Damit die Großmutter sie nicht gar so lang arbeiten ließ. Aber weg. Das konnte niemand. Man konnte wegkommen. Aber weggehen nicht. Und sie würde hier nie weg können. Sie würde immer im Gartenzimmer sitzen müssen. Oder bei der Großmutter. Oder in der Küche. Das Gartenzimmer gehörte noch ihnen. Wegen dem Kamin. Und die Großmutter saß am liebsten da. Gleich nach dem Spital war sie in das Gartenzimmer gegangen. Weil man gleich mit dem Reiten wieder anfangen mußte, wenn man vom Pferd gefallen wäre. Aber dann war sie doch lieber oben geblieben. In ihrem Zimmer. Und kochte ihren Tee oben. Mit dem Tauchsieder. Madeline beugte sich vor. Sie sah auf den Boden. Große quadratische Steinplatten lagen da. Beigebräunlich. Speckstein. Die Stufen zur Küche waren auch Speckstein. Madeline stützte den Kopf auf den Händen auf. Die Eltern des anderen Kindes sagten nichts. Sie schauten auf die Wand gegenüber. Aus dem Klassenzimmer war nichts zu hören. Es war still auf dem Gang. Ganz weit vorne ging jemand. Eine Frau. Ihre Schuhe klapperten auf den Stufen. Sie ging herunter. Langsam. Regelmäßig. Madeline lief immer. Und es würde keine Dame aus ihr. Weil sie sich immer noch einmal drehte, bevor sie aus einer Tür hinauseilte. Und weil sie auf Bäume kletterte. Damit würde es vorbei sein. Jetzt. Wenn sie dann ins Gymnasium gehen würde. Sie würde nur noch gehen. So wie die Mutter. Nicht zu schnell. Aber zügig. Immer ein freundliches Gesicht. Und alle Leute grüßen. Aber nicht stehenbleiben und tratschen. Immer gleich weitergehen. Nie beim Tratschen gesehen werden. Oder beim Langsamgehen. Sie würde dann immer ein Ziel haben. Sie würde dann immer wissen, wohin sie gehen sollte. Und sie würde nicht so ernst dreinschauen. Sie würde freundlich in die Welt blicken. Sie würde freundlich werden. Lächeln. Jetzt war sie nur höflich. Das sagte sogar die Frau Professor Fatzekas. Obwohl sie die Traudi lieber hatte. Weil die Traudi freundlicher war. Sonnig. Nicht so verschlossen. Und viel ordentlicher. Schon wie die Traudi schrieb. Jeder Buchstabe genau. Die Traudi hatte es nie eilig. Und sie spielte Klavier. Und alle hatten sie lieber. Wegen des Beins. Jeder sagte, wie großartig sie das alles mache. Und die Frau

Professor Fatzekas hatte zur Lisi gesagt, daß es bei ihr ja kein Problem geben würde. Mit der Aufnahmeprüfung. Madeline seufzte. Bei ihr gab es immer Probleme. Immer. Irgendwie. Madeline setzte sich auf dem Sessel zurecht. Sie rutschte nach hinten. Ihre Beine waren zu kurz. Sie standen gerade nach vorne weg. Madeline rutschte wieder nach vorne. Ließ die Beine hinunterhängen. Rieb sich die Waden. Gegen das Kratzen. Madeline wußte nichts mehr. Sie konnte sich an nichts erinnern. Aus dem Vorbereitungskurs für die Aufnahmeprüfung. An keine Satzanalyse. An keine Wortanalyse. Sie wußte nicht mehr, was Mitvergangenheit auf Lateinisch hieß. Plusquamperfekt fiel ihr ein. Aber das war die Vorvergangenheit. Wie hieß die Erzählzeit. Madeline wurde heiß. Sie saß vorgebeugt. Die Hitze stieg in den Kopf. Rollte über den gebeugten Rücken in das Genick. Stieg über den Kopf auf und fiel ihr ins Gesicht. Madeline konnte sich nicht bewegen. Saß still. Das kam, weil sie keine Geduld hatte. Deshalb schrieb sie auch nicht so schön. Deshalb fetzte sie alles so hin. Deshalb blieben die Zeilen nicht so gerade. Stiegen am Ende immer so an. Und deshalb war sie auch nicht fromm. Weil sie keine Geduld hatte. Es war eine ihrer Hauptsünden. Weil sie keine Geduld hatte, war sie nicht aufmerksam. Sie war nicht aufmerksam und ordentlich. Bemühte sich um nichts. Dachte immer an etwas anderes. Mußte immer gleich an etwas anderes denken. Madeline saß da. In der Kirche. Vorne. Auf den Kinderbänken. Und war schlimm. Sie lachte. Kicherte. Und die Buben. Immer machten die irgendeinen Blödsinn, und sie lachte darüber. Mußte lachen. Mit den Buben. Und die Christi Zimmermann sagte dann, daß sie »buamanarrisch« war. Dabei waren die Buben blöd. Sie mußte ja nur lachen, weil sie so blöd waren. Ricki machte solche Sachen nicht. Ricki hätte keine Kröte in die Kirche mitgebracht. Und hätte sie hüpfen lassen. Die Kröte war ohnehin nicht zum Altar gehüpft. Die Kröte war gleich in die Sitzbänke nach rechts gehüpft. Hatte sich unter dem Holzboden unter den Sitzbänken verkrochen. Und sie hatte dann erst zu lachen anfangen müssen. Die Kröte war unter den Sitzbänken verschwunden. Und die Erwachsenen auf den Bänken. Auf den Sitzbänken vorne. Beim Altar. Die waren die Wand entlang. Und die hintere Bank war höher als die vordere. Und man mußte eine kleine Tür aufmachen. Am Anfang der Bänke. Um in die Bank hineingehen zu können. Und hinter den Sitzen. Oben. Wappen eingeschnitzt. Und dann die hohen Spitzbogenfenster dahinter. Mit den bunten Glasbildern. Vom Lamm Gottes auf der Weide. Rote und blaue Blumen auf der Weide. Über den Bänken rechts ein Fenster, hinter dem man früher die Messe hören hatte können. Nonnen, die nicht gesehen werden durften, waren da gesessen. Die Erwachsenen schauten sehr ernst drein. In den Bänken vorne. Gerade. Rechts saß immer der Stadtarzt mit seiner Frau. Und die alte Baronin. Sie waren gerade gesessen. Hatten die Köpfe nach rechts gedreht. Sie hatten sich hingekniet. Waren aufgestanden. Hatten den Kopf gebeugt. Hatten sich an die Brust geschlagen. Beim »Meine Schuld. Meine Schuld. Meine übergroße Schuld«. Und die ganze Zeit war die Kröte unter der Bank gesessen. Die Schwester Fini hatte sie hinausgeschickt. Nach der Kommunion. Damit die Messe gültig bliebe. Und sie ihre Sonntagspflicht. Weil sie so gekichert hatte. Kichern hatte müssen. Und seither keinen Blick auf die Bank rechts. Immer an die Kröte denken mußte. Unter den Kirchenbänken. Und vielleicht lebte eine große Krötenfamilie dort. Unter der Bank rechts. Sie mußte lachen, wenn sie sich das denken mußte. Im Klassenzimmer drinnen wurde ein Sessel verschoben. Eine Stimme war lauter. Kurz. Dann war es wieder still. Madeline setzte sich auf. Lehnte den Kopf nach hinten. Gegen die Wand hinter der Sessellehne. Im Gymnasium. Sie würde nicht mehr lachen. Sie mußte sich dann auch nicht mehr auf die Kinderbänke setzen. Sie konnte sich dann schon neben die Großen stellen. Im Seitenschiff rechts. Da konnte sie die ganze Messe knien. Vor der Jungfrau Maria. Und dann würde sie ganz sicher nicht mehr lachen müssen. Und sie würde religiös sein. Für ihre Sünden beten. Und richtig beichten. Sie hatte ja gebeichtet. Sie hatte die Geschichte beichten wollen. Aber der Pfarrer hätte sie gefragt, wer die Kröte mitgebracht hätte. Und ob sie etwas gemacht hätte. Und sie hatte nichts gemacht. Es wäre besser gewesen, der Vater hätte sie getroffen. Statt der Großmutter. Und sie hätte sich vor die Großmutter stellen müssen. Die kleine Heilige von LeBon hatte das gemacht. Aber die war schon 14 gewesen. Und sie hatte ihre Schwester vor dem Vater beschützt. Der Pfarrer. Der war zu alt. Der neue Kaplan. Der wußte mehr darüber. Der kannte auch die Geschichten von den Kinderheiligen. Aber sie wollte nicht beichten gehen. Zu ihm. Bei der Schulbeichte. Sie ging dann doch immer zu dem alten Pfarrer. Der sonst nicht zu sehen war. Der die 6-Uhr-Messen in der Früh las. Der gar nichts mehr hörte. Dem konnte man den Beichtzettel vorlesen. Beim jungen Kaplan. Niemand wußte, was er zur Buße aufgab. Wenn man immer schuldig war. Wie sollte man dann zur Heiligen Kommunion gehen. Welche Buße konnte da helfen. Und wahrscheinlich mußte sie zu ihm beichten gehen. Doch. Und ihm noch einmal alles beichten. Alles. Der alte Pfarrer. Der hörte gar nicht zu. Der junge Kaplan war viel frommer. Aber mit ihm. Allein. Im Beichtstuhl. Und man konnte einander erkennen. Durch das Holzgitter hindurch. Er würde dann alles wissen. Von ihr. Und sie wollte ja auch, daß die Mutter und die Großmutter in die Kirche gehen sollten. Und die Hansi. Aber die Großmutter lachte nur. In die Kirche gehen. Das sei etwas für die Kinder, sagte sie. Die Erwachsenen verschleuderten ihr Seelenheil, sagte der Kaplan. Und die Kinder hätten die Pflicht, ihre Eltern daran zu erinnern. Aber sie konnte nur beten. Für die Großmutter. Die Großmutter ging nicht aus dem Haus. Wenn sie nicht mußte. Sie ging nur im Park herum. Und die Mutter. Wenn die Mutter jetzt blind wurde. Wofür war das nun die Strafe. Der Vater des Mädchens in der Klasse stand auf. Er schob seinen Sessel laut nach hinten. Der Sessel kratzte auf dem Steinboden. Der Mann schaute vor sich. Auf den Boden. Dann ging er nach vorne. Ans Ende des Gangs rechts. Er verschwand um die Ecke. »Heinz«, sagte die Frau. Sie beugte sich vor. »Heinz«, rief sie dem Mann nach. Leise. Dann ließ sie sich wieder gegen die Rückenlehne des Sessels sinken. Wenn die Mutter jetzt blind wurde, dann mußte sie alles machen. Einkaufen. Madeline setzte sich vor. Stellte die Füße auf den Boden. Dann mußte sie das Fahrrad bekommen. Es gab Ausnahmegenehmigungen. Kinder durften mit Ausnahmegenehmigung schon ab 10 ein Fahrrad bekommen. Und dann mußte sie gehen. Und sich anstellen. Und die Aufgaben konnte sie am Abend machen. Der Strom war ja wieder gerichtet. Die Petroleumlampenzeit vorbei. Der Mast im Park wieder aufgestellt. Und der kleine Bombenkrater voller Brombeerstauden. Wenn sie einen Hund gehabt hätte. Der hätte sie begleiten können. Und auf sie aufpassen. Dann hätte niemand etwas sagen können. Daß sie allein nicht weggehen dürfte. Die Russen mochten Hunde. Der eine. Der Russe, der immer vor der Kirche stand. Der streichelte die Diana von der Traudi immer. Und lachte. Und redete mit der Mutter. Und die Diana sprang ihm hinauf. Und dann lachte der Soldat noch lauter. Ein Hund wußte ja, wer freundlich war. Und wer nicht. Einen Setter hätte sie haben sollen. Wie die Diana. Oder einen Dalmatiner. Einen Marmorhund. Wie in dem einen Haus in der Marchetstraße. Der kam immer an den Zaun. Und sie gab ihm ein Stück Zucker. Wenn es das gab. Man durfte Hunden nichts Süßes geben. Eigentlich. Hunden. Und Pferden auch nicht. Madeline mußte husten. Der Hals. Der Rachen trocken. Und als ob die Luft steckenbliebe. Madeline hüstelte. Sie sammelte Speichel. Schluckte. Sie setze sich gerade auf. Legte den rechten Knöchel vor den linken. Legte die rechte Hand auf die linke. Das Dirndl aus alten Dirndls von der Großmutter und der Mutter gemacht. Die Mutter konnte gut nähen. Der Leib war von einem Dirndl von der Großmutter. Dunkelbraunes Leinen. Und silberne Kugelknöpfe. Und die Ärmel angeschnitten. Madeline haßte Dirndlblusen. Die würden ihr dann schon passen, hatte die Mutter gesagt. Irgendwann würden ihr Dirndlblusen passen. Dann. Und die Großmutter hatte genickt. Beruhigend. Hatte ihr übers Haar gestrichen. Und die Hansi hatte mitgelacht. Es war ein Glück, daß der Ricki im Internat war. Sonst hätten sie den auch noch geholt. Wenn die Frau Schneeweiß gerade im Haus gewesen wäre. Sie hätten sie auch der noch vorgeführt. Weil es wirklich nicht aussah, als könnte sie einen Busen bekommen. Und wozu die Mutter einen Abnäher gemacht hätte, hatte die Großmutter gelacht. Sie wäre zu dünn, sagten dann alle. Und wenn sie wenigstens Brot äße. Und die Graupensuppe. »Aber das Kind verhungert ja lieber, als etwas zu essen, was ihr nicht schmeckt.« Und der Ricki sagte »Prinzessin auf der Erbse« zu ihr. Aber es ging nicht. Die Graupen wurden im Mund größer. Bis sie den Mund hinten versperrten. Und sie würgen mußte. Sie aß ja ihr Brot. Die Hansi hatte ihr gezeigt, wie man das Brot kauen mußte. Bis es süß wurde. Die Heimkinder hatten Butterbrote mit. Die hatten eine bessere Zuteilung, sagte die Frau Buresch. Aus dem Klassenzimmer war eine Stimme zu hören. Eine Frau. »Lauter«, sagte sie. Madeline saß gerade. Vom Magen stieg eine Übelkeit auf. Hinauf. Drückte gegen die Kehle. Madeline sammelte wieder Speichel. Sog an der Zunge. Unter der Zunge. An den Wangen. Dann schluckte sie den Speichel gegen die aufsteigende Übelkeit. Die Frau an der anderen Wand sah sie an. Sah weg. Madeline wandte sich ab. Wandte sich der Tür am Ende des Gangs zu. Links von sich. Die Tür hatte nur ein Schloß. Die Tür hatte keine Türschnalle. Die Tür war angemalt. Ein Holzmuster war aufgemalt. Wie auf den billigen Kästen im Keller. Die Astlöcher und die Holzmaserung waren gemalt. Die Astlöcher dunkelbraun. Die Holzmaserung heller braun. Gelblich. Senffarben. Der Lack glänzte. Eine Glühbirne war über der Tür in eine Fassung eingeschraubt. Die Glühbirne brannte. Im Tageslicht war das fast nicht zu sehen. Nur der Lack auf der Tür glänzte auf. Es gab keinen Lichtschalter. Neben dem Türrahmen. Man hätte das Licht nicht abdrehen können. Man hätte das Licht nicht sparen können. Elektrisches Licht bei Tag aufdrehen. Madeline rutschte im Sessel nach hinten. Lehnte den Kopf hinten an. Wenigstens hatte sie die Hansi überredet, ihr die Frisur nicht zu machen. Die Mutter hatte gewollt. Madeline solle die Masche tragen. Eine Masche aus dem gleichen Stoff wie der Rock vom

Dirndl. Hellblau mit weißen Röschen und Täubchen aufgedruckt. Die Mutter hatte die Haare in eine Rolle drehen wollen. Oben am Kopf. Und die Masche hinten anstecken. Aber die Rolle hielt nie. So eine Haarrolle hielt nie lange. Die Haarnadeln und die Spange für die Masche. Sie rutschten auf den glatten Haaren hinunter. Sie hatte unpraktische Haare. Und wozu Ricki Locken hatte. Ein Mann brauchte das doch nicht. Und für eine Frau. Für eine Frau wären Locken ein Kapital. Das sagte auch die Frau Zimmermann. Bei ihr hielten auch keine Stoppellocken. Die Christi hatte zu Ostern ganz lange gehabt. Fast bis zur Hüfte waren die Stoppellocken von der Christi Zimmermann gegangen. Madelines Haare waren sogar zu dünn für Zöpfe. Und es wäre schade um das Bier, die Stoppellocken zu festigen, sagte die Hansi. Bei ihrer Erstkommunion waren die Haare schon glatt gewesen, wie sie in die Karlsgasse eingebogen waren. Sie hatten sich strohig angegriffen. Und sie hatten schlecht gerochen. Die Mutter von der Christi machte das mit Zukkerwasser. Aber der Vater von der Christi arbeitete in Wien. Und sie bekamen den Zucker von da. Die hatten der Fatzekas auch eine Tafel Schokolade gebracht. Zu Weihnachten. Weil der Vater in der Schweiz gewesen war. Eine Dienstreise. Mit dem Ricki hatte die Mutter noch mitfahren können. Zur Aufnahmeprüfung. In Wien. Ins Theresianum. Aber sie hätte die Mutter führen müssen. Jetzt. An der Hand. Damit sie nicht gegen den Türstock ging. Die Mutter hätte 2 Türen gesehen. Und sie wußte nie, wo die richtige Tür war. Sie hätte die Frau da drüben doppelt gesehen. Die Frau klappte ihre Tasche auf. Sie holte ein Taschentuch heraus. Putzte sich die Nase. Tupfte die Nasenspitze ab. Madeline hatte kein Taschentuch mit. Das hatte sie vergessen. Sie hatte den Schein von der

Volksschule und den Brief von der Großmutter in der Aktenmappe vom Großvater. In der Mappe hätte der Großvater seine Post mitgenommen. Die Großmutter hatte die Ledertasche vom Kasten heruntergeholt. Die Tasche war der Länge nach gefaltet. Man konnte sie ausklappen. Dann war sie so groß wie die Schultasche. Gefaltet paßten das Kuvert und der Schein von der Schule hinein. Madeline fand das blöd. Das sah komisch aus. Wenn die Tasche auseinandergefaltet war, konnte man sehen, daß sie immer zusammengefaltet getragen worden war. Sie war grau. Weiches Sämischleder. Zur Hälfte. Der abgetragene Teil war dunkel speckig. Madeline hätte lieber die Schultasche genommen. Die alte von Ricki. Der hatte eine neue gebraucht. Für Wien. Und die Aktenmappe. Da hatte der Vater die Briefe herausgenommen. Die er dann verbrennen hatte müssen. Und daß seine Mutter ihm das sagen hätte müssen. Früher. Rechtzeitig. Und daß alles falsch gewesen wäre. Und wie sie das gemacht habe. All die Jahre. Und wenn er das gewußt hätte. Wenn er gewußt hätte, daß er eigentlich ein Jud wäre. Dann hätte er die Konsequenzen schon früher. Aber die Großmutter hatte das Kuvert in die Tasche gesteckt. Wahrscheinlich konnte sie sich nicht erinnern. Und die Hansi hatte die Tasche getragen. Diese Tasche mußte man nicht am Rücken tragen. Und für Rückentragen. Dazu wäre sie nun bald zu groß, hatte die Mutter gesagt. Das täten nur kleine Kinder. Die Schultasche auf dem Rücken tragen. Madeline hätte lieber andere Schuhe gehabt. Nicht die hohen Schnürschuhe. Madeline fand, sie war für diese hohen Schnürschuhe zu alt. Das war für ganz kleine Kinder. Damit die Füße richtig wuchsen. Mit den hohen Schnürschuhen sah sie aus wie eines von den Heimkindern. Die mußten immer solche Schuhe tragen. Und dunkle Kleiderschürzen über ihren Kleidern. Und sie rissen einem die Haare aus. Wenn man ihnen nicht gleich das Jausenbrot gab. Dabei hatten sie Butterbrote. Und sie nur Brot. Und einen Apfel. Im Gymnasium würde es keine Heimkinder mehr geben. Das hatte die Fatzekas der Frau Buresch gesagt. Ganz sicher gäbe es da keine mehr. Keines von diesen Heimkindern hätte die Fähigkeiten. Und die müßten in ein oder zwei Jahren einen Beruf erlernen. Für die sei die Hauptschule besser. Darum würden sie nicht mehr am Lernen gehindert werden. Durch die Heimkinder. Die nicht deutsch konnten. Und nichts machten. Hinten. In den letzten Reihen. Der Traudi liefen sie nach. Und machten ihren Gang nach. Und Madeline mußte lachen. Die Heimkinder waren alle viel älter. Und größer. Und alle Vollwaisen. Und wenn sie hinter der Traudi nachgingen. Nach der Schule. In einer langen Reihe. Und alle hinkten. Wie schwarze Krähen. Wenn sie alle zur Seite einknickten und das Bein nachzogen. Dann mußte Madeline lachen. Aber sie blieb weit hinten. Und deshalb holte die Frau Buresch die Traudi ja ab. Madeline wartete beim Mohr. Bis alle weit vorne waren. Sie schaute die Bücher und Hefte in der Auslage an. Las die Titel. Sie ging erst weiter, wenn die Heimkinder nicht mehr zu sehen waren. Man mußte sich dann immer noch umsehen. Sie lauerten einem auf. Und dann war alles weg. Die Bücher. Die Strickweste. Und wenn man etwas sagte, dann würde man das nicht überleben. Die Christi wußte das von ihrem großen Bruder. In der Gymnasiumstraße hatten sie einen gehabt. Aus dem Heim. Der hatte allen alles weggenommen. Madeline sah vor sich hin. Sie stützte sich mit den Händen auf. Wackelte mit den Beinen. Ganz leicht. Sie ließ die Beine hängen und ein bißchen vor und zurück. Die Beine machten das von selber.

Aber man mußte auch aufpassen. Eine hatte sich umgebracht. Die war aber noch viel älter gewesen. Die war schon in der Hauptschule gewesen. Und die Frau Buresch hatte gesagt, daß das sehr undankbar wäre. Aber es war dann eine Frau gekommen. Die hatte sie alle gefragt. Ob sie etwas gehört hätten. Was die Mädchen aus dem Heim geredet hätten. Wie das gewesen wäre. Mit den Mädchen. Die Frau hatte mit allen geredet. Aber niemand hatte etwas gewußt. Die hatten auch nicht mit ihnen geredet. Immer nur miteinander. Und die Frau Zimmermann hatte die Mutter in der Stadt aufgehalten. Daß man diese Kinder nicht mit den normalen Kindern in die Schule gehen lassen sollte. Die Mutter hatte gelächelt und genickt. Und die Frau Zimmermann hatte dann zur Frau Buresch gesagt, was für eine verständige Person diese Frau Ascher sei. Trotz ihres Schicksals. Und daß man da sähe, daß es ja doch ginge. Wenn einer nur wolle. Und daß es nur darauf ankäme, ob eine Person wolle. Madeline hatte es gehört und war weitergegangen. Die Marchetstraße hinauf. Die lange graue Straße. Bis zum Dobblhoffpark war die Straße grau. Aber sie durfte nicht durch den Park gehen. Die Mutter war ganz böse, wenn sie draufkam. Nur im Winter. Wenn vom Eislaufen genug Leute im Park waren. Als Gymnasiastin konnte sie auch eislaufen gehen. Die Großmutter hatte es versprochen. Radfahren konnte sie schon. Und das Eislaufen. Das lernte man an einem Nachmittag. Und dann mußte man Stunden bekommen. Für das Rückwärtsfahren. Und die Drehungen. Damit man Walzer tanzen konnte. Auf dem Eis. Aber die Winter jetzt. Die waren sogar zum Eislaufen zu kalt. Auch wenn man Eislaufschuhe eintauschen hätte können. Das wäre für die Russen, sagte die Hansi immer. Die Russen hätten diese Kälte mitgebracht.

Sonst hätten sie keinen Grund zu saufen. Die Hansi hatte einen Zorn auf die Russen. Sie würde die alle abschießen. Am liebsten, sagte sie. Die Mutter sagte immer »Na Na«. Wenn sie die Hansi so hörte. Madeline hielt die Beine still. Die Beine waren vor- und zurückgeschwenkt. Weit vor und unter den Sessel. Und die Frau hatte hergesehen. Madeline lehnte sich wieder zurück. Sie hatte Kopfschmerzen. Hinter der Stirn. Es war nur ein Ziehen. Wie in der Kirche. Wenn sie stehen mußte. Oder beim Begräbnis der alten Schuldirektorin. Sie hatten alle in die Kirche gehen müssen. Und es waren keine Bänke aufgestellt gewesen. Wie für die Kindermesse. Madeline brauchte frische Luft. Sie sollte hinausgehen. Und frische Luft holen. Und sie wäre lieber auf den Friedhof gegangen. Sie war noch nie bei einem Begräbnis gewesen. Sie hatte von Begräbnissen nur gelesen. Den Vater. Sie mußte die Hansi fragen. Hatte es ein Begräbnis gegeben. Und wer da gewesen. Sie wußte das gar nicht. Oder wußte Ricki etwas. Wie das gewesen war. Begrub man Menschen nicht, wenn sie nicht ganz waren. Der Vater war verdammt. Der Vater war in der Hölle. Ganz sicher. Er hatte eine Todsünde begangen. Oder 2. Eigentlich. Aber das war dann besser. Er mußte nicht auferstehen. Wenn von seinem Kopf nicht mehr so viel übrig gewesen war. Ob sie den Kaplan das fragen konnte. Was dann passierte. Wenn etwas fehlte. Von der Leiche. Aber dann fragte der, wieso sie das wußte. Und sie hätte nicht hinsehen dürfen. Sie hätte nicht hinschauen sollen. Sie hatte deswegen auch nicht geschrien. Weil sie nicht hinschauen hätte sollen. Die Großmutter glaubte immer noch, daß sie so tapfer gewesen wäre. Aber es war Neugierde gewesen. Und sie hatte gleich gewußt, daß sie nicht schauen hätte dürfen. Aber das war keine schwere Sünde. Das

Schauen. Keine so schwere. Jedenfalls. Aber gut. Gut war sie nicht. Sie war kein gutes Kind. Fromm. Das war sie nicht. Das wußte sie. Sie war nicht schlecht. Nicht richtig. Sie würde nicht in die Hölle kommen. Aber in den Himmel. Gleich. Das schaffte sie nicht. Sie würde ins Fegefeuer müssen. Lange. Auch weil sie es der Großmutter nicht gesagt hatte. Daß sie den Vater gesehen hatte. Nachher. Der Vater von dem Mädchen bei der Prüfung kam um die Ecke zurück. Er ging zu seiner Frau. Blieb neben ihr stehen. Sie sahen beide auf die Tür. Madeline beugte sich wieder vor. Sie wollte von diesen Erwachsenen nicht angesehen werden. Sie wollte erwachsen sein. Erwachsene fürchteten sich nicht mehr. Die fürchteten sich nicht mehr vor dem Sterben. Die lachten über die Hölle. Wie die Großmutter. Die dem Kaplan ausrichten lassen wollte, daß man da nicht hinkommen könne, wenn man da schon zu Lebzeiten sei. Madeline hatte das dem Kaplan nicht ausgerichtet. Und sie hatte der Großmutter nicht gesagt, daß der Kaplan gesagt hatte, daß die Menschen, die solche Sachen sagten. Daß die es nicht wüßten. Und daß gerade diese Menschen bekehrt werden müßten. Und daß Kinder im Vorteil wären. Madeline sah die wartenden Eltern an. Schaute von unten auf das Paar. Der Mann und die Frau redeten nichts miteinander. Sie schauten auf die Tür. Der Mann ernst. Die Frau sorgenvoll. Die Tür ging auf. Die Frauenstimme. »Herr Erdinger«, fragte sie. Der Mann straffte sich. Er griff nach der Hand der Frau. Die Frau ergriff seine Hand. Er zog sie auf. Drückte die Hand der Frau. Ließ die Hand dann fallen. Sie gingen auf die Tür zu. Der Mann ließ der Frau den Vortritt. Dann schloß sich die Tür. Madeline stand auf. Es war niemand auf dem Gang. Nur sie. Sie stand vor dem Sessel. Wenn die Tür aufgehen sollte. Dann konnte sie sich sofort zurückfallen lassen. Auf den Sessel zurück. Von drinnen hörte sie Stimmen. Der Mann. Alle lachten. Vorne gingen Menschen. Gingen die Stiegen hinauf. Madeline hörte Gemurmel. Schuhe schleiften auf den Stufen. Dann war es still. Aus dem Klassenzimmer eine Frauenstimme. Es war nichts zu verstehen. Nur der Ton. Auf und ab. Madeline saß da. Halbwaise mußte sie sagen. Sie war eine Halbwaise. Und ihre Mutter wäre gesundheitlich angegriffen. Deshalb wäre sie alleine hier. Deshalb habe sie niemand begleiten können. Herbegleiten. Sie müsse ja nicht sagen, daß sie eine verkrüppelte Großmutter habe, hatte die Großmutter gesagt. Und Großmütter zählten nicht. Ohnehin. Als engste Familie zählten sie nicht. Ricki hatte sie begleiten wollen. Aber dann hätte sie sich für ihn auch noch genieren müssen. Mit einem Buben da sitzen. Und wie sollte der mit der Direktorin reden. Oder mit der Professorin. Ricki war groß. Groß für sein Alter. Das sagten alle. Aber er war nicht erwachsen. Das dauerte noch lange. Und sie mußte nicht mehr in die Handarbeitsstunden gehen. In das Marienheim. Zu den Klosterschwestern. Weil man im Gymnasium soviel Aufgaben machen mußte. Und Englisch lernen. Da war keine Zeit für Stricken. Und dafür mußte sie die Aufnahmeprüfung bestehen. Und warum dauerte das so lange. Da drinnen. War das Mädchen durchgefallen. Obwohl ihre Eltern mit waren. Dann war das aussichtslos. Für sie. Madeline setzte sich. Das schien aussichtslos. Sie hatte keine Angst mehr. Das Kribbeln im Bauch war vergangen. Die Kopfschmerzen vorbei. Sie saß da. Es war alles sinnlos. Sie hatte das Gefühl, ausgedehnt zu sein. Sehr weit ausgedehnt im Kopf. Und in der Brust. Und im Bauch. Und nicht mehr zu sich selbst zu gelangen. Hoffnungslos. Und traurig. Zu weinen beginnen hätte wollen. Madeline ballte die Fäuste. Bohrte sich die Fingernägel in die Daumenballen. Sie würde nicht weinen. Sie durfte nicht weinen. Die Tür ging auf. Madeline sah auf die weiße Tür. Die Tür an den Kanten und rund um die Türschnalle abgerieben. Der Lack abgerieben. Das dunkle Holz kam hervor. Sonst war die Tür glatt lackiert. Die Tür blieb offenstehen. Die Eltern verabschiedeten sich. Bedankten sich. Bei der Frau Direktor. Und bei der Frau Professor. Die Familie ging. Das Mädchen an der Hand der Eltern. In der Mitte. Die Eltern strahlten. Lächelten einander an. Das Kind konnte Madeline nur von hinten sehen. Die Professorin schaute um die Tür herum. Es war die jüngere von den beiden. Sie käme gleich dran, sagte sie. Sie solle sich schon einmal ins Klassenzimmer setzen. Madeline stand auf. Sie mußte plötzlich aufs Klo. Sie nahm die Aktenmappe des Großvaters. »Laß mich mit dem alten Juden in Ruhe«, hatte der Vater geschrien. Im Zimmer von der Großmutter. Madeline ging um die Tür. Trat in die Klasse. Die ältere Frau stand an der Tafel vorne. Wie sie heiße, fragte sie. »Madeline Ascher«, sagte die andere Frau. Sie hatte eine Liste in der Hand. »Ich heiße Madeline«, sagte Madeline und sprach den Namen genau aus. Mädlin. Die Frau hatte »Madeline« gesagt. »Das ist ein englischer Name und wird englisch ausgesprochen.« Die jüngere Frau sah Madeline an. »Englisch«, fragte sie. »Ein englischer Name. Das haben wir selten hier.« Sie sprach zu der älteren Frau. »Madeline.« Die Frau sagte den Namen betont englisch. Madeline sei alleine hier, erklärte die jüngere Frau der älteren. Dann wandte sie sich an Madeline. Ob sie noch 10 Minuten warten könne. Sie und die Frau Direktor hätten nur ganz kurz etwas zu erledigen. Madeline stand da. Sie hielt die Aktenmappe mit beiden Händen. Vor sich. Sie war rot geworden. Wie diese Professorin ihren Namen so betont englisch ausgesprochen hatte. Sie hatte sich lustig gemacht. Über Madeline. Madeline sagte nichts. Sie solle sich ruhig setzen, sagte die Direktorin. Dann gingen die beiden Frauen. Sie ließen die Tür offenstehen. Madeline hörte noch »Kaffee« und »ganz schnell noch«. Madeline setzte sich. Der Raum hatte 2 Fenster. Die Klasse lag ebenerdig. Die Fenster führten auf die Frauengasse hinaus. Madeline konnte die Menschen draußen sehen. Die Menschen gingen. Schoben Fahrräder. Trugen Taschen. 2 Russen spazierten langsam in Richtung Hauptplatz. Sie blieben stehen. Zündeten sich Zigaretten an. Gingen weiter. Madeline saß da. Auf dem Katheder Papiere. Waren das die Prüfungsfragen. Lagen da die Fragen für die Aufnahmeprüfung. Stellten diese Professorinnen sie auf die Probe. Wurde sie auf die Probe gestellt. Hatten sie etwas gehört. Von ihrer Geschichte. Hatten sie etwas gehört, von ihrem schrecklichen Schicksal. Und mußte sie deshalb eine Probe bestehen. Ob sie der Versuchung widerstehen konnte. Oder war ihr Aufsatz so schlecht gewesen. Den sie am Vortag in der Klasse oben geschrieben hatte. Hatten sie aus ihrem Aufsatz alles herauslesen können. Herausfinden. Madeline fiel nicht ein, was sie geschrieben hatte. Sie schrieb immer lange Aufsätze. 2 Seiten mindestens. Und die Frau Professor Fatzekas hatte gesagt, daß sie da keine Schwierigkeiten bekommen werde. Phantasie habe sie genügend. Madeline starrte auf die Papierstöße auf dem Katheder. Vielleicht hielten die Professorinnen sie aber für dumm. Daß sie ihre Chance nicht zu nutzen wußte. Daß man ihr diese Chance gegeben hatte. Und wenn sie dann nicht bestand. Dann würde sie hören müssen, daß das ihre Chance gewesen wäre. Dann hatte sie noch mehr Schuld. Und was würde Ricki sagen. Und die Hansi. Die Hansi wollte am meisten, daß sie ins Gymnasium gehen sollte. Und die Heimkinder. Wenn sie nicht bestand. Madeline wurde heiß. Sie konnte durchfallen. Plötzlich war das wirklich möglich. Es war nicht etwas, worüber man mit den Achseln zucken konnte. Und die Hände in die Taschen der Kleiderschürze vergraben. Das Durchfallen war etwas, was möglich gewesen war. Aber für andere. Das war etwas gewesen, was sie nicht betroffen hatte. Und warum sollte sie nicht betroffen sein. Es gab keinen Grund, ins Gymnasium gehen zu müssen. Die Fatzekas hatte immer gesagt, in die Vorbereitungsstunden dürften nur Mädchen gehen, die die Fähigkeiten hatten und von denen die Eltern es sich leisten konnten. Und wenn die Mutter jetzt blind wurde. Und ein Handwerk wäre das Sicherste. Sagten alle. Aber was für ein Handwerk sollte das sein. Sie konnte nicht nähen. Im Marienheim. Sie hatte gleich begonnen vorzulesen. Während die anderen an ihren Nähten arbeiteten. Für die Herrenhemden, die genäht werden mußten. Da las sie vor. Meistens heilige Geschichten. Geschichten von Heiligen und Märtyrern. Und am Ende jetzt »Anna Karenina«. Sie hatte dieses Buch von zu Hause mitgebracht. Bei den Nonnen war alles ausgebrannt gewesen. Sie hatten keine Bücher mehr gehabt. Sie hatte gelesen. Und die anderen genäht. Ihre Nähte waren sowieso immer schief geworden. Und verkrumpelt. Der Stoff auf der einen Seite zu locker. Eine französische Naht hatte sich dann doppelt aufgeworfen. Ein verdrehtes Tunnel war das geworden. Und sogar die Schwester Bonifazia hatte es besser gefunden, wenn sie las. Das konnte sie wirklich. Und »Anna Karenina« hätte sie noch gar nicht lesen dürfen. Aber wenn sie es nicht zu Hause las, dann kam ja niemand drauf. Und die Schwestern hörten es sich auch an. Und sie würde von Wronski nicht stehengelassen werden. Sie würde gar nicht tanzen mit ihm. Und dann konnte er sie auch nicht sitzenlassen. Und er müßte bis an sein Lebensende in sie verliebt sein. Unglücklich. Madeline stand auf. Sie ging zum Fenster. Sie ging zum hinteren Fenster. Weit weg vom Katheder. Wenn man die Fenster aufmachte. Man hätte auf die Straße hinaussteigen können. Auf dieser Seite war kein Gehsteig. Nur ein Randstein. Und dann gleich die Hausmauer. Madeline sah hinaus. Eine Frau ging vorbei. Sie trug eine braune Ledertasche mit Einkäufen. Sie ging langsam. Die Frau war dunkel gekleidet. Braun. Sie trug ein Kopftuch. Dunkel. Das Kopftuch war über die Wangen vorgezogen. Das Gesicht nicht zu erkennen. Die Frau war die Mutter eines Schulkollegen von Ricki. Der jüngere Sohn dieser Frau war mit Ricki in die Volksschule gegangen. Sie wohnten in der Frauengasse. Mehr dem Hauptplatz zu. Das Haus gegenüber. Die Fenster staubig. Blind. Ein Auto fuhr vorbei. Verdunkelte die Klasse. Das Auto fuhr langsam. Die Fensterscheiben zitterten. Schepperten. Dann war die Straße leer. Im Geschäft im nächsten Haus war die Auslage zugenagelt. Bretter waren vorgenagelt. 2 Bretter im Kreuz über die Bretter darunter. Madeline setzte sich wieder. Die Professorinnen. Sie konnten jeden Augenblick zurückkommen. Sie hatte nicht auf die Uhr geschaut. Hinten. Hinter den Tischen und Sesseln eine Uhr an der Wand. Hoch oben. Unter der Decke. Es war halb 10. Wenn Madeline ganz ruhig dasaß. Nicht atmete. Dann war die Uhr zu hören. Mit einem winzigen Rasseln rückte der Zeiger vor. Es war lange still. Ein bißchen Summen. Und dann dieses kleine Geräusch. Und eine Minute war vergangen. Madeline atmete flach. Wartete auf das Geräusch. In der Klasse war es vollkommen still. Dazwischen. Auf der Straße. Geräusche. Weit weg. Gedämpft. Vom Gang her war nichts zu hören. Madeline dachte, sie wäre der einzige Mensch auf der Welt. Ganz allein. Madeline wurde schwindlig. Sie mußte tief Luft holen. Und ein Klopfen in den Ohren. Sie legte die Arme vor sich auf die Tischplatte. Lang. Ausgestreckt. Sie legte den Kopf auf die Arme. Der Tisch roch nach Holz. Und nach Bleistiftmine. Tintenflecken auf der dunklen Tischoberfläche. Vorne. Erhöht. Die Rinne für die Feder und die Bleistifte. Und das Tintenfaß. Versenkt in den Tisch vorne. Madeline setzte sich auf. Sie hatte ihr Federpennal mit. Und sie hatte neue Federn. Sie hatte beim Mohr in der Pfarrgasse neue Federn gekauft. Sie klappte das Federpennal auf. Stellte die Holzschachtel auf die Ablage oben. Sie nahm die Federn heraus. 3 Federn für Normalschrift. Sie nestelte das kleine Päckchen auf. Die Federn in dunkles öliges Papier gerollt. Madeline rollte das Papier auf. Sie nahm ihren Federstiel. Öffnete die Federhalterung auf der Seite. Steckte eine Feder hinein. Drückte die Halterung zu. Sie nahm den Glasdeckel vom Tintenfaß. Tauchte die Feder ein. Sie nahm das Kuvert der Großmutter. »Madeline Ascher«, schrieb sie. Immer wieder. Bis das Kuvert voll war. In allen Richtungen stand da »Madeline Ascher« geschrieben. Madeline saß da. Horchte. Sie tauchte die Feder neu ein. Dann schrieb sie in das Fach unter dem Tisch. Dahin, wo der Schatten der Tischplatte begann. »Madeline Ascher« schrieb sie. Sie legte die Feder hin. Drehte sich um. Es war 7 Minuten nach halb 10. Draußen ging niemand. Gut, daß die Hansi nicht gewartet hatte. Oder sie abholen kam. Obwohl. Sie hätte sie sehen können. Durch das Klassenfenster. Dann hätte die Hansi nicht glauben müssen, es wäre ihr etwas passiert. Weil sie so lange nicht herauskam. Die Hansi hätte sich aufgeregt. Sie war seit 8 Uhr hier. Sie hatten gedacht, sie wäre nach einer halben Stunde fertig. Die Frisur hätte nie so lange gehalten. Die Masche wäre schon über den halben Kopf hinten hinuntergerutscht. Die Hansi hatte ihr ein Erdäpfelpüree versprochen. Wenn sie die Aufnahmeprüfung gemacht hatte. Niemand hatte gesagt, was passieren würde, wenn sie es nicht schaffte. Oder wenn sie vergessen würde. Wenn sie hier in dieser Klasse vergessen würde. Wenn sie am Abend dann von der Direktorin gefunden würde. In der Schulbank sitzend. So, wie man es ihr gesagt hatte. Und alle zusammenlaufen müßten. Wegen dieser Ungerechtigkeit. Und sich entschuldigen hätten wollen. Bei ihr. Die Professorin. Die Direktorin. Aber Madeline würde abwehren. Daß das nichts mache, würde sie sagen. Das ihr das nichts mache. Aber sie sollten es nicht mit einem anderen Mädchen machen. Das sollte nicht wieder vorkommen. Und alle mußten sie gern haben. Für das sanfte Lächeln. Das tapfere Lächeln. Und weil sie allen verziehen hatte. Obwohl sie vergessen worden war. Und den ganzen Tag allein in dieser Klasse sitzen hatte müssen. Und die Großmutter war doch aus dem Haus gegangen. Vor Sorge. Sie war ins Hotel Sacher nach hinten gegangen. Ins Helenental. Und hatte das Telefon da benutzt. Weil Madeline nicht nach Hause gekommen war. Und sie hatte bei der Polizei angerufen. Daß Madeline verlorengegangen war. Und daß man sie suchen mußte. Und nach Hause bringen. Und die Großmutter hatte eine fast normale Stimme gehabt. Aus Sorgen. Und die Polizei war in die Schule gekommen. Die Direktorin hatte es mit der Polizei zu tun bekommen. Die Hände hatte die zusammenschlagen müssen. Die Madeline Ascher. Die hätten sie in der Klasse vergessen. Und dann hätte sie die jüngere Professorin ausgeschimpft. Weil sie sich über den Namen lustig gemacht hatte. Und dann wären alle gekommen. Und sie wäre schon ganz schwach gewesen. Schwindlig. Vor Hunger. Und Durst. Es hatte ihr ja niemand erlaubt, den Wasserhahn zu benutzen. Vorne. Neben der Tafel. Und sie müßten einen Arzt holen. Sie müßten sie zu einem Arzt bringen. Und der würde sie untersuchen. Der würde sich über sie beugen. Aber es wäre alles in Ordnung. Und dann brächte der junge Arzt sie nach Hause. Und bliebe an ihrem Bett sitzen. Damit sie sorglos schlafen konnte. Madeline drehte sich um. Es war 2 Minuten vor dreiviertel 10. Um 10 Uhr waren schon die nächsten dran. Da war dann die Zimmermann an der Reihe. Sie hatte die Christi Zimmermann noch beneidet. Sie hatte länger schlafen können. Obwohl. Die Christi mußte mit ihren Eltern frühstücken. Sie mußte um halb 7 aufstehen. Die Christi war neidisch auf sie. Madeline konnte bis 7 Uhr schlafen. Mindestens. Niemand frühstückte. Bei ihnen zu Hause gab es Frühstück nur am Sonntag. Die Großmutter frühstückte am Sonntag um 9 Uhr. Da war aber die Kindermesse in der Pfarrkirche. Da hätte sie ohnehin nichts essen dürfen. Wegen der Kommunion. Die Mutter wollte nicht, daß sie darüber redete. Es interessierte doch niemanden, wie sie lebten, sagte die Mutter. Aber die Frau Buresch. Die wollte das immer genau wissen. Und sie wußte ja auch alles über die Frau Buresch. Die Traudi mußte zum alten Major reiten gehen. In der Wörthgasse. Beim Mühlbach. Und während die Traudi im Kreis ritt, ging die Frau Buresch in den Stall zurück. Und redete mit dem jungen Major. Und der alte Major hielt die Reitstunde. Madeline ging nicht mehr mit. Der junge Major hatte sie aus dem Stall ausgesperrt. Dabei hatte sie die Diana holen wollen und mit ihr auf die Felder hinausgehen. Hinter den Bahndamm. Der Hund war im Stall mit eingesperrt gewesen. Und hatte nach ihr gebellt. Aber der junge Major hatte nicht aufgemacht. Madeline hatte dableiben müssen. Und der Traudi zuschauen. Wie sie im Kreis ritt. Und ausgesessenen Trab übte. Und die Zügel nie richtig hielt. Madeline hatte nicht auf das Feld hinausgehen können. Sie hatte den Buben mit der Hasenscharte nicht mehr gesehen. Madeline sah auf die Uhr. Es war dreiviertel 10. Madeline lehnte sich zurück. Die Großmutter würde sich jetzt schon Sorgen machen. Und die Hansi. Die Mutter nicht. Die Mutter lachte immer. Ein bißchen lachte sie über alles. Die Mutter war jetzt immer gut aufgelegt. Seit sie blind wurde, war sie gut aufgelegt. Madeline machte die Augen zu. Es war schwarz. Aber vor den Augen. Im Kopf konnte sie sich alles vorstellen. Madeline stellte sich einen Guglhupf vor. Die alte Frau Tauscher hatte der Großmutter zum Geburtstag einen Guglhupf gebracht. Weil die Großmutter sich für den Enkel von der Frau Tauscher eingesetzt hatte. Bei ihrem Herrn Sohn. Bei den Deutschen. Wie die Deutschen da waren. Ihr Enkel wäre jetzt nicht am Leben, wenn die Großmutter nicht geholfen hätte. Deshalb hatte die alte Frau Tauscher zusammengespart und einen richtigen Guglhupf gemacht. Madeline drehte sich um. Wenn man wüßte, wie die Welt aussieht, dann wäre es schlimmer. Mit dem Blindsein. Wenn man nie etwas gesehen hätte, dann wäre es nicht so schlimm. Dann wäre man das gewohnt. Dann ginge einem nichts ab. Es wäre besser, blind geboren zu sein. Als blind zu werden. Es war 2 Minuten nach dreiviertel 10. Madeline schloß die Augen wieder. Sie horchte. Beugte sich vor. Horchte auf den Gang hinaus. Blinde mußten gut hören können. Und die Personen an den Stimmen erkennen. Und am Geruch. Und dann mußte die Mutter einen Hund bekommen. Madeline hörte jemanden gehen. Sie riß die Augen auf. Sie hörte die Schritte nicht mehr. Sie machte die Augen zu. Drückte die Augen fest zu. Aber sie hörte nichts. Sie hörte keine Schritte. Es rauschte in den Ohren. Sie machte die Augen wieder auf. Die Augen feucht. Madeline fühlte sich schwach. Hätte sich nach vorne fallen lassen mögen. Und still weinen. Die Tränen rinnen lassen. Und aufs Klo gehen. Und dann ein Wasser trinken. Sie wollte nicht alleine sein. Und alles so weit weg. Madeline war, als fiele die Luft über sie herein. Und erdrückte sie. Drückte sie in den Sessel. Auf den Boden. Hielte sie fest da. Und ließe sie nicht mehr atmen. Madeline saß da. Bekam keine Luft. Spürte ein Stechen unter den Rippen rechts. Sie konnte nicht mehr atmen. Konnte den Brustkorb nicht heben. Wenn sie Luft holen wollte, blieb der Brustkorb stehen. Bewegte sich nicht. Steckte in diesem Stechen. Madeline richtete sich auf. Hielt sich mit beiden Händen an der Schulbank fest. Sie sah auf die Tischplatte. Ein Herzchen war in das Holz eingeritzt und mit schwarzer Tusche nachgezogen. Auf dem dunklen Holz sah man das nicht gleich. Konnte man das nicht gleich sehen. Erstickte sie jetzt. Madeline überlegte. Sie saß still. Atmete vorsichtig. Spürte ihre Schultern sich heben. Sie mußte das Atemholen unterbrechen. Dann, wenn die Schultern den Brustkorb in die Höhe zogen. Dann tat es rechts weh. Stechend. Spitz stechend. Aber das Herz war doch links. Die Stirn wurde kalt. Madeline fuhr sich über die Stirn. Die Stirn war feucht, und auf einmal ging das Atmen wieder. Madeline stand auf. Sie stand da. Hob sich auf die Zehen. Ließ sich auf die Füße fallen. Nichts tat weh. Unter dem Rippenbogen. Madeline sprang hoch. Stand. Sie lauschte in sich hinein. Es tat nichts mehr weh. Als hätte nie etwas weh getan. Madeline hüpfte noch einmal. Es war alles in Ordnung. Es schien alles in Ordnung. Es war 10 Minuten vor 10. Sie war hier allein. Madeline hob das linke Bein. Sie sprang auf dem rechten Bein zum Katheder nach vorne. Sie wechselte auf das linke Bein. Sie sprang um den Katheder. Auf einem Bein. Sie hüpfte. Sie durfte das Bein nicht wechseln. Sie sprang auf dem linken Bein zur Schulbank zurück. Sie machte einen letzten langen Sprung und hielt sich an der Schulbank fest. Sie hatte es geschafft. Sie stand über den Tisch gebeugt. Keuchte ein bißchen. Die Tinte schwappte im Tintenfaß. Schwappte gegen den Glasdeckel. Schritte auf dem Gang. Klappernde kurze Schritte. Die beiden Frauen kamen zur Tür herein. Madeline war auf ihren Platz gestürzt. Sie saß da. Atmete schnell. Die 2 Frauen lächelten sie an. Sie habe jetzt sehr lange warten müssen. Dafür ginge aber nun alles sehr schnell. Madelines schriftliche Arbeiten seien so gut gewesen. Die mündliche Prüfung sei quasi nur mehr eine Formalität. Die Direktorin setzte sich an den Katheder. Die Professorin setzte sich neben Madeline. Legte Madeline den Zettel vor. Madeline solle eine Wort- und Satzanalyse von diesem Satz machen. Am besten läse Madeline den Satz einmal laut vor. Die Professorin sagte Madeline betont englisch. Madeline sah die Frau an. Die nickte ihr zu. Lächelte sie an. Madeline las: »Karl, der stärkste Schüler der Klasse, war mein Beschützer.«

Schweizer Anglistische Arbeiten
Swiss Studies in English

Begründet von Bernhard Fehr
Herausgegeben von Andreas Fischer (Zürich), Henri Petter (Zürich),
Werner Senn (Bern)

Band 127

Katharina Gutmann

Celebrating the Senses

An Analysis of the Sensual in Toni Morrison's Fiction

francke verlag

Cover picture: Mende Figure, Sierra Leone, *Secrecy: African Art that Conceals and Reveals* (New York: The Museum for African Art, 1993) 148.

This thesis was accepted as a doctoral dissertation by the Faculty of Arts of the University of Zürich in the winter semester 1998/99 on the recommendation of Professor Dr. Max Nänny.

Die Deutsche Bibliothek – Cataloguing in Publication Data

Gutmann, Katharina:
Celebrating the senses : an analysis of the sensual in Toni Morrison's fiction / Katharina Gutmann. – Tübingen ; Basel : Francke, 2000
(Schweizer Anglistische Arbeiten; Bd. 127)
Zugl.: Zürich, Univ., Diss., 1998/99
ISBN 3-7720-2439-4

Published with support of the Swiss National Science Foundation.

Printed by Müller + Bass, Tübingen
Bound by Gogl, Reutlingen
Printed in Germany

ISSN 0080-7214
ISBN 3-7720-2439-4

For Joe

Table of Contents

Introduction

The works of African American women writers such as Toni Morrison occupy a special place in the canon of modern American literature. In both form and content, they celebrate an extraordinary joy of life and a rare sensuality, which is all the more striking in the context of the unique history behind them. In order to appreciate African American writing, it is necessary to remember the circumstances of its genesis, including the history of slavery in the United States.

The slave trade began as early as 1518, when the first cargo of enslaved Africans was landed in the West Indies. The trade expanded rapidly after 1650, as the plantation system developed, and continued to grow even after it was legally abolished in 1807. It was not stopped until the Civil War. The effects the forced migration had on the minds of the slaves were tremendous. Utterly severed from their home-countries and stripped of their languages, names, and religions, they found themselves without rights or status in the New World. Their confrontation with an alien culture that demanded adaptation without allowing integration might have destroyed them, had it not been for the different forms of religious practice, music, and, most important, oral story-telling, which they brought with them to America. Some reminders of those traditions, called Africanisms, still exist in the United States today.

Throughout their history in the New World, African American women were among the most oppressed because they suffered the "double jeopardy" (Beale qtd. in King 266) of being black and female; that means they experienced racism and sexism at the same time. These dual discriminations remain pervasive even today, and, for many, are compounded by "class inequality" (King). Against these odds, African American women were able to establish a tradition of thought which mirrored their specific experience and in which they could express their ideas, feelings and interpretations. Articulation was found in story-telling, singing, and, from the early days of the eighteenth century, also in writing.

African American women's literature before 1800 was almost exclusively an imitation of European works. Among its writers, chiefly slaves, were Lucy Terry, the first African American poet to be recognized in America, and Phillis Wheatley, the first African American woman to publish a book of poetry. When, by the mid-nineteenth century, slavery was abolished and the suffrage movement emerged, a number of slave-narratives, biographies and autobiographies was written by African American women to document this important era in their history. A first novel was published in 1891. The narratives of Sojourner Truth and the anti-slavery poetry of Frances Ellen Watkins Harper are perhaps the best-known testimonies of this time. At the beginning of the twentieth century the literary output of black women was still rather sparse: among the few writers to be published were Anna Julia Haywood Cooper, Hallie Quinn Brown, and Ida B. Wells Barnett. The Harlem Renaissance of the 1920s and the new interest in African American art and culture brought an unprecedented upsurge in literature, including works by Ann Petry, Jessie Redmond Fauset, Nella Larsen and Zora Neale Hurston. Later, the Civil Rights and Black Power Movement of the sixties sparked a revival in African American women's literature, and novelists and poets such as Mari Evans and Nikki Giovanni were praised as "prophets for a new day" (Evans qtd. in Cannon 84).

Yet, despite these high-points in the history of African American literature, the works of minority women were able to secure only a small niche in the predominantly white, patriarchal mainstream of American literature. African American literature was dominated by male writers who ignored the female experience in their work. The seventies and the Women's Liberation Movement ushered in a broader chorus of female African American writers. Paule Marshall, Alice Walker, Toni Cade Bambara, Gayle Jones, Gloria Naylor and Toni Morrison became well-known names in the literary world. In their work, these authors combine Western literary forms with the narrative devices of the African oral tradition, drawing heavily on the achievements of their "foremothers." It is a feminist perspective that pervades the African American women's literature of today. "The use of Black women's language and cultural experience in books *by* Black women *about* Black women results in a miraculously rich coalescing form and content and also takes their writing far beyond the confines of white/male literary structures" (164), Barbara Smith asserts in "Towards a Black Feminist Criticism."

Toni Morrison is the most famous and the most successful of these authors. Her literary achievements have won her many prizes and awards, including the 1993 Nobel Prize for Literature. She is a chairwoman of mainstream American literary organizations, has worked as longtime senior editor at Random House and holds the Robert F. Goheen professorship at Princeton University. Her ability to give a voice to those whose story has gone unheard for long years, her gift for recreating the African American experience with both artistry and authenticity, and her artistic vision, which encompasses both a private and national heritage, have made her work known far beyond the borders of the USA.

Morrison's first novel, *The Bluest Eye,* written in 1970, focuses on the tragedy of a little black girl growing up in a society which idealizes a Caucasian beauty-image and denies her any chance of happiness or hope. The author, however, is not content with only telling Pecola's story; she also includes the motivations and influences of the other characters and their history. The life-story of the girl's parents, who moved north in search of work in the twenties, is described in fragmented but loving detail, and their failure is explained with sympathy. This book helped to establish Morrison as one of the most important novelists in the United States today.

In her next novel, *Sula* (1973), Morrison tackles the friendship between two very different women in a small black town in Ohio. The title-character, Sula, lives an unconventional life for the time: she goes to university, travels and returns home ten years later, where she breaks every taboo and finally, ostracized and feared, dies as a pariah. Nel chooses the more traditional role as housewife and mother, but in the end, she also remains alone, mourning her lost friend.

Song of Solomon (1977), winner of the National Book Critics' Circle Award, is a dramatic story of African American history. Written in the tradition of the Bildungsroman, it describes a young man's quest for his heritage. Macon Dead III, called Milkman, is born into a bourgeois black family in Michigan, where he spends his first thirty-two years in idle complacency, until one day, driven by a hunger for gold, he sets out on a journey south. He never finds the gold, but discovers a more valuable treasure: his origins and a new direction for the future.

Morrison's next work, *Tar Baby,* published in 1981, is her first novel to include white characters in its plot. It probes the complex relationships between black and white, between men and women, and between city and country life. The setting is a beautiful Caribbean island, where the wealthy candy-producer Valerian Street plans to spend his retirement. With him are his wife Margaret, their servant-couple Sydney and Ondine with their niece Jadine, a pretty and successful young woman. Hiding a terrible secret, they live on the thin ice of social convention, until one day, the outlaw Son intrudes and tears down their masks of self-deception.

Beloved (1987), winner of the Pulitzer Prize, takes the reader back to the period of slavery and its aftermath. It describes the fate of a young woman who escaped, but whose life remains haunted by its shadows. In an attempt to spare her children the experience of her own sufferings, Sethe kills her daughter Beloved. For long years, she has to live with the painful memories of her desperate action until, one day, her daughter returns from the dead.

Morrison's next work is entitled *Jazz* (1992). It is meant to "sing the city in its electric variety" (Lehmann-Haupt in the *New York Times*). Racial violence frames the love affair between the salesman Joe Trace and young Dorcas in New York at the beginning of this century. The story, related by an anonymous voice, slowly draws readers into the rhythm of Harlem, where jazz-music casts bewitching spells on people's lives. It also reaches back into the past of the different characters and finds the keys to their personal tragedies in long forgotten events. In 1998, Morrison's latest novel, *Paradise,* was published. Because this thesis had already been completed by then, it is not being considered here.

Morrison's in-depth exploration of the African American experience, packed into seven compelling novels, has contributed immensely to the current interest in African American literature. Her playful blending of traditional narrative forms, such as European fairy tales, African fables, and African American folk tales, all embedded in popular American culture, make reading her work a truly fascinating experience. These novels, at once difficult and popular, provide entertainment, suspense and romance, yet her characters are not just lively and unusual individuals, they also represent different beliefs, ideologies, and viewpoints. Their actions and trials do not merely constitute the plot; they also reenact the plight of African Americans in American society.

The world surrounding these characters is very much alive. Nature plays an important part, acting as a chorus which comments and explains but which also participates in the events. The four elements, fauna and flora, and even houses and gardens correspond to the characters and symbolize certain concepts and ideas. There is also a "beyond," a "world on the other side" which forms an integral part of reality and which can manifest itself in dreams, apparitions, and visions.

What makes Morrison's fiction so unique, however, is its style: Morrison is very interested in developing a style which is "ineffably black" (Morrison qtd. in Busby). The colorful imagery and the richness and sensuality of her language are outstanding. "Her work is sensuality combined with an intrigue that only a piercing intellect could create" (137), as Christian in *Black Women Novelists* puts it. Morrison herself asserts that when writing, "[a]ll sensibilities are engaged, sometimes simultaneously, sometimes sequentially" (qtd. in Leclair in Gates 369).

In both the form and content of Morrison's fiction, the sensual holds a special position. It is striking how her characters express and perceive complex and abstract ideas and emotions with their five senses. When entering the world of her novels, the readers are required to employ all of their senses: there is pleasure and pain, beauty and horror, light and darkness, music, and many fragrances and tastes, all of which are part of Morrison's sense symbolism.

With the creation of such a system Morrison continues the African tradition of thought which puts the concrete, the sensual over the abstract[1] and, at the same time, responds to a call for a new art form in African American culture. Literature as a means of expressing the black experience in America should gain the same power as has hitherto been restricted to music. Since traditional African American musical forms such as jazz have lost their original authenticity through integration into the mainstream, Morrison feels:

> There has to be a mode to do what music did for blacks, what we used to be able to do with each other in private and in that civilization that existed underneath the white civilization... The music kept us alive, but it is not enough any more. My people are being devoured... I wanted to restore the language that black people spoke to its original power. That calls for a language that is rich but not ornate. (qtd. in Leclair 26)

Yet in valuing the concrete, Morrison may be invoking not only an Afrocentric, but also a women's tradition (Hill Collins). Morrison's writing realizes a crucial point in the literary program of modern feminism, which demands the creation of a new language. This language

[1] McLuhan (1964) explains that "acting as an organ of the cosmos, tribal man accepts his bodily functions as modes of participation in the divine energies" (124).

should be "an organic, translated writing," "a violent, direct literature" (Duras 174). Feminists claim that "[l]anguage through writing has moved away from its original sources: the body and the earth..." (Chawaf 177). Women's literature should "reconnect the book with the body and with pleasure... " (ibid. 177) and attempt to "find a discourse closer to the body and emotions, to the unnamable repressed by the social contract" (Kristeva qtd. in Humm's *Feminist Criticism* 64). Literalization, which occurs when "some piece of overly figurative language, a simile or an extended or conspicuous metaphor, is translated into an actual event or circumstance," is, in Homan's opinion, another important feature of women's writing (in Wyatt's notes).

In her novels, Morrison has found ways to meet these demands. The symbolic significance which she attaches to the five senses builds an intricate though consistent system of meaning. With great skill, Morrison combines scientific knowledge with artistic vision. She reevaluates the symbolic meaning traditionally attached to the five senses and creates a sense symbolism of her own. This system reflects the cultural schizophrenia of her people and their constant oscillation between assimilation and authenticity, between Euro- and Afro-centrism. The way that Morrison's characters perceive their environment depends very much on the culture with which they are identified.

In contrasting her characters' sensual orientations, Morrison juxtaposes the two value-systems of African-based community-orientation with the individualism and materialism of mainstream American culture. Ong (1967) points out that

> ... it is useful to think of cultures in terms of the organization of the sensorium. By the sensorium we mean here the entire sensory apparatus as an operational complex. The differences in cultures ... can be thought of as differences in the sensorium, the organization of which is in part determined by culture while at the same time it makes culture. (6)

Despite these rather obvious connections between the senses, culture and Morrison's style, the study of the sensual has, until now, been mostly neglected in the literary criticism on Toni Morrison. Although many critics have pointed out the central meaning of sensuality in Morrison's novels, they usually concentrate on a single aspect and do not see it as a whole system. Among these critics are Holloway and Henderson who comment on the visualism criticized in Morrison's work; Gates Jr., House and Leonard focus on the oral elements; Erickson, Otten, Spillers and Wyatt also include the aspect of feeding and food; and Christian, House, Lidinsky, Smith and Willis write on the senses as related to the problematic subject of black female identity.

The wider meaning of sensuality and the relation of Morrison's coherent sense system to the insights of research and scholarship, however, have yet to be evaluated. This is a gap this dissertation wants to close. It not only includes a summary on development and meaning of the human senses but, for the first time, also makes the connection between Morrison's writing and the findings of Ong, McLuhan, Finnegan, Olson and others, who concentrate on the sensual aspect of culture.

It will be the aim of my study to analyze the five senses as they are presented in Morrison's writing. First, I shall give a short outline of the evolution of the human senses and a brief summary of the symbolic content the senses have gained in our culture. In a second step, I will analyze each of the five senses and their meaning in Morrison's writing. The central objective of this study will be a thorough evaluation of Morrison's sense symbolism and its culture-critical ramifications in the presentation of African American life in literature.

The Senses

The senses connect us with the outside world but they are also the doors into our inside. The connection between the biological and the psychological aspect of perception has often been emphasized. So the study of sensation and perception is central to psychology: it is the area in which the goal of understanding how the nervous system relates to behavior is most nearly realized. The insights made by biological research will therefore be of vital importance for the understanding of Morrison's novels and her characters.

There are two aspects to the study of the senses: sensation and perception. The process of detecting a stimulus in the environment is called sensation. It is the necessary collection of information about the world from which perception will be made. The organs of sensation are the eyes, ears, nose, tongue, skin, and so forth. Perception refers to the way in which we interpret the information gathered and processed by the senses. Perception is thus the "development of an internal representation of the outside world based on the information presented by the senses" (Levine and Shefner 249). A classification of the senses is more difficult than it first seems, as there are at least thirteen different senses recognized today. For our purposes, however, it will suffice to concentrate on the five classical Aristotelian senses: the senses of sight, hearing, smell, taste and touch. These can be grouped into the two categories of contact senses (the sense of smell, taste and touch) and distancing senses (the sense of sight and hearing).

The evolution of the senses throughout the history of life shows a clear tendency to move away from the contact (subjective) senses towards the distancing (objective) senses. In the beginning of life on earth, there was only the direct influence of the environment on the organism. Therefore, the sense of touch can be said to be the oldest. As the evolution first took place in water, the next sense was probably taste, perceiving chemical stimuli transported over considerable distances. Later, when the dry land began to be settled, olfactory sensitivity emerged, followed by the "higher" distancing senses of hearing and sight.

The sense of sight is the one which has developed furthest from its origins. It has reached a remarkable level of sophistication and is the only one which has become almost exclusively objective. It clearly dominates human perception, especially in our modern urban environment where artificial light and optical instruments extend its capacity. The need of the other senses for orientation has become almost neglectably small: according to Utz (8), eighty percent of the information the human mind processes is perceived through the eye, thirteen percent through the ear, and the rest is shared by the other senses.

Light can travel enormous distances, so we can know about objects far beyond our reach and gain insights into a relatively large portion of the world without making a direct connection and being able to influence it. This fact is responsible for the critical feelings surrounding the sense of sight. Herder, for instance, called it "the coldest" sense. And Ong (1967) explains: "Sight presents surfaces" (117). He adds that "vision is a fractioning sense in that the awareness it presents to man consists of a true 'field' which invites and enforces dissection. But vision is also fractioning in that it splits up the human group" (258). So the sense of sight is generally felt to be a

> ... fragmenting or dissecting sense. It thus serves as an analogue for our understanding because it cuts apart. It dismembers, and thus registers the dissolution inherent in all direct objects of our knowledge. More frankly, it kills. For man's knowledge is even in a way murderous insofar as it is analogous to vision. The letter (visually apprehended verbalized meaning) kills, the spirit (breath, on which the sound of the word rides) gives life. (Ong 1977, 138)

Furthermore, the sense of sight, according to Ong (1977), is distancing: "of all the senses sight is the most distancing sense (138). The sense of sight is, because of its complexity, also the one that can be easiest mislead, and optical illusions are a common phenomenon in our world.

The second most important sense for humans is the sense of hearing. It has also achieved a very high level of development and can obtain and process an almost limitless amount of information. It is also a distancing sense, but as the ear has developed from the body-skin (Ditfurth 103), and while we see most objects by reflected light, we hear them by sounds they themselves produce by physical vibration, the sense of hearing is perceived as a warmer sense. One of the most important aspects of hearing for humans is speech perception, which is a basic preliminary for human interaction. What we perceive in speech, however, are not only the acoustic symbols of the words that are spoken, but also the sound of the speaker's voice.

Since sounds can express and evoke emotions, singing and music play an important role in all human societies. Ditfurth notes that deep sounds with low frequencies are perceived not only through the ears but also through the vibration of our skin, and also the diaphragm. These sounds are consequently not only felt as auditory experience but also as touch. Here, the genealogical connection between the auditive and tactile senses becomes evident. Also Ong (1967) stresses that "sound, both in speaking and in hearing, is closely linked with touch and kinesthesia... and our hearing is partly feeling" (2).

The world of sound is not only sensual, however, but also highly intellectual: according to Ong (1967) "[i]ntelligence, in its subhuman analogue as in its human form, is closely associated with sound" (121). He explains that "understanding is allied not with vision but with the word and the world of sound, which is the sensory habitat of the word" (1977, 125). Hearing serves as a "prime analogue for knowing" (Ong 1977, 143) because in order to learn to think and understand, it is far more necessary to be able to hear and talk than to be able to see. In all human cultures the spoken word appears "as the closest sensory equivalent of fully developed interior thought" (Ong 1967, 138). This is based on the observation that "sound presents always interiors, for sound is impossible without some resonance" (Ong 1954, 226). So Ong (1967) concludes: "Sound is a special sensory key to interiority.... Sound is a clue to interiors in the physical as well as in the psychological sense" (117). And because the spoken word moves "from interior to exterior, encounter between man and man is achieved largely through voice" (Ong 1967, 125).

The sense of hearing also indicates action and involvement. Ong (1967) notes that "[s]ound situates man in the middle of actuality and in simultaneity, whereas vision situates man in front of things and in sequentiality" (128). So sound is "psychologically always something going on, something active.... Sound implies movement and thus implies change" (41). Ong (1967) explains that "[s]ound is more real or existential than other sense objects, despite the fact that it is also more evanescent. Sound itself is related to present actuality rather than to past or future" (Ong 1967, 111). Also Christman stresses the fact that "sound is a psychological and a behavioral experience" (223).

The so-called chemical senses consist of the senses of smell and taste. Chemical sensitivity is basic to all living matter. A generalized chemically induced response in irritable tissue is probably the oldest and most primitive forerunner of our own complex sensory functioning. These most elemental senses – according to Bernstein (145) and others, they do not require cortical structures – are perhaps the bases for all the other senses. The sense of smell is the first sense to be functionable in a new-born baby and the only one which stays active when we sleep. But despite their evolutionary primacy (or perhaps because of it), the chemical senses have been neglected in research, they are the least understood of all our sensory capabilities.

Even if not as developed as in some other animal species, our chemical senses provide us with some very important information about the outside world. Both the gustatory and the olfactory systems are intimately related to parts of the brain that mediate learning, as well as the primary drives of hunger and sex. Especially "smell suggests presences or absences (its association with memory is a commonplace) and is connected with the attractiveness (especially sexual) or repulsiveness of bodies" (Ong 1967, 117).

The second chemical sense is taste. Together with the sense of smell, the sense of taste plays a great role in the survival of human kind through evolution. The fact that edible substances taste good and noxious ones bitter or sour is the result of long years of selection. The primary taste qualities are salty, sweet, sour and bitter. According to Moncrief (in Christman), the salty taste, because of its survival value for water-inhabiting creatures, is the first to come into being. It was probably followed by the acid (sour) taste, which had a warning function. Later in evolution the sweet taste, associated with edible substances, evolved, along with the bitter taste, which identifies noxious or poisonous substances.

The fact that certain sensory stimuli, such as music, rhythm, some odors and tastes and gentle physical contact appear to evoke feelings of pleasure or joy is a result of the evolutionary process. That is why the taste of sweetness is almost always appealing, whereas the bitter taste is almost universally rejected. Ditfurth explains the universal attractiveness of sweet foods with their biological necessity as energy suppliers: substances with a sweet taste are in general restricted to foods with high nutritional value. Ditfurth notes that fruit and berries usually taste unappealing and sour while they are unripe and indigestible, but that their taste changes to sweetness when they ripen and become edible.

Also the high value of salt in most cultures can be explained by biological necessity. Ditfurth stresses that sodium is absolutely irreplaceable and crucial for the survival of the cell, and that our liking of salt is inborn. Also Beauchamp and Mason hold: "The salty taste is probably the most specific of the classic taste qualities reflecting the need to maintain sodium balance" (168). And according to Shulkin, saltiness may also be a "marker for other minerals" (93).

Bitter tasting foods are mostly toxic and therefore not attractive to the taste buds. Bartoshuk explains: "Although there are many exceptions, poisons tend to taste bitter. This suggests that the bitter sense may have evolved as a primitive poison detector" (24). It serves to identify potential poisons. So the major functions of the chemical senses are the selection of appropriate nutrients. Ong (1967) summarizes: "Taste above all discriminates, distinguishing what is agreeable or disagreeable for intussusception by one's own organism (food) or psyche (aesthetic taste)" (117).

Taste and smell sensations do not only produce information but affects as well: "Affect seems to be an intrinsic part of taste and smell experience..... The affect of taste is present at birth" (Bartoshuk 20). Next to inborn preferences and aversions which direct our selection of appropriate nutrients (for instance, the pleasantness of the salty and sweet taste is present at or near birth and is affected by body need) human taste can also change through conditioning. Booth explains that

> ... likings for foods and drinks, and indeed their contextualization to social occasions and physiological states, are highly specific acquisitions from exposure to eating situations. Habituation, caloric and other nutritional conditioning, socio-affective reinforcement and quite possibly more complex learning processes establish dispositions to accept and refuse to ingest particular materials, identified by their distinctive characteristics in whatever modality. (36)

Under the normal conditions of life, individuals form conditioned likings and aversions to many foods and beverages. Bernstein stresses that "social-affective context appears to be an important determinant of food preferences in humans" (154). It may play a lasting role in molding our dietary habits. Beauchamp and Mason even hold that "social context may be of greater importance than physical characteristics of the food in some situations" (161).

Our fifth sense is the sense of touch. It reacts to mechanical stimuli, that is physical events acting directly on the living tissue of the organism from the outside. The receptor for these stimuli is the skin, which makes up the border between the body and the outside world. The skin is not uniformly sensitive and there are specialized sensory receptors that react to pressure, pain and temperature. These stimuli range from pleasant to painful. The regions most sensitive to touch are hands, feet and the face. Ong (1967) points out that touch "helps form the concepts of exteriority and interiority" (117). In addition, "[t]ouch is intimate, but lacks clear definition" (Ong 1977, 135).

What remains to be added is a word of warning on the relativity of the reality we perceive. We have to keep in mind that our perception is not direct and unmediated. And that our knowledge of the world will always remain hypothetical, as our senses do sometimes mislead us. There is no objective truth but a different reality for each species and each individual, a reality which also depends on the cultural context of the sensing person. Ong (1967) explains: "Cultures vary greatly in their exploitation of the various senses and in the way in which they relate their conceptual apparatus to the various senses" (3).

Also McLuhan (1962) stresses that a "theory of cultural change is impossible without knowledge of the changing sense ratios effected by various externalizations of our senses" (42). And cultural change triggers a change in thinking. Ong (1967) continues that "for abstract thinking the proximity senses – smell, taste, and in a special way touch... must be minimized in favor of the more abstract hearing and sight" (6). Referring to the findings of psychoanalysis he explains that "for the rise of civilization, taboos must be imposed on the senses providing greater bodily pleasure (touch, most of all, as well as taste and smell), and more attention must be given to the more sublime (abstract, distancing) senses such as hearing and, especially, sight" (110). So human thinking, according to Ong (1977), moves toward "greater distance from object physically; towards greater abstraction; towards greater formalization... toward objectivity, nonsubjectivity; towards idealism, divorced from actual existence" (Ong 1977, 136).[2] This shift is connected with surprising changes in personality structures as well as in social institutions.

In their struggle for survival, humans made many inventions to extend the capacity of their bodies. Hall claims that "all man-made material things can be treated as extensions of what man once did with his body or some specialized part of his body" (qtd. in McLuhan 1962, 4). And McLuhan agrees: he believes that any invention or technology is an "extension or self-amputation of our physical bodies, and such extensions also demand new ratios or new equilibriums among the other organs and extensions of the body" (1964, 45). So together with our environment, our perception changes: "if a new technology extends one or more of our senses outside us into the social world, then new ratios among all of our senses will occur in

[2] This, and especially Ong's concept of "civilization" have to be understood in the context of the time, because his wording carries racist undertones. Levi-Strauss cautions that "[e]very civilization tends to overestimate the objective orientation of its thought" (3). For the analysis of Morrison's characters, however, Ong's findings prove to be useful.

that particular culture" (McLuhan 1962, 41). And "when sense ratios change, men change" (McLuhan 1962, 265).

This is what makes the study of the senses relevant for the understanding of literature, and why literary criticism should not neglect it any longer. Ong (1977) holds that

> ... literary criticism is the one which might be expected to attend to all the senses in every possible way. Certainly literary expression involves itself in all the senses. Yet one of the most surprising features of literary criticism, past and present, is its virtually total neglect of the diversity of the sensory bases of the terms of which literary works or passages consist. (131)

More than other literary works, Morrison's novels evolve around the sensual. Morrison uses the senses to demonstrate the difficult position between two cultures her characters find themselves in. This is why the problem of sensuality can no longer be neglected in her works. The findings of natural science and scholarship are relevant for the interpretation of her work: they open new dimensions of understanding.

I. The Sense of Sight

1. Vision and Worldview

The way we in the West see the world is marked by the "intensely visual culture"[3] (McLuhan 1964, 45) we live in. So for us, "not hearing but seeing is believing" (Ong 1967, 169). This "habitat of hypervisualism" is, according to Ong (1977), "mentally fostered by the modern world, that is, the Copernican and even more the Newtonian world, where the cosmos is taken to be essentially something seen" (124). The danger inherent in such sensorial organization is the tendency to "overspecialize in certain features of actuality and to neglect others" (Ong 1967, 175). The dominance of one sense, however is "the formula for hypnosis" (73), as McLuhan (1962) calls it. It is this sensory hypnosis with which Morrison deals in her novels.

Also for Morrison, the starting point in the process of writing is the visual. The image, the picture of a certain scene is "what holds it." Morrison emphasizes that she cannot move along in a chapter unless she "can see the single thing that makes it clear – almost like a painting." She is "much more influenced by painters in [her] writing than by novelists." The visual, however, is for her also connected to the acoustic, to language. This has to do with the fact that "the language of black people is just so full of metaphor and imagery – the way they talk is very concrete, is bright, and has a lot of color in it; has pictures. It's heavily loaded with graphic" (Morrison qtd. in Jones 139-140).

Since the language she uses is based on black people's speech and, "[i]n addition to its sound, it has its sight – those two things" (Morrison qtd. in Jones 140) Morrison, in her friend's, the opera singer Leontyne Price's words, "paints pictures with words... and reading or hearing these words is like listening to music" (qtd. in Strouse 52). So the visual and the acoustic aspect of her writing merge into a form which is reminiscent of the one used by storytellers in oral societies. These are "likely to favor striking visual imagery... not merely because these are aesthetically pleasing but also because they serve as storage and recall devices – the ocular equivalents of verbal formulas" (Ong 1967, 25).

However, we are cautioned, sight is only a limited analogue for intelligence for one reason that can be readily discovered: "our sight or

[3] I believe that Western culture can still be considered a predominately visual culture, although in the sixties Ong talked about "secondary orality," a new phenomenon which he saw ushered in by the oral media radio and television. Today, however, these media are again beginning to be substituted by a literate (visual) medium: the Internet.

vision presents us optimally with surfaces" (Ong 1977, 122). "If understanding is conceived of by analogy with sight alone... rather than by analogy also with hearing, as well as with smell and taste," Ong (1967) explains, "understanding is ipso facto condemned to dealing with surfaces which have a 'beyond' it can never attain to" (74). Furthermore, McLuhan adds that "any sense when stepped up to high intensity can act as an anaesthetic for other senses" (McLuhan 1962, 24). So we should interpret "the isolation of the visual sense as a kind of blindness" (McLuhan 1962, 11).

For Morrison's characters, these limitations of the first sense are compounded by their situation as a minority from a culture which bases its thinking on a different sense ratio. The way that African Americans perceive the world in Morrison's fiction is influenced by their African origins but also marked by the "hypervisualism" of the majority culture surrounding them. So they need the sense of sight as their most important means of perception and orientation. Absolute and exclusive reliance on this cold "Western" sense, however, can prove to be illusory and detrimental for them. Those of Morrison's characters who try to shake off their cultural heritage in an effort to assimilate into mainstream American culture are more in danger of being fooled and led astray by what they see than those still in touch with their African roots. These include also their other senses in their struggle to make sense of the world.

In *The Bluest Eye,* the title already suggests an emphasis on sight and looks. Surrounded by idealized images of Caucasian beauty and depressed by the ugliness of poverty and the self-hate in her family, the lonely little girl Pecola believes that "eyes are everything. Everything was there, in them. All of those pictures, all of those faces.... if those eyes of hers were different, that is to say, beautiful, she herself would be different" (39-40). So deep inside herself, she develops a desire for "the bluest eyes" because in the world she lives in, white beauty seems like the sole guarantee of love. The only "love" she is ever to experience, however, is its ugliest expression: she is raped and impregnated by her father in a moment of drunkenness. Driven into madness, the girl finally gains the blue eyes she always wanted.

Pecola's fate is contrasted with the lives of the two sisters, Frieda and Claudia who, growing up in a loving family, have a more comprehensive and less visual approach to the world. They are able to perceive their environment with all of their senses: we witness them spending their childhood days in the pursuit of sensual thrills such as looking at Mr. Henry's pornographic magazines or an old neighbor's "snoddy" eyes, searching through trashcans, tasting fudge or listening to people curse. And what little Claudia wants for Christmas is not a pretty doll but (non-visual) sensations: "The lowness of the stool made for my body, the security and warmth of Big Mama's kitchen, the smell of lilacs, the sound of the music, and, since it would be good to have all of my senses engaged, the taste of peach, perhaps, afterwards" (21).

Sula and Nel, the two main characters in *Sula,* live for similar adventures. Together, they explore all the possible sensations of their neighborhood: "they had no priorities. They could be distracted from watching a fight with mean razors by the glorious smell of hot tar being poured by roadmen two hundred yards away" (55). When the girls grow up and come into contact with Western society, however, this comprehensive sensitivity turns into cold-blooded analytical interest and a concentration on the visual. The reader learns that Sula developed a curious habit of asking shocking questions, "not because the answer interested her but because she wanted to see the person's face change rapidly" (119), and that "Sula had watched Hannah burn not because she was paralyzed, but because she was interested" (78).

So when Sula returns to the Bottom after a ten-year absence, she is met with the same callous curiosity: "[t]here were scattered hellos and nods but mostly stares" (91), and her grandmother "Eva looked at Sula pretty much the same way she had looked at Boyboy that time when he returned after he'd left her without a dime or a prospect of one" (91). Also Sula's friend, the supposedly "good" woman Nel, is guilty of destructive visual sensationalism: she watched the drowning of little Chicken without moving to help, just as Sula watched her mother burn to death. At the end of the novel, Nel has to ask herself: "Why didn't I feel bad when it happened? How come it felt so good to see him fall?" (170).

In *Song of Solomon,* we encounter Pilate, one of Morrison's strong, authentic women characters who can combine the visual with the other senses into a comprehensive worldview. She is an extremely perceptive character who makes use of her first sense ("She stared at people" [150]), but it is not done to the exclusion of the others senses. And, unlike Sula's, her interest is mixed with a love of people, and balanced by music. Her song is to accompany her nephew through his whole life and get him to discover his forgotten heritage, as well as the use of his other senses. On his journey south in search of gold, Milkman gradually ceases to rely on sight as a sole way of perceiving reality. He is forced to abandon his belief that "eyes that had seen big cities and the inside of airplanes were the measure" (269). When entering the Butler's mansion where he will find the first clues to the secret of his family-history "[t]he smell prevented him from seeing anything more than the absence of light did" (241). Afterwards in the cave, where he expects to find the gold, he is again "blinded by the absence of light" (254). His hunt with the other man also takes place in "black night" (275), forcing him to rely on instinct and his other senses. Darkness and loneliness allow introspection, and "[s]o the thoughts came, unobstructed by other people, by things, even by the sight of himself" (280). This night is the first step on the young man's journey to self-knowledge and spiritual growth. Only by moving away from Western visualism can he learn to use all of his senses, in accordance with his African origins, and grow into a mature and authentic personality.

In *Tar Baby,* it is Jadine whose assimilation into mainstream American culture has made her into a perfectly visual character. Having received a European education, this young black woman has internalized the visual orientation of Western aesthetics and scorns her own people's culture: she holds a university degree in art history and now believes that "Picasso *is* better than an Itumba mask" (62). "She saw planes and angles and missed character" [4] (135), she admits to herself at one point. Her work as a fashion model, and her hobbies of drawing and photography confirm this restriction of hers to the visual. In Eloe, the small southern town where Son takes her, she has a chance to reestablish contact with her people, but all she does is act like a tourist and take pictures of the locals, pictures that "capture the surface images, but do nothing to probe or discover what lies beneath" (Holloway 121).

Her counterpart is Son, the outlaw who intrudes upon the white world of L'Arbe de la Croix. Associated with the principle of darkness, he first appears emerging out of dark waters after having jumped ship, only to seek darkness again in the closet of the *Seabird II.* He does not need his eyes to find his way. In fact, concentration on the visual only confuses him and Jadine's beauty will dazzle his senses. At the beginning of the love affair that develops between them, he tries to teach her to use her other senses: when they make love for the first time, Son has Jadine close her eyes and imagine herself a lonely, blinking star in the sky. Jadine, however, does not see anything, because "she effectively endorses the

[4] This insight is consistent with the mentioned superficiality of our first sense.

underlying structure of Euro-American myth that associates blackness with absence" (Werner 163).

The seductiveness of Western aesthetics seems too strong to resist and, for a while, even Son succumbs to it. When he finds the pictures Jadine took in his cherished hometown of Eloe, he starts seeing his people with the same eyes as Jadine. Captured on paper they seem "stupid, back-woodsy, dumb, dead" (235). So McLuhan (1964) is right when he holds that the camera tends "to turn people into things, and the photograph extends and multiplies the human image to the proportions of mass-produced merchandise" (189). Having adapted his worldview to Jadine's superficial values, Son becomes as susceptible to their lure as the other people in L'Arbe de la Croix, white masters as well as black servants. When food is discovered missing from the house, for instance, the servants and Jadine suspect the yardworker and look at him "as though they could discover with their eyes an uncontrolled craving for chocolate and bottled water in his" (34). But they cannot; in fact, they are not even able to recognize the woman they fired when Gideon introduces her as a "brand new woman" (132).

Only the old blind islander Thérèse[5] is able to see the truth. Her vision has not been distorted by contact with Western civilization because she just refuses "to acknowledge the presence of the white Americans in her world. To effect this she believed all she had to do was not to look at them (or rather not look at them while they looked at her)" (94-95). Instead, she sees the world "with the eyes of the mind" (131), and indeed, she is the first to know of Son's presence on the L'Arbe de la Croix. Then, Gideon has to admit: "You damn near blind, but I have to hand it to you. Some things you see better than me" (91-92). It is Thérèse who, at the end and with night falling, ferries Son over to L'Isle des Chevaliers, where he hopes to find Jadine, but where he is more likely to regain his old vision, the belief in "fraternity" (176), by joining the mythical blind horsemen. For them, blindness is not a lack but rather a "communally shared way of being in the world.... the figure of the blind horsemen has its roots in the many real maroon societies whose very existence depended upon seclusion and invisibility" (40), as Willis explains. Having arrived on the shore despite fog and failing light, Thérèse gives Son her final word of advice: "Don't see; feel" (262). This makes explicit the implicit message of the novel.

---

[5] A pun on Teiresias, the blind Greek seer?

The escaped slave Sethe in *Beloved* is another character who, through separation from her tribe, has lost the balance of the senses. She relies heavily on the visual ("[u]sually she could see the picture right away of what she heard" [85]), but also her eyesight has been distorted by contact with white society: it remains haunted by the memories of her terrible past. The image of Sweet Home, the farm where she was beaten and raped, is always "before her eyes, and although there was no leaf on that farm that did not make her want to scream, it rolled itself out before her in shameless beauty" (7). When she learns of her husband's fate, her imagination immediately produces a vexing picture: "his face swelled larger and larger, crowding her eyes and making her head hurt" (105). All these pictures and repressed memories keep her from seeing the beauty and color of the world around her: "the last color she remembered was the pink chips in the headstone of her baby girl. After that she became as color conscious as a hen" (48).

Only when Beloved, the daughter she killed eighteen years earlier, finally returns to her, can Sethe erase the memories stored in her eyes to regain a healthy sight. Finally, she feels she "can look at things again because she's here to see them too" (247). And "Sethe looked at Beloved and smiled.... She even looked straight at the shed, smiling, smiling at the things she would not have to remember now" (223). Her task, according to Henderson, would be to "transpose memories from a visual to a diegetic, or narrative, register" (67), that is, go from the visual into an acoustic mode. As she lacks a discourse of her own, however, she cannot do it. Instead, she contents herself "with the company of the other [her daughter] and the opportunity to look in her eyes" (224). So her vision remains focused on the past which Beloved symbolizes. It takes the collective acoustic power of the women in the community and Paul D's love to free her from this obsession in the end.

The same movement from the visual, the picture, to the acoustic, the narrative, is reenacted in *Jazz*. Leonard explains: "From a photograph in James van der Zee's *Harlem Book of the Dead* of the body of a young girl, shot at a party by a jealous boyfriend.... Toni Morrison has made *Jazz*" (36). In the novel, Morrison describes the making of a story, a process that moves along the lines of the following passage:

> I watch everything and everyone and try to figure out their plans, their reasonings, long before they do.... A colored man floats down out of the sky blowing a

> saxophone, and below him, in the space between two buildings, a girl talks earnestly to a man in a straw hat. He touches her lip to remove a bit of something there. Suddenly she is quiet. He tilts her chin up. They stand there. Her grip on her purse slackens and her neck makes a nice curve. The man puts his hand on the stone wall above her head. By the way his jaw moves and the turn of his head I know he has a golden tongue. The sun sneaks into the alley behind them. It makes a pretty picture on its way down. (8)

The description of the picture is only the beginning, however, the narrator is well aware of the fact that knowledge based on sight is superficial and will never touch on what is beneath: "I was watching the streets, thrilled by the buildings pressing and pressed by stone; so glad to be looking out and in on things I dismissed what went on in heart-pockets closed to me" (221). So Morrison tells us that, for the making of a good story, vision has to be combined with the other senses in order to reach depth, and to touch on the heart of the matter.

Also the characters in this novel experience the first sense as insufficient and problematic: it can only be the starting-point for cognition. Violet, for instance, suffers from a trauma similar to Sethe's. Her spells of mental disorder also date back to her childhood. They are caused by a childhood trauma: her mother's suicide in a dark well. Her horrible death makes the girl forever afraid of the dark. In this gloom, Joe becomes like the only light for her: she remembers him as "my Virginia Joe Trace who carried a light inside him" (96). She falls in love with him when he stays up with her in the night, "talking, talking her through the dark" (105). So for Violet, "because their first conversation began in the dark (when neither could see much more of the other than silhouette) and ended in a green-and-white dawn, nighttime was never the same ... Never again would she wake struggling against the pull of a narrow well" (104).

Joe and Violet get married and leave the country to find work in New York City. Life there with its hypervisualism (both find employment in the beauty business) slowly alienates them from their country-roots and from each other. Violet's loneliness is worsened by childlessness, which at the age of fifty turns into an obsession. At one point she kidnaps a baby because she longs for "a brightness that could be carried in her arms. Distributed, if need be, into places dark as the bottom of a well" (22). Her urge is stronger on days "when certain corners in the room resisted lamplight" (22). Her fear of the dark is also a fear of her own blackness, which is compounded by a feeling of alienation. This causes a schizophrenic disorder, some kind of Duboisian double consciousness in the aging woman. It finally turns into violence when she learns her husband had an affair with a younger woman:

> Maybe *that* Violet, the one who knew where the butcher knife was and was strong enough to use it, had the hips she had lost. But if *that* Violet was strong and had hips, why was she proud of trying to kill a dead girl, and she was proud. Whatever she thought about *that* Violet, and what *that* Violet saw through her own eyes, she knew there was no shame there, no disgust. (94)

It takes her a while to open her eyes to reality and to take a look at her own dark side, but when she does, she suddenly realizes: "NO! *that* Violet is not somebody walking round town, up and down the streets wearing my skin and using my eyes shit no *that* Violet is me!" (95-96).

It is not until then that she begins to wonder about her interpretation of reality, about the things she might have overlooked, and about what her young rival saw in her aging husband:

> Maybe that is what she saw. Not the fifty-year-old man toting a sample case, but my Joe Trace, my Virginia Joe Trace who carried a light inside him, whose shoulders were razor sharp and who looked at me with two-color eyes and never saw anybody else. Could she have looked at him and seen that? Under the table at the Indigo was she drumming on a thigh soft as a baby's but feeling all the while the way it used to be skin so tight it almost split and let the iron muscle through? Did she feel that, know that? That and other things I should have known and didn't? Secret things kept hidden from me or things I didn't notice? (96)

In contrast to his wife, Joe is well aware of the dark side behind everything: this is symbolized by the different colors of his eyes. He has a sad eye "that let you look inside him, and a clear one that looks inside you" (206). So he feels comfortable in the dark, following his ears, and not his eyes: "Something else takes over when the track begins to talk to you, give out its signs so strong you hardly have to look" (130). Trusting his other senses, he knows that eyesight cannot be trusted. He knows immediately that the twins playing guitar in the shop are not really blind: "only one of them is blind; the other one is just going along with the program. Probably not even brothers, let alone twins. Something their mama cooked up for a little extra change" (131).

His young lover, Dorcas, however, relies heavily on the visual: "Everything was like a picture show to her" (202). Consequently, she is described as a superficial and immature character. She makes up stories and love scenes together with her friend Felice, stories, which are based on movies they have seen. These movies epitomize the hypervisualism of our world, which Morrison feels so critical about. Dorcas enjoys seeing herself in the position of the movie star, but Felice, a darker-skinned woman like Violet, has the same feelings of schizophrenic discomfort: "Something about it bothered me, though. Not the loving stuff, but the picture I had of myself when I did it. Nothing like me. I saw myself as somebody I'd seen in a picture show or a magazine. Then it would work. If I pictured myself the way I am it seemed wrong" (208-9). In contrast to her friend and in accordance with the older woman she realizes the inappropriateness and the danger of the visual idols for herself. So, in Morrison's world, it makes sense that Felice and Violet survive while Dorcas is killed before the end of the novel.

We have thus made a first step towards understanding "the power and thrust of technologies to isolate the senses and thus to hypnotize society" (McLuhan 1962, 272). In the society which Morrison describes, the sense of sight cannot be trusted. If her characters start seeing the world through their eyes alone, the author cautions, they get hypnotized and lose themselves in the superficial glitz of the mainstream culture with its outward beauty and material success. Often, it takes darkness or a blind leader to show them the path away from Western visualism toward a more encompassing sensuality and their true selves.

2. The Eyes as Windows on the Soul

Next to being organs of perception, the eyes of Morrison's characters reflect inner truth. So the first sense allows an insight into her characters' hearts, their eyes are like windows on their souls. Not only their present state, but also their past and their future, their experiences and their deficiencies shine through their eyes. The old women at Aunt Jimmy's funeral in *The Bluest Eye*, for instance, women who have led lives full of caring and nurturing, have these lives "synthesized in their eyes – a purée of tragedy and humor, wickedness and serenity, truth and fantasy" (110). Poor and neglected little girls like Pecola, on the other hand, have "[e]yes that questioned nothing and asked everything.... The end of the world lay in their eyes, and the beginning, and all the waste in between" (75). And we actually see her young life wasted, not only by the father who rapes her, but also by the adults in the community who do not seem to care: there are "only veils" instead of "eyes creased with concern" (148) when the girl would need their support most.

The title character in *Sula* is a character of similar callous carelessness. Her uncompromising individuality and her selfishness can be seen in her eyes: she has "large quiet eyes, one of which featured a birthmark that spread from the middle of the lid towards the eyebrow, shaped somewhat like a stemmed rose" (52). Christian notes: "Her view of life is different from others, as if the birthmark above the one of her eyes has either distorted or enlarged her vision" (qtd. in Gates 87). Hirsch sees the stemmed rose as "ambiguously phallic and vaginal – a mark of plenitude which distinguishes her from other women" (266).

This birthmark, which takes on a different form according to the beholder's point of view, acts as "metaphor for her figurative 'selves,' her unfinished identity" (McDowell 81). To Sula's friend Nel, it is a "stemmed rose" (52), to her children, a "scary black thing" (97), to her husband Jude, who feels threatened by her, a "copperhead" (103) or a "rattlesnake" (104), and to Shadrack, who loves the water and who feels an affinity with Sula, a "tadpole" (156). Another possible interpretation is a small "i", since Sula is shown as an egocentric character working on, but never quite completing her own self. The birthmark is finally read as "Hannah's ashes marking her from the very beginning" (114), because she watched her mother burn to death without moving to help. Apart from the birthmark, her eyes are described as being "as steady and clean as rain" (53), showing her clear-eyed, objective view of the world. Her great shortcoming is that there is no love in her heart; she looks at people "hateful. Like she smellin' you with her eyes and don't like your soap" (117). It is this attitude of hers which cuts her off from the community and, in the end, kills her.

Valerian, the old man in *Tar Baby*, is another intellectual who lives with as little emotional involvement as possible. He is described as a man "who respected industry" (176) and whose "calm head-of-a-coin" (177) eyes – symbolizing money, of course[6] – exert total authority over L'Arbe de la Croix. But when he is thinking about his family, these eyes become "all reflection, like mirrors" (62), and as empty as his life has been, despite all financial success: he never cared enough to see his wife's loneliness and his son's pain.

Yet, looks can be deceptive, and the expression in the eyes can be faked. Jadine, the young woman who learned to control herself so well, has also learned to control the look in her eyes. Listening to her mentor reminisce about the past, she fakes concern and just sits there in silence "hoping there was a residue of interest in her eyes..." (65). Only when Son, the man with "savannah eyes" (177) – signifying his connection to his African past – intrudes into this world of make-believe, he shatters all pretence and Jadine averts her eyes for fear of being seen through. His desire is written in his eyes, they are "as steady and clear as a thief's" (97). Jadine's aunt Ondine distrusts the young man, because she has "seen his eyes when nobody is looking. At least when he thinks nobody is looking.... Wildness. Plain straight-out wildness. He wants her" (165). And he will get her, at least for a while, until the two principles of assimilation and authenticity, which the two lovers represent, prove to be incompatible, and they must part.

Another character whose inner motives shine through his eyes is Guitar, the uncompromising avenger of the black cause in *Song of Solomon*. "[J]eweled hatred" (211) flares like a "phosphorus" flame in his "cat eyes" (22). His eyes are later compared to those "of a dead man" (209) which makes clear that "Guitar could kill, would kill, and probably

---

[6] The meaning of money as an idol of Western (literate) society is explained by McLuhan (1964): "In an increasingly literate society, money and the clock assumed a high degree of visual and fragmented stress. In practice, our Western use of money as store and translator of communal work and skill has depended upon long accustomation to the written word, and upon the power of the written word to specialize, to delegate, and to separate functions in an organization.... the world of prices and numbering is supported by the pervasive visual culture of literacy" (136-37).

had killed" (211). As a contrast to this destructive character, Morrison introduces Pilate, the healer. Her face is described as a very vivid one, but she can also "close her face up like a door" (54) when she is in danger of getting hurt. So when her granddaughter Hagar insults her, "[h]er face went still. Without those moving lips her face was like a mask. It seemed... that somebody had just clicked off a light" (48). That is why Morrison calls her a "Pennsylvania African" (54), like her father or like Son in *Tar Baby*, who can also "close his eyes without shutting the lids" (97). Most of Morrison's strong characters use such defense mechanisms to avoid being hurt inside. An extreme case is Pilate's brother, the bourgeois Macon, who, after witnessing the murder of his father and being separated from his sister, lives with a closed heart for many years. Only in the end, when he finally begins to talk to his son, can he let his feelings show and open "[t]he door of his face" (74).

Unlike the two older members of the Dead family, Pilate's granddaughter Hagar cannot close her face for protection and so remains susceptible to hurt. Totally dependent on Milkman's love, her eyes go "empty" (311) and "sand dry and as quiet as glass" (318) when he leaves her. Here, the mirror-motif is used again: Hagar needs to see herself in the eyes of other people. She has no independent definition of self but has to rely on the interpretations of others. At the end, it is only in Pilate's and Reba's "eyes that she saw what she had not seen before in the mirror" (318): the futility of her attempt to bedazzle her unfaithful lover with artificial beauty. Not strong enough to make up her own life, the girl dies before the end of the novel.

The trauma that Sethe goes through in *Beloved* is of a different kind, but it also leaves her eyes empty. The "glittering iron" in them is erased by the rape she suffered, and her face turns into "a mask with mercifully punched-out eyes" (10), holding nothing but emptiness. Life for her is a constant struggle to repress her terrible memories until her dead daughter is restored to her. Beloved was killed before she reached the age of two, and although she returns with the body of a grown woman, she has the memory of an infant. This explains why "deep down in those big black eyes there was no expression at all" (68), except for "[s]ome plea barely in control" (72): the "bottomless longing" (72) of an infant to see her mother. The mother gives in to this desire and focuses her attention exclusively on her first daughter. But trying to explain her crime over and over again, her power is drained and "the brighter Beloved's eyes, the more those eyes that used never to look away became slits of sleeplessness" (307). They become "bright but dead, alert but vacant, paying attention to everything about Beloved" (298). Sethe's self-denial threatens to become a total annihilation of her self, as she fades away while Beloved grows bigger and bigger.

Denver, Sethe's second daughter, finally realizes the danger and goes out to get help. The ghost is exorcised, but after losing her daughter for a second time, Sethe gives up and lies down to die with eyes so "expressionless" (333) that the reader is reminded of her mother-in-law, Baby Suggs. Disappointed and bitter, the older woman died with "a face knocked clean of interest. She could have been a plate.... indifference lodged where sadness should have been" (218). Sethe, however, is granted another chance for love, and she seizes it. When Paul D comes to see her, she at first closes her eyes to him but then "[s]he looks at him. The peachstone skin, the crease between his ready, waiting eyes and sees it – the thing in him, the blessedness, that made him the kind of man who can walk in a house and make the woman cry" (334). It is "the ever-ready love she saw in his eyes – easy and upfront, the way colts, evangelists and children look at you: with love you don't have to deserve" (198) that saves her from self-destruction. This is a hopeful ending to a story of loss: the story can be told and love can be regained.

Through their eyes, Morrison's characters allow insights into their hearts. There, we see their past and their future, their gifts and deficiencies, the worst being the lack of love. But the expression in their eyes can also be faked and closed off for protection, a defense mechanism which Morrison finds in the African past of her characters. One of the characters' greatest weaknesses is the loss of this inheritance, their inability to close themselves to hurt. So the eyes for Morrison's characters are really windows on the soul, displaying both healing and destructive powers.

3. The Looks of Love

The problem of identity and the struggle for love are admittedly Morrison's main objective in writing. All of her characters are shown fighting to find their identity and gain the love of others. Because their souls shine through their eyes, as we have seen in the previous chapter, identity and love are given and received via this medium. Barmore explains:

> ... vision is vitally important to identity construction because this process involves a balance of seeing and being seen. A baby first grants itself a presence when it sees itself reflected in its mother's eyes. By comprehending what it is that others see when they look at us, we bestow ourselves an identity. And once we have established our own presence in this way, we can grant the world we see around us a reality which in turn redounds to include ourselves. (29-30)

Looks are all the more powerful for Morrison's characters of African descent because "the eye is regarded by many Africans less as a receiving organ than as an instrument of the will" (Carothers qtd. in McLuhan 1962, 20). So to look and to be looked at are at the center of Morrison's characters searching for identity and love.

With these facts in mind, we can better understand the dilemma faced by Pecola, the lonely little girl in *The Bluest Eye*. Throughout the novel, she is ignored by everybody: the teachers at school, the other children, and her parents pay no attention to her. And when she goes to buy candy, the shopkeeper "does not see her because for him there is nothing to see..." (42). In his eyes, there is a "vacuum where curiosity ought to lodge. And something more. The total absence of human recognition – the glanced separateness" (42). So, in order to become beautiful, to be looked at and to win attention and love, Pecola starts wishing for blue eyes. Rubenstein explains:

> Pecola's desire to be *perceived* as a human being in order to exist at all is concentrated in her sad phantasy of obtaining blue eyes. Through them, she might see and be seen as a real person and thus acquire the self-determination denied her by her circumstances as well as by her race and gender. Never able to achieve existence in her own eyes – her own 'I' – she exists only in the image reflected by others – by other eyes/I's. Existentially, she is an object, never a subject. (130)

A magician finally gives her blue eyes, but it still does not bring her love: in her madness, "[s]he was so sad to see. Grown people looked away" (158). As her isolation becomes even more total, Pecola complains: "Ever since I got my blue eyes, she [her mother] look away from me all the time.... Every time I look at somebody, they look off" (151).

In *Sula* we also encounter two lonely little girls who long to share their dreams with somebody's "smiling sympathetic eyes" (51), but in contrast to Pecola, they find what they need when they discover "in each other's eyes the intimacy they were looking for" (52). "Each virtually creates the other as she sees who she is through the other girl's eyes" (131), notes Rubenstein. Secure "in mutual admiration" (55), Nel and Sula can face the "appraising stares" (50) of men when they grow up and need to have their identity as women affirmed. After Sula and Nel separate, each feels her vision has been impaired. When Sula returns to the Bottom after a ten-year absence, Nel likens her reappearance to "getting the use of an eye back... [Sula] made her see old things with new eyes, raunchy Sula, whose past she had lived through and with whom the present was a constant sharing of perceptions" (95). This time, however, the sharing goes too far, because Sula does not stop at Nel's husband. Once caught cheating, Jude leaves and Nel remains alone, because she knows she can never again open her heart to love:

> And it was then that what those women said about never looking at another man made some sense to her, for the real point, the heart of what they said, was the word looked. Not to promise never to make love to another man, not to refuse to marry another man, but to promise and know that she could never afford to look again, to see and accept the way in which their heads cut the air or see moons and tree limbs framed by their necks and shoulders ... never to look, for now she could not risk looking. (110)

Nel's children cannot grant her the love she needs either because they grow away from her and "years ago they had begun to look past her face into the nearest stretch of sky" (165). So Nel has to live unloved and lonely to the end.

Sula, too, lives in solitude after the two friends' ways part: men cannot give her what she wants because "[w]henever she introduced her private thoughts into their rubbings or goings, they hooded their eyes" (121), that is, they do not see her as an equal, a fellow human being. It is not until she meets Ajax that she encounters a man who is genuinely interested in her personality. Love enters her life when he "stared at her through the blue-glass window" (124). Yet this relationship is doomed, because Sula, in an attempt to make their love last, succumbs to the role-play of man and woman and assumes a role which Ajax detests. At the end, also she dies alone. Even Nel "wouldn't look at her" (146), although the dying woman desperately needs her old friend's presence at this moment. And, in Morrison's opinion, deserves it despite everything of which she is guilty, because "[e]verybody deserves that. That somebody look at them, with them, as they face death" (*Tar Baby* 150), the ultimate destruction of identity.

Yet, because of her strong ego and her self-centeredness, Sula's solitude never seems as painful as Ruth's in *Song of Solomon.* The only child of the one black doctor in town, married to an unloving husband, and with three children who ignore her, Ruth is one of the most pathetic characters Morrison has created. Her father's care is all the love she is ever to know, and as long as he lives, she "kept her shining lightish eyes fixed on him like magnets..." (135). After his death, all she has left to look at is a watermark from a flowerbowl she used to keep on the table, a reminder of happier days:

> Like a lighthousekeeper drawn to his window to gaze once again at the sea, or a prisoner automatically searching out the sun as he steps into the yard for his hour of exercise, Ruth looked for the water mark several times during the day. She knew it was there, would always be, but she needed to confirm its presence. Like the keeper of the lighthouse and the prisoner, she regarded it as a mooring, a checkpoint, some stable visual object that assured her that the world was still there: that this was life and not a dream. That she was alive somewhere, inside, which she acknowledged to be true only because a thing she knew intimately was out there, outside herself. (11)

Bereft of physical contact with her husband, who stopped sleeping with her when he discovered her incestuous attachment to her father, Ruth turns to her son for a little tenderness, and breast-feeds him far beyond the normal age. Caught in the act one day, she feels so ashamed that she avoids her child's eyes, even when he pleads: "'Look at me, Mama. Look at me.' But she doesn't.... 'Look at me, Mama' is all he can think of to say. 'Please look at me'" (78).

This traumatic experience may explain why, as a young man, he fails so miserably with his lover Hagar, and why he never looks her in the eye. From the beginning, "Milkman had no need to see her face; he had already fallen in love with her behind" (43), and so it continues to the end. When Hagar comes to kill him, he is waiting for her, but still refuses to grant her a look in the eye. She stares at him through the window and he feels her presence, but he refuses "to move or take his arm away from his eyes" (129). When she strikes him with the knife, he jerks but does not "move his arm or open his eyes" (129). Only when she freezes in her action does he look up and leaves the room to walk "away from her wide, dark, pleading, hollow eyes" (130). It is not until he travels south, to the origins of his family-history, that he is able to grow into a mature person with concern for the feelings of others. For the first time in his life he really starts to see and pay attention to the people around him.

Milkman's sister Corinthians also has to grow well into adulthood and experience somebody's love to free her from the ill effects of her loveless childhood. Life in the Dead's home was dominated by her overbearing father: "[u]nder the frozen heat of his glance" (10) the girl could not grow up and take her place in society. Only late in life, when seeing Porter, her first lover, "staring at her" (201), is she granted that visual exchange so important for the construction of an independent identity. His love will finally give her the strength to defy her father.

The family Morrison depicts in her next novel, *Tar Baby*, is again marked by a lovelessness, which few can escape. The solitude that Valerian and his wife have brought with them from Philadelphia to the Caribbean island is symptomatic of the general estrangement of the sexes in the big northern cities. There, loneliness and indifference make "[t]he black girls ... cry ... and their men ... look ... neither to the right nor to the left. Not because they were heedless, or intent on what was before them, but they did not wish to see the crying, crying girls" (185).

Similarly, the avoidance of direct eye contact between Valerian and his butler is a sign of the lack of human understanding between the two. When serving the meals, Sydney "kept his eyes on the platter, or the table setting, or his feet, or the hands of those he was serving, and never made eye contact ..." (52). Only at the very end, when Valerian finally learns of Margaret's crime and understands his own failure, and when his health declines and he becomes dependent on his servant's help, do the eyes of the two men meet. The old man looks for sympathy in "Sydney's eyes. He tried as best he could to see what was there, what was really there. He wasn't sure, but he believed he saw kindness" (246). His wife, too, can only regain her sight and find herself after she has admitted her crime and after the incubus of repressed guilt is taken from her. Then, she has to go out and establish her new self by making eye-contact with the people whose gaze she has hitherto avoided: she "opened her eyes and looked into his [her husband's]" (205), and when she seeks a reconciliation with Ondine, the long-time servant looks at her "as though she saw Margaret for the first time" (207).

Jadine and Son also find it hard to look straight into the other's eyes. In the beginning Son "would not look at her ... refused to lock with those mink-dark eyes that looked at him with more distaste than Valerian's had" (189). As long as the intruder avoids her eyes, Jadine is "without fear. But when he smiled she saw small dark dogs galloping on silver feet" (80). After a while, however, the girl, whose whole life is centered around her looks, develops a longing to be looked at by this man. Their first eye contact is fearful and hesitant, but then she demands his full attention, she wants to "lock" with his eyes:

> "Why don't you look at me?" she asked him.
> "I can't," he said.
> "Why can't you?"
> "The pictures are easier. They don't move."
> Jadine felt a flash of pity. "You want me to be still? Will you look at me when I'm still?"
> He didn't answer.
> "Look," she said. "I'm still. Very still."
> He lifted his head and looked at her. (101-102)

Yet try as they might, they cannot share the same vision, Jadine's senses having been altered by her education. Her visual perception is never direct, but always filtered through the medium of Western aesthetics. Alone on the beach with Son, for instance, she examines him "with an intent but distant eye" (145) as she tries to sketch his face on paper. And in Eloe, she is unable to make contact with the locals, because she only looks at them through the lens of her camera. She treats people like objects, and they reciprocate her disregard: they "looked at him with love and looked at her like she was a Cadillac he had won, or stolen, or even bought for all they knew" (218).

Another person who is cut off from the community and keeps struggling for love is Sethe in *Beloved*. Her search, however, is thwarted from the very beginning. As a field-slave, her mother was forced to return to work too soon after Sethe's birth for any bond to develop between mother and child. Having worn the bit so many times, her face became fixed in a perpetual grin, and her daughter "never saw her own smile" (250). So Sethe never experiences the visual exchange necessary for the formation of identity. Through her marriage to Halle and his attention, she is able to establish a limited sense of self, based on his looking at her "not loving or passionate, but interested, as though he were examining an ear of corn for quality" (32).

But then, Sethe has to flee and leave her husband behind. The next eighteen years of her life are spent in total isolation. The few people who come to visit the haunted house on Bluestone road do so with "revulsion in their eyes" (14). It is not until Paul D, the man with the blessed eyes, arrives that Sethe experiences the sensation of a man's loving gaze on her. She is relieved that "there was no mockery coming from his gaze. Soft. It felt soft in a waiting kind of way. He was not judging her – or rather he was judging but not comparing her. Not since Halle had a man looked at her that way" (32). Moreover, Sethe's "eyes enjoyed looking in his face" (58).

The love that grows between the two is seen as a threat to Denver, Sethe's second daughter. At the age of eighteen, she has still not developed an identity of her own and is totally dependent on the visual link with her mother. Living in the confinement of the house, the yard and her little "treeroom," Denver never had a chance to broaden her vision or to interact with other people. When Paul D moves in with them and starts to demand a great deal of Sethe's attention, and Sethe, the mother who "never looked away" (14), starts neglecting her daughter, Denver becomes so desperate for contact that she welcomes her dead sister's return.

The day the three go to a carnival seems to mark a new beginning, because Paul D's presence is enough to make people look at Denver with love: "there was something about him ... that made the stares of the other Negroes kind, gentle, something Denver did not remember seeing in their faces. Several even nodded and smiled at her mother, no one, apparently, able to withstand sharing the pleasure Paul D was having" (60-61). But then Beloved returns from the dead and changes everything. Now, Denver wants the looks of love from her alone:

> It didn't have to happen often, because Beloved seldom looked right at her, or when she did, Denver could tell that her own face was just the place those eyes stopped while the mind behind it walked on. But sometimes – at moments Denver could neither anticipate nor create – Beloved rested cheek on knuckles and looked at Denver with attention. It was lovely. Not to be stared at, not seen, but being pulled into view by the interested, uncritical eyes of the

> other. Having her hair examined as a part of herself, not as material or style. Having her lips, nose, cheek caressed as they might be if she were a moss rose a gardener paused to admire. (145)

However, Beloved has only come to "see her [Sethe's] face" (93), so when "her mother is anywhere around, Beloved has eyes only for Sethe" (149). With her development arrested at an early age, Beloved has never had the chance to form an independent identity. Physically, she is a young woman, but intellectually and emotionally, she has remained an infant, identifying herself entirely with the mother ("her face is my own" [259]), and constantly seeking visual contact with her. At the end, Sethe is almost literally "licked, tasted, eaten by Beloved's eyes" (71).

It is Denver who must take action if she wants her mother to survive, and so, for the first time in years, the girl leaves the yard. She is afraid at first, but soon she begins "to look deliberately at the neighborhood surrounding her" (301), slowly enlarging her vision. She turns to her old teacher, Lady Jones, who recognizes her immediately and establishes the visual link the girl needs so desperately: "Why Denver ... look at you.... It's nice of you to come see me" (303). With her help and that of the other women in the community, Denver grows up to be a mature and responsible woman, taking care of her declining mother and leaving the shadows of the past behind her.

Morrison's next novel, *Jazz,* is also marked by the looks of love. Violet, for instance, falls in love with her husband "once she'd seen him taking shape in early light" (23). She claims him when "with daylight came bits of him: his smile and his wide watching eyes.... She knew she must be staring, and tried to look away, but the contrasting color of his two eyes brought her glance back each and every time" (105). Also Joe remembers his first love, his young lover Dorcas, by the looks of love, looks, however, he failed to establish: "You looked at me then like you knew me, and I thought it really was Eden, and I couldn't take your eyes in because I was loving the hoof marks on your cheeks" (133). His failure to look her in the eye can be explained, as so often in Morrison's fiction, by a childhood trauma. When he was born his mother "would not hold the baby or look at it" (170). That may be why he, almost to the end, cannot reciprocate the looks of love.

Nonetheless, he inspires love, a love which also Felice, Dorcas' best friend, feels. After their first meeting, she remembers:

> But his eyes are not cold like my father's. Mr. Trace looks at you. He has double eyes. Each one a different color. A sad one that lets you look inside him, and a clear one that looks inside you. I like when he looks at me. I feel, I don't know, interesting. He looks at me and I feel deep – as though the things I feel and think are important and different and ... interesting. (206)

Joe, however, cannot return the love he inspires. During the long years of married life with him, Violet experiences terrible loneliness. She becomes so starved for love that she steals a baby. When she holds it in her arms "[i]t's big-eyed noncommittal stare made her smile. Comfort settled itself in her stomach and a kind of skipping, running light traveled down her veins" (19). As she cannot keep the baby, her desire settles on another object, the young woman her husband both loved and killed. Mad with desire Violet disrupts her funeral in order "to see the girl and to cut her dead face" (3).

Then, she sets free all of their birds, her and Joe's surrogate children, until there are "just empty cages, the lonely mirrors glancing back at them" (13). The need to fill the void in their house and in their hearts makes Joe and Violet seek the eyes of dead Dorcas. From the girl's aunt, Violet begs a picture, and actually has "the nerve to put it on the fireplace mantel in her own parlor and both she and Joe looked at it in bewilderment" (6). The sight of Dorcas becomes a light in the old couple's life, a comfort at night for both husband and wife. What each sees in the girl, however, depends on the way they look at her, showing again the unreliability of the sense of sight:

> If the tiptoer is Joe Trace, driven by loneliness from his wife's side, the face stares at him without hope or regret and it is the absence of accusation that wakes him from his sleep hungry for company. No finger points. Her lips don't turn down in judgement. Her face is calm, generous and sweet. But it the tiptoer is Violet the photograph is not that at all. The girl's face looks greedy, haughty and very lazy.... An inward face – whatever it sees is its own self. You are there, it says, because I am looking at you. (11-12)

Having experienced all that the human heart is capable of, the whole dark side of life, Joe and Violet can finally free themselves from the pull of the visual. In the end, the two see each other without having to look: "They are under the covers because they don't have to look at themselves anymore; there is no stud's eye, no chippie glance to undo them" (228).

In a way similar to Dorcas, Golden Grey, the illegitimate mulatto baby is the center of attention for his mother and his nanny in *Jazz*. He lives a very loved and sheltered life: "From the beginning, he was like a lamp in that quiet, shaded house. Simply startled each morning by the look of him, they vied with each other for the light he shed on them" (139-40). Their love, however, is not enough, because it lacks the male and black components which would allow him to develop his identity as a grown (black) man.

When coming of age, he will have to confront his own blackness, look it in the eye. So he sets out to find his father. On his way, he runs into a wild black woman in the woods. When she sees the blond man she panics and turns to run away. Hitting her head at a tree, she falls and loses consciousness. Golden has to pick her up, but he always tries to avoid her gaze. This is futile, because "[a]lready he had seen the deer eyes that fixed on him through the rain, fixed on him as she backed away, fixed on him as her body began to run for flight" (152). All the while "he believed, hoped, the deer eyes would be closed" (153). He is afraid because the woman, being his opposite, his alter ego, represents the part of his identity which he both lacks and fears: "To see the two of them together was a regular jolt: the young man's head of yellow hair long as a dog's tail next to her skein of black wool" (167). He has to brace himself for the encounter: "He thought she would be his lance and shield; now he would have to be his own. Look into the deer eyes with the dawning grey of his own" (160). In the end, Golden Grey is ready to face her, "ready for those deer eyes to open" (162).

Now, he is also able to face his father. Having looked at Wild's blackness, he also feels ready for the encounter with his (black) father. And when he enters, Golden Grey scrutinizes him:

> When the blond man turned to look at him, the grey eyes widened, then closed, then, sliding slowly up from Hunter's boots to his knees, to chest and head, the man's gaze was like a tongue. By the time the grey eyes were level with his, Hunter had to struggle to keep from feeling trapped – in his own house. Even the groan from the couch did not break the lock of the stranger's stare. Everything about him was young and soft – except the color of his eyes. (169)

We do not witness Golden's future development, but the fact that he finally takes a good look at Wild and at his father seems like a hopeful key to end the novel on.

The sense of sight plays a prominent role in Morrison's characters' search for identity: for the formation of an identity and for the experience of love it is of vital importance to look and to be looked at as a human being. Morrison's poorest and most pathetic characters are those who – very often for racist reasons – are denied the human recognition and the visual appreciation they need. Painful isolation and alienation are the result. Much of the trauma dealt with in her novels originates in the denial of human (eye-) contact. But it can also be healed by the looks of love.

4. If Looks Could Kill ...

Having commented on the constructive, healing power of the eyes, we now need to take a look at the destructive potential they have in Morrison's fiction: a disapproving or hate-filled look can shatter weak characters in one instant and scar them forever. Ong (1967) explains the negative power inherent in the human stare:

> ... vision of itself, employed in isolation from the other senses, depersonalizes relationships.... The steady stare is worse than physical insult. Looking fixedly at another person has normally the effect of reducing him to a surface, a non-interior, and thus to the status of a thing, a mere object. (166)

Many of Morrison's characters experience such dehumanizing treatment, and often their failing later in life can be traced back to the spell cast on them by an evil look.

Soaphead Church, the child molester in *The Bluest Eye*, for instance, never quite recovers from the "long funny look," a "look that makes you feel dirty afterward" (143), that his first love Velma gives him before she leaves. And Helene, Nel's stately mother in *Sula* and a pillar of society at home, is destroyed by the hateful stares she receives for her foolish reaction to the insult of a white conductor on the train south. In the eyes of the child, her mother suffers a terrible humiliation: her mother's dress seems to dissolve and her flesh turn to pudding. At this point, even so early in life, the girl decides "to make certain that no man ever looked at her that way. That no midnight eyes or marbled flesh would ever accost her and turn her into jelly" (22). So when, as an adult, Nel catches her husband cheating, it is the look in his eyes that devastates her rather than his actual infidelity:

> And if only you had not looked at me the way the soldiers did on the train, the way you look at the children when they come in while you are listening to Gabriel Heatter and breaking your train of thought – not focusing exactly but giving them an instant to remember what they are doing, what they are interrupting, and to go on back to wherever they were and let you listen to Gabriel Heatter. And I didn't know how to move my feet or fix my eyes or what.... your eyes looked like the soldiers' that time on the train when my mother turned to custard. (105-106)

Then Jude leaves and Nel plays the part of the wronged wife for the rest of her life. She never takes the chance to think over her concept of good and evil, to face her own self-deception, but continues as a (self-) righteous woman, as a member of the black bourgeoisie.

Her childhood friend Sula, on the other hand, lives out her dark side without any moral consideration. At the end, she is demonized by the community and credited with supernatural powers, even with the evil eye. Little Teapot's accident is blamed on Sula's looking on, as well as Mr. Finley's death, who "sat on his porch sucking chicken bones, as he had done for thirteen years, looked up, saw Sula, choked on a bone and died on the spot" (114). Although Sula is certainly innocent of these accidents, there is a great destructive potential in her (visual) curiosity. Making love to Ajax, she thinks:

> Soon I would have torn the flesh from his face just to see if I was right about the gold and nobody would have understood that kind of curiosity. They would have believed that I wanted to hurt him just like the little boy who fell down the steps and broke his leg and the people think I pushed him just because I looked at it. (136-137)

Sula is willing to go to the bottom of things, even if it hurts, and ultimately this is what separates her from the others.

In *Tar Baby,* it is a look of disdain rather than mere curiosity which shatters Jadine's self-assurance. Shopping in a Parisian supermarket for a party to celebrate her academic and professional success, she is spotted by a beautiful African woman, who "turned her head sharply around to the left and looked straight at Jadine. Turned those eyes too beautiful for eyelashes on Jadine, and with a small parting of her lips, shot an arrow of saliva between her teeth down to the pavement and the hearts below" (39). This encounter drives the young woman out of Paris and makes her flee to her family on L'Isle des Chevaliers. On the island, however, Jadine still cannot shake off the memory of how this woman has made her feel: "[l]onely and inauthentic" (40).

The vision continues to haunt her when she follows Son to Eloe, where she is confronted with a world of primeval, archaic darkness and more women watching her with disapproval. Waking up one night, she cannot see but feels nature watching her, as well as Aunt Rosa, whose "eyes traveled slowly, moving like one of those growing plants Jadine could not see but whose presence was cracking loud" (217). Having seen the young woman's nakedness, both spiritual and physical, Aunt Rosa gives her a slip, and Jadine "lay down in the slip under the sheet and her nakedness before Rosa lay down with her. No man had made her feel that naked, that unclothed. Leerers, lovers, doctors, artists – none of them had made her feel that exposed. More than exposed. Obscene" (218). What makes it worse is the intrusion of the nightwomen: she imagines them "watching her.... nudging each other for a better look at her..." (222). They pull out their breasts, demonstrating their female nourishing power, the "ancient properties" (263) Jadine does not possess. Instead of taking a close look at herself, the young woman again runs away. She flees from Eloe and returns first to New York, and finally back to Paris.

In *Beloved,* we encounter a man who is destroyed twice by an evil look and who still survives because of his extraordinary capacity for love. Paul D, the slave, who was declared a "man" upon a whim of his owner, only learns about the frailty of such definitions when his self is shattered by the look of a rooster. The proud and free bird watches him with what seems like scorn when he is lead away in chain. Paul D recalls: "He sat right there on the tub looking at me. I swear he smiled. My head was full of what I'd seen of Halle a while back. I wasn't even thinking about the bit. Just Halle and before him Sixo, but when I saw Mister I knew it was me too" (89). The bird's stare breaks his heart, and it takes him eighteen years of wandering and a second heartbreak to be able to love again.

But first he will have to take a close look at the dark side of the human heart, even within the one he loves. He starts a relationship with Sethe, but then Beloved shows him that he is still not a "man" until he acknowledges all the ramifications of reality, including Sethe's crime. The ghost-girl has the power to open his eyes, and looking at her is dangerous because in Sethe's past he might see something he cannot bear to face. Although he knows "[i]f he trembled like Lot's wife and felt some womanish need to see the nature of the sin behind him... he too would be lost" (143) he looks at her and learns that Sethe has killed her own child. This drives him away, and it is only after the house is freed from its ghost and the past buried for good that he returns to resume his relationship with Sethe.

In *Jazz,* it is Wild who symbolizes the negated part of black reality. She is wild, untamed, uncivilized and lives apart from the black community who consider her a threat. Looking at her might remind them of what they have lost in the process of acculturation. So she remains unseen: "Unseen because she knows better than to be seen. After all, who would see her, a playful woman who lived in a rock? Who could without fright? Of her looking eyes looking back?" (221). In order to find themselves, however, all of Morrison's characters have to face the part they deny or neglect in themselves. Only then can they grow into complete and satisfied human beings.

The central role that the visual plays for the spiritual growth of Morrison's characters is evident. It is important not only for identity construction but also for its de-construction. All of Morrison's characters depend on the looks of love, but sometimes it also takes the power of the evil eye to shatter a false sense of security, a concept of self based on deception and willful naivete, such as found in many of her assimilated characters. Morrison's characters all need to face the nature of sin, to be strong enough to look at the whole of reality. So, it is a healing destruction, which they experience. Only when stripped of illusions and delusions can they really find themselves and others. Many, however, remain caught in their lies, they would rather run away than face what they might have to see: the ugly truth in the world and within themselves.

5. "Looks" and the Concept of Physical Beauty

Related to the power of the sense of sight and the hypervisualism of our society is the problem of physical beauty. Morrison adopts a very critical stance when it comes to the notions of physical beauty and romantic love. To her, they are "[p]robably the most destructive ideas in the history of human thought" (*The Bluest Eye* 97). To make a person's worth dependent on his or her outward appearance is dangerous, and even more so when the image of beauty is determined by standards from another culture, outside the reality of this person. This is the dilemma many African Americans find themselves in: by internalizing the dominant Caucasian standards of beauty, they automatically disqualify themselves from possessing them, and at the same time devalue their own.[7] Self-doubt, self-hate, and ugliness – imagined or real – are the sad results.

The beauty- and color line is drawn not only between black and white but within the black community itself, a phenomenon called colorism. Walker (1983) explains:

> What black black women would be interested in, I think, is a consciously heightened awareness on the part of light black women that they are capable, often quite unconsciously, of inflicting pain upon them; and that unless the question of Colorism – in my definition, prejudicial or preferential treatment of same-race people based solely on their color – is addressed in our communities and definitely in our black 'sisterhoods' we cannot, as people, progress. For colorism, like colonialism, sexism, and racism, impedes us. (290-91)

Walker believes that there is "probably as much difference between the life of a black black woman and a 'high yellow' black woman as between a 'high yellow' black woman and a white woman." And she worries "about the hatred the black black woman encounters within black society" (291). The problem of colorism is often addressed in literature by African American woman authors:

---

[7]These are signs that this is now beginning to change: in a globalized world, beautiful faces of all races and colors smile from magazines, billboards, movies, TV. In the time setting of Morrison's novels, however, open racism in the general understanding of beauty must have been rampant, and its scars on the American psyche are still visible today.

> The subject of black woman's physical beauty occurs with such frequency in the writing of black women that it indicates they have been deeply affected by the discrimination against the shade of their skin and the texture of their hair. In almost every novel or autobiography written by a black woman, there is at least one incident in which the dark-skinned girl wishes to be either white or light-skinned with 'good' hair. (Washington qtd. in Rubenstein 158)

Also Morrison's female characters are deeply affected by the notion of color and beauty. With great clarity, Morrison shows that the two ideas of physical beauty and romantic love "[b]oth originated in envy, thrived in insecurity, and ended in disillusion" (*The Bluest Eye* 97). We can already observe their detrimental effect in her first work, *The Bluest Eye*. Using the example of one family, Morrison proves that the result of the internalization of white values and standards of beauty in the presence of white racism is self-hatred and alienation from the community. The Breedlove family is caught in such a trap; they epitomize ugliness, an ugliness which has its origins in "their conviction" (34), their state of mind. However, they also receive "support for it leaning at them from every billboard, every movie, every glance" (34), all of which display images of a standardized Caucasian beauty-ideal they cannot conform to.

Born in a rural black community in the south, the mother, Pauline, a woman with the eye of an artist and a fascination for color and arrangement, follows her husband to a small northern town where he hopes to find work. There, the young woman is confronted with a society very different from the one in which she grew up, a society which values physical beauty more than any other quality in a woman. In vain she tries to adapt her looks to the beauty-ideal to which she sees the other women aspire. The irony is that she "did not really care for clothes and make-up. She merely wanted other women to cast favorable glances her way" (94). When she fails to win their admiration and their company, she starts looking for beauty and company in the movies[8] where she learns the final lesson:

---

[8]The movie is, according to Ong (1977), a purely visual phenomenon since it has "a narrator without a narrative voice" (294). Also for McLuhan (1964) "[f]ilm, in both its reel form and in its scenario or script form, is completely involved with book culture" (286). So "the world of the movie that was prepared by the photograph has become synonymous with illusion and fantasy..." (192-93).

> In equating physical beauty with virtue, she stripped her mind, bound it, and collected self-contempt by the heap. She forgot lust and simple caring for.... She was never able, after her education in the movies, to look at a face and not assign it some category in the scale of absolute beauty, and the scale was the one she absorbed in full from the silver screen. (97)

Going to these picture-shows gives her "a lot of joy," but it makes "coming home hard, and looking at Cholly hard" (97), and so causes an estrangement from husband and home. This is made worse when, one day, while eating candy in the cinema, the young woman loses one of her front-teeth. Forced to give up her attempts to look like a movie queen, she "settled down to just being ugly" (98). When her second child is born, she still tries to "love it no matter what it looked like" (98), but she is unable to abandon the beauty-image so deeply ingrained in her mind, and thinks: "Lord was she ugly" (100). Thus her world becomes one of total alienation and self-hatred. Only while making love to her husband, which happens less and less frequently, does she "feel a power," feel "strong," "pretty," and "young" (103). The only satisfaction she will feel in the end is in the work she does for a rich white family, in whose house she found "beauty, order, cleanliness..." (101). Her involvement there makes her neglect her own family and household more and more.

Pauline's daughter Pecola grows up in this atmosphere of neglect and self-hate, and begins to see herself as ugly and unworthy also. She believes that "[a]s long as she looked the way she did, as long as she was ugly, she would have to stay with these people [her parents]. Somehow she belonged to them" (39). It is out of this conviction that her desire for blue eyes is born. Everybody seems to love little blonde girls with blue eyes: their picture is on the candy she eats, on the cup she drinks from, and the love of them shines through the eyes of adults and children alike. "Adults, older girls, shops, magazines, newspapers, window signs – all the world agreed that a blue-eyed, yellow-haired, pink-skinned doll, was what every girl child treasured. 'Here', they said, 'this is beautiful...'" (20). Only Frieda and Claudia, the two sisters from a poor yet intact family, seem to be free of this affliction, and their self-esteem is still intact. They remember:

> Guileless and without vanity, we were still in love with ourselves then. We felt comfortable in our skins, enjoyed the news that our senses released to us,

> admired our dirt, cultivated our scars and could not comprehend our unworthiness.... The *Thing* to fear was the *Thing* that made her [Maureen Peal] beautiful and us not. (62)

Indeed, it is frightening that anyone not conforming to this "thing" is not even considered worth living: the adults in the community are convinced that Pecola's baby "be lucky if it don't live. Bound to be the ugliest thing walking" (148). But the baby dies, and Pecola obtains her blue eyes, so the vicious circle is not broken. Through her fate, this novel shows us "how American society has substituted beauty for virtue, describing how even the black community has allowed itself to be corrupted by a simplistic notion that devalues human beings solely on condition of their seeming ugliness" (Otten 12).

In *Sula*, physical beauty is no longer the focus of attention, but also in this novel it becomes clear that the myth surrounding it is destructive, and that physical beauty is not to be equated with virtue, love or strength. So we witness the public humiliation of the "graceful, beautiful" (22) light-skinned Helene, who is worshipped for her beauty. Contrasting her prettiness, the darker-skinned women in the Peace household represent another kind of beauty: the grandmother, Eva, although disfigured by the loss of one leg, is still considered attractive and has "a regular flock of gentlemen callers" (41). Her daughter Hannah, "a kind and generous woman" (44), combines natural beauty with "funky elegance" (44), and an extraordinary joy of life with an encompassing sensuality:

> Without ever a pat of the hair, a rush to change clothes or a quick application of paint, with no gesture whatsoever, she rippled with sex. In her same old print wraparound, barefoot in summer, in the winter her feet in a man's leather slippers with the backs flattened under her heels, she made men aware of her behind, her slim ankles, the dew-smooth skin and the incredible length of neck. Then the smile-eyes, the turn of the head – all so welcoming, light and playful. (42)

Her daughter Sula turns out to be a promiscuous woman as well, but she is never depicted as attractive a character. In contrast to her mother, she takes men, uses them once and drops them afterwards: her sex is experimental, not loving. Sula is described as a "slight woman, not exactly plain, but not fine either" (103), and she never cares about her exterior until she falls in love with Ajax. For the first time now, she looks at her reflection in the mirror, "trying to decide whether she was good-looking or not" (131). She ties a ribbon in her hair to make herself pretty for her lover, yet in doing so, she loses Ajax, who was interested in her unusual personality and not another pretty face.

In *Tar Baby,* we encounter two women whose very existence is based on their physical attractiveness, one white and one black. Yet, neither receives the love for which she yearns. Little Margaret is a child of extraordinary beauty, so her parents

> ... stepped back and let her be. They gave her care, but they withdrew attention. Their strength they gave to the others who were not beautiful; their knowledge, what information they had they did not give to this single beautiful one. They saved it, distributed it instead to those whose characters had to be built. (47-48)

The "look in the eyes of the uncles and the nuns" (48), where the girl sees lust and disapproval, further increases her isolation. Later on, when she is voted Beauty Queen of Maine, she is married for her pretty colors (red and white, like the candy Valerian manufactures), and against his better judgement that "[b]eauty is never enough" (71). His implicit prediction comes true, and their marriage leaves both lonely.

The second victim of her own beauty is Jadine. Because of her looks, she lives the life of a fashion-model in Europe, which alienates her from both her people and her history, and spoils her for any other life. In addition, she receives an education which distorts her vision: "Too many art history courses ... had made her not perceptive but simpleminded. She saw planes and angles and missed character" (135), she admits to herself. Her beauty will also seduce Son and make him abandon his own dreams. At the end, he knows that "the love thing with Jadine must have thrown his sensibilities off, derailed his judgement" (187). Yet, he remains under her spell until he joins the blind horsemen on the island. They are the only ones who, because of their affliction, are able to resist contact with the Western world. Even the local islanders are contaminated by its hypervisualism and standardized aesthetics. Alma Estée, for instance, wishes for nothing more than a wig, and when she finally gets one, we see "[h]er sweet face, her midnight skin mocked and destroyed by the pile of synthetic dried blood on her head" (257). She looks "like a bougainvillea in a girdle, like a baby jaguar with lipstick on, like an avocado with earrings" (258), a sight which makes Son realize that "[i]t was all mixed up" (257).

In contrast to this confusion, Morrison creates the vision of an African woman of natural beauty and authenticity. She is characterized as "mother/sister/she," as an "unphotographable beauty" (39), and as a woman everybody has to look at, not because of her physical perfection (she has "too much hip, too much bust" [38])[9] but because of the power she holds inside: "[t]he people in the aisles watched her without embarrassment, with full glances instead of sly ones.... She looked up then and they saw something in her eyes so powerful it had burned away the lashes" (38). This quality is just what the pretty Jadine lacks, and that is why she feels she has to flee and leave Paris.

Pilate in *Song of Solomon* is another of Morrison's strong women who attract attention without conforming to the general beauty norm. She has a very lively and expressive face, and although she is "anything but pretty" (37), and does not look like "somebody nice," "somebody normal" (54), her nephew Milkman "could have watched her all day" (37). Her beauty is of a natural kind, she looks like the women in the south whom Milkman will encounter later in life, women who walk "in the road swaying their hips under cotton dresses, bare-legged, their unstraightened hair braided or pulled straight back into a ball.... Big sleepy eyes that tilted up in the corners, full lips blacker than their skin, berry-stained, and long long necks" (266).

This kind of beauty is not appreciated in the north where Caucasian aesthetics dominate even within the black community. Pilate's granddaughter Hagar, who grows up in such an environment, becomes vain, proud and "liked pretty clothes" (151). Although she is described as being "as pretty a girl" (44) as Milkman has ever seen, she blames his leaving on her looks. Having seen Milkman date light-skinned girls, she thinks she looks "awful" and "terrible" (312) and starts to wish for "lemon-colored-skin," "penny-colored hair," and "gray-blue eyes" (319). Desperate to win him back, she embarks on a mad shopping-spree, during which she buys desirability packaged as brand-name products, never to realize the futility and self-destructiveness of such attempts.

---

[9] This is not considered a disadvantage in other cultures: Bernice stresses in Walker's preface (1983): "The values that imply you must be skinny come from another culture," that is, not from within the black community or its African origins.

In *Beloved*, as well, external beauty is associated with evil and death, rather than with virtue or love. Sweet Home is described as a farm of "shameless beauty" (7), but all of the main characters are either maimed or killed there. Sethe remembers that "[i]t never looked as terrible as it was and it made her wonder if hell was a pretty place too" (7). The "devil-child" (321), Beloved, is also described as very "beautiful ... naked and smiling in the heat of the afternoon sun. Thunderblack and glistening, she stood on long straight legs, her belly big and tight. Vines of hair twisted all over her head. Jesus! Her smile was dazzling" (321-322). It seems to be true what Morrison says: "Sometimes good looks like evil; and sometimes evil looks like good" (qtd. in Otten 5).

Also in *Jazz* the issue of beauty is complex and at times contradictory. Leonard notices that in this novel, "they are all trying to change the way they look, or in business to change the way somebody else looks, even with a knife" (47). Although Violet is "awfully skinny" she is described as "still good looking" (4). Nonetheless, she is trying desperately to gain weight. She is another one of Morrison's black female characters traumatized by disconnection from their tribe, which is symbolized by mother- and/or daughterlessness and usually manifested in an eating disorder. Her alienation is intensified by the colorism she is subjected to in the North, and especially in the beauty business where both she and her husband work.

Alienated and frustrated, both partners long for something that married life cannot give them. Joe thinks he can find it in the love of a young girl, and Violet looks for it in the child she never had. When Joe falls in love with and then kills a light-skinned woman Violet turns violent. Desperate to destroy the one thing she could neither be nor own, she intrudes into the girl's funeral with a knife and the intention to disfigure her fair young face. This action brands her as a "brutal woman black as soot known to carry a knife" (75). Only Felice sees the beauty in her, an inner kind of beauty like Pilate's in *Song of Solomon* or that of the African woman in the Parisian supermarket in *Tar Baby*. She muses: "Mrs. Trace, I thought, was just jealous. She herself is very very dark, bootblack, the girls at school would say. And I didn't expect her to be pretty, but she is. You'd never get tired of looking at her face" (206).

The two women, both dark-skinned and both disappointed by Dorcas and by what she symbolizes, place confidence in each other. Both are affected by the colorism of their society and both suffer under it. Felice complains: "Not the boys but the girls in my school bunched off according to their skin color. I hate that stuff" (200-01). Also Violet would like to blame her husband's infidelity on the young girl's fair beauty: "I thought she was going to be pretty. Real pretty. She wasn't" (109). Felice agrees with her: "She was ugly. Outside and in" (205). She is probably not talking about her late friend's physical appearance at this point, but rather about what she represents in a racist world.

With the younger woman as a friend and soul-mate, Violet begins to talk about her troubles and about what went wrong in her life: "Before I came North I made sense and so did the world" (207), she explains. Leaving the south she leaves her self, her identity behind. In the big city, she "forgot" who she was and "just ran up and down the streets wishing [she] was somebody else ... White. Light. Young again" (208). At last and with Felice's help, Violet makes peace with herself and with the mother she lost at a young age. She tells Felice: "Now I want to be the woman my mother didn't stay around long enough to see. That one. The one she would have liked and the one I used to like before..." (208). So her connection to the generation chain is reestablished in both directions, into the past, to her dead mother, as well as into the future, to the surrogate daughter she found in Felice.

Dorcas is the counterpart of both Violet and Felice. With light skin and long hair, she belongs to those of Morrison's female characters whose whole identity is based on their "looks". Dorcas's thinking is centered around physical beauty: "She was always talking about who was good looking and who wasn't. Who had bad breath, who had nice clothes, who could dance, who was hincty" (200). She believes "that a badly dressed body is nobody at all" (65), making her whole self dependent on her physical appearance. Her friend, the perceptive Felice, sees the incoherence and disharmony in her friend's beauty. She thinks:

> Dorcas should have been prettier than she was. She just missed. She had all the ingredients of pretty too. Long hair, wavy, half good, half bad. Light skinned. Never used skin bleach. Nice shape. But it missed somehow. If you looked at each thing, you would admire that thing – the hair, the color, the shape. All together it didn't fit. (200)

This description is reminiscent of Milkman's looks in *Song of Solomon* before his journey south. Similarly, Dorcas's exterior displays her shallow and disconnected inside.

In her fragmented and superficial concentration on looks, Dorcas seems to incorporate the ugly side of the common beauty ideal. Only Joe really loved Dorcas and tried to see her as a human being. He never wants to change her looks but sees her beauty in very personal spots, where no one else does:

> She had long hair and bad skin. A quart of water twice a day would have cleared it right up, her skin, but I didn't suggest it because I like it like that. Little half moons clustered underneath her cheekbones, like faint hoofmarks. There and on her forehead. I bought the stuff she told me to, but glad none of it ever worked. Take my little hoof marks away? Leave me with no tracks at all? (130)

To the end, he insists: "Dorcas wasn't ugly. Inside or out.... You know only the hard part of her; I saw the soft. My luck was to tend to it" (212). We see here that the problem of physical beauty in Morrison's black female characters is very complex and touches upon issues such as racism, colorism and sexism.

Male beauty is not regarded with the same suspicion. Because – at least until recently [10]– the physical appearance of men does not hold the same position in our culture, it has not been standardized and commercialized to the same extent as women's beauty. So Morrison's perspective is a less ambivalent one. In her novels we encounter many handsome men and "beautiful boys" (*Sula* 163), whose looks are directly related to their inner qualities. As a young man, when there still was some love in his heart, Cholly in *The Bluest Eye* is not bad-looking at all. He is described as "big" and "strong" (91) "with real light eyes" (92) and "flaring nostrils" (91). Another attractive character is Sula's lover Ajax. As a "[g]raceful" (*Sula* 50) man of "sinister beauty," he is also a complex, interesting character, who respects strong women such as his mother and Sula.

Then there is Son in *Tar Baby,* who, once he is washed and shaven, is so handsome that he seduces everybody in L'Arbe de la Croix. A warm and loving man, he is shown as an attractive character, even though his behavior is often childish and immature. Paul D in *Beloved* is a man

[10]Unfortunately, male beauty is beginning to be exploited in the same way now. The latest indicator of this development is the picture of a naked male body in the advertisement of a Swiss insurance company, probably the last place to expect such voyeurism.

whose good looks, height and strength together with a straight back and "[p]eachstone skin" (9) are topped with a lively face that reflects the love and compassion in his heart. Also Joe, one of the main characters in *Jazz* is a handsome man. Felice remembers: "he met her standards of good looking, I'll say that for him" (200). She muses: "He has a way about him. And he is handsome. For an old man, I mean. Nothing flabby on him. Nice-shaped head, carries himself like somebody" (206). And although he kills his lover, he still evokes sympathy and compassion in the reader.

Milkman in *Song of Solomon*, although certainly good-looking as well, cannot be viewed with the same benevolence. He has "a fine enough face. Eyes women complimented him on, a firm jaw line, splendid teeth. Taken apart, it looked all right. Even better than all right. But it lacked coherence, a coming together of the features into a total self. It was all very tentative, the way he looked..." (69-79). And he walks with a slight limp. Such physical incoherence is a reflection of his inner incompletion, caused by alienation from his heritage and the lack of commitment in his life. Only after he learns about care and compassion can Milkman become one of Morrison's attractive male characters, whose beauty originates in both physical and spiritual qualities.

Golden Grey in *Jazz*, his successor in the quest for racial and spiritual wholeness, is the first of Morrison's male characters to show a preoccupation with his exterior. Up to this point, vanity has been a flaw reserved for her female characters.[11] Golden is described as an effeminate young man with the same kind of prettiness and light color which reflects a weak inside in Morrison's female characters. It is his beauty which keeps his mother from giving him away, she "would have regretted the baby ... given it away, except it was golden and she had never seen that color except in the morning sky and bottles of champagne" (148). His blond hair, "its sunlight color, its determined curliness, endeared him to her" (139). Although his beauty is based on his mixed race, it is welcomed, while the black side of his identity is rejected. This is the schizophrenic attitude which Morrison shows to run through a racist society. Golden's education concentrates solely on the white female part of his heritage, his mother being his only advisor. What he learns from her, however, is either nonsense or a lie:

[11] Here, Morrison picks up a sign of the times, a problem of modern life, and works it into her fiction.

> Pretty hair can't be too long, Vera Louise once told him, and because she seemed to know such things, he believed. Almost every other thing she said was false, but that last bit of information he held to be the graven truth. So the yellow curls covered his coat collar like a farmer's, although the rightness of its length in fastidious Baltimore came from the woman who lied to him about practically everything including the question of whether she was his owner, his mother or a kindly neighbor. The other thing she did not lie about (although it took her eighteen years to get around to it) was that his father was a black-skinned nigger. (143)

The standards by which his beauty is measured are a lie because they deny or suppress half of his racial identity. He is in danger of becoming a "tragic mulatto" if he does not face the whole truth. So in a way similar to Milkman's quest in *Song of Solomon,* but driven by a more urgent need, Golden sets out to reclaim the neglected part of himself.

On his way to find his father he runs into a "naked black berry-black woman. She is covered with mud and leaves are in her hair. Her eyes are large and terrible" (144). This woman is his first conscious encounter with his own blackness, she symbolizes all that is negated in himself. For the first time, he is made aware of the schizophrenia which racism entails, and which he discovers also in his own emotions: "he cannot help noticing that his horse is also black, naked and shiny wet, and his feelings about the horse are of security and affection. It occurs to him that there is something odd about that: the pride he takes in his horse; the nausea the woman provoked. He is a touch ashamed ..." (144).

The only other black person he knows is his nanny True Belle. When he remembers her as "the nigger" he suddenly realizes: "But so was he. He had always thought there was only one kind – True Belle's kind. Black and nothing. Like Henry LesTroy. Like the filthy woman snoring on the cot. But there was another kind – like himself" (149). He begins to ask himself about the life inside this blackness: "who could live in that leafy hair? that unfathomable skin? But he already had lived in and with it: True Belle had been his first and major love, which may be why two gallops beyond that hair, that skin, their absence was unthinkable" (150). It is not until then that Golden begins to experience blackness as part of himself. Looking at the wild woman's unconscious face he finds beauty in it, in its color: "Darker than the blood though are her lips, thick enough to laugh at and to break his heart" (154).

The problem of beauty is deeply interwoven with both Western visualism and racism. Morrison's prose is full of beauty, the beauty of nature and of people. What the author rejects however, is the Western association of beauty with virtue. She dismantles this notion as superficial, for it does not probe what lies underneath. She also shows the issue as complicated by her people's situation as a minority and by the racism to which they are subjected. This is what makes the Caucasian beauty-ideal so dangerous to them. Those of Morrison's characters who aspire to the beauty image of the mainstream culture end up alienated and full of self-hatred. So in her writing, physical beauty – at least in her female black characters – is always to be regarded with suspicion, because it is associated with inner weakness, with spiritual impoverishment, evil and death. Genuine beauty, on the other hand, is found in her loving, caring characters, characters who accept their blackness and who are still in touch with their heritage. So the issues of looks and love are reconciled at last.

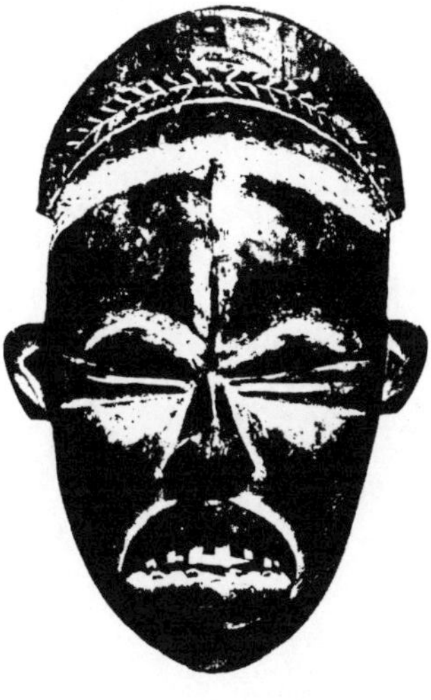

II. The Sense of Hearing

1. Orality and Literacy

The way we experience the world is shaped by the sense ratio used in our culture. With the introduction of a new technology, sense ratios are altered, extending one sense often to the reduction or exclusion of the others. This causes a fundamental breach in the consciousness of a culture. The technology with the most profound impact on human culture, ultimately the great divide, is the invention of writing. Havelock, Ong, McLuhan, Goody, and others categorize cultures into two basic types: one based on literacy, the other on orality.

The term "orality," according to Havelock, characterizes "whole societies that have relied on oral communication without the use of writing." It also designates "a given type of language used in oral communication." But most important, it is used to identify "a given type of consciousness, which is supposed to be created by orality or expressible in orality" (11). Havelock elaborates these ideas:

> These conceptions take shape as they are focused against literacy, considered also as both a social condition and a state of mind, with its own levels of language and cognition expressible in writing. The two, orality and literacy, are sharpened and focused against each other, yet can be seen as still interwoven in our own society. (11)

Uniting a great variety of different cultures, American society contains many oral elements. One of them is certainly given by the presence of the African American minority, which is rooted in the oral cultures of its African past. McLuhan explains the difference between African and Western thinking, between orality and literacy, with the way reality is perceived. He (1962) stresses that

> ... rural Africans live largely in a world of sound – a world loaded with direct personal significance for the hearer – whereas the Westen European lives much more in a visual world which is on the whole indifferent to him.... Whereas for Europeans, in general, 'seeing is believing,' for rural Africans reality seems to reside far more in what is heard and what is said. (19)

Such specializations foster different personality structures. In oral societies, people tend to solve problems "in the tradition of the tribe, without much personal analysis" (Ong 1967, 134-35). They live in so-called "shame cultures, which institutionalizes public pressures on individuals to ensure conformity to tribal modes of behavior... " (Ong 1967, 134-35). Literacy, on the other hand, is associated with an individualized consciousness and a growth in guilt feelings.

McLuhan was the first to relate literacy and forms of thought. His theory (1964) calls literacy a

> ... sudden breach between the auditory and the visual experience of man. Only the phonetic alphabet makes such a sharp division in experience, giving to its user an eye for an ear, and freeing him from the tribal trance of resonating word magic and the web of kinship.... As an intensification and extension of the visual function, the phonetic alphabet diminishes the role of the other senses of sound and touch and taste in literary cultures. (84)

It is a tremendous change that tribal people experience when they become literate. Apart from alterations in sensory perception, the shift from orality to literacy also engages many changes in the psychological, social, economic, political, as well as religious structures of a culture. Individualization, but also alienation, is part of the process. These changes also affect the way that knowledge is gained and stored.

In both literate and oral societies, however, literature is present and needed "as a vehicle for intellectual and aesthetic expression" (Finnegan 84). The so-called "oral literature", the non-literate collection of cultural knowledge, finds expression in ways fundamentally different from Western forms of literature. In order to remember, oral cultures, according to Ong (1977), think and express themselves "in formulas" (103). They commonly organize their knowledge "in thematic narrative, peopled with impressive or 'heavy' figures, often type characters ... Around such heavily accoutered figures (and themes associated with them) the lore of a culture is focused" (Ong 1977, 108).

What remains to be added are some remarks on the "scripticist bias" (Roy Harris qtd. in Finnegan) of our culture: oral cultures are often called primitive and literary cultures civilized. Levin (qtd. in McLuhan 1962) points out in his preface to Lord: "A culture based upon the printed book, which has prevailed from the Renaissance until lately, has bequeathed to us – along with its immeasurable riches – snobberies which ought to be cast aside" (2). Also McLuhan (1964) admits: "we have confused reason with literacy, and rationalism with a single technology" (15). He (1962) believes that "most civilized people are crude and numb in their perceptions, compared with the hyperesthesia of oral and auditory cultures" (27).

Finnegan cautions that "human development is more complex than can be subsumed under the one simple key of the form of communication" (11). She challenges the widely accepted views of such writers as McLuhan, Ong, and Lord, that the presence or absence of literacy is a fundamental differentiating factor. She suggests that the significance of technology – whether literacy, orality or telecommunications – has been much exaggerated, and that social and cultural factors play the more crucial role. Also Feldman believes:

> If these are universals of the human condition, the *trigger* surely is not writing, but rather the universal human social and cognitive plight. And the *means* surely is not writing, but the more nearly universal tool of artful genre that occurs (largely) in writing in literate cultures and in talk in oral ones. (53)

Denny also contradicts the old model of orality and literacy and what it entails. He writes against the common belief that "Western thought, to which literacy is a big contributor, is widely believed to be more reflexive, more abstract, more complex, and more logical than thought in preliterate agricultural and hunter-gatherer societies" (66). And Olson stresses that there are "no major cognitive differences in rationality, abstraction, or logical reasoning between the literate and nonliterate subjects" (258).

What adds to these reservations against the division of cultures into oral and literate is the fact that our age is marked by a new emphasis on the auditory and on oral technologies such as the telephone, radio and TV. According to Ong (1971), we have reached a time of "secondary orality": it is "founded on – though it departs from – the individualized introversion of the age of writing, print, and rationalism which intervened between it and primary orality and which remains as part of us" (285). Also McLuhan (1964) claims that "the electronic implosion now brings oral and tribal ear-culture to the literate West" (50). Even before the advent of the World Wide Web, he saw that as "electricity creates conditions of extreme interdependence on a global scale, we move swiftly again into an auditory world of simultaneous events and over-all awareness" (108). Yet, the habits of literacy persist "in our speech, our sensibilities, and in our arrangement of the spaces and times of our daily lives" (McLuhan 1962, 28-29).

Because of this lag, and because Morrison's novels are mostly set in the earlier part of this century, these more recent developments can be neglected in my study. The basic distinction between African and Western thinking as based on orality and literacy, however, can be traced everywhere in Morrison's writing. Her characters are torn between the orality of their history and the influence of the dominant culture surrounding them. In many instances, Morrison demonstrates the presence of oral residues in the African American consciousness as a sign of autonomy and a valid means of self-affirmation for a minority culture struggling against the pull of the mainstream.

The oral elements persisted from the time when the slave trade tore Africans from their native cultures and transplanted them into a country which denied them access to literacy, at the same time suppressing their oral traditions. To weaken their resistance, slaves of the same language were systematically separated, their music and religious practice frowned upon or forbidden. Against these odds, African Americans were able to maintain many of their traditions. They had to use their music and their tales as "sources of information and regenerative and compensatory resources" (Putschögl 264) if they wanted to survive as humans.

The new African American literature does not deny its affinity with its oral predecessors but, by incorporating their form and content into its works, expands the tradition into new dimensions and fills it with new life. Toni Morrison expressly relates her role as a modern black writer to that of the griot, the traditional African storyteller, a "guardian of verbal art," of personal, family and tribal history. The "spoken library" she draws from includes the children's stories which were told in her family, "spirituals, the ghost stories, the blues, and folk tales and myths, and the everyday" (Morrison qtd. in Holloway 104). Morrison claims that because the direct expression of her people's oral tradition is a thing of the past, the African American novel has become such a necessary thing. She explains: "the novel is needed by African Americans now in a way that it was not needed before.... We don't live in places where we can hear those stories any more; parents don't sit around and tell their children those classical, mythological, archetypal stories that we heard years ago" (qtd. in Rushdy 587). In her writing, Morrison reminds us that the storytelling tradition, once so strong in African American culture, is still alive.

Like a true oral storyteller, Morrison spins tales about the interaction between individual and community. Her novels present worlds that are very much like "villages in which kinship ties are woven into the dreams, legends, the subconscious of its inhabitants" (Christian, "Community and

Nature" 65). They are peopled with the "heavy," larger-than-life characters of the oral tradition, characters who are marked by their suspension between oral and literate culture. The oral residues within them can be traced back not only to their remote African origins, but also to their family past in the rural south. In the beginning of this century, many African Americans left the south to migrate into the big Northern cities. Struggling to assimilate into the society they encountered there, however, they discarded many valid traditions. In her work, Morrison shows that only by rediscovering orality as part of their heritage can they grow into mature and complete human beings.

It is not only in content that Morrison draws on the African heritage, but also in form. It is a form that makes for a "truly aural novel," in which her characters "participate as active readers-participants in the act of creating the story" (Diedrich 177). Morrison emphasizes: "That oral quality is deliberate" (in McKay qtd. in Gates 409). This is why a large proportion of the "telling" of Morrison's stories is done not by the omniscient narrator, but by one of the characters, who relates the story, or part of it, in an oral form to the reader as if to a friend sitting by listening. "Each story re-creates a particular patch of the past," Fabre notes, "but also reveals a new mystery and then calls for another story. In different places, by different characters, the same story is picked up, retold, expanded into further complexity and mystery. It is as though there is a crucial deficiency in each telling," Fabre explains, "so each generates the other, as though the assertion each makes raised new questions ... " (108).

This is done because in oral literature, there is "no concept of a 'correct' or 'authentic' version" (Finnegan 89) but the text is variable and dependent on the occasion of performance. The characteristic form of composition is "composition-in-performance" (Finnegan 89), that means there is no prior composition divorced from the act of performance. The oral style involves many elements which are not part of written literature:

> The style of delivery (tempo, mood, dynamics or tone, to mention just some aspects), the drama and characterization conveyed by the performer, the audience's involvement through interjections, responses, verbal interplay or choral participation in response to the main performer's lead – all these are not extra, optional embellishments, as they might seem if we follow a written paradigm, but a central constituent of the literary act. (Finnegan 124-25)

This creates the call-and-response pattern, omnipresent in African American literature and brings it close to the liveliness of oral storytelling. Lively because the "real word, the spoken word, is always an event ... an action, an ongoing part of ongoing existence" (21), as Ong (1977) explains. As in an oral performance, in Morrison's novels "everyone is saying everything to everybody through the mouth of the poet or other narrative performer. The poetic of oral cultures is participatory. Speaker, audience, and subject form a kind of continuum" (Ong 1977, 276).

In Morrison's first novel, *The Bluest Eye,* the story is told through the voice of Claudia McTeer, speaking for her sister and herself when they were children. Claudia takes the readers back into her memories of growing up in a small town in Ohio, and conveys to them what it must have felt like to experience racism for the first time. It is also through her that they learn of Pecola's story, because the girl herself was driven into madness, "the impasse confronting those whom cultural conditioning has deprived of the very means of protest or self-affirmation" (Felman 134), and silenced.

Claudia's observations are added to by the comments of Pecola's mother as she tells her own story: how she moved up north and how her marriage to Cholly failed. "It is important that we hear her story in her own sound patterns and images," Christian stresses, "for her manner of perceiving the world, primarily in rural tones and images of color, is a key to her wasted life" (*Black Women Novelists* 145). But her sense of herself is too limited, so we also need the more expansive sounds of the narrator to explore the dissonances in Mrs. Breedlove's life. The father's perspective is also included, though not in his own words. Like his daughter, he escapes into a different reality: in drink, he finds "some break, some floodlight" (126) and finally "oblivion" (126), which leaves him unable to tell his story.

In *Sula*, the story is told by an omniscient narrator, but also here, elements of oral storytelling are present. Eva Peace, the matriarch and head of one of Morrison's three-woman households, is a "heavy" character typical of oral storytelling. An astonishing, often frightening woman of epic proportions, she is the storyteller of the family. She interprets dreams and spins yarns of how she lost her leg: "in some mood or fancy, she began some fearful story about it – generally to entertain children" (30). Similar to Morrison's writing, different versions are presented, and it is never revealed which is the true, the authentic one. In doing so, Eva Peace creates a new myth to be integrated into the repertoire of the community and to immortalize her family-history. "The tales were clearly apocryphal: the mother's (self-)mutilation in the service of her own and her children's survival remains, to the end of the novel, unnarrated, and perhaps unnarratable, but the source of endless narration" (264), Hirsch notes.

Also in Morrison's next novel, *Song of Solomon*, it is rather the content than the form that is reminiscent of oral traditions: the difference in composition lies in its "relatively intricate infrastructure, and in its inventiveness and variety of expression" (Lardner 14). Also, "more of the story is drawn from the author's imagination and private experience than from common tribal and racial knowledge" (14), as Lardner states. But still,

> ... with her constant appeal to the ear, her abounding similes and frequent catalogues, her emphasis on the ceremonial aspect of life; with her deliberate inattention to conventional notions of probability; with her reverence for the significance of names; with her artful garrulousness, Morrison counts as a genuine rhapsode.... (Lardner 14)

This novel makes clear the importance of the oral tradition for African American self-understanding: it is a statement on the survival of the legacy; on the power of memory, of collective memories kept alive by oral means such as names,[12] stories, words, and songs, and on the power of music, which accompanies all rituals of life, from birth to death. Transmitted verbally from generation to generation, both song and legacy endure.

An important link in this chain is Pilate. She is the preserver of family-history, and it is her song that guides the protagonist to the discovery of his roots. Pilate has "read only a geography book" (139) but she maintains a spiritual connection with both the dead and the living, while her bourgeois counterpart, Ruth, is "well read," but entirely out of touch with her African heritage. She does not have any songs or stories and fails in every human relationship in which she engages, including the one with her son Milkman.

It takes Circe, the old midwife who delivered Milkman's father and grandparents, to awaken the young man's interest in and discovery of history. She is the first to tell him: "You don't listen to people. Your ear

---

12 "Naming here has associations with African cultures in which the name is the expression of the soul" (113), Byerman stresses.

is on your head, but it's not connected to your brain" (249). This accusation triggers a change in Milkman's perception, and he begins to listen consciously. On his way through the forest, he loses his way, but then "he heard water and followed the sound" (251) and reaches the road safely.[13] He has developed a new sensitivity, a perceptiveness which prepares him for the children's singing game in Shalimar. "Childhood and the way children perceive the world," Willis explains, "is a figure for a mode of existence prior to the advent of capitalism and bourgeois society. And in *Song of Solomon* it coincides with the function of song in all marginal cultures as the unwritten text of history and culture" (37).

When Milkman hears this song for the first time, it seems like a "meaningless rhyme" (267) because he is not familiar with his ancestral tradition: isolated from the other children because of his middle-class background "he was never asked to play those circle games, those singing games" (267). The hunt at night, when he learns to open his ears, and the information he receives in Susan Byrd's house, teach him to listen closely. When he hears the song again, he recognizes it as "[t]hat old blues song Pilate sang all the time" (303). He wants to write it down, but he does not have a pen and realizes that he "would just have to listen and memorize it.... And Milkman memorized all of what they sang" (306). So unknowingly, he continues the oral tradition of his ancestors. Willis here makes a connection between individual and racial experience:

> Milkman deciphers the twin texts of history: song and genealogy. In so doing, he reconstructs a dialectic of historical transition, in which the individual genealogy evokes the history of black migration and the chain of economic expropriation from hinterland to village, and village to metropolis. The end point of Milkman's journey is the starting point of his race's history in this country: slavery. (in Gates 316)

We see that Milkman's quest for his heritage also includes a discovery of the validity of the oral tradition, because sound and words are his guides: "[a] moan like a woman's voice, a children's song, names of people, his people, names of places named after his people, offer him the final clues

---

[13] The journey motif is taken up again in a much later novel: *Jazz*. Here, it is the young mulatto Golden Grey who will have to find the way to his father and his racial identity – including the orality it is based on. On the way to his father's house in the forest, Golden starts to "hear things outside himself.... So carefully is he listening he does not see the one-mile marker with VIENNA carved vertically in the stone" (150). Also his quest takes him from white to black, from literacy back to the orality of his father's culture.

he needs to reconstruct the whole message, to resurrect dead lives and fading memories" (Fabre 113).

It is the same shift from literacy to orality that characterizes the love-affair between Milkman's sister Corinthians and Porter: when they first meet on the bus, he drops a greeting card in her lap, "on the subsequent days they did exchange greetings and finally they began to talk. In a while they were chatting..." (194), and when they finally make love, they do so with a song. This song celebrates their love as well as the African-American oral tradition, for it is structured in a call-and-response pattern:

> Corinthians looked down at him. "Is this for me?" she asked.
> "Yes," he said. "Yes, this is for you."
> "Porter."
> "This is ... for you. Instead of roses. And silk underwear and bottles of perfume. "
> "Porter."
> "Instead of chocolate creams in a heart-shaped box. Instead of a big house and a great big car. Instead of long trips ... "
> "Porter."
> "...in a clean white boat."
> "No."
> "Instead of picnics ..."
> "No."
> "... and fishing ..."
> "No."
> "... and being old together on a porch."
> "No."
> "This is for you, girl. Oh, yes. This is for you." (201)

In *Tar Baby,* literacy and orality are again juxtaposed as the two major polarizing factors: as the two principles of "industry" (represented by Valerian and his household) and "fraternity" (represented by Son and his hometown Eloe) clash, so do oral and literate culture. While Jadine has book-learning and a formal education – which Son calls "bullshit" (227) because it did not teach her anything about herself and her people – Son has no need for written documentation. He has "joined the great underclass of undocumented men ..." (142) and refuses to use the written medium: he writes neither the letters his father expects nor the application forms that Jadine wants him to fill in. It is not untypical that Jadine reads printed literature to Son, works like "*True Confessions* stories," "*Césaire*" and "the sexy parts of the Bible" (197), while he tells her his (African) fables in an oral fashion: he "whispered into every part of her stories of icecaps and singing fish, The Fox and the Stork, The Monkey and the Lion, The Spider Goes to Market ..." (194).

Thérèse, the local islander working for the Streets, is another representative of the oral tradition. Having lived on the island of her ancestors all of her life, she hardly had any contact with Western culture until white Americans began to colonize the island. Even then, she succeeds in closing herself off to their influence. By disregarding them as humans and by spinning tales about the events she sees taking place, she interprets them in a way consistent with her peoples' folklore. So she finds an alternative discourse to the American life-style which dominates the island.

Unlike Thérèse, the principal character in *Beloved,* Sethe, lacks a discourse of her own. She is shown struggling with a past that is part of the white male dominion, and tries in vain to contrive a meaningful configuration for her memories. She remains tyrannized by oppressive images, which she represses but can neither forget nor verbalize. Her memories are of the dehumanizing treatment she received from the slavemaster in Sweet Home. Schoolteacher possesses "the master's text, and as a data-collector, cataloguer, classifier, and taxonomist concerned with matters of materiality and empiricism, he divides or dismembers the indivisibility of the slaves' humanity to reconstruct ... the slave in his text" (Henderson 70). He is depicted as a silent and Spartan man, relying heavily on literate means such as pencil and notebook. Trying to categorize his slaves in a scientific and systematic way, he measures them and interprets their human characteristics as "animal ones" (237). It is out of the same analytical interest that he has his pupils rape Sethe. When she tells of her abuse, she receives a brutal whipping, which leaves her back scarred forever. These scars function "as an archeological site or memory trace" (Henderson 68), an inscription which she herself can neither read nor interpret. She is dependent on the interpretations of others.

Sethe's dilemma is that as an illiterate female slave, she finds herself the "written object of a white male discourse and the spoken object of the black male and white female discourse" (Henderson 69). The first reading which Sethe receives is from the white girl, Amy, who tends her wounds and helps her give birth to her daughter. Amy interprets the marks on Sethe's back as a "chokecherry tree" (97). The second person to read them is her mother-in-law, who sees the "roses of blood" (114), but hides "her mouth with her hand" (114) and continues the healing process "wordlessly" (114). Henderson concludes: "The presumption is, of course, that black women have no voice, no text, and consequently no history" (69). When Beloved, the embodiment of the repressed past, appears, however, this past comes alive. "The complement of her mother's silence is the concrete presence of Beloved, the literalization of what Sethe refuses to abstract into words" (Wyatt 482). As a ghost made flesh, she is "literally the story of the past embodied," as Smith (in Gates 350) calls it. Beloved is the one who gets Sethe to tell her full story for the first time:

> It became a way to feed her.... Sethe learned about the profound satisfaction Beloved got from storytelling. It amazed Sethe (as much as it pleased Beloved) because every mention of her past life hurt. Everything in it was painful or lost. She and Baby Suggs had agreed without saying so that it was unspeakable; to Denver's inquiries Sethe gave short replies or rambling incomplete reveries. Even with Paul D, who had shared some of it and to whom she could talk with at least a measure of calm, the hurt was always there.... But, as she began telling about the earrings, she found herself wanting to, liking it. (72-73)

While talking about her past, Sethe suddenly remembers her own mother's story. It was also under the pressures of slavery that this woman had killed her own babies. Raped many times by the crew on the ship from Africa and later on by her owners, she "threw" all her children except Sethe, the only one fathered by a black man and born out of love. Only by remembering her own mother's action can Sethe now understand her own. Rushdy notes that Sethe learns to understand how to claim herself as her own best thing only after she is able to understand what she is told about her female ancestors, only after she is able to understand her mother's actions as part of a larger framework of experience. The scenes of "hearing the mother's tongue, understanding the mother's code, knowing the mother's history – these are themselves the very enactment of an ongoing generational oral transmission" (591).

Denver, who represents Sethe's connection with the future just as Beloved embodies her past, is an important link in this transmission. The dialogue form of oral storytelling is evident in the passages where Denver tells Beloved her part of the story:

> Denver was seeing it now and feeling it – through Beloved. Feeling how it must have felt to her mother. Seeing how it must have looked. And the more fine

> points she made, the more detail she provided, the more Beloved liked it. So she anticipated the questions by giving blood to the scraps her mother and grandmother had told her – and her heartbeat. The monologue became, in fact, a duet as they lay down together, Denver nursing Beloved's interest like a lover whose pleasure was to overfeed the loved. (96)

Denver's storytelling demands participatory listening, just as Morrison's writing demands participatory reading, so that the dialogue form enters on two levels: in the form as well as in the content of her novels. Like Morrison, Denver has to pass on her story to the larger community, because "[n]obody was going to help her unless she told it – told all of it" (311).

The help Sethe needs has to come from all the women in the community, for Beloved symbolizes an aspect in the memory of every black woman. And exorcising her requires the collective power of them all. So, the neighborhood women gather in front of Sethe's house and start to pray. Then, they "stopped praying and took a step back to the beginning. In the beginning there were no words. In the beginning was the sound, and they all knew what that sound sounded like" (318). In this way, "black women's voices revise Scripture ('In the beginning was the word')," Henderson explains. "In its revision of Scripture, this 'key,' this 'code,' this 'sound that broke the backs of words' represents a challenge to the dominant white and male discourse in which the text of black womanhood is constructed" (81).

We can see how, in this novel, Morrison writes an alternative account of black women's history. There is a final note of optimism to the story, suggesting that women will be able to do the healing for themselves, after Sixo, the healer on Sweet Home, a man who "had a knowing tale about everything" (270), has died. He is killed because he does not allow himself to have "his mind messed up" (256) by Schoolteacher's teachings. He also refuses Garner's offer to teach him how to read and write, knowing "it would change his mind – make him forget things he shouldn't and memorize things he shouldn't..." (256).[14] Sixo dies with a song on his lips, a song which celebrates the survival of his legacy, symbolized by the baby his woman carries into freedom and the African way of naming it: "Seven-O". Halle, on the other hand, takes advantage of Garner's offer, because he thinks: "If you can't count, they can cheat you. If you can't

[14] Ong (1967) admits that "[f]or certain uses of language, literacy is not only irrelevant but is a positive hindrance" (21).

read they can beat you" (256). However, we learn from following the events on Sweet Home that this knowledge does not do him any good: it cannot prevent Schoolteacher's abuse of his wife and Halle's subsequent madness, and is consequently useless as a tool of resistance.

The structure of *Jazz* comes closest of all of Morrison's novels to the traditional African American oral and musical forms. "If jazz is a music the performer composes himself, then this novel she calls *Jazz* is a book that composes itself" (37), Leonard points out. In this novel, the voices of the book itself and those of the different speakers alternate and melt. Also Gates Jr. thinks that what is compelling here is not only the novel's plot, but also how the story is told: "A disembodied narrator slips easily and guilelessly from third-person all-knowingness to first-person lyricism" (53). It is not easy, however, to find out who this "disembodied narrator" is. Leonard sees the answer in the text:

> "I love the way you hold me, how close you let me be to you. I like your fingers on and on, lifting and turning. I have watched your face for a long time now, and missed your eyes when you went away from me... Look where your hands are. Now." Where my hands were *then* was holding on to my copy of *Jazz*. And, of course, the voice is the book itself, this physical object, our metatext. (49)

His interpretation is supported by what Morrison says in her interview with McKay: "The fact is that the stories look as though they come from people who are not even authors. No author tells these stories. They are just told – meanderingly – as though they are going in several directions at the same time" (in Gates 409). Further confirmation can be found in the text. In many instances, the book itself speaks about its mission: "Risky, I'd say, trying to figure out anybody's state of mind. But worth the trouble if you're like me – curious, inventive and well-informed" (137).

The unreliability of narrative, which is mentioned more than once in this novel, is consistent with the characteristics of oral storytelling. The different voices which tell the stories in *Jazz* criticize their own limited views: "What was I thinking of? How could I have imagined him so poorly? ... I have been careless and stupid and it infuriates me to discover (again) how unreliable I am" (160). The truth in Morrison's novels is always hard to find, and storytelling can only approach it, without ever arriving: "I missed the people altogether.... how little I could be counted on; how poorly, how shabbily my know-it-all self covered helplessness"

(220). *Jazz* is a book about writing books, but writing always with oral storytelling in the back of its mind. This is confirmed by the way that the reader is addressed, it is very direct, personal and reminiscent of the interplay of oral conversation: "Talking to you and hearing you answer – that's the kick.... " (229). Gates comes to the conclusion that "Morrison's new novel serves to redefine the very possibilities of narrative point of view. Like Duke Ellington, Morrison has found a way, paradoxically, to create an ensemble of *improvised* sound out of *composed* music" (55). Or, to put it within the framework of my study, to create orality in writing.

Throughout Morrison's work, the elusiveness of mainstream America's literate culture is revealed. With great clarity, Morrison shows that for her African American characters, "the letter kills, but the spirit gives life" (II Corinthians qtd. in Ong 1967, 138). In her first book, *The Bluest Eye*, we already find criticism of the validity of the literate medium for the representation of the African American experience. The excerpts from the American first-grade reader that introduce each chapter are in stark contrast to the reality Pecola is confronted with. The idealized description of white middle-class life is in no way representative of the problems and questions with which we see Pecola and the other two girls struggling.

We may also detect a critical comment on the print media when we see the asexual Jadine in *Tar Baby* depicted in magazines in erotic poses with "always the same wet and open lips" (99). In *Song of Solomon,* we learn that the written documentation of the white bureaucracy not only misrepresents but actually confounds the truth: the name of the "Dead" family originates from a mistake of a drunken clerk, and the oral pronunciation of the family's ancestral village, Shalimar, ("Shaleemon") comes closer to the root of the name, Solomon, than its written version. Morrison's critical stance towards literate culture is also reflected in Paul D's assessment of the printed word. When he sees Sethe's face in the paper, he knows:

> ... there was no way in hell a black face could appear in a newspaper if the story was about something anybody wanted to hear. A whip of fear broke through the heart chambers as soon as you saw a Negro's face in the paper, since the face was not there because the person had a healthy baby, or outran a street mob. Nor was it there because the person had been killed or maimed or caught or burned or jailed or whipped or evicted or stomped or raped or

> cheated, since that could hardly qualify as news in a newspaper. (191)

The account Schoolteacher keeps of his slaves can also be seen as an instance of the destructive power of the written word. *Jazz* tells us again that written text cannot be trusted when Violet's family is dispossessed with a "paper Rose's husband had signed saying they could.... Nothing on the paper about the husband joining a party that favored niggers voting" (138). Such incidents create a distrust in the African American community, which is still felt generations later. Felice's father's reaction to the newspaper is a good example of this. The young girls remembers: "I read about the white policemen who were arrested for killing some Negroes and said I was glad they were arrested, that it was about time. He looked at me and shouted, 'The story hit the paper because it was news, girl, news!'" (199). So throughout Morrison's work, the literate medium is rejected because it has been used as a tool of oppression against African Americans for too long.

What Morrison advocates, however, is that black women should start to use writing themselves. In order to achieve self-definition, they need to be able to record their own story. That is why, at the end of *Beloved*, when Denver has already told her story to the women of the community, she also learns to read and write, which will enable her to relate it to a wider audience. After a long fight for literacy and authorship, the African American oral tradition can now be continued in writing. It is a form of writing, however, which is based on and inclusive of African oral storytelling. Many instances in Morrison's work show how such a synthesis is possible.

Felice's father, for example, has found ways to combine orality and literacy in his everyday life, the only way Morrison's characters can handle the written word. In a way similar to Eva Peace in *Sula*, he likes to read the paper, but only to discuss it with friends afterwards and to call its truths into question. He "talks back to the printed words" (204), so he "grunts and groans while he reads and once in a while he laughs ... The good part for him is to read everything and argue about what he's read..." (199). Also Alice finds it difficult to manage the written word alone, it does not come alive until she is helped by sound. She reads a leaflet handed out at a demonstration during the Harlem race riots but cannot grasp its meaning:

> She read the words and looked at Dorcas. Looked at Dorcas and read the words again. What she read

> seemed crazy, out of focus. Some great gap lunged between the print and the child. She glanced between them struggling for the connection, something to close the distance between the silent staring child and the slippery crazy words. Then suddenly, like a rope cast for rescue, the drums spanned the distance, gathering them all up and connected them. (58)

It is only with the help of the traditional oral medium that a written text can make sense to her and Morrison's other characters.

Orality and literacy are central issues in Morrison's exploration of African American culture. In both form and content, she reaches back to the African storytelling tradition of her people's past. Often, there is more than one narrator and the story is left imperfect, so the reader can participate actively, creating the call-and-response pattern reminiscent of oral art forms. In many instances, the inappropriateness of the written medium is demonstrated: it cannot be trusted for a truthful representation of African American reality. The recovery of orality as an important part of their cultural identity is the prime directive for Morrison's characters, the only way for them to gain a voice of their own.

2. Sound and Silence

Music plays a central role in the African American community and hence also in the works of African American writers. Although "[s]ound always tends to socialize" (284), as Ong (1971) stresses, meaning and function of music in African American culture are fundamentally different from that of the Western world. The reason for this lies in the fact that Western culture is based on literacy, whereas African American culture reaches back to the orality of its African origins. Music fulfills a multitude of social functions in the black community: it is ever-present in work, in play, in religious practice as well as secular events and in the struggle of everyday life.

The form that black women writers employ to tell their story is based on this music, the most important art form in African American culture. Preserving the memory of common roots, it prevents the isolation of the individual, because it always combines individual expression with communal participation. Morrison consciously uses musical and oral techniques in her writing for she knows:

> The old stories don't work any more and songs don't work any more, that folk art that kept us alive ... Novels are important because they are socially responsible ... a novel written a certain way can do precisely what spirituals used to do. It can do exactly what blues or jazz or gossip or stories or myths or folklore did. (qtd. in Jones 145)

Morrison tell us that "for a long time, the art form that was healing for Black people was music. That music is no longer *exclusively* ours; it is the mode of contemporary music everywhere. So another form has to take that place" (qtd. in McKay 1). She suggests that the African American novel is that form, provided that it has "that sort of identifiable quality that black music has" (qtd. in Busby).

Morrison achieves this quality by constructing her novels in analogy with the artistic structures of blues and jazz music. In both theme and form, her novels are characterized by the use of inversion, sometimes in the form of humor and sometimes as tragedy. As in the blues, she fuses laughter and tears and balances lament with promise, despair with hope. Individual suffering is always symbolic of the collective experience, as is the case in oral storytelling, and other oral characteristics such as improvisation, creation in performance, the use of dialogue, audience participation, and the employment of off-beat symbolism are all references back to Morrison's oral and musical predecessors. Gates Jr. observes:

> Music and literature, rivals of the arts, have not coexisted without intruding on each other's terrain. Since what we think of as 'literature' had its origins as an oral, or chanted, art, the dance of language that is writing has coveted the status of its sister art, music: music, where form and content, image and idea, are one, indissolubly linked at creation. From classic ritual and its offspring, tragedy, all the way to opera and musicals, the boundary between music and literature has proven a dynamic site of interplay. (qtd. in Amistad 52).

Morrison's narratives are the songs of a new generation of African Americans and a contemporary expression of black folk culture. Because the jazz and blues elements in Morrison's writing have been elaborated in great details by authors such as Barbara Christian, Allen, Wyatt, and since it would exceed the intention of my study, I will restrict my analysis to the elements which are relevant here, that is, what sound and music mean to Morrison's characters.

Throughout her work, music is closely associated with the emotional, with sensuality, with love and with life itself, including the pain inherent in it. For Morrison's characters, music is one of the most important means of self-expression and communication. Morrison emphasizes: "It is important that there is sound in my books" (qtd. in McKay in Gates 408). This becomes evident in the description of the Bottom, the black neighborhood depicted in *Sula*: it is

> ... just a neighborhood where on quiet days people in valley houses could hear singing sometimes, banjos sometimes, and if a valley man happened to have business up there in those hills – collecting rent or insurance payments – he might see a dark woman in a flowered dress doing a bit of cakewalk, a bit of black bottom, a bit of 'messing around' to the lively notes of a mouth organ. Her bare feet would raise the saffron dust that floated down on the coveralls and bunion-split shoes of the man breathing music in and out of his harmonica. The black people watching her would laugh and rub their knees, and it would be easy for the valley man to hear the laughter and not notice the adult pain that rested somewhere under the eye-lids, somewhere under their head rags and soft felt hats, somewhere in the palm of the hand, somewhere behind the frayed lapels, somewhere in the sinew's curve. He'd have to stand in the back of Greater Saint Matthew's and let the tenor's voice dress him in silk... Otherwise the pain would escape him even though the laughter was part of the pain. (4)

This way, both joy and grief find expression in the black communities which Morrison depicts. At Chicken's funeral, for instance, the mourners are heard "screaming at the neck of God, his giant nape, the vast back of the head that he had turned on them in death... it was not a fist-shaking grief they were keening but rather a simple obligation to say something about the dead. They could not let that heart smashing event pass unrecorded, unidentified" (107). That is why, during the sermon, "they left the pews. For with some emotions one has to stand. They spoke, for they were full and needed to speak. They swayed, for the rivulets of grief or of ecstasy must be rocked" (65).

Everywhere in Morrison's novels, we can distinguish between two types of characters: there are those who, in their quest for integration into mainstream American society, have lost this healing music and now believe that "[c]olored people were neat and quiet; niggers were dirty and loud" (*The Bluest Eye* 71). And there are those sensual and spiritual characters who still have music to balance their lives. Mrs. McTeer in *The Bluest Eye* is one of them. A strong, nurturing woman, she is able to overcome everyday anger and troubles by singing. Claudia remembers that when she sang about hard times, "her voice was so sweet.... Misery colored by the greens and blues in my mother's voice took all of the grief out of the words" (24).

The members of the Breedlove family, in contrast, do not have songs with which to comfort themselves or each other, neither can they benefit from the community's healing music. Convinced of their own ugliness and isolated because of it, they cause "no stir in the neighborhood, no sound in the labor force, and no wave in the mayor's office. Each member of the family in his own cell of consciousness, each making his own patchwork quilt of reality..." (31). The only sounds the daughter Pecola hears are those of her parents in bed, "[h]e making sounds as though he were in pain, as though something had him by the throat and wouldn't let go. Terrible as his noises were, they were not nearly as bad as the no noise at all from her mother. It was as though she was not even there" (48-49). This instance shows that in Morrison's world silence generally means absence or death. Pauline's dumbness is the result of the solitary life she leads. She does not find fulfillment in her marriage, and the solitude in the northern town where she cannot make friends robs her of her joy of life. The silence of isolation becomes over-powering when "all she could hear was the truck delivering furniture downstairs" (96). So she herself is muted and joins "a Church where shouting was frowned upon" (100).

As a young woman, she used to be different: in the rural south where she was born, music was everywhere and she participated in it. In church, "[t]he songs caressed her" (90) and she enjoyed listening to a "woman named Ivy who seemed to hold in her mouth all of the sounds of Pauline's soul.... Ivy sang the dark sweetness that Pauline could not name" (90). What attracts the young woman to Cholly is that "he came with his own music" (91). When she first sees him, he is whistling "[o]ne of those rapid, high note riffs that black boys make as they go while sweeping, shoveling, or just walking along. A kind of city street music where laughter belies anxiety, and joy is as short and straight as the blade of a pocket knife" (91).

Music is the only means of self-expression for Cholly. The narrator explains that "the pieces of Cholly's life could become coherent only in the head of a musician. Only those who talk their talk through the gold of curved metal, or in the touch of black-and-white rectangles and taut skins and strings echoing from wooden corridors, could give true form to his life" (125). But also Cholly gradually loses it: life in the north and the routine of his marriage, "the constantness, varietylessness, the sheer weight of sameness drove him to despair and froze his imagination" (126). Finally, his life becomes the "perfect soundlessness" (124) of an existence without joy or hope.

Born into the silence of this numbed family, the only place where Pecola meets a little music and tenderness is with the three prostitutes living above her. They always have the radio playing, and there is laughter and singing. The carefree attention of this group is not enough to strengthen the girl for what is to come, however. When her father rapes her in a moment of drunkenness, her mouth is shut for good, and in "the silence of her stunned throat" (128) she escapes into an imaginary world. There, she finally finds a friend in her own reflection and music in "the beat of a drummer so distant only she could hear" (158).

The typical scenario for silence and spiritual death in Morrison's writing, however, is not found in poverty and destitution, but in the African American middle-class family. The silence that suffuses their houses is equally damaging to the children growing up there. Soaphead Church, the second child molester in this novel, is a product of such an environment. As an "academic misanthropist" from a mixed family, he rejects the African part of his heritage and its music. His wife Velma leaves him after a short marriage because "[s]he had not lived by the sea all those years, listened to the wharfman's songs all that time, to spend her life in the soundless cave of Elihue's mind" (134). Even then he cannot cry and his grief finds no expression, because he thinks "[t]here is no wind to carry, bear, or even refuse to bear, a sound so heavy with regret" (140). The unnaturalness and the sad consequences of such a silent existence become clear when the man is shown as unable to develop a healthy adult sexuality and turns to little girls instead.

In *Sula*, these two motifs of sound and silence are contrasted again. The conventional Nel grows up in "the high silence of her mother's incredibly orderly house, feeling the neatness pointing at her back" (51), while the extended family of her friend Sula lives in a "household of throbbing disorder constantly awry with things, people, voices and the slamming of doors" (52). Sula's mother, the sensual Hannah, provides the music. When she talks she gives "a chord to the simplest words" (42), and when she does everyday chores, such as preparing beans for dinner, "the sound of the cracking and snapping and her swift-fingered movements" makes her seem "to be playing a complicated instrument" (68). After her death, the Peace home succumbs to "profound silence" (76). For the music Hannah's daughter Sula knows only sounds within the limits of her own mind. Shortly before she dies herself, Sula hears

> ... a melody in her head she could not identify or recall ever hearing before. "Perhaps I made it up," she thought. Then it came to her – the name of the song and all its lyrics just as she had heard it many times before. She sat on the bed thinking, "There aren't any more new songs and I have sung all the ones there are. I have sung them all. I have sung all the songs there are." She lay down again on the bed and sang a little wandering tune made up of the words I have sung all the songs all the songs I have sung all the songs there are until, touched by her own lullaby, she grew drowsy.... (137)

The chorus of the community and its healing power, which Sula rejected during her life, finally come to her in death. Despite all the animosity, the people of the Bottom still cannot let their sister go without a little music to accompany her on her last journey. After Sula's official burial (which is arranged by white people), several people from the Bottom enter "with hooded hearts and filed eyes to sing 'Shall We Gather at the River'" (173).

Sula's old friend Nel is not among them. Having grown up in a bourgeois family she regards loud mourning as "unbecoming behavior" (107). So when her husband leaves her, she cannot articulate what goes on inside her. Feeling the pain of loss she

> [w]aited for the oldest cry. A scream not for others, not in sympathy for a burnt child, or a dead father, but a deeply personal cry for one's own pain. A loud strident: 'Why me?' She waited. The mud shifted, the leaves stirred, the smell of overripe green things enveloped her and announced the beginning of her very own howl. But it did not come. (108)

Nel is trapped in a world of soundlessness; neither in screams nor in conversation can she express her suffering, since she does not "have Sula to talk about it..." (110). Her repressed emotions lead to a neurosis: the threatening vision of embodied pain outside her, a ball of muddy strings, silent and "terrible in its malevolence" (108). At the very end, Nel finally realizes that the true reason for her grief is the loss of Sula and not of her husband. The sudden insight frees her from the incubus and she can finally verbalize her grief: "'Sula?' she whispered... And the loss pressed down on her chest and came up into her throat.... 'Oh Lord, Sula,' she said, 'girl, girl, girlgirlgirl.' It was a fine cry – loud and lòng – but it had no bottom and it had no top, just circles and circles of sorrow" (174). As her cry is not directed and does not have a recipient, a listener, it falls back on itself.

Song of Solomon is also about sound, evolving around one song, a haunting ballad which underlies the events of the novel like "helpful and defining piano music in a silent movie" (6). It is first sung near the beginning of the novel, often repeated throughout it, and becomes the focal point around which the plot is built. The name of this song is borrowed from the Biblical *Song of Solomon*, a highly erotic love poem, which "portrays a ritual marriage, symbolically that of Christ to the Church" (Barthold 183). Morrison's novel is also a kind of love poem or song, addressed to her people. The main singer is Pilate Dead, who holds the power of enchantment in the song she sings, making possible the birth of the protagonist, and leading him through the novel to the end.

Her chaotic three-woman household and her brother's bourgeois family again represent the two principles of sound and silence. Macon Dead's home is marked by deadly silence: the "quiet that suffused the doctor's house... was only that: quiet. It was not peaceful..." (10) and there is no love or joy there. It is contrasted with the household of Pilate, her daughter Reba and Hagar, Reba's daughter, a family which Macon calls a "collection of lunatics who made wine and sang in the streets 'like common street women!'" (20). Passing by his sister's house one night, however, Macon starts to yearn for their music:

> He did not even look as he walked by it. But then he heard the music. They were singing. All of them. Pilate, Reba, and Reba's daughter, Hagar.... Macon walked on, resisting as best he could the sound of the voices that followed him. He was rapidly approaching a part of the road where the music could not follow, when he saw, like the scene on the back of a postcard, a picture of where he was headed – his own home; his wife's narrow unyielding back; his daughters boiled dry from years of yearning; his son, to whom he could speak only if his words held some command or criticism.... There was no music there, and tonight he wanted just a bit of music.... (28-29)

It is consistent with Morrison's sense-symbolism that Macon thinks of his own family in visual terms – a postcard – while he is drawn to the oral world of his sister. Pilate is associated with music, she is shown humming or singing "all the time" (136) because she remembers "clear as day, her father said: 'Sing. Sing'" (148). And "Pilate understood all of what he told her. To sing, which she did beautifully, relieved her gloom immediately" (148).

Her song is not enough, however, to save her granddaughter. In Pilate's house, Hagar misses the security of a regulated family-life and the chorus of the community. When her lover Milkman leaves her the young woman flees into madness, a place where "it was silent all the time" (99). Only in death is she reunited with her grandmother's song. At the funeral, Pilate interrupts the minister's sermon with her shout of "Mercy!" (321).[15] Her shout becomes a whisper and then she "transformed the plea into a note. In a clear bluebell voice she sang it out" (321). Her plea is answered by Reba's soprano affirming: "I hear you," which embodies the African concept of call and response. As they sing, with Pilate at the front of the chapel and Reba at the back, their litany encircles the congregation. Then, Pilate sings the lullaby "Who's been bothering my sweet sugar lumpkin?" (322) and identifies her grand-daughter as "My baby girl" over and over, until, "like an elephant who had just found his anger and lifts his trunk over the heads of the little men ... Pilate trumpeted for the sky to hear, 'And she was loved'" (323).

Pilate's song also accompanies Mr. Smith's death-leap at the beginning of the novel, as well as Milkman's birth, and it is the same song which the children sing in Shalimar, the hometown of his family. This children's chorus works as a transmitter of genealogy: when Milkman finally understands it he is able to put together the last puzzle-pieces of his family history, and learn his ancestors' music. Because life in the North does not produce any songs, people there are out of touch with nature and music. It is not only in Milkman's home that we encounter deadly silence, but the whole of society seems muted there. In contrast to his name, his friend Guitar does not play music; he "lacks the equilibrium that an artistic outlet such as playing music would bring" (House, "Artists and the Art of Living" 38), and silence surrounds the other members of the Seven Days as well. The mute Empire State "*don't* talk" (111) at all, and also the other men hardly communicate, because they believe that "nobody needs the unnatural satisfaction of talking about it. Telling about it" (159). Only

[15] The oration, according to Ong (1967), is one of "the great verbal art forms of oral and residually oral society" (57).

through his aunt's song is Milkman able to free himself from this deadly silence. When she dies, she will have transmitted her song to her nephew, so that the young man, "who knew no songs, and had no singing voice" (340) can sing it himself in the end.

In *Tar Baby*, the voices of south and north clash on the tropical island of L'Isle des Chevaliers. We witness how the sounds of nature are destroyed by the intrusion of (white) man:

> Wild parrots ... raised havoc as they flew away to look for yet another refuge.... The men had gnawed through the daisy trees until, wild-eyed and yelling, they broke in two and hit the ground. In the huge silence that followed their fall, orchids spiraled down to join them.... When it was over, and houses instead grew in the hills, those trees that had been spared dreamed of their comrades for years and their nightmare mutterings annoyed the diamondbacks.... (7-8)

New sounds soon fill the void: Valerian, the patriarch on L'Arbe de la Croix, brings man-made music into the world he creates. This music, however, is not his own: it is recorded, artificial and "canned" representations of real performances. He works hard to recapture the sound and feeling of innocence represented in uncorrupted nature, but his innocence is based on destruction. In an attempt to drown out the disharmonies in his family-life he uses the record player "to help recreate the original harmony of the spheres for the rejuvenation, nourishment and protection of his plants in the greenhouse" (Jones 120).

The harmony he is trying to create, however, is detached from the life around him and makes him close his eyes to reality. The lonely little song of his suffering son goes unnoticed, as does his wife Margaret's loneliness. Alone in her husband's big house all day, and without friends or family, the young woman has nothing to fill "those long quiet days when the sun was drained and nobody else on the street" (203). Trapped in silence and solitude, she starts abusing her baby, and then has to live traumatized by her guilt for over twenty years. Only when her secret is disclosed and when she starts talking about it can the healing process begin.

The discovery is triggered by the intrusion of a black man who, in contrast to the silent black servants, still has his own music. "Like other balanced characters in Morrison's fiction," House notes, "Son has a creative outlet: he plays the piano. In fact, after he comes upon Valerian's house, Son remains there not because of women or food but rather because of the chance to play music" ("Artists and the Art of Living" 41). He grew up in a small southern community where music and nature merge into a harmonious whole, and where the nights are "[l]oud with the presence of plants and field life" (216), a loudness which is "not audible, but... strong nonetheless" (217). That is why he feels so lost in New York where he sees his people suffer: he is depressed by "all that crying, for it was silent..." (185). He cannot stay there any more than he can stay with Jadine, and so, in the end, he returns to the island. He does not arrive at L'Arbe de la Croix, but at the other side of the island, a place where nature still has her own voice and talks to him.

In *Beloved* we encounter another family which has lost its music and becomes trapped in silence and isolation. Like most of Morrison's characters, Sethe's experienced alienation when she was separated from her people and their music. Born in the south and sold upstream as a young girl, Sethe was cut off from mother and tribe at a young age. All she remembers of them is their songs, and how "they danced and sometimes they danced the antelope ... They shifted shapes and became something other. Some unchained, demanding other whose feet knew her pulse better than she did" (38).

This power, however, is no longer present in her life, and she is dependent on the music that her white owner "Mrs. Garner hummed when she worked" (172). For her children, however, she wants to reestablish her people's tradition, and begins making up her own songs for them. When Schoolteacher takes over the farm, the slaves are again condemned to silence. Since talk among the male slaves is secretive and excludes her, Sethe remains isolated until she manages to escape into freedom. In Ohio with her mother-in-law, she enjoys a short period of company, talk and healing, until Schoolteacher comes to reclaim his property.

After killing her baby-girl and falling out with the neighbors, Sethe returns with her daughter Denver to live in the silence of solitude for eighteen years. Unable to articulate her feelings, she cannot even sing at Baby Suggs' funeral, but stands silent by the grave-side, "not joining in the hymns the others sang with all their hearts" (210). Her daughter, too, has been silenced: asked about her mother's crime one day, Denver tries to put the question to her, but then refuses to "hear Sethe's answer, nor Baby Suggs' words, nor anything at all thereafter. For two years she walked in a silence too solid for penetration.... For two years she heard nothing at all" (126). Denver's hearing is only restored by "the sound of her dead sister trying to climb the stairs" (127). When she identifies the sound as her dead sister's ghost, she begins the process of confronting the past, but she remains unable to articulate her suffering until Paul·D enters the house.

Because of his music this man survived Sweet Home, prison, long years of solitary wandering, and the war. In Sethe's house now, he introduces this music of his and sings "[s]ome old pieces of song he'd learned on the prison farm or in the War afterward" (49). With this song and "a loud male voice" (46), Paul D is able to break through the silence and expel the ghost. Chased from her hiding, the repressed past assumes human shape and appears just as Sethe, Paul D and Denver are returning from their first outing in years and everything seems to be going so well. Beloved's appearance triggers memories of their past experiences and draws them to the surface of their minds. One day, Beloved sings a song she learned from her mother, a song that "[n]obody knows... but [Sethe] and [her] children" (216). It is only then that Sethe recognizes her as her long lost daughter. So songs function as a bond between the generations, as a sign of recognition. In this case, however, it is the recognition of something that is dead. In order to survive, Sethe has to set it aside and join in the chorus of the living. The women of the community and Paul D help her to do this in the end.

Sound and silence are also an issue in *Jazz.* It is in the cotton-fields of Virginia that Joe and Violet meet, and in deep night. Not being able to see, they talk the night away. He stays with her "all through the night, taking her sass, complaining, teasing, explaining, but talking, talking her through the dark" (105). Confronted with southern racism and poverty, they decide to try their luck in the North. And when they first come to New York, the City greets them with music: "They weren't even there and already the City was speaking to them...." (32). Here, they hope to find others "who, when they spoke, regardless of the accent, treated language like the same intricate, malleable toy designed for their play" (32-33). It is through music and language that the immigrants are still connected to their country and race roots. Joe and Violet, however, lose these in their struggle to make it in the big city, and the move North turns out to be a big mistake. Years later, Violet admits to her young friend Felice: "I messed up my own life.... Before I came North I made sense and so did the world" (207).

Like many others in Morrison's fiction, Joe and Violet give up their music when they distance themselves from their origins. The silence of isolation is the sad consequence. In the northern cities, where most struggle to assimilate, race music is regarded as a hindrance, a step back to the sensuality which Morrison's assimilated characters want to overcome, but which Morrison sees as an integrate part of African American life. So for her, the City is divided into two parts: "In the top I see looking faces and it's not easy to tell which are people, which the work of stonemasons. Below is shadow where any base thing takes place: clarinets and lovemaking, fists and the voices of sorrowful women" (7). It is in such shadow that life is lived, and life in Morrison's world is always accompanied by music and sound. This music resonates with sensuality and sexuality: "Songs that used to start in the head and fill the heart had dropped on down, down to places below the sash and the buckled belts. Lower and lower... " (56).

So often, when the bourgeois, assimilated characters in *Jazz* talk about jazz music, they do so in a provokingly stereotypical way. For instance, they accuse it of making them "do unwise disorderly things. Just hearing it was like violating the law" (58). It is for those reasons that Alice despises and fears it. She thinks: "it wasn't real music – just colored folks' stuff: harmful, certainly; embarrassing, of course; but not real, not serious" (59). Characters like her believe it to be wiser "to close the windows and the shutters, sweat in the summer heat of a silent Clifton Place apartment than to risk a broken window or a yelping that might not know where or how to stop" (59). Because associated with this music is everything that physical existence entails: "where there was violence wasn't there also vice? Gambling. Cursing. A terrible and nasty closeness. Red dresses. Yellow shoes. And, of course, race music to urge them on" (79).

Listening closely, Alice also detects "a complicated anger in it; something hostile that disguised itself as flourish and roaring seduction. But the part she hated most was its appetite. Its longing for the bash, the slit; a kind of careless hunger for a fight or a red ruby stickpin for a tie – either would do" (59). And in a way, she is right. For music in Morrison's world acts as a catalyst, it makes things happen: "The music bends, falls to its knees to embrace them all, encourage them to live a little, why don't you?" (187-188).

This music is an integrate part of the African American soul. It not only brings back the sensual, physical side of life, however, but also the connection back to nature and the southern country roots of most of Morrison's characters:

> You would have thought everything had been forgiven the way they played. The clarinets had trouble because the brass was cut so fine, not lowdown the way they love to do it, but high and fine like a young girl singing by the side of a creek, passing the time, her ankles cold in the water. The young men with brass probably never saw such a girl, or such a creek, but they made her up that day. (196)

Joe and Violet have seen such girls and such creeks, but trying to survive in the City they have lost the memory of it. The price Morrison's characters pay for assimilation is sensual alienation. Violet's loneliness and dis-connectedness gives her a "renegade tongue yearning to be on its own" (24). So conversation for her is made difficult: "Words connected only to themselves pierced an otherwise normal content" (23). Afraid of what she might say, Violet is muted, she "shuts up. Speaks less and less until 'uh' or 'have mercy' carry almost all of her part of a conversation.... " (24) until she is "as well as silent" (24). Violet remembers:

> I got quiet because the things I couldn't say were coming out of my mouth anyhow. I got quiet because I didn't know what my hands might get up to when the day's work was done. The business going on inside me I thought was none of my business and none of Joe's either because I just had to keep hold of him any way I could and going crazy would make me lose him. (97)

The thing which is on Violet's mind, which causes her spells of confusion, is – as so often in Morrison's stories – rooted in a childhood trauma: her mother's suicide. She never talks to Joe "about her grandmother – and never about her mother" (137). Her silence is a pathetic repetition of the silence she experienced from her own mother. Rose Dear stopped talking when her family was dispossessed and she was literally thrown from the chair she was sitting on. Horrified, her children witnessed this crude act and their mother's reaction to it: "they all came in the house finally and said mama; each one came and said it until she said uh huh. They never heard her say anything else in the days that followed" (98), and a little later, she kills herself. She did not have a second chance like her daughter, Violet, who finally finds comfort and conversation in the friendship she begins with Dorcas' aunt Alice.

Violet haunts the dead girl's aunt "until the aunt broke down and began to look forward to Violet's visits for a chat about youth and misbehavior" (6). The relationship that develops between Alice and Violet is marked by honesty. Both can finally talk about what they really feel, without social considerations and pressures:

> When Violet came to visit (and Alice never knew when that might be) something opened up.... The thing was how Alice felt and talked in her company. Not like she did with other people. With Violet she was impolite. Sudden. Frugal. No apology or courtesy seemed required or necessary between them. But something else was – clarity, perhaps. The kind of clarity crazy people demand from the not-crazy. (83)

Violet becomes "the only visitor she looked forward to" (83). The two women become friends, making it possible for both to let old and repressed suffering surface. When Alice cries out: "Oh, Mama! ... Violet had the same thought: Mama. Mama? Is this where you got to and couldn't do it no more?.... They looked away from each other then. The silence went on and on ..." (110).

It is finally dissolved by what is often the only remedy in the face of despair: laughter. "Violet was the first to smile. Then Alice. In no time laughter was rocking them both" (113). This reminds Violet of how her grandmother, True Belle, dealt with crisis. When she found her daughter's family, destitute and starving she "laughed to beat the band" (113). The others joined her, "even Rose Dear shook her head and smiled, and suddenly the world was right side up. Violet learned then what she had forgotten until this moment: that laughter is serious. More complicated, more serious than tears" (113). Laughter is the power that had kept True Belle going through difficult times, and the memory of it makes Violet laugh about herself years later:

> Crumpled over, shoulders shaking, Violet thought about how she must have looked at the funeral, at what her mission was. The sight of herself trying to do something bluesy, something hep, fumbling the knife, too late anyway ... She laughed till she coughed and Alice had to make them both a cup of settling tea.... She buttoned her coat and left the drugstore and notice, at the same moment as that Violet did, that it was spring. In the City. (113)

Her schizophrenia is dissolved by laughter, and now the healing can be completed.

Her deadly silence, however, has already had consequences for her marriage. By trying to spare her husband, Joe, any mention of her unhappiness, she isolated him and drove him away: "Over time her silences annoy her husband, then puzzle him and finally depress him" (24). Because he "can't take the quiet. She [Violet] don't hardly talk anymore" (49), he starts looking for "a lady friend. Somebody to talk to" (46). And he finds this friend in young Dorcas. Joe rents a room simply "to tell his new love things he never told his wife" (36). He remembers: "I couldn't talk to anybody but Dorcas and told her things I hadn't told myself" (123).

Joe's loneliness is not only caused by his wife's silence but dates back further. It originates in a childhood trauma, beginning with the rejection by his mother, Wild. This wild woman represents the opposite of Morrison's assimilated, citified characters: untouched by human society, she lives with the music of nature. Joe hears her song for the first time when he goes looking for her as a boy: walking in the forest, he "heard what he first believed was some combination of running water and wind in high trees. The music the world makes..." (176). He then recognizes it as his mother's song, but she withdraws from him. Much later, he sets out a second time to find her. Hearing her move in the underbrush he pleads: "Is it you? Just say it. Say anything.... He begged, pleaded for her hand until the light grew even smaller. 'You my mother?' Yes. No. Both. Either. But not this nothing" (178). It is her "indecent speechless lurking insanity" (179) that plants in him the feeling of loneliness which he tries to overcome in his affair with Dorcas.

Dorcas also tells him about hurt that she never revealed to anyone, the emptiness she feels inside after the death of her parents. Her aunt Alice "instructed her about deafness and blindness – how valuable and necessary they were..." (54) but she never encouraged her to talk. So she remains mute when her parents die and never touches upon the tragedy: "She never said. Never said anything about it. She went to two funerals in five days, and never said a word" (57). Because of this, Joe trusts she "knows better than people his own age what that inside nothing was like" (37-38). This trust gives the young girl the power to open his heart and make him tell his story for the first time. In the end, and with the help of love and friendship, both Joe and Violet have learned to express their innermost fears and hopes. They are finally able now to find communication and comfort in the other. Often, they "stay home figuring things out, telling each other those little personal stories they like to hear again and again" (223).

Music, conversation and laughter have many functions in Morrison's depiction of the African American community. As the central means of self-expression and for communication, music plays a crucial role in the lives of all of her characters. Throughout her writing, music is associated with the emotional, with sensuality, with love and with life itself, including the pain which is a part of it. Most important, however, is its function as a connection back to the roots, which for most of Morrison's characters lie in the rural south. In general, we can distinguish between two types of characters: there are those who in their struggle for assimilation into American society (found in the small towns and big metropolises of the north) lose their music and become silenced. The black middle-class family is a place without music, and the children growing up there often become the emotionally impoverished, spiritually dead and sexually perverted characters who crowd Morrison's work. As a balance, Morrison created those characters who were able to refuse the pull of the mainstream and hang on to their music as an instrument of healing, founded in and connected to the old South and to Africa. Laughter and conversation have similar powers. The characters who could safeguard them are shown as healthier, happier individuals who often help and heal others with their song.

3. Community as Chorus

We have seen in the previous chapters how the Western mode of thinking differs from that in tribal cultures. Ong (1967) explains that our way of thinking originated in the age of enlightenment, when "logic of personal inquiry, silent cerebration, had ousted dialectic, an art involving vocal exchange, as the acknowledged sovereign over human intellectual activity" (63). In tribal societies, on the other hand, the "paradigm of communication is dialogue, a two-way transaction in a world of sound, which is a world of response, of echo" (Ong 1967, 167). This explains the deep roots the dialogue form has in the oral tradition of African American culture.

"The widespread use of the call and response discourse mode among African-Americans exemplifies the importance placed on dialogue," explains Hill Collins. Composed of "spontaneous verbal and nonverbal interaction between speaker and listener in which all of the speaker's statements or 'calls' are punctuated by expressions or 'responses' from the listener" (315), this discourse mode pervades African American culture. Morrison affirms in her interview with Jones:

> ... there was something about the Greek chorus, for example, that reminds me of what goes on in Black churches and in jazz where there are two things. You have a response, obviously. The chorus being the community who participates in this behavior and is shocked by it or horrified by it or they like or they support it. Everybody is in it. And it has something also to do with the way in which those stories are told because the reader becomes a participant in the books, and I have to make it possible for the reader to respond the way they would like the chorus to in addition to the choral effects in the book itself. (134-35)

Within Morrison's work, the choral form dominates the interaction between community and individual. Growing up with the chorus of an intact community is of utmost importance for the development of her characters into mature social beings.[16] In the southern past of most of the characters Morrison depicts, the chorus of a caring community is always there to guide them through good and bad times. The three old women who tend Cholly's sick aunt in *The Bluest Eye* are a good example of this. Talking about the pains of the past, "[t]heir voices blended into a threnody of nostalgia about pain. Rising and falling, complex in harmony, uncertain in pitch, but constant in the recitative of pain" (109-110). Such wailing, communally experienced and expressed help the individual to deal with the pain of life.

Once severed from this chorus, which practically only existed in the rural South of the past, most of Morrison's characters lose themselves in the urban jungle and succumb to loneliness and alienation. This happens to Pauline in *The Bluest Eye*, who recalls: "It was hard to get to know folks up here and I missed my people" (93), and also to Hagar in *Song of Solomon*. She finds music and conversation in her grandmother's house, but misses the chorus of the community's care. Alone, she is

---

[16] Ong (1967) emphasizes the connection between sound and community: "For the word ... is not only the repository of intelligibility and intelligence; it is also the basic agent holding society together. The word, which is essentially sound, unites not just one man and another; it forms men into groups. It is the expression and incarnation of community" (310).

> [n]ot strong enough, like Pilate, nor simple enough, like Reba, to make up her life as they had. She needed what most colored girls needed: a chorus of mamas, grandmamas, aunts, cousins, sisters, neighbors, Sunday school teachers, best girl friends, and what all to give her the strength life demanded of her – and the humor with which to live it. (311)

Hagar's cousin Milkman has to grow up without these voices as well. As a man, however, he has the chance to go out and look for them. It is in the South, the home of his ancestors, that he hears the chorus of male voices which he needs for the first time. They recall Milkman's grandfather, a farmer, and sing of the tradition of working the land: "Grab it. Grab this land! Take it, hold it, my brothers, make it, my brothers, shake it, squeeze it ... kick it, kiss it, whip it, stomp it ... buy it, sell it, own it, build it, multiply it, and pass it on – can you hear me? Pass it on!" (237-238). This chorus contributes greatly to the young man's spiritual growth and his appreciation of his ancestors' tradition.

Sethe, in *Beloved,* is another displaced character cut off from the chorus of her ancestors. On Sweet Home, where she spends her young years, the girl lives in total isolation from the company of older people. Since she cannot remember much about her mother's songs, and as there are no other black women on the farm, she has "nobody. To talk to..." (196). After Sethe arrives in freedom she has a few "[d]ays of healing, ease and real-talk. Days of company; knowing the names of forty, fifty other Negroes, their views, habits; where they had been and what done; of feeling their sorrow and fun along with her own, which made it better" (116). When Schoolteacher comes to take her and her children back, Sethe kills her older daughter. This action, and her strange reaction to it, again cut her off from the community and the healing power of its music:

> Was her head a bit too high? Her back a little too straight? Probably. Otherwise the singing would have begun at once, the moment she appeared in the doorway of the house on Bluestone Road. Some cape of sound would have been quickly wrapped around her, like arms to hold and steady her on the way. As it was, they waited till the cart turned about, headed west to town. And then no words. Humming. No words at all. (187-188)

Sethe suffers from this isolation, almost as much as she does from the memories that are haunting her, and so does her daughter. Yet, it is only when Paul D enters their house that Denver verbalizes her feelings and complains: "Nobody speaks to us. Nobody comes by" (18). This marks the beginning of the end to their isolation.

Paul D is aware of the need for solidarity and mutual responsibility in human interaction. He learned about it in the closed society of a prison camp, where the men were chained together and had to take care of each other, "[f]or one lost, all lost. The chain that held them would save all or none..." (135-136). He knows that humans are not meant to live alone. So he takes Sethe and her daughter to a carnival and reintroduces them to the community, which has shunned Sethe for many years, simply by saying "howdy to everybody within twenty feet" (59). This is Sethe's first step towards the others. Hostility finally turns into compassion and the will to help when the neighbors learn about the ghost haunting Sethe's house. At the end, all of the women unite and, with a choral holler, the ghost is exorcised. Marshall (1992) points out that in *Beloved,* "the reclaiming of the self and of history are the same. But the self is not an individual, lone, self. It is part of a community" (191). This statement confirms Morrison's emphasis on community and its choral voice.

In the urban environment of *Jazz,* the African American community appears in the form of street-life. Even under the different circumstances of the big city, it is still intact, with people taking care of each other and the elders being a respected authority. Young children are taught

> ... all their lives about the respect due their elders. Lessons learned from the old folks whose milky-light eyes watched everything they did, commented on it, and told each other what it was. Lessons they had learned from the younger old folks (like her) who could be their auntie, their grandmother, their mother, or their mother's best friend, who not only could tell on them, but could tell them; could stop them cold with a word, with a "Cut that mess out!" shouted from any window, doorway or street curb in a two-block radius. (91)

The problem here is that the arising black middle-class cuts itself off from the street-life of the community. Alice, for instance, is as arrogant as not to listen to what the community has to say, and so misses the information which might have saved her niece's life:

> One thing for sure, the streets will confuse you, teach you or break your head. But Alice Manfred wasn't the kind to give herself reasons to be in the streets.

> She got through them quick as she could to get back to her house. If she had come out more often, sat on the stoop or gossiped in front of the beauty shop, she would have known more than what the paper said. She might have known what was happening under her nose. (72-73)

Only after her niece's death does she come into contact with life on the street, when crazy Violet becomes her friend: "The women who avoided the streets let into her living room the woman who sat down in the middle of one" (73). This is a necessary encounter for both women, because each represents what the other lacks: friendship and rootedness in a larger community.

In Morrison's work, there are many instances where the exchange between individual and community is demonstrated as essential for the spiritual survival of her characters. The dialogue form that Morrison uses in her novels is rooted in the African-based oral tradition of the African American community. The chorus of an intact community, which is usually only guaranteed in the rural southern past of Morrison's characters, plays an important part in the socialization process. Without it, many of her characters are broken by loneliness and alienation in a hostile, racist environment. Individual and community thus form a union in Morrison's work, a union which is vital for the survival of both.

4. Speaking in Tongues

It would be impossible to give a thorough analysis of the second sense including sound, laughter and music in Morrison's work without also tackling the problem of language. Language, according to Finnegan is "usually taken to be the fundamental and characteristically human form of communication" (15). And Ong (1967) affirms: "A common language is essential for a real community to form" (124).

First or mother-languages convey distinct symbolic meaning. Ong asserts that oral verbalization, unlike writing, is natural. The word, according to Ong (1977) "comes to each of us first orally in our 'mother' tongue. Its association with mother and early nature and nurture is why speech is so closely involved with our personal identity and with cultural identity" (22). He explains that the "concept of 'mother' tongue registers deeply the human feeling that the language in which we grow up, the language which introduces us as human beings to the human lifeworld, not only comes primarily from our mother but belongs to some degree intrinsically to our mother's feminine world" (23).

The problem of language and especially of mother tongues or ancestral languages is one of Morrison's central concerns. In her writing, she wants to return to the point "where language had its original power" (qtd. in Tate 126). In order to reach that point, Morrison feels she has to "remove the print-quality of language to put back the oral quality, where intonation, volume, gesture are all there. Furthermore, the characters have to speak their own language" (qtd. in Tate 126). The language they use is "black folk speech because it is metaphorical, realistic, and lusty" (Lee 271).

If this language is not available, the characters are shown struggling with words. Their difficulties can be explained by the fact that standard English is often rejected as the language of the oppressor, and that the language of their motherland is only retained by the first few generations of slaves. In the north, many characters suffer a second linguistic alienation when their southern, rural ways of speaking are resented and ridiculed. In the process of assimilation, many of Morrison's characters lose their "tribal literacy" (Stepto). Loneliness and alienation, as well as spiritual, sensual and linguistic impoverishment are often the sad consequences.

For Pauline in *The Bluest Eye* for instance, her native tongue, a southern dialect, is the barrier which denies her access to northern society. She feels alienated because the people around her do not speak the same language. When she wants to make friends, the other women laugh "at her way of talking" (94) so she tries to change it and starts to say "childring" instead of "chil'ren" (100). Her linguistic alienation results in a general loss of communication: Pauline does not "even have a cat to talk to" (93) and soon, she and her husband "have less and less to say to each other" (93). Pregnant with her second baby, Pauline makes an attempt to break out of her isolation and form a bond with the child; she "used to talk to it whilst it be still in the womb. Like good friends" (98). However, the birth of her baby is accompanied by such dehumanizing treatment in the hospital – the white doctors talk about her as if she were an animal (for them, African American women are "just like horses" [99]) and never address her directly – that she gives up.

Humiliated and unable to express her pain, she loses her social potential. In the end, interaction with her husband and children is reduced to admonitions and insults, because she "felt she was fulfilling a mother's role consciously when she pointed out their father's faults to keep them from having them, or punished them when they showed any slovenliness..." (102). In this respect, Pauline becomes like the highly moral Helene in *Sula*, who also rejects her mother tongue. Determined to sever all ties with her past, her prostitute mother in New Orleans, she demonstratively denies the sharing of a common language. That is why, after their visit there, she tells her daughter: "I don't talk Creole.... And neither do you" (27). Hirsch explains:

> Maternal speech is sparse in the novel: mothers and daughters never quite succeed in addressing each other directly, mothers fail to communicate the stories they wish to tell. This pattern of missed communication begins when Nel and her mother Helene undertake an exhausting journey south to attend the funeral of Nel's great-grandmother. Here, in the place of maternal origin, Nel cannot understand the Creole she hears her grandmother speak. (264)

The orphan Jadine in *Tar Baby* does not speak the language of her (maternal) ancestors either. Having lost her mother at an early age and rejecting her aunt's definition of womanhood, Jadine can no longer use their code. This keeps her from making contact with people like the locals in Eloe, Son's hometown. To her, they have "nonconversations" (216), and although she tries "to talk 'down home' like Ondine" (216), she cannot communicate with them. Neither can she understand the language Son is using "when he talked to Soldier and Drake and Ellen and the others who stopped by" (212) or participate in "discussions in which the silences meant more than the words did" (223).

Jadine has lost her tribal literacy and so "resists forms of communication that draw attention to the gap between signifier and signified; the forms basic to the Afro-American tradition" (Werner 163). She cannot, like Ella in *Beloved*, listen "for the holes – the things the fugitives did not say; the questions they did not ask" (112). The conversations of the people in rural Florida are as foreign to her as the talk of the islanders, who "never had any chat – or manners for that matter. Conversation with them was always an interrogation..." (249). The small talk of the international jet set and the academic discourse she engages in with her white mentor are the only languages in which she feels comfortable.

Morrison's strong, authentic characters, on the other hand, often remember the language of their ancestors, or they are resourceful enough to create an alternative discourse. Thérèse, a native of the island of

Dominique in *Tar Baby*, represents this type of character. She refuses to even acknowledge the presence of the white Americans on the island, or to speak their language. To them, she "never said anything at all...." (34). When she talks to her nephew Gideon, she does so in her mother tongue: spinning a tale around Son and Jadine, "her English crumbled till finally it became dust in her mouth stopping the flow of her imagination and she spat it out altogether and let the story shimmer through the clear cascade of the French of Dominique" (92).

Sixo in *Beloved* also refuses to share the language of the oppressor. When Schoolteacher takes over the farm he stops speaking English "because there was no future in it" (31). He would rather die than be integrated into the society which Schoolteacher represents. In the face of death he sings a song of "hatred so loose it was juba" (280). Having found a language of his own, he then laughs out loud and shouts the name of his unborn child, the next generation, who will live in freedom. Also Sethe in *Beloved* has escaped slavery and reached freedom. Having been separated from her tribe, however, she has lost its language and is shown struggling with great difficulty when trying to verbalize her feelings. Consequently, a major part of the conversation takes place in inner monologues. Smith notes that the reader confronts "the instability, indeed the inadequacy, of language perhaps most powerfully in the passages of interior monologue told from Sethe's, Denver's, and Beloved's point of view..." (in Gates 351).

An intelligible language is found only when Sethe tells Beloved about her mother's story. Suddenly, she finds herself remembering "something she had forgotten she knew" (77), the language of her foster mother who

> ... used different words. Words Sethe understood then but could neither recall nor repeat now. She believed that must be why she remembered so little before Sweet Home except singing and dancing and how crowded it was. What Nan told her she had forgotten, along with the language she told it in. The same language her ma'am spoke, and which would never come back. But the message – that was and had been there all along... she was picking meaning out of a code she no longer understood. (77)

This code is the expression of the collective female experience, knowledge that is handed down in a matrilineal fashion and in a code "that he [Paul D] could not break" (163). Only the women of the community are able to break the code of the past when they gather in front of Sethe's house to exorcise her ghost. Then and there, they find the right sound, because "[i]n the beginning there were no words. In the beginning was the sound, and they all knew what that sound sounded like" (318).

With this sound, the incubus of the past is removed from the house. To normalize her life, however, Sethe needs to be returned to the care of the community. Because it not only takes the language of the "beginning," but also the language of the living, the language of compassion. Denver is the daughter that is left, and the one who constitutes Sethe's link to the future. It is she who has to go out and tell her mother's story. Leaving the house for the first time in years, she can hardly reply to a simple greeting in the street or tö her old teacher's welcome. In order to get help, however, she is forced to communicate with the neighbors. The contact with the outside world brings the sound of human compassion back into her life. When she sees Nelson, "[a]ll he did was smile and say, 'Take care of yourself, Denver,' but she heard it as though it were what language was made for. The last time he spoke to her his words blocked up her ears. Now they opened her mind" (310).

Sharing the same language, however, does not necessarily mean understanding or caring. Successful human interaction involves both talking and listening, and often, in Morrison's description of African American life, that is not given. In *Sula*, the title character has to do without true conversation for a long time. The men she talks to do not regard her as an equal and their "conversations" are more like monologues. It is not until she meets Ajax that she experiences the exchange of true dialogue. She is thrilled that

> ... he talked to her. They had genuine conversations. He did not speak down to her or at her, nor content himself with puerile questions about her life or monologues of his own activities. Thinking she was possibly brilliant, like his mother, he seemed to expect brilliance from her, and she delivered. And in all of it, he listened more than he spoke. (127-128)

The relationship, however, does not last because Sula changes when she falls in love. She starts to use the cliché-ridden language of lovers ("Lean on me" [133]), which Ajax hates, and soon, he leaves her. Having lost both friend and lover, Sula remains alone and dies at a young age, with only the voice in her head to listen to.

Ruth, in *Song of Solomon*, is another character who has to live without the comfort of conversation. She is "stunned into stillness by her husband's contempt" (11), a contempt which is born when he discovers his wife's incestuous attachment to her father. He stops talking to her then, and the young woman grows so lonely that she visits her father's grave, just "[t]o talk to somebody who wanted to listen" (125). Her children cannot provide her with the conversation she needs since her daughters are as muted and "[h]er son had never been a person to her, a separate real person. He had always been a passion" (131). The other family members do not communicate either: Macon can talk to his son "only if the words held some command or criticism" (28-29), and Milkman "had not said more than four consecutive sentences since he was in the ninth grade" (213) to his sister. Everything he does at home is "met with quiet understanding from his mother and his sisters (or indifference and criticism from his father)" (79). And there is no evidence that the two sisters talk to each other.

So when Milkman first goes to see his aunt together with his friend Guitar, Pilate wonders: "Do he talk?" (37). A conversation is struck up quickly, and since Pilate is "too direct" for small talk, the boys have "to pay careful attention to [their] language" (36). For the first time in his life, Milkman is encouraged to talk:

> They took him seriously too. Asked him questions and thought all his responses to things were important enough to laugh at or quarrel with him about..... The women in the wine house were indifferent to nothing and understood nothing. Every sentence, every word, was new to them and they listened to what he said like bright-eyed ravens, trembling in their eagerness to catch and interpret every sound in the universe. (79)

Yet, Milkman fails with his lover Hagar: he would "never sit her down and talk to her" (304), but sends her a cold good-bye letter instead. It is not until he undertakes his journey south that he learns to listen, as he learned to talk in Pilate's house.

Before he is able to crack the code of his ancestors' song, however, he has to learn the language of nature. At night in the forests of the south, he hears, for the first time, his great-great-grandmother's moan in "Rhyna's Gulch," and although it is only the canyon that "makes that sound when the wind hits a certain way" (277), Milkman interprets it correctly as "a woman crying" (277). He is invited to participate in a nocturnal hunt, and the barking of the dogs and the hunters' yells and whistles make him realize that

> [t]he men and the dogs were talking to each other. In distinctive voices they were saying distinctive, complicated things.... It was all language.... No, it was not language; it was what there was before language. Before things were written down. Language in the time when men and animals did talk to one another... (281).

Now, he tries to hear what nature has to tell him: "he sank his fingers into the grass. He tried to listen with his fingertips, to hear what, if anything, the earth had to say, and it told him quickly that someone was standing behind him..." (282). Having listened closely, he is braced for Guitar's attack and survives. Returning home afterwards, he introduces this newfound language into his family. He even starts talking to his father. The two men have "long rambling talks" (338) in which Milkman, in a reversal of the generation-to-generation transmission, informs his father about their family history. At the very end, he is able not only to understand the code of his family song but also to transmit it himself to his people.

A similar route toward understanding between father and son is depicted in *Tar Baby.* At the beginning, Valerian does not pay attention to his son's "lonely *lonely* song" (64). The tormented little boy has taken to "singing because he could not speak or cry – because he had no vocabulary for what was happening to him..." (201). It is only after Margaret's secret is disclosed that Valerian begins to understand this song. It was about the abuse the child had suffered at the hands of his mother. Out of loneliness and a perverted desire for revenge, Margaret had tortured her helpless baby. Coming from two different social classes, Margaret and Valerian always found it hard to communicate, and their marriage left both lonely. For many years, they did not listen to each other: as a strategy to repress her terrible secret, Margaret began to "forget the names and uses of things" (51) and was usually too preoccupied with her guilt "to concentrate on what her husband was saying" (20). Frustrated, he retreated to the greenhouse to talk to his ghosts.

Only when Margaret's guilt is discovered does she regains the use of language. When she comes to share it with her husband, however, he rejects her again: "I cannot hear this, Margaret." (204). But she insists: "You can. I have *done* it, lived with it. You can hear it" (204). And so can the reader:

> And there was something so foul in that, something in the crime of innocence so revolting it paralyzed him. He had not known because he had not taken the trouble to know. He was satisfied with what he did know. Knowing more was inconvenient and frightening ... Was there anything so loathsome as a willfully innocent man? Hardly. An innocent man is a sin before God. (209)

In her next book, Morrison uncovers a chapter in African American history, which is as shameful and as repressed: slavery. *Beloved* is about the overcoming of the "national amnesia" (Morrison qtd. in Rushdy 568) regarding the age of slavery, a period neither African nor European Americans wish to remember. "Black women's history has been neglected in every epoch," notes Stetson, "but especially under slavery" (61). The writer's task, as Morrison sees it, is "to rip that veil drawn over proceedings too terrible to relate," to "find and expose the truth about the interior life of people who didn't write it," to "fill in the blanks that the slave narrative left, to part the veil that was so frequently drawn" (qtd. in Henderson 63).

In *Beloved*, Morrison gives a voice to the "[s]ixty million and more" (*Beloved*) who failed to survive the Middle Passage, the dead and forgotten, who must be remembered in order to be properly buried. In her interview with Marshall, Morrison claims: "The gap between Africa and Afro-Americans and the gap between the living and the dead and the gap between past and the present does not exist. It's bridged for us by our assuming responsibility for people no one's ever assumed responsibility for. They are those that died on route" (186).

The dead in this novel are always present as the background of life. Sethe's house is haunted by the ghost of the baby she killed, but what makes it worse is that it is also haunted by the silence of repression. Through long years of lonely suffering, Sethe has accustomed herself to praying silently. Her pain could never find the appropriate articulation when only "words whispered in the keeping room had kept her going" (105). Learning about her husband's fate, however, she feels that "[w]ords whispered in the keeping room were too little" (105), and decides to go out to the clearing where her mother-in-law used to preach. With her powerful Call ("she didn't deliver sermons or preach – insisting she was too ignorant for that – she *called* and the hearing heard" [217]) Baby Suggs had taught the members of her community to express themselves. During the ceremony, she would tell the children to laugh, the men to come to her and dance, and the women to cry ("For the living and the dead. Just cry" [107]). Yet, even this strong woman was broken and silenced, because "[t]he heart that pumped out love, the mouth that spoke the Word, didn't count. They came in her yard anyway" (220-221).

Another person has to take over her role, somebody who can make Sethe open her heart to life again. This person is Paul D: he is "the kind of man who could walk into a house and make the woman cry. Because with him, in his presence, she could. There was something blessed in his manner. Women saw him and wanted to weep" (21). When he enters the house, also Denver begins to cry "[t]he tears she had not shed for nine years" (17), and so her healing begins. For Sethe, however, it takes more than a man to free her from the ghosts of the past. Never having been articulated, her pain is too overpowering; it becomes flesh in a "devil-child" (321) and drives Paul D from the house.

Only other women, women who share her experience and understand her pain, can free Sethe from her ghost for good. They all have to come together to exorcise it, and they do. Alerted by Ella, the neighborhood women gather in front of Sethe's house to pray; "then Ella hollered. Instantly the kneelers and the standers joined her. They stopped praying and took a step back to the beginning. In the beginning there were no words. In the beginning was the sound, and they all knew what that sound sounded like" (318). With this primeval cry, all their suffering, individual and collective, is finally given a voice. Now, the healing process can begin[17].

Language is a central issue for Morrison's African American characters. Together with laughter and tears, the creation or recovery of a language of their own is needed to allow self-expression and communication. Having experienced a double linguistic alienation, first by their removal from their African homeland, then by the migration north in search of labor, Morrison's characters find it hard to communicate in a hostile world. The only way to preserve their identity and to save them from assimilation – which for Morrison means annihilation – is in the recovery of their roots, in the language of their ancestors. Those characters who do not have the chance to find, or the strength to invent their own voice, like the bourgeois characters depicted, lose contact to both racial roots and community and become strangely muted.

---

[17] Ong (1967) agrees: "Sound is future-oriented, and thus hopeful" (316).

5. Truth in Timbre

A central aspect of the languages used in Morrison's fiction is their sound. For many of her characters, the truth lies behind the words, in the way they are spoken. Morrison asserts that "sound is important" (qtd. in Leclair 28) in her writing. In order to interpret this sound, it is necessary to bear in mind that African American English still maintains some characteristics of its African roots, one of which is tonality.

Meadows points out that "some African languages are 'tonal', i.e., the meaning of a word changes completely with the variation of the pitch" (61). Also Hill Collins argues that the "sound of what is being said is just as important as the words themselves in what is, in a sense, a dialogue between reason and emotions" (319). In oral cultures, emotions are considered appropriate in a conversation because they indicate that the speaker believes in the validity of his or her argument. Ong (1977) explains: "A tonal language uses pitch to distinguish words. Many African languages are tonal.... a tonal language cannot be effectively whispered – the meaning will not always come clear" (98). So "a close attention to precise nuance of word use is an oral and not a written trait" (McLuhan 1962, 156).

Also because sound is a "special sensory key to interiority.... a clue to interiors in the physical as well as in the psychological sense" (Ong 1967, 117), the truth for many of Morrison's authentic, unassimilated characters is not in the semiotics of the words (words "could lie, could heat your blood and disappear" [*Jazz* 37]), but in the way these words are spoken. Joe in *Jazz* is one of these characters, the way he speaks conveys honesty and authenticity. His customers, black women in New York "liked his voice. It had a pitch, a note they heard only when they visited stubborn old folks who would not budge from their front yards and overworked fields to come to the City" (71). And he means what he says, as his young friend Felice notices: "He said, 'Thank you, baby. Take half for yourself.' Something about the way he said it. As though he appreciated it. When my father says thanks, it's just a word. Mr. Trace acted like he meant it" (207).

Joe's wife, Violet, finds back to this kind of honesty, to authenticity, once she rediscovers her center, her self. Felice thinks: "Nothing she says is a lie the way it is with most older people" (205). Violet's identity, summed up in the word "me", is based on such honesty:

> The way she said it. Not like the 'me' was some tough somebody, or somebody she had put together for show. But like, like somebody she favored and could count on. A secret somebody you didn't have to feel sorry for or have to fight for. Somebody who wouldn't have to steal a ring to get back at whitepeople and then lie and say it was a present from them. (210)

It does not come as a surprise that Felice appreciates this quality in the two older people, because in general, Morrison's child characters are closer to their ancestral tradition than adults, and hence pay better attention to the tonal quality of language. The little girls in *The Bluest Eye* listen rather to the sound than to the semiotics of the words they hear. Eavesdropping on a conversation among their mother's friends, they experience it

> ... like a gently wicked dance: sound meets sound, curtsies, shimmies and retires. Another sound enters but is upstaged by still another: the two circle each other and stop. Sometimes their words move in lofty spirals; other times they take strident leaps, and all of it is punctuated with warm-pulsed laughter – like the throb of a heart made of jelly. The edge, the curl, the thrust of their emotions is always clear to Frieda and me. We do not, cannot, know the meanings of all their words, for we are nine and ten years old. So we watch their faces, their hands, their feet, and listen for truth in timbre. (16)

Being aware of the importance of sound for cognition, Frieda and Claudia do not trust the meaning of the words, but rely on their sound alone. So when the boarder in their house "laughed the grown-up getting-ready-to lie-laugh. A he-he-he [they] knew well" (65), they are prepared and will not be deceived. "Language as tonality and as dance, African linguistic characteristics," is, as Christian points out, "at the center of this book's truth..." (*Black Women Novelists* 152).

Apart from children, those of Morrison's characters who have refused assimilation into mainstream American culture and language are still aware of the tonal dimension of their own language background. In *Sula*, it is Ajax who uses language like a musician, and who, like Son in *Tar*

Baby, still practices the tradition of fliting[18]. In his hometown, he is noted for

> ... his magnificently foul mouth. In fact he seldom cursed, and the epithets he chose were dull, even harmless. His reputation was derived from the way he handled the words. When he said 'hell' he hit the *h* with his lungs and the impact was greater than the achievement of the most imaginative foul mouth in the town. He could say 'shit' with a nastiness impossible to imitate. (50)

When Sula falls so deeply in love that she turns into a different woman, the sensitive man notices the change in the tone of her voice: "In her words, in her voice, was a sound he knew well" (133). Repulsed and afraid of what he detected in her voice, Ajax leaves her. Also Milkman in *Song of Solomon* pays attention to sound. Although he has a hard time rediscovering his African heritage, his language use shows an early interest, as Guitar angry accusation proves: "You're more interested in my tone than in what I'm saying" (103).

In modern American society, however, tonality can no longer be trusted, Morrison cautions, since it is the language of the past and can be deceptive for anyone struggling to survive in the present. This is what happens to young Cholly in *The Bluest Eye*: he is fascinated by the name of the town where his father lives: "Macon," he thinks, "[w]hat a good, strong-sounding word" (120). Yet, when he arrives in Macon and finds his father, he faces total disappointment: his father does not recognize him, but "in a vexed and whiny voice shouted at Cholly..." (123). At this point, all human ties in the boy's life are severed, he feels that he has "nothing more to lose" (126).

Also Nel in *Sula* believes in tonality and is disappointed: when she catches her husband cheating with her best friend Sula, she waits for her to "say one of these lovely college words like *aesthetics* or *rapport*, which [she] never understood but loved nonetheless because they sounded so comfortable and firm" (105). There is no longer anything firm in her life, however, and she loses both friend and husband. So for her, deception becomes a way of life. When she goes to see her old friend on her deathbed, she goes well prepared:

---

[18] Ong (1967) explains: "One of the characteristic verbal institutions of an oral culture, polarized as this is around personal tensions, is that of fliting ... the concerted exchange of personal abuse, combined often with boast and challenge, which forms a staple of oral performance..." (207).

> She had practiced not just the words but the tone, the pitch of her voice. It should be calm, matter-of-fact, but strong in sympathy – for the illness though, not for the patient. The sound of her voice as she heard it in her head betrayed no curiosity, no pride, just the inflection of any good woman come to see about a sick person who, incidentally, had no such visits from nobody else. (138)

And when she gets there, "[v]irtue, bleak and drawn.... gave her voice the timbre she wanted it to have: free of delight or a lip-smacking 'I-told-you-so' with which the news of Sula's illness had been received up in the Bottom – free of the least hint of retribution" (139). But Sula, sensitive and honest to the point of brutality, can see through her and asks: "How you know?... About who was good. How you know it was you?" (146).

Margaret in *Tar Baby* is another character who – like Cholly and Nel – is betrayed by the sound of what seems to be safe and secure. When she meets her husband "[t]he safety she heard in his voice... comforted her..." (71). This is why she marries him. In marriage to him, however, she does not find any comfort, and the union results in loneliness and pretence. Her husband's protegee Jadine is part of this world as well. She has been taught about how to master small talk and keep a conversation going, but not how to tell the truth. While listening to Valerian reminisce about his childhood, for instance, she thinks: "I ought to say something.... I ought to be asking questions and making comments instead of smiling and nodding like a puppet" (65).

Jadine's counterpart is Son. He is shown as extremely sensitive to sounds. Jadine, however, dazzles his senses, and he misinterprets what he hears at first. From his hiding on the yacht together with Margaret and Jadine, he is awoken by

> ... the forgotten sound of a woman's voice – so new and welcoming it broke his dream chain apart. He woke thinking of a short street of yellow houses which women opened wide and called out, 'Come on in here, you honey you,' their laughter sprawling like a quilt over the command. (3)

Only later does her realize: "nothing sprawled in this woman's voice" (3). It "seemed warm on the inside, cold at the edges. Or was it the other way around?" (4). Then, Son hears the women walk away with "the sound only a woman's thighs could make. A delicious invitation to come in out of the rain and curl up by the stove" (4). When he gets to know Jadine, however, he has to learn that it is precisely these caring, nurturing qualities which she lacks. He does not like what she says, but her beauty distracts him "from what she was saying or laughing at" (188), and from the tone she says it in, "[t]he mocking voice, the superior, managerial, administrative, clerk-in-a-fucking-loan-office tone she took" (189). Jadine does not like his language either, she makes fun of the four-letter words he uses ("Don't you have any other words to express awe?" [100]) and tells him to stop his cursing. In the end, communication is made impossible by the different languages which the two lovers use, and their union fails.

In *Beloved*, the two languages that clash are the voices of the dead and of the living. The language of the past is introduced to the house by a ghost. Beloved has a voice which is described as "gravelly," and there is a song that seems to lie in it, "[j]ust outside music it lay, with a cadence not like theirs" (75). This song is a reminiscence of the tonal African language of her racial past. Her voice, the voice of the dead, takes over the house: "a conflagration of hasty voices – loud, urgent, all speaking at once ... The speech wasn't nonsensical, exactly, nor was it in tongues. But something was wrong with the order of the words..." (211). In the end, we learn that "the undecipherable language clamoring around the house was the mumbling of the black and angry dead" (244).

It is in this sort of language that Denver communicates with her dead sister. The two have "[s]weet crazy conversations full of half sentences, daydreams and misunderstandings more thrilling than understanding could ever be" (83). It takes the same tone, "the right combination, the key, the code, the sound that broke the back of words ... a wave of sound deep enough to sound water and knock the pods off chestnut trees" (321) to expel the ghost of the past and free the house for the living. In the economy of the text, this means that although tonality is a thing of the past, it is still of vital importance for the characters which Morrison creates and for the African American community for which she writes.

In *Jazz*, this is demonstrated at the example of the Harlem race riots: "What was possible to say was already in print on a banner that repeated a couple of promises from the Declaration of Independence and waved over the head of its bearer. But what was meant came from the drums" (53). These drums speak for the demonstrators: "what they meant to say but did not trust themselves to say the drum said for them, and what they had seen with their own eyes and through the eyes of others the drums described to a T" (54). It is the truth in their timbre, the protest they convey, which permeates jazz music and which gives it an additional social explosiveness: "It was impossible to keep the Fifth Avenue drums separate from the belt-buckle tunes vibrating from pianos and spinning on every Victrola" (59). This connection makes jazz music, regardless of the adult language used in it, "hard to dismiss because underneath, holding up the looseness like a palm, are the drums that put Fifth Avenue into focus" (60). The music expresses tonality and sensuality as the two strongest cohesive forces in African American life.

In Morrison's writing, truth is not expressed in words but in sound. The tonality in today's black English has been explained by the influence of its African mother-languages. It is still alive and vibrant in the speech of Morrison's child and other authentic and unassimilated characters. In the mixed society of Morrison's fiction, however, timbre cannot always be relied on, because most adults have learned to fake it. But although it is the language of the past and of the dead, it needs to be heard, for it contains the key to the future. Words in Morrison's work can only start making sense in combination with sound and music. So sound serves as mediator between African and European American culture, translating complicated eternal verities and processing them into a form which Morrison's characters and, hopefully, readers can understand.

III. The Sense of Smell

1. Gateway for the Ghosts

The sense of smell is rooted in the archaic parts of the brain where emotions, motivations, and memories reside, so it is not controlled by our will. Memories are often linked to certain smells. In a poll quoted in Degen (53), eighty percent of men and ninety percent of women affirm that smells for them trigger specific personal memories. Certain aromas are even known to transport people into a state of meditative and dream-like immersion. According to Rovesti and Fischer-Rizzi (28), all civilizations use scents in their religious practice, the primary function of perfume is thus a sacred one.[19] The rising incense is believed to establish a connection between humans and gods, between the material and the spiritual world. It opens a gateway for gods and ghosts.

For Morrison, the sense of smell fulfills an important function in the process of writing. The author draws from her personal past, from scenes evoked and remembered by certain odors. She has learned to "use only the odors or the sounds or the smells of the things [she] needed" (qtd. in Jones 129) for inspiration and for the creation of atmosphere in her books.

Her characters also remember the past by its predominant smell, a smell that is usually indicative of the underlying spiritual quality of that time. The childhood of Frieda and Claudia in *The Bluest Eye* is described as difficult but also as nurturing, nurturing in both a physical and spiritual way: on Saturdays, their house "smelled of Fels Naphta and the sharp odor of mustard greens cooking" (24). The girls' childhood is described as painful, but it is a "productive and fructifying pain. Love, thick and dark as Alaga syrup eased up into that cracked window." Claudia remembers: "I could smell it – taste it – sweet, musty, with an edge of wintergreen in its base – everywhere in that house" (14). The sharp taste of wintergreen denotes the toughness within the love of this family. It will bring forth two assertive and independent women. A surprisingly similar smell suffuses the rich white household where Pecola's mother works: "Odors of meat, vegetables, and something freshly baked mixed with a scent of Fels Naphta" (86). This atmosphere is Pauline's work, who pours all of her love and care into the white family, fatefully neglecting her own.

[19] The first heavenly order recorded in the Bible was for Moses to produce perfumes (Rovesti, Fischer-Rizzi 207); remember also the use of incense in the Catholic Church.

Milkman in *Song of Solomon* also grows up in a family which has very little love to give, so his childhood memories are not accompanied by pleasant food-scents but "heavy with the odor of illness, misery, and unforgiving hearts" (181). The first time he experiences love and acceptance is when he enters his aunt Pilate's house, where the pervading "odor of pine and fermenting fruit" (39) initiates the boy into the world of spirits, and prepares him for the strange encounters he will make on his journey south.

Because the past of Morrison's characters is not only individual, but also representative of the collective history of all black Americans, there are not only personal memories evoked by smells, but also racial recollections. So, every time when the past comes in or takes over, it is announced or accompanied by a specific smell. In *Song of Solomon,* the importance of such smells is evident in the very title: the legendary King Solomon was known for his love of perfumes. Scents and aromas are also at the center of the biblical "Song of Solomon", a highly erotic love poem. In Morrison's novel, the corresponding scent is an exotic smell coming from the East, from Africa, the historical homeland of all African Americans, which touches the lives of the poorer, less assimilated characters:

> On autumn nights, in some parts of the city, the wind from the lake brings a sweetish smell to shore. An odor like crystallized ginger, or sweet iced tea with a dark clove floating in it. There is no explanation for the smell either, since the lake, on September 19, 1963, was so full of mill refuse and the chemical wastes of a plastics manufacturer.... Yet there was this heavy spice-sweet smell that made you think of the East and striped tents and the *sha-sha-sha* of leg bracelets. The people who lived near the lake hadn't noticed the smell for a long time now because when airconditioners came, they shut their windows and slept a light surface sleep under the motor's drone. So the ginger sugar blew unnoticed through the streets, around the trees, over roofs, until, thinned out and weakened a little, it reached Southside. There, where some houses didn't even have screens, let alone air conditioners, the windows were thrown wide open to whatever the night had to offer. And there the ginger smell was sharp, sharp enough to distort dreams and make the sleeper believe the things he hungered for were right at hand. To the Southside residents who were awake on such nights, it gave

> all their thoughts and activity a quality of being both intimate and far away. (185-86)

Milkman and his friend Guitar are awake and perceive the smell, but they are both misguided and deceived, dreaming of easy money and political gains, and so do not recognize it as a messenger from their people's past. They "could smell the air, but they didn't think of ginger. Each thought it was the way freedom smelled, or justice, or luxury, or vengeance. Breathing the air that could have come straight from a marketplace in Accra.... " (186)

Since in the world that Morrison creates the past is never quite over but lives on in the present and the future, the dead often return to remind the living. When Milkman and Guitar steal Milkman's grandfather's bones, believing them to be gold, the same ginger smell wafts through the air.[20] It also greets Milkman in the Butler's mansion where he encounters ancient Circe. According to Holloway, it is "reminiscent of the fruity ripe smell of Pilate" (112), inspiring, fertilizing and connecting to the past.

When he enters the house at first, however, Milkman is choked by a nasty odor: a "hairy animal smell, ripe, rife, suffocating ... in his mouth, coating his teeth and tongue" (241). He has to throw up[21] when "suddenly, in its place was a sweet spicy perfume. Like ginger root – pleasant, clean, seductive. Surprised and charmed by it, he retraced his steps and went inside" (241).[22] Again, when he approaches Susan Byrd's house, where he hears some valid information about his ancestors, he is welcomed by "the smell of gingerbread baking" (290). And when he comes to see her a second time "the odor of another batch of gingerbread wafted out" (324). Near the end of the novel, when Pilate and Milkman return his grandfather's bones to the earth, the ghost's presence is again marked by "[g]inger, a spicy sugared ginger smell" (339). The ginger smell that is in the air when Milkman finally sings his song to his dying aunt, the "heavy spice sweet smell that made you think of the East" (183), further extends the connection back to the biblical "Song of Solomon" and to the mythical African past of Morrison's characters.

Milkman's sister Corinthians is also touched by this smell. It makes her bold enough to defy her father and start a relationship with a man beneath

---

[20] The conjunction of a sweet, spicy scent with the spirits of the dead is also an aspect of black folk belief. (Barthold 176)

[21] An act of cleansing?

[22] Note that ginger in fact has antiseptic qualities.

her social status. When she spends the first night with Porter, the man who will make her rebel against her bourgeois background and get in touch again with her people, the ginger smell in the air encourages her: "It was not yet midnight and hot – hot enough to make people angry, had it not been for a pleasant smell in the air, like sweet ginger" (200). She closes her eyes and takes "deep breaths of the sweet air" (203).

Golden Grey in *Jazz* is in search of his heritage, and also he is guided by scents and smells. As a mulatto boy raised in a white household, he is not exposed to the black side of his racial identity until he sets out to find his father. When he reaches his cabin, he picks up a distinctive smell and, not being able to see in the dark forest, he has to rely on the most archaic sense: "Animals are somewhere; he can smell them.... where are the other animals he smells but does not see or hear?" (151). The smells from the past are all around him: in the cabin he finds a "strange-smelling dress" (145), the dress his mother wore years ago to meet his father. "The odor of the invisible animals accentuated in the heat mixing now with out-of-control mint and something fruity needing to be picked" (153) creates a smell that is reminiscent of the aroma in Pilate's or in Circe's house. This smell in Morrison's world generally announces an encounter with the past, and also for Golden this includes the confrontation with the black side of his heritage.

It is usually Morrison's unassimilated and authentic characters, those still connected to their past, who are able to sense and interpret the different smells: they rely heavily on their sense of smell and are never misguided. In *Tar Baby*, Son follows the various scents and smells without hesitation or resistance. He jumps ship after "he inhaled the land smell sailors always swear they love" (115), because "he'd been shipbound so long and the land smell was so good, so good" (115). In the water, he lets the current carry him and floats "as best he could in the ammonia-scented air" (2). Then, he walks through a swamp with "a foul smell" (115)[23] until he reaches the house where Jadine lives. After his time in the United States together with Jadine has come to an end, Thérèse helps him to return to the island. Once he reaches safe ground, he again smells the land-smell, which first brought him there. And this time, he follows it to his true destination.

In *Beloved,* scents and smells remind Sethe of the things she would rather not think of. She remembers her lost husband Halle and the honey-

[23] This is probably an indicator that there will be something foul in L'Arbe de la Croix.

moon they had by the smell of the corn they roasted for a marriage feast ("I can still smell the ears roasting yonder where the Pauls and Sixo was" [74]), and the Call ceremony of her mother-in-law by "the smell of leaves simmering in the sun" (115-116). Sethe's strongest memories, however, are repressed, they can only begin to surface when her dead daughter is restored to her. The smell of burning hair, hair she combs from her daughter's head, is responsible for setting in motion her recollection of past trauma. Once faced, the terrible memories of killing her own child can finally be put to rest.

Stamp Paid also remembers the racial violence that has been part of his life in terms of its odor: "He smelled skin, skin and hot blood. The skin was one thing, but human blood cooked in a lynch fire was a whole other thing. The stench stank. Stank up off the pages off the *North Star,* out of the mouths of witnesses, etched in crooked handwriting in letters delivered by hand" (221). What breaks the man, however, is not such reports of cruelty, but the concrete proof of it: the ribbon he finds in the river, a "red ribbon knotted around a curl of wet woolly hair, clinging still to its bit of scalp" (221). "He kept the ribbon; the skin smell nagged him" (222), but he holds on to it as a reminder. The stench of dead black people is also a testimony of white cruelty in *Sula*. The white riverboat man who finds the body of Chicken Little does not waste a thought on the tragedy of the little boy's death but "suddenly became alarmed by the thought that the corpse in this heat would have a terrible odor which might get into the fabric of his woven cloth" (63-64).

In Morrison's fiction, the future, like the past, is part of the present: it is often announced by odors. These odors can be discerned by her more sensitive characters. Baby Suggs in *Beloved* is one of them. The party she throws to celebrate the reunion of her family is so rich that it makes her neighbors envious, creating an atmosphere with a smell of its own: "The scent of disapproval lay heavy in the air. Baby Suggs woke to it and wondered what it was as she boiled hominy for her grandchildren. Later, as she stood in the garden, chopping the tight soil over the roots of the pepper plants, she smelled it again" (169). It is a smell that makes her worry:

> Nothing seemed amiss – yet the smell of disapproval was sharp.... She was accustomed to the knowledge that nobody prayed for her – but this free-floating repulsion was new. It wasn't whitefolks – that much she could tell – so it must

> be colored ones. And then she knew. Her friends and neighbors were angry at her because she had overstepped, given too much, offended them by excess. (170)

Concentrating on this smell, she misses the clues of danger brewing: "Suddenly, behind the disapproving odor, way way back behind it, she smelled another thing. Dark and coming. Something she couldn't get at because the other odor hid it" (170). The dark and coming thing is the sheriff sent to take back his property: the runaway slave Sethe and her children. He is an immediate threat to the little family, as also Beloved will become a threat years later. Her arrival is announced by the stench of dying roses. It is Paul D, a very sensitive and sensual man, who perceives the smell first. Taking Sethe and Denver out to a carnival, their first outing in years, he "was the first to smell the doomed roses.... The closer the roses got to death, the louder the scent, and everybody who attended the carnival associated it with the stench of the rotten roses. It made them a little dizzy and very thirsty..." (59). The smell of the rotting roses foreshadows both the end of the deceptive harmony and the arrival of Beloved.

Beloved, the young girl returned from the dead, seems to be accompanied by the smell of death and decay. In the end, when the women of the community gather to exorcise her, "wet and hot Cincinnati's stench had traveled to the country: from the canal, from hanging meat and things rotting in jars: from small animals dead in the fields, town sewers and factories. The stench, the heat, the moisture – trust the devil to make his presence known" (316-17). This stench is reminiscent of that of the meat which Pecola in *The Bluest Eye* is given to poison a dog with in exchange for her blue eyes: "the odor of the dark, sticky meat made her want to vomit" (138). It brings death to the dog but also foreshadows the death of her baby and her own madness.

The smell of sweetness is yet another messenger of death. In Morrison's world it has very distinctive connotations: it is always associated with pain, deception and death. Nel, for instance, remembers the death of her great-grandmother by the sweet perfume her prostitute grandmother in New Orleans uses: a "sweet odor of gardenias" (*Sula* 25). Death is also what the young soldier Shadrack remembers and associates with sweetness. Leaving the hospital, but still wounded inside he perceives "a sweetish smell that reminded him of something painful" (11). Having seen the war he "knew the smell of death and was terrified of it..." (14).

The connection between sweet smell and death is finally made explicit in *Beloved:* speaking as a dead person, Beloved notices that "the place where breath should be is sweet-smelling" (261).

The smell of sweetness is not only identified with physical death, however, but also with spiritual flaws such as lies and self-deception. Nel's love for her children in *Sula*, for instance, is described as sweet and sticky. After her husband leaves her she knows "they were all she would ever know of love. But it was a love that, like a pan of syrup kept too long on the stove, had cooked out, leaving only its odor and a hard, sweet sludge, impossible to scrape off" (165). The bond between mother and children never loosens, and when her children grow up and go their own ways, Nel is left sad and lonely. Hagar in *Song of Solomon* is also deceived by the promise of sweetness: she is fooled by advertisements and her desire to buy the love of her runaway lover. On her mad shopping-spree "Hagar breathed deeply the sweet air that hung over the glass counters" (315). The candy-king Valerian in *Tar Baby* is also the king of liars. He rules over an empire of self-deception and immaturity which is symbolized by the sugary smell permeating the air around his father's factory:

> And the people who lived in the factory's neighborhood stayed there and loved it there largely because of the marvelous candy odor that greeted them in the morning and bid them goodnight. Smelling it was almost like having it.... The childhood of the children growing up in the candy air never quite left, and it may have been why they never quite grew up. (43-44)

Also the Bodwins' house in *Beloved* has a sweet smell to it, it is "a smell like the cologne she [Denver] poured in the emerald house, only better" (311). The well-meaning naivete of the Bodwins is here shown as a similar, but more refined immaturity than the escapism Denver cultivates.

Wild, the infantile girl-woman and mother of Joe Trace in *Jazz* never goes beyond this stage of hiding. Throughout the story, she is associated with sugar. She lives in the sugar cane, and when it burns she loses her hideout and probably also her life: "The cane field where Wild hid, or watched, or laughed out loud, or stayed quiet burned for months. The sugar smell lingered in the smoke, weighting it" (174). Her total separation from the community is here shown as affecting everyone around her. She is the painfully missing element in Joe's life as well as in the black community as a whole. Even as an embarrassing pariah Wild, or what she symbolizes, is still an important part of all of Morrison's African American characters.

Morrison uses the sense of smell in her exploration of the African American search for identity. The key to it lies in the past, in the mythical South of her fiction, which needs to be remembered in order for her people to survive. Scents and smells are signs that indicate the emergence of the past. In Morrison's fiction, past, present and future are interconnected, and the dead can always come back to haunt the living, so the smell of death is ever-present. It is not only threatening, however, but can also become a gateway to knowledge and spiritual growth. As her characters grow in sensitivity, they rely more and more on the sense of smell and the guidance of their ancestors, who lead them into a future no longer disconnected from its roots.

2. Perfume : "the Deadly Odor"

Apart from triggering memories, the sense of smell has emotional and erotic components. It is connected to regions in the brain where emotions, passions and instincts reside. The main function of odors is hedonic, which means that olfactory stimuli evoke an emotional reaction. The effect of smells on the organism is psychosomatic, they influence it on both the physical and the psychical level. More than any other sense, the sense of smell affects the human psyche.

Body odor is an individual's most personal perfume, it is often compared to an aura enveloping the body. Rovesti and Fischer-Rizzi claim that in tribal societies, people can identify each other by their body odor alone (20). Recent studies (Eberhard-Metzger 43) have shown that each human being in fact has a genetically anchored individual odor. Modern hygiene, however, has had its effect on such odors. In the times of efficient disinfectants and preservatives, the sense of smell has lost most of its life-preserving function. In the course of this development, individual body odor has become tabooed, even though it still plays an important role in human relationships. Sweat for instance, according to Degen (52), contains a sexual attractant. Through personal hygiene, with artificial perfumes and deodorants, members of modern society try to erase or cover up their individual, sex-specific odor (Kutzelnigg 330). McLuhan (1964) sees this development as typical of literate societies:

> The sense of smell is not only the most subtle and delicate of the human senses; it is, also, the most iconic in that it involves the entire human sensorium more fully than any other sense. It is not surprising, therefore, that highly literate societies take steps to reduce or eliminate odors from the environment. B.O., the unique signature and declaration of human individuality, is a bad word in literate societies. It is far too involving for our habits of detachment and specialist attention. (146-47)

This explains the symbolic meaning Morrison attaches to her characters' body odors. The culture-clash between Americans of European and of African descent about which she writes is also present in her characters' attitude towards their own body odors. It contains the essence of their being, and perfume erases their individuality and robs them of their autonomy. When Morrison's characters become assimilated into Western culture, we usually witness a shift from natural to artificial, from the odors of bark, leaves, or pine to man-made perfumes.

A woman aspiring to a middle-class life style in *The Bluest Eye* is even left by her lover because "he couldn't take no more of that violet water Della Jones used. Said he wanted a woman to smell like a woman" (15). This rationale is criticized by her bourgeois lady friends: "Old dog. Ain't that nasty!" (15). These women "smell like wood, newspaper, and vanilla" (68), but not like themselves. Mr. Henry, the boarder with the McTeer family, who will eventually harass their oldest daughter, is a similar hypocrite. He covers up his true motives with Bible talk and his personality, exemplified by his body odor, with perfumed body care products: he "smelled wonderful. Like trees and lemon vanishing cream, and NuNile Hair Oil and flecks of SenSen" (16). Another such character in *The Bluest Eye* is Soaphead Church who exemplifies the downright hatred of the human body, which Morrison criticizes in Western culture. Body odor is especially detestable to him, and in his letter to God he admits: "the smell of your fruit ... we abhorred" (140). His excuse for molesting little girls is that "there wasn't any nastiness, and there wasn't any filth, and there wasn't any odor, and there wasn't any groaning" (143).

Children in Morrison's writing stand for the natural, unspoiled way of being. They have not yet been fully socialized and are still able to enjoy their bodies in their natural state. As young girls, Nel and Sula are fascinated by the smell of the opposite sex: they feel "[e]ven their footsteps left a smell of smoke behind" (*Sula* 56). Together, they explore their awakening sensuality, until both Nel and Sula are assimilated into society and learn to appreciate its preferred aromas. When Sula falls in love for the first time and starts to "play house" for Ajax, she presents herself all of a sudden "wrapped in the deadly odor of freshly applied cologne" (134). Ajax admired Sula for the unconventional, careless way she lived her life, now, he leaves her as soon as he can.

Raised in a chaotic, self-sufficient three-woman household in an all-black neighborhood Hagar in *Song of Solomon* grows up without the harmful effects of Western society. Nonetheless, she is partial to luxury and self-indulgence: "Hagar was prissy. She hated, even as a two-year-old, dirt and disorganization. At three she was already vain and beginning to be proud. She liked pretty clothes" (151). When she grows older, her preoccupation with neatness turns into an obsession, and she blames the failing of her relationship with Milkman on the way she looks and smells ("Ohhh. I smell too" [312]). She starts out on a mad shopping-spree, not resting until her efforts, she hopes, "culminated in a beauty that would dazzle him" (317). In the mall, "Hagar breathed deeply the sweet air that hung over the glass counters" (315). She finally buys a perfume called "Bandit", a truly fitting name for the thing that robs her of her natural smell, her personality, and her autonomy.

Old blind Thérèse in *Tar Baby* is the total opposite of such characters: she pays no attention to anyone's looks but relies on smells and body odors for orientation. She perceives more with this archaic sense than the other characters do with their eyes – and detects Son's presence on the property before anyone else does:

> Before that mistakable trail (the chocolate wrappers), he left the unmistakable one of his smell. Like a beast that loses his animal smell after too long a diet of cooked food, a man's smell is altered by a fast. She caught the scent twelve days ago: the smell of a fasting, or starving, as the case might be, human. It was the smell of human afterbirth that only humans could produce ... it couldn't be a swamp woman because they had a pitchlike smell. (90)

It is this same smell that will also alarm Jadine, but only when it is much closer. The vain young woman is standing in front of the mirror admiring her new coat "when the smell hit her" (97). Her preoccupation with the visual is disturbed by Son's smell, in both a physical and in a wider, symbolic way.

The way that Jadine and Son accept their body odors is characteristic of the way they deal with their sexuality: while Son's is shown as totally unrestrained, Jadine's is repressed and masked. Their body odors can be interpreted as expressions of their opposed world-views, and both try to impress their own onto the other. Son's individual smell is very physical, savage, and so strong that he notices: "after a while he began to smell like an animal in that room with her and he was afraid his smell would waken her before ... he ... had time to breathe into her the smell of tar and its shiny consistency ..." (102).[24] The next time they meet, Jadine cries out: "You smell worse than anything I have ever smelled in my life" (103). And to her horror, he replies: "I smell you too" (104). The animal quality of the sense of smell is repulsive to the cultured young woman,[25] she is not only disgusted by him but also by herself:

> He had jangled something in her that was so repulsive, so awful, and he had managed to make her feel that the thing that repelled her was not in him, but in her. That was why she was ashamed. He was the one who smelled. Rife, ripe. But she was the one he wanted to smell. Like an animal. Treating her like another animal.... (105)

It takes her some time to get used to his overbearing sexuality, but then she begins to like it. Also Son slowly begins to appreciate the aromas of Jadine's world. While he is repelled by the smell of perfume at first ("The smell of perfume nauseated him" [114]), he will use it himself later (Valerian's "Paco Rabanne") to become more attractive to Jadine. Since body odors express the true selves of Morrison's characters, the essence of each being, however, they cannot be hidden, and eventually, Son and Jadine must return to their own worlds.

In *Beloved*, Sethe is totally defined by motherhood, and again, the inner quality of her character is gathered in her body odor. Pregnant with

---

24 Tar and the smell of it are, in Morrison's sense symbolism, to be understood as indicative of black authenticity.

25 The sexual attractants in the body odors of animals are especially intensive when in heat.

her fourth child, her breasts filled with mother's milk, she flees through the forest, and the "[m]ilk, sticky and sour on her dress, attracted every small flying thing from gnats to grasshoppers" (37). She remembers: "Anybody could smell me long before he saw me" (19). Her mother-in-law, the healer of the story, also exudes a natural smell: Baby Suggs "smelled like bark in the day and leaves at night" (23). In the end, when her spirit is broken and burned out, an "odor of burning leaves" (218) surrounds her. That is when Baby Suggs dies. The memory of her teaching, incorporated in her individual smell, lingers on: "The dark quilt with two orange patches was there with them because Beloved wanted it near her when she slept. It was smelling like grass..." (96).

Denver, the other daughter, grows up with such natural smells. She is contented to have her dreams accompanied by "wild veronica until she discovered cologne. The first bottle was a gift, the next she stole from her mother ... One of the War years when Miss Bodwin, the whitewoman, brought Christmas cologne for her mother and herself ... she smelled like a roomful of flowers" (35). Again, we see perfume as an importation from the white culture, confusing and eventually harmful to Morrison's characters.

Alice Manfred in *Jazz* is a middle-class black women for whom assimilation is the only way of life. Typically, she exudes a "medicinal odor" (61). Exercising strict control over her body and its desires, she tries hard to remain indifferent to the sensual quality of odors and music, and she is afraid she is succumbing to it "when the men sat on windowsills fingering horns, and the women wondered 'how long'. The rope broke then, disturbing her peace, making her aware of flesh and something so free she could smell its bloodsmell; made her aware of its life below the sash and its red lip rouge" (58).

It is this music and this bloodsmell that helps Joe in his affair with Dorcas. He first notices the young girl when he enters her aunt's gathering, a room full of women and their smell. That smell stays on his mind: "I felt dizzy with a lightheadedness I thought came from the heavy lemon flavoring, the face powder and that light woman-sweat. Salty. Not bitter like a man's. I don't know to this day what made me speak to her on the way out the door" (123). But he does, and they begin a love affair in which scents and smells are again indicative of the hidden truth. One of his gifts to Dorcas is "[c]ologne in a blue bottle that smelled like a whore" (134), a gift she accepts, but then she rejects the flowers he brings her.

Her preference can be interpreted as choosing the artificial over the natural, which would be consistent with Dorcas' character.

In this respect, the mulatto boy Golden Grey is similar to Dorcas. He grows up in the effeminate household of a rich white girl, and both male and black elements are totally absent from his education – he does not even know his father is black. As a baby, he is bathed in perfumed water to "make him smell like honeysuckle sometimes and sometimes of lavender" (142). Consequently, he grows up to be a fastidious and self-centered young man. When he sets out to search for his father, he is, for the first time, confronted with the unknown and denied part of himself. The pregnant black woman he meets on his way symbolizes his alter ego: berry-black, naked, dirty, smelly, wild. Golden is afraid of her smell, afraid he might discover the same smell in himself:[26] when he picks her up he is anxiously "holding his breath against infection or odor or something. Something that might touch or penetrate him" (144). He does not realize, however, that this is what he needs to become whole.

The body odors of Morrison's characters contain the true essence of their being: they symbolize individuality and authenticity, an important aspect of which is sexuality. With assimilation, however, natural smells are substituted more and more by the scents of artificial body care products and perfumes. Morrison's children and her strong, authentic characters never use perfumes and remain sensitive to the scents and smells surrounding them. Their bourgeois counterparts cover up their natural body odors and become the perverts, fakes, and hypocrites we encounter so often in Morrison's depiction of black middle-class life.

---

[26] This is a fear similar to Jadine's in *Tar Baby*.

IV. The Sense of Taste

1. Food for Body and Soul

Humans are omnivores and as such ingest a wide variety of foods. Each individual likes or dislikes, to varying degrees, many of the foods that are available. These likes and dislikes, according to Zellner (201) are not static. They can change due to body chemistry and exterior factors such as exposure, cultural preference and social reinforcement. "Sensual pleasures are subject to considerable cultivation, the thrill arises from an acquired taste" (44), concludes Booth.

Also Morrison's characters can choose from a variety of foods with which to nourish their bodies and souls. Their dietary choices carry symbolic meaning, they represent the characters' inner condition, their attitudes and worldviews. Consequently, Morrison's strong, authentic characters prefer natural foods, while the more assimilated ones consume processed and refined products.

In Western culture, meat is generally associated with male qualities and vegetables – because nonexploitative – with female qualities (Wisnewski 102). This principle is also present in Morrison's work: a typical male diet is based on meat, while female foods include fruit, berries and vegetables. As mothers and often also as providers for the family, women, in Morrison's novels, are at the center of the issue of nutrition. The feminist component of food and feeding is stressed by Humm:

> The work of nurturance is both imposed on women and a source of women's social power. A feminist ethic of nurturance, using the transformative power of mother-daughter relationships is based on two principles: that the power of the nurturer must be healing and creative and that the relation should be mutual and reciprocal ... Radical feminism argues that women must nurture themselves as well as nurture others. (150)

In Morrison's evaluation of women, these characteristics, called "ancient properties" in her work, are praised above all. They include authenticity, strength, but also the nourishing, nurturing qualities the traditional woman's role demands. Morrison advises her female readers: "Let your might and power emanate from the place in you that is nurturing and caring" (qtd. in Mobley 563).

So, her strong, nurturing female characters feed everybody around them: family, friends, boarders and anyone in need. The McTeer household in *The Bluest Eye* is such a place: the house is always filled with "the sharp odor of mustard greens" (24) and the "acrid smell of simmering turnips" (62). When Pecola needs a place to stay, she is taken in by the McTeers. The mother as well as her two daughters, Claudia and Frieda, feed the starved little girl, starved for both food and affection. Doing so, they continue the old country tradition, where neighbors used to join together to take care of those in need, in the northern town where this story is set.

In the world which Morrison describes, an intact community is usually only guaranteed in the rural south, where most of her characters have their roots. Cholly is born into such a community. Abandoned by his mother at birth, he is taken in by his aunt Jimmy. She feeds him "out of her own dish. He remembered just how she held it – clumsy-like, but with so much affection" (125). Here, the emotional and spiritual component of the act of feeding is stressed, it is a sign of love. When Aunt Jimmy falls ill, the neighborhood women bring "bowls of pot liquor from black-eyed peas, from mustards, from cabbage, from kale, from collards, from turnips, from beets, from green beans. Even the juice from a boiling hog jowl" (109). And when the old woman dies, her funeral becomes a big feast, a celebration for the dead and the living, which satisfies the overall "steep hunger for food" (113).

The church plays a central role in the cohesion of the black community. The institution with its rituals spiritually feeds the black people of the south with food that is natural and in touch with the earth that brought it forth. In the description of a church picnic the central motif is a watermelon: together with his friend, old man Blue, Cholly eats "the heart of the watermelon. The nasty-sweet guts of the earth" (107). When the young man leaves the south, he leaves the community which used to feed him, but his hunger remains. In the north, where he finds nothing to satisfy it, nobody to feed him, no social network to fall back upon, he starts to drown it in alcohol.

Although set in a northern background, in Ohio, also the novel *Sula* shows a black community which, despite its poverty, is still vital and sustains its members in need. When Eva is left by her husband with "$ 1.65, five eggs, three beets and no idea of what or how to feel" (32), or of how to feed her three children, help is extended in the form of food. The neighbors give the starving family milk, "a warm bowl of peas ... and a plate of cold bread.... In this way, things went on until December. People were very willing to help" (32), but Eva knows that this is not a permanent solution. So, she leaves her children in the care of neighbors and returns only when she has enough money to build a house in which everybody will have enough to eat. In its best days, the Peace household consists of three women: Eva, her daughter Hannah, and Sula, the granddaughter. As an extended family, however, it also includes boarders and visitors. The preparation and distribution of food are the central concern: "a pot of something was always cooking on the stove" (29) to feed the "children, friends, strays, and a constant stream of boarders" (30). Eva, the matriarch of the house, fusses "interminably with the brides of the newly wed couples for not getting their men's supper ready on time" (42).

After a sparse youth, her house is filled with food now: there are string beans in the pantry, "rows of tiny green peppers" (43), bread, fish, meal, eggs. Eva prepares the meals together with her daughter Hannah, meals that consist mainly of vegetables: "Hannah had enough beans now. With some tomatoes and hot bread, she thought, that would be enough for everybody" (69). With vegetables at the center of nutrition, Morrison's three-woman households are good examples of matriarchal cooking.[27] To the end, Eva prefers natural foods such as fruit and vegetables. Even in old age and madness, she advises Nel: "Want some oranges? It's better for you than chop suey ... I don't drink they old orange juice. They puts something in it" (169).

Pilate is the head of another three-woman household in *Song of Solomon*. She is another of Morrison's caring and nurturing female characters. As a woman associated with nature, she lives on uncooked fruit and vegetables. Already as a child, she prefers fresh, natural foods: hiding in the house of white people and having to eat what she is given, she believes "she would die if she couldn't hold her mouth under Ulysses S. Grant's teat and squirt the warm milk into her own mouth, or pull a tomato off its vine and eat it where she stood. Craving certain specific foods had almost devastated her" (168). Her constant chewing of "things in her mouth – straw from brooms, gristle, buttons, seeds, leaves, string, and her favorite, when he could find some for her, rubber bands and India rubber erasers" (30) makes her an oral type, which in Freudian terminology denotes a permissive, nonrestrictive character, someone who prefers indulgence to discipline. Accordingly, Pilate does not cook and

[27] Next to the feminist component in Morrison's food symbolism there may also be racial undertones when Eva is served "fried tomatoes and soft scrambled eggs with the white left out for good luck" (74). In this context, remember Baby Suggs' observation in *Beloved:* "There is no bad luck in this world but whitefolks" (109).

> ... she and her daughters ate like children. Whatever they had a taste for. No meal was ever planned or balanced or served. Nor was there any gathering at the table. Pilate might bake hot bread and each of them would eat it with butter whenever she felt like it. Or there might be grapes, left over from the wine-making, or peaches for days on end. If one of them bought a gallon of milk they drank it until it was gone. If another got a half bushel of tomatoes or a dozen ears of corn, they ate them until they were gone too. They ate what they had or came across or had a craving for. (29)

More than with any other food, however, Pilate is identified with fruit and eggs, both representations of the maternal, nurturing appeal of Morrison's strong female characters. When her nephew first meets her, she wears black, "her head was wrapped in black too, and from a distance, all they could see beneath her face was the bright orange she was peeling" (36). As a matriarch and healer, "she never had a visitor to whom she did not offer food before one word of conversation – business or social – began" (150). Also Milkman is invited to eat as soon as he enters her house. Pilate wants to cook him an egg, the universal symbol of fertility, which according to Holloway reflects "the feminine dominion in the household" (111). Although a simple food, it is prepared with love and expertise. Pilate claims: "I know how to do them just right. I don't like my whites to move, you know. The yolk I want soft, but not runny. Want it like wet velvet" (39). In the end, Milkman thinks of his aunt in terms of food: he remembers that she "had cooked him his first perfect egg.... fed him bananas and corn bread and, on the first cold day of the year, hot nut soup" (211). Otten concludes: "Pilate is like Eve, a nurturer of life" (48).

Her household is based on fruit. The wine which Pilate and her daughters produce for a living keeps them fed and independent. Willis explains the political meaning of such work:

> Pilate's household is devoted in true potlatch fashion to nonaccumulation. With everyone working to separate berries from thorns, winemaking is not a means for creating surplus value, but a communal social activity whose natural raw material suggests, in Morrison's symbolic register, another link to rural agricultural society. (in Gates 318)

The three women live a self-sufficient but frugal life. There is no strict division of labor but everyone contributes what she can. Only Hagar, the spoiled, self-centered granddaughter is not happy with this arrangement. She complains: "If Reba hadn't won that hundred pounds of groceries, we'd have starved last winter" (48). She is not like her lucky, simple mother or her frugal grandmother who "can go for months without food. Like a lizard" (48), but insists: "Some of my days were hungry ones" (48). This accusation is enough to make her mother break into tears until she is told that the hunger was not for food but for something Pilate's way of life could not give her: the structure and discipline of a regulated family life and the security of a position in society. Pilate knows immediately: "She don't mean food" (49).

As a natural healer, she always knows about the needs of others: when her young sister-in-law comes to her pregnant and looking for help, she gives her cornstarch because "Ruth could not bite enough. Her teeth were on edge with the yearning. Like the impulse of a cat to claw, she searched for crunchy things" (132). Pilate tells Ruth she has to eat "what the baby craves" (132), for her weak eyes she suggests: "Eat cherries ... and you won't have to wear them little windows over your eyes" (135).

The cook Ondine in *Tar Baby* is yet another of Morrison's motherly characters who show their affection with food. Identifying herself entirely with the nourishing, nurturing female role, she does not "like sharing recipes or kitchen space" (50) and believes: "Love and good food never spoiled nobody" (29). Whenever trouble arises, she thinks she can mend it with "a nice lunch" (76). Having worked for a white couple most of her life, however, she has lost the connection to her racial roots and the black community, and regards other black people with suspicion. Son can appease Ondine's reservations only when "he ate so much of her food she softened considerably towards him" (141). The native islanders Thérèse and Gideon, who also work for Valerian, however, never become part of the family.

This is sad, because in some ways Ondine and Thérèse have much in common: also Thérèse is identified with the traditional woman's role, she typifies the woman as feeder. When she was young, she worked as a wet-nurse, but then "formula came and she almost starved to death" (132). Even in her old age, she claims that her breasts still give milk. And in a symbolic way, they still do. It is only with Thérèse's help that Son survives in L'Arbe de la Croix, because she is "the one made him leave the window that way. So [Son] could get the food" (131). Erickson notes: "On land, she takes over the water-lady's role as benevolent maternal sponsor..." (303). When Son stays with Thérèse and Gideon, he is fed well, they treat him to goat meat, and "Thérèse urged him on into a feast of plantain and fried avocado..."(129).

When he returns to the island after falling for Jadine, however, his appetites have changed, displaying a fundamental change in his personality. He cannot eat any more, the meat tarts on the market "turn his stomach" (254) and the "very notion of warm beer in his empty stomach sickened him" (257). He cannot participate in the fish and rice dinner Thérèse and Gideon invite him to share because he "can't get hungry," and he "can't eat" (260). Also the image of the women in his hometown of Eloe, the maternal, nurturing women who, in Son's dreams, are represented by the "fat black ladies in white dresses minding the pie tables in the basement of the church" (102) are substituted with dreams of beautiful Jadine. He also forgets his father's "pepper pot simmering" (213) in the kitchen and the eggs of his aunt Rosa.

The character who typifies the female role in *Beloved* is Sethe. Not surprisingly, she is considered a good cook: as a slave, she does the cooking in Sweet Home, where she becomes noted for her "damn good soup" (184). When her mistress falls ill, it is Sethe who takes care of her and feeds her. And when the situation in Sweet Home becomes unbearable and the slaves decide to run away it is again Sethe who is responsible for the food: she organizes "a jug of cane syrup or molasses and some bread" (273).

As food is such an important part of her life, festive occasions for Sethe need to be accompanied by some special food. For her wedding, she wants a "meal maybe, where [she] and Halle and all the Sweet Home men sat down and ate something special" (73). But even this is denied her. Only after crossing the Ohio River into freedom can Sethe celebrate. Her friend Ella hands her some sweet potatoes as a welcome meal: "Sethe couldn't think of anything to do, so grateful was she, so she peeled a potato, ate it, spit it up and ate more in quiet celebration" (112).

Hunger and eating are signs of life, and many of Morrison's characters who escaped from slavery experience these with new intensity when they reach freedom. Like her daughter-in-law, Baby Suggs celebrates her arrival in Ohio by eating the food offered to her by friends: "She crumbled the bread into the hot milk and discovered that she was hungrier than she had ever been in her life and that was saying something" (177).

Baby Suggs' house becomes a place of nurturance and hospitality, symbolized by "not one but two pots simmering on the stove" (106).

When her daughter-in-law joins her, a big party is thrown to celebrate the successful escape. Baby Suggs, who, like Sethe is also described as "a real fine cook" (179), prepares the pies, and Sethe fixes the fish, corn pudding, and rabbit: "it grew into a feast for ninety people" (168). Their generosity, however, creates suspicion, and envy divides the black community. Sethe's neighbors believe: "Loaves and fishes were His power – they did not belong to an ex-slave..." (169).

Such ill feelings are the reason why the neighbors do not step in when Schoolteacher comes to return her to Sweet Home, and when, in desperation, Sethe kills her baby. She has to live in total isolation for eighteen years but never loses her touch with food. Working as "cook at a restaurant in town" (12) she prepares the "fruit pies, potato dishes and vegetables while the cook did the soup, meat and all the rest" (48). It is striking that the dishes in her responsibility are restricted to fruit and vegetables, which, in Morrison's food symbolism, confirms her maternal appeal.

When Paul D arrives at her house, the first thing Sethe does is offer him something to eat. She believes that one "can't have a friend stop by and don't feed him" (17). He stays and soon becomes more than a friend. When Sethe finds out about her feelings for Paul D, she wants to fix a special supper for him, something like the wedding meal she could not have when she was young:

> ... something difficult to do, something she would do just so – to launch her newer, stronger life with a tender man. Those litty bitty potatoes browned on all sides, heavy on the pepper; snap beans seasoned with rind; yellow squash sprinkled with vinegar and sugar. Maybe corn cut from the cob and fried with green onions and butter. Raised bread, even. (122)

Again, this welcome meal consists only of vegetables. So Paul D thinks of her with "her hands among vegetables" (142). It is as though the male element has not yet become part of this household. And so it is: Paul D will have to leave to make room for another woman, the dead daughter hungry for Sethe's love.

Sethe is anxious to feed Beloved the milk which belonged to her as a baby ("nobody had her milk but me" [20]) but which Schoolteacher's nephews took by force. Milk, our first food, is in general associated with security, mother love and care (Wisnewski 100). When it is taken from her, Sethe, whose identity is based on motherhood, loses the most precious thing she has. Talking to Paul D about her abuse years later, she keeps adding: "And they took my milk" (20). Her husband witnesses the rape from his hideout and loses his mind over it. He smears "butter all over his face" (85), "because the milk they took is on his mind" (86). Sethe admits that she would have liked to do the same, just to "[c]lose. Shut. Squeeze the butter. But her three children were chewing sugar teat under a blanket on their way to Ohio and no butter play would change that" (87). Morrison shows us here that the strength, the amazing toughness and resourcefulness of her female characters is based on their maternal instincts, on their ability to take care of others.

So instead of escaping into madness like her husband, Sethe decides to follow her children into freedom. And she succeeds in getting her milk to her babies. When she arrives, "the silent baby woke and took her mother's milk" (114). Wyatt concludes: "Thus the 'nurturing power of the slave mother' (Gates) celebrated in women's slave narratives becomes literal in Morrison's account: Sethe's monumental body and abundant milk give and sustain life" (476). Sethe remains the provider, the feeder of her family ("sure enough she had milk enough for all" [122]). When her dead daughter is returned to her eighteen years later, she swears that she will make up for all that was taken from her:

> I'll tend her as no mother has ever tended a child, a daughter. Nobody will ever get my milk no more except my own children. I never had to give it to nobody else – and the one time I did it was took from me – they held me down and took it. Milk that belonged to my baby. Nan had to nurse whitebabies and me too because Ma'am was in the rice. The little whitebabies got it first and I got what was left. Or none. There was no nursing milk to call my own. I know what it is to be without the milk that belongs to you; to have to fight and holler for it, and to have so little left. I'll tell Beloved about that; she'll understand. She my daughter. The one I managed to have milk for and to get to her even after they stole it. (246-47)

This preoccupation with mother's milk explains why the first food that the three women consume after their reunion and after Paul D leaves is sweetened milk.[28] With milk and "fancy food" (294), Sethe tries to mother the daughter returned to her. Beloved develops an enormous

[28] Booth holds that "[c]ultures vary in their attitude to milk as food for adults but, for many, mother's milk or the unhulate's substitute remains an epitome of delight in literature if not in actual habit" (44).

appetite because the milk she missed as a baby is still on her mind. She eats up all the food in the house and her mother has to go hungry. Wyatt notes that the "text literalizes a nursing baby's fantasy of oral greed consuming the breast, the mother, and all" (482). Sethe wastes away while Beloved becomes "bigger, plumper by the day" (293).

Her other daughter finally realizes the danger and goes out to find help. And the community is there for her. Her former teacher Lady Jones gives Denver "some rice, four eggs and some tea" (395). Also other women are willing to share and donate food like white beans, cold rabbit meat, a basket of eggs. These gifts make it possible for Sethe and Denver to survive until the ghost is finally exorcised by these women.

The rural black community in *Jazz* shows a similar intactness and cohesion. Though themselves ridden by poverty, the neighbors step in when Violet's father leaves the family and they are evicted. So

> ... the sad little family True Belle found were living secretly in an abandoned shack some neighbors had located for them and eating what food these neighbors were able to share and the girls forage. Lots of okra and dried beans, and, since it was September, berries of every kind. Twice, however, the minister's son had brought them a young squirrel to feast on. Rose told people, that her husband, fed up and stunned by the uselessness of his back and hands, tired of fried green tomatoes and grits, hungry beyond belief for the meat of some meat and not just its skin, furious at the price of coffee and the shape of his oldest girl's legs, had just quit. (138)

This passage also shows how Morrison's female characters keep fighting while her male characters often leave their families.

The type of woman which Morrison celebrates in her fiction possesses the caring, nurturing qualities the traditional woman's role requires. Fruits and vegetables, which are considered nonexploitative and linked to the female world, are the basis of matriarchal cooking. In the houses of such female characters, the preparation of food and the feeding of family, friends, and neighbors are a central concern. There is always a pot cooking on their stoves and those in need are always welcomed. In the northern cities, the old country tradition, which guaranteed the physical and spiritual survival of the African American community in the south, is continued by such women.

2. Failed Nurturance

The spectrum of Morrison's female characters is not restricted to the nurturing, caring women we have seen in the previous chapter. There are also examples of women who refuse or fail to fulfill the female role. These characters always seem tragically displaced and alienated, but they are all the more interesting.

In Sula we encounter such an uncompromising and rebellious person. Despite the hospitality of the house in which she grew up, Sula develops into a woman fundamentally different from mother and grandmother. There is nothing nurturing about her, she is never shown as preparing or even enjoying a meal. Nor does she appreciate this quality in other women: "She came to their church suppers without underwear, bought their steaming platters of food and merely picked at it – relishing nothing, exclaiming over no one's ribs or cobbler" (*Sula* 114-15). Since the rejection of food is considered the "keenest of insults" (153) this attitude alienates Sula from the community-women. After she puts old Eva into a retirement home, the house loses all its former hospitality. Sula does not cook for the boarders or take care of them in any other way. In the end, they all leave and she lives alone in the house devoid of food, family or visitors.

Her only friend is Ajax, a man who feels attracted to her because of her lack of compassion and care. Sula makes love to Ajax in the same pantry where her sensuous mother, Hannah, used to take her lovers. However, the room is "empty now of the flower sacks, void of row upon row of canned goods, free forever of strings of tiny green peppers" (125). The empty pantry symbolizes Sula's disregard for the ancient properties Morrison values in other female characters. In this case, the roles are turned around and instead of feeding, Sula is being fed. Her lover Ajax brings her "clusters of black berries still on their branches, four meal-fried porgies ... a handful of jacks, two boxes of lime Jell-Well, a hunk of ice-wagon ice ... and more gleaming white bottles of milk" (125). He takes care of her until love makes her change into a different woman. Suddenly, she wants to take care of him. Ajax detests the idea of a "nest" (133) and when he sees her "table laid for two" (133) he leaves her.

Sethe is a character who has experienced similar alienation in *Beloved*. Her desperate action of killing her baby and her behavior afterwards estrange her from the community. The righteous feel repulsed by Sethe's composure, interpreting it as pride. Even when Sethe's mother-in-law dies, the resentment is still strong. At her funeral feast "they ate the food they brought and did not touch Sethe's, who did not touch theirs and forbade Denver to" (210). Refusing someone's food is considered an insult, and accepting it is a peace offering. So Morrison's characters can eat somebody's food just "to show there were no bad feelings..." (231).

If a woman character in Morrison's fiction does not care about food, she is either a strong rebel like Sula, or she belongs to the black middle class. Morrison's black bourgeois characters are often scarred and flawed inside, and the homes they govern over are sterile and unwelcoming. Nel's house in *Sula* is such a place: its sterility is indicated by the curdled milk mother and daughter find when they return from their trip south. Also Ruth in *Song of Solomon* represents this type of woman, and typically, she is a terrible cook. At her tea parties, she serves "baked-too-fast sunshine cake" (10) and she prepares "food her husband found impossible to eat. She did not try to make her meals nauseating; she simply didn't know how not to" (119). Her "chicken is red at its bone" and her mashed potatoes have "lumps in it" (12). Ruth's daughter Corinthians has "undistinguished everyday cooking" (191) and Macon himself cannot cook "worth poot" (39), as Pilate puts it.

The novel in which the issue of female identity is most closely connected to food and to the woman's role as caretaker and feeder is *Tar Baby*. Here, food is the "principal medium of emotional exchange" (Erickson 298), and none of the female characters remains untouched by its implications. When we encounter the protagonist Jadine for the first time, she is browsing through a Parisian supermarket, shopping for the ingredients to a fancy dinner party. She found the recipe "printed in *Vogue* and *Elle* in a manner impressive to a twenty-five-year-old..." (37). Her select exotic purchases ("Major Grey's chutney, real brown rice, fresh pimiento, tamarind rinds, coconut and the split breasts of two young lambs ... Chinese mushrooms and arugula, palm hearts and Bertolli's Tuscany olive oil" [37]) are contrasted by the three simple eggs the woman in yellow carries off without wrapping, a public display of this symbol of fertility. Jadine is struck by the maternal appeal of the African woman. Her having "too much hip, too much bust" (38) and the three carefully held eggs suggest fertility and abundance next to which Jadine is made to feel empty and "inauthentic" (40). She suddenly feels a hunger for "that woman's woman – that mother/sister/she" (39), a hunger which is even keener because she lost her mother at a young age.

Jadine is cut off and alienated from her people and their food, she has become accustomed to eating the fancy international foods of the white inhabitants of L'Arbe de la Croix and mocks her aunt's cooking: "The chicken eggs and its liver? Is there anything inside a chicken we don't eat?" (31). Her inability and unwillingness to become the same kind of woman as her aunt, the cook, results in her refusal to take care of her surrogate parents in their old age, although Son insists: "You should cook for *them*" (228).

Jadine, however, is not the kind of woman who would cook for anybody. It is not surprising that the food Son smells on the ship is not homemade: Jadine and Margaret "had not *cooked* – they had warmed up carry-out food that they'd brought aboard" (5). All the food stored on their ship is artificial and of foreign origin: there is bottled water, Dijon mustard, and Norwegian flat bread. Also the miniature orange trees Son finds on board carry no real oranges, they are meant for Valerian's greenhouse and are for decoration, not for eating. They parallel Jadine's love, a love which cannot feed Son but will leave him hungry:

> The man pulled off one of the tiny oranges no bigger than a good-sized strawberry and ate it. The meat was soft, fiberless and bitter. He ate another. And another. And as he ate a wide surgical hunger opened up in him. He had not eaten since the night before, but the hunger that cut through him now was as unaccounted for as it was sudden. (4-5)

The islander Thérèse lives with and off of nature. She cannot understand the aesthetic needs of the rich Americans and asks in disbelief: "they grow food in pots to decorate their houses? Avocados and banana and potato and limes?" (130). Such plants can in fact be found in Valerian's greenhouse. This greenhouse is a symbol of his refusal to gain knowledge and become involved. It is an enclosed, sealed-off world into which Valerian withdraws after his retirement. The nurturance of plants in this greenhouse is a sad attempt to make up for the missed nurturance of his son: "When he knew for certain that Michael would always be a stranger to him, he built the greenhouse as a place of controlled ever-flowering life to greet death in" (Erickson 298).

The general obsession with food in *Tar Baby* renders it an issue charged with emotion. "The overlapping (or confusion) of love with food" (Erickson 295) makes the dinner table in L'Arbe de la Croix into a battlefield. In Morrison's world, people are what they eat, that is, the foods they eat represent their characters and flaws. Valerian, the sickly old man who refuses to face reality and settles for a life of pretense, cannot eat real food. He has to have "Postum in a good pot of coffee, saccharine in the lime pie ... phony salt" (17), substitutions Ondine rightly calls "concoctions. Fake" (30).

Also his wife Margaret prefers artificial foods to the fresh, natural ones the island has to offer. She insists on canned pineapple and on an "old-fashioned family Christmas" (26) with turkey and a pie made with imported apples. She plans to do the baking herself, regardless of the fact that "she'd never made a crust in her life" (141). She does not really care about the meal but has a certain picture in her head what the occasion should look like: it "required the woman of the house to be bustling in the kitchen with an apron roasting turkey and baking apple pies" (141).

Food for Margaret does not have any nutritional or emotional value, all she is worried about is its look and its calories. Like most of Morrison's "unnatural" women, she suffers from an eating disorder. It is caused by the repression of her guilt, the central example of failed nurturance in "the novel's overall concern with mothering" (Erickson 295). Margaret's trouble is a periodic inability to distinguish food from non-food: "she was never sure when the confusion would return: when she would scrape her fork tines along the china trying to pick up the painted blossoms in its center" (53). Not only is she unable to cook, she does not even know what food looks like. Her confusion is one of the "perversions of nurturance" (Erickson 295) the novel presents. Because of her tragic failure as a mother, food has become an obsession to her, an obsession her husband comments on: "Must you always speak in food measurements? The depression is over. You are free to leave something on your plate. There's more" (56).

The long-standing conflict between Margaret and Ondine also has to do with Margaret's failure as a mother. As a cook, Ondine typifies the woman as nourisher and feeder. That is why Margaret's strange and unnatural act is doubly appalling to her. In her eyes, it made Margaret forever unfit as a caretaker. When Valerian threatens to dismiss her, Ondine shouts: "Who is going to feed you? *Her*?...You'll be dead in a week and lucky to be dead. And away from her" (178). The disclosure of her crime and Valerian's illness, however, are a second chance for Margaret. In the end, she pampers and feeds her declining husband as the mother she could not be for her son when she was young.

Both Jadine and Margaret are examples of the tragic consequences of failed nurturance. *Tar Baby* serves "both as a remembrance of a cultural tradition of nurturing and as a cautionary tale for those like Jadine who define themselves against themselves and their cultural past in the interest of self-fulfillment" (763), concludes Mobley. The lonely black girls whom Son encounters in New York find themselves in the same trap. Their misery is also described in food-terms: they are "crying from a grief so stark you would have thought they'd been condemned to death by starvation .... Death by starvation in Mikell's, death by starvation on the campus of C.U.N.Y." (186)

A similar starvation is suffered by Joe and Violet, the old couple at the center of *Jazz*. Their failure in mutual nurturance is evident when Violet is "cooking pork [Joe] can't eat" (49). He "hated the Sunday [meal]: a baked ham, a sweet heavy pie to follow it. Violet's determination to grow an ass she swore she once owned was killing him" (69). At the beginning of their marriage "he bragged about her cooking. Couldn't wait to get back to the house and devour it. But he was fifty now, and appetites change..." (69). With old age, Joe seems to be losing his masculinity, symbolized in the meat-eating habits of Morrison's men. Now, he prefers a vegetarian diet: "If Violet would confine herself to soup and boiled vegetables (with a bit of bread to go along) he would be perfectly satisfied" (69). This change in appetite may also be a factor in his need to affirm his masculinity in the affair with a young girl.

His wife Violet, tragically bereaved of her mother and suffering from her childlessness, has an eating disorder like many of Morrison's disconnected and alienated female characters. She is described as "awfully skinny" (4) and desperate to gain weight: "She had meant to bring a package of Dr. Dee's Nerve and Flesh Builder to stir into the malted milkshake, because the milkshakes alone didn't seem to be doing any good. The hips she came here with were gone, just like the power in her back and arms" (93-94). She hopes that all she has to do is "drink malts full of Dr. Dee's Nerve and Flesh Builder, eat pork, and she'd put on enough weight to fill out the back of her dress" (197). This, however, does not work, because an eating disorder in Morrison's fiction is just the symptom of a more serious problem underneath. In this case, it is founded in Violet's motherless childhood and in her love- and childless marriage to Joe.

Her husband's affair brings their problems to the surface. After a period of solitary grieving, they slowly begin finding comfort in the other. In the end, Joe does the mothering for Violet and, not surprisingly, this involves milk. In the mornings after work, "if a milk wagon is parked at the curb, he might buy a pint from the second-day crate to cool the evening's hot cornbread supper" (222). In the afternoons "he meets her at the drugstore for her vanilla malt and his cherry smash" (223). It was probably his love for Dorcas which taught him how to care for somebody. Taking her out for dinner he used to encourage to "to eat it all up and want more" (190). Here, Morrison shows us that it is never too late to start caring for each other.

The complex issue of motherhood and nurturance is a central concern in Morrison's fiction. Next to the caring, nurturing female characters I have described in the previous chapter, Morrison also depicts examples of nurturance missed or gone wrong. Her most interesting female characters are those who refuse or fail to fulfill the traditional woman's role. These are unconventional women like Sula and Jadine. In Morrison's eyes, however, they are appreciated only half-heartedly as searchers of an alternative lifestyle and a new definition of womanhood. In general, their lives are decried as failure and waste. Even more pathetic are Morrison's assimilated female characters: they have lost their nurturing and caring qualities and are described as terrible cooks and powerless, weak and unhappy individuals. In some instances, however, they are given a second chance. In the end, they can make up for the mothering they failed in the first time.

3. The Male Menu

In general, Morrison's male characters are carnivores. The male-dominated world of Lincoln' Heaven in *Song of Solomon* provides a good example of this. The farm where Macon Dead grows up is described as a kind of men's paradise, with acres, woods, a pond, a forest full of deer and a stream full of fish. Macon remembers: "You ain't tasted nothing till you taste wild turkey the way Papa cooked it" (51). When they slaughter the pig they have "the best pork outside Virginia, from the butt to the smoked ham to the ribs to the sausage to the jowl to the feet to the tail to the head cheese ... the best pot of maws " (52). Raised on such a diet, Macon Dead continues to be a meat-eater for the rest of his life.

He never goes through the reeducation to which his son Milkman is subjected. On his journey south, the younger man not only learns about his family history but also gains a new capacity for care and compassion. This development manifests itself in a change of diet: while a total meat-eater in the beginning (he eats the pork barbecue his friend Guitar renounced), his diet later also includes fruit and vegetables. In the context of Morrison's food symbolism, this means that he has developed the feminine qualities within him and has become a more complete human being.

First, however, he has to learn what hunger is. Looking for Pilate's presumed bag of gold he meets Circe, the midwife who delivered both his father and his aunt. She offers him something to eat, but the young man declines. After he finds the cave empty of gold, however,

> Milkman began to shake with hunger. Real hunger, not the less than top-full feeling he was accustomed to, the nervous desire to taste something good. Real hunger. He believed if he didn't get anything to eat that instant he would pass out. He examined the bushes, the branches, the ground for a berry, a nut, anything. But he didn't know what to look for, nor how they grew. Trembling, his stomach in a spasm, he tore off a few leaves and put them in his mouth. They were as bitter as gall, but he chewed them anyway, spit them out, and got others. He thought of the breakfast food Mrs. Cooper had put before him, which had disgusted him then. Fried eggs covered with grease, fresh-squeezed orange juice with seed and pulp floating in it, thick hand-cut bacon, a white-hot mound of grits and biscuits. It was her best effort, he knew, but perhaps because of the whiskey he'd drunk the night before, he could only bring himself to drink two cups of black coffee and eat two biscuits. The rest had nauseated him, and what he did eat he had left at Circe's door. (255-256)

When he finds his way out of the wilderness and reaches the town, he is so desperate for food that he enters a restaurant and orders six hamburgers. The fact that he gets a stomach ache after only three is a sign that meat does not agree with him any more, and that he is shifting towards a more balanced diet. On the way to Virginia, he stops to eat a bowl of pea soup and in Shalimar he has "two cans of pineapple and a box of crackers" (273), but no more meat.

In the hometown of his ancestors, Milkman is invited to participate in a hunt. The hunters kill a bobcat and give its heart to the young man. Otten interprets this passage as follows:

> ... in being offered the heart and instructed to eat it, Milkman takes on the attributes of the bobcat. Lee concludes that "the animal becomes the spiritual father to its killer." In a sense, the scene depicts an exorcism of Guitar's murderous potential in Milkman, who a short time before "would have slaughtered everybody in sight."

> The cat's death reveals Milkman's understanding of Guitar's demonic power and so his escape from it. But it is also an embracing of his Cain-like brother. (58)

As a destructive and unnurturing character, Guitar is never shown enjoying food. Instead, he politicizes it. His joking with Milkman about being an egg carries gloomy undertones: "Negro's been a lotta things, but he ain't never been no egg ... His genes won't let him be no egg no matter how hard he tries. Nature says no" (115). When his friend insists, he threatens him: "Then somebody got to bust your shell" (116). He continues that northerners "actually don't give a shit about the food. What they're picky about is the trappings" (114). He does not care about the emotional or nutritional meaning of the food, only its historical and political implications are of interest to him. Milkman has to overcome the destructive influence of his friend before he can realize the importance of feeding somebody in both a physical and spiritual sense. In the end, he regrets that while from "the beginning, his mother and Pilate had fought for his life, and he had never so much as made either of them a cup of tea" (335).

Most of Morrison's male characters, however, do not develop but maintain their meat-eating habits. When Son first enters L'Arbe de la Croix in *Tar Baby*, he raids the refrigerator and finds three chicken wings: "The chicken was incredible. He hadn't tasted flesh since the day he went crazy with homesickness and jumped into the sea. He ate the bones even..." (118). Being a static character who does not grow or change, he continues as a meat eater. In *Beloved*, the male slaves in Sweet Home experiment with cooking potatoes, but the real feeding is done by Sethe who brings them "bacon and bread" (28). They also go hunting "to round out their diet of bread, beans, hominy, vegetables and a little extra at slaughter-time ..." (234).

The arrival of Schoolteacher puts an end to their feasting. Schoolteacher is a Spartan character who does not feel or allow any joy of life: he "ate little, spoke less and rested not at all" (271). His rule over the farm is effected with so much cruelty that the slaves decide to try an escape. On the run, they take refuge in an Indian camp and are fed from "a pot of mush cooling in the rain" (137). Whenever they can, however, they return to eating meat. Paul D remembers that he "had eaten raw meat barely dead ... had crunched through a dove's breast before its heart stopped beating" (155). He is taken in by a lady friend who "fed him pork sausage, the worst thing in the world for a starving man, but neither he nor his stomach objected" (161).

When he arrives at Sethe's house after long years of traveling, he wants to settle down and decides to look for work in the meat production because the "craving for pork was growing into a mania in every city in the country ... And the Germans who flooded southern Ohio brought and developed swine cooking to its highest form" (190). With a man in the house, the diet of Sethe and her daughters changes: now, it includes chicken and smoked pork. The harmony of the little family only lasts until Paul D finds out about Sethe's crime. As a meat-eater, he does not even try to understand her but first insults her and then leaves. After the man has left the house, Sethe prepares a rather masculine dish (fried hominy and ham) which the three women eat "like men, ravenous and intent" (224). With food, they seem to compensate for the male element now missing in their family.

In Morrison's family of characters, it is often her male characters with a caring, nurturing potential who are found missing. Halle in *Beloved* is one of them. His loving, almost feminine ways shine through his dietary preferences: he "would do anything for runny fried eggs. Dip his bread in it ... anytime she could make him a plate of soft fried eggs was Christmas, made him so happy" (255). With his own labor, he buys his mother's freedom, and to Sethe and their children he becomes a loving husband and father. The slave society Morrison describes, however, does not support such qualities in a man, and for Halle, they do more harm than help: he ends up broken-hearted.

Valerian's son Michael in *Tar Baby* is another of Morrison's sensitive male characters. He is searching for an alternative, non-exploitative lifestyle; accordingly, he chose to live as a vegetarian. In L'Arbe de la Croix, the stronghold of capitalism, such ideas are mocked by everybody: Valerian suggests he lives on corncakes and marijuana cookies and Ondine suspects that all he eats is "sunflowers and molasses these days" (28). More than with any of these foods, however, the young man is associated with fruit: Valerian sees his son's face "smiling at him from the bowl of peaches" (123).

The two basic types of men which Morrison depicts in her fiction display different dietary needs: her "macho men," the characters who – though certainly attractive – are often shown as insensitive, self-centered and careless, are meat-eaters. Her more complex male characters, on the other hand, are able to develop and grow. Often, they shift from a carnivorous to a vegetarian diet, which symbolizes the feminine qualities within them. Yet, neither slavery nor the capitalist society of the modern Western world support or even tolerate such qualities in men. That is why many of Morrison's loving male characters end up heart-broken.

4. Eating and Sex

There is a universally acknowledged connection between eating and sex. Lévi-Strauss, for instance, notices a "very profound analogy which people throughout the world seem to find between copulation and eating.... Sexual and nutritional relations are at once associated even today" (105). This analogy also exists in African languages. According to Lévi-Strauss the same Yoruba term is used "for marriage, meal, ownership, merit, gain and earnings and winnings. Marrying and eating are one and the same thing" (131).

In Morrison's food symbolism, this connection between food and sex can be found on several levels. Many of the foods in her fiction are associated with sexuality, and certain character types have an affinity with both sex and food. The three prostitutes in *The Bluest Eye* are always pictured eating or drinking. They are the only adults who give tenderness and loving words to lonely little Pecola. Their nicknames for her ("Dumplin'," "Chittlin'," "Puddin'," "Sweetnin'," "Chicken," and "Honey") are "fond ones chosen from menus and dishes that were forever uppermost in her mind" (44). Also the whores in *Jazz*, Violet's last remaining customers and the only ones who seem to care, are associated with food and feeding. They tell Violet: "You need to eat you something.... Don't you want to be bigger than your curling iron?" (14).

Female characters like these prostitutes are, in Morrison's food symbolism, close to the natural sexuality and the joy of life that berries suggest. Berries are linked to youth, sensuality, sexuality, the enjoyment of life, and also to life itself. The sexual initiation of both Pauline and Cholly in *The Bluest Eye* is accompanied by berries and grapes. Pauline uses metaphors of simple foods to remember her home in the south and her first happy times with Cholly. For her, the berries she picked as a child and the lemonade her mother used to make are emblems of the love she felt. She explains: "So when Cholly come up ... it was like them berries, that lemonade... "(92). But life in the northern town robs her of her sexuality, her joy of life, and gives her morality and hard work instead. Now, she makes her fruit into pies, pies that are destined not even for her own but for her employer's family. The fruit of her youth have turned to the "rotten pieces of apple" (87) she spits out when abusing her daughter. House (1984) suggests: "This image of the spoiled apple suggests the disintegration of Pauline's natural self" (185).

Also Cholly's first encounter with sexuality is accompanied by berries: at his aunt's funeral, the general hunger for life affects Cholly and his girl Darlene. They leave the party to pick grapes together, grapes that symbolize their budding sexuality: "Too new, too tight to have much sugar, they were eaten anyway. None of them wanted – not then – the grape's easy relinquishing of its dark juice. The restraint, the holding off, the promise of sweetness that had yet to unfold, excited them more than full ripeness would have done" (115). When this first sexual experience is marred, Cholly leaves his hometown to find his father. The encounter ends in a disaster, his father rejects the boy and turns him away. Just then, a fruit wagon drives by with grapes "sweet as sugar" (123), indicating the boy's sexual maturation. It is completed when he is called in by three prostitutes: "They give him lemonade ... They give him back his manhood" (125). This manhood is eventually perverted by poverty, alienation and alcoholism, and his sexuality turns destructive, culminating in the rape of his twelve-year-old daughter.

Berries do not only symbolize sexuality as the engine of life but actually contain a life-preserving power. In *Beloved*, Sethe's life is saved by Amy, who is looking for huckleberries when she finds the wounded, pregnant woman. She helps her escape and give birth to her daughter. This daughter, Denver, is later saved by berries "tasting so good and happy that to eat them was like being in church. Just one of the berries and you felt anointed" (167). Stamp Paid believes in the life-preserving power of those berries, he thinks that "the berries (which sparked the feast and the wood chopping that followed) were the reason Denver was still alive. Had he not been there, chopping firewood, Sethe would have spread her baby brains on the planking" (209).

Berries are not the only fruit in Morrison's garden to convey a meaning of life and sexuality. Son's encounter with Jadine in *Tar Baby*, for instance, is prepared by his flirting with an avocado:

> Moving his hand an inch or two up the tree in preparation to go his fingers grazed a breast, the tight-to-breaking breast of a pubescent girl three months pregnant ... Just then the wind, or perhaps it was the tree herself, lifted the leaves and, precisely as he had done a moment ago, parted wide the leaves. The avocado swung forward and touched his cheek. (116)

The fact that the avocado tastes bitter when he bites into it then can be interpreted as foreshadowing his unhappy love affair with Jadine.

In *Beloved*, the honeymoon of young Sethe and Halle is celebrated in a cornfield. The description of the scene, as Paul D remembers it, makes clear that the corn also functions as a metaphor of young love and sexuality:

> How loose the silk. How jailed down the juice. The jealous admiration of the watching men melted with the feast of new corn they allowed themselves that night ... What he did remember was parting the hair to get to the tip, the edge of his fingernail just under, so as not to graze a single kernel. The pulling down of the tight sheath, the ripping sound always convinced him it hurt. As soon as one strip of husk was down, the rest obeyed and the ear yielded up to him its shy rows, exposed at last. How loose the silk. How quick the jailed-up flavor ran free. No matter what all your teeth and wet fingers anticipated, there was no accounting for the way that simple joy could shake you. How loose the silk. How fine and loose and free. (34)

The apple is another important fruit in Morrison's food symbolism, but the meaning it conveys is ambivalent. It does not grow wild as the other fruits but has undergone centuries of cultivation. In addition, the apple is burdened with meaning in Christian culture: before all others, it symbolizes sin, the Fall of man. This is also the case in Morrison's fiction.

Apples are a central food-motif in *Tar Baby*. Gideon and Thérèse's theft of apples reserved for their employer's Christmas, which is a minor sin in itself, sparks the big confrontation in L'Arbe de la Croix. During this encounter, the hidden truth, Margaret's sin, is revealed. So apples also represent knowledge, knowledge of the hidden truth. Thérèse's craving for apples, a craving "akin to hysteria" (93), parallels her eagerness to make sense of what she witnesses, and to look behind the facades, the surface of what she sees happening. Also Otten believes that it "is fitting that Thérèse takes the apples because they represent knowledge in this fraudulent Eden. Dorothy Lee interprets the apples as 'the fertilizing knowledge of the folk, the insight of the blind Thérèse as opposed to the material and worldly values'" (71).

The apple mentioned repeatedly in the love affair between Joe and Dorcas in *Jazz* stands for both sin and knowledge. Joe's sin consists in "doing wrong by [his] wife" (135), the knowledge he gains is the experience of love. It is a love he never knew from his mother and for which he was searching all of his life. He compares his relationship with the young girl to Adam and Eve's, in which the apple played such an important role:

> I told you again that you were the reason Adam ate the apple and its core. That when he left Eden, he left a rich man. Not only did he have Eve, but he had the taste of the first apple in the world in his mouth for the rest of his life. The very first to know what it was like. To bite it, bite it down. Hear the crunch and let the red peeling break his heart.... Anything just for you. To bite down hard, chew up the core and have the taste of red apple skin to carry around for the rest of my life.... (133-134)

In the end, also Dorcas thinks of this apple. According to her friend Felice, her last words with "fruity liquor on her breath" (213) are: "There's only one apple" (213). This could mean that the young girl finally appreciates the love she was given.

Another food item associated with sexuality is ice cream. As a processed and refined product, however, ice cream also conveys a meaning of deception and perversion, and is related to deviant, illicit sexuality[29]. Maureen Peal in *The Bluest Eye*, for instance, has ulterior motives when she treats Pecola to ice cream: she wants to win the girl's friendship only to learn about the secrets of adult sexuality. Soaphead Church, the child molester, pays the girls with "mints, money, and ... ice cream" (143). And Mr. Henry gives Frieda and Claudia money for ice cream only to make them leave the house, so he can entertain his girlfriends there. As if she knew the reason behind his generosity, the older girl refuses the offered ice cream and buys "potato chips" (62) instead.

In *Sula,* "the sensual, sexual mysteries signified by ice cream" (Spillers in Gates 244) are the focus of both Sula and Nel. The two adolescent girls like to visit the local ice cream parlor Edna Finch's Mellow House because of the young men loitering there. Spillers suggests: "This mutual dream of Sula and Nel is scarcely one of real 'ice cream'. What brings the two girls together, in a word, is the Phallus, the Law of the Fathers whose 'mystery' makes it a creamy veil for their adolescent dreams" (in Gates 245). These dreams are disappointed when Nel marries a man who will deceive her, and Sula never finds the right partner.

---

[29]For Wisnewki (100), ice cream expresses nostalgia and stands for care and protection. Here, Morrison attaches new meaning to an old food.

The universally acknowledged connection between eating and sexuality assumes many forms and shapes in Morrison's writing. Those in the business of sexuality, like her prostitute characters, love to eat, and their tenderness is expressed in food terminology. There are also many foods which convey a meaning of sexuality: berries, avocados and corn stand for the joyful, natural sexuality of many of Morrison's young characters, while ice cream represents the sick, perverted forms of human sexuality. Apples take up a special position in Morrison's food symbolism: because of their biblical relevance, they stand for sin, the Fall, but also for the knowledge gained through it.

5. The "Crying Need for Honey"

The different taste qualities carry metaphorical meaning. Bartoshuk notes that "[t]aste quality names (sweet, salty, sour, and bitter) are abstract terms that can be used as metaphors because of their value connotations" (18). According to Ong (1964), however, modern English has only "a handful of concepts formed directly from gustatory sensations (concepts such as sweet, bitter, sour), complementing these with analogies borrowed from other sensory fields (a taste is flat or sharp) or with crude similitudes..." (4) and other cultures make more of taste.

What is universal is that certain tastes, above all the taste of sweetness, evoke feelings of pleasure or joy. According to Bernstein, humans display a sweetness preference prenatally. While, "where children are concerned, nothing is 'too sweet'...." (Bernstein 147), adults prefer foods with lower concentrations of sugar. Nonetheless, sugar has become a staple food, and our massive sugar consumption is at the center of most dietary concerns today. The universal liking of sweetness can be traced back to our first taste experiences: according to Wisnewski (100), mother's waters and milk taste sweet. Sugar hence has a soothing effect on babies as well as on adults.

As a taste metaphor, sweetness holds a special position: the association of sweetness with pleasure is deeply grounded in our culture. According to Bolles "the word 'hedonism' comes from the old Greek word for honey, the same word they used to describe a sweet taste" (preface). Booth explains:

> Hedonic experience is the occurrence of a pleasure (Gk. *hedone*, pleasure), i.e., the person has bodily sensations

> accompanied by a sensual thrill. In our culture at least, sexual climax has the reputation of providing one of the most intense pleasure. The Greek word, though, derives from the pleasure of eating, and especially the delights generated by the taste of honey and ripe fruit. (29)

In language, this connection between sweetness and pleasure has endured: "Just as the word the Greeks had for sweet was the same in root as their word for pleasure, so also in English, as in other languages, *sweet* is a metaphor or almost a synonym for all that is attractive, pleasurable and emotionally satisfying" (Booth 44).

Sugar and sweet foods take on a variety of meanings in Morrison's novels. Morrison not only exploits the biological effects of sugar and sweet foods but includes psychological, sociological and political aspects as well. In all of her interpretations, however, sugar undergoes a negative evaluation: a character's liking of sweetness or association with it implies deprivation, immaturity, and susceptibility to the temptations of Western culture. The enjoyment of sweets and candy is always pictured as deceptive and harmful.

Only seldom, and only in her very young child characters, can sugar convey a meaning of innocence. At little Chicken's funeral in *Sula*, for instance, the mourners "acknowledged the innocent child hiding in the corner of their hearts, holding a sugar-and-butter sandwich ..." (65). But already the Deweys, the three boys who live on candy and the sweet "catarrh remedy they loved to drink" (129) are shown as retarded characters who refuse to grow up. Nel's love for her children, "a cumbersome bear-love that, given any rein, would suck their breath away in its crying need for honey" (138), shows Nel's neediness and her childish dependence on the love of others.

In many other instances, Morrison uses the juvenile love of sweet foods to imply immaturity and retardation in her adult characters. So, a sweet backdrop is chosen for one of Morrison's principal characters in *Tar Baby*. Valerian is the prince of a candy empire, and he is depicted as a cold and self-centered character who shows complete disregard for the feelings of others. He grew up in the sugar-laden air around his family's candy-factory. Morrison explains that "the childhood of the children growing up in that candy air never quite left, and that may have been why they never quite grew up" (44). This refusal to mature is not considered a positive character trait, but means a refusal to take responsibility.

Childlike innocence is not possible for Morrison's adult characters, and their association with sugar always points to a flawed or weak character.

This is also the case in *Song of Solomon*. Ruth, a woman who never really grows up and, as an adult, is still in love with her father, whose sex with her husband is described as somewhat retarded ("as when children play 'doctor'" [16]) is pictured as "moist and crumbly as unbleached sugar" (16) when aroused. The relationship to her son Milkman is marked by a similar intensity, and the milk she feeds him is described as "faintly sweet" (139). None of Morrison's bourgeois black women characters, women like those who come to Ruth's tea parties (where she serves sugary cakes) are respected as "grown-up women" (197). It is as if the patriarchal system of Western society keeps them weak and dependent and does not allow them to grow up.

Morrison uses sweetness in the construction of her characters. The fact that children love the taste of sweetness returns in her writing as an indicator of a childish, immature and retarded personality. Only in her very young child characters can sugar convey a meaning of innocence; in most cases, a character's association with or liking of sweetness points to emotional retardation and neediness. Usually, these characters have suffered a traumatic deprivation of love and live in alienation from community and culture. They become Morrison's weak, dependent and unhappy characters who are likely to fall into the trap of assimilation.

6. Candy and Capitalism

Morrison's evaluation of sugar and sweetness is based not only on psychological but also on sociological and political considerations. Willis explains the wider ramifications of Morrison's taste symbolism:

> As Wallerstein explains in *The Modern World System*, sugar production in the new world was essential to the rise of capitalism. Rather than simply satisfying luxury consumption, a lot of the sugar produced under slavery in the Caribbean found its way into the daily diet of the growing European proletariat. With many peasants leaving the countryside to seek jobs in the cities, there was an increased need for food production and a shrinking rural labor force. The need for more food was neither met by increased cereal production (which would have required substantial transformations in production techniques) nor was it met by increasing meat production. Rather, sugar

> became – and remains today – a substitute for real food. Capable of providing increased energy output at the expense of long-term health, sugar is the opiate of the working class under capitalism. (42)

This remains true even today: our eating culture is hardly imaginable without sugar. According to Booth "the innate reflex to gustatory stimuli similar to some sugars and amino acids now guarantees the acceptability of a sweetened new food. As a result, where there is a technology to mass-produce sucrose and other sugars, sweetness becomes a major dietary principle" (45).

Morrison uses both the historical and the present meaning of sugar in the construction of her characters. In her work, sugar is evaluated as a substitute for authenticity, strength, and cultural autonomy. Candy stands for capitalism, and its sweetness tempts many of Morrison's characters. The spiritual weakness of the stately Helene in *Sula* is demonstrated by the fact that under her heavy dress, in her daughter's eyes, she consists of "custard" and "jelly" ("custard was all that ... [her mother's dress] hid" [22]). Many more of Morrison's female characters from the black bourgeoisie are portrayed in terms of sugar: they are "sugar-brown" (*The Bluest Eye* 68) and "sweet and plain as buttercake" (68). One of them is the pretty, wealthy Maureen Peel, who is so popular at school but whose exterior beauty covers a mean inside. Her school lunches include "pink-frosted cupcakes" (53), and the nickname given to her is "Meringue Pie". The candy which little Pecola enjoys is an expression not only of her loneliness but also of her desire for assimilation (her greatest wish is to obtain blue eyes). As the candy's sweetness can be bought with money, it is implicitly linked to capitalism, as Willis holds: "In *The Bluest Eye*, it is a penny's worth of sweetness in the life of a little girl who will never find satisfaction in human terms" (42).

Her mother, Pauline, also tried in vain to find happiness in the capitalist north. As a young girl, Pauline leaves her family and the south to follow her husband to a northern small town. She works hard to become assimilated into the society she encounters there. Formerly a lover of fresh berries, she now develops a liking for candy. In the movies, where she goes to forget her loneliness, a candy bar pulls out one of her front-teeth. Here, the effect of the candy is paralleled to that of the movies, it is sweet but harmful. With her tooth gone, Pauline settles for ugliness and eventually, she passes her self-hate on to the entire family. Only in the white household where she works does she find approval and satisfaction. There, she makes pies from the berries of her youth. When her daughter accidentally knocks one of these pies over, she chastises her with words "hotter and darker than the smoking berries" (87). Turning to the white girl then, there is "honey in her words" (87), showing again her unnatural preference of the white family over her own.

Eva's son in *Sula* is called Plum, a name which conjures up an image of healthy nature. In the army and away from his family and the black community of the Bottom, however, also he becomes addicted to sugar. He returns with a "sweet, sweet smile" (45), eats candy, "store-bought cherry pie" (46) and drinks "strawberry crush" (47) which in reality is "blood tainted water" (47) pointing to his drug use. It is fitting that Morrison makes her "junkie" eat "junk food". House (1984) explains: "Metaphorically, the soldier's contact with urban cities negates healthy connotations, even those of nourishing fruit such as plums and strawberries" (188-189).

Sula's dreams of "tasting sugar" (52) mean that also Sula is susceptible to being tempted by "the urban world's sweet life" (House 1984, 190). Having spent a long time in major cities and having undergone a university education, she lives her individualism, the credo of Western society, to the fullest. Again, "sweets and milk are connected to the competitive outside world, while simple nutritious foods, most often fruits, are associated with the Bottom and idyllic values" (House 1984, 188). At the end of the novel, business interests have torn the "nightshade and blackberry patches from their roots to make room for the Medallion City Golf Course ..." (3) substituting the natural, nurturing environment of an intact black community for a rich people's playground.

The character who is closest associated with sugar, who epitomizes the meaning of sweetness, is the white capitalist Valerian in *Tar Baby*. Valerian's whole life is centered around candy: his family owes its wealth to their candy-factory, and as a boy, he even had "a candy [named] after him, *Valerians*" (42). It is a product "made from the syrup-sludge left over from their main confection" (42), a waste product aimed at the southern black population. Candy in *Tar Baby* really is "a metaphor for the capitalist production" (42), as Willis points out. And since capitalism is condemned as thievery, Valerian is the biggest thief of all. He enjoys his wealth

> ... although he had been able to dismiss with a flutter of the fingers the people whose sugar and cocoa had allowed him to grow old in regal comfort; although he had taken

> the sugar and cocoa and paid for it as though it had no value, as though the cutting of cane and picking of beans was child's play and had no value; but he turned it into candy, the invention of which really was child's play, and sold it to other children and made a fortune in order to move near, but not in the midst of, the jungle where the sugar came from and built a palace with more of their labor and then hire them to do more of the work he was not capable of, and pay them again according to some scale of value that would outrage Satan himself and when those people wanted a little of what he wanted, some apples for *their* Christmas, he dismissed them with a flutter of the fingers, because they were thieves, and nobody knew thieves and thievery better than he did.... (174)

Valerian's protegee Jadine is also part of that society: she has renounced the black part of her heritage and is consequently depicted with an appreciation of sweet foods. She drinks hot chocolate with cream for breakfast while her aunt and uncle – who call her "sugar" (31) – have soulfood. It is not by accident that Son falls for her. Although he is adverse to the values that the United States stand for (for him, this country is "red and sticky" [143] like candy) he is still shown susceptible to its seduction: in L'Arbe de la Croix he eats four boxes of bitter-sweet chocolates. "His 'sweet' expectation is fulfilled by the discovery of an inexhaustible supply of chocolate, to which Thérèse has given him access," explains Erickson (303).

Valerian's black counterpart is Macon Dead in *Song of Solomon*. He typifies the black bourgeoisie, as Morrison depicts it: materialistic, reckless, and exploitative. His upward mobility and his business as a slumlord are compared to a sweet pie:

> He knew as a Negro he wasn't going to get a big slice of the pie. But there were properties nobody wanted yet ... There was quite a bit of pie filling oozing around the edge of the crust in 1945. Filling that could be his.... that pie filling had spilled over into his very lap, had stickied his hands and weighed his stomach down into a sagging paunch.... (63)

His sweet dreams of money are passed on to his son. Milkman's hunger for gold is also compared to candy: "A grown man can also be energized by hunger ... Especially if the object of his craving is not gingerbread or chewy gumdrops, but gold" (221). About to enter the cave where he expects to find the gold, Milkman "smelled money, although it was not a smell at all. It was like candy and sex and soft twinkling lights" (253). He does not find the gold there, however, and eventually overcomes his bourgeois background to grow into a person whose wealth is less material than spiritual.

Those of Morrison's characters who are not affected by the temptations of the capitalist world display a strong aversion against sugar and sweets. One of them is Pilate in *Song of Solomon*. Even as a child she does not like the taste of sugar. Hiding in the Butler Mansion after her father's death, "Pilate began to cry the day Circe brought her white toast and cherry jam for breakfast. She wanted her own cherries, from her own cherry tree, with stems and seeds; not some too-sweet mush" (167). She later chooses a life based on self-sufficiency, community and non-accumulation, values opposed to her brother's bourgeois lifestyle.

A similar aversion to sweets is expressed by Milkman's friend Guitar. He "can't eat sweets" because they make him sick.[30] He explains to his friend that he can eat fruit,

> ... but nothing with sugar. Candy, cake, stuff like that. I don't even like to smell it. Makes me want to throw up... It makes me think of dead people. And white people. And I start to puke ... Since my father got sliced up in a sawmill and his boss came by and gave us kids some candy. Divinity. A big sack of divinity. His wife made it special for us. It's sweet, divinity is. Sweeter than syrup. Real sweet. Sweeter than.... (61)

According to Willis, the candy is a "the symbolic payoff" (42) for the mistreatment of the worker in capitalist society. Guitar also interprets it as such. At his father's funeral he is given more sweets, a big peppermint stick ("bone-white and blood-red" [227]) but he has already learned to hate what it stands for and throws it away.

Here, we see that it is not only spiritual death, which Morrison sees in the assimilation of her characters into Western society, but physical death as well which are associated with sweetness. Both death and sugar are ever-present in her work, but it is not until Pilate's song in *Song of Solomon* that the association is made explicit:

---

[30]Guitar's dislike is the result of a "conditioned aversion." According to Bartoshuk, this negative affect is produced when a formerly pleasant flavor is experienced in association with nausea.

> In singing 'Sugarman' instead of 'Solomon' or 'Shaleemon', Pilate seems simply to be using a common blues term, but this alteration prophesies a recurrent image pattern of the novel, the association of sweetness with death. (Barthold 176)

The association between sweetness and death is implicit, too, in the name of the young Virginia woman, Sweet, with whom Milkman dallies while his lover Hagar dies back in Michigan. And the "[s]weet soda water" (265) he drinks when he hears Guitar's message makes the death-threat more real.

In *Beloved*, most of the action centers around death and the dead. Sweet Home, the Kentucky farm where the slaves lived, was not sweet but brought death and destruction to everyone there. Beloved, Sethe's daughter returned form the dead, is associated with sugar and sweetness from the beginning. That is why Denver's secret knowledge about her is described as "sweet as lily-of-the-valley cologne" (47). In death, Beloved had "sweet rocks to suck" (260), so she brings a craving for sugar into the world of the living. She loves the sweet bread which Denver offers her:

> From that moment and through everything that followed, sugar could always be counted on to please her. It was as though sweet things were what she was born for. Honey as well as the wax it came in, sugar sandwiches, the sludgy molasses gone hard and brutal in the can, lemonade, taffy and any type of dessert Sethe brought home from the restaurant. She gnawed a cane stick to flax and kept the strings in her mouth long after the syrup had been sucked away. Denver laughed, Sethe smiled and Paul D said it made him sick to his stomach. (69)

Even in sleep, her breath is "sugary from fingerfuls of molasses or sand-cookie crumbs" (149). Wanting her sister to stay, Denver starts "providing sweet things for Beloved as often as she could to calm her down" (307-308).[31] Paul D, on the other hand, does not like this addition to his family and suggests finding another place for the foundling. Just then, the girl chokes on a raisin in Sethe's bread pudding, and the thought is abandoned. Ultimately, however, sugar is only a pacifier and not a solution, and Beloved has to return to where she came from.

---

[31] There are studies suggesting that massive sugar consumption can lead to distraction and agitation, but also to apathy and listlessness (Wisnewski 100), which would make sense in this context.

Morrison undercuts the traditional association of sweetness with pleasure. She attaches new meaning to the universal liking of sweetness and the positive associations connected with it. Her evaluations involve the psychological, sociological and political aspects of sugar. In Morrison's writing, it stands for a variety of phenomena, all of them interlinked by its interpretation as a product of the competitive capitalist culture of white America. The characters who like sweet foods or those associated with sweetness are all weak, immature and dependent. Because they are often orphaned and deprived of love, they are easily deceived by the temptations of capitalism. And in assimilation, they suffer a spiritual death. So with food-imagery, Morrison shows "that competitive-success dreams do not nourish human life, do not 'feed' or meet people's most basic needs" (House 1984, 202).

7. The Sweetness of Love

Since it is not possible for Morrison's characters to find happiness and fulfillment in assimilation and in the competitive environment of Western society, her sugar-eaters are usually lonely, alienated, and unhappy characters. Sugar for them becomes a substitute for the love[32] they lack in their lives. This can already be noted in *The Bluest Eye*. In her first novel, Morrison metaphorically links Pecola's solitude and self-rejection with a candy called Mary Jane. The only happiness the little girl ever knows is found in the sweetness of candy: "She eats the candy, and its sweetness is good. To eat the candy is somehow to eat the eyes, eat Mary Jane. Love Mary Jane. Be Mary Jane. Three pennies had bought her nine lovely orgasms with Mary Jane" (43). This description carries religious undertones. Byermann calls the candy a "popular-culture Eucharist," through which Pecola "hopes to be transubstantiated from common black clay into spiritual whiteness" (101). The candy is a central motif in her search for love and in her imaginary transformation. Gibson explains:

> The ritualistic significance of the eating of the Mary Janes and the relation to Shirley Temple, milk, communion, and sexuality are born out in Morrison's description of Pecola's experience with the candy.... Transubstantiation has occurred; the candy has been transformed into the

[32] According to Wisnewski (99), candy and chocolate contain a biochemical component which resembles the information substance in the human brain believed to be responsible for feelings of love.

> body and blood of Mary Jane (Shirley Temple). Lest we missed the implications of the ritual signification of Pecola's consumption of her Mary Janes, the reference to communion, to Christian mythology, and to the demystification of Christian ritual, Morrison reiterates the subtextual meaning of the Christian symbology by reference to the trinity... 'orgasms', not the spiritual transformation and renewal traditionally affected by ingestion of the host, but a suitable equivalent in the world Pecola inhabits. (161)

The social background of *Tar Baby* is very different from that of *The Bluest Eye*. The novel is set on a beautiful Caribbean Island where the wealthy candy producer Valerian Street spends his retirement in regal comfort. With him are his wife and the servant-couple Sydney and Ondine with their niece Jadine. In their hearts, however, the inhabitants of L'Arbe de la Croix are no happier than the little black girl from the ghetto. Having made a fortune in the candy business, Valerian is emotionally so impoverished that Morrison does not even allow him to sweeten his life with sugar any more. Instead, he is advised to use "saccharin in the lime pie" (17), a substitute of the substitute. His whole life used to center around candy, he lived for his business and even chose his wife because she looked "like a piece of Valerian candy" (206). Not surprisingly, the marriage leaves both partners lonely and dissatisfied.

Also Margaret is associated with sugar. It is not only her exterior that suggests this comparison but her interior as well. When he sees her sunbathing, Son suspects that she is "a marshmallow warming but not toasting itself. That inside the white smooth skin was liquid sugar, no bones, no cartilage – just liquid sugar, soft and a little pully" (169). In Morrison's taste symbology, such sweetness must point to deception and deprivation. In Margaret's case, it is caused by the terrible loneliness she experienced in her marriage to the older man which made her abuse her baby-son. Even as an old woman, she has not outgrown sugar. When she now expects her adult son for Christmas, she still "wants to bake him cookies" (64).

The black middle-class family depicted in *Song of Solomon* is not founded on love either. So sweet things take its place. We see Milkman buy his mother, for whom he has never "so much as made ... a cup of tea" (335), "a five-pound box of chocolates" (90) for Christmas, a gift that is chosen without care or consideration. Also his love-affair with his cousin, Hagar, is compared to sweets, she is Milkman's "private honey pot" (91), and when he gets tired of her he throws her away "like a wad of chewing gum after the flavor was gone" (280). Not only Milkman but her mother and grandmother as well see sweetness in the girl. When she falls ill, they offer her "chocolate milk" and "jello, both red and green" (312). She does not want the substitute, however, but the real thing: love. When she cannot have Milkman back, she dies of a broken heart. At her funeral, Pilate calls her "my sweet sugar lumpkin" (322), summarizing for the last time the girl's association with sugar. Her lack of toughness and autonomy, symbolized by her sweetness, have made her unworthy of love and life.

In *Beloved,* the first person we find eating sweets is the lonely girl Denver. Alone with her mother in a haunted house, she lives the life of an outcast, separated and alienated from the community. When Paul D exorcises the ghost she loses the only friend she ever had. In her sadness, she collects a biscuit from the floor and dips it into the jelly from a broken jar: "Slowly, methodically, miserably, she ate it" (24). Feeling her rejection, Paul D tries to buy his way into her heart with candy, and he almost succeeds. At the carnival, Paul D gives her candy-money: "Denver bought horehound, licorice, peppermint and lemonade ... Soothed by sugar ... pleased her enough to consider the possibility that Paul D wasn't all that bad" (60). At this point, the ghost becomes flesh and Paul D has to leave. Finally on their own, the three women turn to sweet foods, starting with hot milk with "can syrup and vanilla" (214). This shows the deceptiveness of the harmony among them. The fact that Sethe makes her pies at the restaurant "too sweet" (232) supports Paul D's opinion that Sethe's love for her children is "too thick" (202): it brought death to her daughter, and now threatens to bring death to her.

The sweet gifts which Violet's father distributes among his children in *Jazz* do not mean love either. He had left his family in dire poverty and such desperation that his wife committed suicide. That he now returns with candy cannot bring her back to life or feed his children. He leaves again soon but returns occasionally with "[c]andy stuck in clumps in his coat pocket" (100). This candy is a substitute for the love and care he cannot give, a lack which leaves Violet traumatized for life.

Much later, she still tries to compensate for that deficiency in her life with sweets: her schizophrenia is paralleled by an eating disorder. She is pictured as an extremely skinny woman, always trying to gain weight. Dedicated to "hip development" (113) she is often seen drinking "malt through a straw" (89). It is not until Violet finds a true friend in her dead rival's aunt, Alice, that she discovers the humorous side of it all. Only then can she drop her desire to gain weight and to win love through beauty. After learning to laugh about herself, Violet leaves her sweet drink unfinished: "Committed as Violet was to hip development, even she couldn't drink the remaining malt – watery, warm and flattening" (113). Her spells of mental confusion never return, and eventually, she will regain her husband's love.

Joe's life is also marked by an unhappy youth: he never knew his mother and father. In Morrison's food symbolism, such lack of parental love manifests itself in a craving for candy. Even as an old man, Joe "liked candy, hard candy" (69). The narrator explains:

> ... he's a kid, a strapling, and candy could still make him smile. He likes those peppermint things last the live-long day, and thinks everybody else does too.... he pays almost as much money for stale and sticky peppermint as he does for the room he rents to fuck in. Where his private candy box opens for him. (121)

Throughout the story, his young lover Dorcas, another of *Jazz*'s orphans, is associated with candy. It is no surprise that the love affair between her and Joe should begin in a candy store. He remembers her as "the peppermint girl" (69). Later, he admits to himself:

> All I know is I saw her buying candy and the whole thing was sweet. Not just the candy – the whole thing and picture of it. Candy's something you lick, suck on, and then swallow and it's gone. No. This was something else. More like blue water and white flowers, and sugar in the air. I needed to be there, where it was all mixed up together just right, and where that was, was Dorcas. (122-22)

To the end, the old man is convinced that "[he] never knew the sweet side of anything until [he] tasted her honey" (129). Again, the narrator explains: "She was Joe's personal sweet – like candy. It was the best thing, if you were young and had just got to the City. That and the clarinets and even they were called licorice sticks" (120). Also in his wife's imagination, their love is associated with sweetness. Violet imagines: "[h]e probably let her put her spoon into his pint of cream and scoop off the melty part, and when they sat in the dark of the Lincoln Theater he wouldn't mind a bit if she stuck her hand down in his box of popcorn and came up with a fistful of it the sonofabitch" (94). Keeping in mind all these sweet pictures and the fact that candy can only be a substitute, we understand that the love between Joe and Dorcas has to end to make way for a relationship more real and substantial.

With great skill, Morrison undercuts the universal association of sweetness with pleasure. The sugar lovers in her novels are alienated from family, community and culture. The only feeling of love they know is in the deceptive enjoyment of candy. It does not result in lasting happiness, however, and remains a poor substitute for the real thing: the love which is at the center of Morrison's writing.

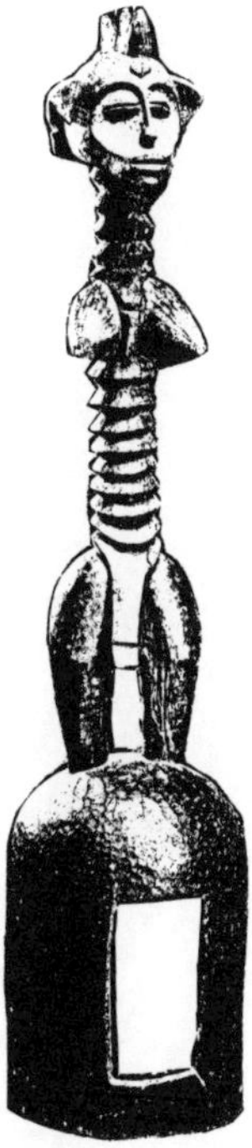

V. The Sense of Touch

1. "Heightened Sensibility"

The sense of touch reacts to mechanical stimuli, that is direct contact with the outside world. With it, we perceive physical events acting directly on the living tissue of our organism from the outside. The receptor for these outside stimuli is the skin, which makes up the border between the body and the outside world. So the sense of touch is the closest, the most intimate of the human senses. Within the sensorium, it acts as a mediator between the other senses. McLuhan (1964) asserts that "the sense of touch is necessary to integral existence" (108). He complains that

> [o]ur mechanical technologies for extending and separating the functions of our physical beings have brought us near to a state of disintegration by putting us out of touch with ourselves. It may very well be that in our conscious inner lives the interplay among our senses is what constitutes the sense of touch. (108)

According to McLuhan, the sense of touch is sudden but not specialist. It is total, synesthetic, involving all the senses.[33] This involvement, "as offering a kind of nervous system or organic unity in the work of art" (McLuhan 1964, 107), for him explains the interest of modern art in the sense of touch.

In its physical reality, it also plays a central role in the works of modern black woman writers. They venture into a formerly unexploited territory: the body as literary subject. By integrating sensual impressions, and especially tactile sensations, into their writing, they openly examine bodily experiences and show their characters as physical beings (Bröck 182).

Toni Morrison, with her "emphasis on embodiment" (Wyatt 475), is one of these authors: "it is her almost physical relation to language that allows her to tell the old stories she feels are best," stresses Leclair (25). Morrison agrees: "When people talk about black writing, that's what I think it is.... I think it's something so much more earthbound than that, much more in touch with the magic and the mystery and things of the body" (qtd. in Koenen 216).

---

[33] For Ong (1967) touch constitutes "a kind of bridge between sight and sound, since it tends to annex itself to them both" (164).

In Morrison's novels, it is usually the children who are still in touch with "the magic and the mystery and things of the body" and who live the full range of their sensorium. Willis explains:

> Openness to a full range of sensual experience may be equated with polymorphous sexuality, typified by the refusal of many young children to be thought of as either a boy or a girl.... The refusal to categorize sensual experience – and likewise sex – captures the essence of unrepressed childhood, which Morrison evokes as a mode of existence prior to the individual's assimilation into bourgeois society. (in Gates 311)

Morrison's characters generally begin to experience alienation and repression only when they grow up and become assimilated into Western culture. In the process of acculturation, most of her young people lose the spontaneity and sensuality of their childhood. Black women are at the center of Morrison's writing, and it is their sensuality which interests her most. To break through repressed female sexuality, Morrison contrasts "images of stifled womanhood with girlhood sensuality" (Willis in Gates 311). Young Claudia in *The Bluest Eye*, for instance, is fascinated by her bodily functions and all that her physical existence entails. Looking back at her early days she reminisces: "We felt comfortable in our skins, enjoyed the news that our senses released to us, admired our dirt, cultivated our scars ..." (62).

Almost all of the adolescent girls Morrison describes are fascinated by their bodies. At the point between childhood and womanhood, they start to focus their sensuality on the mystery of sexuality and the new desires they discover in themselves. The body is both the object of interest and a symbol of their evolving spirituality, as Christian (1980) notes:

> The approach of adolescence marks the growth of their body sexuality and the emergence of mind consciousness. Along with sexuality comes the desire for knowledge, the knowledge of self. In both Pecola and Sula's quest for wholeness and self-knowledge, sexuality becomes the vehicle. (176)

In their quest for wholeness they, paradoxically, lose their capacity for self-love and the all-encompassing sensitivity of childhood. As adults, they can regain it only through love, which, in both its physical and spiritual expression, is a central concern of Morrison's writing.

Morrison admits that when she is in love: "[my] sensibilities are alive. I love love. I like the feeling of it. And I like the way the world looks, the way things sound, the way food tastes. I like that heightened sensibility" (qtd. in Naylor 574). The same holds true for her characters, also their senses are sharpened by love. Pauline in *The Bluest Eye*, for instance, experiences it the few times she still makes love to her husband:

> I begin to feel those little bits of color floating up into me – deep in me. That streak of green from the june-bug light, the purple from the berries tickling along my thighs, Mama's lemonade yellow runs sweet in me. Then I feel like I'm laughing between my legs, and the laughing gets all mixed up with the colors, and I'm afraid I'll come and afraid I won't. But I know I will. And I do. And it be rainbow all inside. (103-104)

The images used, the june bugs, the berry picking, and the sweet lemonade, are recollections of her childhood in the south. When reaching puberty, however, these delights are substituted by a longing for "men and love and touching" (90). In church, "the songs caressed her, and while she tried to hold her mind on the wages of sin, her body trembled for redemption, salvation ..." (90). During such moments, she dreams of "a simple Presence, an all embracing tenderness with strength and promise of rest" (90). However, when she finds her man and moves north with him, the loneliness and alienation she experiences there suffocate the sensuality of her body and destroy the spirituality of her mind.

A similar solitude is suffered by the title character in *Sula*. All of her young life, Sula missed "that version of herself which she sought to reach out to and touch with an ungloved hand" (121). When she discovers, "that a lover was not a comrade and could never be" (121), she settles for "a loneliness so profound the word itself had no meaning" (123). Now, sex only means "misery and the ability to feel deep sorrow" (122). It is not until she falls in love with Ajax that her sexuality gains a constructive potential, if only in her imagination. In making love to Ajax, she finds her creative outlet: her reverie on the nature of his beauty is pure poetry (130-31). Morrison stresses that lovemaking between Ajax and Sula happens on a level of play, with a children's kind of encompassing sensuality: "In the love scene between Ajax and Sula, there is no sexual language at all. What's underneath is my conviction that everybody has played in the mud – it's a children thing, funky" (qtd. in Koenen 215).

In *Song of Solomon,* the key to a wholesome and creative sensuality is also to be found in childhood and in the past, individual as well as racial. In his quest for wholeness, Milkman, the son of a wealthy black family in the north, must travel back in time and space, to the south of his ancestors, and go through a thorough reeducation. Before this trip, he is shown as a selfish and irresponsible young man who spends his sexual power on casual contacts with various girls and on a destructive relationship with his cousin Hagar. Only after he reaches the country of his ancestors and learns about caring and responsibility, is he able to develop a full, mature, and encompassing sexuality. The relationship he enters with Sweet does not stop at the sexual act, but is based on reciprocity, on giving and taking:

> He soaped and rubbed her until her skin squeaked and glistened like onyx. She put salve on his face. He washed her hair. She sprinkled talcum on his feet. He straddled her behind and massaged her neck. She put witch hazel on his swollen neck. He made up the bed. She gave him gumbo to eat. He washed the dishes. She washed his clothes and hung them up to dry. He scoured her tub. She ironed his shirt and pants. He gave her fifty dollars. She kissed his mouth. He touched her face. She said please come back. He said I'll see you tonight. (188-89)

Morrison emphasizes the element of exchange in the sex-scenes between Milkman and Sweet. Taking care of the other in more ways than just the physical act of making love is what the author means when she talks about love:

> I have to assume that your sex is sexier than mine, so that when you read my work, I can leave a lot to your imagination. Or when Milkman sleeps with that little girl Sweet, the whole scene is sexual activity, what happens in the bed is the least part of it, but she cooks something for him, he washes out her tub, and he washes her hair and she irons his shirt and pants, all of that is part of the love-making, because the element in there that is sensual is the exchange of something; actually touching somebody else's clothes is much sexier than fumbling around between their legs. Really, when you read about it. So if I ever can get up under it with something that is very simple, then the language can be very quiet, and ought not to be very elaborate, because I have hit something other than what's on top. (qtd. in Koenen 216)

Son, the natural black man in *Tar Baby,* carries such sensitivity in him from the beginning. In a way, he never quite grew up and, still in a state of unrepressed childhood, he lives the full range of his sensorium. When we first encounter him, he is physically in touch with nature. After jumping ship, he floats in the sea, driven by "a gentle but firm pressure along his chest, stomach, and down his thigh" (2), the current that will carry him to his destination. "From the start, Son harmoniously collaborates with the maternal sexuality that is the source of his fertility..." notes Erickson. "When he plunges into the 'soft and warm' sea, Son undergoes a rite of passage that consists in submission to a mother nature personified as the 'water lady'" (302). The current pushes him like "the hand of an insistent woman ... He fought hard to break through but couldn't.... His strength was leaving him and he knew he should not waste it fighting the current. He decided to let it carry him for a while" (2).

His senses are so acute, that once aboard the yacht with Jadine and Margaret, he can sense their sex: "He was the only man aboard. He felt it – a minus something, which eased him" (4). His sexuality includes all senses: when he watches Jadine sleep at night his appetite for her becomes "so gargantuan it lost its focus and spread to his eyes, the oranges in his shirt, the curtains, the moonlight. Spread to everything, everywhere around her, and let her be" (119). His desire eventually starts to focus on Jadine, but it is still "not detached from fertility" (Erickson 302). It works as a catalyst, fertilizing everything around him: Son gets Valerian's greenhouse to bloom, reignites the fire in the old couple's marriage, and brings out the repressed sexuality in Jadine. There does not seems to be a place for such fertility in the modern world, however, and in the end, Son is transported to a kind of preconscious state, to the mythical part of the island which is inhabited by swampwomen coupling with blind horsemen.

Paul D is a character with similar powers: he is described as the kind of man "who could walk into a house and make the women cry. Because with him, in his presence, they could. There was something blessed in his manner" (*Beloved* 21). In *Beloved*, however, love and fertility are undermined by slavery and its aftermath (Sethe thinks about her children: "maybe I couldn't love em proper in Kentucky because they wasn't mine to love" [199]), and what Paul D brings to life is less the physical existence of here and now than the trauma of the past, which has to be dealt with before new growth can begin.

Joe Trace in *Jazz* is yet another man born with a healing potential. In the big city, however, it has become perverted and turned into a negative power: his love destroys rather than heals. When he first meets Denver, "the girl buying candy and ruining her skin had moved him so his eyes burned.... It was a randy aggressiveness he had enjoyed because he had not used or needed it before" (29). He remembers love, but the struggle of life and the long years of married routine have numbed his feelings: at fifty "he has a tough time trying to catch what it felt like" (29).

The love affair he begins with young Dorcas awakens all of his senses. All his presents to her, for instance, involve the sensual: "How many phonograph records? How many silk stockings? The little kit to mend the runs, remember? The purple metal box with flowers on top full of Schrafft's chocolates. Cologne in a blue bottle that smelt like a whore" (134). Also Joe's wife thinks of the two lovers in terms of perfect, encompassing sensual fulfillment:

> Did he ask her to warm with her own body his spot in the bed on cold winter nights before he slid in? Or did he do it for her? He probably let her put her spoon into his pint of ice-cream and scoop off the melty part, and when they sat in the dark of the Lincoln Theater he wouldn't mind if she stuck her hand down in his box of popcorn and came up with a fistful of it the sonofabitch. And when "Wings Over Jordan" came on he probably turned the volume down so he could hear her when she sang along with the choir, instead of up as to drown out her rendition of "Lay my body down". Turned, too, his jaw to the light of the bulb so she could press out between her thumbnails the hair root caught in a pore the dog. (94)

Dorcas is easy prey for him because she, like most of Morrison's girl characters, is fascinated by the promise of love and sexuality: "Dorcas thought of that life-below-the-sash as all the life there was" (60). She is "enchanted by the frail, melty tendency of the flesh and the Paradise that could make a woman go right back after two days, two! or make a girl travel four hundred miles to a camptown, or fold Neola's arm, the better to hold the pieces of her heart in her hand. Paradise. All for Paradise" (63).

The girl's natural curiosity is heightened and perverted by a Victorian education. Her "boldness" is a reaction to the rigid morality and double standards she is subjected to in the house of her aunt, herself the victim of such an education:

> At fifty-eight with no children of her own, and the one she had access to and responsibility for dead, she wondered about the hysteria, the violence, the damnation of pregnancy without marriageability. It had occupied her own parents' mind completely for as long as she could remember them. They spoke to her firmly but carefully about her body: sitting nasty (legs open); sitting womanish (legs crossed); breathing through her mouth; hands on hips; slumping at table; switching when you walked. The moment she got breasts they were bound and resented, a resentment that increased to outright hatred of her pregnant possibilities and never stopped until she married Louis Manfred, when suddenly it was the opposite. Even before the wedding her parents were murmuring about grandchildren they could see and hold, while at the same time resenting the tips showing and growing under the chemises of Alice's younger sisters. Resenting the blood spots, the new hips, the hair.... Growing up under that heated control, Alice swore she wouldn't, but she did, pass it on. She passed it on to her baby sister's only child. (76-77)

Out of this background, aunt and niece never develop a fertile sexuality and never procreate.

Love plays a central role in Morrison's writing, in both its physical and spiritual forms. Only through love can her characters go back to the sensuality of their childhood, lost for most in the process of assimilation into Western culture. If they lack this love, alienation and repression take their toll: self-hate, sterility, destructiveness and perversion are the result. For Morrison, the sense of touch with sexuality as its keenest expression is the central vehicle of love: as incarnation of the underlying spirituality, it involves all emotional and social aspects of human life.

2. "Some Touching Every Day"

To touch and to be touched is essential for the physical and the spiritual survival of all humans. Women, however, because of their role as caregivers in family and society, are associated more with the sense of touch than men are. A long tradition identifies women "with the body and the physical, as opposed to language and the intellectual" (Michie 7). Creating an analogy between the cosmos and the human senses, Ong (1977) supports this view:

> Mother (earth) and father (sky) are related to one another as tactile to visual. Mother and earth are close to us, ground our sense of touch (which develops in contact with mother), and deeply involved in subjectivity; father and sky are more remote, more object-like, apprehended more by sight than by touch. (143)

The sense of touch is thus an essentially feminine sense. Morrison herself insists that she "like[s] lust" (in Koenen 210). Not surprisingly, in her writing, women govern and are governed by the sense of touch.

The idea of romantic love, however, is rejected because "it's a complicity between master and servant" (Morrison qtd. in Koenen 209). Romantic love becomes a trap for Morrison's weaker female characters: absorbed in the dreams of the dominant culture, they lose their natural sensuality and their racial identity. "Morrison's aim in writing," Willis notes, "is very often to disrupt alienation with what she calls 'eruptions of funk.' Dismayed by the tremendous influence of bourgeois society on young black women newly arrived from deep South cities ... Morrison decries the women's loss of spontaneity and sensuality" (35). In her interview with Koenen, Morrison explains:

> ... the relationship between Black men and Black women in those days was much more a comradeship than the romantic love it got to be later as a result of the infiltration from the other culture ... there was a time when you could love god or your race, or your brother, or your sister, or your mother, but all those things have been taken from us in a way, because if you love god they think you are backward, if you love your mother they think you've got some Freudian thing ... And you could have a friend that you loved. Now if you have a friend that you love somebody will think that you are lesbian or homosexual. So what's left? There's nothing left to love, except the children and the members of the other sex. The person on the other end of that gets everything. It's too much; the lover expects too much from the beloved. (212)

That is what happens to Pauline in *The Bluest Eye*. Growing up in the rural south she enjoys the comfort of a big family and a vital black community. When she meets Cholly and follows him north she experiences loneliness and alienation for the first time. To escape her growing isolation, she starts going to the movies, where she is introduced to the notion of romantic love: "She forgot lust and simple caring for ..."

(97) and becomes more and more like Morrison's black female middle-class characters.

These women have learned the "careful development of thrift, patience, high morals, and good manners. In short, how to get rid of the funkiness. The dreadful funkiness of passion, the funkiness of nature, the funkiness of the wide range of human emotions" (68). Willis explains: "At a sexual level, alienation is the denial of the body, produced when sensuality is redefined as indecent" (35). Prudishness prevails in the black bourgeoisie. Their women exercise strict control over their sensuality: "They do not drink, smoke or swear" (68); they "hold their behind for fear of a sway too free; when they wear lipstick, they never cover the entire mouth for fear of lips too thick, and they worry, worry, worry about the edges of their hair" (68). Such a woman will not enjoy sex but

> ... will give him her body sparingly and partially. He must enter her surreptitiously, lifting the hem of her nightgown only to her navel. He must rest his weight on his elbows when they make love, ostensibly to avoid hurting her breasts but actually to keep her from having to touch or feel too much of him. (69)

She is not able to feel ecstasy but only "pretends she is having an orgasm" (69). She bears her child, usually the son expected of her, "easily, and painlessly" (70) and never develops a physical relationship with him: she never indulges him "in kissing bouts" (71). The child, of course, longs for some touching, just like the lonely little boy Junior:

> Junior used to long to play with the black boys. More than anything in the world he wanted to play King of the Mountain and have them push him down the mound of dirt and roll over them. He wanted to feel their hardness pressing on him.... (71)

As he is not allowed to participate in the rough games of the other children, his natural desires are perverted and "[m]ore and more he enjoyed bullying girls" (72).

Elihue Whitcomb is the product of such an education. He begins molesting little girls because he never developed adult sexuality. Raised in a cultured West Indian family of mixed blood, "corrupt in both public and private practice, both lecherous and lascivious" (133), he is taught to reject the African part of his heritage. Christian (1980) calls Elihue a "tragic mulatto who is both bred to, yet aware of, the waste in the urge to acculturize" (149). As a reaction, the young man's emotional and social life is reduced to a point of perversion: the "slightest contact with people produced in him a faint but persistent nausea" (130).

After his first love leaves him he remains alone ("Celibacy was a haven" [131]) and settles for objects: "It was as though his disdain for human contact had converted itself into a craving for things humans had touched. The residue of the human spirit smeared on inanimate objects was all he could withstand of humanity" (131). He chooses his profession as Reader, Adviser and Interpreter of Dreams "to nurture his fastidiousness by viewing physical decay" (130). In Morrison's world, however, the repressed always returns, and when it does, it comes in a sick and corrupted form:

> The careful design was marred occasionally by rare but keen sexual cravings.... his cravings, although intense, never relished physical contact. He abhorred flesh on flesh. Body odor, breath odor, overwhelmed him. The sight of dried matter in the corner of the eye, decayed or missing teeth, ear wax, blackheads, moles, blisters, skin crusts – all the natural excretions and protections the body was capable of – disquieted him. His attentions therefore gradually settled on those humans whose bodies were least offensive – children. (131-132)

The shell-shocked soldier Shadrack in *Sula* is another man who shies away from physical contact with other people and who, finally, destroys and is destroyed by his alienation from the community. His trauma is caused by witnessing the gruesome death of a fellow soldier, leaving him forever unable to reconnect with any human being or with the community as a whole: "he never touched anybody, never fought, never caressed" (15). Shadrack remains an outsider, and the only way to join the others seems to be in death: in the end, he leads his suicide march into a communal grave, the tunnel which symbolizes everyone's thwarted hope. The Peace women are the total opposite of such characters: they live their sensuality in an easy and joyful fashion, a big part of which is sexuality ("The Peace women simply loved maleness, for its own sake" [42]). Eva, the grandmother, expresses her sensuality on both an intellectual and a social level:

> Eva, old as she was, and with one leg, had a regular flock of gentlemen callers, and although she did not participate in the act of love, there was a good deal of teasing and

> pecking and laughter. The men wanted to see her lovely calf, that neat shoe, and watch the focusing that sometimes swept down out of the distances in her eyes. They wanted to see the joy in her face as they settled down to play checkers, knowing that even when she beat them, as she almost always did, somehow, in her presence, it was they who had won something. They would read the newspaper aloud to her and make observations on its content, and Eva would listen feeling no obligation to agree and, in fact, would take them to task about their interpretation of events. But she argued with them with such an absence of bile, such a concentration of manlove, that they felt their convictions solidified by her disagreement. (41-42)

Eva's daughter Hannah is also a very sensual woman, but her sensuality concentrates on the sexual, not the intellectual. Morrison calls her "slack. She had no concept of love and possession. She liked to be laid, she liked to be touched, but she didn't want any confusion of relationships and so on" (qtd. in Stepto 218). All she wants after her husband's early death is "some touching every day" (44), and she always succeeds in getting it.

Growing up with such a role model, Hannah's daughter Sula learns about sex at an early age: "[s]eeing her step so easily into the pantry and emerge looking precisely as she did when she entered, only happier, taught Sula that sex was pleasant and frequent, but otherwise unremarkable" (44). Morrison stresses that "Sula's mother, Hannah, is sexually selfish. But she is not a selfish person ... She has a streak of kindness about her. Sula didn't have that" (qtd. in Parker 254). Sula lost her kindness when she realized that "no one would ever be that version of herself which she sought to reach out to and touch with an ungloved hand" (121). It is then that she decides: "There was only her own mood and whim, and if that was all there was, she decided to turn the naked hand toward it ..." (121).

Sula's sensuality is twice reduced, it lacks her grandmother's generous, social "manlove" and her mother's emotional warmth. Her sexual behavior is described as experimental, not loving: "She would lay their husbands once and then no more. Hannah had been a nuisance, but she was complementing the women, in a way, by wanting their husbands. Sula was trying them out and discarding them without any excuse the men could swallow" (115). Her desire focuses on the self, it is selfish and self-reflective:

> Sula was distinctly different. Eva's arrogance and Hannah's self-indulgence merged in her and, with a twist that was all her own imagination, she lived out her days exploring her own thoughts and emotions, giving them full reign, feeling no obligation to please anybody unless their pleasure pleased her. As willing to feel pain as to give pain, to feel pleasure as to give pleasure, hers was an experimental life – (118)

According to Ong (1967), our sense of objective reality is "less directly connected with sight than it would seem to be. Its roots are in touch ..." (169). He continues that "more than other senses, touch indeed attests to existence which is objective in the sense of real-but-not-me. And yet, by the very fact that it attests the not-me more than any other senses, touch involves my own subjectivity more than any other sense" (Ong 169). That is exactly what Sula seeks to explore in the physical act of lovemaking: the limits of the self and not the presence of the other.

"Unlike her mother, Sula does not experience sex as a pleasant pastime," Morrison explains. "Orgasm becomes the moment for her when she feels her full strength and power at the same time that she experiences complete aloneness" (qtd. in Parker 254). Sula seduces Nel's husband not because she desires him but because she wants to fill some vacancy in her self, an emptiness caused by the lack of commitment in her life. To Nel she admits: "there was this space in front of me, behind me, in my head. Some space. And Jude filled it up. That's all" (144). Confronted with her friend's accusations she argues: "What do you mean take him away? I didn't kill him, I just fucked him" (145). Without any emotions of her own, ignorant of human ties and the possessiveness accompanying them, she cannot see them in others. When she finally learns about these things through her love for Ajax, he, ironically, turns out to be the version of herself that she had so desperately sought for, and leaves her as she used to leave her lovers. Here, selfishness is shown to be as unproductive and detrimental as the possessiveness dominating Morrison's middle-class marriages.

The most pathetic character from a bourgeois background is probably Ruth in *Song of Solomon*. Growing up motherless, she has a very narrow concept of love and never experiences relationships as anything but sexual. Her father is "the only person who ever really cared whether [she] lived or died" (124), and their relationship remains intimate, even incestuous. As a woman, she "never dropped those expressions of affection that had been so lovable in her childhood. The good-night kiss was itself a masterpiece of slow-wittedness on her part and discomfort on his" (23).

When she marries Macon Dead, their lovemaking seems immature, retarded, "as when children play 'doctor'" (16). It is still her father who delivers her two daughters, an action which Macon disapproves of vehemently ("nothing could be nastier than a father delivering his own daughter's baby" [71]). Ruth admits that when her father died, she did "kneel there in [her] slip at his bedside and kiss his beautiful fingers" (126), or maybe she really was "[l]aying next to him. Naked as a yard dog, kissing him ... she had his fingers in her mouth" (73), as her husband claims. Ever since then, his thoughts of her have been "coated with disgust" (15). He stops sleeping with his wife and begins to frequent "'bad houses' or lay, sometimes, with a slack or lonely female tenant" (32). All this is very "hard" (125) on the young woman. At one point, Ruth thinks she would "really die if [she] had to live that way. With nobody touching [her], or even looking as though they'd like to touch [her]" (125).

Solitude and deprivation are certain to kill Ruth when Pilate comes to her rescue. Sensing what ails her sister-in-law, she gives her a powder which makes her husband come to her "for four days" (125). When the spell fades Ruth is pregnant with Milkman, a child that her husband does not want and tries to abort. Again, Pilate helps, and the baby stays alive. Because "[s]omething else is needed to get from sunup to sundown: a balm, a gentle touch or nuzzling of some sort" (13), Ruth allows herself "the secret indulgence" (13) of breast-feeding her son well beyond the normal age, "a pleasure she hated to give up" (13) once she is discovered.

"Milkman's mother, Ruth, rejects the present by literally embracing only the past and the future" (113), notes Byerman. Once both loves have been terminated, life in this family remains barren and cold. Only in the end will Ruth receive sympathy from her son. Having learned to consider other people's feelings, Milkman now knows "that such sexual deprivation would affect her, hurt her precisely the way it would affect and hurt him" (303). Again, we are shown the central role that the sense of touch, with sexuality as its keenest expression, plays for Morrison's characters: it is, literally, a matter of life and death.

In Pilate's three-woman-household, then, life centers around the sensual. The head of the household is Pilate. Having suffered similar deprivations as Ruth (a motherless childhood and the denial of sexuality), she is still able to transform the loss into a love of life and others. Her daughter, Reba, lives "from one orgasm to another" (151). Conflicts with outsiders are solved by violent means: when Reba is beaten by one of her lovers, Pilate takes a knife and stabs the man. Her granddaughter Hagar, however, is the sad example of what happens when the sensual is not checked by social considerations. Desperately in love with her cousin Milkman, the girl loses her mind and tries to kill him:

> Whenever the fist that beat in her chest became that pointing finger, when any contact with him was better than none, she stalked him. She could not get his love (and the possibility that he did not think of her at all was intolerable), so she settled for his fear. (128)

Every time, her grandmother beats her with a strap, "to which she submitted with relief" (129), but which is not enough to bring her to her senses.

Milkman knows his cousin is after him and when he lays down to wait for her, "[f]ear lay like a pair of crossed paws on his chest" (113). Hagar, however, cannot kill him, for she is awed "by the very presence of her victim" (129). Her body does not allow her to destroy the one she lives for. She strikes him once, then becomes paralyzed: "she could not get her arms down. Try as she might, the ball joint in her shoulders would not move" (130). After a while, Milkman gets up and leaves her standing there. Being denied any contact, any connection with him, Hagar turns her hatred against herself and dies in a fever. She is killed by her uncontrolled needs, by her physical dependence.

The human touch (and its absence) is also an issue in *Tar Baby*. The servant couple, Sydney and Ondine, find the security and the strength they need in the physical contact with each other. At night, they are pictured as "a pair of married servants sleeping back to back ... There is safety in those backs. Each one feels it radiating from the other, knows that the steady, able spine of its partner is a hip turn away" (36).

The married routine of their white employers is the total opposite: the first quarrel between young Valerian and Margaret "resulted in not touching toes in the night" (50). This makes the young woman feel so lonely that, out of a perverted desire to touch, she begins abusing her infant son. Her husband never knows because he never cares enough to reach out to her and ask. The relationship between the two remains cold and platonic. It is not until the arrival of Son that they make love again. Sydney comments: "Mr. Street slept with his wife last night. You know how long it's been since he did that?" (164).

But Valerian and Margaret cannot come together until the dark secret between them is disclosed. When Valerian finally learns about his wife torturing their son, he is physically revolted: "Anything was better than knowing that a pretty (and pretty nice) sober young woman had loved the bloodying of her own baby ... Just a delicious pin-stab in sweet creamy flesh. That was her word, 'delicious'" (199). Now, he wants to reach out to her, not to caress but to hurt, but even that is impossible:

> And he agreed with that, thought it could be, must be, true – that it was delicious, for at the moment it would have been delicious for him too if he could have picked up the carving knife lying on the platter next to the carcass of the goose and slashed into her lovely Valentine face. Delicious. Conclusive and delicious. But he could not concentrate. His knees were trembling, his fingers shuddering on the tablecloth. (200)

Margaret longs for the physical contact she was denied in the long years of their marriage. After admitting her guilt she comes to her husband and asks: "Hit me, Valerian" (205). But he cannot, "[h]is shuddering fingers went wild at the thought of touching her, making physical contact with that skin. His whole body recoiled. 'No,' he said. 'No'" (206). Valerian never quite recovers and his decline is rapid, but there is also something gained: for the first time, love enters the old couple's marriage. In the end, Margaret takes care of her husband like the mother she could not be when she was young.

Physical violence is a catalyst in many of Morrison's conflicts. After long years of silence, the tension between Ondine and Margaret erupts in a fistfight. It is only then that the truth comes out, Ondine cries: "You cut him up. You cut your own baby up. Made him bleed for you. For fun you did it. Made him scream, you, you freak. You crazy white freak" (179). This disclosure is a shock to everyone in the house, and it triggers more physical reactions: "Jadine would not admit to herself that she was rattled, but her fingertips were icy cold in Son's hand. She wanted a little human warmth, some unsullied person to be near, someone to be with, so she took his hand without thinking about it" (180).

Jadine and Son's relationship remains very physical, and violence plays a part from the beginning. The first direct contact between the two is made when she slaps him in the face, and he grabs her to stop her fighting. He apologizes and "she was holding tight to the reins of the dark dogs with silver feet. For she was more frightened by his good looks than she had been by his ugliness the day before" (135). Son promises not to touch her, but he adds: "I have to tell you how much I want to" (153-54).

A passionate love affair is the result, but it falters when each tries to introduce the other to his world. Jadine, the cultured big-city girl takes Son to New York, and Son, the outlaw, brings Jadine to Eloe, his hometown in the Florida backwoods. Both reach out and try hard to connect with the other, but in the end their ways must part. Physical attraction is not enough to keep them together. By this example, Morrison shows that the physical, tactual mode in her work can never be a goal in itself, but is always a metaphor of the spirituality underlying it.

Still, body language is often the only way towards the other. In *Beloved,* the body is the central pathway of communication. Unable to tell their stories in words, Sethe and Paul D commence with bodily communication. Their physical contact which will enable both to "speak the unspeakable" in the end. When they get together after years of separation, Paul D must learn with his tactile senses the abuse Sethe has suffered. He reads her back with his hands and mouth, "quickly becoming a participant in Sethe's discourse of bodily connections" (Wyatt 479). When they make love for the first time it "was over before they could get their clothes off.... Now they were sorry and too shy to make talk" (25-26). Then, however, they find a routine and their physical closeness strengthens them for a relationship against the pressures of their environment: "Paul D took to having Sethe on waking, so that later, when he went down the white stairs where she made bread under Beloved's gaze, his head was clear" (79).

Along with Paul D, other connections are established, one is with the repressed past, incarnated in Beloved. When Beloved touches her mother, it is a "touch no heavier than a feather but loaded, nevertheless, with desire" (72), representing the long repressed coming to the surface. Sethe herself never had a very close relationship with her mother. Talking to her daughters she remembers: "She never fixed my hair nor nothing. She didn't even sleep in the same cabin most nights I remember" (76). Baby Suggs, her mother-in-law, tries to make up for that loss and assumes the mother role for Sethe. When the young woman reaches her house broken in body and spirit, she does everything to nurse her back to health. Baby Suggs lives the word she preaches, the love of the flesh:

> As in her sermon, the primacy of the beating heart, of the flesh, reveals the transformative site of the self not simply as logos, the Word, but also as soma, the 'flesh that weeps (and) laughs' and that Baby Suggs Calls her people to love, stroke and hold. This pleasurable attention to the body is

> consistent with the primacy of bodily sensations – the 'Word was made flesh' – in incarnational theology.... (Lidinsky 195)

It is not until Sethe kills her child, her own flesh and blood, that Baby Suggs loses faith in her message and lays down to die. Sethe feels she cannot go on without her guidance and her tender touch, she asks her dead mother-in-law: "Just let me feel your fingers again on the back of my neck and I will lay it all down, make a way out of this no way" (116). She feels a light touch "more finger kiss than kneading. Still she was grateful... Baby Suggs' long-distance love was equal to any skin-close love she had known" (116). But then, she is choked by the returning past, now that the older woman is not there to help her keep it at bay. The girls run to her rescue, Beloved starts touching and kissing her bruises until Sethe stops her, suddenly realizing that "the girl's touch was also exactly like the baby ghost dissipated" (121), and not at all like Baby Suggs' fingers:

> Sethe remembered the touch of those fingers that she knew better than her own. They had bathed her in sections, wrapped her womb, combed her hair, oiled her nipples, stitched her clothes, cleaned her feet, greased her back and dropped just about anything they were doing to massage Sethe's nape when, especially in the early days, her spirits fell down under the weight of the things she remembered and those she did not. (120)

Without her mother-in-law's hands, a shield against unbearable memories, Sethe lets the past assume control. She is so vulnerable because she is not embedded in a community, so important in Morrison's world. Her refusal to touch anybody shows this disconnection: she does not want to stand "in line at the window of the general store with all the other Negroes. She didn't want to jostle them or be jostled by them. Feel their judgement or their pity" (234).

When Paul D leaves, Sethe and her two daughters form an exclusive trinity, depending solely on each other: "Sethe put an arm around each girl at her side. Both of them had an arm around her waist. Making their way over hard snow, they stumbled and had to hold on tight, but nobody saw them fall" (214). But then, the frail balance between past, present and future starts to shift and Sethe turns all of her attention to Beloved (she walks around "arm in arm" [294] with Beloved), symbolizing the past, and ignores Denver, who symbolizes the future. We see Sethe literally consumed by her repressed past, and the ghost, representing a part of every black woman's history, has to be exorcised by the collective power of the community's women. Only after this is done can Paul D return to take care of her again, to rub Sethe's feet and bathe her, like Amy and Baby Suggs did earlier, and to bring life and hope back to her house. His physical presence finally gives her the strength to leave the past behind her for good.

In *Jazz*, the sense of touch is again shown to be an essential factor in love: at the beginning, the book mentions the trouble of lonely nights and the "things that help you sleep all the way through it. Back-breaking labor might do it; or liquor. Surely a body – friendly if not familiar – lying next to you. Someone whose touch is a reassurance, not an affront or a nuisance" (27). But love in the City is deceptive, and Joe, the old man who experiences the feeling for the first time, knows it: "Little of that makes for love, but it does pump desire.... He would know right away the deception, the trick of shapes and light and movement, but it wouldn't matter at all because the deception was part of it too" (34).

That is what Joe will find in young Dorcas. The relationship between him and his wife has been platonic for years, making him long for a woman's touch: "Convinced that he alone remembers those days and wants them back, aware of what it looked like but not at all what it felt like, he coupled himself elsewhere" (36). The love affair with Dorcas, the selfish teenager, however, leaves him lonelier than before. In a sober moment Joe admits:

> They said the City makes you lonely, but since I'd been trained by the best woodsman ever, loneliness was a thing couldn't get near me. Shoot. Country boy; country man. How did I know what an eighteen-year-old girl might instigate in a grown man whose wife is sleeping with a doll? Make me know a loneliness I never could imagine in a forest empty of people for fifteen miles, or on a riverbank with nothing but live bait for company. (129)

Joe is not able to connect with the young girl, who signifies his future because he, like many of Morrison's tragically displaced characters, never had a chance to connect with his past. When he is born his mother "would not hold the baby or look at it" (170). Once, as a boy, he tries to find her, to establish a connection with her. What he hopes for is her

> ... hand, her fingers poking through the blossoms, touching his, maybe letting him touch hers.... All she had

> to do was give him a sign, her hand thrust through the leaves, the white flowers, would be enough to say that she knew him to be the one, the son she had fourteen years ago, and ran away from, but not too far. (37)

When she does not answer his pleading, loneliness drives him to marry Violet. He remembers saying: "'All right, Violet, I'll marry you,' just because [he] couldn't see whether a wildwoman put out her hand or not" (181). Years later, it is with the same desperate need that he tries to reconnect with Dorcas after she leaves him for a younger man. His hunt for his lover parallels passages of his earlier search for his mother. He pursues Dorcas and finally kills her, but what he really wants is to finally make that connection. Joe affirms: "I had the gun but it was not the gun – it was my hand I wanted to touch you with" (130-31).

All through his married life, he is too preoccupied with his own trauma to realize that his wife also suffers from the coldness of their relationship, and that she, too, yearns for tenderness. Violet complains: "it was cold and I was cold and nobody had got into the bed sheets early to warm up a spot for me or reached around my shoulders to pull the quilt up under my neck or even my ears..." (95). Joe's affair with the young girl is not the reason for Violet's suffering, however. It is only a symptom of what has gone wrong in both of their lives, and Dorcas' death brings no relief. When her rival is gone, Violet feels lonelier than ever, there "is nothing for Violet to beat or hit and when she has to, just has to strike it somehow, there is nothing left but straw or a sepia print" (28), the memory of a dumb young girl and her picture on the mantelpiece.

A long time has to pass until Joe is able to reach out to his wife, but in the end we see that "when he leaves the room and walks past his wife, he touches her. Sometimes on the head. Sometimes just a pat on her shoulder" (207). In bed, he wants to "hold on to her. Take her hand and put it on his chest, his stomach" (224). Such intimate moments make clear the symbolic importance of the sense of touch in Morrison's writing. The physical touch is important, but the body is just a vehicle, and touch goes deeper than skin:

> It's nice when grown people whisper to each other under the covers. Their ecstasy is more leaf-sigh than bray and the body is the vehicle, not the point. They reach, grown people, for something beyond, way beyond and way, way down underneath tissue. (228)

The couple's newly-established connection appears in everyday situations. They can finally reach out to each other, touch and hold on: "there is another part, not so secret. The part that touches fingers when one passes the cup and saucer to the other. The part that closes the neckline snap while waiting for the trolley; and brushes lint from his blue serge suit when they come out of the movie house into the sunlight" (229). At last, Joe is in touch with the present, his wife, and can put to rest the ghosts of past (Wild) and future (Dorcas).

Just as Joe cannot connect with his past, Golden Grey, the young mulatto boy searching for his father, cannot get in touch with his African heritage to find his racial identity. This disconnection is shown in the way he desperately tries to avoid the physical touch of anything reminiscent of it. The wild black woman he meets in the woods represents this denied side of himself. He shies away from her, afraid she might have an "infection or odor or something. Something that might touch or penetrate him" (144). So, the young man "does not see himself touching her.... he is gentle for fear the ruts and the muddy road will cause her to fall forward and brush him in some way" (145). His father, a black man, knows about Golden's mixed blood, and his son's denial is an offense to him. When he feels Wild's fingers on his shoulder "the touch of her fingertips didn't frighten him, but it did make him sad" (166). It is with the same sadness that Morrison shows any black person's denial of their heritage.

The sense of touch, as a feminine sense, represents care, comfort and communication. Touch builds bridges between characters, and physical violence is the catalyst in many of the conflicts that Morrison illustrates. When an old trauma is repressed or when words cannot come, body language is often the only means of communication. In the process of assimilation, however, many characters substitute lust and care for romantic love. Alienation from the body and repression of its desire are the result, paralleling alienation from community and culture. Thus, touch is shown as a vital part of human existence, but it is not an issue in itself: it serves as a symptom, a reflection of the underlying spirituality. It is as Morrison notes in *Jazz*: "the body is the vehicle, not the point" (228).

3. Women as Subjects of Desire

Sexuality is an important aspect of the sense of touch. It does not come naturally, but, like any other kind of human interaction, is deeply rooted in culture. Davidson stresses that

> [a]lthough we take it to be a natural phenomenon, a phenomenon of nature not falling within the domain of historical emergence, our experience of sexuality is a product of systems of knowledge and modalities of power that bear no claim to ineluctability. (18)

Many writers have commented on the role of sexuality in literature. Any modern reader will agree with Updike that "sexual transactions between people deserve the same fidelity of rendition as other transactions, and the novelist justifies his treatment of sex when he portrays it as something human, humanly complex and resonant" (in Almansi 128). It is also true that "[s]ex, in thought and deed, fills up so much of one's life that it's only right that it should fill up a great deal of one's novels..." (Burgess 110). Consequently, in the 20th century novel, "the social relations of fictional characters are often grounded in their sexual behavior" (Clellon Holmes in Almansi 116). But Burgess also cautions "that the novel has yet to develop the right language for the description of the sexual act in its emotional or even purely neural aspects." (in Almansi 110).

The portrayal of female sexuality is further complicated by feminist issues such as the objectification of women. Humm points out that

> [s]exual objectification is the primary form of the subjection of women ... The objectification of women in art and literature goes along with our objectification in pornography, claim feminist critics, since pornography is merely a simplified version of general objectification.... (151)

Michie holds that women's bodies are not only used as objects but also as metaphors. She claims that since "women's bodies are also simultaneously a primary metaphor for other things ... the issues of physical representation become especially complex" (7-8). The dichotomy of woman as the holy and the whore is a prominent form of representation, as summarized by Rich:

> Throughout patriarchal mythology, dream-symbolism, theology, language, two ideas flow side by side: one, that the female body is impure, corrupt, the site of discharges, bleedings, dangerous to masculinity, a source of moral and physical contamination, "the devil's gateway." On the other hand, as mother the woman is beneficent, sacred, pure, asexual, nourishing; and the physical potential of

> motherhood – that same body with its bleedings and mysteries – is her single destiny and justification in life. (34)

This tradition of thought has become the target of increasing criticism from feminists. Feminist writers see their task in "the full and responsible representation of the female body, the breaking of codes and taboos that have trapped it in a 'Victorian' past" (Michie 125). Their writing aims "to construct a female body in the face of patriarchal convention ... Reclaiming the body through reproductive freedom and analysis of rape, battering, pornography, and sexual abuse should have become central aspects of feminism" (Michie 127). The main objective of feminism is "to understand and redefine woman's sexual desire and its public expression" (Humm 48). At the center is the presentation of "women's sensuality, so different from man's and for which man's language was inadequate. The language of sex had yet to be invented" (Anais Nin in Bröck 181). With her unprecedented frankness in the depiction of the female bodily experience, Morrison fulfills a major demand of feminism.

Perspective is the central problem of representation: feminist writers work at overcoming the presentation of "womAn as site" (sic! Bröck 53) and at looking through the eyes of "womEn as seers" (sic! Bröck 53), not as passive objects but as active, self-reflexive subjects, speaking for themselves. "A feminist theory of the body is based on concepts of sexual self-determination ... on our dignity, integrity and inviolability as human beings and a rejection of women's objectification" (121), asserts Humm. "When women *experience* objectification" she adds, "we can evolve feminist methods which in turn can overthrow the distinction between subjectivity and objectivity" (151). In her work, Morrison does exactly that: she writes against the patriarchal tradition, turning around its evaluations and undermining its narrow definition of womanhood. In her work, women are shown as subjects of desire, and the female perspective is the central point of view.

The portrayal of black female sexuality in writing is, in addition, complicated by racial issues. Gilman notes that by "the eighteenth century, the sexuality of the black people, both male and female, becomes an icon for deviant sexuality in general..." (209). It is now a commonplace that "the primitive was associated with unbridled sexuality" (Gilman 229). Black women, in particular, were the target of sexual and moral aggression. According to Bröck, they were pressured to counter white male aggression with an insistence on moral integrity. Prudishness was a necessary strategy, virtue became a weapon against sexual violence. Consequently, a strict morality was propagated by the female representatives of the black middle class and the black churches. Bröck sees it still present today in the taboo of female desire in African American culture. The history behind black middle-class morality is important for the understanding of Morrison's evaluation of her female characters. In her work, she redefines the outlines of womanhood: promiscuity is not stigmatized, but repression and selfishness are condemned, and the traditional objectification of women is countered with the self-determination of her strong female characters.

Objectification of women from both a sexist and a racist background is the key complaint of black feminist writers. Morrison criticizes: "I'm always under the impression when I read a man describing sex that there's only one person there – one person doing the activity, and somebody's receiving it" (qtd. in Koenen 216). Morrison's descriptions are different: her strong and authentic female characters express their sexuality with poetic intensity. In most of Morrison's love scenes, the activity is reciprocal, and the woman's perspective takes up a great part of the description.

When young Pauline and Cholly in *The Bluest Eye* make love "[i]t's like the body holds all, not just the man" (Morrison qtd. in Koenen 217). Physical attraction is what keeps their marriage together even when times are bad. Pauline's desire is expressed in her description:

> I hear him breathing but I don't look around. I can see in my mind's eye his black arms thrown behind his head, his muscles like great big peach stones sanded down, with veins running like little swollen rivers down his arms. Without touching him I'd be feeling those ridges on the tips of my fingers. I sees the palms of his hands calloused to granite. (103)

When they make love, Pauline, for a short moment, releases the control she has learned to exercise over her body, and regains her old sensuality: "All my strength is in his hand. My brain curls up like wilted leaves. A funny empty feeling is in my hands" (103). These short moments of satisfaction are strong enough to make her stay with her husband.

Willis states that sex, and orgasm in particular, in Morrison's writing can be taken "as a metaphor for any deeply pleasurable experience" (34). It is a spiritual resource rooted in the rural childhood of her characters, which, in a world of sensual alienation, can be tapped only in lovemaking.

When this happens, all senses are activated. Willis explains that in Morrison's writing

> ... sexuality converges with history and functions as a register for the experience of change, i.e. historical transition ... The rural homeland is the source of the raw material of experience and praxis, which in the borderstate small town is abstracted to colors, tastes and tactile sensations. (34)

She points out that the "problem at the center of Morrison's writing is how to maintain an Afro-American cultural heritage once the relationship to the black rural south has been stretched thin over distance and generations" (in Gates 309). This explains the spiritual and sensual impoverishment of many of Morrison's assimilated characters, characters who, in an effort to find wealth and acceptance in the white world, lose their capacity for sensual enjoyment and self-expression.

Throughout Morrison's work, love and sexuality dominate the lives of her female characters. Already in Morrison's first novel, *The Bluest Eye*, the perspective is an essentially female one: three young girls, struggling from childhood into womanhood try to make sense of their budding sexuality. Love, sensual as well as spiritual, is what Pecola, Frieda and Claudia want. Pecola's main concern remains: "how do you get somebody to love you?" (29). Also the two girls in *Sula*, Sula and Nel, are fascinated by the idea of love. They like to walk past the men loitering around the main street because they need to "affirm their awareness of themselves as sexually desirable" (Stein 147). It is not only in their environment that they start to discover themselves as women but also inside their own bodies: "Underneath their dresses flesh tightened and shivered in the high coolness, their small breasts had just began to create some pleasant discomfort when they were lying on their stomachs" (58).

At this early stage in life, the girls' sexuality in not yet reduced to a narrowly defined female role but includes male behavior patterns as well. One summer, Sula and Nel spontaneously start to dig a hole in the ground with a stick: a clearly male, active and dominant action. Stripping the twigs "to a smooth, creamy innocence" (58), digging a hole and burying it there is a ritual, a rite of passage into adulthood. Baker Jr. interprets this passage as follows:

> The phallus has been metaphorically exposed and exorcised; its mystery has been appropriated by the

> absorptive (earth) womb, which seems capable of serving as the whole (as opposed to the broken and fragmented twig) ground of bonding between the girls. It is as though a 'creamy' pleasure can be shared by a common hold. Demystification and burial (a purgative burial and 'cleaning') are engaged as common ritual acts. (in Gates 247)

According to Otten, "[t]his richly sexual moment signals their imminent passage into experience, their joint fall from childlike innocence" (35). This is the killing of Chicken Little. In a playful mood, Sula grabs the little boy and swings him around until he slips from her fingers and falls into the river where he drowns. Hirsch sees this accident "as a signal of Sula and Nel's rebellious, if as yet unconscious, refusal of adult heterosexuality and motherhood as they perceive it" (267). Sula's cool composure when watching her mother burn to death can also be interpreted as a rejection of the female destiny. Hirsch concludes that in "the economy of this text, Sula's rejection of maternity means an assumption of male freedom" (268).

Having been initiated with a little boy's death, Sula's sexuality remains masculine, self-centered, sterile and destructive as she grows up. The experiences she makes in the society of the time teach her that, as a woman, she will never be considered an equal or a true friend. Sula is not looking "for another entity but another version of herself, for a total union possible only when each perceives the other as possibly being his or her self," Christian explains. "Since woman is not usually perceived by man in that total sense, Sula abandons any attempt at union and seeks only herself" (in Gates 87). Only with Ajax does she pursue a union, a lasting relationship because "he was interested in her. He treated her like a whole person, not as an extension of himself, not as a vessel, not as a symbol. Their sex was not one person killing the other" (Morrison qtd. in Stepto 220).

From the beginning, Sula takes the active role in their lovemaking: when he enters her house she takes his wrist "and pulled him into the pantry.... pulled from his track-lean hips all the pleasure her thighs could hold" (125). And when Sula makes love to Ajax, it is her reverie, her train of thought that we follow and not his. In a reversal of the traditional sex-roles, Sula is on top and desires to penetrate and fertilize him. Her dreams are definitely masculine, even phallic:

> If I take a chamois and rub real hard on the bone, right on the ledge of your cheek bone, some of the black will disappear. It will flake away into the chamois and underneath there will be gold leaf. I can see it shining through the black. I know it is there.... And if I take a nail file or even Eva's old paring knife – that will do – and scrape away at the gold, it will fall away and there will be alabaster. The alabaster is what gives your face its planes, its curves. That is why your mouth smiling does not reach your eyes. Alabaster is giving it a gravity that resists a total smile.... Then I can take a chisel and small tap hammer and tap away at the alabaster. It will crack then like ice under the pick, and through the breaks I will see the loam, fertile, free of pebbles and twigs. For it is the loam that is giving you that smell.... I will put my hand deep down in your soil, lift it, sift it with my fingers, feel its warm surface and dewy chill below.... I will water your soil, keep it rich and moist. But how much? How much water to keep the loam moist? And how much loam will I need to keep my water still? And when do the two make mud? (130-131)

Here, Sula is in fact shown as a "masculine character" (Morrison qtd. in Bröck 153), an "agent of her own desire" (Bröck 237). As intimate as this description is, it has social connotations, as always in Morrison's writing. "Morrison's poetical and sensual writing of this heterosexuality suggests a bonding that might possibly bring the Bottom community down from its 'suspension' – that might reroot it in a fertile loam," Baker Jr. suggests. Sula, "in the role of a male Pygmalion's deconstructor, rather than a female statue in a passive transformation, goes through layers and layers of suppression in order to arrive at the soil of community" (in Gates 251). The community, however, rejects her curiosity as evil, and finally Sula succumbs to its pressure and submits to the traditional female role. Possessiveness and dependence enter her formerly careless relationship with Ajax, and, in the end, drive him away. When making love for a last time, Ajax for the first time assumes the male-dominant position in intercourse: "He dragged her under him and made love to her with a steadiness and intensity of a man about to leave for Dayton" (134).
The sexual act in Morrison's work always has far-reaching political connotations. The way the act of love is performed and described is representative of the wider reality surrounding her characters, the society to which they belong. Christian (1980) comments:

> The community's final rejection of both Sula and Pecola relates to these women's experience of sex. The rape of Pecola and her subsequent madness completely alienates her from her community; the folk's insistence that Sula sleeps with white men becomes the damning reason for labeling her a devil. Because a particular society's definition of womanhood and therefore of the female self often incorporates that group's view of sexuality and nature, both novels are explorations of cultural and mythic beliefs. (176-77)

Nel is Sula's opposite. As housewife and mother, she lives a conventional woman's life. Growing up fatherless like Sula, Nel had to learn everything from her mother. Helene, the daughter of a prostitute in New Orleans, escaped by marrying a respectable man. She compensates for her origins by becoming a pillar of society in the Bottom. Outwardly strong and capable, her inner weakness and insecurity surface when she is accosted by a white conductor on their journey south.

Nel witnesses the incident and internalizes her mother's failure as a weakness intrinsic to the female destiny. Later in life she assumes a similarly pathetic role: that of the wronged wife. Not as self-centered or self-reliant as her friend Sula, Nel falls apart when her husband leaves her. On her own, she feels she is left "with no thighs and no heart just her brain raveling away" (112). Byerman notes the social ramifications of her personal tragedy:

> The loss of Jude is the loss of identity and the loss of life. More specifically, it is the loss of what filled her thighs that has deprived her of her identity. Jude's penis was her life, both personally and socially. Whatever the conditions of marriage, having his name and his body gave her an acceptable place in the community. The absence of the phallus means a loss of status in the social order. (110)

In this context, marriage does mean death for Morrison's young female characters, as presented in Eva's dream,[34] because they give up their identities to become dependent on their husbands. So throughout Morrison's work, patriarchal society with its fixed sex-roles and

---

[34] After her daughter's fateful accident, Eva remembers having dreamt of a wedding and realizes that this dream must have meant death.

institutions is regarded with suspicion. In "Towards a Black Feminist Criticism," Barbara Smith goes even further:

> Despite the apparent heterosexuality of the female characters I discovered in re-reading *Sula* that it works as a lesbian novel not only because of the passionate friendship between Sula and Nel, but because of Morrison's consistently critical stance toward the heterosexual institutions of male/female relationships, marriage, and the family. Consciously or not, Morrison's work poses both lesbian and feminist questions about Black women's autonomy and their impact upon each other's lives. (qtd. in Baker Jr. in Gates 249)

Black women's autonomy is again discussed in *Tar Baby*. At the center of it is Jadine, self-reliant and unconventional, a Sorbonne graduate and a fashion model. Having lost her mother at a young age, she lacks a female role model and never develops the motherly qualities her aunt – and Morrison – value so highly. In addition, she is traumatized by what she experiences as the female condition: as a girl she witnesses a bitch being beaten just for being in heat. Then and there, she decides never to allow passion to enter her life:

> All around her it was like that: a fast crack on the head if you let your hunger show, so she decided then and there at the age of twelve in Baltimore never to be broken by the hands of any man. Whatever it took – knife blades or screaming teeth – Never. And yes, she would tap dance, and yes, she would skate, but she would do it with a frown, pugnacious lips and scary eyes, because Never. And anybody who wanted nice from this little colored girl would have to get it with pliers and chloroform because Never. When her mother died and she went to Philadelphia and then away to school, she was quick to learn, but no touchee, teacher, and no, I don't smile, because Never. It smoothed out a little as she grew older. The pugnacious lips became a seductive pout – eyes more heated than scary. But beneath the easy manners was a claw always ready to rein in the dogs, because Never. (105-106)

"Jadine's sexuality is also her racial identity, and as one is suppressed, so suffers the other," comments Holloway (121). Jadine's alienation from her cultural origin – her Eurocentric education and life-style – in Morrison's world also mean alienation from the body. We learn that together with the contact to her race Jadine has lost her natural sensuality. She sleeps alone and uses a surrogate lover, the black fur-coat made of baby sealskin which was given to her by a European admirer. She puts it on over her naked skin to enjoy its "feel," then she actually makes love to it: "She lay on top of them [the ninety baby seals] and ran her fingers through the fur. How black. How shiny. Smooth. She pressed her thighs deep into its dark luxury" (77). Erickson comments this passage:

> Her erotic stimulation is made to seem meretricious, as if her work as a fashion model has led her to experience her body as an object to be advertised as she would a fur coat. Such cultivation of the body puts Jadine inevitably at odds with the maternal breasts of the night women who will later haunt her. (302)

Jadine's sexuality remains reduced to autoeroticism and fetishism until she meets Son. When he smiles at her she sees "small dark dogs galloping on silver feet" (80), symbolizing her repressed sexuality: the dogs she used to be able to rein in so well are now on the loose. The erotic poses she assumes as a model are just pretense, but with Son they now gain a potential for reality. Admiring her pictures in a fashion magazine he starts "tracing her blouse with his forefinger.... He was tracing again, circling Catherine's earrings with his forefinger. Jadine felt her earlobes prickle as she watched him" (100). For a short while, she seems to be caught in the same trap as Nel, imagining a man's hands "[l]arge enough, maybe, to put your whole self into" (182). In the end, however, also Jadine has to realize that she cannot abandon her self for another person and leaves.

Son's hometown Eloe makes her see the difference between the traditional lives of the local women and her own. There, women are valued for other qualities than the ones Jadine possesses: she cannot measure up to Son's late wife (who, in Son's father's words, "had the best pussy in Florida" [219]). That night, she is tormented by a strange vision. Her room seems to be crowded with women who pull out their breasts to demonstrate their "ancient properties," their caring and nurturing qualities. "All of them revealing both their breasts except the woman in yellow. She did something more shocking – she stretched out a long arm and showed Jadine her three big eggs" (222).

Jadine's rejection of the qualities these women represent rends her unfit for a relationship with a man like Son. In the end, it is Jadine rather than Son, who "lays the stronger claim to the status of orphan, to remaining unattached" (Erickson 300). When she leaves him, Jadine feels "lean and male, having left quickly with no peeping back just in case" (237).

In *Song of Solomon,* the options of womanhood are shown by the example of two of the main female characters: Ruth and Pilate. Both are denied sexuality, but the way they deal with their deprivation is very different. Pilate turns it into her greatest power: for her, it becomes "the basis for her liberation from narrowly defined human relationships based on sexuality and the expansion of her social world to one based on sensitivity" (Willis 39). Her sister-in-law, Ruth, on the other hand, limits her life to her household and an incestuous relationship with both father and son. Like so many of Morrison's female characters who dependent on a possessive and closed heterosexual relationship, Ruth never comes to see human relationships "as anything but sexual" (Willis 39). Such women are shown as impoverished in physical, spiritual and social ways, and unfit for the challenges of life or love.

A prime example of the tragic failure of such women is Hagar. She seduces her young cousin and holds his interest for years, but "after he found himself effortlessly popular with girls of his own age and in his own neighborhood" (92), and after she starts depending on him, she becomes as dull to him as "the third beer" (91). Spoiled by mother and grandmother and without the socializing influence of a large family or friends, Hagar never quite grows up. Her flaw is her lack of independence, her inability to control her emotions and desires. When rejected by her longtime lover her passion for him turns into a

> ... fever, so it was more affliction than affection. It literally knocked her down at night, and raised her up in the morning, for when she dragged herself off to bed, having spent another day without his presence, her heart beat like a gloved fist against her ribs. And in the morning, long before she was fully awake, she felt a longing so bitter and tight it yanked her out of a sleep swept clean of dreams.... Nothing could pull her mind away from the mouth Milkman was not kissing, the feet that were not running towards him, the eye that no longer beheld him, the hands that were not touching him. (127)

She allows passion to take over completely, until she is not a human being any more but "an impulse, a cell, a red corpuscle that neither knows nor understands why it is driven to spend its whole life in one pursuit" (137). Every time she attempts to kill her lover, she is beaten by her grandmother. Like a spoiled child, Hagar needs such actions of discipline and direction. Being a grown woman, however, she is not allowed to live on like this in Morrison's world. It is her need to be defined by somebody outside herself, her lack of self-determination, that kills her in the end.

Love is not only shown as a trap for Morrison's female characters, however, but it can have a liberating effect as well. The relationship which Milkman's sister Corinthians enters frees her instead of enslaving her. Because her lover, Porter, is of a lower social status and not an acceptable choice, her love makes her break out of the patriarchal system instead of entering it through marriage. It gives her the strength to defy her overbearing father and to go her own way. Seeing "her ripeness mellowing and rotting before a heap of red velvet scraps on a round oak table" (198), the relationship with Porter becomes the only way to escape "the smothering death of dry roses" (200). This instance shows that Morrison does not exclude the male element in her women's search for self-definition. In fact, her men can be of help in the process, provided that the relationship does not lead to the submission of women which is so prevalent in the marriages depicted in Morrison's work.

In *Beloved,* the focus is again on women and their struggle towards self-determination. The first link in the generational chain of women we learn about is Sethe's mother, who was brought over from Africa as a slave. When Sethe questions Nan, her foster-mother, about her family history she learns

> ... that her mother and Nan were together from the sea. Both were taken up many times by the crew. She threw them all away but you. The one from the crew she threw away on the island. The ones from more whites she also threw away. Without names, she threw them. You she gave the name of the black man. She put her arms around him. The others she did not put her arms around. Never. (77-78)

As a female black slave Sethe's mother experienced double objectification: violence based on both sexual and racial oppression. Only when the balance of power is less lopsided – as when she makes love to a black man – does reciprocity become possible, and the product of the union, Sethe, is allowed to live.

Sethe's struggle towards subjectivity is one of the novel's central concerns. As a young woman, she is defined by her status as a slave and as wife and mother. After her escape, all she cares about is to save her children from slavery. Wyatt summarizes: "The mother figure, Sethe, defines herself as a maternal body" (474). In freedom, Sethe can experience not yet ownership of herself (possible only when freed from her obsessive past) but ownership of and responsibility for her children: "Look like I loved em more after I got here. Or maybe I couldn't love em proper in Kentucky because they wasn't mine to love" (199).

Sethe lives for her children. To the end, she insists that her daughter "was [her] best thing" (335), and Paul D has a hard time convincing her: "You your best thing, Sethe. You are" (335). Holding her fingers, he enables Sethe for the first time to see herself as subject, as mother and subject both: "Me? Me?" she says tentatively, and thus, according to Hirsch, "enables the mother's voice and subjectivity to emerge, allowing herself to question, at least for a moment, the hierarchy of motherhood and selfhood on which her life, until that moment, had rested" (Hirsch 271). Before she can accept her own subjectivity, however, she has to form an identity independent of motherhood and free of the slavery of any foreign definition.

The other women in *Beloved* have to go through a similar transformation. Baby Suggs, Sethe's mother-in-law, cannot experience her own subjectivity while living as a slave. It is not until she crosses the Ohio River into freedom that "she saw her hands and thought with clarity as simple as it was dazzling, 'These hands belong to me. These *my* hands.' Next thing she felt a knocking in her chest and discovered something else: her own heartbeat" (174). "Baby Suggs's own transition from a partitioned, proprietary conception of the body to a spiritual, collective one is charted through the narrative of her passage into freedom, which begins as a movement from object/property to subject," Lidinsky points out. "In her first moments of freedom, she experiences the disorienting sensation of subjecthood as self-ownership ..." (200). This discovery becomes the basis for a new religion: Baby Suggs' Call celebrates sensualism, the love of the body instead of the love of God. In the face of racism and sexism, she advocates self-determination and a sensual self-love:

> 'Here,' she said, 'in this here place, we flesh; flesh that weeps, laughs; flesh that dances on bare feet in grass. Love it. Love it hard. Yonder they do not love your flesh. They despise it. They don't love your eyes; they'd just as soon pick em out. No more do they love the skin on your back. Yonder they flay it. And O my people they do not love your hands. Those they only use, tie, bind, chop off and

> leave empty. Love your hands! Love them. Raise them up and kiss them. Touch others with them, pat them together, stroke them on your face 'cause they don't love that either. *You* got to love it, *you*! And no, they ain't in love with your mouth. Yonder, out there, they will see it broken and break it again. What you say out of it they will not heed. What you scream from it they will not hear. What you put into it to nourish your body they will snatch away and give you leavins instead. No, they don't love your mouth. *You* got to love it. This is flesh I'm talking about here. Flesh that needs to be loved. Feet that need to rest and to dance; backs that need support; shoulders that need arms, strong arms I'm telling you. And O my people, out yonder, hear me, they do not love your neck unnoosed and straight. So love your neck; put a hand on it, grace it, stroke it and hold it up. And all your inside parts that they'd just as soon slop for hogs, you got to love them. The dark, dark liver – love it, love it, and the beat and beating heart, love that too. More than eyes or feet. More than lungs that have yet to draw free air. More than your life-holding womb and your life-giving private parts, hear me now, love your heart. For this is the prize.' (108)

Her Call is an attempt at making her people reclaim their bodies and their hearts the same way she did when reaching freedom.

It works for her granddaughter: Denver achieves self-determination and subjectivity by remembering her message and by leaving the house where she was a slave to her mother's memories and fears for sixteen years. Standing in front of her house, Denver's "throat itched; her heart kicked – and then Baby Suggs laughed, clear as anything" (300). This memory enables Denver "somatically to experience the sensations of Baby's own body – her heartbeat and 'foolish' laughter – that once marked Baby's 'conversation' to somatic knowledge and eloquence" (Lidinsky 210). Fortified with this knowledge, the girl can go out to discover herself and the world around her.

Young Dorcas in *Jazz* is an orphan who lacks such parental guidance. After her parents die in a fire she lives with her aunt, an old maid who demonizes the body and its needs. Repression and control make the girl rebellious. Already in elementary school "nothing hid the boldness swaying under her cast-iron skirt. Eyeglasses could not obscure it, nor could the pimples on her skin brought on by hard brown soap and a tilted diet" (61). To the young girl, her body is everything, but she cannot love it the way Baby Suggs preaches. Her identity, her feelings of self-worth depend on other people's reactions to it. That is why the rejection of two boys at the party is so detrimental: at sixteen, the girl starts to believe that "the body she inhabits is unworthy. Although it is young and all she has, it is as if it had decayed on the vine at budding time" (67). This belief together with her body's natural desires and the sensuous music permeating the New York City of that time are the powers that drive the girl:

> The flesh, heavily despised by the brothers, held secret the love appetite soaring inside it.... That was what her hunger was like: mesmerizing, directed, floating like a public secret just under the cloud cover. Alice Manfred had worked hard to privatize her niece, but she was no match for a City seeping music that begged and challenged each and every day. 'Come,' it said. 'Come and do wrong.' (67)

The young women around Dorcas also seem bold and strong: they wear lipstick and silk stockings, female weapons that "flash power. A power they will exchange for the right to be overcome, penetrated. The men at their side love it because, in the end, they will reach in, extend, get back behind that power, grab it and keep it still" (181-82). This passage is another instance in which Morrison's criticism of romantic love becomes evident: most of the heterosexual relationships she describes are about power and, ultimately, they result in the objectification of women.

Dorcas is part of this system, and like many of the oppressed, she collaborates with her oppressor. She subjects herself to her new boyfriend, affirming: "I'm Acton's and it's Acton I want to please. He expects it. With Joe I pleased myself because he encouraged me to. With Joe I worked the stick of the world, the power in my hand" (191). She has left a man who would treat her like an equal and who would give her space to grow for one who forces his will upon her. Like the other girls and many of Morrison's conventional female characters, she gives up her power, her individuality, for "the right to be overcome." Dorcas is shown as a childish, weak and dependent character, unwilling to develop or change. That she "let herself die" (209)[35] is, in the economy of the text, only the logical consequence.

The complex issue of representing sexuality from the black female perspective is complicated by the history of slavery, by racism and

[35] Note the passive construction.

sexism, objectification of women and the stigma attached to female desire in black middle-class morality. In her work, Morrison reevaluates old stereotypes and reverses traditional gender roles: female promiscuity and sexual aggressiveness are valued, while prudishness is condemned as an influence from patriarchal Western culture with its closed nuclear families. What is advocated, however, is not a selfish and antisocial hedonism but a sexuality which is based on reciprocity, creativity and fertility, a love of the body and of the other. The sexual act in Morrison's work is more than the description of an intimate moment between two people, it involves the politics of power, and represents society as a whole. More than anything sexuality is a means of self-expression for women on their way from oppression and objectification towards the finding of identity, self-determination, and subjectivity.

4. Pleasure and Pain

The meaning of hedonism is important for the understanding of the Western attitude towards pleasure and pain and for Morrison's reaction to it. Bolles summarizes the history behind it as follows:

> Epicurus put it simply: Pleasure is good. Not only does it feel good, it is morally, ethically, and spiritually good.... However, it was roundly opposed by the Platonists, the neoplatonists, the stoics, Plotinus, and the early Church philosophers.... we have all learned that if something we do is pleasurable, it is probably sinful. We are supposed to suffer, and pleasure is bad. (2)[36]

In the Western tradition, the female is associated with suffering, because, according to Rich, "passive suffering and the archetypal female experience of childbirth have been seen as identical. Passive suffering has thus been seen as a universal, 'natural', female destiny" (129). Feminist writers try to undercut this tradition with descriptions of pleasure, as Ntozake Shange suggests, for to "take pleasure in ourselves is subversive" (178). Humm adds: "A feminist theory of pleasure requires women to make a political decision to allow ourselves the freedom to feel" (165-66).

---

[36] Our culture seems to be on the rebound from this belief, but the consequences are still felt today.

Also Morrison stresses the importance of feeling. Sensuous descriptions of pleasure are put next to the ever-present pain in her work, a pain which is both physical and mental.[37] People, scarred and maimed in body and soul crowd her work, but for all its inevitability, suffering can be overcome, and pain and pleasure are important steps on the path toward healing. Alienation from the body, and a consequent inability to feel pleasure or pain are expressions of the alienation from community and culture most of the assimilated characters have suffered. Only Morrison's young children and other natural, authentic characters have not lost the ability to feel. Everything they experience and recall, not only physical but also emotional and intellectual impressions, is felt through the body. This is congruent with Morrison's "emphasis on embodiment" (Wyatt 475).

The narrator in *The Bluest Eye*, young Claudia, for instance, remembers the different seasons by the pain associated with them:

> They beat us differently in the spring. Instead of the dull pain of a winter strap, there were these new green switches that lost their sting long after the whipping was over. There was a nervous meanness in these long twigs that made us long for the steady stroke of a strap or the firm but honest slap of a hairbrush. Even now spring for me is shot through with the remembered ache of switchings, and forsythia hold no cheer. (78)

Growing up in a tough but loving family, the only suffering the two girls have experienced and to which they can relate is physical pain. Frieda's tearful reaction to sexual harassment makes her sister ask: "'Did you get a whipping?' She shook her head no. 'Then why are you crying?'" (79).
In her young mind, the abstract moral concept of being "ruined," which her abuse entails, is immediately translated into a picture of physical distortion: "An image of Frieda, big and fat, came to mind. Her thin legs swollen, her face surrounded by layers and layers of rouged skin" (81), a look the girls know from the three prostitutes living nearby. Fear is for them also accompanied by bodily sensations: their mother's angry words make them feel their "stomachs jellying ... and [their] necks burning" (23). And when they see Mr. Henry with the two prostitutes in their

---

[37] McLuhan (1964) explains that "both pleasure and comfort are strategies of equilibrium for the central nervous system" (42) and that there is "a close parallel of response between the patterns of physical and psychic trauma or shock..." (44).

house, their "flesh crawled" (64) and "the back of [Claudia's] neck itched" (64) for fear of their mother's reaction.

Young Cholly also thinks in terms of physical pain. The death of his aunt, the woman who raised him, means nothing to him until "he missed the fear of being whipped" (116). On the day of her funeral, he has his first sexual experience. When it is marred, physical sickness is what he feels and remembers:

> He could think only of the flashlight, the muscadines, and Darlene's hands. And when he was not thinking of them, the vacancy in his head was like the space left by a newly pulled tooth still conscious of the rottenness that had once filled it.... The loathing that galloped through him made him tremble. (119)

The reaction to his father's rejection later in life is also a physical one: he "soiled himself like a baby.... The ache in his head was all he felt... " (124). After all of his attempts at love have been frustrated, he gives up trying. All that remains for him is his body and the satisfaction of its desires: he becomes "truly free. Abandoned in a junk heap by his mother, rejected for a crap game by his father, there was nothing more to lose. He was alone with his own perceptions and appetites, and they alone interested him" (126). Such absolute freedom and the absence of commitment and social ties in his life make him unfit to sustain a relationship, and getting married is a fateful mistake. Unable to feel or give love, married life becomes a trap for him, his wife and his children. After a while, he becomes so calloused that, in his wife's words, his "whiskey ass wouldn't feel hellfire" (36). Even sex, the keenest of all physical pleasures, loses its thrill when tamed by routine:

> And it was Pauline, or rather marrying her, that did for him what the flashlights did not do. The constantness, varietylessness, the sheer weight of sameness drove him to despair and froze his imagination. To be required to sleep with the same woman forever was a curious and unnatural idea to him; to be expected to dredge up enthusiasms for old acts, and routine ploys.... Nothing, nothing interested him now. Not himself, not other people. Only in drink was there some break, some floodlight, and when that closed, there was oblivion. (126)

Here, we see how social and spiritual impoverishment is, for Morrison's characters, accompanied by the loss or denial of bodily sensations.

For Cholly, this leads to the destruction of not only his own but also his daughter's life. In order to feel anything at all he has to go to extremes and violate the ultimate taboo: he rapes his twelve-year-old daughter. At first, when he sees her washing dishes and realizes how miserable her life is, he "could not tell what he saw or felt.... The sequence of his emotions was revulsion, guilt, pity, then love.... His hatred of her slimed in his stomach and threatened to become vomit" (127). When the girl shifts her weight and assumes a pose that reminds him of his wife, even tenderness is stirred in him:

> He put his head down and nibbled at the back of her leg. His mouth trembled at the firm sweetness of the flesh.... The confused mixture of his memories of Pauline and the doing of a wild and forbidden thing excited him, and a bolt of desire ran down his genitals.... Surrounding all of this lust was a border of politeness. (128)

He rapes her and makes her pregnant. Confused and terrified, Pecola turns to Soaphead Church, the local magician. Believing that if she changed the medium of perception, the things she perceives would also change (she hopes her parents would say: "Why, look, at pretty-eyed Pecola. We mustn't do bad things in front of those pretty eyes" [40]), she asks him for blue eyes. The man is shocked at first, and his body immediately reacts to the monstrosity of such a wish: "His flesh crawled; in that hot, dim room of worn things, he was chilled" (138). Then, however, he decides to fulfill her wish, acting against his "outrage" (137) because he believes this to be "the most fantastic and the most logical petition he had ever received" (137). Again, the body's reaction is the right, the genuine one, and cold logic leads to destruction: Soaphead's "help" brings the girl one step closer to madness.

Pecola's mother cannot give her daughter the love she would need to survive and stay sane. In the north and away from friends and family, the young woman has lost her former sensitivity. When her second baby is born, she is even denied the ability to feel pain. The doctors talk about her as if she wasn't there: "now these here women you don't have any trouble with. They deliver right away and with no pain. Just like horses" (99). Then, she still protests: "I hurt just like them white women. Just 'cause I wasn't hooping and hollering didn't mean I wasn't feeling pain" (99). Slowly, however, she loses this capacity to feel pain and pleasure (marital sex "ain't like that [the rainbow] any more" [104]), and turns to morality. In a way, she becomes similar to Junior's mother. She is of

Morrison's black middle-class women, a woman who is so alienated from her own body that she really bears her child "without pain" and never develops a physical relationship with children, husband or anyone else. She neither gives nor receives pleasure.

The protagonist in *Sula* is different, but in a sense just as impoverished. Emotionally and intellectually underchallenged she turns her analytical intellect to the exploration of the sensual thrill. What she lacks, however, is compassion and social responsibility:

> Sula was distinctly different. Eva's arrogance and Hannah's self-indulgence merged in her and, with a twist that was all her own imagination, she lived out her days exploring her own thoughts and emotions, giving them full reign, feeling no obligation to please anybody unless their pleasure pleased her. As willing to feel pain as to give pain, to feel pleasure as to give pleasure, hers was an experimental life – (118)

Since her interest focuses on the self, and since she believes that she has experienced all that life has to offer, her ultimate thrill is her own death. At the last stage of her illness, Sula's pain is a well-analyzed and well-described sensation:

> Pain took hold. First a fluttering as of doves in her stomach, then a kind of burning, followed by a spread of thin wires to other parts of her body. Once the wires of liquid pain were in place, they jelled and began to throb. She tried concentrating on the throbs, identifying them as waves, hammer strokes, razor edges or small explosions. Soon even the variety of pain bored her and there was nothing to do, for it was joined by fatigue.... (148)

She watches the end of her physical existence with the same concentration on the sensual and with the same emotional detachment as she used to watch those she hurt. In the end "she realized, or rather she sensed, that there wasn't going to be any pain. She was not breathing because she didn't need oxygen. She was dead. Sula felt her face smiling. 'Well, I'll be damned,' she thought, 'it didn't even hurt. Wait'll I tell Nel'" (149).

Nel, however, does not need to be told about pain. She has her own, but it is of a different kind: her suffering is the consequence of denial and repression. When she is left by her husband and betrayed by her best friend, she has no way to express what goes on inside her. The pain of loss manifests itself in an incubus, a nondescript ball of fur and strings hovering just outside her vision. Munro notes that "the grey ball functions as an objective correlative for the gestalt of emotions which Nel has chosen to dismiss categorically rather than attempt to untangle" (152). As a bourgeois black woman she has learned to constrain her emotions, because to live out the full range of her grief and anger would be considered indecent. As she does not face her pain, however, she can never really understand or overcome it.

Also Margaret in *Tar Baby* never attempts to touch on the bottom of her suffering: a feeling of displacement and loneliness in her marriage to Valerian. Instead of admitting and articulating her pain she inflicts it on her helpless baby. In a perverse attempt to feel anything at all she tortures him, "loved the bloodying of her own baby ..." (199). In *Beloved,* the pain of love and loss are at the center. Both its expressed and repressed forms are translated into the language of the body. "The focus on bodies in the novel," according to Smith, "is certainly clear in the predominance of scenes of physical suffering and scarred bodies" (in Gates 347). And Smith continues: "To the extent that characters feel suffering through their bodies they are healed, physically and psychically, through the body as well" (in Gates 348).

Baby Suggs' life is a prime example of this. After reaching freedom, she begins to heal the suffering around her: not only does she physically take care of her daughter-in-law when the young woman reaches her house broken in body and spirit, but, as a preacher, she carries her message to the community at large. Her teaching, which according to Smith "transforms the Christian message of self-abnegation and deliverance after death, is meant to heal the broken and suffering bodies of those who endured slavery" (in Gates 346). Baby Suggs' intentions parallel the goal of Morrison's writing, as Smith notes: "Just as the characters seek out ways of telling the experience of their suffering, so too is the novel involved in the project of reclaiming or recovering those bodies in narrative for posterity" (in Gates 349).

Jazz has a similar intention. In Morrison's most recent and most self-reflective book, the role of pain as a literary topos omnipresent in her writing is stressed. It is a well-analyzed kind of pain, and similar to Sula's, it is presented as both a sensual and an intellectual thrill:

> Pain. I seem to have an affection, a kind of sweettooth for it. Bolts of lightning, little rivulets of thunder. And I the eye of the storm. Mourning the split trees, hens starving on rooftops. Figuring out what can be done to save them since they cannot save themselves without me because –

> well, it's my storm, isn't it? I break lives to prove I can mend them back again. And although the pain is theirs, I share it, don't I? Of course. Of course. I wouldn't have it any other way. But it is another way. I am uneasy now. Feeling a bit false. What, I wonder, what would I be without a few brilliant spots of blood to ponder? Without aching words that set, then miss, the mark? (219)

With this passage, Morrison shows the limitations and dangers of pure voyeurism in literature. The experience and description of pain merely for the intellectual thrill is unproductive. What makes it legitimate, however, is the possibility of remembrance and healing inherent in it.

When the pain is too overwhelming and words cannot come, body language takes the place of verbal communication. Often, the truth is in the body and not in the words. When Pauline in *The Bluest Eye*, for instance, tries to tell her employer why she cannot leave her husband, the words fail her. Later on, she remembers: "When I got outside, I felt pain in my crotch, I had held my legs together trying to make that woman understand" (96). In times of crisis, her daughter Pecola reacts in a similar fashion: when her parents have one of their violent fights, Pecola wants to ask them to stop but instead "tightens her stomach muscles and rations her breath" (35).

Totally silenced at last, Pecola's pain is expressed in the way she holds her body: "Pecola tucked her head in – a funny, sad, helpless movement. A kind of hunching of the shoulders, pulling in the neck, as though she wanted to cover her ears" (60). Her body language is interpreted correctly by her friend Claudia, a child still sensitive to such signals. She remembers: "She seemed to fold into herself, like a pleated wing. Her pain antagonized me. I wanted to open her up, crisp her edges, ram a stick down that hunched and curving spine, force her to stand erect and spit the misery out on the street. But she held it where it could lap up into her eyes" (61). Ultimately, Pecola escapes into madness and silence, in Morrison's world a metaphor of spiritual death.

Eva in *Sula*, one of Morrison's wise ancestor characters, never lost the ability to understand body language. When her runaway husband Boyboy comes to see her after an absence of three years, he is "exuding an odor of new money and idleness" (36), but "[u]nderneath all that shine she saw defeat in the stalk of his neck and the curious tight way he held his shoulders" (36). The woman he has brought with him laughs "[a] high-pitched big-city laugh that reminded Eva of Chicago. It hit her like a sledgehammer, and it was then that she knew what to feel. A liquid trail of hate flooded her chest" (36). This intensely physical hatred keeps her safe and sound during her difficult life.

Humiliation and rejection are also experienced by the stately Helene, when, on her journey south, she is harassed by a white conductor: "All the old vulnerabilities, all the old fears of being somehow flawed gathered in her stomach and made her hands tremble" (20). She cannot admit her pain like Eva did, however, and never seems to try and express it in any way. In this atmosphere of repression her daughter Nel cannot learn how to deal with pain in a productive fashion and will, when her husband cheats her with her best friend, never be able to overcome the trauma of their betrayal.

The way that important events are experienced through the body is also shows in the way they are remembered. "The focus on bodies is evident also in the fact that the characters experience the past sensorily," stresses Smith (in Gates 347). Thrilling or traumatic events from the past are remembered through the body, and the marks on the soul remain like physical scars. Sula experiences this when she accidentally kills the little boy Chicken. After he slips from Sula's hands and falls into the river, "[t]he pressure from his hard and tight little fingers was still in Sula's palms as she stood looking at the closed place in the water" (60-61). At his funeral, Sula and Nel "held hands and knew that only the coffin would lie in the earth; the bubbly laughter and the press of fingers in the palm would stay above ground forever" (66). It is with similar physical intensity that old Eva remembers the sensations of the cold winter night when she had to fight for her baby's life: "even on this hottest of days in the hot spell, Eva shivered from the biting cold and stench of the outhouse" (71).

Fear and anticipation of pain, like the memory of it, are a major part of pain: they are felt through the body. When Sula fears that Shadrack might have witnessed the drowning of the little boy "[t]error widened her nostrils.... fear crawled into her stomach" (61). And when Sula is apprehended by him she feels afraid at first, but then she is calmed by the sight of "[h]is hand resting on the door frame. His fingers, barely touching the wood, were arranged in a graceful arc. Relieved and encouraged (no one with hands like that, no one with fingers that curved around wood so tenderly could kill her) she walked past him out of the door" (62). And Sula reads his gesture correctly, because in Morrison's world the body never lies. Many characters feel and express the truth very physically: the body knows long before the mind does, and those who rely on its clues are usually the ones who succeed in their lives.

Milkman in *Song of Solomon,* for instance, does not understand what is wrong with his friend Guitar. He does not realize the man's suspicions but feels with his body that something has come between them. When they shake hands "[m]aybe it was fatigue, but the touching of palms seemed a little weak" (228). The anger and shame that has entered their friendship is felt physically. When they are arrested for stealing the presumed bag of gold from Milkman's aunt, Guitar "never said a word. His anger was like heat shimmering out of his skin, making the hot air blowing in through the open window feel cool in comparison" (209). Milkman, however, feels shame rather than anger, and the sense of humiliation sticks to him: "The touch of the policeman's hand was still there – a touch that made his flesh jump like a tremor of a horse's flank when flies light on it. And something more. Something like shame stuck to his skin" (210).

Milkman soon forgets about his guilt, which is why ignorance and greed must physically hurt him before he matures enough to find his destiny. On his way south and towards his suspected riches he is wounded in several ways: he is cut up in a bar fight, then hurts his feet walking over rough stones until finally he "left off thinking and let his body do the work" (253). It is his body that will lead him to his true destination. Near the end of the novel, when he has heard and understood his ancestors' song, he fully understands what he has done and the old feeling of shame returns: "the skin of shame that he had rinsed away in the bathwater after having stolen from Pilate returned. But now it was as thick and as tight as a caul" (304).

Valerian, the patriarch of the island in *Tar Baby*, also remains ignorant of what is really going on around him for a long time. All through his life, he ignored the suffering of his wife and his son. He admits to only minor physical pains like corns and bunions over which he argues with his servant, a stomach ulcer and "occasional irregularities" (15). He does not realize or care enough to try and find out, that these in reality are constipation, physical reflections of his emotional constipation.

This cold and withdrawn character is put in direct contrast to Son, who reaches out and touches everyone in the house. When Son touches Jadine, the feeling stays with her: he "[p]ut his forefinger on her sole and held it and held it and held it there. 'Please stop,' she said, and he did, but his forefinger stayed where his finger had been in the valley of her naked foot. Even after she laced up the canvas shoes" (154). He literally makes an impression on her, on her body as well as on her soul. In the beginning she is proud of it and thinks: "He wants me and I have a fingerprint to prove it" (159).

The relationship does not succeed, however, and Jadine leaves her lover. She returns to the island only to get her coat, but when she drives by the swamp "Jadine's legs burned with the memory of tar" (238), reminding her of how she was immersed in it, the black tar a symbol of her racial identity. In the end, however, Jadine returns to negating the memory of Son's touch and the traces of the black tar and again starts concentrating on her looks. On her flight back to Paris, she "noticed a tiny irregularity in the nail of the forefinger. She opened the purse and took out an emery board. Two swift strokes and it was gone. Her nail was perfect again" (250).

In all of Morrison's novels, the body is the incarnated expression of the mind, and physical pain is always indicative of an underlying psychical trauma. Sethe's discomfort at being called an animal in Sweet Home manifests itself in a headache. Years later, she remembers: "My head itched like the devil. Like somebody was sticking fine needles in my scalp" (*Beloved* 238). When Sethe tells of her abuse, she is brutally whipped and bites a piece of her tongue off, making her unable to tell her own story. She remains silent and numb, just as her back remains numb after the wounds from the whipping have healed ("her back skin had been dead for years" [21]).

The pain, though repressed, is still there: it has left its trace on her soul and her back – in the form of a terrible scar that resembles a tree. The arrivals of Paul D and of Beloved signal the return of the repressed. Paul D instinctively uses his body to initiate communication: he "rubbed his cheek on her back and learned that way her sorrow, the roots of it; its wide trunk and intricate branches.... And he would tolerate no peace until he had touched every ridge and leaf on it with his mouth" (21). This is the first step toward communication, toward the healing verbalization of an old trauma.

The haunted house bucks at the intrusion, it shakes like an earthquake, until Paul D exorcises the ghost with his "loud male voice" and by "wrecking everything" (22) in the house. As a reaction to such physical aggression, the formerly shapeless ghost becomes flesh and returns in the shape of the young girl the murdered baby would be now. When Sethe sees her dead daughter, her body recognizes her long before her mind does: Sethe has to urinate "[l]ike a horse ... No, more like flooding the boat when Denver was born" (63), as though reenacting the birth. Otten points out that the water in this passage serves "not only to symbolize rebirth but the torturous passage of the slave ship en route to America" (84).

It was such body knowledge, such instinct that made Sethe's escape from slavery possible. Exhausted and willing to die, Sethe is found and saved by a young white girl. Instinctively, she trusts the girl, seeing she has "good hands" (94). With these hands, Amy heals Sethe's wounded feet, "she did the magic: lifted Sethe's feet and legs and massaged them until she cried salt tears" (43). Her comment ("Anything dead coming back to life hurts" [43]) refers to Sethe's wounds, but it also foreshadows the painful experience of Beloved's reappearance.

The resolution of old trauma, ignored, repressed or forgotten, is the key function of pain in Morrison's writing. Because the pain is always there, even when it is denied, and it can only be overcome when it is confronted and articulated. This becomes evident in the way that Sethe lives with her pain: "the hurt was always there – like a tender place in the corner of her mouth that the bit left" (73). Her mother-in-law's care helps her through the roughest times. Baby massages her neck whenever Sethe's spirits are low and encourages the younger woman to put down her defenses against hurt and outrage, "and under the pressing fingers and the quiet instructive voice, she would. Her heavy knives of defense against misery, regret, gall and hurt ..." (105).

For a complete healing, however, comfort is not enough; the pain needs to be confronted and then put to rest. This is Beloved's function. She appears when things with the little family, Sethe, her daughter Denver, and Paul D, seem to be taking a turn for the better. As the harmony is based on the frail fundamentals of self-deception, however, Beloved is able to disturb the balance in the family and exclude the male part. It begins when Paul D makes an attempt to find out more about Beloved: Sethe and Denver refuse to discuss the reason behind her appearance. He feels "both Sethe and Denver pulling in, holding their stomach muscles, sending out sticky spiderwebs to touch one another" (80).

Until the problems of the past are not solved, new life cannot grow. Beloved comes between the couple, and Paul D cannot make love to Sethe any more: when he tries, he feels "nausea ... repulsion" (155). Beloved moves him out of the house only to come to him at night with the desire: "I want you to touch me on the inside part" (142). This, in Morrison's language of the body, means that also he will have to deal with the "inside part" of the black female history. The desire he feels for her

> ... drowned him there and forced him to struggle up, up into that girl like she was the clear air at the top of the sea.

> Coupling with her wasn't even fun. It was more like a brainless urge to stay alive. Each time she came, pulled up her skirts, a life hunger overwhelmed him and he had no more control over it than over his lungs. (324)

Here, the body's instincts take over and force him to do what is right: to look into the abyss of the human heart. When he learns about Sethe's crime, however, he does not try to understand but runs away in horror.

Now, the three women are on their own, and Beloved becomes the center of attention. For the first time, Sethe can tell her whole story because her dead daughter is there to listen to it. There is "warm satisfaction radiating from Beloved's skin when she listened to her mother talk about the old days" (91), satisfaction that the repressed past is finally being verbalized. With verbalization, the healing begins and the ghost of the past begins to fade away. One day, Beloved disappears all of a sudden and Denver feels a "panic that is creeping over her like hairs" (150), a fear of losing the only friend she ever had. Beloved knows she is dissolving, and when a tooth comes out painlessly she thinks:

> This is it. Next would be her arm, her hand, a toe. Pieces of her would drop maybe one at a time, maybe all at once. Or on one of those mornings before Denver woke and after Sethe left she would fly apart. It is difficult keeping her head on her neck, her legs attached to her hips when she is by herself. (164)

When Denver puts her arm around her, Beloved hopes "Denver's arm around her shoulders would keep them from falling apart" (165), but in the end she will have to leave, to make room again for the living.

Golden Grey, the young mulatto boy in *Jazz* also suffers from the pain of loss. His feelings about the man who fathered him without ever becoming a father to him are compared to physical pain, corporeal lack again representing inner wounds:

> Only now, he thought, now that I know I have a father, do I feel his absence: the place where he should have been and was not. Before, I thought everybody was one-armed, like me. Now I feel the surgery. The crunch of bone when it is sundered, the sliced flesh and the tubes of blood cut through, shocking the bloodrun and disturbing the nerves. They dangle and writhe. Singing pain.... I am not going to be healed, or to find the arm that was removed from me. I

> am going to freshen the pain, point it, so we both know what it is for. (158)

This is also the reason why Morrison includes so much pain in her work: she freshens old pain, points to it, so that her characters – as well as her readers – can face and understand it, and then find ways to transcend it.

This chapter begins on the notion that the female is traditionally associated with pain, and that descriptions of pleasure are subversive. In Morrison's work, however, both pleasure and pain are important stations on the way toward healing and wholeness. Baby Suggs' Call in *Beloved*, for instance, leads her people back to a time when life was felt with all the senses: she moves them "to derigidify their senses of self by 'mixing up' somatic knowledges and practices, Calling each other to understand and enact new pleasure" (Lidinsky 198). Morrison does the same thing for the reader.

In her work, children are shown as still in touch with their racial past and their bodies: they physically experience emotions and sensations as pleasure or pain. The bodily reaction is always the real, the genuine one, and physical pain is always an indicator of the underlying psychical trauma afflicting most of Morrison's characters. With assimilation, however, and the consequent alienation from community and culture, these characters also suffer an alienation from their bodies. They ignore or repress their pain and so lose their ability to feel. When emotions and memories are repressed, however, they usually come back in a distorted, perverted and destructive shape. So Morrison advocates the recovery of old trauma: because to the extent that her characters feel, remember and anticipate pain, they can be healed through their bodies. "Anything dead coming back to life hurts," says Amy. This is also true for Morrison's writing.

Conclusion

An explanation of the human senses as given by natural science and culture-theorists such as Ong, McLuhan, and others has proved helpful for our understanding of how the characters experience reality in Toni Morrison's fiction. The different senses these characters use in their struggle to survive in a hostile environment show the position they assume in the tension-field between African and European American culture. The way they see the world is marked by their status as a minority culture suspended between assimilation and authenticity.

For Morrison's characters, assimilation into the Western culture of modern-day America is always accompanied by spiritual, social, cultural, and sensual alienation and impoverishment. Together with their sensuality, these characters lose the resilience which made African American culture possible. In her writing, Morrison shows with great clarity that the only way to survive for her people lies in the recovery of sensuality as part of their heritage.

Having suffered double alienation, first by slavery, then by the migration north, assimilation into the society with which they are confronted there becomes the biggest threat to Morrison's characters. In their struggle for integration, they exchange the sensuality of their youth for the visions propagated by the Western world. Overwhelmed by the superficial glitz of its outward beauty and material advantages, many begin to rely on the sense of sight alone and lose their way. Often, it takes darkness or a blind leader to show them back toward a more encompassing sensuality and ultimately toward their true selves.

The sight-dominance of the modern world is so hard to resist because Morrison's characters carry their souls in their eyes. There, we see their past and their future, their gifts and their deficiencies, the greatest flaw being the loss of their heritage. When contact with the Western world robs them of the ability to close themselves to hurt, the defense mechanism which Morrison finds in the African past of her characters, they are left weak and unprotected. Unable to resist the pull of the mainstream, they abandon both history and identity and, in assimilation, they suffer a spiritual death.

Because of the association of the eyes and the soul, the looks of love play a central role in Morrison's characters' search for identity. For them, seeing and being seen as a human being are the preconditions to experiencing themselves as such. Morrison's poorest and most pathetic characters are those who – very often for racist reasons – are denied the human recognition and visual appreciation they need. Often, they suffer profound isolation and alienation. Much of the trauma dealt with in Morrison's novels originates in the denial of human (eye-) contact. But the wounded can also be healed by the looks of love, a love which only those still in touch with their heritage are able to give.

Such love also gives these characters the power of the evil eye. When they see their brothers and sisters endangered by or lost in assimilation, they use it to open their eyes to the self-deception and escapism they have fallen for. Because Morrison's assimilated characters only seem to do well on the outside, inside, they have become emotionally and spiritually dead. So, it is a healing deconstruction which they experience. They need to take a close look at themselves and at the society to which they adapt.

In the world in which they live, beauty is tempting but dangerous. What it celebrates remains on the surface, and its icons are interwoven with Western visualism and racism. Those of Morrison's characters who aspire to integration into white society and to the beauty ideal propagated by it end up alienated and full of self-hatred. Genuine beauty in Morrison's fiction is found with her authentic characters, characters who are still in touch with their heritage and whose beauty is not reduced to the outside, the surface, but is grounded in a caring and compassionate heart.

These characters find their strength in the sense which is associated closest with their African origins: the sense of hearing. In both form and content, Morrison reaches back to orality, to the African story-telling tradition. Often, her characters tell their own stories, and the narration is left imperfect, so the reader can participate actively, creating the call-and-response pattern reminiscent of oral art forms. In many instances, the inappropriateness of the written medium for her characters is shown: it cannot be trusted as a truthful representation of African American life. The recovery of orality as an important part of their identity is the prime directive for Morrison's characters, the only way they can gain a voice of their own.

The form in which they best express this voice is in music. As the central means of self-expression and communication, music plays a crucial role in Morrison's fiction. Throughout her writing, music is associated with the emotional, with sensuality, with love and with life itself, including the pain inherent in it. Most important, however, is its function as a connector back to the personal, familial and racial roots of her characters, which in most cases lie in the rural south. In their struggle for assimilation into American society, however, many lose their music and become strangely muted. The black middle-class family is a place without music, and the children growing up there often become the emotionally impoverished, spiritually dead and sexually perverted characters who crowd Morrison's work. They can only be helped by the characters who were able to hold on to their music. Laughter and conversation have similar powers. The characters who could safeguard them are shown as healthier, happier individuals who often help and heal others with their song.

Only integration into a vital community makes it possible for Morrison's characters to find this healing power. There are many instances where the exchange between individual and community is demonstrated as essential for their spiritual and physical survival. The chorus of an intact community is an important part of the socialization process. However, it is usually only guaranteed in the rural southern past of most of Morrison's characters. When they leave the south to try their luck in the urban societies of the north, they leave this community behind for good. Morrison shows us how these characters are broken by loneliness and alienation in the hostile, racist environment they encounter there.

Interaction within and outside the African American community is complicated by the problem of language. The creation or recovery of a language of their own is a necessity for all of Morrison's African American characters. Having experienced a double linguistic alienation, first by removal from their African homeland and then by migration north, they often find it hard to express themselves and to reach out to the other. The only way to preserve their identity and to save them from assimilation – which for Morrison means annihilation – is in the recovery of their roots, in the language of their ancestors. Those who do not have the chance to find or the strength to invent their own voice, like the bourgeois characters Morrison depicts, give up and become silenced at last.

Within this language, truth is not expressed in words but in sound. This has to do with the African background of today's African American English, which is still alive and vibrant in the speech of Morrison's children and other unassimilated characters. Although it is the language of the dead and of the past, it needs to be heard because it contains the code for the future. Words in Morrison's work can only start making sense in the combination with sound or music, the sound acting as mediator between African and European American cultures. It translates complicated eternal verities and processes them into a form which Morrison's characters and – hopefully – readers can understand.

The sense of smell also plays a major part in Morrison's exploration of the African American soul. The key to it lies in the past, in the mythical South of her fiction, which needs to be remembered for the spiritual survival of her characters. Scents and smells are signs that indicate this past taking over. Because in Morrison's fiction past, present and future are interconnected, and the dead can always come back to haunt the living, the smell of death is ever-present. It is not only threatening, however, but can also become a gateway to knowledge and spiritual growth. As her characters grow in sensitivity, and as they turn away from assimilation, they begin to rely more and more on the sense of smell and on the guidance of their ancestors.

The body odors of Morrison's characters contain the true essence of their being, their individuality and authenticity. Her unassimilated characters, those who remain true to themselves and their heritage, accept them as part of themselves. They pay attention to the scents and smells surrounding them and are never misled. When they become assimilated into the hygiene-conscious world of modern American society, however, their natural smells are covered by the scents of artificial body care products and perfumes. By hiding their natural odors they become the perverts, fakes and hypocrites we encounter so often in Morrison's depiction of black middle-class characters.

The sense of taste governs our nutrition, and food conveys symbolic meaning. So the dietary choices of Morrison's characters contribute to her sense symbolism. Her unassimilated characters prefer natural foods, while the others eat the processed and refined products offered in the supermarkets of present-day America. Gender-related issues also play a part: fruit and vegetables are considered nonexploitative and are linked to the female world. The women whom Morrison celebrates in her fiction possess the caring, nurturing qualities symbolized by these. In their houses, the preparation of food and the feeding of friends, family, and neighbors are a central concern. These women are the preservers of the old traditions of the black community, which, while still intact, used to feed its members in both a physical and spiritual way.

Next to these caring, nurturing women Morrison also depicts examples of nurturance missed or failed. Her most interesting female characters are those who refuse to fulfill the woman's role and do not take care of family and friends. In general, however, their lives are denounced as failures. Even more pathetic are Morrison's assimilated characters: in the patriarchal system of Western society, they seem to have lost all of their original strength. They are pictured as unfit mothers, terrible cooks and generally powerless and unhappy characters.

The male characters in Morrison's fiction can also be divided along the lines of their eating habits. While her macho men, the characters who – although certainly attractive – are often shown as insensitive, self-centered and careless, are meat-eaters, her more complex male characters are able to develop and grow. Often, they also shift from a carnivorous to a vegetarian diet, which symbolizes the feminine qualities within them. During slavery or in the competitive society of the modern world, such qualities in men are not always supported or even tolerated, and many of Morrison's loving men end up heart-broken.

In her food symbolism, Morrison undercuts the traditional association of sweetness with pleasure. She attaches new meaning to the universal liking of sweetness and the positive associations connected to it. Her evaluations involve the psychological, sociological and political aspects of sugar. Sugar in her writing stands for a variety of phenomena, all of them interlinked by its interpretation as a product of exploitation and greed. Those of Morrison's characters who like sweet foods or those associated with sweetness are all weak, immature and dependent. And while berries and fruit stand for young, natural sexuality, the industrially produced sweet ice cream represents the sick, perverted form of human sexuality which typifies many of Morrison's middle-class characters. Because these are often orphaned and deprived of love, they are easily deceived by the sweet temptations of the Western world, and in assimilation, they suffer a spiritual death.

Only through love can these characters return to the encompassing sensuality of their childhood. Without love, alienation and repression take their toll: self-hate, sterility, destructiveness and perversion are the result. For Morrison, the sense of touch, with sexuality as its keenest expression, is the central vehicle of love: an incarnation of the underlying spirituality, it involves all emotional and social aspects of human life. As an essentially feminine sense, however, it stands primarily for care, comfort and communication. Touch establishes bridges between characters, and physical violence is the catalyst in many of the conflicts. When old trauma is repressed or when words cannot come, body language becomes the only means of communication. In the process of assimilation, however, many characters lose their original touch and substitute lust and care for the idea of romantic love. Alienation from the body and repression of its desire are the result, paralleling alienation from community and culture.

The sense of touch also plays a part in the complex issue of representation of sexuality from the black female perspective. It is complicated by the history of slavery behind it, by racism and sexism, objectification and its stigmatization in black middle-class morality. In her work, Morrison reevaluates the old stereotypes and reverses traditional gender roles: female promiscuity and aggressiveness are valued, while prudishness is condemned as an influence from patriarchal Western society. What is advocated, however, is not a selfish and antisocial hedonism but a sexuality based on reciprocity, creativity and fertility, a love of the body and of the other. The sexual act in Morrison's work is more than the description of an intimate moment between two people, it involves the politics of power, and represents society as a whole. More than anything, sexuality is a means of self-expression for her female characters on their way from oppression and objectification toward self-determination and subjectivity.

The female is traditionally associated with pain, and feminism calls descriptions of pleasure subversive. In Morrison's work, however, both pleasure and pain are important stations on the way toward healing and wholeness. Her child characters are usually still in touch with their bodies and experience all emotions and sensations physically. The bodily reaction is shown as the real, the genuine one, and physical pain is usually an indicator of the underlying psychical trauma most of Morrison's characters carry within.

With assimilation, however, and the consequent alienation from community and culture, these characters experience alienation from their bodies as well. When their pain is ignored, they lose the ability to feel both pleasure and pain. And when emotions or memories are repressed, they come back in a distorted, perverted and destructive shape. Morrison advocates the recovery of old trauma: because to the extent that her characters feel, remember and anticipate pain in their bodies, they can be healed through their bodies.

In my study, I have shown the power of the sensuality celebrated in Morrison's work. It comes close to what Baldwin demands in *The Fire Next Time*:

> White Americans do not understand the depths out of which an ironic tenacity comes, but they suspect that the force is sensual, and they are terrified of sensuality and do not any longer understand it. The word 'sensual' is not intended to bring to mind quivering dusky maidens or priapic black studs. I am referring to something much simpler and much less fanciful. To be sensual, I think, is to respect and rejoice in the force of life, of life itself, and to be present in all that one does, from the effort of loving to the breaking of bread. (53)

Works Cited

Primary Sources

Morrison, Toni. *The Bluest Eye.* 1970. New York: Pocket Books-Washington Square Press, 1972.

---. *Sula.* 1973. New York: Plume-Penguin, 1982.

---. *Song of Solomon.* 1977. New York: Signet-Penguin, 1978.

---. *Tar Baby.* 1981. New York: Signet-Penguin, 1983.

---. *Beloved.* 1987. New York: Signet-Penguin, 1987.

---. *Jazz.* New York: Alfred E. Knopf, 1992.

Secondary Sources

Allen, Samuel. "Review of *Song of Solomon.*" *Critical Essays on Toni Morrison.* Ed. Nellie Y. McKay. 30-33.

Awkward, Michael. "'The Evil of Fulfillment': Scapegoating and Narration in *The Bluest Eye.*" *Toni Morrison: Critical Perspectives Past and Present.* Ed. Henry Louis Gates, Jr. and K. A. Appiah. 175-210.

Baker, Houston A., Jr. "When Lindberg Sleeps with Bessie Smith: The Writing of Place in *Sula.*" *Toni Morrison: Critical Perspectives Past and Present.* Ed. Henry Louis Gates, Jr. and K. A. Appiah. 236-61.

Baldwin, James. *The Fire Next Time.* London: Michael Joseph, 1963.

Barmore, Tara Ann. "Toni Morrison: Master of Metaphor." MA Thesis San Francisco State University, 1988.

Barthold, Bonnie J. *Black Time: Fiction of Africa, the Caribbean, and the United States.* New Haven: Yale University Press, 1981.

Bartoshuk, Linda M. "Taste, Smell and Pleasure." *The Hedonics of Taste.* Ed. Robert C. Bolles. 15-25.

Beauchamp, Gary K. and J. Russell Mason. "Comparative Hedonics of Taste." *The Hedonics of Taste.* Ed. Robert C. Bolles. 159-77.

Belsey, Catherine and Jane Moore, eds. *The Feminist Reader: Essays in Gender and the Politics of Literary Criticism.* London: Macmillan Education, 1989.

Bernstein, Ilene L. "Development of Taste Preferences." *The Hedonics of Taste.* Ed. Robert C. Bolles. 143-55.

Bolles, Robert C. "Hedonism." *The Hedonics of Taste*. Ed. Robert C. Bolles. 1-12.

Bolles, Robert C., ed. *The Hedonics of Taste*. Hillsdale, NJ: Lawrence Erlbaum Associates, 1991.

Booth, David A. "Learned Ingestive Motivation and the Pleasures of the Palate." *The Hedonics ofTaste*. Ed. Robert C. Bolles. 29-52.

Busby, Margaret, ed. *Interview with Toni Morrison*. Dir. Sindamani Bridglal. Writers in Conversation. The Anthony Roland Collection of Films on Art. Institute of Contemporary Arts, London. cop. 1989.

Burgess, Anthony. "The Professional Viewpoint." *20th Century Studies* 2 (November 1969): 110-11.

Byerman, Keith E. "Beyond Realism." *Toni Morrison: Critical Perspectives Past and Present*. Ed. Henry Louis Gates, Jr. and K. A. Appiah. 100-26.

Cannon, Katie G. *Black Womanist Ethics*. American Academy of Religion Academy Series 60. Atlanta: Scholars Press, 1988.

Chawaf, Chantal. "Linguistic Flesh." *New French Feminism: An Anthology*. Ed. Elaine Marks and Isabelle de Courtivron. 177-78.

Christian, Barbara. *Black Women Novelists: The Development of a Tradition. 1892-1976*. Contributions in Afro-American and African Studies 52. Westport, CT: Greenwood Press, 1980.

---. "Community and Nature: The Novels of Toni Morrison." *The Journal of Ethnic Studies* 7 (1980): 65-78.

---. "The Contemporary Fables of Toni Morrison." *Toni Morrison: Critical Perspectives Past and Present*. Ed. Henry Louis Gates, Jr. and K. A. Appiah. 59-100.

Christman, Raymond J. *Sensory Experience*. 2nd ed. New York: Harper and Row, 1979.

Danny, Peter J. "Rational Thought in Oral Culture and Literate Decontextualization." *Literacy and Orality*. 66-89.

Davidson, Arnold I. "Sex and the Emergence of Sexuality." *Critical Inquiry* 14.1 (1987): 16-48.

Diedrich, Maria. "'Things Fall Apart?' The Black Critical Controversy Over Toni Morrison's *Beloved*." *Amerikastudien/American Studies* 34 (1989): 175-86.

Ditfurth, Hoimar von. *Der Geist fiel nicht vom Himmel: Die Evolution unseres Bewusstseins*. Hamburg: Hoffmann und Campe Verlag, 1976.

Duras, Marguerite. "From an Interview." *New French Feminism: An Anthology*. Ed. Elaine Marks and Isabelle de Courtivron. 174-76.

Erickson, Peter B. "Images of Nurturance in *Tar Baby*." *Toni Morrison: Critical Perspectives Past and Present*. Ed. Henry Louis Gates, Jr. and K. A. Appiah. 293-308.

Fabre, Genevieve. "Genealogical Archaeology or the Quest for Legacy in Toni Morrison's *Song of Solomon*." *Critical Essays on Toni Morrison*. Ed. Nellie Y. McKay. 105-14.

Felman, Shoshana. "Women and Madness: The Critical Phallacy." *The Feminist Reader: Essays in Gender and the Politics of Literary Criticism*. Ed. Catherine Belsey and Jane Moore. 133-53.

Ferguson, Rebecca. "History, Memory and Language in Toni Morrison's *Beloved*." *Feminist Criticism: Theory and Practice*. Ed. Susan Sellers. 109-29.

Finnegan, Ruth. *Literacy and Orality: Studies in the Technology of Communication*. Oxford: Basil Blackwell, 1988.

Gates, Henry Louis, Jr. "On *Jazz*." *Toni Morrison: Critical Perspectives Past and Present.*. Ed. Henry Louis Gates, Jr. and K. A. Appiah. 52-59.

Gates, Henry Louis, Jr. and K. A. Appiah, eds. *Toni Morrison: Critical Perspectives Past and Present*. New York: Amistad, 1993.

Harper, Michael S., and Robert B. Stepto, eds. *Chants of Saints: A Gathering of Afro-American Literature, Art, and Scholarship*. Urbana: University of Illinois Press, 1979.

Harris, Trudier. "Reconnecting Fragments: Afro-American Folk Tradition in *The Bluest Eye*." *Critical Essays on Toni Morrison*. Ed. Nellie Y. McKay. 68-76.

Havelock, Eric. "The Oral-Literate Equation: A Formula for the Modern Mind." *Literacy and Orality*. 11-46.

Henderson, Mae G. "Toni Morrison's *Beloved*: Re-Membering the Body as Historical Text." *Comparative American Identities: Race, Sex and Nationality in the Modern Text*. 62-86.

Hill Collins, Patricia. "The Social Construction of Black Feminist Thought." *Black Women in America*. 297-325.

Hirsch, Marianne. "Maternal Narratives: 'Cruel Enough to Stop the Blood.'" *Toni Morrison: Critical Perspectives Past and Present*. Ed. Henry Louis Gates, Jr. and K. A. Appiah. 261-74.

Holloway, Karla F. C. and Stephanie A. Demetrakopoulos. *New Dimensions of Spirituality: A Biracial and Bicultural Reading of the*

Novels of Toni Morrison. Contributions to Women's Studies 84. New York: Greenwood Press, 1987.

Holmes, John Clellon. "The Professional Viewpoint." *20th Century Studies* 2 (November 1969): 116-17.

House, Elizabeth B. "Artists and the Art of Living: Order and Disorder in Toni Morrison's Fiction." *Modern Fiction Studies* 34 (1988): 27-44.

---. "The 'Sweet Life' in Toni Morrison's Fiction." *American Literature* 56 (1984): 181-202.

Hull, Gloria T., Patricia Bell Scott, and Barbara Smith, eds. *But Some of Us Are Brave.* Old Westbury, New York: The Feminist Press, 1982.

Humm, Maggie. *Feminist Critisicm: Women as Contemporary Critics.* New York: St. Martin's Press, 1986.

---. *The Dictionary of Feminist Theory.* New York: Harvester Wheatsheaf, 1989.

Jones, Bessie W. and Audrey L. Vinson. *The World of Toni Morrison.* Dubuque, IA: Kendall-Hunt Publishing Company, 1985.

King, Deborah K. "Multiple Jeopardy, Multiple Consciousness: The Context of a Black Feminist Ideology." *Black Women in America.* 265-96.

Lardner, Susan. "On *Song of Solomon.*" *The New Yorker.* 7 November 1977. Rpt. in *Toni Morrison: Critical Perspectives Past and Present.* Ed. Henry Louis Gates, Jr. and K. A. Appiah. 13-17.

Leclair, Thomas. "'The Language Must Not Sweat': A Conversation with Toni Morrison." *The New Republic.* 21 March 1981: 25-29.

Lehmann-Haupt, Christopher. "2 Voices as Far Apart as the Novel and the Essay." *The New York Times.* 2 April 1992.

Lenz, Günter H., ed. *History and Tradition in Afro-American Culture.* Frankfurt: Campus Verlag, 1984.

Leonard, John. "On *Jazz.*" *The Nation* 25 May 1992. Rpt. in *Toni Morrison: Critical Perspectives Past and Presentt.* Ed. Henry Louis Gates, Jr. and K. A. Appiah. 36-49.

Lévi-Strauss, Claude. *The Savage Mind.* Trans. George Weidenfeld and Nicolson. London: Weidenfeld and Nicolson, 1966.

Levine, Michael W. and Jeremy M. Shefner. *Fundamentals of Sensation and Perception.* 2nd ed. Pacific Grove, CA: Brooks-Cole Publishing Company, 1991.

Lidinsky, April. "Prophesying Bodies: Calling for a Politics of Collectivity in Toni Morrison's *Beloved.*" *The Discourse of*

Slavery: Aphra Behn to Toni Morrison. Ed. Carl Plasa and Betty J. Ring. 191-216.

McDowell, Deborah E. "'The Self and the Other': Reading Toni Morrison's *Sula* and the Black Female Text." *Critical Essays on Toni Morrison.* Ed. Nellie Y. McKay. 79-90.

McKay, Nellie Y., ed. *Critical Essays on Toni Morrison.* Boston: G.K. Hall, 1988.

McLuhan, Marshall. *The Gutenberg Galaxy: The Making of Typographic Man.* London: Routledge & Kegan Paul, 1962.

---. *Understanding Media: The Extensions of Man.* New York: McGraw-Hill Book Company, 1964.

Malson, Micheline R., ed. *Black Women in America.* Social Science Perspectives. Chicago: University of Chicago Press, 1990.

Marks, Elaine and Isabelle de Courtivron, eds. *New French Feminism: An Anthology.* New York: Schocken Books, 1981.

Meadows, Eddie S. "Blues: A Musical and Sociological Analysis." *Freedomways* 16 (1976): 60-64.

Olson, David, R. "Literacy as Metalinguistic Activity." *Literacy and Orality.* 251-69.

Olson, David R. and Nancy Torrance, eds. *Literacy and Orality.* Cambridge: Cambridge University Press, 1991.

Omolade, Barbara. "Hearts of Darkness." *Powers of Desire: The Politics of Sexuality.* Ed. Ann Snitow, Christine Stansell, and Sharon Thomas. 350-67.

Ong, Walter S. J. *The Barbarian Within: and Other Fugitive Essays and Studies.* New York: The Macmillan Company, 1954.

---. *Interfaces of the Word: Studies in the Evolution of Consciousness and Culture.* Ithaca: Cornell University Press, 1977.

---. *The Presence of the Word: Some Prolegomena for Cultural and Religious History.* New Haven: Yale University Press, 1967.

---. *Rhetoric, Romance and Technology: Studies in the Interaction of Expression and Culture.* Ithaca: Cornell University Press, 1971.

Pattison, Robert. *On Literacy: The Politics of the Word from Homer to the Age of Rock.* New York: Oxford University Press, 1982.

Plasa, Carl and Betty J. Ring, eds. *The Discourse of Slavery: Aphra Behn to Toni Morrison.* London: Routledge, 1994.

Putschögl, Gerhard. "Black Music – Key Force in Afro-American Culture: Archie Shepp on Oral Tradition and Black Culture." *History and Tradition in Afro-American Culture.* Ed. Günter H. Lenz. Frankfurt: Campus Verlag, 1984. 262-76.

Rovesti, Paolo, and Susanne Fischer-Rizzi, eds. *Auf der Suche nach den verlorenen Düften: eine aromatische Kulturgeschichte.* Trans. Heli Tortona. Müchen: Hugendubel-Irisiana, 1995.

Rushdy, Ashraf H. A. "Daughters Signifyin(g) History: The Example of Toni Morrison's *Beloved.*" *American Literature* 64 (1992): 567-97.

Sanders Mobley, Marilyn. "A Different Remembering: Memory, History, and Meaning in *Beloved.*" *Toni Morrison: Critical Perspectives Past and Present.* Ed. Henry Louis Gates, Jr. and K. A. Appiah. 356-67.

Sclafani, Anthony. "The Hedonics of Sugar and Starch." *The Hedonics of Taste.* Ed. Robert C. Bolles. 59-82.

Sellers, Susan, ed. *Feminist Criticism: Theory and Practice.* New York: Harvester Wheatsheaf, 1991.

Smith, Barbara. "Towards a Black Feminist Criticism." *But Some of Us Are Brave.* Ed. Gloria T. Hull, Patricia Bell Scott and Barbara Smith. 157-75.

Smith, Valerie. "'Circling the Subject': History and Narrative in *Beloved.*" *Toni Morrison: Critical Perspectives Past and Present.* Ed. Henry Louis Gates, Jr. and K. A. Appiah. 342-56.

Snitow, Ann. "On *Beloved.*" *The Village Voice Literary Supplement,* September 1987. Rpt. in *Toni Morrison: Critical Perspectives Past and Present.* Ed. Henry Louis Gates, Jr. and K. A. Appiah. 26-32.

---, Christine Stansell and Sharon Thomas, eds. *Powers of Desire: The Politics of Sexuality.* New York: Monthly Review Press, 1983.

Spillers, Hortense J., ed. *Comparative American Identities: Race, Sex and Nationality in the Modern Text.* New York: Routledge, 1991.

Stepto, Robert B. "Intimate Things in Place: A Conversation with Toni Morrison." *Chants of Saints: A Gathering of Afro-American Literature, Art, and Scholarship.* Ed. Michael S. Harper and Robert B. Stepto. 213-29.

---. "Interview with Toni Morrison." *Toni Morrison: Critical Perspectives Past and Present.* Ed. Henry Louis Gates, Jr. and K. A. Appiah. 378-96.

Stetson, Erlene. "Studying Slavery: Some Literary and Pedagogical Considerations on the Black Female Slave." *But Some of Us Are Brave.* Ed. Gloria T. Hull, Patricia Bell Scott and Barbara Smith. Old Westbury, New York: The Feminist Press, 1982. 61-84.

Strouse, Jean. "Toni Morrison's Black Magic." *Newsweek* 30 (March 1981): 52-57.

Tate, Claudia. *Black Women Writers at Work.* New York: Continuum Publishing Company, 1983.

Updike, John. "The Professional Viewpoint." *20th Century Studies* 2 (November 1969): 128.

Utz, Peter. *Das Auge und das Ohr im Text: Literarische Sinneswahrnehmung in der Goethezeit.* München: Wilhelm Fink Verlag, 1990.

Walker, Alice. *In Search of Our Mothers' Gardens.* San Diego: Harcourt Brace Jovanovich, 1983.

Werner, Craig, H. "The Briar Patch as Modernist Myth: Morrison, Barthes and Tar Baby As-Is." *Critical Essays on Toni Morrison.* Ed. Nellie Y. McKay. 150-67.

Willis, Susan. "Eruptions of Funk: Historicizing Toni Morrison." *Black American Literature Forum* 16 (1982): 34-42.

---. "Eruptions of Funk: Historicizing Toni Morrison." *Black American Literature Forum* 16 (1982): 34-42. Rpt. in *Toni Morrison: Critical Perspectives Past and Present.* Ed. Henry Louis Gates, Jr. and K. A. Appiah. 308-30.

Wisnewski, Gerhard. "Sag mir, was du isst – und ich sage dir, wie du dich fühlst." *P.M.* November 1992: 98-102.

Wyatt, Jean. "Giving Body to the Word: The Maternal Symbolic in Toni Morrison's *Beloved.*" PMLA 108 (1993): 474-88.

Zellner, Debra A. "How Foods Get to be Liked: Some General Mechanisms and Some Special Cases." *The Hedonics of Taste.* Ed. Robert C. Bolles. 199-214.

FURTHER READING

Bakerman, Jane S. "Failures of Love: Female Initiation in the Novels of Toni Morrison." *American Literature* 52 (1981): 541-63.

Barkley Brown, Elsa. "African-American Women's Quilting: A Framework for Conceptualizing and Teaching African-American's Women's History." *Black Women in America.* 9-18.

Bell, Roseann P., Bettye J. Parker and Beverly Guy-Sheftall, eds. *Sturdy Black Bridges: Visions of Black Women in Literature.* Garden City, NY: Anchor Press-Doubleday, 1979.

Bennet, Lerone, Jr. "The African Past." *The Black American*

Experience: A New Anthology of Black Literature. Ed. Frances S. Freedman. 4-24.

Breitinger, Eckhard. "Einleitung." *Black Literature: Zur afrikanischen und afroamerikanischen Literatur.* Ed. Eckhard Breitinger. München: Wilhelm Fink Verlag, 1979. 12-58.

Bröck, Sabine. *Der Entkolonialisierte Körper: Die Protagonistin in der Afroamerikanischen Weiblichen Erzähltradition der 30er bis 80er Jahre.* Frankfurt am Main: Campus Verlag, 1988.

Carmichael, Stokely and Charles V. Hamilton. *Black Power: The Politics of Liberation in America.* New York: Vintage-Random House, 1967.

Cixous, Hélène. "The Laugh of the Medusa" *New French Feminism: An Anthology.* Ed. Elaine Marks and Isabelle de Courtivron. 245-64.

Courlander, Harold. *A Treasury of Afro-American Folklore.* New York: Crown Publishers, 1976.

David, Marc. *Vom Segen der Nahrung: Das Erste Ganzheitliche Konzept des Essen.* Interlaken: Ansata-Verlag, 1994.

Davis, Angela Y. "Racism and Contemporary Literature on Rape." *Freedomways* 16 (1976): 25-33.

Degen, Rolf. "Ein Tor zur Seele." *Bild der Wissenschaft* December 1992: 52-53.

De Weever, Jacqueline. "Toni Morrison's Use of Fairy Tale, Folk Tale and Myth in *The Song of Solomon.*" *Southern Folklore Quarterly* 44 (1980): 131-44.

Dittmar, Linda. "'Will the Circle Be Unbroken?': The Politics of Form in *The Bluest Eye.*" *Novel: A Forum on Fiction.* 23.2 (1990): 137-55.

Dowling, Colette. "The Song of Toni Morrison." *The New York Times Magazine* 20 May 1979: 40-55.

Du Bois, W.E.B. "Of Our Spiritual Strivings." *The Black American Experience: A New Anthology of Black Literature.* Ed. Frances S. Freedman. Toronto: Bantam Pathfinder Editions, 1970. 145-53.

Eberhard-Metzger, Claudia. "Der vierte Sinn." *Bild der Wissenschaft* December 1992: 40-45.

Freedman, Frances S., ed. *The Black American Experience: A New Anthology of Black Literature.* Toronto: Bantam Pathfinder Editions, 1970.

Geiger, Gerlinde. "Weiblichkeit in den Schriften von Frauen und Männern: Ein Vergleich." *Frauensprache – Frauenliteratur? Für und Wider einer Psychoanalyse literarischer Werke.* Ed. Inge

Stephan and Carl Pietzcker. Akten des VII. Internationalen Germanisten-Kongresses Göttingen 1985. Vol. 6. *Kontroversen, alte und neue.* Ed. Albrect Schöne. Tübingen: Max Niemeyer Verlag, 1986. 67-103.

Gibaldi, Joseph and Walter S. Achert. *MLA Handbook for Writers of Research Papers.* 3rd ed. New York: Modern Language Association of America, 1988.

Gilbert, Sandra M. and Susan Gubar. "Sexual Linguistics: Gender, Language, Sexuality." *The Feminist Reader: Essays in Gender and the Politics of Literary Criticism.* Ed. Catherine Belsey and Jane Moore. London: Macmillan Education, 1989. 81-99.

---. *The Madwoman in the Attic: The Woman Writer and the Nineteenth-Century Literary Imagination.* New Haven: Yale University Press, 1979.

Gilman, Sander L. "Black Bodies, White Bodies: Towards an Iconography of Female Sexuality in Late Nineteenth-Century Art, Medecine, and Literature." *Critical Inquiry* 12.1 (1985): 204-42.

Göbel, Walter. "Canonizing Toni Morrison." *Arbeiten aus Anglistik und Amerikanistik* 15 (1990): 127-37.

Grandt, Jürgen. *Out of the Ghettos and into the Village: Narrative Strategies in African-American and White Southern Fiction.* Lizentiatsarbeit Universität Zürich, 1993.

Grant, Robert. "Absence into Presence: The Thematics of Memory and 'Missing' Subjects in Toni Morrison's *Sula.*" *Critical Essays on Toni Morrison.* Ed. Nellie Y. McKay. 90-105.

Gray Lee, Valerie. "The Use of Folktalk in Novels by Black Women Writers." *CLA Journal* 23 (1980): 266-72.

Hall, Jacquelin D. "'The Mind that Burns in Each Body': Women, Rape, and Racial Violence." *Powers of Desire: The Politics of Sexuality.* Ed. Ann Snitow, Christine Stansell, and Sharon Thomas. 328-49.

Harding, Esther M. *Woman's Mysteries: Ancient and Modern.* New York: Harper & Row, 1971.

Harris, Trudier. "The Worlds That Toni Morrison Made." *The Georgia Review* XLIX.1 (1995): 324-30.

Hernton, Calvin. "The Sexual Mountain and Black Women Writers." *Black American Literature Forum* 18 (1984): 139-45.

Hill Rigney, Barbara. *Madness and Sexual Politics in the Feminist Novel: Studies in Bronte, Woolf, Lessing, and Atwood.* Madison: The University of Wisconsin Press, 1978.

Hovet, Grace Ann and Barbara Lounsberry. "Flying as Symbol and Legend in Toni Morrison's *The Bluest Eye*, *Sula* and *Song of Solomon*." *CLA Journal* 27 (1983): 119-40.

Jones, Ann Rosalind. "Writing the Body: Towards an Understanding of l'Ecriture Féminine." *The New Feminist Criticism: Essays on Women, Literature, and Theory.* Ed. Elaine Showalter. 361-77.

Koenen, Anne. "'The One out of Sequence': An Interview with Toni Morrison, New York, April 1980." *History and Tradition in Afro-American Culture.* Ed. Günter H. Lenz. 207-21.

Kutzelnigg, Artur. "Die Verarmung des Geruchwortschatzes seit dem Mittelalter." *Muttersprache* 94 (1983): 328-35.

Lenz, Günter H. "Black Poetry and Black Music; History and Tradition: Michael Harper and John Coltrane." *History and Tradition in Afro-American Culture.* Ed. Günter H. Lenz. Frankfurt am Main: Campus Verlag, 1984. 277-326.

Mann, Susan A. "Slavery, Sharecropping, and Sexual Inequality." *Black Women in America.* 133-58.

Marshall, Brenda K. *Teaching the Postmodern: Fiction and Theory.* New York: Routledge, 1992.

McDowell, Deborah E. "New Directions for Black Feminist Criticism." *The New Feminist Criticism: Essays on Women, Literature, and Theory.* Ed. Elaine Showalter. 186-99.

Maguire, Anne. *Vom Sinn der kranken Sinne.* Trans. Dieter Kuhaupt. Müchen: Walter Verlag, 1993.

Mayer, Sylvia. *"The Name of the Sound": Das Motiv des Klanges in den Romanen Toni Morrisons.* Heidelberger Frauenstudien 2. Heidelberg: Mattes Verlag, 1996.

Mbalia Drummond, Dorothea. "Women Who Run with Wild: The Need for Sisterhood in *Jazz*." *Modern Fiction Studies* 39. 3&4 (Fall/Winter 1993): 623-50.

Michie, Helena. *The Flesh Made Word: Female Figures and Women's Bodies.* Oxford: Oxford University Press, 1987.

Mobley, Marilyn E. "Narrative Dilemma: Jadine as Cultural Orphan in Toni Morrison's *Tar Baby*." *Southern Review* 23 (1987): 761-70.

Morrison, Toni. "An Interview with Toni Morrison." By Nellie McKay. *Contemporary Literature* 24. 4 (1983): 413-29.

Morrison, Toni. "Nobel Lecture, 7 December 1993." *The Georgia Review* XLIX.1 (1995): 318-23.

---. "This Side of Paradise." By Amazon. com. at internet *http://www.amazon.com/exec/obidos/sust/categories/literature/*

morrison-interview/5536-1527.01.9819927. January 1998.

Munro, C. Lynn. "The Tatooed Heart and the Serpentine Eye: Morrison's Choice of an Epigraph for *Sula*." *Black American Literature Forum* 18 (1984): 150-54.

Naylor, Gloria. "A Conversation: Gloria Naylor and Toni Morrison." *Southern Review* 21 (1985): 567-93.

O'Brian, Edna. "Jazz." *The New York Times Book Review*. 5 April 1992.

O'Shaughnessy, Kathleen. "'Life life life life': The Community as Chorus in *Song of Solomon*." *Critical Essays on Toni Morrison.* Ed. Nellie Y. McKay. 125-33.

Parker, Bettye J. "Complexity: Toni Morrison's Women – An Interview Essay." *Sturdy Black Bridges: Visions of Black Women in Literature.* Ed. Roseann P. Bell, Bettye J. Parker and Beverly Guy-Sheftall. 251-57.

Rich, Adrienne. *Of Woman Born: Motherhood as Experience and Institution.* New York: W.W. Norton & Company, 1976.

Russell, Sandi. "It's OK to say OK." *Critical Essays on Toni Morrison.* Ed. Nellie Y. McKay. 43-47.

Sadoff, Dianne F. "Black Matrilineage: The Case of Alice Walker and Zora Neil Hurston." *Black Women in America.* Ed. Micheline R. Malson et al. 197-211.

Schroeder, Aribert. "An Afro-American Woman Writer and her Reviewers/Critics: Some Ideological Aspects in Current Criticism of Toni Morrison's Fiction." *Arbeiten aus Anglistik und Amerikanistik* 15 (1990): 109-25.

Showalter, Elaine, ed. *The New Feminist Criticism: Essays on Women, Literature, and Theory*. New York: Pantheon Books, 1985.

Smith, Valerie. "The Quest for and Discovery of Identity in Toni Morrison's *Song of Solomon*." *Southern Review* 21 (1985): 721-32.

Stein, Karen F. "Toni Morrison's *Sula:* A Black Woman's Epic." *Black American Literature Forum* 18 (1984): 146-49.

Thornton Dill, Bonnie. "The Dialectics of Black Womanhood." *Black Women in America.* 65-78.

Walker, Barbara G. *Women's Rituals: A Sourcebook.* San Francisco: Harper & Row, 1990.

Williams, Patricia J. "On Being the Object of Property." *Black Women in America.* 19-41.

ILLUSTRATIONS

Titelpage: Yoruba scarves, *Yoruba: Kunst und Aesthetik in Nigeria.* Ed. Lorenz Homberger (Museum Rietberg Zürich, 1991). 60.

Subtitle (Sight): Fire-mask, *The Arts of the Dan in West Africa.* Ed. Eberhard Fischer and Hans Himmelheber (Museum Rietberg Zürich, 1984). 42.

Subtitle (Hearing): Mask, *The Arts of the Dan in West Africa.* Ed. Eberhard Fischer and Hans Himmelheber (Museum Rietberg Zürich, 1984). 32.

Subtitle (Smell): Gesichtsmaske, *Das zweite Gesicht: Afrikanische Masken aus der Sammlung Barbier-Mueller, Genf.* Hahner-Herzog, Iris, Maria Kecskesi, and Laszlo Vajda. München: Prestel-Verlag, 1997. Tafel 35.

Subtitle (Taste): Stülpmaske, *Das zweite Gesicht: Afrikanische Masken aus der Sammlung Barbier-Mueller, Genf.* Hahner-Herzog, Iris, Maria Kecskesi, and Laszlo Vajda. München: Prestel-Verlag, 1997. Tafel 26.

Subtitle (Touch): Stülpmaske mit weiblicher Figur, *Das zweite Gesicht: Afrikanische Masken aus der Sammlung Barbier-Mueller, Genf.* Hahner-Herzog, Iris, Maria Kecskesi, and Laszlo Vajda. München: Prestel-Verlag, 1997. Tafel 14.